KB171224

범우비평판 한국문학 26-❶

계용묵 편

백치 아다다(외)

책임편집 장영우

 종합
출판 범우

국립중앙도서관 출판시도서목록(CIP)

백치 아다다(외) / 계용묵 지음 ; 장영우 책임편집. -- 파주
: 범우, 2005
    p. ;   cm. -- (범우비평판 한국문학 ; 26-1 - 계용묵
편)

ISBN 89-91167-16-0 04810 : ₩13000
ISBN 89-954861-0-4(세트)

810.81-KDC4
895.708-DDC21   CIP2005001059

한민족 정신사의 복원
—범우비평판 한국문학을 펴내며

　한국 근현대 문학은 100여 년에 걸쳐 시간의 지층을 두껍게 쌓아왔다. 이 퇴적층은 '역사'라는 이름으로 과거화 되면서도, '현재'라는 이름으로 끊임없이 재해석되고 있다. 세기가 바뀌면서 우리는 이제 과거에 대한 성찰을 통해 현재를 보다 냉철하게 평가하며 미래의 전망을 수립해야 될 전환기를 맞고 있다. 20세기 한국 근현대 문학을 총체적으로 정리하는 작업은 바로 21세기의 문학적 진로 모색을 위한 텃밭 고르기일뿐 결코 과거로의 문학적 회귀를 위함은 아니다.

　20세기 한국 근현대 문학은 '근대성의 충격'에 대응했던 '민족정신의 힘'을 증언하고 있다. 한민족 반만년의 역사에서 20세기는 광학적인 속도감으로 전통사회가 해체되었던 시기였다. 이러한 문화적 격변과 전통적 가치체계의 변동양상을 20세기 한국 근현대 문학은 고스란히 증언하고 있다.

　'범우비평판 한국문학'은 '민족 정신사의 복원'이라는 측면에서 망각된 것들을 애써 소환하는 힘겨운 작업을 자청하면서 출발했다. 따라서 '범우비평판 한국문학'은 그간 서구적 가치의 잣대로 외면 당한 채 매몰된 문인들과 작품들을 광범위하게 다시 복원시켰다. 이를 통해 언어 예술로서 문학이 민족 정신의 응결체이며, '정신의 위기'로 일컬어지는 민족사의 왜곡상을 성찰할 수 있는 전망대임을 확인하고자 한다.

'범우비평판 한국문학'은 이러한 취지를 잘 살릴 수 있도록 다음과 같은 편집 방향으로 기획되었다.

첫째, 문학의 개념을 민족 정신사의 총체적 반영으로 확대하였다. 지난 1세기 동안 한국 근현대 문학은 서구 기교주의와 출판상업주의의 영향으로 그 개념이 점점 왜소화되어 왔다. '범우비평판 한국문학'은 기존의 협의의 문학 개념에 따른 접근법을 과감히 탈피하여 정치·경제·사상까지 포괄함으로써 '20세기 문학·사상선집'의 형태로 기획되었다. 이를 위해 시·소설·희곡·평론뿐만 아니라, 수필·사상·기행문·실록 수기, 역사·담론·정치평론·아동문학·시나리오·가요·유행가까지 포함시켰다.

둘째, 소설·시 등 특정 장르 중심으로 편찬해 왔던 기존의 '문학전집' 편찬 관성을 과감히 탈피하여 작가 중심의 편집형태를 취했다. 작가별 고유 번호를 부여하여 해당 작가가 쓴 모든 장르의 글을 게재하며, 한 권 분량의 출판에 그치는 것이 아니라 작가별 시리즈 출판이 가능케 하였다. 특히 자료적 가치를 살려 그간 문학사에서 누락된 작품 및 최신 발굴작 등을 대폭 포함시킬 수 있도록 고려했다. 기획 과정에서 그간 한 번도 다뤄지지 않은 문인들을 다수 포함시켰으며, 지금까지 배제되어 왔던 문인들에 대해서는 전집발간을 계속 추진할 것이다. 이를 통해 20세기 모든 문학을 포괄하는 총자료집이 될 수 있도록 기획했다.

셋째, 학계의 대표적인 문학 연구자들을 책임 편집자로 위촉하여 이들 책임편집자가 작가·작품론을 집필함으로써 비평판 문학선집의 신뢰성을 확보했다. 전문 문학연구자의 작가·작품론에는 개별 작가의 정신세계를 보다 구체적으로 살펴볼 수 있는 한국 문학연구의 성과가 집약돼 있다. 세심하게 집필된 비평문은 작가의 생애·작품세계·문학사적 의의를 포함하고 있으며, 부록으로 검증된 작가연보·작품연구·기존 연구 목록까지 포함하고 있다.

넷째, 한국 문학연구에 혼선을 초래했던 판본 미확정 문제를 해결하기 위해 최선의 노력을 기울였다. 특히 일제 강점기 작품의 경우 현대어로 출판되는 과정에서 작품의 원형이 훼손된 경우가 너무나 많았다. 이번 기획은 작품의 원본에 입각한 판본 확정에 특별한 노력을 기울여 근현대 문학 정본으로서의 역할을 다했다.

신뢰성 있는 선집 출간을 위해 작품 선정 및 판본 확정은 해당 작가에 대한 연구 실적이 풍부한 권위있는 책임편집자가 맡고, 원본 입력 및 교열은 박사 과정급 이상의 전문연구자가 맡아 전문성과 책임성을 강화하였다. 또한 원문의 맛을 최대한 살리기 위해 엄밀한 대조 교열작업에서 맞춤법 이외에는 고치지 않는 것을 원칙으로 했다. 이번 한국문학 출판으로 일반 독자들과 연구자들은 정확한 판본에 입각한 텍스트를 읽을 수 있게 되리라고 확신한다.

'범우비평판 한국문학'은 근대 개화기부터 현대까지 전체를 망라하는 명실상부한 한국의 대표문학 전집 출간을 목표로 한다. 따라서 권수의 제한 없이 장기적이면서도 지속적으로 출간될 것이며, 이러한 출판 취지에 걸맞는 문인들이 새롭게 발굴되면 계속적으로 출판에 반영할 것이다. 작고 문인들의 유족과 문학 연구자들의 도움과 제보가 지속되기를 희망한다.

2004년 4월

범우비평판 한국문학 편집위원회 임헌영·오창은

　이 책에 실은 작품은 발표 당시의 잡지에 실린 것을 원본으로 삼았다. 몇 몇 작품은 발표 당시와 단행본 사이에 상당한 차이가 보이지만, 그것이 어 떤 경로로 수정 개작된 것인지 확인할 길이 없어 발표 당시 작품을 원본으 로 한 것이다.

　계용묵의 작품에는 평안북도 방언이 적지 않게 쓰이고 있는 바, 최대한 원전 표기를 그대로 살리려 노력하였다.

　작품 표기는 가능한 대로 한글 쓰기를 원칙으로 하고, 필요에 따라 한자 를 괄호 없이 잇따라 써서 참고하도록 하였으며, 맞춤법은 작품의 의미를 훼손하지 않는 범위 내에서 현대어 표기로 바꾸었다.

계용묵 편 | 차례

圖版 10號

ᚱᚢ

봄이 왔네

봄이 왔네 봄빛이 왔네
눈트는 버들가지에
꾀꼬리가 운다네

봄이 왔네 봄빛이 왔네
어름이 갓 녹은 봄물 위에
고기가 쌍쌍이 춤을 춘다네

그러면 봄은 정말 왔는가
꾀꼬리의 울음에
고기의 춤에

애매한 목숨이 칼날에 끊긴
P D의 P 선생의 무덤가에
금잔디에도
봄빛이 왔다네
푸르렀다네

아! 봄은 정말 왔구려
즐거운 봄은 봄은
자취 없이 가던 봄은
소리 없이 또 다시 왔구려

오는 철 가는 철에
무엇을 그리 기다리는지
둘 곳 없는 애끓는 마음이
봄이 왔다구 새봄이 왔다구
또 다시 무엇이 그리워진다

아! 무슨 소리가 들림즉하구나
묵은 떨기 들치고 새싹 트는
바시작 소리와 함께
동무야! 귀를 기울여—
다 같이 듣자! 들리느냐?

* 계자아桂自我 《생장生長》 대정14년(1925). 3. 1)
《생장》 제1회 현상문예 수상작. 하태용河泰鏞의 〈신불가神佛歌〉와 〈검님〉 그리고 계용묵의 〈봄이 왔네〉가
　당선작이고, 차인용車仁龍 하농何農 이종명李鍾鳴 등이 선외 가작으로 뽑혔음.

단편

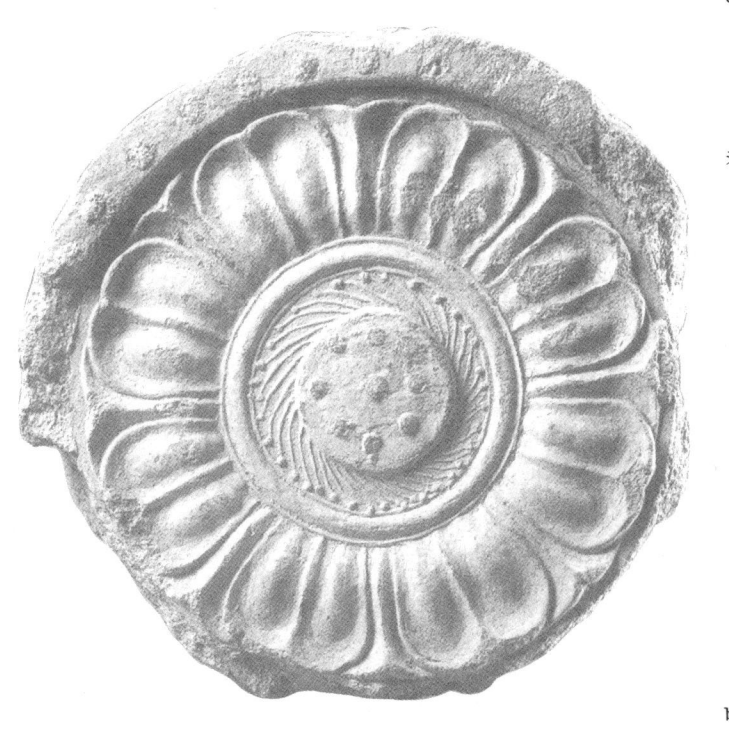

상환[*]

밤 열두 시가 훨씬 넘은 때이다.

창수昌洙는 두근거리는 가슴을 느낄 여지도 없이 발을 채찍질하여 두 주먹을 부르쥐고 불이나게 집으로 돌아왔다.

대문을 들어선 그는 놓이는 마음보다 졸이는 마음이 더 하였다. 허리와 등 그리고 목까지 들썩거린다. 땀은 비오듯 맺혀 떨어진다. 손과 다리는 프들프들 떤다. 숨은 하늘에 닿았다.

쿵쿵거리는 발자국 소리에 놀라 깨인 창수의 아내는 그 쿵쿵거리는 소리가 '찌궁' 하는 대문소리와 같이 멋고아 모인 적이 없음을 이상하게 여기여 등잔에 불을 켜놓고 의복을 추려 입었다.

'쿵' 하는 소리가 토방 우에서 나자 문고리 소리와 같이 문이 열리고 창수가 들어선다.

창수는 마치 도깨비에게 홀리운 사람같았다. 전 같으면 점잖게 곤두기침을 서너 번하고 들어설 그가 오늘 저녁에는 웬일인지 인적도 없이 들어와서 둘레둘레 사방을 살피기만 하고 아무 말이 없다.

어쩐 셈인지는 모르나 무슨 일은 단단히 있는 사람이다. 왼 입성은 물

---

[*] 《조선문단》 8호, 1925. 5. '자아청년自我靑年'이란 필명으로 응모.

에 빠졌다 나온 사람 모양으로 땀에 쥐여 짜고 얼굴에서는 김이 쿨쿨 난다. 한참만에 겨우 정신을 차린 듯이 한숨 한 번 길게 쉬고 길마리에 그대로 주저 앉는다.

아내는 쿵쿵거리는 소리에 울렁거리는 가슴은 다 까라지고 이제는 남편의 이상한 태도에 대신하였다. 그리고 아까 쿵쿵거리든 소리가 남편의 발자국 소린 줄은 알게 되었다.

너무도 뜻밖의 일이라 아내는 어쩐 영문인지를 몰라 멍하니 앉아 있는 남편을 한참 바라보다가

"왜 그리우 무슨 일이 났소?"하고 물었다.

"가 가마⋯⋯."

"가 가마⋯⋯라니요 왜 그래요?"하고 재처 묻는 아내의 목소리는 떨렸다.

"글세 가 가마⋯⋯."

"왜 말을 못하시우. 아이구 무슨 일이야⋯⋯"하고 다시 힘있게 재처 묻는 아내의 눈에는 안개같이 보얀 눈물이 어리었다. 그리고 쏟아졌다.

한참 동안 말이 없었다. 아내의 눈에서는 여전히 눈물이 스며 나왔다. 아내가 무엇을 생각하는 모양이더니 흐르는 눈물을 치마고름으로 문지르며 부엌으로 나가 커다란 자배기에 냉수를 느짓느짓하게 길어 가지고 들어와 손발을 씻어 주었다. 이것은 여편네들이 흔히 하는 까무라친 데는 유일의 양약으로 알기 때문이다. 그리고 남편을 끌어다 아랫목에 눕히고 엷지 않은 이불을 덮어 주었다. 그리고 그 옆에서 아내는 남편의 손과 발을 주무르며 밤이 새도록 지켜 앉아서 동정을 살피었다. 그러나 동정을 알 수 없었다. 그 후에 남편은 이어 잠이 들기 때문에⋯⋯.

× × × ×

그 이튿날 아침이다. 장밋빛 해가 그리 훨신을 나오지 못한 때이다. 그때에 "창수! 창수"하고 대문 앞에서 창수를 부르는 사람이 있었다.

"전에 없이 이 이른 아침에 누가 찾을까. 어제 저녁에 기어히 무슨 일이 났구나"하고 아내는 속으로 중얼거리며 미닫이를 열고 "누구요"하고 물었다.

"창수 계시나요"

"네― 계시긴 합니다마는 갑자기 두통으로 꼼짝 못하고 누워 있습니다. 누군가요?"

"이 아랫 동리에 사는 김홍득金弘得이라는 사람인데요. 긴급히 좀 볼일이 있어서요. 정 꼼짝 못하시거든 저녁때 찾아오마고 말씀 드려주시오. 그럼 갑니다."

"녜! 그러리다. 안녕히 내려 가시우"하고 아내는 그 사람을 보냈다.

창수는 아직도 이불 속에서 일어나지 않았으나 어제밤 증세는 멎었다. 멀거니 눈을 뜨고 지금 김홍득이가 찾아와서 하던 이야기도 다 들었다. 그러나 속으로 무엇이 간지러운 듯이 조마조마하다는 기색을 얼굴에 드러내놓고 눈을 가슴츠레하고 있었다.

아닌게아니라, 홍득의 말소리를 듣기만 하여 치가 떨릴 터인데 이 아침에 찾아까지 와서 긴급한 볼일이 있다고 함에는 창수의 마음이 아니 간지러울 수가 없다.

창수는 속으로 "야 ― 큰일이다. 어떻게 난 줄을 알까?"하는 생각과 아울러 두근거리는 가슴은 금할 수 없다. 그리고 그는 또 "저녁때 찾아온다 하였다. 아! 찾아오면 어떻게 말을 하여야 할까. 단정 난 줄을 아는 이상 그런 일은 절대로 없다고 부정할 수도 없는 것이고 아! 어쩌면 좋단 말이냐? 큰일이다. 그러나 나를 잡지는 못하였으니 아니라고 그냥 우겨볼까? 그러나 또 그것이 탄로가 되면 그때에는 진작 자백을 하고 지나던 것만도 못할 것이요. 아! 모르겠다. 되는 대로 대답을 하자. 하다가 탄로

가 되면 되고 그러나 우겨는 볼 일이다. 그렇다. 될 수 있는 대로 우기리라"라고 그는 한숨 한 번을 후— 내쉬이고 무어라고 한참 생각하더니 "뛰는 것도 좋다. 그가 저녁에 찾아오기 전에 어디로 몸을 감추었다가 형님을 찾아 봉천으로 뛰리라. 그렇다. 그것이 상책이다. 그러면 아내는 어떻게 하여야 할까. 데리고 가자니 여비가 없고 만일 데리고 간다 하면 그때에는 무엇을 할 것인가. 형님과 같이 농사를 짓자. 그러나 농사 바탕은 있을까. 아니다 아니다. 그러면 이방성일판에서는 나를 가지고 목이 불거지도록 욕을 하리라. 야성野性을 가진 개 같은 놈이라고, 아니아니, 내가 왜— 어젯밤에 그곳엘 갔었을까. 유부녀 강간. 아! 그것은 차마 못할 일이다"라고 순서없이 또 다시 속으로 중얼거리며 초조하다는 듯이 벌떡 일어나 형 겊 지갑에서 장수연長壽煙을 꺼내어 곰방대에 붙여 물고 눈을 감았다 떴다 하면서 무슨 묘계를 또다시 생각하는 모양이다.

창수의 일어나는 꼴을 본 그 아내는 잃었던 남편을 찾는 듯한 어떻다고 할 수 없는 반가움에 남편의 곁으로 바싹 다가앉으며 얼굴에 웃음을 띠우고

"인제 좀 나신게외다. 어젯밤 일을 기억하십니까?"하고 물었다. 창수는 귀치않다는 듯이 턱을 가슴에 붙이고 머리를 벅벅 긁으며

"어젯밤 일이란 무엇이야?"

"그럼 어제 잠에 정신을 도무지 몰랐습니다 그려. 그런데 들으셨겠지마는 아침에 김홍득이라는 사람이 찾아 왔으니 무슨 만날 일이계시우. 무슨 긴급한 일인지 매우 긴급한 일이라 하면서 저녁때 오겠다고 합디다 그려."

"일이야 무슨 일은 없어. 아니 그런데 마누라 우리 봉천가서 살아보지 않을까?"

"아니 그게 무슨 소리요. 어두운데 홍두깨도 분수가 있지. 왠 뚱딴지로 봉천은 무어요?"

"글세 이 말이 어두운데 홍두깨 푼수도 되네마는 여기서야 살 수가 있어야지. 년년이 흉년에 지금 빚이 얼마인지 자네 아나? 삼천 냥三百圓이야! 삼천냥"하고 아내를 노려보더니 다시 말끝을 이어

"내년까지 흉년이 들면 거랭이밖에 그래서 더 할 것이 있는 줄 아나?"하고 급하다는 듯이 아내를 처다 본다.

"글쎄 그렇지 않은 것은 아니지마는 이곳을 어떻게 떠나요."

"떠나면 떠나지 어떻게도 있나?"

창수의 말이 채 떨어지기 전에 새삼스럽게 무엇을 생각한 듯이

"그럼 김홍득이라는 사람하고 봉천 가자는 약속이 있었습니다 그려. 옳지 그런 게야……"

창수는 김홍득이라는 말을 듣고는 아무 말이 없이 또 다시 턱을 가슴에 대고 무엇을 생각하더니 벌떡 일어서 밖으로 나갔다. 나서는 그의 발부리는 무슨 결심이 있는 듯 힘이 있어 보였다.

×　　×　　×　　×

저녁때라는 때는 되었다. 문전에서는 아침 모양으로 "창수! 창수"하고 또 부르는 소리가 난다. 창수의 아내는 "또 왔구나! 김홍득이가"하고 부엌에서 가시를 닦다가 물문은 손을 행주치마 앞자락에 문지르며 벽 문턱을 나서 고개를 대문으로 갸우듬하게 돌리고

"지금 곧 나가셨습니다."

"어디로요."

"어디론지는 말하지 않고 가서요."

아! 그 놈 놓쳤구나 하는 듯이 고개를 끄덕끄덕하며 먼 산을 바라보고 한참 주저하더니 돌아서 나간다. 나가는 홍득의 발에는 거름풀이 적어졌다.

어느덧 해는 서산 너머로 기여들고 왼누리는 붉으레한 황혼의 품속으로 안기여 버렸다.

밥을 지어 놓은 창수의 아내는 들어올까 들어올까 하고 기다리다 못하여 가까운데 사람이 보이지 않을만치 어두워질 때까지 대문 지두리에 비켜서서 남편의 들어오기를 기다렸다. 그러나 들어오지 않았다. 그날 밤에도 기다렸다. 그 이튿날도 기다렸다. 한 달 두 달이 되도록 창수의 그림자는 보이지 않았다. 봉천을 갔나 하고 조카에게로 편지까지 하여 보았으나 회답이라고 오는 것은 모두 재미 없는 회답이었다.

창수가 떠난지 사흘만에 그 동리에는 이러한 소문이 퍼졌다. 홍득의 아내하고 창수하고 어디로 도망을 하였다고……

이 일이 난 후에 홍득은 아내를 찾으려고도 아니 하고 "세상이란 이렇구나" 하고 픽 웃었다.

×　　×　　×　　×

홍득의 아내와 창수의 그림자가 사라진지 석달만에 이 동리에는 이러한 소문이 또 들리었다. 창수의 아내하고 홍득이 하고 한날 한시에 없어졌다고……

그러나 그 후에는 그들의 소식을 아는 사람은 하나도 없었다. 지금껏 그들의 소식은 막연하다. (선천에서)

최서방

1

새벽부터 분주히 뚜드리기 시작한 최서방네 벼마당질은 해가 졌건만 인제야 겨우 부채질이 끝났다. 일꾼들은 어둡기 전에 작석을 하여 치우려고 부리나케 섬몽이를 튼다. 그러나 최서방은 아침부터 찾아와 마당질이 끝나기만 기다리고 우들부들 떨며 마당가에 쭉 둘러선 차인꾼들을 볼 때에 섬몽이를 틀 힘조차 나지 않았다. 그는 실상 마당질 끝나는 것이 귀치않다느니보다 죽기만치나 겁이 난 것이다.

그것은 하루에도 몇 번씩 찾아와 호미값胡米價이라 약값藥價이라 하고 조르는 것을 벼를 뚜드려서 준다고 오늘 내일 하고 밀어 오던 것인데 급기야 벼를 뚜드리고 보니 그들의 빚은 갚기는커녕 송지주의 농채農債도 다 갚기에 벼 한 알이 남아서지 않을 것 같아서 으레 싸움이 일어나리라 예상한 까닭이다.

"열 섬은 외상 없이 나지."

사랑 툇마루 위에서 수판을 앞에 놓고 분주히 계산을 치고 앉았던 송지주는 이렇게 물었다.

"열 섬이야 아마 더 나겠지요."

최서방은 열 섬이 못 날 줄은 으레 짐작하지만 일부러 이렇게 대답을 했다.

"글쎄…… 그리고 벼는 충실하지."

지주는 놓았던 산알을 떨어버리고 마당으로 내려와 들여 놓은 벼를 여물기나 잘하였나 하고 시험삼아 한 알을 골라 입안에 넣고 까 보았다.

"암 충실하고 말고요. 이거야 소문난 변데요."

이것은 일꾼 중에 한 사람의 이야기였다.

섬몽이 틀기는 끝이 나고 이제는 작석이 시작되었다. 차인꾼들은 제각기 적개책을 꺼내어 든다.

"15원이니 섬 반은 주어야겠소."

호미값 차인꾼이 한 섬을 갓 되어 놓은 벼를 깔고 앉으며 이렇게 말을 건넨다.

"글쎄 준다는데 왜 이리들 급하게 구오."

이것은 포목값布木價 차인꾼이 들채는 소리였다.

"섬 반이고 반 섬이고 글쎄 벼를 팔아서야 돈을 갚아도 갚지, 있는 벼가 어디로 도망을 치겠기에 이리들 보채오."

최서방은 위선 이렇게밖에 대답할 수 없었다.

"벼도 돈이고 벼값도 빤히 금이 났으니 어서들 갈라 주소. 괜히 이 치운데 어둡기나 전에 가게."

약값 차인꾼은 이렇게 말을 붙이고 또 한섬을 깔고 앉는다.

"여보, 그것이 무슨 버릇들이오. 남의 벼를 그렇게 함부로 깔고 앉으니."

"그러니 날래들 갈라 주어요."

"글쎄 팔아서야 준다는데 무얼 갈라 달라고 그래요."

"그러면 그럼 오늘도 안 주겠다는 말이오 말이?"

"안 주겠다는 게 아니라 벼를 팔아서 주마하는데 되어 놓는 족족 한 섬씩 덮쳐 깔고 앉으니 어디 체면이 되었단 말이오 그럼?"

"그래 오늘 내일 하고 속여온 당신의 체면은 그래서 잘됐단 말이오, 그래?"

"오늘이야 글쎄, 벼를 팔아서여야지요."

"그럼 오늘도 정말 안 줄 테요."

"아니 못 주지요."

"정말."

"정말 아니고."

"정말."

"정말이야 글쎄."

"정말이야 글쎄가 무어야 이자식!"

호미값 차인꾼은 분이 치밀어 푸들푸들 떨리는 주먹을 부르쥐고 최서방의 턱앞으로 바싹 다가섰다. 그리고 주먹을 훌끈 내밀었다.

최서방은 "히"하고 뒷걸음을 쳤다. 그러나 아무 반항도 안했다.

작석은 또한 끝이 났다. 열 섬을 믿었던 벼는 겨우 여덟 섬에 그치고 말았다. 송지주는 그것 가지고는 청장이 뻣뻣하다는 듯이 머리를 흔들며

"이번에도 회계가 채 안되는 군. 모두 52원인데"하고 다시 계산을 틀어 본다.

"어떻게 그렇게 되오."

최서방은 자기의 예산과는 엄청나게 틀린다는 듯이 깜짝 놀라며 이렇게 반문을 했다.

"본(元金)이 40원에 변(利子)을 12원 더 놓으니까."

"무어 그 돈에다 변까지 놓아요."

"변을 안 놓으면 어쩌나. 나도 남의 돈을 빚낸 것인데."

"그렇다기로 변은 제해 주세요."

"그 돈으로 자네 부처가 일 년이란 열두 달을 먹고 산 것인데 변을 안 물단게. 안돼 안돼, 건"

그는 엉터리없는 수작이라는 듯이 "안돼"하는 '돼' 자에 힘을 주었다.

최서방은 보통의 농채와도 다른 이물푼삯(引水稅)에 고가의 변을 지우는 데는 젖 먹던 뱉까지 일어났으나 송지주의 성질을 잘 아는 그는 암만 빌어야 안될 줄 알고 아예 아무 말도 안했다. 실상 그는 말하기도 싫었던 것이다.

"그러니까 태반이 넉 섬씩이지. 10원씩 치고도 모자라는 12원을 어쩌나? 오라 가만 있자. 또 짚(藁)이 있겠다. 짚이 마른 단이니까 스무 단씩이지. 그러면 한 단에 10전씩 치고 2원, 응응 겨우 우수떼논 그래 10원은 어쩔 테야?"

그는 최서방이 그리 해주겠다는 승낙도 얻지 않고 자기 혼자 이렇게 결산을 치고 다짜고짜로 일꾼들을 시켜 한 섬도 남기지 않고 모두 자기네 곳간으로 끌어들였다.

행여나 벼로나 받을까 하고 온종일 추움에 떨면서 깔고 앉았던 볏섬을 놓아 준 차인꾼들은 마치 닭 쫓아가던 개가 지붕을 쳐다보는 격으로 눈들만 멀뚱멀뚱하여 어쩔 줄을 모르고 멀건이 서서 송지주의 분주히 왔다 갔다하는 꼴만 쳐다보고 있었다. 그들은 한껏 분하면서도 우스웠다. 그래서 하하 하고 웃었다. 그러나 다시

"돈 내라, 이놈아!"

"오늘 저녁에 안 내면 죽인다."

"저렇게 속이기만 하는 놈은 주먹맛을 좀 단단히 보아야 아마 정신이 들걸"하고 제각기 이렇게 부르짖으며 달려들었다. 그것은 마치 이제는 돈도 받기 글렀는데 그 사이에 품 놓고 다니던 분풀이로나 때어 버리려는 듯 하였다.

그들은 고이 통통히 부어서 갖은 욕설을 거들며 덤비었다. 호미값 차인꾼은 최서방의 멱살을 붙잡았다.

"놓아, 이렇게 붙잡으면 누굴 칠 테야."

최서방은 이제는 팔아서 준단 말도 할 수 없었다.

"못 치긴, 하는데 이놈아."

호미값 차인꾼은 최서방의 귀밑을 보기좋게 한 대 갈겼다.

"아이."

최서방은 뒤로 비칠비칠하며 전신을 떨었다.

그리고 당연히 맞을 것이라는 듯이 아무런 반항도 안했다.

"돈 내라, 이놈아!"

호미값 차인꾼은 이번에는 불두덩을 발길로 제겼다. 여러 차인꾼들도 또한 같이 제겼다.

"아이고!"

최서방은 기절하여 번듯이 뒤로 나가넘어졌다. 넘어진 그의 코에서는 피가 흘렀다.

추움에서 떨던 차인꾼들은 땀이 흠뻑이 났다. 최서방은 죽은 듯이 넘어진 그대로 여전히 누워 있었다. 한참 만에 그는 알뜰히 아픔을 강잉히 참는 듯이 얼굴을 찡그리고 이빨을 뿌득뿌득 갈며 허우적거렸다. 그리고 불두덩을 한 손으로 움켜쥐고 간신히 일어섰다. 그의 일어선 자리에는 코피가 군데군데 빨갛게 물들어 있었다.

그가 완전히 걸어 오막살이를 찾아들어갈 때에는 날은 벌써 새까맣게 어두워 있었다.

2

최서방에게 있어서 여름내 피땀을 흘리며 고생고생 벌어 놓은 결정이라고는 오직 죽도록 얻어맞은 매가 있을 뿐이었다. 그 밖에는 아무러한 것도 없었다.

그는 밤이 깊도록 오력을 잘 못 썼다. 더구나 불두덩이 아파서 잘 일지도 못했다. 그는 이렇게 남 못 보는 고초를 맛보지만 어느 뉘더러 호소할 곳도 없었다. 있다면 오직 사랑하는 아내가 있을 뿐밖에. 다만 자기 혼자서 아파할 따름이었다.

그는 참으로 불쌍한 사람이었다. 이같이 불쌍한 처지에 있는 소작인小作人이 이 나라에 가득한 것이 그것이지만 그중에도 최서방처럼 불행한 처지에 앉았는 사람은 별로 없을 것이다. 이렇게 그가 불행한 처지에 앉았게 된 원인은 오직 단순한 두 가지가 있을 뿐이다.

하나는 악독한 독사毒蛇같은 지주를 가졌다는 것이요, 하나는 그가 본래부터 성질이 착하다는 것이니, 모든 사람들은 정의와 인도를 벗어나 남의 눈을 감언이설로 속이어가며 교활한 수단으로 목숨을 연명하여 가지만 이러한 비인도적이요, 비윤리적인 행동에는 조금도 눈떠 보지 않는 그에게는 밥이 생기지 않았다. 이따금 밥을 몇 끼씩 굶을 때에는 도적질이란 것도 생각해 본 적이 한두 번이 아니었지만 이런 것을 생각할 때마다 비인도적이라는 것이 번개처럼 머리에 번쩍 떠오르곤 하여 그는 차마 그를 실행하지 못하였던 것이었다.

그가 이같이 착하니만치 그 방면에는 악독한 지주가 있어 이렇게 불쌍한 그의 피를 또한 빨아내는 것이었다.

예년은 말고 금년 일 년만 하더라도 이 동리 앞벌에 지독한 가뭄이 들어 모두들 볏모를 말라 죽이다시피 하였지만 송지주의 작인치고도 오직 최서방 하나만이 인력人力으로는 도저히 인수리受할 수 없는 물을 빚을 얻어 가며 펌프를 세내어 물을 한 방울 두 방울 빨아올리게 하여 볏모를 꾸준히 구하여 온 것이었다. 이렇게 그는 오직 살겠다는 생존욕에서 남이 아니하는 고생을 하여가며 남 못하는 수확을 하였지만 수확이라는 것을 걸금 주었던 송지주의 빚이라는 것이 고가의 이자까지 쓰고 나와 그로 하여금 도리어 가해를 지게 하여 그들의 피땀의 결정은 결국 송지주네 고방으로 들어가게 된 것이었다. 그러고 보니 그는 당장에 먹을 것이 없는 것이라, 농사를 지어 줄 세치고 안 쓸 수 없어 사소한 용처를 외상으로 맡아 썼던 것이 일이 이렇게 되고 보니까 매를 얻어맞는 경우에까지 이른 것이었다.

실상 그들의 빚은 송지주의 그것과는 다른 관계로 감사히 절하고 갚아야 될 것이건만 더구나 호미값이란 잊을 수 없는 것이었다.

이 지방 풍속에 으레 소작인이 먹을 것이 없으면 추수를 할 때까지 식량을 지주가 당해 주는 법이건만 유독 송지주만은 먼저 당해 준 식량에 고가의 이자를 기워 계산을 틀어 가다가 추수에 넘치는 한이 있게 되면 예사로 그때에는 잡아떼고 작인은 굶어 죽든지 말든지 그것을 상관 않고 다시는 주지 않는 것이었다. 그래서 금년에 최서방은 사흘이라는 기나긴 여름날을 굶다 못하여 이전부터 친분이 있던 이 고을에서 호미장사하는 사람을 찾아가서 그런 사정을 말하였다.

그도 가난을 겪어 본 사람이라 지극히 불쌍히 여겨 호미를 두 포대나 맡아 준 것이었다. 그래서 최서방네 내외는 주린 창자를 회복시켜 오늘까지 목숨을 이어온 그러한 호미값이었다.

그런데 그는 오늘 마지막으로 뚜드린 벼를 지주의 권력에 못이겨 이 아닌 추운 겨울에 쫓겨날까 두려워 호미값을 미리 끌어 주지 못하고 그의 빚에 그만 탕감을 치워 버린 것이었다.

3

최서방은 지금 불김이 기별도 하지 않는 차디찬 냉돌에 누워서 발길에 채인 불두덩과 주먹에 맞은 귀밑이 쑤시고 저림도 잊어버리고 불덩이같이 뜨거운 햇볕이 내리쪼이는 들판에서 등을 구어 가며 김매던 생각과 오늘 하루의 지난 역사를 머릿속에 그리어 본다.

(나는 왜 여름내 피땀을 흘리며 김을 매었노. 그리고 호미값을 왜 미리

못 끊어 주었을꼬. 송지주는 왜 그렇게 몹시도 악할꼬. 나는 왜 그리 약한고, 나는 못난이다. 사람의 자식이 왜 이리 못났을까? 그런데 차인꾼들은 나를 왜 때렸노, 그들은 너무도 과하다, 아니 아니 그런 것이 아니다, 그들도 밥을 얻기 위하여 나와 그렇게 피를 보게 싸웠던 것이다. 그들은 내가 피땀을 흘리며 여름내 농사를 짓는 것과 조금도 다름이 없이 그래야만 입에 밥이 들어오기 때문일 것이다. 아니 그들은 농작이 없어 농사도 짓지 못하고 막벌이로 품팔이로 저렇게 남의 돈을 거두어 주고 목숨을 붙여 가는 그들이 나보다 도리어 불쌍하다. 나는 조금도 그들을 욕할 수 없다. 야속하달 수 없다. 그러나 지주네들은 왜 아무러한 노력도 없이 평안히 팔짱끼고 뜨뜻한 자리에 앉았다가 우리네의 피땀을 송두리째로 들어먹을까, 암만해도 고약한 일이다. 금년만 하더라도 우리 부처가 얼음이 갓 녹아 차디찬 종아리를 찢어 내는 듯한 봄물에 들어서서 논을 갈고 씨를 뿌리었으며 불볕이 푹푹 내리쪼이는 볕에 살을 데어 가며 물푸고 김매고 가을내 단잠 못 자고 벼베기와 싯거리질이며 겨우내 추움을 무릅쓰고 굶어 가며 마당질을 하였는데 우리는 한 알도 맛보지 못하고 송지주네 곳간에 모조리 들여다 쌓았다. 괘씸한 일이다. 그리고 우리 부처가 이렇게 노력을 할 때 송주사는—그는 늘 송지주를 송주사라 부른다 — 긴 담뱃대 물고 뒷짐지고 할일 없어 술 먹고 장기 두고, 더우면 그늘을 찾고 추우면 뜨뜻한 아랫목에서 낮잠질이나 하였것다.)

이까지 머릿속에 그리어 생각해 온 그는 실로 분함을 참지 못하였다.

"에이."

그는 자기도 모르게 이렇게 부르짖으며 두 주먹을 불끈 쥐었다. 그리고 부르르 떨었다.

"왜 그리우?"

산후에 중통을 하고 난 그의 아내는 발치 목에서 어린애 젖을 빨리고 있다가 무엇을 생각하고 있는 듯하던 남편이 그같이 알지 못할 소리를 지르고 떠는 주먹을 보고 의아하게도 이렇게 물었다. 남편은 아무런 대답도 없이 여전히 부르쥔 주먹을 펴지 못하고 떨었다. 한참 만에 그는 입을 열었다.

"여보 마누라, 우리는 여름내 무엇을 하였소?"

이 소리는 매우 친절하고 측은하고 어성이 고왔다.

"무엇을 하다니요. 농사하지 않았어요?"

"그러면 지은 농사는 왜 없소?"

아내는 이 소리에 실로 기가 막혔다. 정신이 아찔하여지고 대답이 나오지 않았다. 저녁때 남편이 매를 맞던 꼴과 송지주의 벼를 떼어 들어가던 현장이 눈앞에 갑자기 환하게 나타났다.

"에이."

그는 또다시 주먹을 부르르 떨었다.

아내는 어쩔 줄을 모르고 남편의 곁으로 다가앉으며 눈물을 흘렸다.

"울기는 왜 우오, 우리 의논 좀 하자는데"하고 그는 다시 무엇을 생각하더니 아내를 노려보며 말끝을 이었다.

"마누라 우리는 왜 빚을 졌는지 아시오?"

"호미와 강냉이(옥수수) 사다 먹지 않았어요?"

"그런데 우리는 그 호미값을 왜 못 무오?"

아내는 기가 막혀 또 말문이 막혔다. 지난 여름에 사흘씩 굶어 떨던 그때의 현상이 또다시 눈앞에 나타났다. 남편도 이렇게 묻고 보니 생각은 새로워 알지 못할 눈물이 눈초리에 맺혔다.

"우리가 이리로 이사온 지가 몇 핸지?"

"10년째 아니오."

"옳아, 10년째. 우리는 10년째를 이 독사의 구덩이에서"하고 그는 혼자말 비슷이 이렇게 부르짖고 한숨을 괴롭게도 한 번 길게 빼고 다시 말을 이었다.

"여보게 마누라, 남 보기에는 우리가 송주사네의 덕택으로 먹고 입고 사는 줄 알지만 실상 우리는 우리의 두 주먹으로 우리의 몸을 살린 것일세. 내나 자네나 이렇게 핏기없이 뽀독뽀독 마른 것이 모두 송주사한테 피를 빨린 탓일세. 우리가 그렇게 피와 땀을 흘리며 죽을 고생을 다하여 벌어놓으면 그들은 그것을 가지고 잘 먹고, 잘 입고 그리고도 남으면 그 돈으로 또 우리의 피를 빠는 것일세. 그러면 금년의 우리의 벌은 그것으로 또 내년에 우리의 피를 줄 것이 아닌가. 어떻게 생각하면 그런 줄을 번연히 알면서 피를 빨리는 우리가 도리어 우스운 것일세. 그러기에 우리는 이제부터 피를 빨리우지 않게 방책을 연구하여야 되겠네. 그래서 자유롭게 살아야 되겠네. 만일 우리의 두 주먹이 없다 하면 그들은 당장에 굶어죽을 것일세. 죽고 말고, 암 죽지, 죽어"하고 매우 흥분된 어조로 이렇게 장황히 부르짖었다. 그는 상당히 무엇을 깨달은 듯하였다. 아내는 이런 소리를 남편에게서 듣기는 실상 이번이 처음이었다. 그리고 가슴이 시원하다는 듯이 빙그레 웃었다.

"글쎄, 참 그렇긴 하지만 어찌하우?"

아내는 무엇을 생각하는 듯하더니 한참 만에 어찌할 바를 모르겠다는 듯이 이렇게 물었다.

"어찌해, 싸워야 되지. 싸울 수밖에 없네. 그들의 앞에는 정의도 없고 인도도 없는 것을 어찌하나, 아니 이 세상이란 또한 역시 그런 것이니까. 남의 눈을 어렵게 패즉한 수단으로라도 가리우지 않고는 밥을 먹을 수 없는 것을 나는 이제야 비로소 깨달았네. 우리는 이제부터 이 모든 더러운 독사 같은 무리와 필사의 힘을 다하여 싸워야 되겠네. 싸워야 돼. 그래서 우리는……"하고 그는 무엇을 더 말하려다가 참기 어려운 듯이 주먹을 또다시 부르르 떨었다.

"글쎄요, 아이 참 낼 아침 밥 질 게 없으니 이 일을 또 어찌하우."

아내는 새삼스럽게 잊히지 못하던 아침거리가 머리에 또 떠올랐다.

"그러기에 싸우란 말이다."

헤어진 창틈으로 바람은 씽씽 들어오지만 추운 줄도 모르고 이렇게 그들 내외는 생활고에 쪼들려 닥쳐오는 고통을 서로 하소연하며 장차 어찌 살꼬 하는 앞잡이 길에 온 정신을 잃고 깊은 명상 속에서 밤이 새도록 헤매었다.

4

그 이튿날 아침 일찍이 송지주는 최서방을 불러다 놓고 어제 저녁 벼에 탕감이 채 되지 못한 나머지 10원을 들채기 시작했다.

어젯밤 밤새도록 한잠도 자지 못한 최서방의 눈은 쑨죽처럼 풀어지고 눈알엔 발갛게 핏줄이 거미줄처럼 서리어 있었다.

"자네 농사는 참 금년에 장하게 되었네. 농사는 그렇게 근농으로 하지 않으면 이즘 전답 얻기도 힘드는 세상일세. 참 자네 농사엔 귀신이야. 그렇기에 그래도 근 백 원 돈을 이탁데탁 청당했지. 될 말인가."하고 송지주는 점잔을 빼고 최서방을 추어 하늘로 올려 보내며 다시

"그런데 어제 52원에서 42원은 귀정이 된 모양이나 이제 나머지 10원은 어쩔 셈인가? 조속히 그것도 해 물고 세나 쇠야지?"

최서방은 없는 돈을 갚겠다지도 또한 안갚겠다지도 어떻게 대답을 하여야 좋을지 몰라 한참이나 주저주저하다가,

"금년엔 물 수 없습니다. 그대로 지워 주십시오."
하고 그는 낯을 들지 못했다.

"물 수 없으면 어쩐단 말이야."

"그럼 없는 돈을 어찌합니까?"

"물지도 못할 걸 쓰기는 그러 왜 그렇게 썼어 응!"

"그 돈 꿨기에 주사님네 농사를 지어 바치지 않았습니까?"

"이놈, 나를 거저 지어 바친 것 같구나. 바루 원 천하의 말버릇 같으니. 에이 이놈."

그는 기다란 댓새를 최서방의 턱 앞에 흘근 내밀었다.

"아니 그럼 아시는 바, 한 말도 없는 벼를 무엇으로 돈을 장만해 내랴십니까?"

"이놈, 그럼 없다고 안 물 테냐 웅! 이놈아, 내가 너이들은 그래도 불쌍한 것이라고 특별히 먹여 살렸건만 에이, 이 은혜도 모르는 놈, 이놈 썩나가, 전답도 모조리 다 내놓고 이 도야지 같은 놈, 아직도 밥을 굶어 보지 못하였던 거로구나"하고 그는 누구를 집어삼킬 듯이 벌건 눈을 흘근거리며 댓새로 최서방의 턱을 받쳤다. 최서방은 이렇게 여지없는 욕설을 들을 때에, 아니 턱을 댓새로 받치울 때 담박 달려들어 댓새를 부러치고 대항도 하고 싶었으나 그는 약하였다. 그리고 머리끝까지 치밀어오르는 분이 진정할 수 없이 가슴을 뛰게 하였지만 또한 그는 말을 못하였다. 최서방이 집으로 나간 뒤끝에 송지주는 곧 멈돌을 불러 가지고 오막살이로 쫓아나와서 약간한 가장으로 10원을 또한 탕감치려 하였다. 위선 그는 멈돌을 시켜 김장을 하여 넣은 독(甕)과 부엌에 걸은 솥(鼎)을 뽑아 내왔다.

이때에 최서방은 더 참을 수 없었다. 여러 해를 두고 굶기고 굶겨 오던 분은 일시에 탁 터져 나왔다. 마치 병의 물을 꿀덕꿀덕 거꾸로 쏟듯이,

"이놈!"

최서방은 주먹을 부르쥐었다. 그리고 입술을 푸들푸들 떨며 송지주와 마주섰다.

"이놈이라니, 야 이 이 이 무지한 버릇 없는 놈…… 아."

송지주는 어쩔 줄을 모르고 몽둥이를 찾아 사방을 살피며 덤볐다. 실상 그는 나이 오십에 이놈이라는 소리를 듣기는 이번이 처음이라 젖먹던 밸까지 일어나 섰을 것도 그리 무리는 아니었다.

"에이, 이 독사 같은 사람의 피를 빠는……"하고 최서방은 허청 기둥에

세웠던 도끼를 들어 솥과 독을 단번에 부셨다. "쩌렁땡"하고 깨어져 사방으로 달아나는 소리는 마치 폭탄이나 터지는 듯이 요란하였다.

"독을 깨깨깨 깨치면 이미 10원은."

"이놈아, 이 이 내 피는."

그들의 형세는 매우 험악하였다. 최서방은 앞에 들어오는 것이거든 무엇이든지 모조리 때려부술 듯이 주먹과 다리는 경련적으로 와들와들 떨렸다.

이런 광경을 멀거니 보고 있던 그 아내는 세간의 전부인 독과 솥이 깨어져 없어지는 아까움보다 승리가 기쁘다는 듯이 빙그레 웃었다.

송지주는 멈돌의 손에 끌리어 못 이기는 체하고 끄는 대로 끌리어 들어갔다.

멈돌에게 독과 솥을 지어 가지고 들어가려 가지고 나왔던 지게는 멈돌의 등에서 달랑궁달랑궁 비인 대로 쫓아들어갔다.

5

겨울은 가고 봄이 왔다. 어느 일기 좋은 따뜻한 날 석양에 무순無順 차표를 손에다 각각 한 장씩 쥐인 최서방 내외의 그림자는 정거장 삼등 대합실 한구석에 나타났다. 그들의 영양 부족을 말하는 수척한 얼굴은 몹시도 핼끔한 것이 마치 꿈속에서 보는 요물을 연상케 하였다. 더구나 그 아내의 등에 업힌 겨우 두 살밖에 안되는 어린애는 추움에 시달렸음인지 한줌도 못 되리만치 배와 등이 거의 맞붙다시피 쪼그린데다가 바지 저고리도 걸치지 못하고 알몸대로 업히어서 빼악빼악 하고 울며 떠는 꼴이란 차마 볼 수 없었다.

그들은 송지주와 싸운 그 자리로 그 오막살이를 떠나 끼니를 굶어 가며 혹은 방앗간에서 그도 없으면 한길에서 밤새워 가며 정처없이 일자리를 찾아 돌아다니다가 어떤 조그마한 도회지에서 최서방은 삯짐과 품팔이로 아내는 삯바느질 삯빨래로 간신간신히 차비를 장만하였던 것이었다.

그들이 그 오막살이를 떠날 때의 본래의 목적은 어떻게 죽물로라도 두 내외의 배를 채울 수만 있다면 내 조국은 떠나지 않으리라 생각하였건만 그것조차 여의치 못하여 최우의 수단으로 마침내 서간도 길을 단행한 것이었다.

그의 내외는 차시간이 차차 가까워 와 몇 분 격하지 않은 앞에 잔뼈가 굵은 이 땅, 같은 피가 넘쳐 끓는 동포가 엉킨 이 땅을 떠나 산 설고 물 설은 이역의 타국에서 고생할 것을 생각할 때에 실로 사무쳐 흐르는 눈물을 금할 수 없었다.

기차가 도착되자 플랫폼으로 앞서거니 뒤서거니 엉기엉기 걸어나가는 사람들 틈에는 그들 내외도 섞여 있었다. 시각이 있는 차시간이다. 그들은 할 수 없이 차에 몸을 담았다. 호각 소리가 끝나자 차는 바퀴를 움직였다.

"아! 차는 그만 가누나! 우리는 왜 이같이 눈물을 뿌리며 조국을 떠나지 않으면 안되노?"하고 그는 입속말로 중얼거리며 바람이 씽씽 부는 차창으로 머리를 내밀고 차마 고국은 못잊어 하는 듯이 눈물에 서린 눈으로 사방을 힘없이 살펴보았다. 그리고 좀더 기차가 머물러 주었으면 하는 듯하였다. 그러나 내닫기 시작한 사정 없는 기차는 흰 연기, 검은 연기 번갈아 토하며 세 생명의 쓰라리게 뿌리는 피눈물을 싣고 줄달음치기 시작했다.

인두지주

1

S시에는 산업박람회産業博覽會가 열리었다. 구경이라면 머리를 동이고 달려드는 사람들은 오늘도 이른 아침부터 모여들기 시작하여서 너른 터전은 그야말로 인산인해를 이루었다. 그것은 이런 대목을 보려고 각처에서 모여든 마술단, 연극단, 무슨 단단하는 온갖 놀이가 귀가 소란하게 뚱땅거리며 그들을 꾀여 들이는 까닭이었다.

이날도 경수는 빈 지게를 지고 무슨 벌이가 혹시 있을까 하고 이 광장을 빙빙 돌다가 한나절 후에는 고만 화가 나서 집으로 돌아가려던 차에 홀연 사람거미라고 외치는 소리를 듣자 그는 걸음을 멈추고 귀를 기울였다.

"자, 구경합시요! 오전씩. 남양南洋 인도산印度産 사람거미─, 사람 대가리에 거미 몸뚱이란 이상한 짐승이올시다……."

맞은 편 막다른 골목에다 가마니와 섬거적으로 막을 치고 출입하는 문위 다는 새 옥양목 바탕에다 사람 대가리가 돋친 거미를 이상스럽게 울긋불긋하게 그리어 걸고 그 옆에는 해진 양복을 입은 장대한 남자가 서서 목이 터지도록 이렇게 외치고 있다.

"참, 세상에 별 괴상한 것도 다 보겠군! 허! 허. 원 세상에 사람의 머리가 돋친 거미란 놈이 다 있단 말인가?"

거기는 들고 나는 사람이 연신 줄다르며 나오는 사람마다 다 희한하다는 듯이 모두 이렇게 중얼거린다.

이때 경수도 속으로 혼자 중얼거리며 오고 가는 사람들 틈에 끼어서 한참 동안 그 그림을 쳐다보았다.

그는 들어갈까 말까 하고 주저하다가 제일 구경 값이 싼 김에 그만 지게를 탁 벗어 놓고 단풍 한 갑 사 먹을 돈 5전 있는 놈을 자선하기로 결심하였다.

들어가 보니 그것은 과연 사람거미였다. 눈이나, 코, 입, 모든 것이 영락 없는 사람이다! 아니 사람 중에도 미남자다. 갈족한 얼굴에 이목구비가 번듯한데 머리는 왼골을 타서 하이칼라로 갈라 붙였다. 그런데 몸뚱이는 사방 한 자 반씩이나 될 놈이 검붉은 빛으로 게(蟹)발 같은 발을 뻗치고 있는 것은 보기에도 흉한 큰 거미 몸뚱이가 아닌가. 이런 괴물을 바야흐로 단풍이 물들기 시작하는 가지가 무성한 큰 나무 두 개를 양편에 세워 놓고 그 가지에다 굵은 노끈 같은 거미줄을 늘어놓고는 그 한가운데에 매달았는데 그것은 암만 보아도 사람 대가리 돋친 거미가 분명하였다.

"아이구 저 얼굴 좀 봐…… 사람 같으면 좀 잘생겼나—."

기생 같은 여자 하나가 이렇게 부르짖으며 좀 자세히 보려고 그 곁으로 가까이 가보았다. 이때 거미는 혀를 쑥 빼물고 눈을 이상하게 끔적이며 고개를 앞으로 내밀고는 앞발로 줄을 당기며 흔든다. 그것은 마치 기생에게로 달려들려는 것 같이 보이었다.

"애고머니!"

이때 기생은 정말로 달려드는 줄 알았든지 그만 기절을 하여 뒷걸음질을 치는 바람에 구경꾼들은 모두 허리를 잡고 웃었다.

그러나 경수는 웃지도 않고 이상한 태도로 자세자세 들여다보며 이 이상한 괴물의 정체를 알아내려 하였다마는 아무리 보아야 그것은 사람거미였다. 그는 다시 생각해 보았다. ―사람이 거미의 탈을 썼다고 하자니 두 다리는 어디다 처치를 하였을까? 아무리 다리를 꼬부려 넣었다 하더라도 양편으로 쑥 두드러진 무릎마디는 드러날 것이다……. 그러나 그가 처음 볼 때에는 혹시 고무로 만들어서 전기 작용을 한 것이나 아닌가 하였으나 결코 그런 것은 아니었다. 그 괴물의 얼굴에는 분명히 따뜻한 붉은 피가 살 속으로 흘러 있다. 그러면 정말로 사람 거미라는 이상한 괴물이냐? 그러나 이런 동물이 이 세상에 있을 수는 없다. 경수는 이 풀기 어려운 스핑크스의 수수께끼를 속으로 또 풀어 보려던 중 그때 마침 괴물이 기생에게 히야까시를 하는 것을 보고 그것은 정녕히 사람을 알아 보는 모양이라는 짐작이 나서 마침내 그것에게 말을 붙여 보았다.

"너 지금 몇 살이냐?"

괴물은 머리를 흔든다. 그것은 말을 모른다는 형용같다.

"말을 못 알아들어?"

이번에는 고개를 앞으로 끄덕였다. 그것은 그렇다는 형용인 듯 싶게― 경수는 비로소 그 동물이 말을 알아듣는 줄 알게 되었다. 그래 그는 한 걸음 다가서며 또다시 물어 보았다.

"끄덕거리는 뜻은 무슨 뜻이냐?"

괴물이 이번에는 아무런 형용도 내지 않고 뚫어지도록 경수를 바라볼 뿐이다. 웬일이냐! 그의 눈초리는 실룩하고 안색은 이상하게도 안타까운 표정으로 변하였다. 그러자 두 눈에서는 눈물이 텀벙텀벙 쏟아진다……. 이때 경수나 모든 구경꾼도 물론이요 이 괴물의 주인까지도 어인 영문인지를 몰라서 만 사람들의 시선은 모두 괴물에게 쏘았다. 그러나 이때 경수의 생각은 저것이 말을 하고 싶으나 말이 나오지를 않아서 그러나 보다 하였다마는 주인의 놀라는 기색은 그 괴물이 평시의 태도가 아니라는 것을 넉넉히 짐작하게 하였다. 그러나 그 괴물이 하필 경수를 보고 눈물을 흘린다는 것은 경수 자신도 아무래도 해석할 수 없는 일이었다.

"저게 어째서 나를 보고 눈물을 흘릴까?"

경수는 자기도 모르게 이렇게 중얼거리고 마주 쳐다보았다. 참으로 괴상한 일이다.

그러나 괴물의 눈에서는 더한층 눈물이 뚝뚝 쏟아진다. 나중에는 흙! 흙! 느껴운다. 이때 괴물의 안색은 온통 슬픈 빛이 가득 찼었다.

2

이 광경을 본 주인은 경수와 괴물 사이에 무슨 심상치 않은 관계가 있나 보다 하였다. 그러나 지금 그것을 물어 보다가는 괴물의 정체가 폭로될 것이요, 그렇게 되면 영업에 방해가 될까 봐서 이때 주인은 어찌할 줄을 모르고 당황할 무렵에 별안간 공중에서 프로펠러 소리가 요란하자 관중은 우 하고 휘장 밖으로 몰려 나갔다. 경수도 이때 비행기를 구경하고 싶은 생각도 있었으나 그보다도 이 괴물이 무엇인가 알고 싶어서 그대로 서서 괴물을 쳐다보고 있었다. 이때 장내는 주인과 경수와 단 두 사람만 남아 있었다.

"경…… 경수! 아―."

이때 별안간 괴물은 이렇게 부르짖더니 주인에게 무슨 눈치를 한다.

이 괴상한 사람거미가 별안간 자기의 이름을 부르는 소리를 들을 때 경수는 소스라쳐 놀라지 않을 수 없었다. 그는 더욱 웬 영문인지 몰라서 홀린 듯이 괴물을 쳐다보고 있을 뿐이었다.

이때 주인은 거미줄을 풀고 그 괴물을 번쩍 들어서 땅에 내려놓았다. 괴물은 홀떡홀떡 거미꺼풀을 벗더니 엉금엉금 경수 앞으로 기어 나오는데 그것은 두 다리가 엉덩이까지 짤라진 두루뭉수리인 사람이었다.

"아, 경수…… 그래도 나를 몰라보겠나…… 나는 창……."

앉은뱅이는 떨리는 목소리로 이렇게 부르짖자 별안간 경수의 손목을 덥석 쥔다. 이때 경수는 정신이 펄쩍 났다!…… 그는 비로소 그게 누구인지 알았다. 이 두 다리가 없는 사람은 과연 창오가 분명하였다. 죽은 줄로만 알았던 창오가— 창오는 경수의 예전 친구였다. 그때 그 지진 난리 통에 서로 갈린 후로 벌써 삼사 년째나 소식이 묘연한 그는 필경 죽은 줄만 알았는데 이렇게 다시 만날 줄이야 실로 꿈에도 뜻하지 못한 일이었다. 비로소 경수도 와락 달려들어 창오의 손목을 잡아 흔들며

"아! 창오—."

하고 부르짖는 그의 목소리는 절반 목메인 감격에 찬 소리였다.

3

경수와 창오는 어려서 한동네에서 생장하였을뿐만 아니라 남달리 친하게 지냈던 터이었다. 그래 나무를 하러 가도 같이 다니고 일을 가도 같이 다녔다. 그러나 그들은 가난한 소작인이었으므로 남의 땅마지기를 부쳐 가며 간근한 생활을 부지하던 터인데 그들의 부치던 땅이 ○○으로 넘어가는 바람에 그들은 일조에 밥줄이 끊어지고 말았다. 그러나 그대로 앉아서 굶어죽을 수도 없으므로 어디 가서 노동이라도 해서 돈을 벌어야 하겠다고 그때 한참 돈벌이가 좋다는 ……로 그들은 정처없는 길을 떠났었다.

그러나 급기야 들어가 보니 듣던 말과는 판판으로 아무런 발전도 없고 말도 모르는 벙어리들에게 일자리를 주는 놈은 없었다. 그래 그들은 ……에서 …… 로 다시 …… 으로 무여걸인처럼 방랑하다가 생각만 하여도 끔찍한 저— 관……통을 치르는 통에 그때 그들은 풍비박산이 되었다. 그래서 그 뒤로는 어떻게 된 줄을 모르는 까닭으로 그들은 지금까지 서로 죽은 줄만 알고 있었던 것이다.

그때 경수는 죽을 고비를 여러 번 치르고 간신히 몸을 숨겨서 고국으로 돌아왔으나 창오는 그때에 ××게 붙들리어서 거진 ……맞고 다시 ××서에 한 달 동아 갇혔었다 한다.

"그래 그 후에 어떻게 되어서 저 지경이 되었나?"

하고 경수는 궁금한 듯이 그의 굼뜬 말을 채치었다.

"아—, 그 뒤에 그 난리가 진정된 뒤에 무사히 놓이기는 하였지마는 그날부터 또 먹을 것이 있어야 살지…… 그래서 ……이라면 진저리도 나고 해서 ××탄광에를 가지 않았겠나 — 그때 유치장에 같이 갇혔던 어떤 친구가 그쪽으로 가자는 바람에—."

하고 말을 끊자 창오는 힘없이 또 한숨을 내쉰다.

"그래서?……."

"다행히 일자리를 붙들어서 일을 잘 하게 되었는데, 그 이듬해 봄에 탄광이 무너지는 바람에 나도 그때 속에 들어가서 석탄을 파내다가 그만 아랫도리를 치었다네……."

하고 그는 다시 말을 이어서

—그때 자기도 꼼짝없이 죽을 것을 같이 일하던 동수들이 구……해서 살기는 살았지마는 두 무릎이 부러졌다는 말과 그때 그 굴이 무너지는 통에 무참하게 죽은 우리 동포가 얼마나 되는지 모른다는 말과 그래 할 수 없이 자기는 병원으로 떼메 가서 썩어들어가는 두 허벅다리를 자르고 몇 달 동안을 죽다살아났던 말과, 병원에서 나올 때는 위로금 한푼 받지 못하고 빈손으로 앉은뱅이 병신걸인이 되어서 노상에 내던짐을 받았다는 말과, 그날부터 할 수 없이 남의 집 문전에다 턱을 걸고 촌촌이 빌어 먹으며 앉은뱅이 걸음으로 이태만에 고국땅을 밟게 되었다는 말과, 어떻게든지 거지 노릇을 면하여보려고 그때 탄광에서 같이 병신이 된 동무와 밤낮으로 연구한 결과 마침내 이런 짓을 꾸미게 되었다는 말과, 그것은 그런 생각이 ××에서부터 들었는데 그때 바로 그 동무가 여간 쉬운 일

을 해서 벌은 돈과 자기가 공원과 길거리에 앉아서 번 돈으로 그곳 미술가를 찾아가서 그런 사정 이야기를 하고 거미탈을 만들어 달라고 간청한 결과 그 사람이 무슨 맘이 들었는지 대번에 승낙하고 잘 만들어 줄 뿐 아니라 그곳 경찰서에 교섭하여 흥행허가까지 맡아 주었다는 말과, 그 뒤부터는 가는 곳마다 그 짓으로 돈을 꽤 잘 벌어서 고생을 덜하고 바다를 건너왔다는 말과, 고국에 와서는 차마 그 짓을 마자고 하였으나, 고향이라고 돌아와보니 부모는 돌아가시고 아내는 개가하고 역시 노동일을 할 자리도 없거니와 할 수도 없어서 곤란하던 차 마침 이 땅에 박람회가 열린다는 소문을 듣고 이런 기회에 돈푼이나 벌어 볼까 하고 그 짓을 또 시작하였다는 말을 일장설화하였다.

이때 경수는 듣기만 하여도 뼈가 저리었다. 그러나 경수는 다시 그를 데려갈 자기 집이 없음을 슬퍼하였다.

"아! 그렇게 되었나?⋯⋯ 나는 지금 뭐라고 자네를 위로할 말이 없네⋯⋯ 그러나 자네가 저렇게 된 것은⋯⋯ 알겠네 그려! 그러면 자네가 그것을 안다면 자네는 그것으로써 위안을 얻지 못할까? 이 넓은 세상⋯⋯는 혹시 자네보다도 불행한 사람이 없을 것도 아닌가?⋯⋯ 그러면 말일세! 자네는 저렇게 되니만큼 도리어⋯⋯ 가지고, 누구⋯⋯ 감하게 우리 ××에서⋯⋯지 않겠나⋯⋯"하고 경수는 그를 쳐다보고 말하였다.

"그야 더 말할 것이 있겠나. 그러나 나같은 병신이 무슨 일을 할 수 있으며 또는 나같은 사람을 누가 같이 할 동무로 알겠나. 다만 병신걸인으로 알 뿐이겠지. ⋯⋯아! 나는 그렇다고 자네는 그후에 어떻게 되어서 지금 이곳에 와 있는가?"하고 창오도 강개한 듯이 경수를 마주볼 뿐이었다.

"나도 자네와 같이 사고무친한 나 한 몸이 남아서 정처없이 돌아다니는 중일세. 그러나 나는 여기 온 뒤로는 고독을 느끼지 않게 되었네.—그날그날 품팔이해서 살기는 사네마는 나 같은 우리 ⋯⋯에는 수백명의 건장한 동무가 있으므로 그들과 함께⋯⋯ 배우는 것이 나의 지금 통쾌한 생활일세.— 그러면 자네도 나하고 같이 가세. 자네 하나 더 있으나 덜 있으나 내 생활에는 별로 다를 것이 없겠네마는 자네는…… 가면 할일이 많을 줄을 내가 잘 아니까—."

"아! 그럴 수가……, 그럴 수가 있겠나. 그렇다면 가다뿐이겠나. 가다가 죽더라도 가겠네. 참 이젠 자네보고 말일세마는 내가 이 꼴을 해 가지고 무엇을 더 바라고 살겠냐마는 부모 처자가 어떻게 되었는지, 그들이 나 한번 만나 보고 죽었으면 하는 생각으로 고향에를 나왔더니 이미 이 지경이 되었으니 다시 무엇을 바라겠나…… 내게는 그런 영광이 없겠네. 그러나 내가 가서 할일이 무……."

"아니 그런 여러 말을 고만두고 지금부터라도 갈 수만 있거든 가세! …… 내가 오늘 놀기를 잘했군! 만일

"오늘 쉬는 날이 아니었으면 내가 여기에 왔을 리가 만무하였을 터이니 그러면 자네를 못 만났을 것이 아닌가?"
하고 경수는 다시 한 번 그의 손을 힘있게 잡아흔든다.

"아 그러면 가겠네! 가다뿐이겠나…… 그러나 여기서는 기위 시작한 것이고, 박람회도 며칠이 안 남았으니 이곳에서 떠나는 날 자네를 찾아 감세."

"그럼 그러게 내일 모레 밤에 그럼 내가 또 오지."

"아! 그럼 모레 만나세."

"그러세!"
하고 경수가 창오의 손목을 놓고 나가자 창오는 다시 거미꺼풀을 뒤집어 썼다…….

"자! 구경합시요! 남양 인도산 사람 대가리에 거미 몸뚱이란 이상한 짐승을 한번 보는 데 5전씩……."

돌아오는 경수의 귀에 다시 이런 소리가 들리었다……. 그는 창오의 아까 그 모양을 연상하고 저절로 몸서리가 쳐졌다. 경수는 별안간 까닭

모를 눈물이 핑— 돌자 그의 두 주먹은 무의식적으로 꽉 쥐어졌다. 그리고 이런 말이 마치 공중에서 부르짖는 것같이 자기도 모르게 부르짖었다.

"……."

1928. 1. 10 선천宣川 현동賢洞에서.

고절

1

봄을 잡으면서부터 우제는 아버지가 자기를 더욱 대수롭지 않게 여긴다는 것을 알았다. 믿지는 않으면서도 그래도 전에 같으면 가다가 한 번씩이라도 가사에 관한 의논은 있을 것이 일체 없어진 것으로 알 수 있었다.

이것은 좀더 자세히 말하면 자기라는 인간은 있으나 없으나 마찬가지로 여긴다는 말도 되는 것이라, 아니 이렇게까지 자기를 처단해버린 아버지의 마음은 얼마나 괴로울꼬 생각할 때 우제의 마음은 앞뒤가 꼭 막힌 듯이 뻐근했다.

아버지가 자기를 이심으로 밉게 보아서 그런다면 반감이나 생길 것이 그렇다면 마음이나 오히려 편안할는지도 모를 것인데, 사랑은 하면서도 아니 사랑하길래 큰소리 한 마디 없이 아들이 없는 줄 아자꾸나 하고 인제는 아예 교섭을 말려는 것인 줄을 아니 가슴이 아픈 것이다.

본시 성질이 남달리 뚝하여 아들에게도 곰살갑게 말 한 마디 하여본 일이 없는 아버지였건만 자기를 누구보다도 알뜰히 사랑하고 있다는 것만은 우제가 모르는 배 아니었다. 오륙 식구를 거느리고 오십이 넘은 아버지가 혼자 이것들을 벌어먹이기에 사철 다리를 부르걷고 진날 마른날

없이 감탕 손에 무젓어나며 농사를 짓기가 오죽 힘들련만 모 한 대 같이 꽂아주기는커녕 설대가리 하나 맞들어주지 않고 남의 일같이 눈 한 번 거들떠 봄이 없이 밤낮 손 싸매고 방구석에 들어박혀 책으로 씨름하는 것이 아니면 할 일 없이 뒤짐지고 산등성이 가서 거니는 것이 그의 생활의 전부이었건만 이렇다 쓴소리 한 마디 아니하던 그 아버지였다.

사실, 그 아버지 자신도 우제가 삼십이 되도록 책이 아니면 붓대나 들고 고이 놀리던 손끝으로 일(농사)을 하리라고는 애초에 믿지부터 않았다. 공부를 하였거니 취직을 한다든지 무엇이나 한자리 해서 돈벌이를 하여 집안 식구를 먹여 살릴 것이겠거니, 그리하여 어떻게 찌그러져가는 가정을 복구시켰으면 하는 생각은 은근히 있어왔다. 이것은 우제도 잘 안다.

그러나 우제는 취직은커녕 용처돈 한 푼 벌지 못하고 되려 그 늙은 아버지가 수염에 흰물을 들여가며 벌어놓은 돈을 쪼아먹고만 있었다. 돈벌이를 못하고 집에 있겠거든 아버지가 그렇게 손이 모자라서 배바쁘게 돌아가는 것이 어심에 미안해서라도 좀 맞들어줄 상 싶은 것이런만 그것은 나 몰라 하는 듯이 우제는 눈 딱 감고 지났다.

하는 것을 아버지는 손이 정 돌아가지 못할 때면 마지못해 힘들지 않는 일로 놀면서라도 하염직한 일이면 이따금씩 시키는 일이 있었다. 그러나 시켜놓고 보면 그것은 결국 도리어 시키지 않았던 것만 못한 결과를 맺는 일이 반은 넘었다. 그것은 아버지가 시키는 일이라 거역할 수가 없이 대답은 하지만 마음에 없는 일이니 모르는 가운데 일은 태가 나고 마는 것이었다.

얼른 가까이 아무게나 예를 하나 든다해도 그날 바로 모는 내기 시작하고 갑자기 양식이 떨어져 집 근처에서 벼를 한 섬 꾸어다 말리어 찧으려고 멍석에 널어놓고 닭 볼 사람이 없어 우제더러 닭을 좀 보라 이르고 아버지는 안심하고 모를 꽂으려 들로 나갔다. 점심참에 들어와보니 닭은

마당으로 하나 벼를 차버리고 한멍석 들어서서 일변 목들이 메여서 캑캑
거리며 쪼아먹고들 있었다.

　이것을 본 아버지는 어쩔 줄을 모르고,

　"야! 야! 닭! 데 닭! 닭! 닭!"

하고 고함을 치며 찾았으나 우제는 기웃도 아니했다.

　그래, 방안에 사람이 없나 아버지는 팔을 내저으며 마당으로 뛰어들어
가 닭들을 쫓아내고 우제의 방을 기웃해보니 제법 닭을 보겠다고 "네에"
하고 대답을 하던 것이 얼굴 위에다 제 책을 올려놓고 번듯이 근더져서
세상이 오는지 가는지 코만 드르렁드르렁 골고 있었다.

　아버지는 저것이 저러고도 밥을 먹고 살까 하는 생각에 어처구니가 없
어 멍하니 한참 보다가 그래도 낮잠을 자는 것이 이롭지 못할 것을 생각
하여,

　"얘! 얘! 잠 깨라 잠잠!."

하고, 무릎마디를 잡아흔드니

　"에!"

하고, 우제는 놀래어 눈을 썩썩 비비며 일어나 앉더니 아직도 잠이 덜 깬
모양으로,

　"아이고 깜짝이야! 난 또…… 아! 아!"

하고 선하품을 내뿜었다.

　이것을 본 아버지는 그저 한심하다는 듯이 "끙—"하고 속으로 갚을뿐
다시는 더 아무 말도 아니하고 건넌방으로 건너오고 말았다. 그러니 이
런 것을 하루 이틀도 아니고 일상 화를 내려다가는 한정도 없겠거니와
또 들을 것도 아닌데다 자식을 사랑하는 마음이 그렇다고 또한 큰소리를
하므로 아들의 비위를 상하기도 싫었던 것이다.

　그래서 아버지는 인제 아들은 아예 없는 줄 알고 아니 믿어야 저나 내
나 서로 마음이나 편하리라 생각하여 일은 물론, 가사에 관한 의논까지

도 일체 아니하기로 마음을 먹었던 것이다.

2

　이런 일을 아버지는 무엇에나 입다물고 말은 하지 않아도 우제는 아버지의 속을 들어갔다 나오는 듯이 맑게 알았다. 알 수 있는 것이 우제의 마음을 더욱 괴롭히는 것이다.

　우제는 자기가 발벗고 나서서 어떠한 짓을 해서라도 돈을 벌어야 집안 식구를 붙들어살릴 것도 모르는 것이 아니었다. 하건만 마음에 없는 노릇은 다작고 하기가 싫었다.

　그렇다. 실상 농사 같은 것은 장담코 자신도 못하리라 믿지만 어떤 회사라든가 신문사 같은 곳에는 손을 쓰면 들어가지 못할 것도 아니련만 그리하여 게서 나오는 보수가 집안 식구를 다 붙들어가지는 못한다손 치더라도 자기의 입만 쳐도 아버지의 등은 얼마쯤 가벼워질 것인데 우제는 반드시 의지를 희생해서라도 살아야 된다기는 무엇 때문엔지 달갑게 마음이 허치 않았다. 아니 의지를 희생하여 빚어진 돈이 설혹 목숨을 붙들어간단들 그 목숨은 무슨 가치가 있을 것이냐? 그것은 도리어 의지에의 죄악도 같았다.

　그리하여 이렇듯 삶에 대한 불안이 우제로 하여금 문단에서 은퇴를 하여 농촌으로 떨어져 손싸매고 들어박히게 한 원인이었거니와 그의 소설은 꽤 평판이 좋았다. 농촌을 묘사하는 데 남다른 독특한 수법으로 엄청난 작품이 이따금씩 튀어나와 문단을 흔들고 일약 신진 작가로 등단을 하는 영예를 가졌었다.

　그러나 소설을 쓴다는 그것으로는 생계를 지지할 수가 없었다. 신문과 잡지에는 우제의 이름이 끊일 새 없이 휘날리니 집에서는 우제가 훌륭한 인물이 되어 돈을 많이 벌겠거니 하여 돈 좀 보내야 살겠다고 실로 편지가 빗발치듯 책상머리에 떨어졌다.

그러나 아무리 악을 써야 자기 한몸밖에서 더 나아가, 아니 이것도 빳빳한 것이어늘 오육인의 집안 식구 그것은 도저히 불가능한 사실이었다.

여기에 비장한 결심으로 단연히 붓을 들고 문단에 나서게 되는 우제, —년내로 빚에 몰려오던 가정이 몰락의 비운을 피치 못하여 육칠백 석의 추수를 거두던 토지를 전부 들내놓아 팔 때에 한껏 섭섭한 마음은 있었지만 그 아버지는 고사하고 동리 사람들의 아까와하는 마음의 십분에 일만도 못하게 무관심하던 마음, 부르조아의 자식이라는 향기롭지 않는 레텔이 뜻 있는 사람을 대하기에 부끄럽던 마음, 그리하여 그 재산이 일조에 흩어지고 마를 때 되려 인간적으로는 이제야 바른 사람이 된다고 마음까지 느끼며 두 주먹을 든든히 믿든 마음, 그리하여 지렁이같이 푸른 힘줄이 울근불근하는 두 개의 팔뚝을 들여다볼 때면 그 힘으로 무엇인들 못할 것같지 않았었다. 그래서 자기의 주먹으로 벌어서 가족을 붙들어 살릴 것이 얼마나 신성한 살림일 것이냐, 당시 동경에서 K대학을 다니던 그는 일 년을 앞둔 졸업까지 집어던지고 서울로 뛰어나와 원대한 희망 속에서 문학적 활동을 시작하였던 것이다.

그러나 소설은 밥을 먹이는 것이 못되었다. 먹어야 사는 사람은 분명히 밥을 필요로 하고 있었다. 그리하여 뜻아닌 마음이 돈이라는 그 물건에 이끌리어 들어감을 어찌할 수 없을 때 옛날의 원대한 희망은 완전한 한낱 아리따운 공상으로밖에 더 되어 날아다니는 것이 없으니 이에 믿지 못하는 힘은 고민의 싹밖에 낳는 것이 없었다.

그리하여 집에는 회답할 문구에조차 궁하여 애를 태우던 끝에 ××사건의 선품까지 불어 동반자작가의 한 사람으로 휩쓸려 들어가지 않으면 면치 못해, 게다가 삼년의 징역을 또한 치르고 나오니 집안의 형편은 말이 아니었다. 아버지 어머니는 생전 쥐어보지도 못하던 호미자루를 들고 근처 집 소작을 하느라고 코피가 익어서 돌아가고 있었다.

그러나 그렇다고 우제는 밥을 먹는 것만으로 생활의 수단을 삼기는 싫었다. 하지만 그렇게 아니하면 밥을 먹을 수가 없는 것이 빤히 내다보이는 현실이요 등에 짊어진 일이다. 그러나 현실에 대한 고민은 날로 커가고 그리하여 그것은 또한 권태와 오뇌까지 가져다주어 자기도 모르게 무능한 인간으로 화하여 문단에서는 우제의 소설을 불렀건만 그는 손이 묶인 듯이 움직여지지 않아 농촌으로 굴러떨어지게 된 것이니 그것이 벌써 사 년 전의 일이다.

그리하여 이래 삼 년을 집에 꼭 박혀서 주위의 온갖 치소를 한 몸에 받으며 끼니의 구차에까지 사정은 절박하였건만 그는 그 치소를 되려 비웃고 보는 것이었다. 때로는 자기도 남과 같은 처지에서 수양을 못 받고 향상을 힘써온 것이 도리어 이렇게 자기를 무력하게 만들어 집안 식구를 굶게 하고 또는 자기의 마음까지 괴롭히지 아니치 못하게 된다고, 그리고 그것은 분명히 과도한 수양의 죄라고 저주까지 하여보다가도 또한 그 수양이 주는 위안이 실로 자기라는 생을 이끌어가는 것임을 알 때에 그 속에서 참 생의 희열을 느끼는 때문이었다.

그리하여 오히려 스스로가 높이 앉아 현실을 내려다보고 싶은 자존심이 오직 생을 붙들어가고 있는 것뿐이었다.

3

"아니 여보! 참 어떡할 모양이요? 난 아부님 보기가 부끄러워 못 살겠어요. 올해도 월급자리루 못 가게 되면 농사래두 해야 않하우?"

아내는 남편의 동정을 살피다 못하여 농사 시절이 되어도 또 손싸매고 앉았으매 어느 날 저녁 우제가 상을 받으려 건넌방으로 건너온 짬을 타서 말을 꺼냈다.

내외간이라고 하지만 아내는 실상 남편에게 말 한 마디 자유로 할 기회가 없었다. 아내는 아침 일찌기 일어나 아버지와 같이 들로 일 나갔다 어둡게야 들어오고 우제는 늦도록 자다 하루 세 때 밥상을 받으러 큰방으로 건너올 뿐 자기방에는 누구 하나 얼른하지 못하게 하고 혼자 들어박혀 있는 것이었다. 그래도 겨울에는 나무 때문에 두 방 부지를 할 수가 없어 우제도 큰방 웃간으로 건너와 아내와 한 방에 모이지만 해춘만 되면 건넌방으로 건너가 혼자 박혔다. 그래서 아내는 또 이 봄을 잡으면서부터는 무슨 할 말이 있어도 상 받으러 건너오는 그 때를 이용하지 아니하고는 기회가 없었다.

"글쎄 안 그렇소? 당신이 일을 하면 이렇게 사는 것도 그래두 발이 좀 피울 터인데 아버님 혼자서 감당을 못하고 농사하는 걸 삯을 늘 넣게 되니 농사는 지으나마나, 글쎄 금년도 벌써 양식이 떨어진 게 아니요."

아내는 역심과 안타까움에 울듯한 표정으로 그러나 남편의 환심을 사지 않아서는 안 될 것인 듯이 반은 애교에 가까운 어조로 말했다.

우제는 아무런 대답도 없이 그저 먹는 밥이나 먹었다.

"그러구 글쎄 애새끼들이 또 한심하지 않소. 공부를 못 시키겠으면 연골에 농사라도 배워주야지 석 달치나 월사금을 안가져가니 선생이 벌을 씨운다고 어제 밤은 밤새두룩 울며 조르드니 오늘은 학교에도 안 가고 그래서 아부님이 아침에 모나 꽂자고 들로 다리고 나간 걸 당신은 아마 모를 걸요. 글쎄 어떻게요. 이것들을……."

이런 것을 우제가 비록 외론 방에 혼자 묻혀 있었다 해도 모르고 있던 것도 아니었거니와 하나도 아니요 엄창둘인 자식들의 장래 문제에 대하여 생각해오지 않은 배 아니어니 이런 소리에는 더욱 가슴만 답답할 뿐 언제나 생각하고 한숨 쉬던 때와 같이 저것들은 왜 생겨나왔을까? 저것들만 없어도 몸은 한결 가볍지 않을 것인가? 우제는 다시금 외어보며 말 없는 한숨만 꺼지게 쉬었다.

이 때에 모를 꽂으러 나갔던 자식들이 사지가 나른하여 다리를 뚝 부르걷은 채 할아버지와 같이 주릉주릉 달려들어왔다.

우제는 아내의 입에서 좀더 무서운 말이 나올 것 같애 은근히 뒷말에 마음을 조리고 앉았다. 아내가 더 말할 기회를 잃고 밥상을 가지러 부엌으로 내려가는 것을 다행으로 그래도 좀 늦어지는 것같은 마음의 고삐에 다시 밥술을 들었다.

밥상이 들어오자 웃간으로 뛰어올라가 농틈에 손을 넣어보던 맏놈 여순은 잠깐 눈이 둥글해지드니,

"아니 내 수깔! 이새끼 홍순이 내 수깔 감췄구나!"

하고 동생 홍순을 향하여 눈을 부릅뜬다.

그러나 홍순이는 아무 대답도 없이 이불귀에서 수깔을 끄집어내어선 밥상을 마주앉는다.

"요새끼 내 수까락 내라. 놈으 수깔을 감춰놓고 이제 함자 밥 다 먹으려구?"

하더니 담박 달려내려와 홍순의 따귀를 겨눈다.

"어즈께는 너 고롬 내 수까락은 와 감촤놓구 나보단 밥 많이 먹었네?"

홍순이도 지지 않으려고 눈알을 발가쥐고 딱 마주선다.

"뭐시야, 요새끼 그래서 너 어즈께 내레 수까락 감추는 걸 봤네?"

"넌 그래서 내레 감추는 걸 봤네?"

"요새끼 고롬 누구레 감촸간. 너밖에."

"글쎄 넌 어즈께 와 내 수까락 감추고 밥 함자 다 먹었네?"

"요새끼 내레 내레 감추는 것 봐서 글쎄?"

"넌 또 내레 감추는 봔? 그래."

누구도 족히 항복은 아니하려 하고 설로 결려댄다.

오늘도 또 싸움이 일어나는 것을 본 어머니는 얼마나 저것들이 배가 고파서 어제부터는 전에 없던 밥싸움까지 하고 생각할 때 어머니의 마음은 알뜰하게 아팠다. 그러나 그들의 배를 불려줄 여유에 군색하니 위로

할 말이 없다.

"낼은 많이 담어줄거니 어서 쌈질들 말구 식기 전에 먹어들 치워라. 작은 놈 넌 내 밥 더 먹으렴?"

하고 어머니는 달래며 자기의 밥그릇을 밀어 놓는다.

그러나 피차에 흥분이 된 그들은 어머니의 소리는 듣는지 마는지 그냥 입논을 계속하더니 마침내는 서로의 손이 오고 가고야 만다.

우제는 목구멍으로 밥이 넘어가지 않았다. 자식들의 이 밥싸움은 자기의 무력을 비웃고 그리고 모욕을 주는 것 같았다.

"이 자식들아!"

벌떡 일어선 우제는 당연히 할 수 있는 자기의 책임이라는 듯이 어느새 두 자식의 따귀를 한 개씩 갈기고 가장 위엄있게 아니 있는 성이 모두 두 눈에 불꼬치를 붙였다.

그러나 다음 순간 우제는 더 할 말을 몰랐다. 자기의 무력을 자식들이 말하는 것은 불쾌한 일이나 자기의 무력은 자기가 아니 질 수 없는 책임인 것을 아는 때문이다. 하니 밥에 구차를 받는 자식들이 금시에 불쌍하기 짝이 없었다. 자기는 오늘도 뒷짐을 지고 산속을 거닐며 돌아간 일밖에 그리고 쓸데없는 공상이 있었던 것밖에 없었음을 생각하고 그래도 자식들은 왼종일을 밥을 위하여 다리를 부르걷고 모를 꽂은 것이 아니었던가 하니 자기는 자식들에게 도리어 머리를 숙이고 부끄러워하여야 할 자기였던 것이다. 그는 자식들의 앞에서 자기의 배를 불리겠다고 다시 밥술을 잡기가 부끄러웠다.

그리하여 이내 건넌방으로 뛰어 건너왔건만 내었던 증이 잘못인 줄은 알면서도 누르지 못하고 그래야 마땅한 듯이 그대로 눈을 흘겨빨며 건너오지 않을 수 없었던 자기를 역시 건너와서야 자기의 되지 못한 자존심을 스스로 책할 수 있는 우제였다.

자식들은 아버지의 매가 억울하다는 듯이 어머니와 할아버지가 그렇게도 달래건만 그치지 않고 느끼며 울고 있었다.

4

"내 그 겨울 양복하구 책들을 저녁에든가 뉘가 와서 달라거든 내주시오."

며칠이 지난 어느날 아침 우제는 아내를 마주섰다. 이야기만 들어도 심상치 않은데 양복까지 갈아입은 남편을 볼 때 어디로 떠나려는 행색임을 일견 눈치챌 수 있었다.

"왜 어드루 가우?"

"응 나 좀 저……."

이 밖에는 더 말하려고도 아니하고 더 듣기를 원치도 않는 듯이 우제는 휘적휘적 대문밖으로 나갔다.

뜻아닌 곳에 몸을 던지기 싫었건만 온 집안이 부르걷고 일을 하는데 차마는 더 그대로 앉아서 견딜 수가 없었고 더욱이 자식들이 밥에 주려 싸움까지 하는 광경을 목도하고 났을 때 그들의 배를 곯리므로 자기의 밥그릇에 들어오는 그 밥은 차마 목구멍으로 들어가지 않았다. 그리하여 어디 만주로나 떠나보자는 계획이었던 것이다.

특별히 그가 만주를 택하게 된 것은 의지를 희생하여 뜻 아닌 마음을 판대도 밥 먹기가 힘든 세상임은 이미 지나 본 경험이니 팔진댄 눈 딱 감고 가장 악하게 팔아보자는 데서였다.

읍으로 들어간 그는 생명과 같이 귀히 여기던 마저 나가는 이백여부의 서적을 이미 말하여두었던 책전에 다시 부탁을 하고 양복도 역시 같은 방법을 취하여 백 원에 가까운 돈을 묶어가지고 북행을 잡아탔다.

사냥꾼이 짐승을 찾아 산을 뒤지듯 행여나 여기는 무엇이 없을까 그렇지 않아도 투기 도시로 이름난 곳이라 우선 안동현에 내렸다.

여기서는 한참 시세를 만난 은 밀수가 제시절이었다. 누가 얼마를 잡았다느니 누가 얼마를 떼어었느니 맞았으면 누구나 하는 것이 그 소리였다.

우제도 여기에 마음이 동했다.

무엇이나 돈만 생기는 일이면 하여보러 마음을 먹고 떠난 길이라 앞뒷굽을 재어볼 여유도 없이 그는 남들이 하는 방법 그대로 여자의 ××을 사용하여 그 운반하는 방법을 취하기로 하고 곧 여자 다섯명을 사서 은밀수를 시작하였다.

그러나 일단 착수를 하여놓고 보니 아무리 눈을 감자해도 감을 수 없는 짓이었다.

남들도 다 하는 짓이요 또 밥이 없는 여자들이니 이것이 오히려 그들의 원하는 짓이라고는 해도 우제의 양심의 눈은 여기에까지 감기지는 못했다.

하루에도 몇 차례씩 매일 같은 길을 왔다 갔다 하는 여자들이라 해관에서도 그러한 종류의 여자들에게는 응당이 밀수품의 간직이 있으리라는 것은 짐작하지만 인류 도덕상 거기에까지 손은 못대고 단지 몸을 홍치게 하여보는 그런 방법에 그치고 마니 이 난관만을 넘게스리 교묘하게 간직만 하면 그것은 확실히 완전한 운반 방법이요 따라서 돈이 잡힐 것도 빤히 눈앞에 내다 보였다. 하건만 이 인간의 모욕! 두 눈을 가추뜨고 앉아서 무엇을 못하여 여자의 사용함으로써 입을 치자는 것은 그 치는 본의가 어디 있는지 알 수 없었고 그렇지 않은지라 스스로가 인간을 모욕하는 사람이 되는 것을 생각할 때 이 노릇을 그대로 차마 계속할 수가 없었다.

"나는 이젠 이노릇을 그만둘 터이오."

이틀 동안에 여섯 차례를 하고난 우제는 사용하던 여자들에게 해산을 선언하니 한 차례도 떼이지 아니하고 일을 잘 보아주는데 왜 그러느냐고 어서 더 자기네들을 써달라고 애원복걸 하니 이것도 직업이라 한 여자는 그날의 끼니에 딱한 사정까지 호소하였다.

그러나 이 때의 우제의 마음만은 세었다. 오늘도 모여드는 여자들을 일일이 물리치고 달리 그 운반하는 방법을 찾다 못해 그는 다시 북으로 차를 탔다.

봉천을 거치어 신경까지 곳곳이 뒤타며 달포나 두고 헤매어보았으나 눈에 띄이는 것이 없었다. 물론 상당한 자본이 있다면 투기적 사업이 없는 것도 아닌 것은 아니었으나 그만한 여유가 있다면 본래 이런 짓을 하려고 이까지 들어오지도 않았을 것이다. 그러니 하잘 것이 있나 소자본으로서는 역시 소규모의 밀수가 아니면 색시 장사나 아편 밀매가 내다보이는 장사였다.

그리하여 우제는 좀더 내 마음이 악해져라 스스로 격려를 하며 개원開原 지방에 자리를 잡고 앉아 모르핀 소매를 벌려 놓았다.

하나 아무리 악의 화신에로 마음을 채찍질 하였으나 그렇기에 얼마동안은 견디었다 할까 이 또한 끝내 그의 마음을 붙잡고 견디는 것은 못되었다.

어떻게 생각하면 이 노릇이 현실에 대한 불평을 품은 이의 괴로움을 잊게 하여주는 위안이 확실히 없는 것은 아니었으나 그러기에 이러한 이유를 내세우고 스스로 마음을 속여도 온 것이지만 여기에 한 번 입을 대인 사람이면 기어코 일개월 내외에 중독이 되어 심지어는 처자까지 팔아먹고 몸까지 망치고 마는 예가 아니 그것은 백이면 백이 다 그러한 것이다.

새파란 젊은축들이 와서 약을 사잘 때 우제는 썩 대답을 못하곤 했다.

"당신은 젊으신 양반이 왜 이런 데 입속을 하십니까. 끊어 주십시요." 하고 알뜰히 타이르고 싶은 충동에 마음이 끓는 때문이었다. 그러나 팔기 위하여 열어놓은 장사다. 아니 팔 수도 없는 때문에—.

그리하여 이런 경우를 당하고 나면 우제는 말 없는 눈물을 아프게 삼키고 온종일 불안한 기분 속에서 벗어날 수가 없었다.

하루는 아침에 자고 일어나 문 밖에 나서니 아편쟁이 하나가 토방 아래 죽어 넘어져 있었다. 가까이 가서보니 어제 밤 자기의 손으로 팔목에 침을 놓아준 일이 있는 삼십 전후의 조선 청년이었다.

그때 그 청년의 기상이 말이 아니기에 아편을 끊으라고 팔기를 주저하니 끊는 것은 나중 문제이고 맞아야 시재 사람이 살겠다고 죽는 짓을 하며 어서 놓아달라고 팔을 부르걷고 애원을 하였다.

이것은 아편쟁이의 누구나 하는 버릇이다. 우제는 눈 딱 감고 또 한대를 그의 팔뚝에 되는 대로 꿰어주었었다.

이제 그랬던 것이 원인이 되어 그의 주검을 눈앞에 놓고 어제밤 일을 생각하니 새삼스럽게 눈앞이 어두워졌다. 만일 자기의 마음이 좀더 굳세어 그 침 한대를 종내 아끼었더라면 그 청년은 죽음의 길에서 구원을 받았을는지도 모를 것이 아닌가 하면 용서할 수 없는 죄를 진 듯이 마음이 두려웠다.

그러니 그 동안에 약간의 이익을 내다보고 자기의 손으로 봉지를 지어 준 그 하얀 가루는 몇 천 명의 생명을 이제 앞으로 죽일는지 또는 자기 모르게 죽었는지 모를 것을 생각할 때에 우제는 그 노릇을 더 계속할 수가 없었다. 그것은 분명히 인류에의 죄악이었던 것이다.

어떤 사람은 확실히 이익이 날 것이니 색시 장사를 동업하자고 붙잡고 놓지 않는 것을 우제는 이제 그런 노릇은 다시 할 용기가 없어 이렇게 아니하고는 살 수 없는 것이 사람인가? 다시 그 곳을 떠나 둘 곳 없는 심사에 어떻게 마음을 풀지를 몰라 쓸데없이 남북 만주를 무른 평초같이 밟으며 돌아가기 시작했다.

그러나 다시 두달 후이었다. 눈보라 몰아치는 섣달 중순의 어느날 아침 우제는 고향의 K읍 조그마한 역에서 차를 내리는 몸이었다.

어디를 가나 눈 뜨고 할 말이 없었고 그런지라 불안한 마음은 둘 곳이 없어 두 달 동안의 방랑에 아편 노름에서 확실히 손에 넣을 수 있었던 이백 원에 가까운 돈도 모두 술잔 위에 띄워버리고 손을 쓸 수가 없었던 것이다.

붉으레하게 솟아오르는 아침 햇살을 등에 받으며 그래도 집이라고 우제는 찾아들었다.

마당에 들어서니 아버지는 반가와하는 기색을 숨기지는 못하나 당황한 빛에

"너 인제 오누나—."

한마디의 인사가 있을 뿐,

"떠들지 말고 웃방으로 가만히 들어가거라."

하고 이상하게 입안에다 말을 넣고 속삭이다시피 이른다.

우제는 웬 까닭인지를 몰라 대답도 없이 멍하니 섰으니,

"네 아낙이 산고를 하는데 사람을 꺼려서 그런다."

하고 먼저 웃방문을 조심스럽게 연다.

우제는 자기도 모르게 뒤따라 문안에 발을 들여놓았으니 장지는 닫아서 보이지는 않으나 아랫방에서는 고통을 못 참는 산부의 신음성이 끊일 새 없이 흘러올라오고 있다.

우제는 정신 빠진 사람처럼 앉지도 못하고 그대로 우뚝 서서 있었다. 이미 있는 자식도 자기에게는 과중한 부담이거든 그 위에 또 한 아이 생기다니! 이 고해에 무엇하려 그것이 또 기어나와? 하나 그 다음 순간 우제는 확하고 낯가죽이 달아오름을 참기 어려웠다. 분명히 부부의 관계에

있어서는 범연하지 않았던 자기임을 깨달은 때문이다. 아내를 사랑하였던 것도 아니요 아니 도리어 역겨움에 못 참는 것이 많았건만 그 관계에 있어선 역시 참을 수 없었던 것이 자기였던 것이다. 아! 이 오년 동안의 생활의 찌게미! 오직 그것이 숨길 수 없이 드러나는 뚜렷한 생활이었던 것을 생각하니 부끄럽기 짝이 없어 고개도 못들고 묵묵히 섰노라니,

"으아악! 으아악! 으악······."

하고 마침내 산성이 흘러올라온다.

우제는 그 소리를 참아 들을 수가 없었다. 자꾸만 으악 하는 그 소리는 이 고해에 나를 왜 쏟아놓소? 능히 사람을 만들어 줄 힘이 있소? 하고 에미 애비를 원망하는 소리같이 들려 큰 죄나 짓는 것처럼 몸이 오싹거렸던 것이다.

"아들이와? 딸이와?"

그래도 아버지는 자손이 귀함인지 남녀의 구별에 궁금한 듯 장지를 방싯이 열며 마누라더러 묻는다.

"아들이외다."

"분명 아들이야? 귀하다 참 셋째로구나."

아버지는 손자를 연달아 셋째나 보는 것이 장한 듯 새삼스럽게 기세를 높인다.

그러나 우제는 아들이라는 것이 더욱 과중한 짐인 듯 그 무슨 강압 관념에 장쾌한 생각도 아무것도 없었다. 그리고 그저 안이한 마음이 무엇 때문이라고 꼬집어 말할 수는 없으면서도 못 견디게 줄어들음을 느낄 뿐이었다.

백치 아다다

질그릇이 땅에 부딪치는 소리가 났다고 들렸는데 마당에는 아무도 없다.

부엌에 쥐가 들었나? 샛문을 열어 보려니까,

"아 아 아이 아아 아야—."

하는 소리가 뒤란 곁으로 들려온다. 샛문을 열려던 박씨는 뒷문을 밀었다.

장독대 밑 비스듬한 켠 아래 아다다가 입을 헤 벌리고 납작하니 엎뎌져서 두 다리만을 힘없이 버지럭거리고 있다. 마치 삼복허리의 개구리가 물위에 둥둥떠서 서뢰나 하듯 그리고 머리 편으로 한 발쯤 나가선 깨어진 동이 조각이 질서 없이 너저분하게 된장 속에 묻혀 있다.

"아이구테나! 무슨 소린가 했더니! 이년이 동이를 또 잡았구나! 이년아, 너더러 된장 푸래든 푸래?"

그는 딸이 어딘가 다쳤는지 일어나지도 못하고 아파하는 데는 동정심보다 깨어진 동이만이 아깝게 눈에 보이던 것이다.

"어 어마! 아다아다 아다 아다다다……."

모닥불을 뒤집어 쓰는 듯한 끔직한 어머니의 음성을 또다시 듣게 되는 아다다는 겁에 질려 얼굴에 시퍼런 물이 들며 넘어진 연유를 말하여 용서를 빌려는 기색이나 말이 되지를 않아 안타까워한다.

아다다는 벙어리였던 것이다. 말을 하렬 때는 한다는 것이 아다다 소리만이 연거푸 나왔다. 어찌어찌 가다가 말이 한마디씩 제법 되어 나오는 적도 있었으나 그것은 쉬운 말에 그치고 만다.

그래서 이것을 조롱삼아 확실이라는 뚜렷한 이름이 있음에도 불구하고 누구나 그를 부르는 이름은 아다다였다. 그러므로 이것이 자연히 이름으로 굳어져 그 부모네까지도 그렇게 부르게 되었거니와, 그 자신조차도 "아다다" 하고 부르면 마땅히 들을 이름인 듯이 대답을 했다.

"이년까타나 끌이 세누나! 시집엘 못 가겠으면 오늘은 어디든지 나가서 뒈지고 말아라, 이년아! 이년아!"

어머니는 눈알을 가로세워 날카롭게도 흰자위만으로 흘기며 성큼 문을 넘어선다.

아다다는 어머니의 손길이 또 자기의 끌채를 감아 줄 것을 연상하고 몸을 겨우 뒤채 비꼬아 일어서서 절룩절룩 굴통 모퉁이로 피해가며 어쩔 줄을 모르고 일변 고개를 좌우로 돌려 보며 아연하게도,

"아다 어 어마! 아다 어마 아다다다다다 ―"

하고 부르짖는다. 다시는 일을아니 저지르겠다는 듯, 그리고 한 번만 용서를 하여 달라는 듯싶게.

그러나 사정 모르는 채 기어코 쫓아간 어머니는,

"이년! 어서 뒈저라. 뒈지기 싫건 시집으로 당장 가가라. 못 갈텐?……."

그리고 주먹을 귀 뒤에 넌지시 얼메고 마주선다.

순간, 주먹이 떨어지면? 하는 두려운 생각에 오싹 하고 끼치는 소름이 튀해 논 닭같이 전신에 돋아나는 것을 느끼는 찰나, '턱' 하고 마침내 떨어지는 주먹은 어느 새 끌채를 감아쥐고 갈짓자로 흔들어 댄다.

"아다 어어 어마! 아 아고 어 어마!"

아다다는 떨며 빌며 손을 몯다.

그러나 소용이 없다. 한번 손을 댄 어머니는 그저 죽어 싸다는 듯이 자꾸만 흔들어댄다.

하니, 그렇지 않아도 가꾸지 못한 텁수룩한 머리는 물결처럼 흔들리며 구름같이 피어나선 얼클어진다.

그러나 아다다는 그저 빌 뿐이요, 조금도 반항하려고는 않는다. 한대야 그것을 도리어 매까지 사는 것이 됨을 아는 것이다. 그는 거의 날마다 이런 일을 지당해 보는 것이기 때문에

집에 일이 아무리 꼬여 돌아가더라도 나 모른 채 손 싸매고 들어앉았으면 오히려 이런 봉변을 아니 당할 것이, 가만히 앉았지는 못했다.

선천적으로 타고난 천치에 가까운 그의 성격은 무엇엔지 힘에 맞추는 노력이 있어야 만족을 얻는 듯했다. 시키건 안 시키건, 헐하나 힘차나 가리는 법이 없이 하여야 될 일로 눈에 띄기만 하면 몸을 아끼는 일이 없이 하는 것이 그였다. 그래서 집안의 모든 고된 일은 아다다가 실로 혼자서 치워 놓게 된다.

그러나 어머니는 그것이 반갑지 않았다. 둔한 지혜로 차부 없이 뼈가 부러지도록 몸을 돌보지 않고 일종 모험에 가까운 짓을 하게 되므로 그 반면에 따르는 실수가 되려 일을 저질러 놓게 되어 그릇 같은 것을 부숴 먹는 일은 거의 날마다 있다 하여도 옳을 정도로 있었다.

그래도 아다다의 힘을 빌지 않고는 집안 일을 못 치겠다면 모르지만 그는 참예를 하지 않아도 막살이가 차근차근히 다 해줄 일을 쓸데없이 가로맡아선 일을 저질러 놓고 마는 데 그 어머니는 속이 상하는 것이다.

본시 시집을 보내기 전에도 그 버릇은 지금이나 다름이 없어, 벙어리인데다 행동까지 그러하였으므로 내용 아는 인근에서는 그를 얻어 가려는 사람이 없어 열 아홉 고개를 넘기도록 채묻어 두고 속을 태우다 못해 깃부로 논 한 섬지기를 처녀의 똥치듯 치워 버렸던 것이 그만 오년만에 다시 쫓겨와 시집에는 아예 갈 생각도 아니하고 하루 같은 심화를 올렸

다. 그래서 어머니는 역겨운 미움에 아다다가 실수를 할 때마다 주릿대를 내리고 참예를 말라건만 그는 참는다는 것이 그 당시뿐이요, 남이 일을 하는 것을 보면 속이 쏘는 듯이 슬그니 나와서 곁을 슬슬 돌다가는 손을 대고 마는 것이다.

바로 사흘 전엔가도 무녕웜을 할 때, 활짝 달은 솥뚜껑을 차비 없이 맨손으로 열다가 뜨거움을 참지 못해 되는대로 집어 엎는 바람에 자배기를 하나 깨쳐서 욕, 매를 한모태 겪고 났었건만 어제 저녁 막서리 색시더러 오늘은 묵은 된장을 옮겨 담아야 되겠다고 이르는 말을 어느 겨를에 들었던지 아다다는 아침밥이 끝나자 어느 새 또다시 나가서 혼자 된장을 퍼 나르다가 그만 또 실수를 한 것이었다.

"못 가겐? 시집이? 못 가겐 이년! 못갈템 죽어라!"

붙잡았던 머리를 힘차게 휙 두르며 밀치는 바람에 손에 감겼던 머리카락이 끊어지는지 빠지는지 무뚝 묻어나며 아다다는 비칠비칠 서너 걸음 물러난다.

순간, 어찔해진 아다다는 넘어지지 않으려고 애써 버지럭거리며 버티는 다리에 겨우 진정을 얻어 세우자,

"아다 어마 아다 어마 아다 아다 ―."

하고, 다시 달려들 듯이 눈을 흘기고 섰는 어머니를 향하여 눈물 글썽한 눈을 끔벅 한 번 감아 보이고, 그리고 북쪽을 손가락질하여 어머니의 말대로 시집으로 가든지 그렇지 않으면 죽어라도 버리겠다는 뜻으로 고개를 주억이며 겁에 질려 어쩔 줄을 모르고 허청허청 대문 밖으로 몸을 이끌어냈다.

나오기는 나왔으나, 갈 곳이 없는 아다다는 마당귀를 돌아서선 발길을 더 내놓지 못하고 우뚝 섰다.

시집으로 간다고 하였으나 아무리 생각해도 남편의 매는 어머니의 그것보다 무섭다. 그러면 다시 집으로 돌아가나 이번에는 외상 없는 매오

떨어질 것 같다. 그러면 어디로 가야 하나? 갈 곳 없는 갈 곳을 짜 보니 눈물이 주는 위로밖에 쓸데없는 5년 전 그 시집이 참을 수 없이 그립다.

　─추울세라, 더울세라, 힘이 들까, 고단할까, 알뜰살뜰히 어루만져 주던 시부모, 밤이면 품속에 꼭 껴안아 피로를 풀어 주던 남편, 아 ─ 얼마나 시집에서는 자기를 위하여 정성을 다하던 것인고?

　참으로 아다다가 처음 시집을 가서의 5년 동안은 온 집안의 사랑을 한 몸에 받아 왔던 것이 사실이다.

　벙어리라는 조건이 귀에 들어맞는 것이 아니었으나, 백원 이상의 돈으로 아내를 사지 아니하고는 얻어 볼 수 없는 처지에서 스물 여덟 살에 아직 장가를 못 들고 있는 신세로 목구멍조차 치기 어려운 형세이였는지라 아내를 얻게 되기에 여유를 기다리기까지에는 너무도 막연한 앞날이었으매 벙어리나 일생을 먹여 줄 것까지 가지고 온다는 데 귀가 번쩍 띄어 그 자리를 아시울까 두렵게 혼사를 지었던 것이니, 그를 의해서 먹고 살게 되는 시집에서는 아다다를 아니 위할 수가 없었던 것이다. 그러한 가운데 또한 아다다는 못하는 일이 없이 일 잘하고, 고분고분 말 잘 듣고, 조금도 말썽을 부리는 일이 없었다. 하니 생활고가 주는 역겨움이 쓸데없이 서로 눈독을 짓게 하여 불쾌한 말만으로 큰 소리가 끊일 새없이 오고가던 가족은 일시에 봄비를 맞는 동산같이 화락의 웃음에 꽃이 피었다.

　원래 바른 사람이 못되는 아다다에게는 실수가 없는 것이 아니었으나, 그로 의해서 밥을 먹게 되는 시집에서는 조금도 역겹게 안 여겼고, 되려 위로를 하고 허물을 감추기에 서로 애를 썼다.

　여기에 아다다는 비로소 인생의 행복을 느끼어 시집가기 전 지난날의 어머니 아버지로 쓸데없는 자식이라는 구실 하에, 아니, 되려 가문을 더럽히는 앙화 자식이라는 데서 사람으로서의 푼수에도 넣어 주지 않고 박대하던 일을 생각하여 어머니 아버지를 원망하는 나머지 명절 목이나 제

때이면 시집에서는 그렇게도 가 보라는 친정이었건만 이를 악물고 가지 않고 행복 속에 묻혀 살던 지나간 그날이 아니 그리울 수가 없을게다.

그러나 그날은 안타깝게도 다시 못 올 영원한 꿈나라에 흘러가고 말았다.

해를 거듭하며 생활의 밑바닥에 깔아 놓았던 한 섬지기라는 거름이 차츰 그들을 여유한 생활로 이끌어 몇백 원 돈이 눈앞에 굴게 되니, 까닭없이 남편 되는 사람은 벙어리로서의 아내가 미워졌다.

조그만 실수가 있어도 눈을 흘겼다. 그리고 매를 때렸다. 이 사실을 아는 아버지는 그것은 들어오는 복을 차 버리는 짓이라고 타이르나 듣지 않았다. 그리하여 부자간에 충돌이 때때로 일어났다. 이럴 때마다 아버지에게는 감히 하고 싶은 행동을 못하는 아들은 그 분을 아내에게로 돌려 풀었다.

"이년, 보기 싫다! 네 집으로 가거라."

그리고 다음에 따르는 것은 매였다. 그러나 아다다는 참아 가며 아내로서의, 그리고 며느리로서의 임무를 다했다.

이것이 시부모로 하여금 더욱 아다다를 귀엽게 만드는 것이어서 아버지에게서는 움직일 수 없는 며느리인 것을 깨닫게 된 그는 가정적으로 불만을 느끼어 한 해의 농사를 지은 추수를 온통 팔아 가지고 집을 떠나 마음의 위안을 찾아 주색에 그 돈을 다 탕진하고 물거품같이 밀려 돌다가 동무들과 짝지어 안동현安東縣으로 건너갔다.

그리하여 이 투기적 도시에 무젖어 노동의 힘으로 본전을 얻어선 〈양화〉와 〈은떼루〉에 투기하여 황금을 꿈꾸어 오던 것이 기적적으로 맞아나기 시작하여 이태 만에는 2만 원에 가까운 돈을 손에 쥐고 완전한 아내로서의 알뜰한 사랑에 주렸던 그는 돈에 따르는 무수한 여자 가운데서 마음대로 흡족히 골라 가지고 집으로 돌아왔다.

그리고는 새로운 살림을 꿈꾸는 일변 새로이 가옥을 건축함과 동시에 아다다를 학대함이 전에 비할 정도가 아니었다. 이에는, 그 아버지도 명민하고 인자한 남부끄럽지 않은 새 며느리에게 마음이 쏠리는 나머지, 이미 생활은 걱정이 없이 되었으니 아다다의 것으로서가 아니라도 유족한 앞날의 생활을 내다볼 때 아들로서의 아다다에게 대하는 태도는 소모도 마음에 걸리는 것이 없었다. 그리하여 시부모의 눈에서까지 벗어난 아다다는 호소할 곳조차 없는 사정에 눈감은 남편의 매를 견디다 못해 집으로 쫓겨오게 되었던 것이니 생각만 하여도 옛 맷자리가 아픈 그 시집은 죽으면 죽었지 다시는 찾아갈 생각이 없었던 것이다.

그래서 집에 있게 되니 그것보다는 좀 헐할망정 어머니의 매도 결코 견디기에 족한 것이 아니다. 아니 그것도 차차 심해만 오는 것이 아닌가. 오늘도 조그마한 반항만 있었던들 어김없이 매는 맞고야 말았을 것이다.

그러나 어디로 가나? 아무리 생각을 해 보아야 그저 이 세상에서는 수룡이네 집밖에 또 찾아갈 곳은 없었다.

수룡은 부모 동생조차 없는 삼십이 넘은 총각으로 누구보다도 자기를 사랑하여 준다고 믿는 단 한 사람으로 쫓기어 날 때마다 그를 찾아가선 마음의 위안을 얻어 오던 것이다.

아다다는 문득 발걸음을 떼어 아지랑이 어른거리는 마을 끝 산턱 아래 떨어져 박힌 한 채의 오막살이를 향하여 마당귀를 꺾어 돌았다.

수룡은 벌써 1년 전부터 아다다를 꾀여 온다. 시집에서까지 쫓겨난 벙어리나 김초시의 딸이라 스스로도 낮추 보여지는 자신으로서는 거연히 염을 못내 뜻있는 마음을 속으로 고여 가며 눈치를 보여오던 것이 눈치에서보다는 베풀어진 동정이 마침내 아다다의 마음을 사게 된 것이었다.

아이들은 아다다를 보기만 하면 따라다니며 놀렸다. 아니, 어른까지라도 "아다다 아다다"하고 골을 올려서 분하나 말을 못하고 이상한 시능을 하며 뚜덜거리는 것을 봄으로 행복을 느끼는 듯이 손뼉을 치며 웃곤 했다.

그래서 아다다는 사람을 싫어했다. 집에 있으면 어머니의 욕과 매, 밖에 나오면 뭇 사람들의 놀림, 그러나 수룡이만은 자기를 사랑하는 것이었다. 아이들이 따라다닐 때에도 남 아니 말려주는 것을 그는 말려 주고 그리고 에여 터질 듯한 심정을 풀어 주는 것이었다.

그리하여 아다다는 마음이 불편할 때마다 수룡을 생각해 오던 것이 얼마 전부터는 찾아다니게까지 되어 동네의 눈치에도 어느덧 오른 지 오랬다.

그러나 아다다의 집에서도 그 아버지만이 지체를 가지기 위하여 깔맵게 아다다의 행동을 경계하는 듯하고 그 어머니는 도리어 수룡이와 배가 맞아서 자기의 눈앞에 보이지 아니하고 어디로든지 달아났으면 하는 눈치를 알게 된 수룡이는 지금에 와서는 어느 정도까지 내어놓다시피 그를 사귀어 온다.

지금도 아다다가 자기를 찾아오는 것을 본 수룡이는 반갑게 나가서 그를 맞아들였다.

그리고는 쫓기어난 이유를 낱낱이 묻고 한바탕 위로를 하고 나서

"이제는 아야 집으로 가지 말고 나하구 둘이서 있어, 응?"

그리고 의미 있는 웃음을 벙긋벙긋 웃으며 등을 척척 두드려 달랬다. 오늘은 어떻게서든지 자기의 것을 영원히 만들어 보고 싶은 생각이 불탔던 것이다.

그러나 아다다는,

"아다 무 무서 아바 무서! 아다다다 —."

하고, 그렇게 한다면 큰일난다는 듯이 눈을 둥그렇게 뜬다. 집에서 학대를 받고 있느니보다는 수룡의 사랑 밑에서 살았으면 오죽이나 행복되랴. 다시 집으로는 아니 들어가리라는 생각이 없었던 바도 아니었으나 정작 이런 말을 듣고 보니, 무엇엔지 차마 허하지 못할 것이 있는 것 같고 그렇지 않은지라 눈을 부릅뜨고 수룡이한테 다니지 말라는 아버지의 말이

연상될 때 어떻게도 그 말은 엄한 것이었다.

그러나 방금 쫓겨난 몸이 아닌가. 갈곳은 어딘고? 다시 생각을 더듬어 보니 먼저한말이 후회스럽기도 했다. 생각할수록 어머니의 매는 견딜수 없이 아파 아버지의 그 눈총보다는 몇배나 더 한층 두려움으로 나타났던 것우다.

"응, 아다 이 이서 이서 아다 아다."

아다다는 급하게도 갑자기 태도를 고치어 있겠다는 뜻으로 옷을 툭툭 두드려 보인다.

"그래, 정 있어야돼, 응?"

"응, 이서 이서 아다 아다—."

"정말이야?"

"으응 저 정 아다 아다—."

단단히 문을 받고 난 수룡이는 은근히 솟아나는 미소를 금할 길이 없었다.

벙어리인 아다다가 흡족할 이치는 없었지만 돈으로 사지 아니하고는 아내라는 것을 얻어 볼 수 없는 처지라 그저 생기는 아내는 벙어리였어도 족했다. 그저 일이나 도와주고 아들딸이나 낳아 주었으면 자기는 게서 더 바랄 것이 없었다. 아내를 얻으려고 10여 년 동안을 불피풍우 품을 팔아 궤 속에 꽁꽁 묶어 둔 1백5십 원이란 돈이 지금에 와서는 아내 하나를 얻기에 그리 부족할 것은 아니나, 장가를 들지 아니하고 아다다를 꼬여 온 이유는 아다다를 꼬이므로 돈을 남겨서 그 돈으로 가정의 마루를 얹자는 데서였던 것이니 이제 계획이 은근히 성공에 가까워 옴에 자기도 남과 같이 가정을 이루어 보누나 하니 바라지도 못하였던 인생의 행복이(그는 이것으로 무상의 행복이라 알음) 자기에게도 찾아오는 것 같았던 것이다.

그날 밤을 수룡의 품안에서 자고 난 아다다는 이미 수룡의 아내 되기에 수줍음조차 잊었다. 아니, 집에서 자기를 받들어 들인다 하더라도 수룡을 떨어져서는 살 수 없으리만큼 마음은 굳어졌다. 수룡의 주는 사랑은 자기로서는 더 찾을 수 없는 행복이리라 느끼었던 것이다.

그러나 영원한 행복을 위하여 이 자리에 그대로 밖에서는 누릴 수 없을 것이 다음에 남은 근심이었다. 수룡이와 삶에는 첫째 아버지가 허하지 않을 것이요, 동네 사람도 부끄럽지 않은 노릇이 아니다. 이것은 수룡이도 아니 근심갈 수 없는 것으로 밤새도록 의논을 하여 오던 것이나 동네를 피하여 낯모르는 곳으로 감쪽같이 달아나는수밖에는 오던 것이나 없었다.

그들은 예식 없는 가약을 서로 맹세하고 그날 밤으로 그 마을을 떠나 S라는 섬으로 흘러가서 그곳에 안주를 정하였다. 그러나 생소한 곳이므로 직업을 찾을 길이 없었다. 고기를 잡아먹고 사는 섬이라 뱃놀음을 하는 것이 제길이었으나, 이것은 아다다가 한사코 말렸다. 몇 해 전에 자기 동네에서도 농토를 잃은 몇 사람이 이 섬으로 들어와 첫 배를 타다가 그만 풍랑에 몰살을 당하고 만 일이 있던 것을 잊지 못하는 때문이었다.

그렇지 않은지라, 수룡이조차도 배에는 마음이 없는 것이었다. 섬으로 왔다고는 하지만 땅을 파서 먹는 것이 조마구 빨 때부터 길러 온 습관이요, 손익은 일이었기 때문에 그저 그 노릇만이 그리웠다.

그리하여 있는 돈으로 어떻게 밭날갈이나 사서 조 같은 것이나 심어 가지고 겨울의 볼목이와 양식을 대게 하고 짬짬이 조개나 굴, 낙지 같은 것을 캐어서 그날그날을 살아갔으면 그것이 더할 수 없는 행복일 것만 같았다.

그러지 않아도 삼십 반생에 자기의 소유라고는 손바닥만한 것조차 없어 어떻게도 몸매에 그리던 땅인가 완전한 아내를 사지 아니하고 아다다를 꼬여 온 것도 이 소유욕에서였던 것이나 아내가 얻어진 이제, 비록 많지는 않은 땅이나마 가져 보고 싶은 마음도 간절하였거니와 또는 그만한 소유를 가지는 것이 자기에게 향한 아다다의 마음을 더욱 굳게 하는 데도 보담 더한 수단일 것 같았기 때문이다.

한데다 본시 뱃놀음판인 섬인데 작년에 놀구지가 잘되었다 하여 금년에 와서 더욱 시세를 잃은 땅은 비록 때가 기경시라 하더라도 용이히 살 수까지 있는 형편이었으므로 그렇게 하리라 일단 마음을 정하니 자기도 땅을 마침내 가져 보나 하는 생각에 더할 수 없는 행복을 느끼며 아다다에게도 이 계획을 말하였다.

"우리 밭을 한 뙈기 사자 그래두 농사를 해야 사람 사는 것 같이 내가 던답을 살라구 묶어 둔 돈이 있거든!"

하고 수룡이는 봐라하는 듯이 실경 위에 얹힌 석유통 궤 속에서 지전 뭉치를 뒤져 내더니 손끝에다 침을 발라 가며 팔딱팔딱 뒤져 보인다.

그러나 그 돈을 본 아다다는 어쩐지 갑자기 화기가 줄어든다.

수룡은 이상했다. 기꺼워할 줄 알았던 아다다가 도리어 화기를 잃은 것이다. 돈이 있다니 많은 줄 알았다가 기대에 틀림으로써인가?

"이봐, 그래봬두 1천5백 냥(1백5십 원)이야. 지금 시세에 2천 평은 한참 놀다가두 떡 먹두룩 살 건데!"

그러나 아다다는 아무 대답이 없다. 무엇 때문엔지 수심의 빛까지 보이는 것이 아닌가?

"아니 밭이 2천 평이문 조를 심는다 하구 잘만 가꿔 봐 조가 열 섬에 조 짚이 백여목 날 테야. 그래 이걸 개지구 겨울 한동안이야 못 살아? 그리구 둘이 맞붙어 몇 해만 벌어 봐. 그적엔 논이 또 나오는 거야. 이건 괜히 생……"

아다다는 말없이 머리를 흔든다.

"아니, 고롬 밭은 싫단 말인가?"

비로소 아다다는 그렇다는 듯이 머리를 주억거린다.

아다다는 돈이 있다 해도 실로 그렇게 많은 줄은 몰랐다. 그래서 그 많은 돈으로 밭을 산다는 소리에 지금까지 꿈꾸어 오던 모든 행복이 여지없이도 일시에 깨어지는 것만 같았던 것이다. 돈으로 인해서 그렇게 행복할 수 있던 자기의 신세는 남편(전 남편)의 마음을 악하게 만듦으로 그리고 시부모의 눈까지 가리는 것이 되어 필야엔 쫓겨나지 아니치 못하게 되는 일을 생각하면 돈 소리만 들어도 마음은 좋지 않던 것인데, 이제 한 푼없는 알몸인 줄 알았던 수룡이에게도 그렇게 많은 돈이 있어, 그것으로 밭을 산다고 기꺼워하는 것을 볼 때, 그 돈의 밑천은 장래 자기에게 행복을 가져다 주리람보다는 몽둥이를 벼리는 데 지나지 못하는 것 같고, 밭에다 조를 심는다는 것은 불행의 씨를 심는다는 것만 같았기 때문이다.

아다다는 그저 섬으로 왔거니 조개나 굴같은 것을 캐어서 그날그날을 살아가야 할 것만이 수룡의 사랑을 받는 데 더할 수 없는 살림인 줄만 안다. 그래서 이러한 살림이 얼마나 즐거우랴 혼자 속으로 축복을 하며 수룡을 위하여 일층 벌기에 힘을 써야 할 것을 생각해 오던 것이다.

"고롬 논을 사자나? 밭이 싫으문—."

수룡은 아다다의 의견이 알고 싶어 이렇게 또 물었다.

그러나 아다다는 그냥 고개를 주억여 버렸다. 논을 산대도 그것은 똑같은 불행을 사는데 있을 것이다. 돈은 있는 이상 어느 것이든지간에 사기는 사고야 말 남편이 심사이었음에 머리를 흔들어댔자 소용이 없을 것이므로 그 근본 불행은 돈에 있는 것이니 어찌할 수 없는 이상엔 잠시라도 남편의 마음을 거슬림으로 불쾌하게 할 필요는 없다고 아는 때문이었다.

"흥! 논이 좋은 줄은 너도 아누나! 그러나 어려운 논께 밭이 논보다 나았지 나아—"하고, 수룡이는 기여코 밭을 사기로 그달음에 거간을 내놓았다.

그날 밤—

아다다는 자리에 누웠으나 잠이 오지 않았다. 남편은 아무런 근심도 없는 듯이 세상 모르고 씩씩 아침부터 자 내건만 아다다는 그저 그 돈 생각을 하면 장차 닥쳐올 불길한 예감에 잠을 이룰 수가 없었다. 이불을 붙안고 밤새도록 쥐어틀며 아무리 생각을 해야 그 돈을 그대로 두고는 수룡의 사랑 밑에서 영원한 행복을 누릴 수 있으리라고는 믿기지 않았다.

짧은 봄 밤은 어느덧 새어 "꼬끼요 꼬끼요"하고 새벽을 알리는 닭의 울음소리가 사방에서 처량히 들려온다.

아다다는 밤이 벌써 밝누나 하니 마음은 더욱 조급하게 탔다. 이 밤으로 그 돈에 대한 처사를 하지 못하는 한 내일은 그 예 거간이 흥정을 하여 가지고 올 것이다. 그러면 그 밭에서 나는 곡식은 해마다 돈을 불려 줄 것이다. 그때면 남편은 늘어가는 돈에 따라 차차 눈은 어둡게 되어 점점 정은 멀어만 가게 될 것이다. 그 다음에는?

그 다음에는 더 생각하기조차 무서웠다.

닭의 울음소리에 따라 날은 자꾸만 밝아온다. 바라보니 어느덧 창은 희끄스름하게 비친다. 그는 더 누워 있을 수가 없었다. 옆에 누운 남편을 지그시 팔로 밀어 보았다. 그러나 움직이지도 않는다. 그래도 못 믿기는 무엇이 있는 듯이 남편의 코에다 가까이 귀를 곁에다 대고 숨소리를 엿들었다. 씨근씨근 아직도 잠은 분명히 깨지 않고 있다. 아다다는 살근이 이불 속을 새어 나왔다. 그리고 실겅 위의 석유통을 휩쓸어 그 속에다 손을 넣었다. 그리하여 마침내 지전뭉치를 더듬어서 손에 쥐고는 조심조심 발자국 소리를 죽여 가며 살근이 문을 열고 부엌으로 내려갔다.

그리고는 일찍이 아침을 지어 먹고 나무새기를 뽑으러 간다고 바구니를 끼고 바닷가로 나섰다. 아무도 보지 못하게 깊은 물 속에다 그 돈을 던져 버리자는 것이다.

솟아오르는 아침 햇발을 받아 붉게 물들며 잔뜩 밀린 조수는 거품을 부국부국 토하며 바람결조차 철썩철썩 해안을 부딪친다.

아다다는 바구니를 내려놓고 허리춤 속에서 지전뭉치를 쥐어들었다. 그리고는 몇 겹이나 쌌는지 알 수 없는 헝겊 조각을 둘둘 풀었다. 헤집으니 1원짜리, 5원짜리, 10원짜리, 무수한 관 쓴 영감들이 "나를 박대해서는 아니된다"하는 듯이 모두들 바라본다. 그러나 아다다는 너 같은 것을 버리는 데는 아무런 미련도 없다는 듯이 넘노는 물결 위에다 휙 내어뿌렸다. 그러나 바람은 지전을 채여가지고 공중으로 올라가 팔랑팔랑 허공에서 재주를 넘어가며 산산이 헤쳐서 멀리 그리고 가깝게 하나씩 하나씩 물 위에 떨어져서는 넘노는 물결 좇아 잠겼다 떴다 소꾸막질을 한다.

어서 물속으로 가라앉든지 그렇지 않으면 흘러내려가든지 했으면 하고 아다다는 멀거니 서서 기다리나 너저분하게 물 위를 덮은 지전들은 차마 주인의품을 떠나기가 싫은 듯이 잠겨 버렸는가 하면 다시 기울거리며 솟아올라서는 물 위를 빙글빙글 돈다.

하더니, 썰물이 잡히자부터야 할 수 없는 듯이 슬금슬금 밑이 떨어져 흐르기 시작한다.

아다다는 상쾌하기 그지없었다. 밀려내려가는 무수한 그 지전은 자기의 온갖 불행을 모두 거누워 가지고 다시 돌아올 길이 없는 끝없는 한 바다로 내려갈 것을 생각할 때 아다다는 춤이라도 출 듯이 기꺼웠다.

그러나 그 돈이 완전히 눈앞에 보이지 않게 흘러내려가기까지에는 아직도 몇 분 동안을 요하여야 할 것인데, 뒤에서 허덕거리는 발자국 소리가 들리기에 돌아다보니 수룡이가 헐떡이며 달려오는 것이 아닌가.

"야! 야! 아다다야! 너, 돈 안 건새핸? 돈, 돈 말이야 돈?……."
청천의 벽력 같은 소리였다.

아다다는 어쩔 줄을 모르고 남편이 이까지 이르기 전에 어서어서 물결은 휩쓸려 돈을 몰아가지고 흘러 버렸으면 하나 물결은 안타깝게도 그닐그닐 한가스레 돈을 이끌고 흐를 뿐 아다다는 그 돈이 어서 자기의 눈앞에서 자취를 감추어 버리는 것을 보기 위하여 그닐거리고 있는 돈 위에

다 쏘아박은 눈을 떼지 못하고 쩔쩔매는 사이, 마침내 달려오게 된 남편의 눈에도 그 돈은 띄고야 말았다.

뜻밖에도 바다 가운데 무수하게 지전이 널려서 앞서거니 뒤서거니 둥둥 떠내려가는 것을 본 수룡이는 아다다에게 그 연유를 물을 겨를도 없이 미친 듯이 옷을 훨훨 벗고 텀버덩 물속으로 뛰어들었다.

그러나 헤엄을 칠 줄 모르는 수룡이는 돈이 엉기어도는 한복판으로 들어갈 수가 없었다. 겨우 가슴패기까지 잠기는 깊이에서 더 들어가지 못하고 흘러내려가는 돈더미를 안타깝게도 바라보며 허우적 달려갔다. 차츰 물결은 휩슬려 떠내려가는 속력은 빨라진다. 돈들은 수룡이더러 어디 달려와 보라는 듯이 휙휙 속구막질을 하며 흐른다. 그러나 물결이 세어질수록 더욱 걸음발은 자유로 놀릴 수가 없게 된다. 더퍽더퍽 물과 싸움이나 하듯 엎어졌다가는 일어서고, 일어섰다가는 다시 엎어지며 달려가나 따를 길이 없다. 그대로 덤비다가는 몸조차 물속으로 휩쓸려 들어갈 것 같아, 멀거니 서서 바라보니 벌써 지전 조각들은 가물가물하고 물거품인지 자전인지도 분간할 수 없으리만치 먼 거리에서 흐르고 있다. 그러나 그것도 순간이다. 눈앞에는 아무것도 보여지는 것이 없다. 휙휙 하고 밀려내려가는 거품진 물결뿐이다.

수룡은 마지막으로 돈을 잃고 말았다고 아는 정도의 물결 위에 쏘아진 눈을 돌릴 길이 없이 정신 빠진 사람처럼 그냥그냥 바라보고 섰더니, 쏜살같이 언덕켠으로 달려오자 아무런 말도 없이 벌벌 떨고 섰는 아다다의 중동을 사정없이 발길로 제겼다.

"홍앗!"

소리가 났다고 아는 순간, 철썩하고 감탕이 사방으로 튀자 보니 벌써 아다다는 해안의 감탕판에 등을 지고 쓰러져 있다.

"이! 이! 이……."

수룡은 무슨 말을 하려고 하나, 너무도 기에 차서 말이 되지를 않는 듯

입만 너불거리다가 아다다가 움찔하는 것을 보더니 아직도 살았느냐는 듯이 번개같이 쫓아내려가 다시 한 번 발길로 제기니 '퍽!' 하는 소리와 같이 아다다는 가굽선 언덕을 떨어져 덜덜덜 굴러서 물속에 잠긴다.

한참 만에 보니 아다다는 한복판으로 밀려가서 솟구어오르며 두 팔을 물 밖으로 허우적거린다. 그러나 그 물 속을 어떻게 헤어나랴. 아다다는 그저 물 위를 둘레둘레 굴며 요동을 칠 뿐, 그러나 그것도 일순간이었다. 어느덧 그의 자체는 물속에 사라지고 만다.

주먹은 부르쥔 채 우상같이 서서 굼실거리는 물결만 쏘아보는 수롱이는 그 물속에 영원히 잠들려는 아다다를 못 잊어 함인가? 그렇지 않으면 흘러 버린 그 돈이 차마 아까워서인가?

짝을 찾아 도는 갈매기떼들은 사랑을 위해서 눈물겨운 처참한 인생 비극이 여기에 일어난 줄도 모르고 "끼약끼약"하며 흥겨운 춤에 훨훨 날아다니는 깃(羽)치는 소리와 같이 해안의 풍경만 도웁고 있다.

연애삽화

1

두 달 전에 우리 학원으로 찾아온 여교원 마미령馬美鈴은 이상한 여자였다.

—중학을 마치고 전문까지 다니던 여자라면 취직을 하여도 그리 눈 낮은 데는 하지 않을 것인데 서울서 일부러 칠백 리나 되는 농촌의 개량서당인 우리 학원으로 그것도 자진하여 보수도 없이 왔다는데 이상히 아니 볼 수 없는 것이요, 스물 여섯이면 여자로서의 결혼 연령은 지났다고 볼 수 있는데 아직 시집을 아니 갔다는 것이 또 한 이유이다. 이따금 정신없이 우두커니 서서 무엇을 심심드리 생각하다가는 긴 한숨으로 끝을 맺는다는 것이 더욱 그 여자를 이상하게 보게 만드는 점이었다.

그리고 생각하면 미령이가 우리 학원으로 오게 된 동기부터 이상한 데 있었다.

C일보 〈독자 이용란〉이라는 것을 통하여 하루는 〈농촌에 있는 사립 소학교로서 경비 부족으로 교원을 못 쓰는 학교가 많은 듯하오니 어디든지 기별만 하시면 원근을 물론하고 찾아가서 힘가는 데까지 조력을 해드리고자 합니다〉 하는 기사를 보고 때마침 교원 문제로 쩔쩔매던 우리 학원에서는 아직 학교로서의 양식조차 이루지 못한 존재였으므로 웬걸 하면

서도 만일을 위하여 엽서 한 장을 띄었더니 두말없이 승낙을 하고 찾아
온 여자가 미령이다.

그래서 우리 학원에서는 무산 아동을 위하여 나선 여자라고 귀엽게 두
렵게 우러러 그리고 감사하게 맞았다.

그러나 무산 아동의 교육을 본위로 나선 여자라면 학원의 설비 같은
것은 문제도 삼지 않을 것인데 걸상, 책상 하나 없고 삿자리만을 깔아놓
은 너무도 초라한 존재에 놀라며 공연히 찾아왔다고 후회하는 빛이 보일
때 학원을 위하여 짐짓 컸던 우리들의 기대는 여지없이 깨어지고 말았
다. 며칠도 못되어서 그는 다시 돌아가려고까지 기회를 엿보고 있는 것
이 아니었던가!

숙소도 비교적 거처에 편할 만한 곳을 택하여 우리 마을 잡고도 가장
깨끗하다는 집 사랑방을 한 채 얻어서 따로이 맡겼건만 이삼 일이 지나
도 행리도 풀지 아니하고 이불만을 살짝 꺼내어 뎅그러니 자고는 일어
났다.

그러던 것이 자기를 지성으로 대하는 학원의 정성에 감화되어 떠나지
를 못하여 며칠을 지나는 가운데 이러한 학원의 존재로서는 너무도 지나
칠 만치 인격자들의 교원들임에 그는 놀라는 한편 여기에 마음이 기울어
져 아주 있기로 마음을 재우고 행리를 풀어 놓았다는 것이 우리들의 추
측에서뿐이 아니라 그것은 분명한 사실이었다.

어떻게 핑계를 대면 집으로 돌아갈까 궁리를 하던 끝에 미령은 자기의
집에다 아버지 병환이 위독하니 빨리 올라오라고 기별을 하여 달라고 편
지를 부쳐놓고서 회답이 왔으면 하고 기다리는 동안에 교원들의 이력을
알게 되매 마음의 위안을 느끼어 급기야 받은 회답은 오히려 학원의 눈
에 뜨일까 두렵게 찢어버리고 그런 티도 없이 있었다는 것을 얼마 후 미
령을 동무하느라고 같이 자며 묻혀 놓던 그 주인집 딸 신덕에게서 자세
히 들을 수 있었다.

그러나 미령이가 학원을 위해서 있었던 것이 아니요, 교원들이 인격자들이기 때문에 있었다는 그 이유가 어데 잠재해 있을 것인가는 아직도 알 수 없다.

하지만 미령이가 우리 학원 꼴을 보아서 교원들만은 상당하다고 본 것은 그리 잘못은 아니었다. 오직 나 자신만이 이 학원의 십 년 전 야학 당시의 수료밖에 없는 미미한 존재이었을 뿐이고 그밖에 세 분 교원은 모두 간판이 좋았다. H대학을 나온 서선생, S전문을 마친 이선생, 그리고 졸업까지는 못했지만 최선생도 M대학을 맛본 이였던 것이다.

그러나 내용을 알고 보면 이들은 다 가사에 관계하는 분들이어서 교원이라는 명목만은 걸어 놓았으나 학원에 전력은 못 쓰고 틈 있는대로 시간을 보게 되는 것이므로 열흘이면 닷새는 출근을 못했다. 더구나 손수 농사까지 짓지 않으면 먹고 지낼 수가 없는 처지이어서 이렇게 보는 시간도 겨울 한동안이었고 봄을 잡으면서 가을 추수 때까지는 어쩔 수가 없었다.

하므로 우리 학원에서는 전임으로 일을 보아줄 의무교원을 구하여 오던 차 우연히도 이번에 마선생을 맞게 된 것이었다.

그러나 급기야 마선생에게 학원의 전책임은 맡겼으나 마선생은 학원을 위하는 빛은 조금도 없고 그저 월급에 뜻을 맨 교원처럼 상학종이 울리면 마지 못해 들어가고 하학종이 울리면 시원한 듯이 나오고 할 뿐이었다. 그러면서 무엇엔지 일상 기분을 좋게 못가지고 늘 우울한 태도로 지냈다.

하학이 되면 교원끼리 사무실에 모여 앉아 놀 때에도 마선생은 우울한 속에서 기분을 고쳐 즐기려 하였고 또는 어디까지든지 모든 것을 잊고 지내리려는 듯이 웃고 지내기로 애를 쓰는 빛이 보였다.

그러나 그러다가도 불현듯 우울한 기분에 잠기어 고개를 푹 숙이고 무엇인지를 심심들이 생각하는 것이었다.

그래서 언제인가 한번은 서선생이

"마선생, 기분이 늘 좋지 못한 것 같으니 무슨 불편한 일이나……"

이렇게 물으니

"아녜요. 무슨—제가 머—그렇게 뵈세요? 저는 머—별로—"하고 그것은 천만의 소리라는 듯이 대답을 한다.

"그래도 무슨 수심이 있는 것 같은데요."

"글쎄요. 그렇다면 그것은 제 천성인 게지요."

한다.

그러니 서선생은 더 캐물을 수도 없어 잠자코 말았거니와 그후부터 마선생은 자기의 그러한 태도가 교원들의 이상한 주시를 받게 된 것 같아서 어디까지든지 자연한 태도를 취하려고 하나 그것은 언제까지든지 부자연한 태도로 나타나 우리들로 하여금 의혹해 하는 점에서 벗어나지 못하게 하였던 것이다.

2

마선생의 가정은 비교적 부유한 편이라고 볼 수 있었다. 아침 저녁으로의 식사밖에, 용처 한 푼 이렇다 인사에 간난한 우리 학원이었으나 그는 쓰단 말도 없이 매삭 이삼십 원씩의 용처를 집에서 가져다 썼다.

그러면서 그는 자기에게 그만한 물질로서의 여유가 있다는 것을 내세우고 스스로 높이 앉아 그것으로 자기의 인격을 돋우어 보이려고 하였다. 찬饌같은 것도 우리 학원으로서 대접하는 이외에 쇠고기니 달걀이니 자기의 돈으로 일상 사 오며 그리고 농촌에서는 구경도 할 수 없는 〈라이스카레〉니 〈돔부리〉니 하는 음식을 손수 만들어선 때때로 우리 교원들을 청해다가 한배반씩 내곤 했다.

이것도 그가 우리를 대접하기 위한 성의에서라기보다는 자기의 솜씨를 자랑하기 위한 데라고 볼 수 있었다. 그는 어디까지든지 우리로 하여금 고상히 보게끔 자신을 내세우기에 무척 애를 쓰는 빛이 보였다. 의복 범절로 보더라도 값비싼 비단과 모물이 아니고는 입지 않았다. 이것도 한두 벌에 그치는 것이 아니요 우리 학원으로 가지고 들어온 것만 해도 수십여 벌이나 되어 버들고리 두 개가 모두 의복이라는 것이었다.

그래서 마선생은 이것으로 하루 걸러 옷을 바꾸어 입었다. 어떤 때는 하루에도 수 삼 차씩 바꾸기를 반복하는 적도 종종 있었다. 그리고 이것은 그의 가장 게리하지 않는 일과의 하나였다.

하니 숙덕거리기 좋아하는 마을 사람들은 마선생을 칠면조七面鳥라고 조롱삼아 부르게 되었다.

그런데 마선생을 칠면조라고 부르게까지 되기에는 그 의복이 때때로 바뀌는 데서였지만 그렇게 불러 놓고 보니 왼쪽 눈초리를 기점으로 귀밑과의 사이에 조선의 지도형으로 생긴 꽤 커다란 허물이 칠면조의 아릇볃 모양으로 비하기에 적당하다 하여 손뼉을 치며 웃음으로 지어 놓은 이름이 그냥 굳어지고 만 것이다.

그러니 말이지 이 허물은 참으로 그 여자로 하여금 치명적인 상처였다. 미인이라고는 볼 수 없으나 좀 길짓하게 생긴 혈색 고운 얼굴이 그 윤곽만은 수수하게 생겼는데 이 허물로 말미암아 미령에게서 여자로서의 미美를 절반이나 빼앗는 것으로 이는 보는 사람마다의 아까워하는 점이었다.

여자의 생명이라고도 볼 수 있는 그 얼굴에 이렇게 보기 흉한 허물이 그 자신으로서도 마음에 아니 거리낄 수가 없어 일상 화장을 짙게 하여 그 허물을 감추기에 애를 쓰나 그것으로 사람의 눈을 속일 수는 없었다.

미혼여자로서의 미령이가 여기에 번민을 갖는다고 보는 것도 무리한 추측이라고는 할 수 없지만 또한 그렇다고만 하기의 미령의 수심은 보다 더 심한 상처에 있다고 하기에 족한 정도의 태도였다.

그리하여 미령의 태도에 있어서 까닭도 모를 수수께끼는 날이 갈수록 깊어 갔다. 그러면서도 미령의 인망은 조금도 떨어지지 않고 인근 일대의 앙모를 한 몸에 받았다.

  무산 아동을 위하여 농촌으로 찾아왔다는 빛좋은 간판이 인근에 와자하니 퍼지어 본래 오십 명밖에 안되는 학생이 배나 늘어 백여명에 달하여 학교로서의 빛도 나게 될 뿐 아니라 월사금의 수입도 전의 배나 늘게 되니 첫째 학교의 경비에 있어 군색을 어느 정도까지 벗어나게 되었기 때문이다.

  그리하여 학원에는 정성 없는 그였지만 학교 당국으로서는 그를 허수루이 대할 수가 없었다.

  그러한 가운데 이 여자 때문에 우리 교원들은 전에 없는 특별한 정성으로 학원을 위하게 된 것이니 틈을 타서 가르치던 교원들은 미령이가 오게 되자부터 알 수 없이 그것이 남자의 본능이라 할까 하여튼 다른 아무 의미도 없으면서 여자와의 접촉을 즐기며 가사 이후에 학교이던 것이 학교 이후에 가사로 돌아졌던 것이다. 사십이 넘은 늙은 교장까지도 매일같이 출근하여 이 학기 초부터의 출근부는 예전에 없이 빨간 도장이 나란히 박히곤 했다.

  그래 일상 교원이 모자라서 한 사람이 두 반 혹은 세 반을 맡아가지고 분주히 돌아가도 오히려 감당에 어렵던 것이 한두 사람은 늘 남아돌아갔다. 그래서 이것을 본 동리사람들은 마선생에게 모두 미쳤다고 하였다.

  그러나 교원들은 이런 시비는 들은 체도 아니하고 밥숟갈을 놓으면은 그저 학원으로 기어 올랐다. 그리고는 하학을 하여도 헤어지지 않고 사무실에 모여들 앉아 쓸데 없이들 시시덕거렸다.

  이렇게 놀며 지나기를 미령이 또한 원하는 것이어서 그의 기분을 즐겁게 하여 항상 우울한 가운데서 미간의 주름을 못 펴는 그를 어떻게 해서라도 잊게 해주려는 것이 교원들의 누구나 다같이 애쓰는 것이었다. 이것은 단순히 미령의 마음만을 즐겁게 하여 주기 위한 것이 아니요, 미령이가 즐거워하는 것을 봄으로 자기네들도 즐거움을 느끼는 때문이다.

나도 미령의 마음을 위로하여 주고 싶은 마음은 누구보다도 허수룹지 않았다. 그래서 나는 그가 우울하여 할 때마다 노래를 불러서 그의 마음을 위로하려고 했다. 노래는 가장 나의 좋아하는 것으로 그렇지 않아도 늘 불러 가지고 있던 나였지만 미령을 위하여 노래를 부를 때 내 마음은 이를 데 없이 즐거웠다.

미령이도 성대는 그리 좋은 편은 아니었지만 노래는 퍽으나 좋아서 불렀다. 속된 유행가까지도 그는 모르는 것이 없었다.

그러나 여자가 함부로 노래를 부르면 자기의 위신에 관계되는 것을 꺼리는지 혼자로서는 절대로 입을 벌리지 아니하고 내가 시작을 하여야만 따라서 그리고 흥에 겨워 불렀다. 그리하여 우리 둘의 합창소리는 사무실이 떠나갈 듯이 때로 불러졌다.

하지만 다른 교원들은 미령이와 내가 단둘이 늘 흥에 겨워서 부르는 노래를 싫어했다. 미령이가 즐거워하는 것은 싫을 이치가 없었지마는 내가 미령을 즐겁게 하는 것이 그들로 하여금 질투심을 일으키게 한 것이었다.

이것은 교장도 마음에 걸렸던지 하루는

"이제부터 고성으로 창가를 사무실 안에서 주거니 받거니 하는 것은 주의를 해야 되겠네. 우선 동네 사람들의 시비도 시비려니와 학교의 체면으로서도 안되었으니까……."

하고 주는 주의도 받았지만 사실 동네에서도 꽤 떠든 모양이었다. 이런 소문이 어떻게 내 아내의 귀에까지 미쳤는지 본래 질투가 심한 내 아내는 폐결핵으로 삼 년째나 누워서 오늘 내일하고 있는 목숨이 내가 학교로부터 돌아오기만 하면 뭘 하다 지금에야 오느냐고 꼬집어 물으면 자기 듣는 데도 창가를 좀 불러 달라고 물어뜯곤 했다.

해서 나는 그후부터 남들의 숙덕거리는 소리도 듣기 싫고 또 내 아내의 심신을 괴롭히는 것이 병에 영향이 미칠 것이므로 나는 그 후부터는 일체 노래는 입밖에 내지 않았다.

그러나 날이 갈수록 낯이 익어져 농담 같은 것도 함부로 건네게 된 미령이는 부끄럼 없이 거리낌 없이 혼자 노래를 불러서 울적한 심사를 푸는 것이었다.

그리하여 노래소리는 여전히 우리 학원 사무실 안에서 그칠 줄을 몰랐다.

3

가을이 깊어 학원의 화단에 만발하였던 코스모스도 된서리에 떨어져 후줄근히 늘어지고 운동장에는 벌써 포플라잎이 한 잎 두 잎 떨어져 데굴데굴 굴며 마주치는 소리가 살랑거렸다.

마을에서도 추수가 다 되고 농촌으로서의 한가한 시절은 찾아오고 있었다.

우리 학원에서는 농한기를 이용하여 야학을 또 시작했다. 그래서 밤까지도 교원들은 부지런히 학원으로 모였다가는 헤어지지 않고 열두 시까지 지절거리며 시간가는 것을 아꼈다.

하룻밤은 누구의 제의로이든지 하학 후에 조조曹操잡이를 시작하게 된 것이 미령이는 여기에 무한한 흥미를 느끼어 밤마다 조조잡이를 하자고 졸랐다. 우리들은 거기에 그토록 흥미를 느끼는 것이 아니었지만 미령이의 청이라 싫더라도 거역하지 못하고 조조잡이는 시행이 되곤 했다.

이렇게 지나가기를 아마 한 보름이나 계속 하였을까 한 때였다.

이날 밤은 미령이가 특별히 나의 곁을 바투 당기는 눈치이더니 한 번은 조조를 잡게 되었을 때 그때도 미령은 나와 바투 앉아서 눈을 뎁펀뎁

편 굴리며 찰색을 하더니 별안간

"선생님 내놓세요(조조를)."

하고 나의 손목을 붙드는데 손 안에 조조패는 보려고도 아니하고 특별히 힘을 주어 손목만 잡는 것이었다.

나는 이상했다. 손목을 서로 붙들며 놀던 일을 볼 때 얼마 전부터 있어 오던 것이지만 어디인지 그 붙드는 것은 아무리 해도 그 의미가 다른 데 있는 것 같았다. 나는 어쩔 줄을 모르고

"조조 아니외다."

하며 관운장을 들고 있던 패를 내놓고 조조잡이에는 정신이 없이 여러 가지로 딴 생각을 해보며 그의 태만 살피고 있노라니 재차 조조패를 잡게 되었던 미령이는

"선생님 이번에야 어디……."

하고 또다시 아까 모양으로 나의 손목을 잡아쥔다. 자기의 태도를 내가 몰라주는 것이 안타까운 듯이 열정에 타는 빛나는 눈으로 이상히 나를 쏘아보며—

순간, 더 의심할 여지가 없는 나는 아하! 연애! 하고 뛰는 가슴을 억제하지 못했다.

"나는 시집 안 가요. 독신으로 사는 게 얼마나 신성한데요."

하고 서로 이야기하던 그의 말을 믿어서가 아니라 여자로서의 그 대담한 행동에 나는 짐짓 놀랐던 것이다.

그리고 그 여자의 나에게 대하는 대담한 짓이 좌중의 눈에 채이지나 않았나 무슨 죄나 범한 듯 확확 달아 오는 얼굴을 느끼며 그 여자가 나의 팔목을 어서 놓게 하기 위하여 손에 패를 얼른 집어 던지려니까 조조를 들고 몸이 달았던 이선생은 멋도 모르고

"아하하 조존 내게 있어. 하하하."

하고 시원한 듯이 웃음을 친다.

그러나 다른 군들은 나만 바라보고 있는 것 같아 어찌할 바를 모르다가 나도 '하하' 하고 부자연한 웃음을 맞받아 웃으며 패를 내던졌다.

그리고는 미령이가 아내 있는 나에게 연애를 걸다니? 하고 가만히 생각을 해보니 그에 대한 의문은 더욱 깊어지는 것이었다.

상당한 지식을 가진 여성으로 더구나 도시에서 생장한 여자가 근 삼십이 되도록 독신으로 지내다가 아무러한 지식도 없는 한낱 농부에 지나지 못하는 미미한 존재인 나에게 연애를 건다는 것은 아무리 생각해도 모를 일인 것이다. 설혹 연애를 건다 하여도 우리 학원 가운데서도 학식은 물론 재산이나 인물에 있어서까지도 서, 이, 최 제선생이 다 나보다는 눈높이 보일 것인데 하필 나를 골라 잡는다는 것이다. 그것도 내가 먼저 그러한 눈치를 주었다면 모를 일이어니와 이러한 태도는 도리어 서선생에게서 찾을 수 있었다. 그러면 나의 아내가 불치의 병으로 누웠으매 으레 죽고 말 것을 짐작하여 나에게 넌지시 예비조건으로 눈치를 보여주는 것인가 이렇게 생각해 보려고 해도 서선생도 아내는 없는 사람이다.

"아 ― 연애란 참 이상한 것이군!"

이렇게밖에 더 결론을 지을 수 없는 나는 뒤숭숭한 생각에 그 밤은 밤새도록 잠을 못 이뤘다.

아직 어떤 여자로부터 단 한 번의 추파도 주고 받아 본 적이 없이 연애란 오직 활자 속에서밖에 구경해 본 일이 없는 내가 이제 난생 처음으로 그것도 대담하게 팔목을 붙들리고 보니 그것이 싫지는 않건만 어쩐지 두려웠다. 첫째 나에게는 아내가 있지 않나? 그리고 연애를 한다면 그것은 무슨 큰일을 저질러 놓는 것도 같기 때문에.

4

한 십여 일 후였다. 첫눈이 내리기 시작하는 날 나의 아내는 마침내 세상을 떠나고 말았다.

　이 일 때문에 나는 학원을 못 가다가 칠팔 일만에 가니 미령의 태도는 전에 찾을 수 없는 명랑한 기분이었다.

　"말못된 얘기는 다 말할 수 없죠만 거 원 참 그렇게도……."
하고 미령은 고개를 숙인다.

　"할 수 있습니까?"
내 말이 떨어지기도 전에

　"멀— 이군이야(나) 땡 잡았지 더 고운 색시 얻을 텐데—."
하고 서선생이 농을 붙인다.

　"그럼요. 바루 말하면 남자들야 무슨 관계가 있습니까?"
　그리고 미령이는 가볍게 한숨을 쉰다.

　색안경으로 늘 그를 비춰 보려고 해서 그런지 그 한숨 속에는 무슨 애수가 담기운 듯 했다. 그러나 전날 쉬던 한숨보다는 퍽이나 가벼운 명랑성을 띤 것이었다.

　며칠이 지난 어느 날 석양이었다. 그날은 마침 볼일들이 있다고 하학이 되자 교원들은 다 돌아가고 사무실에는 미령이와 나와 단 둘만이 남아 있게 되었다.

　소제하던 아이들까지 다 돌아가고 학원 안이 고요하여졌을 때 테이블 위에 놓인 신문지 여백에다 쓸데 없이 연필로 무엇인지 끄적이고 앉았더니

　"선생님 저를 어떻게 생각하세요?"
하고 약간 떨리는 음성으로 반쯤 고개를 든다.

　나는 벌써 속으로 지난 날의 조조 잡던 그날 밤 일을 연상하고 가슴이 뜨끔하였다.

　"네? 선생님! 저는 그동안 선생님의 말씀을 얼마나 기다렸는지 몰라요!"

그리고 엄숙한 빛을 띤 얼굴에 열정에 타는 눈이 대담하게도 나를 쏘아본다.

나는 대답에 궁했다. 나는 실상 나를 사랑하는 미령이가 싫지 않았다. 나도 그동안 미령으로부터의 태도를 살피며 적지않게 혼자 속을 태워온 것이 사실이다.

그러나 연애를 한다면? 하고 뒤에 올 두려움이 사랑의 불길을 가로막고 서는 것을 얼마나 애달파했는지 모른다.

하지만 지금은 아내가 없는 나이다. 그 여자를 사랑하는 데는 얼마쯤 몸이 가벼워진 듯 했다. 하나 무엇 때문인지 사랑해서는 안될 것만 같다. 하면서도 내가 사랑을 받지 않을 때 그 여자는 얼마나 나 때문에 마음이 괴로울고 생각하는 순간, 나는 다음과 같은 말이 끝날 때에야 그렇게 내 답할 줄을 알았다.

"마선생만 저를 사랑하여 주신다면……"

그리고 다음 순간에는 상배한 지 한달도 못된 놈이 이 말 한마디가 죽은 아내에게 무던히도 미안스럽고 좀더 나아가선 무슨 죄까지 짓는 것 같아 소름이 쫙 하고 느끼어짐을 느끼었다.

"저는 언제부터 선생님을 사랑하고 있었는지 몰라요."

그리고 숨었던 한숨이 밀려나오는 듯이 길게도 고이 쉬며 짓는 미소는 내가 미령이를 알게 된 후 처음 볼 수 있는 아름다운 미소였다.

이것을 보면 미령이가 나 때문에 얼마나 마음이 괴로웠더라는 것을 짐작할 수 있었으나 나는 그의 괴로워함만을 위하여 더 말할 용기가 없었다. 만일 이때에 교장만 들어서지 않고 단둘이 있게 맡기어 두었던들 나는 얼마나 대답에 땀을 흘렸을지 몰랐을 것이다.

그래서 그후부터 나는 미령이와 단둘이 있어지는 기회를 될 수 있는 대로 피하려고 했다. 미령이가 싫지는 않으면서도 아니 사랑한다고 내 마음조차 허락하면서 그 마음을 똑바로 밝히기가 두려워 퍽이나 괴로웠다. 학교일도 집안일도 마음이 들떠서 아무런 성의도 생기지 않았다. 그러한 가운데 교원들은 미령이와 나와의 관계를 무엇에선지 눈치를 챈 듯했다. 이것을 보니 나는 더욱 생각이 많아졌다.

내가 만일 미령이와 영원히 살진댄 모르지만 그렇게 못될 바에야 이런 시비 저런 시비 남의 눈치 위에서 돌아갈 필요도 없고 또는 우리가 아동의 교육을 위하여 데려온 여자를 교원 중의 한사람인 나로서 관계를 갖는다면 내 자신으로서도 그렇거니와 같이 있는 교원들의 체면, 좀 더 나아가선 학교라는 덩어리를 위하여서의 불명예라는 것을 생각하면 단연히 관계를 끊고 이 경계선에서 어서 벗어나 바른 길로 내 몸을 이끌어 가야 할 것이 무엇보다의 급무같았다. 뿐만 아니라 나에게는 소위 현대 인텔리 여성이 손톱만큼도 필요한 점이 없었다. 나는 놀고 먹을 처지가 못된다. 내 아내될 사람은 나와 같이 농사꾼이어야 할 것이다. 그래서 종아리를 에어내는 눈섞임물에 들어서서 씨를 뿌려야 하고 숨이 막히는 햇볕 아래서 김을 매야 한다. 그리고 가을에는 그것을 베어서 등짐으로까지 져 들여야 한다. 미령은 그것을 과연 감당할 것인가? 아니다. 미령의 손은 너무도 보드랍고 옷가지는 너무도 사치하다. 만일 미령이가 나의 아내로서의 이러한 조건에 마음을 굳게 갖는다 하더라도 이런 고통을 이겨낼 만한 억센 힘은 이미 배양조차 못한 그이다. 나의 아내로서의 자격은 그가 나를 사랑한다는 그것밖에 없다. 그러나 그것도 그 힘이 내 마음을 위로하지 못할 때 그 사랑은 걸지 못한 땅 위에 선 꽃나무와 같이 이글이글하는 원만한 꽃송이를 피워내지 못할 것이다.

나는 단연히 미령이를 잊지 않아서는 안될 것 같았다.

그러나 나를 사랑하는 그 사랑의 마음이 알 수 없는 그 무슨 힘으로인지 이끌어 그렇게도 나에게 바치는 열렬한 사랑을 나는 모릅네 하고 새파랗게 금을 그어 놓음으로 괴로워할 미령의 마음을 헤아려 볼 때 차마 꼬집어서 나의 태도를 밝히기는 어려운 노릇이었다.

그러고 보니 나에게 바치는 미령의 사랑도 점점 둥그러만 가는 것 같았다.

"제가 이 학원으로 오게 된 것이 우연한 기회에서는 아닌 것 같애요."

이렇게 주는 말에도 대답에 간난을 보는 것이

"수교씨! 저 밭을 한 떼기 살래요. 사과 재배에 적당한……."

이러한 말까지 받게 됨에랴! 어느덧 선생에서 수교씨로 나를 부르는 대명사는 바뀌어졌고 그리고 은근히 살림차비까지 의논하여 보는 것이 아닌가!

"이 지방은 사과에 의토가 못됩니다. 질땅이어야 되는 것인데 여기는 전부가 모래땅입니다."

"양계는 어떨까요?"

"더구나 양계! 그것은 판로가 있어야 아니 합니까?"

나는 요리조리 핑계를 하여 넘으며 공연히 나의 태도를 똑바로 밝히지 못하고 미령이로 하여금 나를 이렇게까지 믿게 만들어 놓은 것을 후회하여 마지 않았다.

5

겨울 방학이 되자 낮에는 비교적 한가하였다.

나는 이 기회를 이용하여 오랫동안 아내의 누워서 앓던 방을 좀 수리해 볼 양으로 하루는 벽에다 신문을 바르고 있노라니 누이동생이 신문지에서 그림을 구경하노라고 신문지를 뒤지고 앉았더니 별안간

"오래비!"

하고 부른다.

"왜—."

나의 대답이 떨어지기가 바쁘게

"여기 마선생이 있어. 이게 웬일이야!"

하면서 신문지 한 장을 들어 보인다.

"뭐야?"

나는 신문에 풀질을 하다 말고 고개를 들어 보니 눈에 뜨이는 타원형의 한 개 사진은 참으로 마선생과 비슷했다. 아니 자세히 들여다보니 그것은 흡사했다. 만일 신문에 미령의 사진이 있으리라는 선입견을 가지고 보았던들 단박에 그라고 아니할 수 없을 정도의 미령 그대로였다.

그러고보니 그 신문지를 그대로 놓고 말게시리 부질없는 생각은 두지를 않아 그 사진의 임자를 더듬어 찾아보니 '마미용馬美龍(가명)'이라고 쓰였다. 그리고 현재의 미령의 집주소에서 글자 한 자 틀리지 않았다. 그러니 이것이 마미령의 가명이라고 아니볼 수 있으랴!

나는 기사로 눈을 옮겼다.

〈무엇이 그 여자를 그렇게 만들었나?〉라는 커다란 활자로 된 기억자형의 제목을 읽고 다음 순간 놀람을 마지 못했다.

그 옆에 〈자살을 도모하기까지의 경로〉라는 소제목을 찾을 수 있었거니와 이 기사는 소설식으로 사오 회를 계속하여 내던 것으로 사 년 전 봄에 신문이 배달되기가 바쁘게 주워 읽고 그 여자로 하여금 세상을 저주하지 아니치 못하게 된 동기에 눈물겨워 동정하는 맘으로 일시는 우리 학원 안에서도 커다란 화제가 되던 그 기사였다.

하니 이제 그 주인공이던 여자가 우리 학원의 교원으로 아니 나를 사랑하는 여자가 되어 있는 것을 알 때에 어찌 놀라지 않을 수 있으랴.

나는 신문뭉치에서 오회까지의 기사를 찾아 내려고 산산이 풀어헤치고 뒤졌으나 이미 나선 〈1〉밖에 찾을 수가 없었다.

그러나 그때의 묵은 기억으로서도 그 기사의 문면은 아직도 머리에 새롭다.

세 번째의 실연—S여고보 삼 년 때 어느 동무의 오빠의 동무라는 동경

유학생으로 첫사랑의 꽃이 일년을 남아두고 피어오다가 철석 같은 언약으로 남자의 간절한 청을 차마 거역하지 못한 그 일순간이 다음 순간에는 남자로서의 한낱 향락의 도구로서밖에 지나지 못하였던 것을 알았다.

그리하여 처녀로서의 생명을 잃은 미령이는 남 모르게 혼자 애를 태우며 눈물을 삼켜오다가 모든 것을 단념하고 오직 공부에 전심하여 우수한 성적으로 그 학교를 졸업하고 전문으로 들어가 꾸준히 학업을 계속하여 오다가 졸업을 전후해서 우연히 알게 된 어떤 전문학생과 교제를 하여오던 것이 그 학생에게서의 모든 조건을 갖추었다고 찾게 된 것이 모르는 사이에 지난 날의 상처는 잊은 듯 사랑의 움이 싹트기 시작하여 스위트 홈의 꿈속에서 청춘의 피는 끓을 대로 끓어 그야말로 그 학생을 순정으로 사랑하게 되었다.

그러나 그 학생에게서 찾을 수 있던 온갖 미점은 역시 일시의 불타는 욕심에 미령을 끌기 위한 가면 속에서의 짓인 것을 다시금 경험하고 났을 때 미령이는 모든 남성을 저주하는 나머지 세상을 비관하게 되었다. 학교도 집어치우고 두문불출로 일 년을 방구석에서 히스테리에 가까운 상태에서 빚어낸 온갖 공상이 그 여자로 하여금 전율할 생의 변화에로 이끌어 냈다.

현대의 모든 남성을 저주하고 세상이 비관될 때 여자로서의 자기의 존재도 그것을 상대로서밖에 더 나아가서는 있지 않을 것 같았다. 그리하여 치욕의 생과 영예의 사死 두 갈래 길에서 방황을 하였으나 오늘까지 받아온 수양이 자리잡고 앉은 양심은 차마 치욕의 생을 찾을 수가 없어 일시는 영예의 사를 바른 길로 자살을 꾀하여 오다가 더러운 세상으로부터 받는 능욕이 너무도 분하여 갈진댄 복수라도 하여 보자는 무서운 생의 힘이 머리를 들고 서둘러 마침내 몸을 카페에 던져 문명의 세례를 받고 젠 체하는 모든 남성을 줌 안에 넣고 자기의 에로틱한 웃음에 머리를 숙여가며 침을 삼키고 날뛰는 그들을 봄으로 행동을 일삼아 왔다.

그러나 미령은 여자였다. 그리고 아직 이십이라는 청춘의 끓는 피가 혈관을 뜨겁게 오르내리고 있었다. 아무리 악마 같은 사내들이 추악한 존재이었으나 그 추악한 속에서도 이성으로서의 알 수 없는 매력이 안타깝게도 끌어 사람으로서의 본능인 청승맞은 사랑의 얄궂은 새는 미령의 연한 가슴속에서 다시금 봄 노래를 부르게 되었으니 자기를 천사같이 따라다니던 어떤 시인을 못잊는 것이었다.

그러나 그 시인은 카페의 여급이라는 성질에서밖에 더 나아가서 미령을 대하려고는 하지 않았다.

그래서 세 번째 실연을 당한 미령이는 자기 역시 사람이요, 여자인 것을 이제 쫓아 깨닫고 지난 날 꾀하던 자살의 쓸데없는 연장이었던 것을 뉘우침과 동시에 이 현실에선 죽음이라는 데 대하여 한 점의 미련도 없이 바야흐로 봄이 무르녹기 시작하는 잔 물살 위에 황혼의 그림자가 신비롭게 물든 한강의 푸른 물속으로 뛰어들었던 것이다.

그러나 세상은 이름 그대로의 고해였다. 이것이 그만 용산서원의 눈에 띄어 즉석에서 구호선을 저어 경찰은 기어코 성공을 하고야 말았다.

"저, 절, 그대로 버려두세요? 저를 살려 내 가지고는 또 짓밟아주렵니까. 남이 아파하는 것을 보는 것이 그렇게도 즐겁습니까? 놔요, 놔."
하면서 발버둥치는 것을 마침내 배 위에다 끄집어 올려 놓으니

"놔요, 놔요. 저 악마들 이 악마들 이 악마쌈지들!"
하고 이를 악물고 손을 뿌리쳐 왼쪽 눈초리를 손톱으로 박아쥐고 당기어 제손으로 상처를 남겼다는 것이다.

이까지 묵은 기억을 짜내던 나는 그제서야 마선생의 눈초리 뒷허물을 연상하고 이렇게까지 하지 않고는 견디지 못하게 비치인 현실은 얼마나 그 여자의 마음을 괴롭히며 있었더라는 것을 짐작케 하였다.

그리고 그후 사년 동안에 있어서 그 여자의 생활이 어떠하였는지는 그 것은 알 수 없는 일이지만 이런 사실로 미루어 볼 때 오늘까지의 비관하

는 태도로 우울한 속에서 날을 보내던 그 심정이 이 사실에 관련해서일 것은 틀림없는 것 같았다.

무산 아동을 위해서는 아닌 여자가 일부러 시골의 보잘것 없는 우리 학원으로 찾아오게 된 것도 이 사실에 관련된 것 같고, 더욱이 나를 사랑하는 데서? 하고 생각할 때 그 여자는 사 년 전 카페에 들어가던 그때의 심리와 같은 동기에서 남성에의 복수를 위하는 수단에 내가 걸린 것은 아닌가? 나는 문득 이런 생각을 아니해 볼 수 없었다.

그러나 다음 순간 그 여자의 사랑이 참으로 열정적인 것에서 다시금 저울질해 볼 때 아무리 해도 그런 것 같지는 않고 사람으로서의 본능을 버리지 못하는 데서의 순진성이 있는 것 같았다. 그리고 나는 그러리라고 단정하고 싶었다. 만일 다른 의미에서 사랑을 요구하는 것이라면 젠체하는 도회심에 물들은 사람을 상대로 하는 것이 본의일 것이나 눈치를 달리 가지는 서선생 같은 이는 꿈도 안꾸고 나에게 사랑이 쏠리는 것을 볼 때 나에게 구하는 사랑만은 그런 의미를 참으로 넘어선 순진한 사랑이라고 아니 볼 수가 없었다.

그리고 생각하면 미령이가 우리 학원으로 찾아 왔다는 동기도 다른 데 있을 것이 아니요, 비교적 현대 문명에 물들지 않은 농촌의 웬만한 순진한 지식 청년으로 사랑의 대상을 찾는 데 있다고 아니 볼 수 없다. 이제 생각하면 미령의 모든 행동이 그렇게 비치었거니와 첫째 우리 학원의 존재를 보고 다시 돌아가려던 것이 지식 청년들이 교원들이었음에 있었다는 사실이 증명하는 것이요, 그리고 그 근본 방침의 성공을 위하는 것이 칠면조라는 이름까지 듣게 행동을 가졌다고 보여지는 것이었다.

이렇게 미령을 만들어 놓고 보니 나의 마음은 더욱 괴로웠다. 농촌으로 찾아오기까지 그리고 나를 사랑하기까지에는 얼마만한 심뇌가 숨어 있었던 것일까?

그러나 나는 그의 사랑을 받을 수가 없는 것이다. 내가 그의 사랑을 거

부함으로 나는 미령에게 사형을 내리는 잔인무도한 사람이 되는 것 같았으나 미령을 위하여 나는 내 생활의 태도를 그릇 가질 수는 없었던 것이다.

6

봄을 잡으면서 나는 김자수 딸과 약혼을 하여 놓았다.

아내를 묻은 지도 몇 달 되지 않았을뿐더러 그럭저럭 미령의 마음도 늦구어 줄 겸, 한 일 년쯤은 지나서 재취를 하리라 하였으나 금년 농사할 생각을 하면 아내 없이는 할 수가 없었던 것이다. 작년에도 아내의 병으로 여름내 삯김을 처매게 되어 빚을 지게 되었거니 마차운 혼처가 나면 이 자리를 나는 놓칠 수가 없었다.

그리하여 슬근히 혼사를 지어 놓고는 얼마 동안이라도 미령의 귀에 소문이 들리지 않도록 입을 봉해 오며 미령에게 장차 어떻게 말을 하여야 될꼬? 만단으로 궁리를 하여 오던 차 어느 날 미령이와 나는 단둘이 사송정으로 산보를 할 기회가 지어졌다.

무슨 불편한 일이 있는지 사흘째나 또 우울한 속에서 한숨을 쉬던 미령이는 조용히 할말이 있는 듯이 애써 나를 사송정으로 이끄는 것이었다.

나는 그것이 한껏 두려우면서도 장가들 날도 앞으로 한 달 남짓밖에 남지 않았으므로 그전으로 솔직하게 미리 사정을 말하는 것이 좋을 듯도 싶어서 조마조마한 마음을 붙잡아 가며 잔디밭을 거닐었다.

"당신 같은 재사才士는 전 처음 보았세요—."

배래바위 밑까지 오르자 미령은 뚝불견 이런 소리를 하며 곁을 바투 든다.

나는 내 자신이 특별히 남다른 재주를 가지고 있는 것 같지는 않은데 일반은 나를 재사라고 불러주는 것을 나는 늘 듣거니와 무슨 점이 이제

이 여자로 하여금 내가 재사로 보였는고? 이렇게 생각을 해보며 나는 되물었다.

"왜요?"

"글쎄 학교도 안 다녔다시는 분이 모든 방면에 남만 못한 게 계세요? 재사는 참 생이지지하나봐!"

애교에 가까운 미소를 미령은 입가에 보인다.

"비행기 태웁니까."

"아네요. 비행기는 누가…… 아이 참 야속한 게 간판이지 당신같이 풍부한 학식으로 〈가다가끼〉만 가졌으면…… 간판을 얻으세요, 일본 같은 곳으로 가셔서?"

"허— 요것이 원수랍니다."

나는 두 손가락을 동그랗게 원을 만들어 보였다.

"생각만 계시다면 그야 걱정될 게 뭐 있어요, 그만한 거야 뭐— 저래도!"

나는 놀랐다. 이런 말을 하려고 나를 재사라고 어두를 꺼낼 줄은 몰랐던 것이다.

"말씀만 해도 고맙습니다. 그러나 어디 돈만 가지고 공부를 합니까?"

"왜요!"

"못해요!"

"사정이 계세요!"

"네!"

"사정이 있을게 뭐예요. 떠나면 그만이죠. 그렇게만 하신다면 저도 따라가서 밥을 지어 드릴테니깐. 얼마 안 가지고도 됩니다. 네? 봄으로 떠나게 하세요. 학비 걱정은 마시고요. 네!"

나는 땀을 냈다. 어떻게 대답을 해야 할지 몰라 얼른 담배를 내어 입에 물고 그것을 붙이는 것으로 핑계삼아 어물어물하다가 아무래도 한 번 비

극은 일어나고야 말걸 하는 생각에서 이 기회에 말을 시원히 하여 버리리라 마음은 단단히 조려잡고

"저 저를 잊—어 주세요."

하고 말을 꺼내 버렸다.

미령은 아무 말없이 고개를 땅으로 떨어친다.

"저는 사실 마선생을 사랑할 자격이 없습니다. 마선생 자신의 명예를 위하여 저를 잊어 주시는 것이 행복이오리다. 초로에 묻혀 사는 일개 농군에게 출가를 하셨다면 세상은 선생님을 무엇으로 볼 것입니까? 그렇지 않아요?"

고개를 숙인 채 까딱 아니하고 서서 듣던 미령이는 물송진 같은 하얀 눈물이 두 눈에 맺히며 잔디밭 위에 쓰러진다.

"여— 여— 여— 여—보—미— 미령 씨."

나는 미령의 팔을 붙잡았다. 미령은 흑흑 느낀다.

"일어나세요. 뭘 이러십니까. 사람들이 봅니다."

아무리 달래도 듣지 않고 미령은 더욱 소스라쳐 울 뿐이다.

"여 여보 마선생. 마음을 돌리셔요. 저는 농사꾼입니다."

"저 저는 순진한 당신의 마음에 눈물을 흘리는 거예요. 저는 선생님이 얼마만큼 저를 사랑하여 주시는 줄을 잘 알아요. 저를 버리는 선생을 원망하지 않으렵니다. 그저 사랑만으로는 원만한 가정을 이룰 수 없는 그 처지를 저는 저주할 따름이에요."

한참 흐느끼고나서 다시

"선생님! 필경 저는 이렇게 될 줄을 미리 알았었어요. 사흘 전 저는 우연한 기회에 선생님의 일기장을 보았습니다. 용서하여 주세요. 걸지 못한 땅 위에 선 꽃나무에는 이글이글하는 원만한 꽃송이는 피어날 수 없다고 적힌 것을 보았습니다. 그러나 선생님 저는 어디로 갑니까? 흐—흐 흑흑흑—."

미령은 목까지 놓고 운다.

나는 미령의 손을 잡은 채 아무 말도 못하고 정신 없이 있었다.

한참이나 흐느끼던 미령은

"선생님! 마지막으로 부 불쌍한 저를……."

하고 말끝을 못 마치며 미령의 머리는 땅에 박은 채 내 손에 잡히운 팔을 끌어 당긴다. 나는 팔목을 놓지 못하고 자석에 끌리는 한개의 쇠못같이 가비엽게 달려갔다.

그 순간 나는 아무런 의식도 몰랐다.

무엇에 놀랐는지 풋득 하고 머리 위를 날아 넘는 비둘기 스치는 소리에 놀라 눈을 주위에 살폈을 때에야 나는 내 무릎 위에 눈물어린 미령의 얼굴이 놓여 있음을 깨달았다.

그러나 미령은 그냥 울고 있었다. 언제까지라도 그칠 줄을 모를 듯이 그냥 그냥 울었다.

×

그후 미령은 몸이 괴롭다고 사흘째 학원에 나오지를 않고 자기 방에서 뒹굴더니 닷새만엔가 우리 학원을 영원히 떠나갔다.

학원 안에서 교원들은 물론 온 동네에서까지라도 미령의 갑자기 떠나가는 그 연유를 몰라서 궁금해 하며 종래의 의문에서 풀 수 없던 수수께끼는 더욱 얼크러져 모여 앉으면 그 여자를 두고 수군거렸다.

×

그러나 나는 나도 모르는 체 누구에게도 나와의 관계는 물론 그 여자의 경력조차도 일체 입 밖에 내지 않았다.

금순이와 닭

"이애! 저 — 그 뒤란에 가두운 닭 모이 좀 줘라. 그만 깜박 잊었구나."

"건 줘서 뭘해요?"

"뭘하다니 종일 굶었겠으니 오즉 배가 고프겠니."

"아니 어머니두! 저녁에 잡을 걸 모인 뭘 주래요."

"그래두 그렇지 않으니라. 아무리 잡을 거래두 목숨 있는 즘생이니 목숨이 있기까지야 배고픈게 오즉 거북하겐. 왜 그 고방문에 쉬쌀이 있지."

"어머닌 아니 벌써 두신데— 여섯 시문 머 제녁질걸!"

"무슨 계집애가 이르는 말을 그렇게 안 듣게 차부냐! 또?……."

다잡고 우기는 어머니의 말을 금순이는 거역할 수가 없었다.

배고플 것을 애처롭게 여길진댄 목숨을 끊기는 더욱 애처로울 것인데 그것은 조금도 생각지 않는 것 같은 어머니의 일은 알 수가 없다고 금순이는 생각을 하며 고방문 안에 쉬쌀 바가지를 들고 뒤란으로 돌아가 한 줌을 푹 퍼서 가리 위로 떨어주었다.

우두커니 쭈그리고 앉아서 눈만 껌둘거리던 닭은 성큼 일어서 모이를 쪼아 먹는다. 몇 시간 아니어서 목숨이 끊길 것도 모르고 그저 먹어야 살겠다는 듯 그냥 그냥 쪼아 먹는다.

이것을 보니 금순이의 마음은 까닭 없이 닭의 목숨이 불쌍해 보였다. 사랑은 받으면서도 목숨은 빼앗겨야 한다. 그것은 닭의 목숨이다. 어머니의 엄령 하에 아니 받을 수 없는 닭의 운명이다. 열 마리나 남는 닭 가운데서 하필 저놈이 왜 붙들렸을까. 아버지 생신 때문에 저놈은 죽누나!

금순이는 생각을 하며 모이를 재냥스레 쪼아 먹는 닭의 주둥이를 뜻 없이 바라보고 있노라니 한참이나 쉬쌀을 곰배님배 주어치던 닭은 별안간 캑캑하고 주둥이를 땅에다 쥐어박는다. 하더니 안타까운 듯이 그 작은 주둥이를 땅에다 줄줄 끌며 어쩔 줄을 모르고 뒤로 물러 걸음을 하여 가리 안을 뱅뱅 돈다.

웬 까닭일까? 금순은 생각을 하며 가리를 방싯이 들고 손을 넣어서 닭의 발목을 붙들어 내었다. 그리고 주둥이를 비집어 보니 뜻밖에도 주둥이 아래턱과 윗턱 사이에 부러진 바늘 토막이 딱 모로 서서 걸려 있다.

으응! 고팠던 배에 가릴 여지없이 분주히 주워 먹다 그만 바늘까지 곁집어 삼켰구나하고 금순이는 나무꼬치로 바늘을 걸어서 둥기어 보니 꽤 깊이 박였다. 움직이지도 않는다. 닭은 아파서 캑캑하고 요동을 친다.

어떡해야 바늘을 바로 뽑아낼까 금순은 새끼 손가락을 닭의 주둥이에 들이밀어 바늘을 걸었다. 아픔을 참지 못하는 듯 닭은 화드득 하고 깃부침을 하는 바람에 바늘은 얼결 속에 손끝에 걸려 나왔으나 품안의 닭은 자기도 모르게 빠져나서 담 모퉁이로 비칠비칠 달아난다.

아하— 놓쳤구나, 저 닭을 어떻게 잡나! 하는 순간 그렇게도 닭의 목숨만을 애처롭게 생각하던, 그리고 걸린 바늘까지 그것도 어떻게 아프지 않게스리 하는 생각만에 그저 닭에 향한 애처롬만으로 가득 찼던 금순의 마음은 한떼의 구름 앞에 침노를 받는 달같이 갑자기 마음이 흐리어졌다. 저 닭을 잡지 못하는 날이면 어머니한테 꾸중을 아니, 매까지 맞을 것이라는 두려운 생각이 직각적으로 떠오르는 것이었다. 그리하여 금순이는 아무것도 생각할 능력을 잃고 오직 두려운 공포에 마음이 떨 뿐이었다.

금순이는 멍하니 섰다가 달아나는 닭 따라 눈을 좇아 굴리며 쫓으려 달렸다. 닭은 나무 수풀 새로 풀포기 새로 잡히지 않으려고 요리조리 피하여 다닌다. 금순이는 있는 지혜를 다 짜내어 닭을 잡기에 눈알은 더욱 벌개갔다.

한참이나 쫓아서 다니니 닭은 그만 기진하여 더 달리지를 못하고 피신할 곳을 찾는다는 것이 담뜰 새에 대가리만을 박고 숨는다. 금순이는 옳다구나 하고 달려가 덮쳤다. 그적에야 안심을 말하는 듯한 한숨이 길게 새어 나왔다.

닭의 주둥이로서는 바늘에 받은 상처 때문인지 붉은 피가 좌우 술가리로 흥건해서 비질거리고 있었다. 그러나 금순의 눈에는 그것도 눈에 뜨이지 않았다. 그저 전과 같이 그 닭을 어머니가 모르게 가리 안에 어서 가져다 넣어 줘야 된다는 생각만이 금순의 손으로 하여금 닭의 다리를 힘있게 붙들고 있게 하였을 뿐이다.

장벽

짚을 축여 왔다. 그러나 손이 대어지지 않는다. 어서 새끼를 꼬아야 가마니를 칠 텐데, 그래야 내일 장을 볼 텐데, 생각하면 밤이 새기 전에 어서 쳐야, 아니 그래도 오히려 쫓길 염려까지 있는데도 음전이는 손을 대기가 싫었다.

맴을 돈 것같이 갑자기 방안이 팽팽 돌며 사지가 후줄근하여지고 맥이 포근히 난다. 왜 이럴까, 미루어 볼 여지도 없이 그것은 한달에 한번씩 있는 그 생리적生理的인 징후가 또 사람을 짓다루는 것임을 알았다.

가마니를 쳐서 빨간 댕기를 사다 지르고 설을 쇠리라, 그리고 고무신도…… 하고 벼르고 별러 오던 설날, 그 설날은 이제 앞으로 이틀밖에 남지 않았다. 내일은 섣달 그믐의 대목 장날이다.

음전이의 마음은 괴로웠다. 조용히 감은 눈 앞에는 빨간 댕기가 팔랑거린다. 콧등에 파아란 버들 이파리가 좌우로 쪽 갈라 붙은 분홍 고무신이 보인다. 그리고는 그 댕기를 지르고, 그 신을 신고 뛰어다니며 남부럽지 않게 놀 즐거운 그날이—

그러나 몸은 점점 더 짓다룬다. 좀 누웠으면 그래도 멎겠지? 마음을 늦먹고 자위를 하여 보나 소용이 없다. 머리는 갈라져 오고 아랫배는 결결이 쑤신다. 이번 설에도 댕기를 못 지르나? 새 신을 못 신나? 생각을 하니 이를 데 없이 안타깝다.

"야레 이거 생 어느 때라구 그냥 넘어젰네! 너 그르단 괜히 댕기 못 디른다!"

일어날까 일어날까 기다리며 혼자 분주히 새끼를 꼬고 앉았던 오라비는 위협 비슷이 또 재촉이다.

오라비도 음전이보다 못지않게 설이 그립고 기다렸다. 인제 열 일곱 살이니 음전이보다 두 살이 위이라고는 해도 아직 애들의 마음이었다. 양말과 조끼를 바라고 가마니를 치기가 급하였던 것이다.

그들 남매는 한 달 전부터 가마니를 쳐서 설빔을 만들자고 의논을 하고 어머니에게 가마니 열 닢을 저희들이 팔아 쓴다고 벌써부터 승낙을 얻어 놓고는 설빔부터 미리 마련을 하여 놓고 싶은 생각에 짬짬이 그 기회만을 엿보아 왔다. 그러나 그들의 앞에는 그만한 촌의 여유도 던지어지지 않았다. 한 닢을 쳐도 두 닢을 쳐도 쌀을 사 와야 되고 나무를 사 와야 되는 것이었다. 그리하여 내일 내일 하고 미루어 오는 것이 급기야는 대목장을 앞둔 오늘까지 끌고 오지 않을 수가 없었다.

언제라고 그들에게 있어 살림에 여유가 있었으랴만 이번 명절만은 남과 같이 차리고 놀아본다고 그들 남매는 어떻게도 성화같이 조를 뿐 아니라 그 어머니 자신으로서도 남 같은 처지를 못 가지고 살아오기 때문에 놀음에까지 주린 자식들이 측은하기 짝이 없어 그것이나 그들의 원대로 하여 주고 싶은 생각도 간절하여 세말이라 옹색함이 여느때보다도 더하였건만 그것만은 눈 딱 감고 마음대로 하라고 내어맡겼던 것이다.

옛날부터 백정이라는 천업을 대대손손이 이어 내려오는 그들은 인생의 저 뒷골목에서밖에 존재의 인정을 받지 못하고 살아왔다. 그리하여 뭇 사람들과는 자리를 같이할 수가 없었다. 그저 인생의 뒷골목 길을 고독하게 눈물로 걸어오며 언제나 어디를 가나 인가와는 적이 떨어져 박힌 산틱 밑 도살장 근처가 그들의 상주처이었다. 그러니 사람으로서의 같이 타고난 뜨거운 피는 언제나 그러기에 아니 끓어오르지 못했다. 인간의 정에 주린 그들— 더욱이 뛰놀지 않고는 만족을 얻을 수 없는 아이들은 어느 때나 남과 같이 같은 자리에 섞여서 마음대로 뛰며 놀아 볼꼬? 처지를 한탄하는 천진한 그들의 말없는 한숨은 끊일 날이 없었다. 그리하여 그 아버지도 다시는 곱장 칼은 아니 잡으려고 몇 번이나 맹세를 하여 보았으나 달리 직업은 얻어지는 것이 아니요, 소나 돼지의 목을 땀으로써 받는 보수로 생계를 삼아 오던 그들이라 놀고 먹을 여유인들 있으랴! 아니아니, 하면서도 이미 배운 기술이 그것이다. 배고프니 그 칼을 던졌다가도 다시 아니 잡을 수가 없었다.

그리하여 이 천업을 놓지 못하고 뜻 없는 칼을 그냥 붙들고 오다가 행이든지 불행이든지 그만 그 아버지가 세상을 떠나게 되매 그 어머니는 굶어서 죽는 한이 있더라도 백정이라는 누명을 벗고 인간의 따뜻한 품속에서 서로 정을 바꾸며 살리라, 남편의 삼년상을 치르기가 바쁘게 자식에게는 다시 그 곱장 칼을 들려주지 않기로, 애들의 눈에 그 칼이 뜨일세라 땅속 깊이 내다 묻었다. 그리고 어린 자식 두 남매를 이끌고 옛 소굴을 떠나 자기네의 존재를 모르리라고 인정되는 40리 밖인 이 촌중 끝 빈 주막의 쓰러져 가는 한 채의 오막살이를 있는 세간을 다하여 사가지고 바로 지난 가을철에 이리로 이사를 왔던 것이다.

처음 계획은 자기네도 남과 같이 농작을 얻어 가지고 소작小作을 하여 지내리라, 은근히 믿고 왔건만 존재 모를 그들에겐 농작도 그리 수월히 얻어지는 것이 아니었다. 그래서 하는 수 없이 이품 저품을 팔아가며 짚을 사다가 가마니로 생계를 도모하여 왔으나 그것으로는 다만 세 식구의 목숨을 치기에도 족한 것이 못되었다. 아니 구차함은 오히려 전에보다도 더한 편이었다.

그러나 지난 날의 더러운 때를 벗었다고 아는, 그리하여 자기네도 인제 한낱 인간으로서의 존재가 인정될 것이어니 하는 인생에 주렸던 끓는 피가 모든 괴로움을 이겨 넘기며 마을을 이루고 사는 이 촌중에서 생후 처음 그들로 더불어 같이 뛰놀며 즐길 수 있다고 믿는 처음 맞는 명절이라 그들 남매는 실로 이 설을 손끝이 닳도록 꼽아보며 기다려 왔던 것이다.

"야가 아니 상구도 못 니러나?"

다시 재촉하는 오라비의 음성은 좀더 높아진다.

그러나 음전이는 들은 척도 아니한다.

"야아?"

오라비는 꽥 소리와 같이 음전이의 치맛자락을 당긴다.

그래도 음전이는 차마 못 일어나겠다는 듯이 걷어올라간 치맛자락을 다시 당기어 무릎을 감싸고 허리를 딱 까부라치며 몸을 웅크린다.

"아니 너 지금 밤이 어드케 됐는데 니러나디 않구 이르네? 이르길!"

오라비는 치맛자락을 다시 더듬어 쥐고 힘 있게 잡아당기었다. 음전이는 더르르 한 바퀴 굴며 제물에 일어나 앉는다.

"아니 난 머 잘 줄 몰라서 안 잔대던? 빨리 새끼를 꼬아야 않간!"

역시 음전이는 아무 대답이 없다. 할 말이 없는 것이다. 오라비의 재촉은 너무도 지당하다. 어떻게도 기다리던 이번 설인데 하고 생각할 때 여간 몸이 좀 고달프다고 그것을 못 이겨 누워만 있을 수가 없는 것이다.

음전이는 부시시 일어선 머리칼을 손으로 쓸어 재우고 삐뚤어진 옷깃을 가뜬히 여미고 나서 짚뭇을 앞으로 마주 앉는다.

"볼쎄 니러나쓰믄 서룬 발은 꽜갔는데 자빠만제서? 그래! 이거 봐라 난 볼쎄 이거야 이거—"하고 오라비는 꽁무니 뒤로 빼어 사려 놓은 새끼사리를 힐끗 돌아다본다.

"글쎄 몸이 아픈 걸 어드커간. 밤을 밝히자꾸나"하고 음전이는 미안쩍게 짚뭇으로 손을 내민다.

겨울 밤 찬기운은 밤이 깊어 갈수록 방안을 엄습한다. 수분이 흠뻑 밴 추진 짚은 곱은 손가락에 서툴리 감겨 돌아가며 물방울이 이따금씩 얼굴에 뛰어올라 그러지 않아도 오슬거리는 음전의 몸에는 산뜻산뜻 끼치는 촉감이 더욱 더하다.

먼동이 훤히 틀 때에야 겨우 여섯 닢의 가마니가 꾸며졌다.

이것을 오라비에게 지워서 장으로 보내고 난 음전이는 눈 붙일 겨를도 없이 아침을 먹고는 또 말라 두었던 검정 목세루 치맛감을 광주리에서 들어내어 무릎 위에 올려놓고 바늘을 잡았다.

아프던 배가 좀 나은 것은 다행이었으나 밀린 잠이 사정없이 눈가죽을 무겁게 내려눌렀다. 그러나 오늘 하루밖에 남지 않은 설 준비는 모두 그의 손을 필요로 하고 있었다. 자기의 치마도 치마려니와 오라비의 대님, 어머니의 버선, 이런 것들이 다 오늘 하루 안에 자기의 손으로 아니 지어져서는 안 될 것들이다.

오늘은 작은 명절이라고 벌써 어떤 아이들은 새 옷에 새 신까지 받쳐 신고 이 집 마당에서 저 집 마당으로 세 다리 네 다리 춘 줄도 모르고 뛰어다닌다.

처음으로 새 옷을 얻어 입은 아이들은 한없이 기쁜 마음에 그것을 자랑하느라고 저마다 문을 열고 우르르 밀려들어와선 말없이 음전이 앞에 우뚝 마주서곤 했다.

그러면 음전이는,

"네 입성 거 참 곱구나. 엄메가 해 주던? 누이가 해 주던?"하고 묻는다. 하면 그들은,

"엄메레에."

"누이레에"하고 너무도 기꺼워서 벙글벙글 웃으며 우르르 다시 밀려나간다.

음전이는 그들이 그렇게 기꺼워하는 것을 왜 칭찬을 아니하여 줄꼬 하

였다. 옷이 비록 자기의 눈에는 맞지 않는다 하더라도 그것을 거둘러서 모처럼 즐거움에 뛰는 그들의 기분을 조금이라도 상하게 하기도 싫었거니와 그 어머니들은 없는 것을 가지고 오죽 애들을 써서 그만큼이라도 지어 입혀서 내세웠을까 할 때에 더욱이 칭찬을 아니할 수 없었다.

음전이는 바늘을 때때로 멈추고 한없이 즐거움에 뛰는 아이들을 해어진 창틈으로 내다본다. 그리고는 자기도 내일은 새옷을 입고 동무들과 같이 주릉주릉 서서 놀 수가 있겠거니 하니 빨간 댕기 파랑 고무신이 더욱 빛나게 눈앞에 어리운다.

그럴때면 오늘 하루에 하여야 할 수두룩한 일감이 빳빳한 중짐인 것을 다시금 깨닫고는 그러다가 치마가 늦어지게나 되지 않을까 하는 두려운 생각에 다시 무릎 위로 눈을 떨어 바늘을 놀린다.

그러면서 발자국 소리가 문 밖에 좀 크게 들리기만 해도, 오라비가 돌아오는 것은 아닌가 생각만 하여도 너무나 기꺼운 마음에 잉큼 가슴을 뛰놀리며 고무신과 댕기를 그려 본다.

그러나 오라비는 좀처럼 돌아오지 않는다. 기달릴 대로 기다리고 해를 지웠어도 돌아오는 것이 아니다.

저녁을 먹고 난 음전이는 신작로 변으로 오라비 마중을 나섰다. 벌써 날은 어둡기 시작한다. 고개턱에 넘어오는 사람이 가물가물 누군인지 썩 분간이 가지 않는다. 희끈하고 넘어서는 그림자만 있으면 오라비가 아닌가 눈알이 빳빳하게 피로를 느끼도록 어둠과 싸우며 어서 오기를 기다려 보는 것이었으나 와 놓고 보면 모두 생면부지의 딴 사람들이다. 아이, 오라비는 왜 이리 늦어진담? 가마니를 못 팔아서 그럴까? 가마니를 팔구 댕기를 못 사서 그럴까? 연유를 알 수 없는 조급한 마음은 그대로 서서 참아 낼 수가 없었다. 어둠을 뚫고 고개턱을 향하여 달리었다.

하아늘두 청천엔 별두나 많구/ 요오 내 가슴엔 정두나 많다아

희미하게 고개를 타고 아리랑 타령이 흘러 넘어온다.

오라비가 항상 부르는 노래다.

"거 오래비가?"

음전이는 소리쳐 보았다.

"으어, 음전이 나왔네?"

마주 받는 음성은 오라비에 틀림없다.

음전이는 부리나케 고개턱을 추어 올랐다. 오라비는 벌써 고개를 넘어선다.

왕복 70리를 걷고 났을 오라비이었건만 조금도 피로한 기색이 없이 장감을 싸서 들은 신문치 뭉치를 봐라 하는 듯이 내젓는다.

"얼마나 추었네? 무겁디 않으니?"

장감을 받아 들은 음전이는 오라비야 따라 오거나 말거나 앞을 서서 분주히 집으로 돌아왔다. 그리고는 방안에 들어서기가 바쁘게 노끈을 끌렀다.

맞잡혀 엎히어서 묶이었던 한 켤레의 고무신이 신문지를 안고 모으로 쓰러진다. 그리고 그 속에서 나타나는 빨간 인조견 모본단 댕기가 한 감.

음전이는 댕기보다도 파란 바탕에 분홍꽃이 알숭달숭 돌라붙은 고무신이 더 눈에 띄었다. 자기도 모르게 입이 벌려졌다. 고런 신을 한번 신어 보면 신어 보면 했더니 정말 신어 보누나 하는 생각에 더할 수 없이 기꺼웠던 것이다.

(맞을까? 왜 안 맞어, 겨냥을 해 가지고 갔는데) 생각을 하며 급한 마음에 앉은 자리에서 목다리(꿰진 버선)째로 그냥 신어 본다. 그린 듯이 맞는다.

"이거 얼마 줬?"

"옛 냥을 줬다."

"또 이 댕긴?"

"건, 두 냥."하고, 오라비는 일일이 대답을 하고 나더니, 또 무슨 딴말을 할 게 있는데 어머니가 거리끼는 듯이 일변 어머니를 힐끗힐끗 바라보다가 마침 음전이가 하다 말고 나갔던 설거지를 끝내려고 부엌으로 나가는 눈치를 보자,

"내 족께와 양말꺼지 사구 이잉? 그러커구 말이야, 한 냥이 남거던, 그래서 내레 그걸루 에따 받아라!" 하고, 사서는 그 자리에서 그냥 입고 나왔다는 새까만 양달리 조끼 주머니에서 박가분朴家粉 한 갑을 꺼내어 음전이 무릎 위에 던진다.

음전이는 놀랐다. 반가움보다 놀람이 앞섰다. 너무도 뜻밖의 일이라 꿈인 것만 같았던 것이다. 무릎 위에 와서 턱 하고 떨어져 안기는 분갑을 음전이는 물끄러미 내려다볼 뿐 창졸간 뭐라고 말을 해얄지를 몰랐다. 그러지 않아도 분을 한 갑 사다 달라리라 총알같이 별러 왔으나 어쩐지 그것은 댕기 같은 것과는 달리 수줍어서 떠날 때까지 차마 입이 열리지 않아 필경은 말을 못 내고 혼잣속으로 종일 분이 마음에 걸려 제 못난 속을 얼마나 꾸짖으며 한탄해 왔는지 모른다. 그렇던 것을 이제 이렇게까지 자기의 마음을 헤아려 주는 오라비의 남다른 따뜻한 정을 받아 보니 세상이 자기에게 대하는 냉정은 더욱 차기만 한 것 같았다. 음전이는 기꺼운 마음에도 알 수 없는 감격에 눈 속이 뜨거워 옴을 느꼈다.

"그댐엔 또 말이야, 요골 좀 보라므나?" 하면서, 샛노란 단풍갑(궐련)을 꺼내어 경레나 붙이듯 귀곁에 바싹 들어 보인다.

음전이는 그게 무언지 몰라서 멍하니 바라만 보았다.

"이걸 몰라? 골련이야, 골련. 멩질날이나 나두 이걸 한 대 푸이야디. 엄매 대주디 말라, 너 괘니?" 하고 나서 어느 틈에 벌써 개봉을 해서 피웠던지, 피다 둔 반쯤 탄 꽁다리를 등잔불에 붙여서 삽작 입에다 물고 한 모금이라도 허비하기가 아까운 듯이 첫모금부터 사알살 몰아내며 어머니가 그러다가 들어오지나 않나 해서 나오는 연기를 일변 손을 내저어 이리저리 헤친다.

밤이 새었다. 설이다. 기다리고 기다리던 설이다.

가마니치기에 어젯밤을 꼬박이 새고 난 밀려온 잠이면서도 음전이는 잠이 깊이 들지를 못하고 새벽부터 깨어서 밝기를 기다리며 오늘 하루의 지날 모양을 이불 속에서 갖가지로 그려본다.

—분홍빛 바탕에 파란 버들 이파리가 콧등에 쪽 갈라붙은 고무신, 금자로 새긴 수복壽福이 앞뒤 끝에 달린 빨간 댕기, 그 댕기를 지르고 그 신을 신고 널터로 간다. 널은 몇 집이나 놓았을까. 아이들은 얼마나 모일까, 그들도 다 그런 고무신을 신고 수복이 달린 댕기를 질렀을까, 널을 뛸 땐 무엇보다 빛나는 것이 댕기다. 뛰어오를 때마다 굽실거리는 머리채와 같이 공중에서 펄럭이는 댕기의 빛남, 자기도 오늘은 널 위에서 빨간 댕기를 날려 존재를 알리리라, 자랑을 하리라. 호박데기, 여우잡기, 오늘밤은 놀면서 밝히자 — 한참 공상이 아름다운데, 프드득프드득 홰에서 닭이 내리는 깃부춤 소리가 연달아 들린다. 음전이는 일어남이 늦어진 듯이 수뻣이 이불을 젖히고 일어났다. 창이 희끄스름하게 밝았다. 언제 어머니는 또 일어나서 부엌으로 나갔던지 벌써 차렛메가 잦는 구수한 밥물 냄새가 샛문 틈으로 스며든다.

음전이는 세수를 하고 들어와 윗간으로 올라가서 장지를 닫았다. 오라비 보지 않는 데서 조용히 분치장을 하자 함이다. 언제나 감추어 두고 혼자 살그머니 꺼내어 보던 몇 조각인지도 모르게 떨어져 나간 조각거울을 바라지 문턱 위에 기대어 놓고 얼굴을 돌려 비추어 가며 분을 바른다.

그러나 처음으로 발라 보는 분은 아무리 손질을 해야 골고루 펴일 줄을 모르고 몇 번이고 고쳐도 얼룩 흔적을 말끔히 없앨 수가 없었다. 그러지 않아도 발라 보지 않던 분 바른 얼굴이 여느 때와는 달리 수줍은데 얼룩 흔적이 더욱 마음에 키어 어머니가 혼자 밖에서 차례 준비에 배 바쁜 줄을 모르지도 않건만 옷을 다 갈아입고도 나가지 못하고 이리도 문질러 보고 저리도 문질러 보며 맵시를 보다가 필경은 어머니의 독촉을 받고야 부엌으로 내려갔다.

마을 안은 벌써 사람의 물결이다. 울긋불긋하게 가지각색으로 차리고 나선 아이들은 떼를 지어 가지고 세배꾼을 따라 우르럭우르럭 밀려다닌다.

이것을 본 오라비는 차례가 끝나기 바쁘게 자기도 세배를 다닌다고 마을 안으로 들어갔다.

세배꾼들은 패거리 패거리 집집마다 드나든다. 그러나 음전네 집에는 누구 하나 세배랍시고 들어오는 아이도 없다. 온대야 대접 할 음식도 여투어 놓지 못하였으니 도리어 미안할 노릇이나, 마치 호구조사나 하듯 가가호호 한 집도 빠짐없이 온 동네를 들고 나가면서도 유독 자기네 집만은 살짝 빼고들 돌아가는 것이 그리 유쾌한 일은 아니었다.

음전이는 마당 끝에 나가 서서 모든 즐거움을 오늘 하루에 못 즐기면 즐길 날이 없으리라는 듯이 남녀노소 할 것 없이 마을 안이 온통 떠나서 이리 돌고 저리 나며 추운 줄도 모르고 설레는 마을 안의 설날 풍경을 멀거니 바라보고 어서 자기도 저 속에 한몫 끼었으면 하는 생각에 마음이 바쁘다. 계집애가 아침부터 서둘지를 말고 해나 좀 퍼진 다음에 떠나라는 어머니의 말림도 듣지 않고 음전이는 다시 방안으로 들어가 거울에 얼굴을 비추어 매를 내고 옷고름을 단정히 다시 고친 후 부랴부랴 널터로 달려갔다.

널은 놓은 집은 이 마을에 세 집이 있었다. 음전이는 그 가운데서 제일 아이들이 많이 모인 배선달네 널터로 갔다. 거기엔 자기와 같이 나이 지긋한 처녀들도 수두룩이 모였다. 음전이는 무엇보다 먼저 자기의 차림새가 그들보다 떨어지는 것은 아닌가 그것부터 살펴보았다.

그러나 50명은 훨씬 넘을 그 처녀들 가운데서도 몇몇 색시를 내놓고는 별로 자기보다 뛰어나게 차린 처녀가 없다. 아니, 도대체 보자면 오히려 자기보다 못하게 차린 편이 반은 넘을 것 같다. 고무신은 물론 인조견 댕기 하나 못 사다 지른 아이들이 수두룩한 것이었다.

이것을 보니 음전이는 자기의 옷도 그들과 같이 섞여서 놀기에 조금도 부끄러움이 없는 것을, 아니, 도리어 빼고 나서기에 족한 형편임이 한없이 기꺼웠다.

널은 쉴 새가 없다. 한 패가 내리면 다른 한 패가 제각기 먼저 뛰겠다고 서로 다투어 밀치며 제치며 오른다. 그래 가지고는 취이 취이 서로 소리를 내어 가며 밟는다. 그럴 때마다 공중을 뛰며 내리는 처녀들의 엉덩이까지 치렁거리는 새까만 탐스러운 머리채가 물결같이 굽실거리며, 그 바람에 팔느락팔느락 공중에 나부끼는 댕기들은 그들의 이 한때의 더할 수 없는 자랑인 듯 하였다.

음전이도 이 널에 비위가 아니 동할 수 없었다. 늠실늠실 마음은 설렌다. 이 많은 처녀들 가운데서 자기의 댕기도 공중에 날려 빛내 보자. 그럼으로 자기의 존재도 알려질 것이 아닌가 하는 생각은 더욱 음전의 마음을 설레게 했다.

멀거니 바라보고 섰던 음전이는 널을 뛰던 한편짝 처녀가 그만 기운이 진해서 맥없이 주저앉는 것을 보자 이 기회를 놓치지 않으리라, 후덕덕 달려드는 무수한 아이들을 밀어젖히고 덤석 널 위로 먼저 뛰어올랐다.

그러나 저편짝 처녀는 널을 밟지도 아니하고 그대로 서서 마주 바라만 본다.

"너머 세게 말구, 응? 난 잘 못 뛰"하고, 음전이는 사양을 하며 저적저적 밟고 있었으나, 그 처녀는 널을 밟지도 아니하고 무엇을 생각하는 듯이 그냥 서서 음전이를 바라만 보고 있더니,

"아이구, 나두 이전 맥이 나서 못 뛰갔다. 누구 여기 올라세 안 뛰간?"하고, 사방을 둘러 살피며 내린다.

이상한 일이었다. 언제까지든지 혼자 도맡아 가지고 뛰려는 듯이 앙탈을 부리며 내려서기를 아까워하던 그 처녀가 이렇게도 사양을 하는 것이

었다.

그러나 이 또한 웬일이랴! 자기네들의 차례가 오지 않아 그렇게도 널 뛰기를 서로 다투던 처녀들은 누구 하나 음전이와 마주 그 자리에 올라서려고 하지 않는다. 누가 음전이하고 그 널을 마주서서 뛰려나 보려는 듯 제각기 서로 얼굴들을 돌려가며 살피고 있을 뿐.

음전이는 더 생각할 것도 없이 벌써 그것이 무엇을 의미하는 것인지를 알았다. 금시에 가슴이 메어지는 듯 하였다.

그러니 그렇다고 다투어서 올라섰던 그 널 위에서 그저 내려서기도 창피한 노릇이다.

"너 나하구 안 뛰간?"

음전이는 자기 곁에서 아까부터 서둘던 제일 허줄하게 차린 아이에게 말을 건네었다.

그러나 그 처녀는 음전이의 이 말이 자기를 붙잡아 끌기나 하는 듯이 뒤로 비실비실 피해가며,

"난 어즈께 너네 마당에 놀레 갔다가 엄마한테 욕까지 얻어먹었다!"하고, 되지도 못할 소리를 한다는 듯이 눈을 둥글하게 뜬다.

아, 이 모욕! 음전이는 정신이 아찔했다. 그들과 자기와의 사이에는 이렇게도 높다란 장벽이 여전히 가로 막히어 있는 것이다. 이 한마당 모인 처녀들이 일제히 약속이나 한 듯이 자기와는 놀음의 상대가 되어서는 안 된다. 완전히 벗었다고 알던 옛날의 때(垢), 그것은 그냥 자기의 얼굴에 두드러지게 붙어 있는 듯이 같은 사람으로 대하여 주지 않는다.

섧다 할까 분하다 할까, 뭐라고 할 수 없는 아픈 마음에 음전이는 어릿더릿한 정신을 수습할 길이 없이 널 위에 그대로 선 채로 어찌할 바를 모르고 멍하니 땅바닥만 내려다보다가 멋적게 슬며시 내려섰다. 그대로 이 널 위에서 내려선다는 것은 더욱이 자기의 모욕을 말하는 것 같았으나, 금시 터질 것 같이 가슴속에서 들먹이는 눈물을 보인다는 것은 그보다

오히려 더한 모욕을 사는 것 같음으로써였다.

"아츰부터 놀레를 못 가서 서둘더니 너 와 발쎄 오네?"

불의에 돌아오는 음전이를 보고 그 어머니는 이상해서 묻는다.

음전이는 열어 잡은 문고리를 채 놓지도 못하고 대신 엉엉하고 설움을 터뜨린다.

"아니 야레 이게 웬일인가!" 하고, 어머니는 의아한 눈이 더욱 둥글해진다.

세배를 와 앉았던 남창아저씨도 까닭을 몰라 역시 의아한 눈이 둥글해서 음전이를 바라만 본다.

이 남창아저씨라는 이는 이 면의 구역을 맡아 가지고 있는 백정으로서 음전네와는 둘도 없는 세교 집안으로 경사 때이면 서로 빠지는 일이 없이 거래를 하여 온다.

그러나 오늘의 어머니는 백정이라는 직업을 씻어버리고 옛날의 때를 벗기 위하여 남 모르게 이 촌중으로 이사를 해왔던 것이다. 남창아저씨가 세배라고 찾아온 것도 그리 향기롭지 않았다. 아니, 그가 자기네 집에 드나듦으로 자기네의 옛날의 불미가 드러날 우려가 없지 않아, 짐짓 불안한 생각까지 갖게 하였던 것이다.

하지만 음전이는 이 순간, 남창아저씨를 보자, 반가운 정이 전에보다 더욱 샘솟아 넘침을 금할 길이 없었다. 남 아니 오는 세배를 와 준, 자기의 집에는 단 한 분의 세배 손님이었다. 그러기에 호소할 길 없는 자기의 이 안타까운 심정을 어머니와 오라비를 내놓고는 이 세상에 다만 남창아저씨 하나밖에 더 알아줄 사람이 없는 것이다.

음전이는 억에 넘치는 분과, 반가운 정에 참을 수 없이 남창아저씨의 무릎 위에 달려 들어 머리를 내던지고 느낀다.

"아니, 음전아! 이게 웬일인가, 응? 음전아!"

영문을 모르는 아저씨는 안기는 대로 음전이를 안을 밖에 없었다.

음전이는 말없이 그저 제 설움에 어깨만 들먹인다.

"아, 이년이 이게 글쎄 무슨 지랄이냐? 남창아저씨보구 웬 지랄이야, 지랄이! 말을 하구나 울나무나. 시원이, 이년아!"

어머니가 답답한 듯이 음성을 높이며 손을 대려고 하니,

"글쎄 아덜이 올두 나허군 놀디 않을래는 데 멀 너울두 너울두……"하고, 음전이는 이 설움에 어떻게 참고 견디냐는 듯이 머리를 이리저리 앙칼스럽게 아저씨의 무릎 위에 흔들며 비빈다.

그제서야 어머니는 비로소 영문을 알았다. 더 할 말이 없다. 별안간 안색이 흐리더니 바깥으로 나가 버린다.

아저씨도 이에는 위로할 말을 몰라, 저도 모르게 음전의 머리만 만지고 있었다.

"아제야! 우리 어드메 멀리루 이새가서 살자우, 응? 아제야!"

한참 만에 음전이는 이렇게 애원을 하며 눈물에 젖은 눈을 든다.

"나는 또 쌈을 했다구. 그까짓걸 멀 다 개지구 서러워서 그르네? 어서 그체라. 정월 초하룻날 왜 울음으로 쇠갔네, 쇠길!"하고, 아저씨는 달래었다.

그러나 음전이는 그 모욕을 그대로 참기에는 너무도 서러운 듯이 다시 눈물이 터진다.

"글쎄 아제야! 난 여기선 아무래두 안 살래, 안 살래."

음전이는 설움에 흐득이며, 그러니 이걸 어떻게 살겠느냐는 듯이 오늘 하루의 지난 경과를 눈물과 같이 쏟아 놓는다.

아저씨는 이것을 들어가며 갖가지로 위로를 하여 보았으나, 음전이는 설움을 그쳤는가 하면은 다시 생각하고는 느끼고, 또 흐득이기를 한나절이 넘도록 그치지 않는다.

남 다 즐기는 이 하루를 음전네는 애수에 찬 눈물을 이렇게도 짜낸다.

세배를 다닌다고 아침을 먹기가 바쁘게 뛰어나가던 그 오라비도 세배꾼들이 같이 따라다니게를 하지 않는다고 풀이 죽어 이내 들어와서는 불안한 심사에 문밖에도 나가지 않고 진종일을 방구석에 들어박혔다.

이것들 두 남매의 처지를 생각할 때 어머니의 마음은 메어지는 듯 하였다.

"음전아! 그만 그치고 일어나 저녁 먹어라. 이놈의 고당을, 음전아! 우리 또 떠나자."

저녁을 들여다 놓고 하는 어머니의 말은 음전이를 위로하려고만 해서 하는 말만은 아니었다. 어머니는 어떻게 해서든지 자식들이 머리를 들고 사는 것을 보기 위하여 당연히 이 촌중을 다시 또 떠나려는 결심을 하였던 것이다.

"새완(아저씨)! 이 집 얼른 좀 팔아 주우, 에? 새완."

아저씨는 돌연한 이 부탁에 냉큼 놀란다.

"새완! 고롬 이 고당에서야 사람이 어드케 사오? 어드메든지 또 사람 살 곳으로 떠나야디요."

"엄메야! 정?"

"정말이디? 이잉야! 엄메야!"

음전이와 오라비는 어머니의 그 떠나자는 말에 새로운 정신이 드는 듯이 일시에 따졌다.

이 소리에 어머니는 너무도 기가 차 말보다 눈물이 쭈루룩 두 눈으로 앞서 나온다.

"새완! 웃는 말이 아니에요. 부디 좀 아덜을 살게 해 주오? 그르니 새완 밖에 믿을 사람이 세상이 어디 또 있소?"

"부디 이잉야! 아제야!"

"이잉야! 아제야!"

아저씨를 떠나 보내면서도 잊지나 않을까 다시금 그들은 아저씨를 붙들고 제각기 당부를 한다.

　음전이는 아저씨를 떨어지기가 싫어서 신작로까지 따라나가 작별을 하였다.

　이미 날은 어두었건만 마을 안 처녀들의 널뛰는 소리는 끊임없는 티드럭티드럭 여전히 들려온다. 음전이는 이 소리를 가슴 아프게 들으며 발길을 돌렸다. 저녁 바람은 차갑게도 가슴에 안기며 음전이의 댕기를 쓸데도 없이 팔랑팔랑 날렸다.

오리알

1

반 삼태기가 넘게 짊어 놓은 자갈돌을 만금은 지고 일어섰다. 뼈마디가 졸아드는 듯 짐은 무겁게 내려누른다. 누르는 맛이 아침 결보다 차츰 더해 오는 것은 피로에 지침으로썬가, 자국을 떼니 걸음까지 비척인다.

그러나 만금은 또박또박 지게 작대기에 몸을 실어 가며 걸음을 옮겨 짚는다. 열 살 난 아이에게는 확실히 과중한 짐이다.

부르걷은 무릎마디 아래로 튀어질 듯이 울근불근하는 명태같이 말라붙은 두 개의 종아리! 자식의 그것을 뒤에서 쫓아오며 내려다보는 어머니의 마음은 꽤 애처로웠다. 자식의 짐을 좀 헐하게시리 자기가 좀더 갈라 일 것을…… 순간 생각도 미치나 그것은 애처로움에서의 정뿐이요 이미 광주리만 해도 목이 가슴속으로 빠져들어가는 듯 거북한 것을 뒤미처 생각할 때 오직 그만한 억센 힘을 못 가진 것만이 안타까웠다. 그리하여 아버지나 살아있었으면 자식은 아직 이런 고생은 아니할 것을 하는 쓸데없는 생각도 해보며 고르지 못한 산등의 사태 길을 조심조심 내려와 후유우 하고 한숨과 같이 멈칫 숨을 태우며

"얘에 만금아, 좀 쉬어서 아니 갈랜?"

"그대로 가여."

만금은 귓바퀴 뒤로 진땀을 쪽쪽 흘리면서도 배칠배칠 그대로 걷는다.

무엇보다 지게 질빵이 매어달린 두 짝의 어깨가 부풀어 늘어나는 듯 쓰리고, 못 견디게 허리가 끊어져 오거니 만금인들 좀 쉬어가고 싶은 마음이야 없으랴. 모아 놓은 그 돌은 오늘 하루에 초시네 집터까지 다 져다 놓아야 돈을 받을 수 있으리라는 것을 미루어 보고 아직 돌이 다섯 짐이나 더 남아 있는 것과 벌써 한나절이 지난 해와를 맞비겨 볼 때 한 걸음이라도 지체할 수가 없었던 것이다. 그렇지 않아도 본래 이렇게 힘에 넘게 돌짐을 지지 않아서는 안되는 것도 그런 이유로 말미암음이어늘…….

돈 5전! 그 한 닢은 확실히 오늘 저녁 안으로 필요했다.

"때아닌 홍수로 말미암아 여름내 벌여 놓은 농사를 집과 같이 하루 아침에 물속에 파묻고 입지도 먹지도 못하고 생사의 기로에서 우는 재마이재 동포를 위하여 우리 가난한 주머니라도 다같이 쥐어짜서 전반 생도가 5전씩만 동정을 하기로 하자."

이런 의미의 말을 선생으로부터 들었을 때 만금은 눈물을 흘렸다. 그것은 그들의 사정뿐이 아니라 자기의 사정도 같았던 것이다.

바로 작년 여름 역시 그 물난리는 자기네가 지은 농사뿐 아니요 숟가락 한 가락 남기지 않고 집채로 물에다 아니, 이 통에 아버지까지 잃어버리고 어쩌다 어머니와 자기만이 살아나서 쌀 한 알 없이 굶던 생각, 그 여운은 지금까지도 벗을 수 없이 끼니에 쫓겨 헤메이게 되는 신세를 생각할 때 고향을 떠나 이역의 벌판에서 헤매는 그들이야 오죽이나 더할 것이랴 할 때에 만금은 자기도 그 돈 5전은 어떻게 해서라도 가져오리라 마음에 새기었다.

그러나 한 달에 10전인 월사금도 아직 두 달 것이나 못 가져가는 처지였거니 5전이란 돈이었건만 용이하게 마련되는 것이 아니었다.

만금은 이것이 어쩐지 월사금을 못 가져가는 것과는 달리 마음이 안타까웠다. 비록 5전이라는 돈이 그들을 영원히 붙들어 살리게는 못된다 하더라도 당장 주린 배에 한술 밥이라도 보태 주면 아니, 그 한 술 한 술이 모여서 한 그릇 밥이 될 것이 아니냐, 선생의 하는 말 그대로 만금은 자기도 한술 밥을 그들의 고픈 밥그릇 위에 얹어 주고 싶었다.

그리하여 만금은 밤낮 어머니를 붙들고 졸랐다. 그러나 어머니인들 할 수가 없는 일이었다.

그러다가 지난 토요일 밤에 선생은 오는 화요일은 그 돈을 전부 신문 지국에 가져다 의뢰를 하기로 했으니 토요일 저녁에는 죄다 가져오라고 이르는 말을 듣고 만금은 다시 눈물을 흘렸다. 지금 형편으로서는 그때까지라도 자기에게는 돈이 장만되지 않을 것 같기 때문이었다.

하였거늘 우연히 그 이튿날 아침 나무를 하러 떠나다가 담 너머 초시 네가 새로 집을 지으면서 자갈돌을 산다고 아이들이 불벼락으로 돌 줍기를 하는 것을 보고 그도 지게를 집어던지고 돌 줍기를 시작하였던 것이다.

그리하여 어제 진종일 주워 모으고 오늘은 그것을 져 나르는 것인데 져 보니 혼자로서는 도저히 오늘 하루에 일을 피할 수가 없어 점심때부터는 어머니까지 졸라서 끌고 나왔던 것이다.

2

빳빳할 것 같은 낮은 다섯 짐도 쉬임없이 지니 요행 해는 넘기지 않았다.

초시네 집터 밭도랑에는 올통돌통 돌더미가 수십 더미나 모아졌고 그 더미 곁에는 돌 임자가 제각기 지켜서서 어서 검사를 마쳐 주기를 기다린다.

만금의 돌더미도 그 많은 가운데서 빠지지 않게 큰 더미에 꼽힐 만한 것이다.

초시네 머슴은 석유 상자를 들고 다니며 일변 돌을 되기에 바쁘고 초시 아들은 수첩을 꺼내 들고 연필 끝을 혓바닥 위에 꾹 찍어 내서는 적곤 한다.

만금의 돌은 열 상자였다.

너는 넉 냥(40전)이다.

초시 아들은 조그만 것이 돌은 많이 졌다는 뜻으로선지 만금을 물끄러미 쳐다보더니 혀끝에 굴리던 연필을 다시 빼어서 수첩 위로 가져갔다.

넉 냥! 만금은 야학에서 갓 배운 구구법을 외어 보았다. 한 상자에 너 돈씩 열 상자이니 일사는 사, 넉 냥 그리고 그것이 틀림없는 것을 알고 순간 어떻다 할 수 없는 기꺼운 마음이 가슴속에 물결쳤다. 그것을 가졌으면 그렇게도 애타던 그 5전을 우선 학교에 가져다 바칠 수 있을 것이다.

자기의 힘으로 벌어서 헐벗고 굶주려 우는 자기와 같은 어린 동무의 한술 밥에 자기의 힘도 이처럼 미치는 것이 더할 수 없이 기쁘고 상쾌했다. 뿐만 아니라 그러고도 남는 35전은 월사금을 낼 수 있으므로 선생에게 부끄럽지 않게 뻐젓이 학교에 다닐 수 있을 것이고 손에 잡히지 않아 밤낮 근심으로 간닥거리던 연필 꽁다리도 이제 집어던지고 뒤이어 댈 수도 있을 것이다.

만금은 기쁜 마음에 피곤한 줄도 모르고 밭도랑 위에 두 다리를 쭉 펴고 주저앉아서 이렇게 예산까지 쳐 보며 어서 돈이 모여졌으면 하고 돌되기가 끝나기를 조급하게 기다렸다.

하지만 돌 되기는 끝났어도 돈은 내어주지 않았다. 이미 해가 저물었으니 돈을 헤일 수가 없다고(이것은 초시네가 정부술政富術로 엄중히 지키는 미신의 하나이다) 내일 점심때쯤 해서 사랑으로 모두 와서 돈을 받아가라는 것이었다.

이 소리에 아이들은 그만 맥이 탁 풀렸다. 더욱이 오늘 저녁 안으로 돈이 필요한 만금이는 눈앞이 아찔했다. 돈을 벌고도 그 돈을 못 가져다 바치다니 내일은 그것을 신문 지국에다 가져다 맡긴다는데 ― 생각하니 할수록 그지없이 안타깝다.

"주사님! 전 돌 값 주문 도카시요?"

만금은 바잡다 못하여 말을 꺼냈다.

"내일 낮에 오래두? 사랑으로……."

초시 아들은 수첩을 물끄러미 들여다보더니

"으응, 네레 만금이 너는 넉 냥이지? 넌 이제 밥 먹구 네 에밀 사랑으로 보내라"하고 수첩머리에 꽂았던 연필을 다시 빼더니 최만금이라는 이름 꼭대기에 ×표를 그려 넣는다.

"예에……"하고 집으로 달려갔다. 그리하여 저녁이 끝나기가 바쁘게 재촉재촉하여 어머니를 초시네 사랑으로 보냈다.

그리고는 책보까지 싸아 놓고 어서 어머니가 돈을 가지고 왔으면 하고 기다렸다. 하나 어머니는 그렇게 돌아오지 않았다. 해가 지고 산머리에 길게 물들었던 붉은 놀조차 걷어드는데도 어머니는 돌아오지 않았다. 들락날락 만금은 기다리다 못하여 책보까지 들고 나와 초시네 사랑을 다녀서 아예 야학으로 가려고 마당 귀로 꺾어돌아서니 그때에야 어머니는 어슬어슬 마주 왔다.

만금은 반가움에 한참에 쫓아가서 어머니의 손목을 꼭 붙들었다.

"넉냥이디?"

그러나 어머니는 아무 대답도 없다. 까닭을 몰라 멍하니 바라보니

"안 주갔대는데 넌 뭘 그르네?"하고 어머니는 한숨을 꺼지게 쉰다.

이 소리를 듣는 만금이는 그 이유를 물을 겨를도 없이 팽하고 눈앞이 아물아물했다.

"그르니 어드커간, 아이구 참 세상에…… 하기야 와 안 그를래든. 넌 아베레 작년 너름에 강냉이 두 말 갖다 먹은 게 있는데 그걸 못 갚구 죽

었다구 그걸루 맞춰 때우자구 날 오래두구나. 넌 뭘 잘 듣지도 못하구 와서 그르네."

　하나 연유를 듣고 보니 만금이는 그럴 이치는 없었을 것 같았다. 자기의 아버지가 비록 진 빚이 있다고는 해도 이제 돈 5전을 필요로 해서 그렇게 힘들게 져 나른 그 돌 값을 그 빚에 때워 버릴 수는 없을 것 같기 때문에 그리고 설사 그것이 사실이라고 하더라도 자기의 그 돌을 지게 된 연유와 오늘 저녁의 그 절박한 사정을 말하면 돈을 아니 내어 줄 수가 없을 것 같았다. 그것은 분명히 어머니가 자기의 사정 이야기를 충분히 하지 못한 것으로 말미암음이리라. 만금은 자꾸 이렇게만 생각이 되었다.

　그리하여 자기가 다시 한 번 가 보고 싶은 충동을 못 참아

　"이제 그 집에 토역할 때 흙짐이나 또 져서 그 돈뿌리를 마자 끊으라고까지 그르는데 네레 간다구 바루 돈을 줄래든?" 하는 어머니의 말도 듣지 않고 만금은 초시네 사랑을 향하여 그대로 내달렸다.

3

　"너 또 왜 오니? 네 에미 못 봔?"

　열어 잡은 미닫이 새로 초시 아들의 상반신이 쑥 나온다.

　"봤시요."

　"보았는데 또 올 필요가 있나?"

　"강냉이 값은 이담에 해 갚아두 오늘 돌 진 값은 이제 주문 도카시요?" 하고 만금은 이 밤으로 그 돈을 학교에 가져다 바치지 않아서는 안될 절박한 사정을 낱낱이 말하였다.

　그러나 초시 아들은 이 소리를 들었는지 말았는지

　"글쎄, 네 에미와 다 말했어. 너야 아직 철도 없는 게 뭘 알간?" 하는 말로 드르르 미닫이가 닫기고는 다시 열리지 않는다.

한 줄기 희망을 품고 왔던 만금의 눈앞은 다시 캄캄했다. 참기 어려운 눈물이 눈앞에 솟는다. 그리고 깜박거리는 눈조차 눈물은 방울을 지으며 땅 위에 떨어져선 먼지를 뒤집어쓰고 대그르르 구른다.

만금은 발길을 돌렸다. 그러나 길이 보이지 않는다. 그대로 야학으로 가야 하나 집으로 갈까 두 갈래 길에 방황을 하며 만금은 허둥지둥 대문 밖을 나섰다.

그리하여 마당 귀 돌채를 건너뛰는 순간 행! 하고 그는 저도 모르게 길바닥 위에 번듯이 나가자빠졌다. 눈물에 가린 눈은 돌부리를 보지 못하고 발끝을 걷어채였던 것이다. 이 바람에 손에 들었던 책보는 던진 팔매같이 날아서 어느 결에 모퉁이 담 뜰 기슭에 턱하고 가서 맞고 떨어진다.

만금은 아찔했던 정신을 다시 수습하고 일어나 책보를 집으로 담 뜰 밑으로 갔다. 그러나 꾸부려서 손을 내미는 순간 그는 다시 홱하고 지랄을 하며 뒷걸음을 쳤다. 뜻밖에 담뜰 밑에서 오리 한 마리가 꽥 꽥 하고 질겁을 하여 짓부침을 치며 달려나왔기 때문이다.

그러나 그것이 무엇인지를 알았을 때 그는 적이 안심의 한숨을 쉬었다. 그리고 책보를 집어들었다. 하였건만 만금이는 그 자리를 떠나지 못했다 — 오목하게 닦아 놓은 지푸라기 속에 가즈런히 낳아놓은 오리알 세 개가 눈에 띄었음이라. 그리고 그것을 학교 앞거리 상점에 가져다 팔았으면 돈이 될 것을 미루어볼 때 그리하여 그 세알의 오리알도 넉넉히 5전이란 돈을 받을 수 있는 물건임을 아이들이 가져다 파는 데에서 알게 되자 그 오리알은 안타깝게도 만금의 마음을 유혹하였기 때문이다. 하지만 그것은 죄다. 만금이는 몇 번이나 그대로 발길을 내키려 하였으나 그 뒤에 보이는 발가벗고 굶주려 우는 어린 동무! 그것은 선생이 아는 말 그대로 자기네들의 동정을 기다리고 있는 것이 아닌가. 살려 달라고 자기의 어깨에로 무수히 달려와 매어달리는 것 같은 환상을 눈앞에 보는 순간 어느새 그의 손은 벌써 한 알의 오리알에 가 닿아서 떨리고 있었다.

두 알 세 알 더 생각할 여지도 없이 그는 냉큼냉큼 집어서 책보에 쌌다. 그리고는 모르는 듯 길바닥으로 뛰어 나왔다.

그는 죄를 범하였다는 두려운 생각보다 돈을 만들 수 있었다는 것이 오로지 기뻤다. 상점으로 달려간 그는 한 알에 2전씩 세 알에 6전을 받아들고 그길로 그 돈 6전을 사무실로 가져다 바쳤다.

"너 이거 1전이 더 왔고나!"

선생은 돈을 받아서 세어 보다 1전 한 닢을 만금의 앞으로 도로 밀어 놓는다.

"아니 선생님, 전 엿 돈을 낼래요."

만금이는 잘못이 아니라 일부러 더 1전을 낸다는 뜻을 말했다. 돈이 손에 쥐어지고 보니 그는 1전 한 닢이라도 그들을 위하여 더 던져 주고 싶었던 것이다.

선생은 눈이 둥글하여

"그럼 1전을 더 낸단 말이야?"

"예에, 그야 머 다문 한 돈이래두 더 내두룩새 보태질 것이 아닙니까?"

선생은 깜짝 놀랐다. 이 눈물의 성금! 월사금도 못 가져오는 만금의 처지여니 5전 한 닢도 믿지 못했던 그로서 이제 그 정하여 준 액수의 정도를 넘어서 1전 한 닢을 더 가져왔다. 이 1전 한 닢은 실로 몇만 원을 누르는 참된 성의에서 나오는 더 큰 돈이라고 선생은 생각하였다.

"너 아무쪼록 공부 잘해라. 너는 반드시 장래에 훌륭한 인물이 될 것이다."

선생은 참으로 감격한 마음에 머리를 어루만졌다. 그리고 자기의 교화가 이렇게 미친 것인가. 첫시간인 산술시간은 만금의 칭찬으로 방바닥을 울리며 가난뱅이로 세상에 이름을 떨친 링컨이나 후버니 하는 인물을 끌어다 내력을 말하며 수양 강화를 한바탕 베풀었다.

4

이튿날 만금의 위문금에 대한 사실은 온 동네에 쭉 퍼졌다. 동네에서도 위문금을 모집하게 된 야학 선생은 일반으로부터 위문금을 내게 할 그 성의를 고취하기 위하여 가는 데마다 만금을 내세우고 칭찬을 하였던 것이기 때문이다.

그리하여 이 집 건너 저 집 건너 동네에 쭉 퍼져 이야깃거리가 되니 그 돈은 오리알을 팔은 돈이라는 소리가 자연히 상점 주인의 입으로 흘러나와 오리알을 잃은 초시네 귀에까지 가게 되었다. 그래서 칭찬이 화로 그 돈은 오리알을 채어다 팔은 돈이라는 것이 필경 밝혀지고 말았다.

하니 만금을 두고 칭찬을 마지않던 선생은 멋적은 입을 닫히었다.

그리고 그렇지 않아도 야학에 반대를 하던 초시는

"서당을 하는 것이 배들이 아파서 야단야단하고 깨쳐먹드니 이놈들 배워 준다는 게 도적질!"하고 말감이 없어 욕을 못하던 초시는 선생을 불러 훈시를 내렸다.

선생은 이렇게 핀잔을 받고 보니 만금의 그릇된 마음에 속아 넘어서 실없는 소리를 종일 뻥뻥하고 돌아가던 것이 부끄러워 만금에 대한 괘씸한 생각이 불일 듯 하였다.

그날 밤 선생은 야학으로 올라가자 만금을 사무실로 불러들였다.

"너 어제 그 돈 어디서 났니?"

선생의 눈은 날카롭게 돌았다.

"……"

"요놈아, 왜 대답을 못해?"하는 소리와 함께 참을 수 없는 듯이 선생의 손은 만금의 뺨을 되는대로 후렸다.

"요놈, 누가 도둑질을 해서 그 돈을 가져오라든? 그리구는 빤빤하게 선생을 속여, 응 요놈아!"

다시 건너가는 선생의 손은 만금의 귀결에 가서 찰싹 하고 소리를 내며 부딪친다.

할 말이 없는 만금은 그저 바들바들 떨며 눈물로 대답을 할 뿐 부끄러움에 못 참는 머리만이 좀더 내려숙는다.

"그런 짓을 다시 또 할 테냐, 요놈?"

"아아, 아니 하가시요!"

"다시 그런 짓을 어디 또 해라. 당장으로 그 오리알을 물러다 초시네 댁에 가져다 드려."

선생은 테이블 설합에서 돈 6전을 꺼내서 쩔렁 하고 테이블 위에 내어던진다.

여전히 스미는 만금의 눈에서는 섬벅 하고 눈물이 한 닢의 동전 위에 살짝 떨어져 맞고 깨어진다.

"왜 멍하니 섰는 게여?"

선생은 탁 하고 주먹으로 테이블을 친다. 눈물에 젖은 돈은 그 자리를 떠나기가 싫다는 듯이 제르릉 하고 소리를 낼 뿐 들썩 하고 밑을 떼더니 뱅그르르 돌다 그대로 주저앉는다. 만금은 그대로 섰을 수가 없었다. 다시 올 것같이 푸들푸들 떨고 있는 선생의 손이 무엇보다도 무섭다. 한 닢 두 닢 여섯 닢의 동전을 한 손에다 움켜쥐고 경례를 한 다음 다시 부르지는 않을까 겁에 질린 아니, 무거운 꽁무니를 급하게 끌고 나왔다.

어느덧 날은 어두워 발부리 앞은 더욱 아득하다. 상점을 향하여 걸어가는 만금의 눈에서는 호소할 길 없는 눈물이 비오듯 뒤를 잇는다.

심원

　가산이 패한 것은 확실히 마음에 언짢았으나, 원통까지 한 일은 아니었다. 그러나 가세가 떨림에 인격조차 떨어지는 것은 원통한 일이 아닐 수 없었다. 성재 씨는 감자를 캐다가도 문득 떠오르는 생각에 호미를 먼즛 놓았다.

　"법이 없어도 살 사람이지. 성재야 머 악한 짓을 해 본 적이 있갔기."
　"악한 짓두 누깔이 바루 백이구야 허지. 원래 성잰 위인이 어리석은걸. 제가 밥을 안 굶고……."

　확실히 전자보다 후자는 듣기 역한 소리다. 아니 모욕에 가까운 말이다.
　그러나 그것은 지금 일반으로부터 자기를 가리키는 말이다. 그런 말을 듣는 데 마음이 허한다면 역할 것도 없겠다. 그러나 그렇지 않다고 아는 자기의 마음을 몰라 주는 데 안타깝다. 옛날이나 지금이나 그 성재임에는 누구보다 자신의 양심이 자신을 더 잘 안다. 그 무엇이 세인으로 하여금 자기의 마음을 이렇게 삐뚜루 엿보게 만들었노.
　그러나 그것은 이 밖에 더 나아가 그 귀착점에 생각의 실머리는 풀리지 못하고 얼크러진다. 재산이 있을 때 오던 찬사가 이렇게 바뀐 것이니 파산에 원인이 있으리라는 그저 막연한 추측이 저로라고 나설 뿐, 그리고 다음 순간에 더러운 돈이란 귀결로 언제나같이 끝맺혔다.

하지만 그렇게도 더러운 돈이라고 내심으로 저주는 하면서도 그 돈을 다시 잡아 보려 될 수 있는 데까지 힘을 다해 보기에 애를 쓰고 있는 자신임을 부정하지 못할 땐 가장 바른 마음의 소유자라고 자처하던 자신의 신상에 일어나는 한 커다란 의욕을 물리칠 수가 없었다.

모을래서 모았던 돈이 아니었고, 또 알뜰히 돈에 목을 매고 살지도 않았다. 한결같이 사랑문을 열어놓고 오고가는 손님 접대를 잊지 않았고, 공공사업에 기부 같은 것도 기회만 있으면 아낀 적이 없었다. 그리고 만 원에 가까운 채권을 포기하여 인근 수백여 빈농으로 하여금 북만주 길을 잊게 한 적도 있다.

이로써 사람들은 자기를 가리켜 법이 없어도 살 사람이라는 믿음의 칭호를 주었거니와 이것은 결코 명예를 위하여 불러 왔던 사실도 아니었고, 그 명예 속에서 장래의 행복을 찾은 것도 아니었다. 다만 그 명예가 양심의 반증이라고 아는 것이 기꺼웠고, 기꺼우니 그 속에서 행복을 느낄 뿐이었다.

그러나 이런 행복 속에서 삶을 찾는 마음은 돈에 대한 애착을 몰랐다. 세간을 임의로 할 수 있는 자유를 가진 지 불과 10여 년에 천여 석 추수의 토지는 냉정하게도 뭇 사람들의 손으로 건너갔다. 그리고 돈에 궁하게 된 나머지 집간을 파는 것으로 밑천을 삼아 마을 끝에 한 채의 주막을 옮기고 술을 파는 것으로 생계를 삼지 않아서는 안되는 구차한 살림으로 전락을 하게 되니 법이 없어도 살겠다던 성재 씨의 신상에는 별의 별 소리가 다 인격을 물어뜯기 시작했다.

50년 생애의 이 한 사람의 몸뚱어리에 오고 가는 변화—내 돈을 내가 없앤 것이요, 또 그리함에 그들을 위함이 있었을지언정 누구의 몸 하나 다친 것이 없건만 무리하게도 주었다 빼앗는 명예—.

성재씨는 새삼스럽게나 생각하는 듯이 다시금 놀라며 한숨과 같이 힘 없는 손에 또 호미를 들었다.

패어서 헤지는 흙 속에서 콩알 같은 감자알이 수두룩이 묻어 나온다. 한 달만 지나면 마음대로 주먹같이 크게 자랄 감자알들이다. 그리고 그 때이면 제법 양식이 되어 줄 그 감자이건만 무참히도 호미날에 목이 잘 리는 것이 마음에 아쉽다. 아직 감자 포기를 파 들추기에는 너무도 이른 시기인 것을 모르는 배 아니었으나 시재의 용도가 급하다. 기껏 컸대야 몇 포기 새에 달걀만큼씩한 것이 한 알씩 덧묻어 나오는 그 요행이 이렇 게 한참 자라는 감자 포기를 파들추게 되는 것이다.

이러다가는 맺히는 감자를 다 파 버리게 되지는 않을까 짐짓 염려가 없지 않았으나 여름철의 술장수는 맞돈에 궁하다. 떨어진 안주감에 저녁 술손님을 볼 수 없으리란 것이 이렇게라도 하지 않으면 안되었던 것이 다. 내키지 않는 마음이언만 성재 씨는 포기마다 호미날을 아니 끌고 다 니는 수가 없었다.

간신히 마련된 감자알이 납작납작하니 엷게 썰려서 접시 위에 포개어 얹히었다.

그러나 개똥벌레가 불을 켜기 시작해도 손님은 얼씬도 않는다.

단오목을 지나니 손님은 알아보게 발을 끊는다. 여름철과 술장수는 이 렇게도 인연이 멀었다.

그래도 밤마다 손님이 서넛은 없어 본 일이 없는데 이제나 오려나, 이 러다가는 이 달엔 색시의 몸값도 어렵잖을까? 20원도 큰 돈일 것 같다.

색시는 쓸데없이 윗간에 혼자 넘어져서 노랫가락을 입버릇처럼 흥얼 거린다.

저것을 끌어다 놓아 사람들을 호려들임으로 삶을 지탱해 가려는 자신 이 가엽기도 했다.

동네의 새파란 젊은 축들이 저것을 보고 밀려 나와 뒤덤벅질 때 당연히 일러야 할 도덕상 책임을 지고 있는 윗사람으로서 못 본 체 슬근히 자리를 피하지 않아서는 안되는 것이다. 여기에 마음이 괴롭다.

　그러나 그들이 갈 때에 떨어뜨리고 간 돈을 손에 넣을 때에는 말 바로 상쾌한 일이다. 분명히 전에 느껴 볼 수 없던 더러운 즐거움이다. 그렇지만 그 즐거움을 굳이 찾고 또 가지지 않아서는 안된다. 그것은 부정할 수 없는 사실이다. 지금도 그 즐거움의 대상이 되어 줄 손님을 기다리고 있는 것이 아닌가 할 때 성재 씨는 자기의 맘속을 이렇게도 알 수 없이 파먹는 벌레가 야속도 했다.

　한숨과 같이 몸을 뒤재 일으켰다. 그리고 샛문을 밀고 손님을 위하여 준비하여 놓았던 술상 위에서 주전자를 집어 들었다. 괴로움의 벗이 술인 줄을 안다. 마음의 위안을 찾자는 것이다.

　"그 바른 술을 또 축내지. 에이구 뒤상두!"

　마누라의 말은 듣는지 마는지 성재 씨는 잔에 술을 따른다.

　"술이 없다던 걱정두 그저 괜한 소리야! 그러기 우린 이런 노릇두 못 해먹구 산대니깐."

　이 소리는 분명히 남편의 인격을 물어뜯는 말이다.

　그러나 비로소 들어보는 말이 아니다. 대꾸를 하려다가는 한정이 없음을 안다. 잠자코 부어서는 곰배님께 마시는 사이, 주전자는 점점 가벼워지며 밑바닥이 드러나더니 주룩하고 방울만이 뚝뚝 잔 안에 든다. 열 잔도 못 부었다고 아는데 술은 끝이 난 것이다.

　성재 씨는 그것을 한 병이라고 넣어서 사람을 속이는 것이 비로소 깨닫기는 듯 낯이 간지러웠다. 반 병은 좀 넘을까. 그렇지 않으면? 생각하는 동안, 지적거리는 발자국 소리가 마당에 들리다 멎는다. 성재 씨는 안주로 가던 손을 내밀다 말고 다시 귀를 가다듬었다. 수군거리는 소리가 극히 가늘게 흘러 든다. 얼른 주전자를 밀어 놓고 눈짓을 색시에게 주며 골방으로 들어갔다. 자기 때문에 자유로 들어올 수 없는 젊은 술꾼들의 행색임을 짐작할 수 있었던 것이다.

손님을 맞아들인 색시는 손님이 다섯이나 되는데 술이 모자라겠다고 마누라와 같이 상을 차리며 수선거리는 소리가 들린다.

다섯 사람의 손님이라는데 성재 씨는 적지 아니 정신이 새로웠다. 그러나 술이 모자라서 목전에 돈을 그대로 돌려보낼 생각을 하니 그 바른 술을 축낸 것이 금시 후회스럽다.

성재 씨는 은근히 계획해 오던 창안을 생각해 보았다. 그리고 그것의 실현을 순간 미련도 없이 이제 실행하기를 주저치 않았다. 술에다 물을 타자는 것이다. 이 법칙에 손님들은 얼굴을 찡글 것이나, 그런 술을 먹이기 위한 색(色)이 있고, 또 이런 노릇은 색에 끌리는 축들이야만 뜨끔이 떨어뜨리는 것이 있다. 그러한 인물이 수두룩함을 빈번히 손님들 가운데서 진맥해 온 것이다.

성재 씨는 가만히 일어나 뒷문을 밀고 부엌으로 돌아가 두 병 술에다 한 병쯤 물을 타서 세병을 만들기를 일었다. 그리고 취한 기색이 드러났음에도 술을 그냥 찾을 때에는 좀더 물질을 해도 괜찮으리라고 다시 한번 참고로 이르고 골방 속으로 되돌아와 누웠다.

협착하고 불 없는 골방 속은 가슴을 누르는 듯이 답답하다.

방안은 차츰 시끄러워진다. 손님을 호리는 색시의 노랫가락이 귓가에 역하다. 이런 짓을 아니 하고는 못 살까? 차라리 듣지 않으리라, 성재 씨는 잠을 청하려고 눈에 힘을 주어 감았다.

거의 열 잔 푼수나 들이킨 술은 벌써 어릿더릿 정신을 흐리기 시작한다. 감은 눈 앞에서 천장이 빙글빙글 돌아가는 것 같다. 잠이 어릿어릿 몸이 녹아져 온다고 느끼고 있는 순간, 성재 씨는 무엇에 귀를 찔리는 듯이 놀라고 눈을 번쩍 떴다.

"크으, 아아니, 이게 무슨 술이야. 이거 물을 탔구나! 이렇게두 원 물을 탄담! 이년아, 대관절 물에다 술을 탔니? 술에다 물을 탔니? 크으!"

그렇게도 지껄이는 소리가 무슨 소리인지 모두 몽롱하게 귓전을 흐르고 말건만 다만 그 한마디, 그것은 귀를 때리는 것같이 쑥 들어왔다.

"사람의 일은 참 모를 거로군."

"참말이야. 제것 없으문 굶어 죽을 줄만 알았던 성재 영감이 술에다 물을 타다니!"

"흥, 이제야 누깔이 바루 백이는 모양이지."

뒤미처 흘러드는 그들의 대화—성재 씨는 몸이 흔들릴 만큼 놀랐다. 자기를 비방하는 데서가 아니라, 그것은 결코 악평으로만 볼 수 없는 반은 더 자기의 인격을 돋우보는 말이라고 아니 들을 수 없는 때문이다.

싱거운 술에 얼굴들은 찡그리면서도 그들의 말은 이런 데 일치된다. 차마 못할 짓이라 내심 허하지 않는 것을 눈을 딱 감는데 지나지 않았으나, 그것은 도리어 종래의 악평에서 버젓이 벗어날 수 있고, 따라서 또한 명예를 도웁는 소임도 되어지는 것이다.

악의를 베풀수록 반비례로 인격은 올라간다. 명예가 결코 언짢을 이치 없지만 현재의 생활에서 삶의 가치를 찾지 못하는 성재 씨의 마음은 만족할 수 없었다.

바로 말하면 그 명예는 자기에게는 더할 수 없는 모욕인 것이다. 그러니 삶을 위하는 수단은 앞으로 자기에게서도 악의와 인연을 멀리할 수 없는 것임을 알 때, 좇아서 점점 올라갈 자기의 인격을 미루어 보니 우스운 것이 세상사 같았다.

"자아, 어서 잔을 따려므나, 물 아니라 물 해내빌 탔대문 어때! 누가 머 술 먹으러 왔나?"

"암 그렇지 그렇구 말구. 누가 참 머 술 먹으러 왔나, 요것 보러 왔지."

"아니, 참 요년 옥심이 너, 사람을 그렇게 녹여 내는 법이 어디 있다든?"

술에다 물을 탔건 말건 그들은 좋아라고 옥작거리며 그저 진탕치듯 마셔댄다.

　마음이 허하는 계획은 아니었으나 색色 앞에서는 아무런 불평도 없이 손님들이 이 술을 이렇게 마시는 것을 볼 때 성재 씨는 그 계획의 성공이 은근히 기꺼웠다.

　그리고 앞으로도 그런 법칙을 계속만 한다면 어느 정도까지 궁색은 면해질 것이 아닌가 하니 마음의 고삐도 한결 늘어지는 것 같았다.

　"아 아 아야! 꼬집긴? 글쎄 당신 마누라가 누가 아니래요?"

　"아이, 옥심이 고년 참 손님의 비위를 맞추는 덴 일등이야. 얌전두 한 년!"

　성재 씨는 손님을 호리는 옥심의 애교가 귀여운 듯이 흥 하고 코웃음을 치며 녹아져 오는 몸에 사지가 늘어나는 듯하게 기지개를 켰다.

청춘도

서곡序曲, 창조의 마음

자유로 허여된 꿈일진댄 아름다운 꿈이라도 꾸고 싶다. 세상을 경도시킬 걸작이야 꿈엔들 그려보기 바라련만 하다못해 마코라도 한 갑 생기거나 그렇지 않으면 계집이라도…… 쓸모없는 시시한 꿈이 비록 몇 시간 동안이나마 현실의 시름을 잊고 지날 수 있는 행복된 잠을 또 깨워 놓는다.

—어디로 들어왔는지도 모를 한 마리의 새앙쥐! 바르르 책상 귀로 기어올라 꿰어진 양말짝을 하릴없이 쏜다. 그리던 그림에 붓대를 대다 말고 조심스레 손을 어이돌려 책상 위로 늘어진 꼬리를 붙드는 찰나, 날쌔게도 그놈의 새앙쥐 팩 돌아서며 손잔등을 물고 늘어진다.

"아 야아." 놀래어 손을 뿌리치니 어이없다. 새까만 방안은 보이는 것 없이 눈앞에 막막하고 곤히 잠든 아버지의 숨소리만이 윗목에 한가하다.

무슨 꿈이야 못 꾸어서 하필 새앙쥐에게 물린담, 꿈조차도 아름답게 못 가진 자신이 가엾기도 했다.

상하는 반듯하게 누웠던 몸을 모으로 뒤챘다.

눈을 뜬대야 보일 턱이 없는 새까만 방안이요, 게다가 눈을 감기까지 했건만 눈앞은 환히 밝다. 빽빽이 둘러선 송림, 그 산턱을 떨어진 약수터 풀밭 길을 오불꼬불 금주는 걸어내려온다.

"벌써 아침 물참을 보고 오십니까?"

"네, 머—, 전보다 별로 일러 뵈지도 않는데요!"

"아침 물은 방불이 차지요?"

"막 가슴이 뚫어지는 것 같애요."

제법 만나기나 한 듯이 말을 주고받기까지 해본다.

이렇게 금주가 안타깝게 잊히지 않은 것은 그 여자에게 반했음으로설까, 아무리 이성에 주렸었기로서니 가슴이 반이나 썩어진 듯한 그의 표정—배꽃을 비웃는 하이얀 얼굴은 금시라도 피를 콸콸 쏟아낼 듯한 정경이 아닌가. 그런 여자, 그 여자를 못 잊는다면 대체 어찌해 볼 심판인가. 그래도 그 여자가 못 잊힌다면 자기는 오직 한 가지만을 아는 짐승과도 같지 않은가. 이것이 자기의 본성일까, 사람의 마음일까.

문득 이상한 촉감에 몸서리를 쳤다. 이성을 상대로 일어나는 불길임을 알았다. 초저녁 한동안을 이불 속에서 쌔우치던 불길이다. 맹렬히 붙음이 안타깝다. 끌 수 없음이 가엾다. 공상과 공상의 접촉은 기름과 같이 기세를 더한다. 등잔에 불을 켜고 일어나 앉으니 스스로 생각해도 우스운 꼴이다. 담배라도 있으면 하니 〈마코〉 향기가 혀끝에 일층 새롭다.

몇 번이나 털어 봐도 없던 담배가 있을 턱 없는 자갑귀를 다시 털어 보니 소용이 있을까. 샃귀라도 돌아가며 들쳐 보자니 없는 꽁초는 샘날 수 없다.

허하지 않는 담배는 있었다. 선반 위에 아버지의 장수연갑이다. 도덕상 금단의 율칙임이 두려운 것이 아니다. 율칙을 범하기 벌써 몇 번—초저녁에도 꺼내고 남은 것이 몇 대 되지 않음을 안다. 노여勞餘에 아껴 가며 한 대씩 피는 담배여니 이제 마지막 남은 밑바닥을 긁어내기 거북함이 마음에 걸리는 것이다.

그러나 이성을 그리는 마음보다 못지않은 형세의 담배 맛이다. 참을래 참을 수 없어 한대에 적당할이만한 분량을 다시 집어내어 궁여의 고안 그대로 신문지 여백을 쭉 찢어 두르르 말아 침으로 붙인 다음, 성냥갑을 더듬어 들고 문밖으로 나왔다.

스무날 달이 하늘에 밝다. 누동섶 개천에 돌돌돌 물소리가 청아하다. 달밤에 물소리는 이상히도 마음을 당긴다.

담배를 붙여 물고 누동으로 나갔다.

한 바퀴 뚜렷한 달이 개천 속에 떨어져 잠겼고, 물을 헤치고 달을 찢으며 잘박잘박 역류逆流하는 송사리떼—귀엽다 말을 할까, 나불거리는 지느러미, 오물거리는 주둥이, 달빛에 번득이는 찬란한 비늘— 몸을 뒤챌 때마다 눈이 부신다.

물속에 가만히 손을 넣으면 놀래어 흩어진다. 그러나 얼마 아니 있어 다시 송사리떼는 몰려와 툭툭하고 길을 막는 손바닥을 주둥이로 치받친다. 정신을 차려 먹고 날쌔게 줌을 쥐니 포드르르 줌 안에서 한 마리의 송사리가 생명을 원하는 듯 꼬리를 떤다.

다시 한 번 또 한 번 거듭하여 보는 사이 올라가고 또 내려오고 수없이 뒤를 따라 오락가락 몰려다니는 송사리떼임을 깨닫고 평범한 행동에서의 향락만이 아님을 알았다. 본능에 충실하려는 봄의 행사임이 틀림없었다.

본능의 만족을 위한 거룩한 행사에 구속의 손을 대었음이 극히 죄송한 듯하였다. 본능의 만족, 자연의 행사 — 거기에는 털끝만치라도 구속이 있어서는 안된다. 자유는 생명과 같이 절대하다. 미련도 없이 둔덕에 집어던졌던 몇 마리의 송사리를 다시 물속에 집어넣었다. 물 밖에 자유를 잃었던 몸이 둔탁하게 헤엄을 쳐 간다. 오그그 송사리떼가 다시 몰려와 그놈을 에워싼다.

문득 한 마리의 새가 깃을 펴고 물속에 나타나며 송사리떼를 놀래고

달을 가린다. 누동으로 날아드는 공중에 뜬 해오라기(鷺)다.

돌아옴을 반겨 맞는 듯 버드나무 상가지 둥우리 옆에 앉았던 한 놈이 끽 끽 소리를 지르며 목을 뺀다.

무심코 바라보던 상하는 거기에도 봄이 왔음을 알았다. 위태로운 가지 끝에서도 생동의 힘에 못 참는 장난이 한 자웅으로부터 일어나는 것이다.

생동의 힘, 봄의 사자 ― 그것은 물속에도 공중에도 찾아왔다. 그러나 오직 땅 위에선 자기에게만 없는 것 같았다. 알 수 없는 촉감에 다시 몸서리를 쳤다. 둘 곳 없는 심사에 담배꽁지를 개천 속에 힘껏 메어던지니 마음이 써언할까, 난데없는 물살에 송사리떼만이 놀래에 흩어진다.

1. 욕망

어느 것이라고 맘의 자유에 깃을 쳐 본 때가 있었으련만 예술과 계집에의 자유에 깃이 없음이 더욱 한스러웠다. 예술의 신비 속에 생을 찾고, 계집의 아름다움에서 향락을 구했다. 계집애 마음을 두었음이 어찌 이번이 처음이었을까 여사무원을 건드린 것이 이렇게 자유를 구속하는 원인이 될 줄은 몰랐다.

사장이 눈 건 계집이라고 맘 두지 말란 법 없지만 사장이 눈 건 줄을 모르고 허투루 다룬 것이 실책이었다. 사원 감원은 축출의 빙자요, 눈치에 걸린 것이 축출의 원인이었다.

그렇지만 않았던들 ××회사는 달마다 50여 원의 월급을 틀림없이 지출할 것이요, 그것은 또 족히 생활을 지탱해 주고 있을 것이다. 돈에 자유가 없으니 예술도 빛을 잃고 계집도 없었다.

부탁은 서너 곳에 두었으나 용이히 나서는 일자리가 아니다. 기다리기까지의 생활을 객지에서 붙안아 가는 수가 없다. 그렇다고 집으로 돌아오니 놀고 먹기가 어렵지 않은가. 어머니 아버지는 밭갈이와 씨뿌리기에 날마다 나섰다. 자기 한 몸의 수양을 위하여 이미 전답 낟가리를 모두 읽어다 썼으니 궁여의 아버지를 받들어야 마땅할 것이나 뜻에 없고, 부모의 뜻대로 진작 장가라도 들었더라면 한 가지 괴롬만은 모르고 지날 것을…… 또 부모의 조력인은 안될 것인가. 학교를 마치고 얻자 가정을 이루기까지의 토대를 닦고 얻자, 보다 더 완전한 살림에의 포만을 모르는 욕망이 이제 와서 가까스로 괴로움을 던져 주었다.

2. 예술

쓸데없는 지난날의 되풀이는 마음만 산란하다. 캔버스를 들고 산으로 올라갔다. 심심하니 소일로서가 아니다. 예술적 감흥에 못 참아서다. 산간의 시내, 곡간의 괴석, 약수터의 풍경— 어린 날 모르던 이 모든 고향 풍물이 상하의 붓대를 끌었다. 오늘은 약수터의 풍경을 눈담고 떠난 것이다.

산턱을 떨어져 박힌 커다란 바위 위에 두 다리를 쭉 버드러치고 앉았다. 경사진 켠 아래를 내려다보니 한 폭의 그림 같다.

—건너 산 너머 바라보이는 드높은 교회당 지붕, 그 산턱 밑 떨어져 일대엔 채찍을 들고 소를 몰아 밭가는 농부, 좀더 가까이 앞으로 큰길엔 무엇이 분주한지 끊일 새 없이 줄달아 속보를 놓는 행객, 눈 아래 약수터엔 생명을 붙안고 싸우는 수객들— 모두 생을 위한 싸움임에는 틀림없으나 그 아름다운 자연의 경개임에도 흥취를 잃고 허덕이는 고달픈 인간이 상하의 마음을 흔드는 것이다.

약수터엔 지금도 수객들이 때를 잊지 않고 모여들었다. 담창장이, 속증앓이, 긴병장이— 건강을 잃은 가지가지의 환자가 배지를 들고 행렬을 짓는다. 금주도 의연히 그들의 행렬에 끼이기를 잊지 않았다.

벼랑진 돌틈 새로 솔솔솔 끊임없이 솟아오르는 약수 — 받으면 배지

안에 보이하게 안개가 서리는 물, 산 속의 정기와도 같은 이 물에 생명을 맡기고 봄을 찾는 그들―.

그러나 이 산간에는 이미 봄이 무르녹았으되 그들에게는 봄이 오지 않았다.

벌레 먹은 몸이 서리에 절고, 바람에 시닥겨 그대로 한겨울 동안 눈 속에 생동의 힘을 빼앗겼던 산간의 생명인 온갖 종족―잣나무, 들매나무, 섭나무, 구름나무, 소나무 켠을 등지고 떨어져 평판엔 소민재리, 도라지, 범부채, 깜박덩굴, 칡덩굴― 꼽을래 꼽을 수 없는 초목들은 파랗게 잎새에 초록물이 오르고 줄기는 싱싱하게 살이 찐다.

이것들의 생명을 길러내는 대자연― 하늘을 엄한 아버지라면 땅은 자애로운 어머니다. 하늘에 솟은 해는 아버지의 눈이요, 땅속을 흐르는 물은 어머니의 젖이다. 어머니는 젖을 주어 살을 찌우고 아버지는 열을 주어 건강을 단련시킨다. 비교적 숙성이 빠른 진달래와 동동할미는 이미 꽃까지 피웠다.

그러나 이 같은 아버지, 같은 어머니를 가진 자연 속에 생명의 부여는 받았으나 한번 시들은 인간에게는 같은 산 속의 정기를 받되 어머니나 아버지의 단련도 아무러한 효과가 없었다.

삼십 명은 확실히 넘을 수객들의 얼굴에는 한점의 봄빛을 찾을 길이 없고 구름같이 무거운 우울 속에 주름살을 못 편다.

금주 이미 이 자연의 혜택을 받고자 세고에 병든 몸을 이끌고 산 천리 물 백 리, 천 백릿길을 더듬어 이 산 속을 찾아온 지 이미 이태―산간의 신선한 공기를 호흡하며 산간의 종족을 길러내는 자애로운 어머니의 젖가슴 속에 안기어 두 돌의 봄을 맞았건만 금주에게는 봄을 주지 않았다.

그래도 금주는 게을리 하지 아니하고 하루같이 산 속을 뒹굴며 때 찾아 약수터로 내려 왔다.

이렇게 지성을 들여 삶을 위하여 마음을 다하면 서리에 절었던 풀잎이 거센 땅을 들치고 다시 봄을 맞아 파랗게 생을 빛내며 살이 쪄 자라는 것과 같이 금주에게도 다시 봄이 돌아올까. 두드러진 뺨을 능히 감추고 살이 올라 배꽃같이 하이얀 그 얼굴에도 진달래 꽃빛 물이 들어볼까.

이것을 그리는 것은 자유요, 그것은 예술이었다.

데상에 시험의 붓을 들었다.

배지를 한 손에 들고 골짜기의 잔디밭 위에 넋없이 앉은 한 여인의 횡면─흰 닭에 검정 닭 모양으로 뛰어나게 차린 품이 그리고 그 날씬한 몸맵시가 금주임에 틀림없었다.

한 사람의 폐병환자를 취급할 것은 잊을 수 없는 대상이었으나 하필 금주를 기리고자 한 바는 아니었건만 참을래 참을 수 없는 예술의 충동에서 시험하려는 붓끝에 못 잊는 금주가 모르는 듯 날아들음이 이상한 감흥을 자아내주었다.

폐병환자임에도 불구하고 마음을 당기는 금주─, 애타는 속에서도 못 잊는 예술의 감흥─, 알 수 없는 신비로운 심경─, 그것을 자연미와 조화시켜놓으려는 충동─그 소재의 하나가 금주다. 금주는 예술이다. 예술 속에 금주가 있다. 금주는 내 붓끝에 가리가리 요리될 것이다. 금주는 이미 내 것이다.

상하의 붓끝은 금주의 얼굴에서 몸까지 선에 힘을 주고 다시 그었다.

금주는 나를 그리라는 듯이 옴짝도 아니하고 앉아서 장글장글한 햇볕을 가슴에 받으며 시간 나마를 그린 듯이 앉았더니 두세 번의 얕은 기침 끝에 괴로운 표정을 지으며 더듬어 오른다. 일상 가서 앉는 샘칫가 바위 위이려니 하였더니 뜻밖에도 상하를 향하여 직로를 놓는다.

"오늘도 풍경이세요?"

상하의 앞에 우뚝 와 마주서며 하는 인사다.

"네 그저…… 요샌 어떠십니까?"

"머─ 그저 그래요. 미안하시지만 제 초상 하나 그려주실 수 없을까요?"

자진하여서라도 그려주고 싶은 상하의 마음이다. 그러나 대번에 승낙은 싱겁다.

"내가 뭐 그림을 잘 그립니까? 어디—."

"천만에요."

하다가 금주는 풍경 속에 그려진 여자 위에 문득 눈이 가고 시선에 힘을 준다. 아직 선으로밖에 되지 않은 그림이지만 그 윤곽만으로도 어딘지 그것이 자기임을 알아낼 수 있었던 것이다.

"아니 이게 제가 아니에요!"

금주는 자못 놀라며 물었다.

"네?"

"왜— 풍경 속에다 저를 이렇게 그리세요?"

"그걸 모르십니까?"

금주는 가볍게 미소를 짓는다.

"알 수 없이 금주씨가 그립습니다."

"알겠어요. 그러나 선생님 용서하세요. 저는 며칠을 못 가 죽을 인간인가 보아요. 오늘도 각혈을 했답니다."

"모르지 않습니다."

"그러시면서 선생님은……."

"내 마음을 나도 모릅니다. 까닭 없이 금주씨가 그립습니다."

"선생님, 절 잊어주세요. 저는 살겠다는 욕망밖에 아무것도 없습니다. 저도 봄이 그립습니다. 봄을 잊을 길이 있겠어요."

세상이 쓰림을 못 참는 듯 한숨 끝에 주려잡은 눈가의 주름—.

상하는 다시 더 말을 못했다. 삶의 위대한 힘에 마음이 찔린 것이다.

삶의 힘!, 그것은 금주의 욕망의 전부다. 청춘을 짓밟고 청춘에 살려는 봄꿈의 보금자리에서 썩어지는 봄의 생명이 가엾기도 했다, 안타깝기도 했다.

상하는 이 가엾은 생명을 예술의 힘으로 영원히 살리고 싶었다. 다시 붓끝에 정신을 모았다.

"저를 그린 그림은 저를 주셔야 해요. 네? 선생님 약속하여주실 수 있겠지요?"

금주는 두 번 세 번 당부를 한다.

3. 애욕

그림을 그리는 며칠 동안 쉬임없이 자란 산속은 진초록으로 푸름이 거울같이 맑다. 산 속은 청춘의 요람이라고 할까, 생기에 뻗은 산속―, 이 산속에서 금주가 시들음이 거짓말 같지 않은가.

상하는 금주의 신변에 염려를 못 잊으며 일단의 정성을 다하여 끝낸 그림을 들고 산으로 기어올랐다. 샘칫가 도랑을 끼고 잔솔을 피하여 기름진 풀잎을 밟으며 오불꼬불 돌았다.

샘칫가 바위 위에는 언제나 같이 금주가 앞가슴을 풀어놓고 일광욕을 하고 있었다.

"할미꽃은 벌써 머리를 다 풀었군요."

"진달래꽃도 지나봐요."

하다가 금주는 캔버스 위에 주었던 눈을 문득 돌려,

"아이, 다 되었습니다 그려, 그림이―."

그리고 손을 내밀어 그림을 눈앞으로 당긴다.

"원하셨던 초상만을 그린 것이 아니라 금주씨의 마음에 어떨까 해서 퍽 자제됩니다."

다 그려졌다고 아는 그림이언만 상하는 그래도 어딘지 만족할 수 없는 듯이 들여다본다.

"아녜요. 이 그림이 제겐 더욱 좋아요."

"글쎄 그러시다면……."

"이게야 완성한 예술품이 아니에요? 이 그림 속에는 생명의 고민상이 여실히 표현되어 있어요. 봄을 모르는 제 심정이 제 얼굴에 어떻게 이렇게 드러났을까요."

"영원한 기념으로 드립니다."

"아이, 고맙습니다."

하기는 하나 맘에 없는 그림을 받는 듯이 별안간 표정이 구름같이 흐린다.

상하는 까닭을 몰라 다음 말에 간난을 느끼고 준비에 바쁜 동안,

"현실은 참 괴로운 것이예요. 이것이 산 인간의 풍경이 아니겠어요? 생명은 무엇으로 따 질 수 있습니까? 선생님!"

"글쎄요, 욕망의 전부라고나 할까요."

"적절한 말씀이에요. 욕망이 제어된 곳에 생명은 없을 거예요. 청춘이 구깃구깃 구기운 제 심정이 어떠할 것입니까? 선생님!"

"가는 봄은 다시 돌아올 때가 있습니다."

"아녜요, 그야 위로에 말씀이지요. 인생의 봄은 거기에 적용되지 못하고 영원히 늙는가 보아요. 이제 보세요. 제가 며칠을 더 사나. 모든 것은 다 거짓이에요. 속아서 사는 것이 인생의 진리 같습니다. 저 너머, 저 교회당의 종소리는 성스럽게도 사람의 마음을 유혹합니다만 인간의 생명이야 좌우할 수가 있겠어요. 전도부인의 설교에 이 약수터에서도 벌써 몇 사람이나 쫓아가 기도를 받았습니다만 기적도 없었습니다. 저는 이제 이 그림 속에서만 영원히 살까 합니다. 요구하였던 초상이 제 마음을 이렇게 표현한 그림을 얻게 되니 저라는 고깃덩어리는 썩어져도 정신만은 영원히 살 것이에요."

"세상을 그렇게만 해석하실 수 있을까요?"

"그렇지 않으문 뭐 기적이게요! 단지 제가 요구하던 제 초상만을 그리

셨다면 저라는 인간밖에 더 그린 것이 되겠어요? 여기에는 제가 모든 인간을 대표한 한 본보기로 된 것이 더욱 좋아요. 세상을 비웃고 제 정신만을 살린 것이 되어 있지 않습니까? 새파란 청춘이 거기에 영원히 남는 것 같습니다."

"그러시면 애초에 초상을 원하셨던 뜻은……."

"그건 묻지 마세요."

"비밀인가요?"

"비밀이랄 건 없지만 말씀드리기 거북해요."

"거북한 일 같으면야 나더러 원했으리라고?"

"그럼 걸 기어코 알으셔야 하나요? 뭐 말씀 못 드릴 것도 없긴 없어요. 그럼 얘기하지요. 저는 이미 약혼을 했답니다. 결혼을 앞으로 얼마 남기지 않고 참다 못해서 이리로 왔어요. 그러니 사랑하는 이를 이렇게 멀리 떠나보내고 객지에서 그이가 오죽이나 제가 그리울게야요. 그래서 저는 아내의 책임을 다하지 못하는 그이의 심정을 위로하여 드리려고 선생님에게 제 초상을 원하였던 게지요. 말하자면 저는 괴악한 년이에요. 제 목숨만이 살아나겠다고 아내로서의 책임을 피하는 년이 괴악한 년이 아니에요? 선생님!"

상하는 놀랐다. 금주를 위하여 정력을 다한 예술품이 자기를 박차고 금주를 사랑하는 사나이의 청춘을 위로함으로 금주의 사랑에 만족을 줌이 되는 것이다. 사랑하는 이를 예술화시킴으로 만족할 것 같던 상하의 심정은 예술에 있지 아니하고 애욕 속에 있었다.

애욕—, 그것은 예술보다도 위대한 힘으로 상하의 마음을 불태웠다. 이 세상에서의 온갖 힘으로도 꺾을 수 없는 가장 큰 힘 같았다.

누가 그러고자 해서 그런 힘을 길러왔을까. 한 포기의 풀이 때가 오면 아무리 꺾어버려도 몇 번이고 거센 땅을 들치고 나와 기어이 아름다운 꽃을 피워내는 그것과도 같이 꺾이지 않는 힘이었다.

"금주씨! 그 그림을 내 눈앞에서 용감하게 찢어 보일 수 없습니까? 금주씨!"

그것은 곧 자연의 힘이요, 생명의 부르짖음인 듯이 열정에 타는 외침이었다.

벅찬 소리를 듣는 듯이 고민의 표정이 깊어간다고 보여지는 순간, 금주는 서너 번의 괴로운 기침 끝에 붉은 핏덩이를 선지로 쏟는다.

뿌리박은 사랑의 위대한 힘에 용납할 수는 없는 고민의 상징일까. 그렇지 않으면 사랑에 제어된 구기운 청춘의 발버둥일까.

상하는 오직 아연하고 더할 말에 간난을 느꼈다.

4. 생명

마음의 평화를 잃은 상하는 그날 밤을 거의 새다시피 고요히 앉아서 이러한 경우에 들어맞을 선철의 명귀를 무수히 끌어다 자위에의 수단을 일삼아도 보았으나 그것은 모두 거짓부렁이었다.

자기의 예술은 금주의 사랑에 완전히 사로잡힌 것같이 아무리 하여도 불안한 마음을 가라앉힐 길이 없었다. 그것은 마치 생명을 잃은 것과도 같았던 것이다.

예술은 곧 자기의 생명이 아니었던가. 십여 년 동안 예술을 위하여 닦은 공부는 그대로 자기의 생명이었다. 만일 자기에게 예술이란 세계가 제어되어 있었던들 자기는 스스로 목숨을 끊고 영원한 예술 속에 깊이 잠들고 있었을는지도 모른다. 오직 예술 그 속에서만 참 삶을 살 수 있었던 것이다.

거지같은 오늘의 생활— 그것도 다만 예술에 충실하려는 마음이었다. 밥만을 위하여 삶을 찾았더라면 자기는 결코 이러한 처지에서 한대의 담배에조차 궁하게 되지는 않았을 것이다.

C사에서 축출을 당할 때 ××회사도 자기를 끌었고, ○○사에서도 말이 있었다.

그러나 예술을 희생하고 뜻 아닌 곳에서 밥을 빌 수는 없었다. 그것은 곧 자기라는 생명을 희생하는 것과도 같았던 것이다. 그리고 지금도 결코 그것을 후회하는 것이 아니다. 한 개의 예술을 창조할 때 그 속에서 생을 찾고, 생의 가치를 느낌으로 자기라는 존재를 내다본다. 불안한 세태에 참을 수 없는 고독을 느낄 때에도 어떠한 예술적 소재를 머릿속에 두고 캔버스와 마주앉을 때 그리하여 새로운 세계가 붓끝에서 창조될 때 역시 자기의 생은 그 속에서 빛났다.

약수터의 풍경을 그릴 때에도 금주의 영원한 생명을 위하여 자기의 생명을 정성을 다하여 기울여 넣었다. 그리하여 예술 속에 남아질 영원한 생명을 꿈꾸고 세상을 비웃었다.

그러나 금주의 사랑 앞에서는 예술의 힘도 생명을 잃는다. 확실히 자기는 금주를 못 잊는 것으로 자기의 아픔을 증명할 수 있지 않은가.

이것이 자기의 마음일까, 사람의 본성일까. 상하는 자신의 존재에 대한 회의를 풀 길이 없었다.

내다볼 수 있는 죽음을 앞에 놓은 금주나, 씩씩한 건강을 자랑하는 자기나 생명이 있는 점에 있어서는 조금도 다를 것이 없었다. 금주의 생명을 가엾어 하며 캔버스 위에 그려놓은 자기의 생명도 반드시 가엾게 보아주어야 마땅할 것이다. 아니 금주의 생명이 도리어 자기의 생명을 비웃을는지도 모른다. 그림을 원하여 은근히 자기의 마음속에 알뜰하게 사랑의 패를 주는 듯하다가 약혼설을 말하여 냉정히 돌려 따는 것은 자기를 조롱하는 것이 아니었던가. 더욱이 그 그림으로 사랑하는 이의 만족을 주자는 것은 확실히 자기의 예술을 비웃어 줌도 되는 것이다.

금주를 마음대로 할 수 있든지 그렇지 않으면, 그 그림을 다시 빼앗아 금주의 눈앞에서 빡 빡 찢어 불살라버리든지 하지 아니하고는 언제까지나 마음의 평화는 올 것 같지 않았다.

종곡終曲, 생명의 성격

이튿날 상하는 약수터의 아침 물참에 금주를 찾아 떠났다.

그러나 이태 동안을 하루같이 빠져본 일이 없다는 금주가 오늘은 약수터에도 산 속에도 보이지 않았다. 반나절 동안을 산 속에서 기다려보았어도 금주의 그림자는 나타나지 않았다.

상하는 선뜻 그날의 각혈을 연상하고 그의 죽음을 뒤미처 생각해보며 몸서리를 쳤다.

그러나 금주는 죽음의 길을 찾아간 것이 아니요, 삶의 길을 찾아간 것이다. 금주가 거처하던 주인집을 찾으니,

"에, 그 아가씨요? 회당으로 갔시요. 전도부인이 늘 예수를 믿으믄 병이 낫는다구해두 쓸데없는 소리라구 귀담아도 듣지 않더니 어젯밤 피를 연거푸 세 번인가를 토하고는 근력없이 밤새도록 누워서 뜬눈으로 새고나서 무슨 생각으로 아침 일찍이 그리로 갔답니다."

주인마누라는 분명히 대답하였다.

상하는 금주의 흉보를 듣는 것에 못지않게 놀랐다. 그렇게도 믿지 못하던 교회당을 필야엔 금주도 찾아가고야 만 것이다. 생명을 위하여 알고라도 속지 않을 수 없는 것이 금주의 마음이었다.

상하는 교회당을 향하여 발길을 옮겼다. 황혼의 불그레한 노을 속에 잠긴 신비로운 교회당의 지붕을 바라보며 산턱 길을 추어 올랐다.

뜻밖에 금주는 교회당 뒤 솔밭 잔디밭 위에 힘없이 앉아서 건너 산허리 밑의 마알간 바다를 무심히 바라보고 있었다.

"이리로 또 오세요? 왜 자꾸 이렇게 저를 따라다니는 거예요?"

상하의 그림자를 대하기가 바쁘게 금주는 독을 뿜는 듯한 날카로운 눈

초리로 새침하여 쏜다.

상하는 그 대담함에 놀라고 멈칫 섰다.

"젊은 계집이 산 속에 혼자 앉았는데 따라오는 것은 무슨 뜻이에요?"

"어제는 실례했습니다."

대답에 궁하여 늦어진 인사를 어색하게 하였다.

"글쎄 안 그래요? 선생님! 선생님에게 생명이 있다면 응당히 저에게도 생명은 있어야 옳을 것이 아닙니까? 생명은 선생님의 전유물만이 아니니까 말이에요, 안 그래요? 선생님!"

"……."

"그러나 선생님은 선생님의 청춘만을 위하여 남의 청춘을 짓밟으려는 것이 욕망의 전부이지요? 다 알고 있어요. 저인들 왜 청춘이 그리울 길이 없겠습니까? 바에서 카페로 카페에서 티룸으로 이렇게 굴러다니는 동안 가지가지의 세파에 마음이 늙은 계집이랍니다. 왜 청춘이 그리울 길이 없겠어요. 청춘에 목말랐지요. 영원한 청춘에 목이 말랐에요. 그러나 선생님! 생명이 있고야 청춘이 있지 않습니까? 이렇게 된 팔자에 머 거리낄 것 있겠어요? 털어놓고 시원히 말씀드리지요. 저는 실상 남편도 아무 것도 없는 계집이에요. 선생님이 다자꾸 저에게 맘을 두는 눈치를 엿보고 선생님의 사랑의 정도를 저울질하여보자고 제가 초상화를 청해본 것이었지요. 그랬드니 그 그림 속에서 선생님의 사랑이 열정적인 것을 찾고, 어떡하면 그 열중된 선생님의 사랑의 불길을 고이 재워볼 수 있을까 하는 데서 냉정히 선생님의 마음을 단념시키자는 것이 남편이 있다고 거짓 말을 꾸며대인 원인이었드랍니다. 그러나 선생님은 그럼에두 불구하시구 저더러 그 그림을 찢으라고 열정적으로 부르짖으실 때 저같이 천한 계집을 그처럼 사랑해주시는 선생님의 그 정열에 감복하여 청춘의 힘을 이길 길이 없이 흥분되는 마음에 그만 각혈까지 하게 되었드랍니다. 마음이 흥분되면 또 각혈을 할까 두렵습니다. 저를 다시는 괴롭히지 말아

주세요, 네? 선생님! 이게 저는 선생님에게 알뜰한 원이에요. 영원히 잊어주실 수 있겠지요? 네! 선생님!"

말끝을 여물게 맺을 길이 없이 뒤미처 스미는 눈물을 금주는 걷어잡지 못한다.

순간, 상하는 금주의 농락에 불쾌함을 느끼기보다 뜨겁다 못하여 냉정하지 않을 수 없는 금주의 그 청춘의 정열에 감격하지 않을 수 없었다.

청춘에 끓는 그의 마음이 오죽이 괴로웠을까. 괴롭다 못하여 냉정하여졌을까. 냉정히 거절을 하고도 참을 수 없이 떨어뜨리는 눈물! 청춘에 끓는 정열의 눈물이 아니었던가. 생명이 발버둥치는 냉정한 눈물이 아니었던가. 생명은 곧 청춘의 힘이다. 이 눈물 앞에 어찌 마음이 흔들리지 않을 수 있을까.

자기가 생명으로 아는 생명과 금주가 생명으로 아는 생명과의 그 생명을 가지는 성질은 비록 다르다 하되 생명인 점에 있어서는 공통된다. 오직 목숨을 생명으로 아는 금주에게 있어선 이 이상 더 생명을 사랑할 줄 아는 아름다운 맘씨를 가지기 바랄 수 없을 것이다.

이미 이러한 맘씨가 금주의 마음속에 숨어 있었음에도 헤아리지 못하고 그의 마음을 괴롭혀온 상하는 자책의 마음에 고개가 숙었다. 대답에의 빈곤을 느껴 어리둥절하는 동안 교회당의 저녁 종소리가 성스럽게 산곡을 울린다.

뜨앙! 뜨앙! 땅땅! 땅!…….

그것은 마치 상하의 난처한 정경에 동정이나 하려는 것처럼 금주를 불러들였다

비탈진 산턱 길에 조심스레 발을 옮겨 짚은 금주의 힘없는 거동을 멀거니 바라보며 성스럽게 들려오는 종소리의 음향 속에서 상하는 알듯하면서도 알 수 없는 생명의 성격에 고요히 생각을 깃들이며 있었다.

병풍에 그린 닭이

사흘이면 끝을 내던 이 굵은 넉새 삼베 한필을 나흘째나 짜는데도 끝은 안 났다. 오늘까지 끝을 못 내면 메밀알 같은 그 시어미의 혀끝이 또 오장육부까지 한바탕 할퀴낼 것을 모름이 아니나, 손에 붙지 않는 베라 하는 수가 없다.

박씨는 몇 번이나 이래서는 안되겠다 마음을 새려 먹고, 놓았다가는 다시 북을 들어들고 쨍쨍 놓고 쨍쨍 분주히 짜보나 북 속에 잠긴 실은 풀려만 가는데도 가슴에 얽힌 원한은 맺혀만 가, 그만 저도 모르게 북을 놓고는 멍하니 설움에 잠기게 되는 것이다.

생각하면 참 눈에서 피가 쏟아지는 듯하였다. 하기야 애를 못 낳는 죄가 자기에게 있다고는 하지만 남편까지 이렇게도 정을 뗄 줄은 참으로 몰랐던 것이다. 어떻게도 섬겨오던 남편이었던고? 돌아보면 그게 벌써 10년 전 — 시집이라고 와보니 남편이란 것은 코 간수도 할 줄 몰라서 시퍼런 콧덩이를 입에다 한입 물고 훌쩍이지를 않나, 대님을 바로 칠 줄 몰라서 아침 한동안을 외로 넘겼다 바로 넘겼다 — 남이 볼까 창피하여 시부모의 눈을 피해가며 짬짬이 코를 닦아주고 아침마다 대님을 혀까지 주어 자식같이 길러낸 남편이요. 그날 그날의 끼니에 쫓아 군색하여 먹기보다 굶기를 더 잘하는 가난한 살림살이를 어린 몸이 혼자 맡아가지고 삵김, 삵베, 생선자배기는 몇 해나였으며, 심지어는 엿 광주리까지 이어, 그래도 남의 집에 쌀 꾸러는 아니 다니게 만들어 신세를 고쳐놓은 것이 결코 죄될 일은 없으련만, 이건 다자꾸 애를 못 낳는다고 시어미는 이리도 구박이요, 남편은 이리도 정을 떼는 것이다.

글쎄 뉘가 애를 낳고 싶지 않아 안 낳나고 성주님께 빌기는 몇 번이나 했는데 — 불공도 드리기를 철따라 게을러본 적이 없다. 그래도 안 생기는 것을 어쩌자고……

생각할 때마다 아픈 눈물이 가슴을 찢으며 나왔다.

그러나 그것이 자기의 죄임에는 틀림없다. 집안의 절대를 생각해도 그렇거니와, 나이 근 사십에 남 같으면 벌써 아들이라, 딸이라, 삼형제를 슬하에 올망졸망 놓고 흥지낙지興之樂之할 것인데, 도무지 사람 사는 것 같지가 않게 밤낮 수심으로 한숨만 짓고 앉았는 남편이 하도 가긍해서 언젠가는,

"이전 난 아들 못 낳갔녕거우다. 첩이라두 얻어보구레"하니,

"글쎄 첩을 얻으문 집안이 편안하디야. 그르문 님재레 더 불쌍하디 않 갔습마?"

이렇게 자기를 위하여 자제까지 하다 얻은 그러한 첩이다.

그렇게 얻은 첩에게 이제 남편은 빠졌다. 처음에는 그래도 며칠 만에 한번씩은 자기 방에 들어와 잘 줄을 알더니 이 봄을 잡으면서는 그림자도 얼씬하지 않는다. 이것이 무엇을 말하는 것일꼬. 시어미야 아무리 구박을 주어도 남편의 정만 있으면 살지 하고 한뜻같이 그 시어미를 섬겨왔고, 남편은 또 어머니를 글다 자기편을 들어왔다. 그러나 이젠 남편마저 어머니 편이다, 누굴 믿고 살아야 하나? 아무캐서도 첩년보다 자기가 시퍼런 아들을 하나 먼저 낳아 가시 돋힌 시어미의 혀끝을 다듬고 첩년에게 빼앗긴 남편의 정을 온통 끌어다 평화로운 가정을 만들어놓아야 할 텐데. 그래서 어디 선달네 굿에나 한 번 더 가서 애를 빌어 보리라 총알

같이 별러왔으나 그것도 임의롭지 못하다. 어제도 굿 이야기를 했다가 퉁바리를 썼다. 그러나 오늘밤까지 굿은 끝나고 만다. 아무리 생각해도 욕이 무섭다고 이 좋은 기회를 놓치기는 차마 아깝다. 박씨는 다시 잡았던 북을 놓고 베틀을 내려 건넌방으로 건너갔다. 한번 더 시어미의 의향을 품해보자는 것이다.

"오마니! 아무래두 굿에 가보야가시오."

시어미는 들었는지 말았는지 머리를 숙인 그대로 겯던 꾸리만 그저 겨를 분이다.

"그래두 알갔소. 선앙님(성황님)이 복을 줄디."

"아아니 이년이 요즘엔 바람이 났나 보더라. 짜레는 베는 안 짜구 날마다 먼산만 멍하니 바라보고 앉았더니 글쎄, 무슨 일을 내구야 말디. 시퍼렇게 젊은 년이 가랭이를 벌리구 서나덜이 우글부글하는 굿구경을 간다!"

과하다. 가슴이 미어지는 듯하다. 이렇게도 말을 할 수가 있나? 분한 생각을 하면 마주 대항을 하여 될 대로 되라 가슴속에 구긴 분을 풀어도 보고 싶었으나 시어미의 말대답을 며느리 된 도리에 받는 수가 없다,

"아이고 오마니! 거 무슨 말씀이요? 그래두 내 몸에 자식이 나야 안 되갔소? 온나줴 (今夜) 오마니 제레 아무래두 명미 한 되만 개지구 가 볼래요."

"아이구 참 집안이 망헐래문 펜안히나 망하디. 메느리 바람 닐었대는 소문 냉기구 망할 건 머잉고, 귀때기레 있으문 너두 동네서 너까타나 쉴쉴 허는 소리를 들었갔구나 에 이년아."

"놈이야 아무랬댐 멜허우, 나만 안 그랬으믄 되디요. 아무래두 갔다 올래요."

"아 이년아! 아무래두 갔다 오갔댐엔 나 있는 덴 와 와서 이리 수선이냐? 수선이. 응, 이년이 굿 핑계를 대구 무슨 수를 푸이 누라구? 다 알디

다 알아. 이년, 네 오늘 저녁 선달네 굿엘 어디 갔단 봐라 내집 문턱에 발을 못 들여 놓으리라. 본래 야(子息)레 미물이디 미물이야. 그래두 데따운 년을 에미네라구……."

박씨는 더 말하고 싶지 않았다.

만일 남편이 이 소리를 들었으면 나를 화냥년이라고 당장 내어쫓을까? 아니, 아무리 정은 첩년에게 갈렸다고 하더라도 십여 년을 같이 살던 내 마음을 몰라줄 리는 없을 거야. 그 입에 담지 못할 험담으로 나를 집어먹으려는 그 입놀림을 남편이야 마뜩해 곧이들으리! 박씨는 도리어 남편이 이 소리를 좀 들었으면 오히려 속이 시원할 것 같다. 아무리 몰인정한 사람이기로 애매한 누명을 뒤집어쓰는 이 나를 보고 짐승이 아닌 다음에야 내 이 터져 오는 가슴을 마음으로라도 어루만져는 주겠지 하니 남편이 그립기 그지없다.

장에서 돌아오기만 하면 이런 소리를 반반이 외어 바치고 가슴속에 서린 분을 풀어보고 싶다. 그래서 남편이 내 맘을 알아만 준다면 명미도 아니 줄 리 없을 것이니…….

생각을 하며 박씨는 가슴에 넘쳐흐르는 울분을 삼키고 다시 베틀로 돌아왔다.

참으려야 참을 수 없는 눈물이 가슴을 할퀴기 시작한다. 마음놓고 실컷 울기나 하면 분이 풀릴까, 참기도 어려웠으나 참으려고도 아니하고 그냥그냥 울다보니 뱃바닥 위에는 어느새 벌써 은하수같이 기다란 해 그림자가 꼬리를 길게 달고 가로누웠다.

뱃바닥 위에 해 그림자가 가로누우면 또 저녁을 지어야 하는 것이다. 박씨는 치마폭을 걷어 눈물을 씻고 일어섰다.

저녁을 먹고 나서도 남편은 돌아오지 않는다. 이제나 돌아오려나 문밖에 나서니 은은히 들려오는 선달네 굿소리!

둥 둥둥 둥둥둥!

둥 둥둥 둥둥둥!

한참 흥에 겨워 치는 장구소리다.

이 소리에 박씨의 마음은 더욱 초조하다. 그대로 달려가기만 하면 신령님은 복을 한아름 칵 안겨줄 것 같다.

아이, 그이가 오늘은 또 속상하는 김에 술을 잡수셨나보지, 들락날락, 기다리나 어둠이 짙어 가는데도 돌아오는 기척이 없다. 박씨는 안타까웠다. 어둠은 점점 짙어 가는데 그러다 굿이 끝나면 하는 생각은 그대로 참지는 못하게 했다. 아이를 못 낳는 한 그러지 않으면 시어미의 그 욕을 면해볼 도리가 있을까? 시어미 눈야 얼마든지 피해갈 수 있을 것이나 시어미의 치마끈에 매달린 고방문 쇠를 어찌할 수 없으매, 복을 빌 명미를 낼 수 없음이 자못 근심일 따름이다. 그러나 그렇다고 또한 이 밤을 그대로 보낼 수는 없다. 생각다 못하여 박씨는 애지중지 농 밑에 간직해두었던 은바늘통을 뒤져냈다. 이것은 어머니가 시집을 때 노리개두 못해주는데 이것이나 하나 해줘야 된다고 옥수수 엿 말을 팔아서 만들어준 것으로 자기의 세간에 있어선 다만 하나의 보물이었다. 그러나 박씨는 이제 자식을 빌러 가는 명미의 밑천으로 그것을 팔자는 것이다.

바늘통을 뒤져 들은 박씨는 한 점의 미련도 없이 그것을 들고 동구 앞 주막집 뚜쟁이 늙은이를 찾아가 일금 2원에 팔아서 입쌀 한 되, 백지 두 장을 사들고 부랴부랴 선달네 굿터로 달려갔다.

굿은 한창이었다. 사내, 계집, 어린이, 큰애, 늙은이, 젊은이 할 것 없이 동네 사람들은 거의가 다 모인 성싶게 마당으로 하나이 터질 듯 둘러섰다. 보니 그 앞에선 떡이라, 고기라 즐비하게 차려놓은 상을 좌우에 놓고 남색 쾌자에 흰 고깔을 쓴 무당이 장구에 맞추어 흥겨운 춤이 벌어져 있다.

박씨는 선달네 마누라에게 온 뜻을 말하고 놋바리 두개를 얻어 담뿍담

뿍 쌀을 담아 정하게 백지를 깔고 굿상 위에 받쳐놓았다. 복을 빌러온 사람은 박씨 자기만이 아니었다. 남편이 앓아서 무꾸리를 온 색시, 차손들을 잘 살게 해 달라 공을 드리러 온 늙은이, 소를 잃고 점을 치러 온 사내…… 무어라 무어라 꼽을 수 없이 수두룩하다,

무당은 춤을 한참 추고 나더니, 복 빌러온 사람들을 차례로 불러 복을 주기 시작한다. 박씨는 여덟째 번이었다,

"야들아 !"

큰무당은 한창 장구에 흥겨운 시내들을 소리쳐 부른다.

"에에이!"

"어허니야 시내들아! 너의들 들어봐라. 심해에 김만복에 서얼훈에 무자하야 목욕재계 사흘 후에 성주님께 자식 빌려 명미 놓고 등대했다. 성주님을 모셔다가 오옥동자 금동자를 오늘루서 주게 해라. 자아 노자! 노자 노자아 하!"

큰무당은 다시 팔을 벌려 춤을 을신을신 추기 시작하니 시내들은 또 엉덩춤에 장구다.

둥둥 둥둥 둥둥둥……

둥둥 둥둥 둥둥둥……

큰무당은 한참이나 춤을 추고 나더니. 박씨를 불러 자기가 입었던 쾌자를 벗어 입히고 고깔을 씌운다.

박씨는 자못 그것이 사람 많은 가운데서 부끄러운 노릇이나, 그것을 가릴 채비가 아니다. 무당이 시키는 대로 정성껏 받지 않으면 안된다. 그러나 다만 한 가지 근심은 추어보지 못한 춤이라, 어떻게 팔을 벌리고 다리를 놀려야 할지 알 수 없는 것이요, 그것이 서툴러서 뭇사람들의 웃음거리가 되면 하는 것이 순간 낯을 붉히었으나, 자식을 비는 춤이어니 하면 저도 모르게 온정신이 춤에만 쏠려 들었다.

"성주님 오셨나이까 김해에 김만복이 일전에 자식 빌려 가노이다. 금

동자를 주소서. 금동자를 주옵소서. 야들아! 시내들아! 자 — 때려라. 노자 노자 —."

"에에이!"

큰무당의 호령에 시내들은 또 일제히 받으며 춤 장구를 울린다.

"쿵!"

박씨는 한 팔을 들었다.

"쿵! 쿵! 쿵덕쿵."

장구소리에 맞추어 박씨의 팔은 올라가고 내려오고, 처음 그 한 팔을 들기가 힘이 들었지 들고나니 아무것도 아니다. 들었다 놓았다 춤도 아주 곱다.

얼마 동안을 추고 난 뒤, 큰무당은 또 시내들을 불러 장구소리를 멈추게 하고 박씨를 붙들어 쾌자와 고깔을 벗긴 다음, 명미 바리에 쌀을 한줌 집어내어 공중으로 올려 던졌다. 다시 그것을 잡아 가지고는 그것이 쌍이 맞나 안 맞나를 검사하여 안 맞으면 버리고, 맞으면 박씨를 준다. 그러면 박씨는 그것을 받아서 잘근 잘근, 그러나 경건한 마음으로 씹어서 삼킨다. 그것이 복인 것이다. 무당은 그 쌍이 맞는 쌀알이 박씨의 나이와 같이 될 때까지 몇 차례를 거듭하고 나더니,

"어허니야아…… 어허니야아……."

큰무당은 춤을 얼신얼신 추며,

"성주님이 김해에 김만복이 무자하사 천복 디복 다 주시다. 서른 여슷 다섯 쌍이 다 맞아 떨어졌다. 옥동자 금동자가 멀지 않아 생기리라. 성주님을 박대 마라. 선앙님을 박대 마라. 야! 박씨야아!"하더니, 굿상 위에 괴어놓았던 흰떡 한 개를 박씨의 치마를 벌리래서 집어넣는다.

"이건, 금동자니라."

또 한 개를 집어넣고,

"이건, 옥동자니라."

그리고 나서 냉큼냉큼 세 개를 연거푸 집어주며,

"옥동자 금동자 오 형제를 두었더라. 이 복 받아 성주님께 물려주고 성공을 드려라 아아 하아!"하니, 박씨는 받은 떡을 떨어질세라 조심히 치마귀를 둘러 싸안고 대문으로 빠져 집으로 돌아왔다.

그리고는 무당이 가르친 대로 뒤란 밤나무 밑 구석 오쟁이에 싸고 온 떡을 정성스레 하나하나 집어넣고 공손히 읍을 하여 허리를 굽혀 절을 하였다.

"성주님! 아무케두 자식을 낳게 해줍소서."

또 한번 절을 하고 나서,

"시어머니 마음을 고쳐줍소사."

또 절을 한 다음,

"남편을 제 방으로 건너오게 해 줍소사,"

그리고 또 한번 절을 하고는 조심조심 물러나 뒤란을 돌아왔다.

변씨의 방에는 불빛이 익은 꽈리처럼 지지울리게 창을 비친다. 남편이 장에서 돌아왔다. 가만가만히 문 앞으로 걸어가 엿들으니 사람이 없는 듯이 방안은 고요한데 남편의 고무신도 변씨의 그것과 같이 가지런히 토방 위에 놓여 있다. 돌아오기는 왔다.

그러나 아직 잘 때는 아닌데 왜 이리 조용할꼬? 해어진 창 틈으로 가만히 엿보니 남편은 술이 취한 양 아랫목에 번듯이 누웠고 변씨만이 등잔 앞에 펄짜기 앉아 남편의 해진 양말 뒤축을 꿰매고 있다.

박씨는 전에 달리 남편이 더욱 그리웠다. 행여나 오늘밤은 제 방으로 건너와 주무시지 않으시려나? 자기의 돌아온 뜻을 알리려고,

"아까 어둡뚜룩 안 돌아오시더니 언제 돌아오셨나"하며, 벌컥 문을 열었다.

그러나 남편은 세상 모르게 잠에 취했고, 변씨가 한번 힐끗 마주 쳐다보더니,

"아니! 이 밤중에 함자 어딜 갔더랬소!"

가시가 숨은 말을 그저 한번 던질 뿐 눈은 다시 양말 뒤축으로 떨어진다. 남편이 그리운 생각을 하면 그 옆에라도 좀 앉았다 나오고 싶었으나 눈에 가시같이 변씨가 거슬린다,

"술을 또 잡샀디?"

박씨는 남편의 얼굴을 한번 들여다보고는 돌아나와 자기 방으로 건너왔다. 등잔에 불을 켜고 앉으니 울적한 마음 더한층 새롭다. 이불도 펴놓을 생념이 없어 그대로 초조하게 앉아서 혹시 남편의 잠이 깨지나 않나 정신을 변씨 방으로만 모았다.

그러나 아무리 앉아서 기다려야 남편이 깨는 기척은 들리지 않는다. 한 번 더 건너가 보리라 문을 여니 어느새 변씨 방에는 불이 없다. 불 없는 방에 건너가선 안 된다. 우두커니 문을 열어 잡고 새카만 변씨 방을 건너다보는 박씨의 마음은 안타깝기 그지없었다. 울고 싶도록 마음은 아프다. 그러나 할 수 없는 일이다. 서러운 한숨을 저도 모르게 꺼질 듯이 쉬고 힘없이 문을 되닫았다.

새벽녘에야 겨우 눈을 붙였던 박씨는 참새소리에 그만 잠이 깨었다, 처마 밑에 배겨 자던 참새가 포득포득 기어 나올 때면 아침밥 차비를 하여야 되는 것이 습관적으로 그의 잠을 깨우는 것이었다.

박씨는 졸림에 주름지는 눈을 애써 비벼 뜨며 뒤란으로 돌아가 재 삼태기를 들고 부엌으로 내려갔다,

그러나 부엌에 발을 막 들여놓으려는 순간 박씨는 뜻밖의 사실에 놀라고 문득 걸음을 세우지 않을 수 없었다. 어느새 언제 나왔는지 전에 없이 시어미가 부엌에 나와 앉아서 쌀을 일고 있는 것이었다. 이상한 일이다. 박씨는 한참이나 그 것을 멍하니 바라보다가,

"아니 오마니! 와 일즉언이 나오셨소."

한발을 마저 문턱 너머로 들여놓았다.

시어미는 일던 쌀만 그저 일 뿐 아무 대답도 없다.

"아이구 오마니두! 아침엔 요좀두 추운데."

박씨는 자기가 쌀을 일려고 함박을 붙들었다.

"해가 대낮이 되도록 자빠져 자다가 이제야 나와서 이리 수선이야 이 년이! 어드메 가서 밤을 밝케개지구 와선…… 너 같은 더러운 년이 짓는 밥은 이젠 더러워 먹을 수 없다. 이 거 썩 놔? 어즌 낮엔 어디멜 갔든 게 야 이년!"

박씨는 쥐었던 함박은 놓지도 주지도 못하고 섰다.

"야, 이년이 더럽대두 안 나가구 버티구 섰네. 안 나갈 테냐? 그래 야, 있네? 야! 야! 만복이 있네? 아, 이년을 그래, 그대루 둔단 말이가? 계집 년이 밖에 나가 밤을 새고 들어온 년을!"

시어미는 소리를 질러 아들을 부른다.

이에 응하여 쿵 하는 건넌방 문소리가 난다고 듣고 있는 순간, 턱 하는 소리와 같이 박씨는 함박을 쥔 채 부엌바닥에 엎드러졌다. 어느새 남편 은 달려와 발길로 사정없이 중동을 제겼던 것이다.

"이년! 이 개만두 못한 쌍년! 어즌 낮엔 어드메 갔드랜? 나래는 쌔끼는 못 낳구 한대는 게 서방질이로구나 잉? 이년! 제 서나두 모르게 바늘통을 내다 팔아 개지구 밤을 새와 들어오는 년이 화냥년이 아니구 그럼 뭐이 가? 바늘통을 몰래 팔문 내레 모를 줄 알았든? 내레 주막에서 다 들어서. 이년 그래 내레 이년을 에미내라구 데리구서 에! 참 분하다."

박씨는 기가 막혔다. 정은 변씨한테 빼앗겼다 하더라도 그래도 어디론 지 한껏 믿고 있던 남편의 입에서 이런 말이 나을 줄은 참으로 몰랐다. 아무리 시어미가 불어넣었기로서니 밉지만 않다면야 이런 행동까지는 차마 없었을 것이다. 분한 생각을 하면 이 자리에서 죽더라도 같이 맞싸 워보고 싶으나 그래도 남편이다, 그래서는 안된다.

"아니 여보! 이게 무슨 일이요? 난 당신이 이렇게 내 속을 몰라줄 줄은 몰랐수다레. 굿이 어즌낮이꺼지래기 당신은 당에 가서 오시지 않구 해서 아, 거길 갔다가 이내 와서 잤는데 뭘 그르우?"

박씨는 아무렇지도 않다는 듯이 치마를 털고 일어서 청백한 나를 좀 보아달라는 듯이 남편의 턱 아래로 기어들었다.

"이전 네까진 쌍년 소린 백번 해두 곧이 안 들겠다. 이 쌍년 같으니 썩 게 나가라."

그 억센 손이 끌채를 덥석 감아쥐는가 하니 사정없이 흔들며 끌어낸다.

"이년! 다시 내 집에 발길을 또 들여놓아라. 어디가서 뒤지든지 도와허 는 놈허구 맞붙어 살든지 내 집엔 다시 못 두로리라."

획 잡아 둘러놓으니, 박씨는 넘어지지 않으려고 비칠비칠 힘을 주다 못해 개바주꿉에 번듯이 나가자빠진다.

박씨는 다시 일어나고 싶지도 않았다. 그냥 그 자리에서 죽고 싶었다. 남편에게까지 이 더러운 누명을 쓰고 살아서는 무엇하나? 차라리 죽는 것이 편하리라. 그러나 목숨은 임의로 하는 수가 있나? 죽지 못할 바엔 남이 볼까 창피하다. 박씨는 일어났다.

그러나 대문은 걸렸다. 갈 데가 없다. 갑자기 몰렸던 설움이 물에 밀리 는 모래처럼 터져 나왔다. 친정이나 있으면 남같이 어머나 찾아가지 않겠나? 아버지의 뒤를 좇아 어머니마저 돌아가신 지 오래다. 박씨는 생 각다 못해 이 집에서 학대를 받고 붙어사느니보다는 어디로든지 가는 것 이 차라리 편하리라, 가다가 죽으면 죽고, 알면 살고 아무리 계집이기로 제몸 하나야 치지 못하리. 또 치기 어려우면 시집이래두 가지. 남이라구 두 번 세 번 서방을 얻을까? 에구 그 시어미 딸년, 첩년의 눈독…… 그만 한 시집이야 어딜 가면 없으리 생각을 하며 박씨는 마을을 어이돌아 신 작로 큰길을 더듬어 나섰다.

하지만 무슨 미련이 뒤에 남았는지 차마 발길이 앞으로 내달아지지 않

앗다. 한발걸음 두발걸음 촌중을 살펴보고 그리고 자기의 집을 찾아내고
는 눈물을 흘렸다. 그런데다 방향조차 없는 길이다. 가다가는 산모퉁이
에 힘없이 주저앉아 한숨을 짓다가는 다시 일어서 걷고, 걷다가는 또 쉬
고 하기를 몇 번이나 반복을 하다가 이윽고 해는 저물어 색시 적에 같이
엿장수를 다니던 조씨라는 엿장수 늙은이의 집을 찾아 들어가 그날 밤을
쉬기로 하고 저녁을 얻어먹었다.

그러나 먹고 누워서 피곤을 풀며 가만히 생각해보니 자기가 이까지 떠
나온 것이 열 번 잘못 같게만 생각되었다. 비록 갈 데는 없으되 어디나
가서 자리를 잡고 정을 붙이면 못살 것은 아니지만 아무리 악한 시어미
요, 이해 없는 남편이라 하더라도 이미 자기는 그 집 사람이었다. 어떠한
고초가 몸에 매질을 하더라도 그것을 무릅쓰고 그 집을 바로 세워 나가
야 할 것이 자기의 반드시 하여야 할 의무요, 짊어진 책임 같았다. 욕하면
먹고, 때리면 맞자. 욕도, 매도, 다 참으면 그만이 아닌가. 내가 왜 그 집
대문을 떠나 시퍼렇게 젊은 년이 뉘집이라고 이 늙은이의 집에서 자려고
할까? 그만 것을 참지 못하여 마음을 달리 먹고 떠나온 것이 여간 마음에
뉘우쳐지는 것이 아니다. 병풍에 그린 닭이 홰를 치고 우는 한이 있다 하
더라도 나는 그 집은 못 떠나야 옳다. 죽어도 그 집에서 죽고, 살아도 그
집에서 살아야 할 몸이다.

박씨는 다시 발길을 돌렸다.

이미 어두어지기 시작한 날이라 20리나 걸어야 할 밤길이 적이 근심되
었으나 가다가 죽는 한이 있다 하더라도 아니 돌아설 수가 없었다. 아득
한 밤길을 헤엄이나 치듯 갈팡질팡 어둡스러 마을 앞까지 이르렀을 때는
밤은 이미 자정에 가까웠으리라. 고요한 정적에 잠겼는데 이따금 개소리
만이 컹컹 하고 건너산에 반영을 일으킨다.

박씨는 요행히 주막집에 불이 켜 있는 것을 보고 달려가 아직 주머니
귀에 남아 있는 바늘통을 판 밑천으로 양초 두 자루, 백지 다섯 장을 사

들고 우선 뒷산 서낭당으로 올라갔다. 자기의 지금까지의 그 잘못을 서낭님께 뉘우쳐보자는 것이다.

초에다 불을 켜서 서낭님의 앞에 가지런히 한 쌍을 꽂아놓고 공손히 읍을 하고 서서 오늘 하루의 지난 일을 눈물을 흘리며 뉘우쳤다.

그리고 시어미의 마음을 고쳐 달라 빌고, 남편을 이해시켜 달라 빈 다음 아무럭해서도 자손을 보게 하여 남편의 그 수심을 하루바삐 풀게 해주고 집안의 대를 이어 달라 간곡히 빌었다. 그리고 다시 절을 하고 나서 백지 다섯 장을 연거푸 소지를 올렸다.

그런 다음 집으로 발길을 돌리며 내려다보니 남편의 방에도 시어미의 방에도 아직 불은 빨갛게 켜져 있는데, 오직 자기의 방만이 홀로 어둠에 싸여서 어서 주인이 돌아와 밝혀주기를 기다리는 듯하였다.

박씨는 불빛을 향하여 걸음을 재촉했다.

개 짖는 소리가 사탁 아래 또 들린다.

유랭기

ㄱ

　앞문보다는 뒷문 쪽이 한결 마음에 든다.

　—끝이 없이 마안하니 내다만 보이는 바다, 그렇게 창망한 바다 위에 떠도는 어선漁船, 돛대 끝에 풍긴 바람이 속력을 주었다 당기었다⋯⋯ 결코 마음에 드는 풍경이 아니다. 어딘지 거기에는 세속적世俗的인 정취가 더할 수 없이 담뿍 담기운 듯한 것이 싫다.

　무엇이 숨었는지 뒤에는 꿰뚫어볼 수도 없이 빽빽이 둘러선 송림松林, 오직 그것밖에 바라보이지 않는 뒷문쪽의 풍경이 턱없이 좋다.

　성눌은 마침내 뒷문 곁에 책상을 놓았다.

　놓고 나서 마지막 정리인 책상 위까지 정리를 하여 놓은 다음, 뒷산을 대해 마주 앉으니 병풍을 두른 듯이 앞을 탁 막아 주는데 마음이 푹 가라앉는다. 가라앉으니 앞은 막혔건만 앞이 트인 바다보다 눈앞은 더 환하니 내다보이는 것 같다. 역시 끝없는 바다와도 같은 현상이다. 그러나 거기에는 세속적인 생선을 실은 배가 아니고, 그렇지 않은 그 무엇이 필시 실려 있는 듯한 그러한 배가 오락가락한다.

　환상일지 틀림없으나 이러한 것을 사색케 하는 그러한 자리가 성눌에

164 계용묵

게는 좋았다.

시원하다. 산으로 내려오는 바람도 시원하거니와 마음도 시원하다. 비록 산경의 초최한 모옥이라 하여도 서울의 여사보다는 기분일비 모르나 마음이 붙는다. 앞문 쪽을 현실이라면 뒷문 쪽은 확실히 초현실적이다.

마음에 부딪치는 세속적인 모든 것을 떠나 이런 마음의 바다 속에서 영원히 산들 어떠리— 신앙도, 희망도, 생활의 목적도 잃고 가장 이상적이어야 할 청춘의 정열까지 식은 생활의 패배자라고 비웃어도 좋다.

성눌은 마음을 풀어 놓고 새 생활이 비롯하는 첫끼를 이 산속에서 먹었다.

ㄴ

새 생활이라고는 하지만 성눌은 무슨 이렇다 할 원대한 포부를 가지고 선조의 산막을 찾은 것도 아니요, 수양이나 정양 같은 것을 염두에 둔 것도 물론 아니다. 다만 세상이 미쁘지 않으니 마음 둘 곳이 없다. 마음 둘 곳이 없으니 고독하다. 고독이 떠나지 않을진댄 차라리 미쁘지 않은 세상을 보지 않으므로 고독함이 한결 덜어질 것도 같은 데서 어디 한번 하여보자는 데 지나지 않는다.

누가 성눌만한 생활의 과거를 안 가졌으랴만 성눌은 그것을 결코 평범시하고 싶지 않았다.

—유족하지 못한 가산을 털어바치고 공부를 하였다. 사회의 가장 참된 일원으로 일을 하기에 목숨을 바치자던 열정의 이상은 사회생활의 첫 관문에서 부서졌다. 난치의 병이 그의 몸을 아주 단단히 붙든 것이다. 더할 줄만 아는 각혈은 절망에 가까운 공포를 주었다. 사회의 참된 일원이 되기 전에 죽는다. 아까운 일이다. 살아야 되겠다. 아무리 해서도 살아야 되겠다. 약으로 병을 다스려야 한다. 그러나 10여 년 동안의 닦은 공부는

전 가산을 새빨갛게 긁어먹고, 오직 남은 것이라고는 빈손 안에 앞길의 운명을 판단하고 있을 손금밖에 쥐인 것이 없다.

거기 도와 주려는 사람도 없고, 집으로 내려와 누웠으면 병에는 좀더 나을 것 같으나 역시 손금밖에 쥐인 것이 없는 어버이에게 가난의 시름을 더 끼치기 싫다. 도리어 집에서는 알까 두렵게 곧장 병든 몸을 일키려는 법도 없이 운명에 목숨을 맡겨 그저 한산한 여사에 누웠다.

가끔 동무가 찾아온다. 과자도 가지고 오고, 철 따라선 과실도 들고 온다. 먹기를 권하고 병을 근심한다.

그러나 근심하는 것만으로는 그들도 탈이 낫지 않을 줄을 모를 리 없다. 갈 때마다 하는 말이 공기 좋은 산간으로 전지요양을 가란다. 그것이 약물 치료보다 낫다고 간곡히 권한다.

과자나 과실을 권하는 것은 인사요, 전지요양을 권하는 것은 생명이란 거룩한 물건위에 정성을 표시하는 말일 게다.

그러나 전지요양에조차 여유가 없는 줄을 모르는 벗이 아닌 그들이 이런 말을 할 때는 이것도 역시 과자나 과일이나의 권과 같은 인사말에 지나지 않는다. 전지요양을 백번 권한댔자 탈이 나을 수는 없는 것이다.

"왜 전지요양을 가래두 안 가?"

자꾸만 이렇게 말할 때는 딱도 하다.

벗과 벗이 서로 대하는 의무는 이런 말로 다해지는 것일까.

모르는 사람은 모르니 서로 지나치고, 아는 사람은 아니 서로 모자 벗고 인사하고, 벗은 벗이니 악수하고, 가령 점심때이면 "점심 먹세" 그러나 술잔이라도 들게 되면 한 1원 정도에서 5원 10원도 비용은 나게 된다. 이것이 친한 벗 사이에서 가장 벗다운 성의를 표하는 인사다. 벗 아닌 사람보다 더한 게 그것이다. 다만 그것이 벗의 필요점인 듯싶다. 점심 한 그릇, 술 한 잔, 그것으로 벗의 사명이 다 되는 것이라면 그것을 원치 않을 때 벗의 필요성은 없어져야 옳다.

성눌은 그것을 원치 않고도 벗의 필요성이 있을 그 무슨 도타운 성의와 정열이 있어야 할 것을 믿고 싶고, 그 정열이 서로의 마음을 얽어 놓으리라랴 사람의 벗됨에 부끄러울 것이 없을 것 같다.

병 앓아 누우니 성눌은 전에 못 느끼던 것이 이렇게도 미쁘지 못하다. 외로운 여사에는 벗밖에 의지할 데가 없고, 또 따뜻한 정이 벗에게로만 향한다. 그러나 벗은 벗대로의 인사가 있을 뿐, 성눌의 생각과 같은 그런 도타운 성의는 그들의 염두엔 없는가 싶다. 건강을 잃은 성눌의 베갯머리는 언제나 외롭고 쓸쓸한데 세월은 그대로 가고 병세는 차도를 볼 수 없다.

이러할 때 어떻게 알았는지 아버지가 성눌을 찾아 올라왔다. 집을 팔고 밥을 빌어 먹어도 병은 고쳐야 아니하느냐고 병을 속이고 있음을 꾸짖고 시골로 데려 내려갔다. 성눌은 아버지의 아들에 대한 성의에 눈물이 났다.

아버지! 아버지가 아들에게 대하는 그러한 성의로 사람들은 서로 대할 수는 없는 것인가. 아버지는 자기를 죽음 속에서 꺼내 가지고 가는 듯싶었다.

처음에는 닭을 팔아 약을 사오고 다음에 돼지를 팔고, 또 소를 팔고, 집을 저당하여 금융조합에서 빚까지 내고, 그래도 낫지 않아 뜸을 뜨고, 침을 주고, 할 수 있는 재력은 다 기울여, 할 수 있는 정성을 다 들여 치료하는 동안이 3년, 무엇에 효과를 얻었는지는 모르나 그렇게도 난질이란 관사를 쓰고 다니던 병이 씻은 듯이 나았다.

성눌은 생활의 무대에 다시 나섰다. 서울로 올라온다. 벗들은 반갑게 악수하고 투병鬪病 축하회를 연다. 그것도 성대히 요리집에다 기생을 셋씩이나 불러 놓고 성눌을 위하여 축배를 드린다. 누구나가 성눌을 위하연 지성으로 권할 줄 알고, 기분을 상치 않으려 될 수 있는 데까지 즐겁게 놀기를 위주한다. 기생도 제일 이쁜 것은 제각기 사양하고 성눌에게 맡긴다. 마치 성눌을 위한 세상 같다.

그러나 성눌은 이 자기의 세상에서 응당히 기분이 즐거울 것이나 즐겁지 않았다.

—만일 자기가 구사의 일생에서 생을 건지지 못하였더라면 물론 이런 축하회는 없었을 게고, 조전弔電이나 조문이, 그리고 추도회를 여는 정성이 있었으리라. 앓다 나으면 반가우니 축하회, 죽으면 슬프니 추도회—, 왜, 축하회와 추도회를 여는 그런 정성으로 병들어 누웠을 때 목숨을 건져 주기 위한 구조회는 못 열었던고? 살아 반가우니 축하회를 여는 정성이라면 죽음에 슬픔도 그만한 성의에 못지 않았으리라고 보인다.

요행 살아났으니 말이지 죽고 말았더라면 그들의 이러한 성의는 보람 없는 슬픈 일이 되고 말았을 것이 아닌가.

사람을 위한다는 것은 다 제 자신을 위하는 일임에 틀림없다. 과일 꾸러미도, 축하회도 그것이 다 실질에 있어 자기에게 도움이 되지 못하는 한, 그들 자신의 낯밖에 더 나지는 것이 없다.

그렇다면 지금 술 먹기를 그렇게도 권하는 10여 인의 벗들은 그럼 자기를 위하는 정성보다 다, 제 자신을 위하는 정성이 더 클 것인가 하니 세상이 금시에 어두워지는 것 같다.

성눌은 아버지의 사랑이 그리웠다. 아버지는 왜, 자기 때문에 당신의 호화를 희생하여 세간을 팔아 공부를 시키시고 알뜰히 죽음에서 자기를 또 구해 내시고는 지금 밥을 굶고 계시나?

"아버지!"

입 밖에는 나오지는 않았으나 확실히 불러는 졌다.

"왜!"

"저는 이번에 꼭 죽을 걸 아버지의 정성에서 살아났습니다."

"얘, 부끄럽다. 그런 말 마라, 내가 네 소원껏 다해 준 일이 있네? 내가 돈을 좀 더 모았더라면 너는 네 마음을 팔지 않고도 살 수 있을 것을……."

"아버지는 무슨 말씀이십니까? 저 때문에 늙으신 몸이 밥을 굶으시고……."

"야, 별말 마라. 누구 때문에 사는 줄 아네 내가."

눈가죽이 뜨거워 온다고 느끼는 순간,

"자 ─, 어서 잔을 따세요."

간드러지게 청하는 소리가 고막을 울린다. 바라보니 아버지는 간 데 없고 기생의 동글하게 쥐인 손깍지 위에서 남실거리는 술잔이 턱 앞에 와 기다리고 있다.

환상! 환상에 왔던 아버지! 누구 때문에 사느냐는 그 한마디 ─, 그 한마디가 어떻게도 성눌의 마음을 찔렀는지 모른다. 그리고 그것은 지금까지 성눌의 마음을 지배하고 있다.

성눌은 그 후 곧 어느 회사에 취직을 하였으나 '누구 때문에 ─' 하는 그 한마디를 잊을 수가 없었다.

누구 때문에? 자기는 누구 때문에 사는 것인가. 아버지는 자기 때문에 모든 사랑과 정성을 다하심으로써 삶을 일삼으신다. 그러면 자기는 누구를 위하여 사랑과 정성을 바침으로써 삶을 다해야 될꼬? 자기에게도 아버지가 자기를 위하듯 그러한 사랑과 정성은 아버지 못지않게 마음속에 간직되어 있다고 알고, 또 그것을 믿고 싶다. 그리고 무엇에든지 지성으로 사랑을 베풀고 싶고 또 마음을 다하고 싶음이 못 견디게 가슴속에 넘쳐비질거림을 스스로 느끼기도 한다. 그러나 그 사랑과 정성을 베풀 길이 없이 그저 그날그날을 밥을 위하여 회사에서 일을 볼 뿐이다. 그러나 그것이 자기의 일도 아니라 도리어 문화사업이란 미명 아래 속이고 빼앗고 하는 회사의 정책에 머리를 숙이고 자기도 같이 속이고 빼앗고 하는 역할에 다하고 있다.

지난날 사회의 일원으로 하던 정열의 이상이 병마의 간섭에 식어감이 안타까워 아무케서로 살아야겠다던 그 욕망을 생각하니 하고 있는 일에 손맥이 탁 풀렸다.

그러나 그렇게 아니 하고는 생활의 방편이 도모되지 않는다. 먹어야 하는 것이 사람이니 역시 범속한 한낱 사회의 일원임이 틀림없고, 또 그러한 존재의 사람의 벗임에 언제나 충실하게 된다. 그러니 그 어떤 공허감에 생활의 정력은 자꾸만 식어 간다. 도무지 마음 가는 데가 없고, 손이 붙는 데가 없다.

그러나 식어가는 정력 속에 도리어 자신의 존재가 있는 듯 싶게 그것은 아깝지 않았다.

그러나 우울과 고독은 여전히 깃을 들이고 속속들이 파고든다. 그러면서도 그것은 한 진리를 담은 껍데기 같게도 그 속에는 찾아질 진리가 있는 듯싶다. 그리고 그 우울과 고독은 알을 낳을 대의 그 모체의 괴로움인 듯이도 생각이 된다. 그리하여 그것을 족히 이겨 벗기기만 하면 그 속에서는 노른자위와 흰자위를 제대로 가진 진리의 알이 쏟아져 나올 것 같다.

그러나 그 우울과 고독은 못 견디게 사람을 괴롭힌다. 성놀은 불에나 뛰어든 사람같이 몸 가질 바를 몰랐다. 이리도 뛰어 보고 저리도 뛰어 보고 싶다. 그래서 시험해 본 것이 이렇게 농촌으로 발길을 내려오게 된 것이요. 비교적 한적한 곳을 찾는다는 것이 이 산막이었다.

ㄷ

산막은 언제나 조용하다. 건넌방에는 산지기 늙은이 내외가 자식 오뉘를 데리고 있다고는 해도 있는지 마는지다. 늙은이는 신소리 한 번 크게 마당을 거닐 기력이 이미 진했고, 아들은 식구를 벌어 먹이기에 종일 산 속에서 부대를 패다가는 밤이면 주검과 같이 곯아지고, 과년한 처녀의 거동은 늙은이의 거동보다도 조심성이 있다. 아침 저녁 밥상을 들여다 놓은 때까지도 치맛자락 한 번 허투루 날리지 않는다.

이렇게 고요한 속에서도 성눌은 여전히 고독하다. 언제나 떠나지 못하는 그 공상이요, 사색에다 주위가 더할 수 없이 고요하니 여느 때보다도 공상과 사색은 더 늘어갈 뿐이다. 그러나 찾긴 것은 없다. 그래도 찾기지 않으니 무언지도 모르게 그리운 것은 더한층 알뜰해진다. 손을 내어밀면 잡힐 듯이 그 진리는 눈앞에 있는 것 같으나 내어밀고 보면 역시 아득한 공허다. 우울하다. 찾다 못 찾으면 그것은 언제나 선철에게서밖에 찾을 곳이 없을 것 같아 생각이 진하면 던졌던 책을 또 집어 든다. 하이데거, 야스퍼스, 세스토프, 니체, 그러나 또 속아 넘는다. 언제나같이 거기에서도 또 이렇다 할 개운한 위안을 얻지 못한다. 시원한 바람이 그립다. 산으로 올라간다. 이것이 날마다 반복되는 생활이다.

오늘은 또 키에르케고의 《반복론反覆論》을 안은 채 산으로 올라온다.

가을의 산속은 귀뚜라미 소리에 누른다. 밤새도록 귀뚜라미가 울고 나면 이튿날의 산속은 알아보게 누른빛에 짙는다. 오늘도 어제보다는 확실히 색채에 간난하다.

산기슭에 매어달린 풀밭에는 혼자 우뚝 솟아서 기세를 뽐내는 듯하던 방초도 이제는 나도 늙었쉐하는 듯이 새하얀 머리를 힘없이 풀어 놓고 호들기처럼 말라드는 잎사귀는 소생할 힘조차 없는 듯이 늘어졌다. 아니 산중의 거족에 틀림없는 아름드리 나무들도 벌써 잎사귀에 누런 물이 들었다.

인간 사회는 세파에 누르듯이 산속은 서릿바람에 누른다. 지금 서리를 실은 한줄이 바람이 떡갈나무 숲으로 스치다가 그 숱많은 잎사귀 속을 헤어나지 못해 몸부림을 치는 바람에 이리 갈리고 저리 갈리면서도 애써 제자리에 부지하려고 매어달려 팔락이는 잎사귀들— 그것은 꼭 세상 사람의 운명과도 같지 않을까, 자기도 분명히 저 나무 잎사귀가 이리 갈리고 저리 갈리며 시달리듯 속세의 세파에 쫓긴 존재에 틀림없다고 생각을 하는 순간, 마침내 한 잎의 잎사귀가 더 대항할 힘이 없이 그만 제자리를 떠러져 바람 좇아 공중에 뜬다.

성눌의 눈은 그 잎사귀를 따라간다. 잎사귀는 바람에 풍겨 높았다 낮았다 한 마리의 새같이 서쪽 하늘을 그냥그냥 날아갔다. 성눌은 쓸 데도 없는 것을 잃지 않으려고 사슴을 넘는 풀밭 속을 허방지방 헤치며 맞은편 언덕까지 좇아 넘다가 뜻아니한 인기척 소리에 문득 발길을 멈추었다.

"엄매야! 여긴 멀구레 그대루 있구나! 막."

머루와 다래 덩굴이 엉킨 경사진 언덕 아래, 언제 올라왔는지 산지기 늙은이 모녀가 머루를 따며 지껄이고 있었다.

처녀는 일찍이도 머루나 다래 사냥을 다니는 일은 있었으나 아무리 집 뒷산이라고는 해도 늙은이가 이 험한 산길에 얌전이를 대동하고 떠났음을 본 일은 없다. 그리고 머루 따러 온 모녀가 다 새옷을 갈아입고 떠난 것은 수상하다. 얌전이는 전에 볼 수 없던 자주 길소매를 단 흰 옥양목 저고리에 구김살도 가지 않은 싯누런 삼베 치마를 입었다. 웬일일꼬, 성눌은 한 그루의 소나무에 등을 지고 그들의 대화에 귀를 기울인다.

그러나 그들은 다시 아무 말이 없고 늙은이는 회도라진 모롱고지 좁은 길을 이따금 기웃기웃 넘석거리는 품이 필시 누구를 기다리고 있는 모양이었다.

조금 만에 한 삼십 되어 보이는 농군 하나이 역시 바구니를 들고 무엇을 찾는 듯이 일변 좌우짝을 살펴보며 모롱고지 길을 걸어내려 오는데 보니 그 어머니인 상 싶은 역시 백발이 흿나는 늙은이 하나이 그 뒤에 달렸다.

이것을 본 산지기 늙은이는 별안간 얌전이에게 눈을 주며 바람에 약간 거슬린 머리칼을 쓸어 내리고 저고리 앞섶까지 단정히 여며 준다.

산턱까지 미친 농군을 뚝 떨어진 언덕 위로 올라가고, 늙은이만이 그
냥 풀밭길을 지팡이로 헤치며 산지기 늙은이의 앞까지 오더니 지팡이에
힘을 주어 우뚝 걸음을 세우고 허리를 뒤로 편다.

"후—, 여긴 멀구두 많기두 많은걸…… 후—, 노친넨 어드메서 왔소?"

그리고 얌전이를 한 번 힐끗 쳐다본다.

"우린요 아래서 왔구다, 노친넨 어디메서 왔소?"

"난 데 넘어 샘골 사는 늙은이우다. 그래 이 애긴 딸이요? 아이구 머리
두 끔찍이두 도왔수다!"

늙은이는 엉덩이까지 치렁치렁하게 땋아 늘인 얌전이의 칠같이 새까
만 머리를 탐스러운 듯이 쓸어 본다.

"에—, 딸이우다."

"조고리두 꼭 맞게두 해 입었다. 입성은 네레 다 했갔구나?"

"그러문요. 갸레 일을 잘 한담우다. 베두 잘 짜구, 김도 잘 매구, 뭐 못
하는 일이 있기 그루우—."

야전이는 대답할 겨를도 없이 어머니는 딸의 칭찬이다.

"에— 베두 잘 짜구요? 몇에 났기 어느새 베를 다 배왔소? 쯔쯔! 웬!"

"열야듧에 났담무다."

"열야듧에 난긴허군 키두 크기두 허우다. 귀두 복성스럽게 생기구!"

귀바퀴를 한 번 만져 본다.

하는 양이 꼭 얌전이의 선을 보러 온 것 같다. 사나이도 머루 딸 생각은
않고 얌전이를 볼 것만이 할 일인 듯이 언덕 위에 마음 놓고 앉아서 주의
깊은 눈을 얌전이에게로만 보내고 있는 것이 아닌가.

성눌은 얌전이의 선! 하고 깨닫는 순간 새파란 칼날이 가슴을 스치는
것처럼 오싹하고 전신이 위축됨을 느낀다. 이상한 감정이었다. 얌전이의
선을 보이는데 자기의 마음에 동요가 생길 필요는 없는 것이다. 그러나
분명히 동요가 있음을 제 자신 인식한다.

그러면 일직이 자기는 얌전이를 사랑하고 있었나 성눌은 생각해 본다. 그러나 결코 그러한 생각조차 가져 본 일이 기억에 없다. 다만 속정에 물들지 않은 소박하고 순진한 마음씨가 좋았을 뿐이다. 그러나 그렇다고 그것으로 또한 얌전이의 간선에 마음이 흔들릴 이치는 없는 것이다. 무슨 때문일꼬? 그렇게 순진한 처녀가 아무것도 모르는 우둔한 농부의 손안에서 구애될 것임이 얌전이를 생각하는 동정심에서 생기는 마음일까. 성눌은 제 마음이면서도 그 까닭을 알 수가 없었다.

늙은이는 너도 가까이 와서 얌전이를 자세히 보라는 듯이 두어 간쯤 떨어진 최 섶으로 걸어가며 다래는 여기가 많다고 아들을 불러 내린다. 그리고 무어라고 수근거리며 아들도, 늙은이도 얌전이 편을 바라보군 한다.

이런 눈치를 살필 때마다 얌전이는 모르는 듯 그저 수굿하고 머룬지 다랜지를 따기는 따나 어딘지 그 몸가짐은 더욱 조심을 요하는 듯하고 또 초조해하는 빛이 드러나 보인다.

틀림없는 간선이다. 성눌은 진정되지 않는 가름에 물결을 뛰놓으며 애써 그들의 공론을 엿들으려고 일거동일거정에 주의를 모아 청각에 여유를 주었으나 그들이 돌아갈 때까지 이렇다 한마디도 비밀한 내용 이야기는 엿들을 수가 없었다.

ㄹ

산막으로 내려온 성눌은 전에 없이 얌전이가 그리움을 느낀다. 그의 용모에서보다는 그 마음씨에 끌리는 것 같다. 눈, 코, 입, 그 어느것에 흠잡을 곳이 없다고는 해도 결코 미인은 아니다. 어디서든지 찾아볼 수 있는 한 평범한 여성에 지나지 않는다. 이러한 얌전이가 이제 그렇게도 그립다. 그리고 얌전이를 그 사나이가 아무렇게나 할 수 있을 것이겠거니

하면 못 견디게 그 사나이가 밉기까지 하다.

아—, 내 마음이 왜 이럴까 생각에 잠겨 보는 동안 얼른하는 그림자에 주위를 살피니 어느새 밥상이 들어온다. 얌전이는 저녁상을 조심스레 들고 문턱을 넘어서 사뿐사뿐 성눌의 앞에 놓는다.

그러나 놓는가 하니 어느새 얌전이는 벌써 돌아서 문 밖으로 사라지고 만다.

하나 성눌의 눈앞에는 여전히 얌전이가 있다. 환상임을 깨닫고 밥그릇을 연다. 따뜻한 김이 모락모락 피어오르는 새하얀 이밥 속에도 얌전이는 있다. 고사리나물 위에도 있다. 조기 토막 위에도 있다. 눈이 가는 곳마다 얌전이는 있다. 성눌은 정신을 깨닫는다. 마지막 넘어가는 해 그림자가 불그레하게 밥상 위에 물을 들인다.

그러나 그것도 그 순간뿐이다. 얌전이는 그대로 있다. 물늉에다 밥을 말아 뜨니 밥숟갈 위에까지도 얌전이는 떠올라온다.

"상 가져가거라."

실로 성눌은 얌전이가 그렇게도 그리워 이렇게 밥숟가락을 놓자 조급하게도 소리를 질러 보기는 처음이다.

곧 달려온 얌전이는 떠넣었던 밥을 채 씹어 삼키지도 못한 것같이, 그래서 그것을 비밀히 처리하려는 것처럼 입을 꼭 다물었다.

"너 낮에 머루 얼마나 따 왔니?"

돌연한 질문에 얌전이는 밥상을 들다 말고 멈칫 선다.

"너 낮에 머루 따러 산에 올라왔두나."

별안간 얌전이는 홍당무같이 빨개지는 얼굴을 숙인다. 그럼 낮에 성눌은 자기의 선을 보이는 꼴도 보았겠구나 하는 생각이 처녀의 마음에 심히 수줍은 상 싶다.

그러니 또 성눌은 얌전이의 그 난처해 하는 태도에 자기의 마음도 똑같이 난처하다. 공연히 물었나 보다 그의 난처해함이 스스로 변해될 그

러한 말은 없을까 생각에 바쁜 동안,

"이예—."

대답을 남긴 얌전이는 어느새 벌써 상을 집어든다. 그런 다음엔 한걸음 두걸음 멀어지는 얌전이— 그렇게 물러나서 부엌으로 사라지니, 또 뒤이어 허공에 나타나는 얌전이, 그 얌전이도 마찬가지로 수줍음에 고개를 숙인 얌전이었다.

사나이의 버릇인 일시적의 탐욕이 이렇게도 얌전이를 자꾸만 눈앞에 끌어다 놓는가? 성눌은 생각해 본다. 그러나 결코 그러한 종류의 탐욕이 아닌 것을 곧 양심은 증명한다—. 지금까지 알뜰히도 마음이 괴롭게 찾아오던 것은 얌전이를 찾는 데 있었던 것 같고, 또 얌전이를 찾았다 하니 비었던 마음에 그 무엇이 꽉 들어차는 듯 하다.

성눌은 언제나처럼 불을 켜고 언제나같이 책을 펴놓는다. 그러나 책 위에도 얌전이는 따라왔다. 그리고 책보다도 얌전이를 보는 것이 마음에 개완하다. 만 가지의 공상도 얌전이와 같이 아름다워 본 적이 없었고, 책 속에서도 얌전이와 같이 아름다운 구절을 일찍이 찾아본 적이 없다. 얌전이를 영원히 자기의 것으로 만듦으로 아름다움에 주린 공허한 마음을 얌전이로 채우고 싶다. 그리고 그것은 못 견디게 마음을 짓달렸다. 며칠을 두고 누르려야 누를 수 없었다. 마침내 성눌은 얌전이와의 통혼에 사람을 내세운다.

ㅁ

이튿날 성눌은 전에 없이 명랑한 기분을 안고 산으로 올라온다. 얌전이와의 통혼 교섭 전말을 이 산속에서 들려주기로 그 벗은 약속하였던 것이다.

산토끼처럼 제 길을 잊지 않고 제 발부리에 닦여진 풀밭길을 성눌은 언제나같이 밟아서 언덕 위 바위 위에 자리를 잡는다.

바위의 주위는 여전히 어지럽다. 지리가미조각, 담배꽁다리, 성냥개비, 말라붙은 가래침, ──근 한달 격이나 버릴 줄만 알고 쓸어보지 않은 생활의 찌게미다. 누가 보든지 그것은 뚜렷하게도 사람이 살아난 자취로 아니 볼 수 없으리라. 그러나 여기서 살았다는 자취는 오직 그것을 뿌려 이 산속을 어지럽힌 것밖에 없다.

그러나 성눌은 이 산속에서 무심히 낙엽만을 지우고 있는 자신이 아니었던 것을 믿고 싶다. 얌전이를 찾은 것이다. 많은 여자 가운데서 흔들려 보지 못하던 마음이 얌전이로 위해서 흔들린 것이 아닌가. 분명히 자기는 한 개의 낙엽을 쫓아 언덕을 넘다 머루를 따는 얌전이를 보고 마음에 동요가 생겼던 것이다. 그것은 결코 자위도 아니요, 공상도 아닌 버젓한 현실인 것을 다시금 인식하며 통혼의 보고가 올라오기를 기다린다.

그러나 그것은 그리 초조한 것도 아니었다. 언제나 생각해도 자기의 위신에 미루어 산지기 늙은이 내외는 일언에 쾌히 승낙을 하리라 믿는 까닭이다.

오히려 공상은 이런 데 있었다──

얌전이로 더불어 어디서 어떻게 생활을 할꼬? 서울은 싫다. 얌전이를 더럽히지 않을 이 산속에서 차라리 농사를 하리라. 그래서 또한 속세에 눈을 감는 것만으로라도 커다란 짐을 벗는 듯이 한결 몸은 가벼워질 듯하고 따라서 마음은 개완할 듯하다. 생활의 진리를 담은 껍데기 같게도 우울하던 마음은 여기에 완전히 벗겨지고 가슴속에 꽉찬 열정은 샘물처럼 터져 흘러서 우울과 고독을 깨끗하게 씻어 낼 것 같다. 아름다운 공상 속에 여념이 없는 동안, 보고를 안은 벗이 언덕 아래 나타난다.

성눌의 가슴은 뛰었다. 그러나 그 사나이가 안고 올라온 보고는 뜻밖에도 성눌의 뛰는 가슴을 여지없이 짓밟아 놓는다. 산지기 늙은이 내외의 말은, 성눌이와 얌전이는 마치 기름과 물과 같아서 도저히 서로 합할 수가 없는 존재이니 그것이 어떻게 작혼이 될 수 있겠느냐고 일언에 거절을 하더라는 보고다. 그래 얌전이를 농가집으로 출가를 시켜서 고생을 시키느니보다는 성눌이와 작혼을 하여 월급 생활로 고칠 팔자를 왜 마다느냐고 따지어 권해도 보았으나 산지기 내외는, 월급 생활보다 땅을 파서 먹는 것이 더 귀하다고 하면서 손발 두었다가는 무얼 하는 것이냐고, 성눌이 같은 사람이야 모 한 대 김 한 이랑 꽂고 맬 줄 알 것인가, 우리 얌전이는 백이 백 말 해도 모 잘 꽂고 김 잘 매는 농가집의 장정 일꾼을 얻어 주겠다고 하더라는 것이다.

성눌의 가슴은 그냥 뛰었다. 뛰는 의미만이 달랐을 뿐이다. 말을 듣고 나니 자기는 과연 얌전이에게 있어 손톱만한 필요도 없는 존재인 것을 순간 깨달은 것이다.

그렇다면 이 세상에서 자기의 존재성은 어디 있는 것일까, 성눌은 생각을 해본다. 아무데도 없다. 앞날의 일은 추측할 바 못되지만 현재에는 없다. 과거에도 없었다. 모 한 대 밭 한 이랑을 임의로 처리할 줄 아는 능력을 이미 배양하지 못했다. 그것만 배웠더라도 이렇게 불필요한 존재로 얌전이에게서 일언으로 거절은 아니 당하였으리라! 성눌은 자책의 부끄러움에 가슴이 더한층 뛰었다. 이 한달 동안의 자기의 생활로 미루어 보더라도 산지기 늙은이의 눈에서뿐이 아니라 자기 자신 무능한 한 개 생활의 패배자에 틀림없었다. 얌전이는 늙은 어버이를 위하여 있는 정성과 노력을 다 들여 하루갈이에 가까운 터알에서 옥수수를 혼자 거둬들이던 것을 빤히 눈으로 보았다. 그러나 자기는 그동안 무엇을 하였던가. 밤이나 낮이나 계속해서 하는 독서, 그리고 공상, 그러나 책 속에서도 공상속에서도 이렇다 얻어진 것은 없다. 역시 보람 없는 그날의 생을 보내고 있었을 뿐이었다.

성눌은 피워 물었던 담배를 한숨과 같이 저도 모르는 사이 바위등에다 힘없이 씩씩 비벼 다시 못 올 그 순간의 생애를 표시하는 한 토막의 자취를 또 무심히 바위 위에 기록을 하였다. 그리고 나서 그것이 자기임을 그 순간 또 인식할 뿐이었다.

ㅂ

성눌은 힘없는 발길을 또 산막으로 돌린다.

돌릴 때까지는 그래도 조용한 짬을 타서 저녁에 다시 한번 자기가 직접 산지기에게 졸라보리라 은근히 마음에 먹었으나 먹었던 마음을 건네 볼 겨를도 없이 건네 볼 용기를 잃고 말았다. 들어오는 저녁 밥상이 전에 없이 얌전이의 손에서 늙은이의 손으로 바뀌어 들려 들어왔던 것이다. 그러니 그것은 도시 자기라는 인물은 인제 다시는 믿을 수가 없는 것이니 얌전이를 예전대로 함부로 들여보낼 수가 없다는 반증이 아닐 수 없다.

성눌은 밥을 먹기보다 짐을 싸지 않아서는 안될 것이란 생각이 먼저 들었다. 그러나 그 뒤에 그리운 얌전이―.

하지만 자리끼도 늙은이의 손에 들려 들어오기를 잊지 않는 것을, 그리고 얌전이는 그림자도 눈앞에 얼른하지 않는 것을…….

성눌은 밤을 두고 생각하여 보았으나 결국은 다시 말을 걸어본대야 그것은 도리어 낯만 더 무지는 쑥스러운 짓이 될 것임을 깨닫고 이튿날 아침에도 의연히 늙은이의 손에 들려 들어오는 밥상을 낯간지럽게 받아 물리고 그렇게도 잊기지 못하는 얌전이를 생각에 누르며 산막을 떠나 집으로 내려왔다.

ㅅ

집에는 뜻하지 않았던 한 장의 편지가 성눌을 기다리고 있었다.

─우리들에게는 이제야 운이 왔다. 경상도 어떤 재벌을 붙들어 무산회사 비슷한 성질의 회사를 우리 그룹에서 하나 꾸며 놓았는데 우리 그룹에서는 군이 제일 미덥고 딱딱한 인물이라고 만장일치로 군을 재무계 주임으로 이미 추천을 하여 놓았으니 지체말고 빨리 올라 오라는 예의 그 벗 5,6인의 연서 편지다.

성눌은 이 편지를 읽는 순간, 저도 모르게 낯이 뜨거워 옴을 어찌하는 수 없었다. 자기의 마음이 끌리는 얌전이에게는 절대로 필요치 않은 존재가 믿거워하지 못하는 벗들에게서는 이렇게도 신용을 받는 것이다. 미더운 데서는 버림을 받고, 미덥지 못한 데 신용을 받는 것은 역시 그런 유에서나 신용할 수 있는 그러한 존재에 틀림없는 것을 증명하는 것이 되는 것이다. 성눌은 순간 그것을 마음 아프게 깨달은 까닭이다.

즉석에서 그는 회답을 썼다.

이 순박한 농촌의 자연처럼 자기의 마음을 살찌우는 데는 없다. 차마 농촌을 떠나기가 싫다. 내일부터는 나도 머리에 수건을 동이고 낫을 들고 들로 벼 가을을 나간다. 군들과 나는 인제 너무나 차이가 있는 동떨어진 사람이 되련다. 나 같은 사람은 서울 장안에 그득 들어찬 게 그것일 것이니 나는 아주 잊어 주는 것이 좋을 듯 싶다. 그리고 그것을 나는 두 번 세 번 당부하고 바랄 뿐이다.

손성눌

그리고 이튿날 성눌은 실제로 낫을 들고 들로 나섰다.

늙으신 아버지가 자기를 위하여 모든 것을 다 희생하시고, 생전 쥐어보지 못하던 낫을 들고 여름내 피땀을 흘려서 지어 놓은 벼 가을을 또한 손수 하시고 그것의 마당질 품으로 남의 품벼를 베다가 그만 서투른 낫에 다리를 상하여 꼼짝 못하고 누워 계시니 마당질만은 혼자서는 도저히 할 수가 없는 일인데 인제 품을 못지니면 아버지 혼자로서 하여야 될 앞날의 마당질 처리를 내다볼 때 성눌은 그대로 앉아 있을 수가 없었던 것이다.

"벼 부이기 바루 그렇게 헐한 줄 아네? 이제 너마자 어디 또 다치려구……."

아버지는 섬깨털듯 말리는 것을 성눌은 뿌리치고 품벼를 베러 나섰다.

천여 석의 씨를 뿌린다는 이 넓은 들에는 논배미마다 모두들 다리와 팔뚝을 걷어올리고 무슨 진리를 거두기나 하는 듯이 오직 거기에만 정신을 쏟고 낫들을 놀린다.

성눌이도 발을 뽑고 논배미로 들어섰다. 아직 햇볕을 보지 못한 아침 물은 어지간히 차다. 발바닥에 집히는 물이 산뜻산뜻 소름을 끼쳐 주는 정도인가 하니 차츰 발가락에는 얼음이 꽂히는 듯이 아리다.

그러나 이 논에 같이 들어선 칠팔 인의 가을일꾼들은 그런 것쯤은 느끼지도 못하는 듯이 흥에 실린 낫만이 그저 분주하다. 못 견디게 물은 차나 성눌은 그것을 참기 어려워 뛰어나올 자리는 못된다. 강잉히 이빨에 힘을 주어 그들과 같이 의연히 한켠 짝으로 열을 지어가며 낫을 놀릴밖에……

그러나 일꾼들을 따를 길은 없다. 겨우 다섯 단을 묶어 놓고 보니 그들은 벌써 10여 단씩이나 뒤에 남겨 놓고 서너 발 푼수나 앞서 나가 있다. 성눌은 좀더 속력을 내어 일단의 정열을 다 들여 본다. 그러나 그러한 속력으로는 손익은 그들의 일에는 따라지는 것이 아니다. 맞은짝 논둑까지 다 비어나가 허리를 필 때 보니 성눌은 겨우 논배미의 한복판에 서 있었다.

그러나 그것도 얼마 동안이었다. 낮밥을 지나고 났을 때에는 끊어져 내는 허리를 펼 수가 없었다. 그런 것을 그대로 우기자니 전신은 땀에 뜨고, 근력은 잃는다. 일의 능률은 처음보다도 차츰 떨어져만 간다. 그래도 성눌은 시늉이라도 하게 남아 있는 힘이 제 자신 기적 같았다. 그리고 그 것이 햇것 남아 있기를 바라나 어서 해가 졌으면 하는 생각이 들때는 속 일 수 없이 코로 단김이 몰어나옴을 인식하는 때였다.

해가 지기까지 베는 시늉을 하고 또, 베어 놓은 볏단을 등짐으로 메어 내어 배까지 치고 났을 때에는 실로 촌보 자유가 능치 못하게 전신의 동 맥은 굳어진 듯했다.

눈으로 보고 상상하던 짐작의 노력만으로는 도저히 미치지 못할 일임 을 성눌은 이제 깨달았다. 그리고 얌전이에게서 거절을 받게 된 이유도 일단도 여기서 선히 밝아지는 듯 하였다. 이튿날도 오력은 상당히 말쩬 것이 기운이 없었다.

그러나 성눌은 품자리만 있으면 또 나서기로 내일의 품을 찾어주기를 기다린다. 아버지를 위해서도 그렇다고 그대로 앉아만 있을 수는 없었거 니와 제 자신 소꾸쳐 들먹시는 생활에 대한 정열을 이길 길이 없었든 것 이다.

그러나 한나절이 기울어도 품을 요구하는 사람은 없다. 성눌을 기다리 다 못해 자신이 나서서 품을 구하기까지 해본다. 하는데도 아버지의 다 리가 좀 나었다 그것을 묻고 아버지의 품을 은근히 요구하는 사람은 있 으면서도 성눌에게는 품을 거론도 아니했다.

"어머니! 누구 품 안쓰겠답디까?"

"멀? 네 품팔이가 아니 에 품을 이제야 누구레 쓰간?"

"웨요?"

"웨라니! 어즈께 박서방넨 너까타나 베 쉰단 밑뎃다구 아니 그 소리가 동네에 통이했는데 멀 그르네"

"……"

"그 사람들이 와 안그를래던. 같은 값이문 남의 반목두 챔네못하는 널 품으로 쓰갔네. 나보탄두 안쓸테…… 너 없을 적에 사랐간. 그르다 탈 나리라. 너야 거저 늘 책이나 보게 생겼디?"

성눌은 이 소시를 듣자 별안간 낯이 확확 다렸다. 그것은 여기에서도 자기는 의연히 필요치 않은 인물인 것을 말하는 것인 것이다. 마음이 붙지 않는 곳에서는 반겨 청하고, 마음이 붙는 데서는 거역을 당한다. 성눌의 눈앞은 금시에 어두어졌다. 이 넓은 세상에 자기의 마음은 의연히 담을 데가 없는 것이다.

성눌은 갑자기 숨이 끊어지지 않는 것을 보면 분명히 숨을 쉬고 있는 것으로 공기를 호흡하고 있는 것은 사실이나 마음의 호흡이 괴로운 것을 보면 분명히 세상의 공기는 탁해진 것 같다. 이 탁한 공기 속에서 숨을 쉴 수가 없다. 어데를 가야 내 마음은 가을 하늘같이 명랑하여질고. 한번 시원히 대공을 훨훨 날어 속진에 무젖은 때를 깨끗이 싯쳤으면 마음이 가득할 것 같다. 아아! 공상 속에만 아름다움은 있는 것인가. 그럴진댄 차라리 공상 속에 살고 싶다. 영원히 살고 싶다. 현실을 공상과 같이 그렇게 아름답게 깨끗하게 빚어놓는 수는 없을까?

아름답게 아름답게 보담더 아름답게 생활의 꿈을 공상 속에 빚어 보기에 여념이 없는 며칠 동안 서울 벗들로부터 상경 재촉의 전보를 성눌은 또 받는다.

전보를 받고도 올라오지 않으면 쫓아라도 나려 가서 목을 매여 끄러올리겠다는 문구다.

성눌은 두 번 볼 필요도 없이 일견에 찢어 버린다. 그리고 회답할 생각조차 엄두에 두는 길 없이 그들과의 교섭은 잊으려고 했다. 그들을 생각할 때마다 성눌은 마음이 더욱 답답함을 느끼는 것이다.

그러나 전보가 일축된 대신 그 내용과 같이 거짓없이 사람은 기어코 내려오고야만다. 김군이 왔다.

김군은 영업적인 그 회사의 내용 이야기를 한바탕 펴놓아 성눌의 비위를 낚는다.

"나를 위하는 벗들의 충성은 진심으로 감사하다 내가 서울이 싫어졌다는 것은 편지로 이미 말한 것인데 군들은 왜 이렇게 자꾸만 나를 서울로 끌어 올리자는 거야?"

"여러 말 말고 내일 아침 일찍이 떠날 차비나 해. 내 아야 역에서 자네 차표까지 미리 두 장을 다 사가지고 왔네. 이것 보게나."단마디에 성눌의 입을 틀어막으려는 듯이 김군은 호주머니 속에서 두 장의 경성해 차표를 드러내 보인다. 기어코 데려 올라가고야 마를텐데 멀 하는 시위가 아닐 수 없다.

순간, 성눌은 그 자기의 자유의지를 임의로 무시하려는 태도에 자못 불쾌감을 느꼈다.

"차표까지 미리 사가지고 그건 무슨 시원가?"

"시위! 시위라기보다는 벗의 군을 위하는 그 성의는 생각지 못하나?"

"그래 벗을 위한 성의는 벗의 자유의지도 무시할 수 있는건가?"

대답을 이렇게 하여 놓았으나 불쾌한 반면에 그실 반가운 우정을 아니 느낄 수도 없기는 없다.자기를 오직 믿지 않았으면야 일부러 사람까지 내려 보냈으리라고 아니, 차표까지 사가지고 왔을이라고 하면 그것도 좀 한 우정에서가 아니고는 못할 일 같았다. 그들의 주위에도 실직으로 밥을 땅땅 굶고 있는 친구가 수두룩한 것을 모르는 배 아닌데 하필 자기를 끌어올리자는 것은 오직 자기에게 대한 그들의 성의의 발로밖에 없으리라 생각하니 성눌은 주위의 탁하든 공기가 얼마쯤 완화되는 듯한 정세를 느꼈다. 그리운 서울이 아니었으나 벗들의 그 벗을 위하는 충성에 성눌은 반항할 용기를 문득 잃는다. 어디를 가도 자기의 마음은 담을 데가 없다. 그럴진댄 터럭만한 도움도 되어지지 못하는 존재가 피땀을 흘리며 벌어놓은 늙은 아버지의 등을 파먹고 있느니보다는 다시 서울로다도 가서 내 손으로 벌 수 있는 일을 하여 먹는 편이 차라리 나으리라 성눌은 생각을 굳히고 두 말 없이 이튿날 아침차에 김군과 같이 몸을 실었다.

○

몇 달 동안에도 서울의 변화는 컸다. 있는 집이 없어지고 없든 집이 눈에 낯설다. 눈에 익든 남대문통의 S라는 중국 요리집이든 꽤 크다란 벽돌집도 벗들의 손에서 수가 난다는 최사로 알른알른하게 수리가 되어 있다. 눈에 뵈지 않는 변화인들 얼마나 있어 사람들을 울리고 웃기고 했을고. 변화무쌍한 세례를 생각해보며 성눌은 거리를 걷는다.

올라오는 그 저녁 벗들은 또 명색 성눌의 환영회를 열어 진고개 어느 요정으로 가는 길이다.

밤 늦도록 소리하고 마신다. 오래간만에 성눌은 얼근히 취해본다. 괴로움을 잊는 즐거운 밤이었다.

한시 가까기 좋은 기분에 벗들로 어깨를 같이하고 귀로에 나섰다. 깊은 밤의 장안거리는 어지간히 고요하다. 행인이 딱 끊긴 배는 아니나 이 성눌의 환영회 일행의 세상인 듯이 그들의 구두소리만이 장안에 찬다.

좀 신중하지 못한 벗 한 사람은 같은 정도의 주기이면서도 술을 빙자하야 거리의 부량자가 된다. 기분일 탓일까 목이 찢어져라 유행가를 소리 높이 불러도 보고, 타지도 않을 택시를 손을 들어 스톱도 시키고, 지나가는 여인의 손목을 붙들어도 보며⋯⋯.

그러나 거리 사람들이 그의 주기에 다 같은 호의로 그를 대하려고 하지는 않는다. 한번은 지나가는 행인의 어깨를 길을 어이다 잘못되는 체 힘껏 들어받았다. 그러나 받고보니 잘못이다. 싸움은 일어났다. 옳거니 긁거니 밀치며 제치며 따지는 판.

성눌은 중재를 위하야 나선다. 붙은 싸움을 떼고 새여 드렀다. 그러나 들고보니 강군은 날새게도 빠져나 구두 소리 높이 밤거리의 적막을 깨치며 도망친다.

강군을 놓친 적은 분함을 참지 못하는 듯 성눌에게로 돌려붙는다.

"이 자식 그래 네가 쌈을 도맡을 작정이냐. 덤빌템 덤베라 에따."

볼 새도 없이 턱하고 들어오는 주먹은 번개같이 성눌의 턱을 받는다. 그것뿐이면 좋았다. 단 한 개에 성눌은 쾅하고 뒤로 자빠지며 돌같이 단단한 아스팔트 위에 머리를 받쫓는다. 또한 그것뿐이면 좋았다. 두부에서는 검붉은 피가 게제하게 흘러서 순식간 머리는 피 속에 파묻힌다. 성눌은 죽었는지 살았는지 혼도한 채 의식을 잃은 상 싶다.

잘못은 어느 편에 있었다든지간에 죽었는지 살았는지 근더진 그대로 꼼짝 못하고 피만 쏟아내는 벗, 이 벗을 위하야 그들은 응당이 복수의 의무를 느껴야 옳을 것이나 일견 적진의 행색은 거리의 부랑패에 틀림없다. 즈봉을 땅에다 찰찰 끌며 샤츠 바람에 캡을 비스듬히 쓴 사람이 둘, 노타이에 머리를 반반히 재워서 바른 골을 딱 갈라붙이고 모자도 없이 와이샤츠 소매를 팔뚝까지 걷어올린 사람이 하나, 싸움에는 아모런 기술도 갖지못한 벗들은 그들에게 손을 쓰기는커녕 도로혀 그들의 손이 자기에게로 올까 두렵게 말로라도 한 마디 대항해볼 용기조차 잃고 다만 자기의 신변을 지키기에만 급급해 있는 동안,

"이눔들아 다음엘란 술은 먹드라도 점잖게 먹고 거리를 걸어라."

약점을 본 그들은 사람을 피 속에 묻어 놓고도 오리혀 뼈졌이 서서 훈계를 하고 골보으로 술능술능 사라진다.

그제서야 조군은 제 자신 모욕을 느꼈는지 실로 벗의 치명상이 분했든지 또는 성눌에 대한 자기의 체면을 유지하자는 데선지 저고리를 벗고, 넥타이를 끄르며 고함을 친다.

"이놈덜아 네놈덜이 가며 어디를 갈 테냐. 덤빌테면 덤벼보자."

그러나 사람을 죽여놓고 그들이 설사 이 소리를 들었댔자 돌아올 이치 만무하다. 반응이 없는데 조군의 소리는 더 높아진다.

"이놈덜아 내 단주먹에 가루를 만드리라. 어디를 숨어 이놈들 나오나."

그리고 있는 힘을 다하야 길바닥이 깨어져라 발을 쾅쾅 구른다.

남은 벗 세 사람은 여기에도 격동할 용기가 없는 듯이 어리둥절해서 조군의 태도만 묵묵히 바라보다 음즉하고 팔을 놀리는 성눌의 거동이 눈에 띠이자 아직 생명이 있다는 것을 짐작하고

"성눌이 성눌이 정신차려 응? 성눌이!"

부르며 김군이 성눌의 팔목을 잡아 다린다. 성눌은 일어서 보려고 전신에 힘을 준다. 구러나 임의로 몸을 겨누지 못하야 삐뚝하고 도루 쓰러진다. 피를 너무 많이 쏟은 탓인지 얼굴을 백지같이 하얗다.

조군은 혼자서 덤비나마나 세 사람의 벗은 얼결겸에 성눌을 뒤쳐없고 병원을 찾아 내달렸다.

ㅈ

새하얀 붕대로 머리를 겹겹이 둘러감고 Y병원 이등실 한쪽 침대에 고요히 몸을 던진 성눌은 또다시 한번 무심히 눈을 떴다. 천정에 매여 달린 이십오촉 휘황한 전등이 번개같이 눈에 꽂히며 시력을 압도한다.

주위에는 여전히 벗들이 졸리는 눈에 자을 싣고 그린 듯이 앉았다. 그 모양은 자기에게 대해 심히 미안해 하는 거동같이 성눌에게는 생각된다. 그러나 그것은 한긋 불쌍하게도 보였다. 이미 받은 상처니 앉아서 밤을 새며 졸아야 자기에게는 하등 필요가 없는 것을 인상상 자기의 옆을 떠나지 못하고 조는 것이다. 자기의 신변에 위험이 미칠 염려가 있을 때는 신사에 그렇게 무지다가도 신변의 위협을 느끼지 않을 때는 이렇게도 마음놓고 거룩히 인사를 지키는 벗들이다. 이 벗들이 자기의 벗이요, 자기는 또, 그들의 벗이 된다. 그리고 자기는 그들에게 절대의 신임을 받는다. 절대의 신임을 받으므로 서울까지 올라오게 되어 받은 상처가 지금 두부에 크다. 아니 마음에 크다.

그들의 눈에 비친 자기는 인간적으로서의 신임할만한 그런 신임을 위

한 신임을 받았든 것이 아니요, 신임할 수 있으니 자기네들에게는 이로운 것이라는 상업정책의 한 도구로서 신임을 받았든 존재밖에 되는 것이 없다.

성눌은 한숨과 같이 다시 눈을 감았다.

"꼭 의사의 지시대로 치료를 받아야 하네."

벗의 손에 흔들림을 받고 다시 힘없이 눈을 떴을 때는 어느새 붉은 전등에 없고, 동편 유리창을 통하여 명랑한 아침 햇발이 줄기차게 드려쏘고 있다. 그제서야 벗들은 돌아갈 차비를 한다.

"진단 선언은 삼주간이래도 보름동안이면 퇴원이 될게지. 어제밤일은 그게 말끔한 신수야. 밤 먹고 우리 또 올게."

×

그리고 다시 돌아오는 김군의 손에는 미깡 꾸레미가 들려 있었다.

이것이 다른 벗들에게 큰 교훈을 준 것인 듯이 다음날부터는 다른 벗들의 손에도 이런 유의 과실은 들려 있었다. 김군이 이렇게 인사를 하는데 내 어찌 체면상 잠잫고 있으랴 하는 인사에 틀림 없는 것 같았다. 그리고 벗들은 그것으로 벗으로서의 내 낯도 부지지는 않았으리라 스스로 안심이 되는 것 같았다.

"성눌이 오늘 혼났지?"

"자네들은 허리가 아프지 않은가?"

"하하하 우리덜은 한사람 목에 백여단식 도라갔는데 님잰 머 게우 쉰단 푼수나 보였을까헌에 머 허리가 아파?"

"아무랬건 성눌이 용쉐 첨으로 구래두 쉬지 않구 진조일 손노락질으헌게 용티 멀 그래?"

한대씩 붙여물고 논뚝으로 나와 한달음에 그들은 내일의 품꾼들을 제각기 따지고 이러선다.

오늘 일꾼 중에서 품에 빠진 사람은 다만 성눌이 혼자뿐이다. 그와는 누구나가 내일의 품을 말하는 사람이 없다.

성눌은 자기와 품을 드리라기가 미안해서 그러나보다 하고 자청 품을 청해본다.

"자네네 벼 나 하루 더 버여볼가?"

"웬걸 님잰 하루 쉐서 버시 그렇게 갑자기 일을 되게하단 탈 생김메 괘니"

동정에 말인 듯 싶다. 단 몇십리 길만 거러도 메칠 동안은 다리가 아파 자유로 몸을 놀리기도 거북하든 것을 미루어보면 참으로 오늘의 여울은 상당이 몸에 깊이 배여 있을 듯하다.

성눌은 다시 아무 말없이 집으로 도라왔다.

붕우

1

주문하여 놓은 차라고 반드시 먹어야 되랄 법은 없다.

청한 것이라 먹고 나왔으면 그만이련만 조군이 금방 문을 삐걱 열고 들어서는 것만 같애, 기다리기까지의 그동안이 못견디게 맘에 조민스럽다.

어떻게도 만나고자 애타던 조군이었던가 주일 나마를 두고 와줄까 기다리다 못해 다방을 찾아왔던 것이 와 놓고 보니 되려 만날까 두렵다. 가져온 차를 계집이 식탁 위에 따라 놓기도 전에 백통화 두 푼을 던지다시피 장판 위에 떨어치며 나는 다방을 뛰어나왔다.

조군이 나를 찾기까지 기다려 봐야지 내가 먼저 조군을 찾는다는 것은 아무리 생각해야 자존심이 허하지 않았던 것이다.

그러나, 다방을 나와 놓고 보니 조군의 자존심 또한 나를 먼저 찾아 줄 것 같지는 않다. 이러한 경우에 나를 먼저 찾아 줄 조군이었더라면 벌써 나를 찾았을 그이였을 게고, 또 우리의 사이가 이렇게까지 벙글도록 애초에 싸움도 없었을 게 아닌가.

생각은 또 이렇게 뒤채여지니 내가 그를 먼저 찾지 않는다면 서로의 자존심은 언제까지든지 엇갈려 조군과의 사이는 영원히 멀어지고 말 것 같다.

　사람의 사이란 이렇게도 벙그는 것인가 우스운 일에 말을 다투고 친한 사이를 베이게 되었다.

　ㅡ문학은 로맨티시즘이어야 된다거니 리얼리즘이어야 된다거니 다투던 끝에 조군의 가장 아는 체하는 태도에 불쾌해서 "군은 아직도 예술을 몰라"하고, 좀 능멸하는 듯한 태도로 내뱉은 한마디가 조군의 비위를 어지간히 상한 모양이다.

　이상한 안색이 말없이 변하는 것을,

　"군은 아직 예술의 그 참맛을 모르지."

하고 농담에 돌리려고 맘에 없는 농을 붙이니

　"자식이 잔뜩 건방져 가지고……."

　조군 역시 농담 아닌 농담으로 받는다.

　"건방진 게 아니라 군은 모른달밖에."

　"옳고 그른 것을 따지는 데 건방지다는 건 다 뭐야."

　"건방지다는 건 모르고도 아는 체하는 것."

　"군과 같은 존재?"

　"누가 할 말인데."

　서로 튀기는 동안 좀 불쾌한 말이 오고가게 되니 남 듣기에는 제법 정식으로 하는 싸움이나 같았던지 때마침 찾아오던 손군이 싸움으로만 알고 왜들 이러느냐고 영문도 모르고 꾸짖으며 말리는 서슬에 피하면 누구나 지는 것 같아 서로 달려들어 어성은 높아지며 말은 격렬하게 되어 결국은 정말 싸움처럼 되고 만 것이다.

　나도 조군에게는 그렇게 보였겠지만 실상 혼자만 아는 체하는 조군이 얄밉기는 했다. 이 때문에 참다 못해 가다가 한 번씩은 누구나 말을 우겨도 진정으로 불쾌한 기색을 서로 감추지 못하는 적도 한 번 두 번에 그친 것이 아니었으나, 그런 티도 없이 조군은 나를 찾고, 나는 조군을 찾았다. 각별히 언쟁이 격심했다고도 볼 수 없는 이번 일에 날마다 오던 우리 집을 조군은 주일나마를 찾지 않는다.

조군은 나를 그처럼 아니꼽게 보았다 하니 조군에게 향하는 내 마음 또한 좋지 않다. 조군의 모든 단처가 얄밉게 드러나며 허하지 않는 자존심에 나도 일절 그를 찾지 않았던 것이다. 그러나, 벗과 벗 사이는 끊으랴 끊을 수 없는 무슨 탄력이 있는 듯싶게 조군에의 우정은 날이 갈수록 그립다. 벗이 많되, 내 마음에 위안을 주는 벗은 없다. 예술을 이해하는 진정한 벗이 없을 때, 마음의 어느 한 구석은 비인 듯이 공허함을 느낀다. 예술상 견해는 달리 가지면서도 그 물건에 있어선 무슨 공통된 정신이 떨어질 수 없게 머리를 서로 맞대어 놓은 듯도 하다. 군과 밤낮 마주 않았을 때 못느끼던 조군에의 우정을 알뜰하게 이제 알았다. 생애에 둘도 없을 영원한 반려를 잃은 듯도 싶어 오늘은 기어이 그를 만나고야 말리라 그의 전용 휴게실과도 같은 다방 장미원을 찾기로 하였던 것이다.

2

─조군도 내가 군을 그리듯 나를 이렇게 그리워할까, 그리우면서도 자존심이 허치 않아 지금껏 찾아주지 않을까, 군에게도 군을 이해한 벗은 오로지 나밖에 없을 텐데……. 그 저주할 자존심이 적용되지 않을 방법으로 어떻게 그를 만날 수가 없을까? 그리하여 피차의 부끄러움도 없어 그만 만날 그러한 방도를 나는 거리로 걸어나오면서 꾀하여 보았다.

특별한 일이 없으면 오늘도 으레히 이때쯤은 조군이 장미원을 들를 것이 빤한 일이다. 그가 오는 길목에서 기다리다 오다가다 만나는 것처럼 만나는 것이 어떨까. 만일 만나고 보면 조군도 나를 보고 가만히 있지는 않겠지. 한번 입만 떨어지면 화해는 되는 날이다. 생각하니 그것이 가장 묘한 방법도 같다. 나는 시험하여 보기로 하였다.

장미원의 골목을 나서 큰 거리로 걸어나오던 나는 가장 분주한 체 걸어내려가고 있었다.

그러나, 조군은 아직 오는 사람이 아니다. 순식간 종로다. 종로는 필요 없는 길이다. 나는 다시 온 길로 돌아섰다. 안국동으로 내려오면 정면으로 만날 수 있으나 종로로 들어오면 나의 뒤에 달리리라. 나는 몇 발걸음에 한 번씩 뒤를 돌아보며 빨리 걷는 체 활개를 놀리면서도 걸음은 될 수 있는 데까지 속력을 아꼈다.

몸놀림과, 걸음에 조화되지 않는 나의 이 걸음은 거리 사람들에게는 무던히도 우스운 꼴일 것 같다. 나와 같은 경우에서 나와 같은 행동을 취하는 사람이 이 거리에서 또 있을까? 사람마다의 걸음에 부질없는 눈이 갔다.

장미원을 거의 다다라 다시 돌아서려 할 무렵이다. 나의 시야에는 틀림없는 조군이 날아든다. 금방 안국동 사가에서 꺾어 내려오는 골목길을 조군의 조그마한 똥똥한 체구는 아그작아그작 사람들 틈을 새여 내려온다.

나는 가장 급한 볼일이 있는 사람처럼 속력을 다하여 활개를 치며 마주 걸어 올라갔다. 조군도 나를 본 듯 하다. 금시에 머리가 숙어진다.

거리는 점점 가까워 온다. 가슴이 후득후득 뛴다. 할 말의 준비에 가난을 느껴 어리둥절하는 동안, 획—하고 바람이 얼굴에 씌운다. 벌써 조군과는 어느덧 지나치고 마는 것이다.

만나고도 말할 수 없었음이 이를 데 없이 안타깝다. 조군의 마음도 내 마음과 같을까? 아니, 조군은 미련도 없이 나를 지나쳐 버린 것은 아닌가. 그랬다 하더라도 지나치고는 혹시 마음이 언짢아 나를 돌아다볼지 모른다. 나도 한 번 돌아다보고 싶다. 그러나 마주칠지 모를 시선이 두렵다. 마주치면 고의로 지나쳤음이 증명되는 것이다.

나도 조군을 못 보고 지나친 채 고개를 숙이고 달아날 수 밖에 없다. 몇 번이고 돌아다보고 싶은 것을 나는 눈앞만 바라보고 그저 걸었다.

3

이튿날도 또 그 다음날도 조군은 찾아주지 않는다. 만나고도 모른 척하고 지나치게 되었음이 더욱 조군과의 사이를 멀리하게 만드는 짓이 된 것은 아닌가 나 자신조차도 그후부터 조군을 만나야 그때에 지나쳐 보내고 지금 만나기가 더욱 어색할 것 같음을 느낀다.

그가 일상 와 주던 시간이라고 아는 열시로부터 오전 동안 그동안을 나는 오늘도 은근히 기다리고 있었건만 조군은 얼씬도 않는다.

나의 집이 아니면 다방, 다방이 아니면 본정의 서점 순례─그것이 그의 날마다의 하는 버릇이다. 지금도 다방이 아니면 서점일른지 모른다.

나는 장미원에 전화를 걸었다. 조군이 거기에 있다 해도 조군을 만나러 갈 것 같지는 않으면서도 웬지 그저 그가 거기에 있나 없나가 알고 싶다.

"거기가 장미원이죠? 저, 조우상 씨 거기 안 계슈?"

금방 다녀갔다는 대답이다.

오늘도 장미원엔 틀림없이 조군은 다녀갔다. 그 길로 어디를 갔는가. 나를 찾아오는 것은 아닌가.

장미원에서 나의 집까지 30분이면 올게다. 나를 찾아 나선 것이라면 이제 15분이면 조군이 보일 것이다.

나는 그가 당장 와 주겠다고 약속이나 하여 준 것 같이 초조하게 조군이 찾아주기를 기다린다.

"허, 허군!"

왔다! 가슴이 뛰기 시작하는 찰나 문을 미는 것은 뜻밖에도 손군이다.

"산보 안 가려나? 날이 좋구먼……."

"어디."

"흠부라래로."

그렇지 않아도 한 15분 동안 기다려 보아 조군이 오지 않으면 본정으로 가보려는 참이다. 조군을 만나는데는 이렇게 동무가 있음이 더욱 도움이 될 것 같고 또 일부러 만나러 간 것처럼도 아니 보일 것이다.

"글쎄 가 볼까?"

나는 마음에 없는 것을 끌리어가는 사람처럼 마음을 속이며 대답했다.

"그럼 어서 옷 갈아입어."

"가만가만 조곰 조곰 있다……."

독촉하는 손군을 10분 또 10분을 이렇게 속여 가며 시간을 지체케 하여 조군을 기다려 보았으나 역시 필요없는 시간의 낭비밖에 되지 아니했다.

진고개는 나 역시 책전에 마음이 끌린다. 새로 난 레코드를 듣자고 조르는 손군을 나는 책전으로만 끌었다.

날이 좀 차진 탓인지 거리에 사람은 알아 보게 드물다. 사람 틈에 잃기 쉬운 작은 체구의 조군을 찾기에는 그리 복잡한 인파는 아닌데 조군은 찾기지 않는다.

혹은 나의 앞을 서 벌써 다녀간 것인가. 그렇지 않으면 뒤로 따라오려나. 다녀온 책전을 다시 한 번 훑어보았어도 역시 조군의 빛은 보이지 않았다.

그동안에 조군이 나의 하숙으로 찾아오지나 않았을까. 손군은 종로에서 보내고 나는 바쁘게 집으로 돌아와 보자 정말 나는 하숙집 문전에서 지적거리고 섰는 조군을 볼 수 있었다.

순간, 나는 나도 모르게 골목 안에 몸을 숨기고 그의 행동을 엿보았다.

조군은 하숙집 대문을 들어서려고 머리를 기웃하고 발을 떼는 듯하더니 다시 돌아서 두어 걸음 내려오다 아무래도 미련이 있는 듯이 되돌아서 들어가려 야붓야붓하더니 아주 지나가고 만다.

조군은 분명히 나를 찾아왔으나 차마 어색하여 망설이다 돌아가는 눈치다. 나는 조군도 차마 나를 못 잊고 그리워하는 것임을 알았다.

조군이 그대로 돌아감이 더 할 수 없이 안타깝다. 내 마음이 이렇거늘 조군의 마음인들 안 그러랴. 조군 하고 찾아볼까 하니 차마 입이 무겁다.

조군은 다시 찾기는 단념한 듯이 뒤로 돌아다보지 않고 잰걸음으로 그냥 골목을 빠져 나간다.

나는 어찌할 바를 모르고 바재다 못해 골목으로 빠져 들어가 마주 올라오다 만나리라 십여 집을 싸고 앉은 골목을 뛰다시피 걸음으로 어이돌아 천변길을 걸어올라왔다.

그러나, 조군은 벌써 어디로 빠졌는지 보이지도 않는다. 그동안에 이 골목길을 어느새 다 추어 큰 거리로 갔을까.

혹시 내가 뒷골목을 어이도는 동안 나의 하숙을 다시 들어간 것은 아닌가. 나는 부리나케 집으로 뛰어들어왔다. 그러나 나의 방문은 여전히 덧문까지 닫히어 있다.

"누구 나 찾아오지 않았습디까?"

"아뇨."

"아, 금방 왔던 손님 없어요."

"없습니다."

필시 그대로 간 조군이다.

4

내가 조군을 못 잊어 하듯 조군도 나를 그렇게 못 잊는다면 혹시 군은 오늘도 나를 찾아 줄는지 모른다.

이튿날은 전혀 다른 기대를 가지고 나는 아침부터 조군을 기다리며 문

밖을 들락날락하였다. 그러나 오라는 벗은 아니 오고 뜻하지 않았던 '등기우편' 한 장이 찾아온다.

나의 소설을 꼭 받아 가지고야 편집에 착수하겠다는 ××지의 원고 독촉이다.

돈이 생기는 일이니 아무렇게나 끄적여 보냈으면 그만이련만 예술적 양심은 차마 그렇게까지 허하지 않는다. 오늘까지 써온 과거의 작품을 모두 불살라 버리고 싶은 충동을 못 참는 나다. 이제 게서 더 일보를 나아가지 못한 필법은 차마 손에 붓이 가지 않는 것이다.

나는 이 일 년내 소설 제작에 있어 커다란 고민을 느끼어 온다. 그것은 소설이란 무엇인지가 비로소 알아진 때문도 같다. 그러나 알아진 그 소설을 시험하기에는 자신의 역량에 쓴웃음을 금할 길이 없다.

그 소위 저널리즘 위에서 총애를 받는 작품들이 나의 수준에서 뛰어남을 찾지 못할 때 나의 용기는 확실히 되사나, 나는 여기에 집필에의 위로를 얻기보다 오히려 폭소를 금치 못한다. 그것도 소설이요 하고 침묵을 못지키는 그들의 낯이 빤히 들여다보이기 때문이다.

조군과 나와의 사이에 가끔 언쟁이 있게되는 원인도 그실인즉 이러한 관계에서였거니 조군도 어쨌든 쓰고야 보는 작가의 한사람임으로서다. 그러나, 조군의 작품은 발표할 때마다 월평가의 붓대 끝에 찬사의 표적이 된다. 그러면 일반은 그 작품을 믿고 저널리즘은 그 이름을 안고 춘다. 그리하여 그는 확실히 인기작가의 한 사람이다.

그러나, 나는 그와 같은 작품을 내어놓으므로 자신에 만족을 느끼고 명예를 얻고 싶지는 않다. 그러나, 자신이 허하는 작품은 쓸 수가 없다. 차라리 침묵을 지키는 원인이다.

나는 이제 나의 소설 못 쓰는 마음을 솔직하게 적어 놓아 내 마음을 세상에 알리고 싶은 충동을 못 참는다. 그리하여 이해할 수 있는 벗으로 손뼉을 같이 쳐 주는 공감을 사고 싶다.

나는 문득 그것의 소설화를 생각해 본다.

그러나 나의 붓끝은 나의 마음을 충분히 그려 내기에 충실한 사자가되어 줄까 신용되지 않는 자신의 역량이 몇 번이나 머리를 흔들어내건만참을 수 없는 창작욕에 마침내 원고지 위에 하필을 하여 본다. 일년 만에처음으로 든 붓이다.

곤란한 일이다. 내 마음을 살리기엔 조군이 상대가 아니되고는 내 뜻을 완전히 표현할 수가 없는 것이 곤란한 일이다. 조우상이라 똑바로 그대로 끌어다대이고 쓰자는 것은 아니로되, 조군이 보면, 아니, 벗들은 누구나 보아도 그것이 조군인 줄을 알 것이다. 내 마음을 표현하기 위하여벗의 허물을 드러내는 것은 마땅한 일이 될 수 없다. 될 수 있는 대로 조군의 신상을 생각해 가며 쓰고자 하나 내 뜻이 옳다는 것을 표백하려니조군은 언제나 거기에 눌리우고 나를 내세울수록 그는 떨어진다.

나는 몇 번이나 이래서는 안된다고 붓대를 내던져 보았건만 나의 이생명인 창작충동은 벗에 관한 한 개의 악감, 그리고 신의를 생각하기보다 예술사상인 창조충동이 보다 더 강렬한 힘으로 붓 끝에 열을 올렸다.

마침내 닭 울 무렵까지 조군에게는 재미롭지 않은 한편의 짤막한 소설이 짜여지고야 말았다.

이것을 발표해서 옳을까 몇 번이나 읽어 보아도 조군이 걸렸으나 내생명이 담긴 아니 어떻게 생각하면 그것은 그대로 내 생명이라 하니 차마 버리고 싶진 않다. 이렇게 글로는 조군을 비웃었다 해도 지금도 나는조군을 진심으로 그리워하거니 결코 무슨 악의에서 비웃는 것이 아니라그것은 한 개의 사상이요, 주의의 싸움이다, 하는 생각은 마침내 발표에까지 마음을 정하게 하고 말았다.

5

이튿날 나는 이 소설을 S잡지에 부치고 우편국을 막 돌아나오는 무렵

공교롭게도 조군과 서로 문을 밀거니 당기거니 하고 있었다. 내 편의 밀음이 좀 세었던지 문고리를 비슷이 놓고 몸을 비키며 내가 먼저 나오기를 기다리는 사람은 뜻밖에도 조군이었던 것이다.

"요우!"

나를 보기가 바쁘게 조군은 조금도 어색한 티 없이 나의 손을 붙든다.

순간, 반가우면서도 당황하던 나의 마음에 비쳐 보면 조군의 인사법은 확실히 나보다 단련된 품이 있다.

"이거 참 오래간만이야."

"한 보름 됐을까."

비로소 어색한 입을 나는 떼인다.

"우편소 출입을 할 땐 호경긴 모양이군."

"아니 저 원고 하나 잠깐…… 오래간만에 소설 하나 썼네."

"응?"

내가 소설을 썼다는 말에 조군은 냉큼 놀라며

"소설! 물론 역작이겠군. 일년 동안이나 닦고 닦은. 그래 어데야."

"저 거시기."

"으, ××지 아닌가? 군. 거긴 나도 썼는걸!"

"군도 소설인가?"

"아니 평론, 이달 창작평야."

"이크! 그럼 이기영李箕永이가 또 비행기를 타겠구먼."

"그야 군이 창작평을 쓴다문 이효석李孝石이가 체베린을 안 탈 겐가?"

"이 사람, 선자리에서 복수인가. 어쨌든 나의 창작이 이 달에 없었던 것만은 천만 다행이군 그래. 군의 붓끝에서 천길만길 뚝 떨어질걸."

"그럴 수 있나. 그런 경우이면 쓱 지면이 모자라서 하는 의미로 척 벌 그러쳐서 빼어 놓거든."

"하하하―"

"아닌게 아니라, 친지의 작품을 지상으로 내려 깎어 만인의 앞에 공개하기란 참 거북한 일이거든. 그러기에 이러한 태도를 취하는 것이 근자엔 뭐 월평가의 레투나같이 되어서."

"그러면 이번에도 군은 또 누구에게든지 지면이 모자랐겠구면."

"하하하."

우리는 그동안 서로 틀렸던 티도 없이 천연스럽게 이야기를 주고 받으며 걷는다.

그러나, 사이가 벙그렀던 원인, 그리고 그리웠더라는 말은 안하기를 서로 내기나 한 듯이 누구나 입 밖에 내이려고 하지 않는다.

그렇게 그리워하는 벗 사이라도 자신의 위신을 위하여 군이 감추고 비밀을 지키지 않어서는 안되는 것이었다. 이러고도 벗일까, 그러면서도 그리워는 서로 한다! 나는 우리 둘 사이의 그 심리적 작용이 묘하게 움직이는 것을 들여다보며,

"우리는 그동안 어쩌면 거리에서 그렇게도 한 번도 못 만난담."

하고 나는 관훈정 거리에서 만났던 일을 생각하고 은근히 그의 마음을 엿떠보았다.

그러나 조군은 글쎄 하고 다른 아무 말도 없더니

"언젠가 한 번 관훈정 거리에서 지나치고 보니 그게 군이라고 보았는데 군은 나를 못 봤나."

하고 도리어 나의 마음을 엿뜬다.

그러나, 나 역시 그의 말에 넘어갈 내가 아니다.

"나는 군의 그림자도 못 봤는걸."

"못 봤어?"

하는 것은 너도 어지간히 속을 안 주누나 하고 속으로는 입을 비쭉하는 것 같다.

"참, 군은 다니는 길목이라 우리집 앞을 더러 지났을 텐데 그렇게도 한

번도 안 들른담?"

"지날 턱 있나, 그동안은 참 꼭 집안에 백여 있었네."

조군도 그에 대한 이야기는 일절 입 밖에 내려고 하지 않는다.

우리는 그 다음으로 빠아로 들어가 얼근히들 취하여 못하는 이야기가 없이 지껄여 대면서도 그렇게 그리워하였더라는 이야기는 누구의 입에서도 나오려고 하지 않았다.

생각하면 그것은 우리들의 영원히 지켜야 할 서로의 비밀일 것도 같다.

마부

1

응팔은 한 손에 고삐를 잡은 채 말을 세우고 부르쥐었던 한켠 손을 또 펴며 두 눈을 거기에 내려쏜다.

번쩍 하고 나타나는 50전짜리의 은전이 한 닢—, 그것은 의연히 땀에 젖어 손바닥 위에 놓여져 있는데 얼마나 힘껏 부르쥐었던지 위로 닿았던 두 손가락의 한복판에 동그랗게 난 돈 자리가 좀체 사라지지 않는다.

이것을 보는 응팔은 그 손질이 한번도 가지 못한 인제 발잡히는 듯 거치른 수염 속에 검푸른 입술을 무겁게 놀리며,

"제 제레 이렇게 까 깎 부르쥐었었는데야 어디루 빠져나가?"

하고 돈을 잃지 않은 자기의 지능을 스스로 칭찬하고 만족해하는 미소를 빙그레 짓는다.

응팔은 오늘도 장가드는 신랑을 태워다주고 돈을 얻어선 이까지 십릿길을 걸어오는 동안 아마 다섯 번은 더 이런 것을 반복했으리라. 그러니 아직도 집까지 닿기에는 또한 십리길이나 남았다. 몇 번이나 또 줌을 펴볼른고? 무엇이나 귀한 것이면 응팔은 두 짝 주머니가 성성하게 조끼의 좌우 짝에 달려 있건만 넣지 못한다. 손에서 떠나 있으면 마음이 놓이지를 못 하는 것이다. 살에 닿는 그 감촉이 있어야 완전히 그 물건이 자기에게서 떠나지 않고 있다고 안심이 된다.

그러나 응팔의 이 의심증은 결코 그에게 이로운 것이 아니었다. 한번은 그때도 역시 사람을 태워다 주고 50전 한 닢을 얻어 손에 쥐고 오다 펴보니 손에는 돈이 없었다. 조금 전에 오줌을 누며 허리춤을 무닐 때밖에 펴본 일이 없으니 그때에 돈이 떨어졌으리라는 것은 분명할 것이다. 사람들은 그후에도 그 길을 꽤 많이 오고 간다. 가서 봐야 그 돈이 그 자리에 있을 리가 없다.

그는 그후부터도 돈을 못 넣고 의연히 줌에 부르쥐기를 잊지 않으며 그저 펴보는 그 번수만을 자주 할 뿐이었다.

그러면서도 그는 또 사람을 대해서는 이상하게도 의심을 못 가지는 것이 특색이다. 사람이라면 그는 누구나 믿으려고 한다. 자기를 해치려는 말에까지도 그는 넘겨짚을 줄을 모른다. 자기의 마음이 곧으니 남의 마음도 곧으려니 맹신을 한다. 이것이 또한 그에게 이로움을 주지 않는 것이니. 아내까지 남한테 빼앗기고 의지없이 이렇게 남의 집살이를 하며 말을 끌고 다니지 아니치 못하게 된.

십년 전까지라도 응팔은 남의 집에 쌀 꾸러는 다니지 아니하고, 비록 몇 날 갈이의 밭뙈기에서 더 되는 것은 아니었으나 부모가 물려 준 것을 받아 가지고 제 손으로 벌어서 목구멍에 풀칠을 하기에는 그리 구차함이 없었다.

그러나 아내를 얻자부터 살아가는 재미는 확실히 전에 비할 배 아니었으나 생활은 차츰 쪼들려 오게 되었고, 그렇게 몇해를 지나는 동안 그야말로 꿈 같이도 일조에 세간도, 아내도 다 남의 손으로 넘어가고 알몸만 댕그라니 돌리워 한지에 나서게 되었던 것이니 속살 모르는 아내를 아내로서만 믿고 돈을 벌어다는 의심 없이 맡겨 오던 것이 그 근본 원인으로 남 같은 지혜를 못가졌다고 보아지는 그 남편을 아내는 형식으로서밖에 섬기지 아니하고 은근히 따로이 정부를 두고는 돈을 솔곰솔곰 뒤로 빼어 돌리다 나중에는 도장까지 훔쳐내어 남편의 이름에 있는 반날 갈이, 아니 집까지 옭아가지고 뺑소니를 쳤던 것이다.

그리하여 생계가 어려워진 응팔은 거지처럼 이리루저리루 살길을 찾아 떠돌아다니다가 이 진초시네 머슴을 살게 되기까지의 쓰라린 경험이 이미 있었거늘 그는 그래도 사람을 믿기에는 의심이 없다. 오직 자기를 해친 그 놈만이 대하지 못할 놈이라 욕을 해 넘길 뿐, 그 사람의 마음에 비추어 다른 사람까지도 의심할 생각은 않는다.

그렇게도 사람을 믿는 그라, 주머니에도 못 넣고 손에 쥐고 다녀야 안심할 수 있는 그런 돈이었건만 마치 전날 아내를 의심 없이 믿고 맡기듯, 주인 초시에게 벌어다가는 맡기기를 잊지 않는다. 그것은 오히려 자기의 손에 있는 것보다 더 든든하다는 듯이 한 점도 의심이 없이 마음을 턱 놓고,

"헤— 일 일천칠백 냥(1백 70원)에 그 꼬리가 달리누나!"

응팔은 이미 초시에게 맡긴 일천 칠백 냥(1백 70원)에 지금 그 10전을 또 가져다 맡기면 1백 70원하고도 또 50전이 붙는 것을 그리하여 또 그렇게 불어만나가 큰돈이 자꾸 뭉쳐지는 것을, 그리고 이제 그 돈이 아내를 또 얻어 주리라는 것을 은근히 생각해 보며 부르쥐었던 줌을 금시에 다시 펴서 손바닥 위에 나타나는 돈을 물끄러미 내려다보고 '쫄쫄쫄' 혀를 차며 다시 고삐를 끌었다.

2

집에 닿기까지는 해도 저물었다. 마구간에 들어서니 마지막 숨을 쉬는 그 날의 붉은 놀 줄기가 용마루에 길이 쏟아져 걸렸다.

"오늘은 또 얼마 얻어옴마아—?"

드르르 밀리는 밀창 소리와 같이 언제나 찡기지 못하는 초시의 풍안한 얼굴이 쑥 내민다.

"다 단낭(50전)이요."

말을 구유에 매고, 사랑으로 들어간 응팔은 초시의 앞으로 나가 벌떡 줌을 폈다. 그리고 열병 환자같이 땀에 뜬 돈을 즈르르 삿자리에 미끄러쳐 놓는다.

　너무나 눈에 익은 응팔의 행동이라 초시는 그 태도를 감시할 것도 없이 돈만을 당기어 장부에 기입을 한다.

　그러나 이것은 정말 기입을 하는지 하는 체하고 마는지 그 속살은 뉘가 모른다. 그것은 초시가 말로는 이렇게 낱낱이 적어 두었다 장가 밑천으로 모아서 준다고 하여 오지만 내심으로는 시꺼멓게 딴전을 펴고 있는 것이기 때문이다.

　그러나 응팔은 여기에 그 돈이 십 원짜리만인 데서 잠깐 주저하지 않을 수 없었다. 십 원짜리 열일곱 장을 내이자니 오십 전이 부족이요, 열여덟 장을 내이자니 구원오십 전이 더 붙어온다. 그러면 그것은 자기가 임의로 손에 대일 권리가 없는 돈이라 하니 그것만이 죄를 범하는 것 같았음이다.

　그러나 다시 생각할 때 그렇게도 힘들게 찾아내는(결코 훔치는 것이 아니라) 돈이어니 3단돈 50전이라도 떨러두고 싶지는 않았다. 그 십 원짜리 한 장은 잔돈으로 짝해다 드러놓으면 그만이 아니냐 열여덟 장을 그는 그대로 움켜쥐고 말었다.

　이런 기색을 눈치챈 초시는 또한 맞방망이로 응팔의 비위를 맞추느라고 묻기도 전에 장부에 기입을 하고 나서는 인제는 얼마나 된다고 미리 알리어 주곤 한다.

　지금도 초시는 붓대를 놓자 응팔의 말이 건너오기도 전에,

　"1백 70원 50전이 됨메. 꽃 같은 색시레 인제 차차 돈 속에서 왔다갔다 하문 허—허—허."

하고 응팔을 보고 웃는다.

　"대 대주디 않아두 다 알아요. 이 일천칠백 단 냥인 줄."

응팔은 벌써 말을 끌고 오는 동안 그 액수를 외어 넣었던 것이다. 자기가 먼저 다 회계하고 있었다는 것을 자랑삼아 대답을 했다. 그리고 그것이 맞는 줄은 알면서도 입버릇으로 중얼중얼 '일천칠백 단 낭'을 입 안에다 다시 굴려 보며 나간다.

3

초시는 응팔이가 그 돈의 액수를 똑똑히 아는 것이 못 잊히고 마음에 키었다. 그것을 그가 알으므로 그의 입은 뭇입에다 다리를 놓아 온 동네가 다 알게 되면 품어온 바 계획에 단연히 재미없는 노릇인 것이다.

그러니 이미 알려진 것을 어찌할 수가 없어 행여나 잊지 않나 가끔 그것을 따져 보기 위하여

"님자는 글을 모르는 머릿속에다 단단히 치부해 두어야 하느니?"

하고 이르는 듯이 말을 하면,

"아, 안 잊어요. 일 일천칠백 다 단을 잊어요!"

하고 거침없이 쭉 뱉아 놓는다. 하면 초시는,

"글쎄, 잊어선 안 돼?"

하고 이렇게 다음 말은 아니할 수 없어 하나 실인즉 속으로는 '하하하' 하고 탄식을 하는 것이었다. 그것은 언제까지든지 응팔의 머리 속에서 그 돈이 흐려지지 않을 것 같기 때문이다.

초시는 여기에 한 계획을 세웠다. 이것은 비로소 터져낼 것이 아니라 이미 계획의 복안에 있던 것을 급히 다가놓는데 지나지 않는 것이었다. 그것은 안심부름감으로 길러 오던 종의 새끼 삼월이를 그와 맞붙여 줌으로 장가 밑천을 빙자해서 액수가 발가진 그 돈을 우선 쓰러버리게 하자는 것이었다.

그리고 뿐만 아니라 그러하면 흔히는 길러 내면 서방을 얻어 뺑소니를 치는 버릇이 있는 종의 습성이라 삼월의 발목도 붙드는 수단이 되고, 삼

월의 인물이 또한 깨끗하니 그러지 않아도 제법 수작을 붙이고 다니는 응팔이라 흡족해하지 않을 리 없을 것이고, 그럼으로써 마음은 더욱 까라앉을 것이니 그렇게 하는 것이 그들 둘을 다 영원히 붙들어 두게 하는 수단도 됨으로써였다.

그것은 종이라는 것은 딸을 낳아서 그 딸이 시집을 갈 만한 시기가 아니고는 임의로 나갈 수 없는 법임은 이미 그들도 알고 있을 것이니 설마 그들이 혹 나갈 의향이 있다 하더라도 거연히 염을 못 내고 딸을 낳아서 십여 살까지의 장성을 기다린 후이라야 할 것이니 그 후에야 안 나가도 걱정이다. 오십이 넘을 응팔이니 무슨 소용이 있으랴.

초시는 이런 이해 타산을 일단 세운 다음, 조용한 짬을 타서 응팔에게 말을 걸었다.

"내 님자 색시감을 참헌 걸 하나 골라 놨음메. 날레 장개를 드르야디, 늘 홀아비루야 적적해서 어드케 살갔음마?"

"고 고르모뇨, 당 당개 가가가 가가시오."

응팔은 그러지 않아도 속으로는 급하던 짬수다. 눈이 번쩍 띄어 대답을 했다.

"그래 내가 작년부터 색시감을 골라 왔지만 암만 두구 골라야 그저 고년만큼 참헌 년이 없어―."

"어디메 이 있소? 색 색씨레?"

"아니, 그 삼월이 말이웨. 내 참 고년을 뉘가 얻어 가노 했드니……."

순간, 응팔은 말없이 잉큼 놀라며 눈이 휘둥글해진다.

삼월이를 얻어 준다면 입이 헤 하고 벌어질 줄 알았던 초시는 까닭을 몰라, 더 말을 못 하고 그의 태도만 이상히 바라보니,

"머 머시오?"

하고 응팔은 자기의 귀를 의심하는 듯이 재차 묻는다.

"고년 참 오즐기 똑똑한가, 사람은 그저 인물값을 해야…… 님재도 늘

지내 보니 삼월이 맘자리를 알겠네마는……."

"글쎄, 삼 삼월이 말이디요?"

"그래."

"아 아니요. 삼 삼월인 시시시 싫에요 난."

"싫다니! 왜?"

"그 그렇게 곱 곱게 생 생긴 걸 누 누구레 얻 얻갔오!"

응팔은 진절이가 난다는 듯이 머리를 절레절레 흔든다.

이상히도 사람을 믿는 그였지만 삼월이 같은 애교있고 반반한 계집은 생각만 해도 이에 신물이 도는 것이었다. 이미 자기를 올가먹고 달아난 그 아내가 어떠하였던고? 동네 놈이 밤마다 모여서 시시덕거리는 걸 그저 놀기 좋아 그러거니 했더니 후에 알고 보면 고년의 애교에 모두들 반하였었던 것이다. 열 번 찍어 안 넘어가는 나무가 있나? 근덕시니 요년은 휘어져서 자기를 돌려 따른 것이다. 그러면서 없는 정을 있는 체, 살살 발라 마치며 겉으로는 지는 체 속으로는 딴 전을 펴는 그것은 그 여자의 반반한 데 숨어 있는 요염이 시키는 짓이라 하여 저 여자가 이쁘다 하고 눈에 비치는 여자면 그는 장래에 아내로서의 대상을 삼자하는 데는 마음에도 두지 않았던 것이다. 그저 좀 못난 듯하면서도 입이 무겁고, 상판이 좀 넓적지근하고, 두터운 가죽에 털색인 두미두미한 여자가 아내로서의 영원한 대상 같았고, 그리하여 그런 여자를 꿈꾸어 왔던 것이다. 응팔이가 삼월에게 눈치를 달리 가졌다는 것은 다만 홀아비로서의 여자임으로서 대하는 그러한 행동에 지나지 못하였던 것이지 결코 삼월에게 마음이 쏠렸던 것은 아니었다.

"응팔이 상 좀 내가우?"하고 이상히 재긋하는 삼월의 그 감기는 듯한 눈초리는 웃지 않아도 웃는 것 같은 옛날 아내의 그 사내들을 호리는 그 맛보다 어딘지 더 힘센 매력이 있어 보였고, 그것은 그대로 거짓 같았다. 이제 그 미美로만 되었다고 볼 수 있는 삼월이를 응팔이는 아내로 얻을 수가 없었다.

"초 초시님! 그 서마울 댁 막서리 영감 딸 닌 닌네라는 거 난 그게 마 맘 있어요."

응팔은 이 동네의 계집들 가운데서 그 닌네를 제일이라고 눈여겨보고 점을 쳐 두었던 것이다.

"이 사람! 그걸! 아, 그 믹째길! 그게 님재 왜 시집을 못 가고 스무살 넘 도록 처녀로 파묻어 둔 줄 암마? 어쩌면 색이라니 계집이란 첫째 인물이 야. 아, 게다가 눈을 두다니 원!"

이것은 지어서 하는 말이 아니라 초시의 실지였다.

"그래도 난 난 이 이미네 고 고훈 건 시 싫어요. 재미있게 살래 이미네 디 보기만 고 고흐문 머 멋에다 쓰우, 그까짓거."

"아니야. 어서 내 말을 듣게? 내 말이 옳거니, 그렇거구 내 이 봄으루 아야 성례꺼지 시켜 줄 터인데, 머, 날 받아서 머리 얹어주면 될 걸……."

초시는 누가 듣기나 하겠다는 듯이 혼자 이렇게 단정을 하고 책상 위 에서 역서를 집어들고 손마디를 접어 돌아가더니,

"사월 보름이 대통일이로군!"

하고 다시 더는 이의를 말라는 듯이 거기에 금을 뻑 긋는 운세로 태도를 위임있게 고치고 담뱃대를 당기어 탕탕 재떨이에 친다.

4

이런 일이 있은 후부터 응팔은 손에 일이 오르지 않았다. 가복家覆, 개 바주, 담뜸, 이것들이 어서 치워져야 로자롱논에 거름도 실을 터인데 초 시는 삼월이를 기어코 붙여줄 차부니 기운이 탁 빠지는 것이다. 그러면 서 삼월이야 무슨 죄련만 그년은 보기만 하여도 머리칼이 오싹하고 눈꼴 이 가로 서 볼수가 없었다.

그리고 그년의 귀에도 이런 말이 벌써 들어갔는지 전에 달리 자기를 대하기 수줍어하며 그리는 태도에 나타나는 그 참한 듯한 가운데 마음을 끄는 그 매력에는 천하에 있는 간사와, 요염과, 표독이 다 숨어 있는 듯이 생각되었다. 그리고 그것이 한데 얼크러져 꼬리를 두르는 날이면 영락없이 자기는 옛날의 그 아내적 운명을 벗어나지 못하고 말 것만 같았다.

그러니 삼월에게 대한 홀애비의 마음조차 삼월에게서는 느껴지지 않고 무슨 못 볼 요물을 보는 때와 같이 삼월은 먼 발치에서 빛만 보여도 등어리에 찬물이 끼여 얹히는 듯이 등골이 오싹거렸다.

그리하여 자연히 나가지는 말에도 삼월을 대해서는 밉게 쏘아지는 것이었다.

언젠인가 한번은,

"응팔이 새 좀 뽑아 디리우?"

하고 삼월이가 이를 때,

"구 구 구무여우 같은 년, 넌 넌 손 손목째기레 부러졌네! 쌍 쌍년!"

하고 응팔은 저도 모르게 욕을 쏘아붙였다.

그러니 삼월이 감정이 또한 좋지 않다.

"좋다! 꼴이 꼴같지도 않은 게 누구레 욕 주머닐 달구 다니나! 야하, 참!"

응팔을 능멸히 보는 삼월은 가늣하게 감기는 눈이 새침하게 흰자위만을 반득이며 코웃음이다.

그러면 응팔이 또 가만 있나.

"요 요 패라한 년 머 머이 어어드래?"

"욕 안허군 말 못하나?"

"요 요년 봐라! 요 요 요 마주 서는 거!"

"아아구 데것두 숫커라구 계집을 업수이 여기디!"

"아, 아니 요 요년이 누 누굴 보구……."

"어서 새 빼디리라우? 잔말 말구."

그러니 응팔이가 참나, 삼월이가 지나, 그리하야 마주 서 입론만 되게 되면 흔히는 둘이 다 볼이 부어서 하나는 씨근씨근, 하나는 쌔근쌔근 결러 댄다.

할때면 초시는 화해를 붙이노라고,

"닭 쌈 또 하나? 이건 뭐!" 하고 이미 부처가 다 되었다는 뜻으로 이렇게 우스운 말로, 그러나 시침을 뚝 따고 사이에 들어서 중재를 시킨다. 그리고 삼월이더러는 차후에는 아예 마주서지 말라고 조용히, 하지만 엄하게 이르는 것이었다.

그러나 아무리 그들을 이렇게 삶아야 응팔은 삶기지 않았다.

초시의 속살을 넘겨짚지 못하는 응팔은 초시가 자기를 그처럼 생각하고 인물이 깨끗하고 된품이 얌전하다고 삼월이를 얻어 주려 싫대도 우기는 초시의 그 자기를 위하는 정성에는 이심으로 감사하나 백년해로를 눈앞에 놓고 자기의 일생을 비춰볼 때 아무리 마음을 지어 먹으려 하여도 삼월은 눈 밖으로 보여지는 것이었다.

그리고 그 반면에는 서마을댁 막서리의 딸 닌네만이 자꾸만 잊혀지지 아니하고 알뜰하게 눈앞으로 그어드는 것이다. 푸르둥둥한 살빛, 넓적한 상판, 웃을 때 헤 하고 있는 대로 벌어지는 입, 비록 그것이 살뜰하게 마음을 색으로 끌기에는 족하다 할 수 없으나, 지극히 자기를 사랑할 것 같고 또 순후한 맛이 조금도 사람을 속일 것 같지 않았다. 그리하여 그러한 계집이 언제든지 자기의 짝이리라 하니 그 닌네가 더욱 그리워지는 것이었다.

그래서 그것을 만일 얻는다면 하고 장래의 살림 배포까지 짬만 있으면, 아니, 일을 하다가도 문득 손을 멈추고 머릿속에다 베풀어 본다. 그러면 그것은 몇 번이라도 전날의 그 아내적 살림보다는 순조로, 그리고 단란한 집안에 락담의 꽃만이 피어 보였다.

(누락)

"내 돈 거 일천 칠백 다 단낭이디요?"

응팔은 참다못해 돈으로 닌네를 사보려 그 돈을 인제 찾아볼 생각을 가진다.

"그래 거 잊어선 안 됨메!"

"이 잊다니요! 나 이전 거 거 다 달라우요."

초시는 뜻밖의 돈 채근에 문득 놀라고 눈을 치떴다.

"도, 돈, 내 돈, 이전 다 달란 말이우다."

"아니 정신이 있나 이 사람이. 삼월이 몸값을 2백 원으로 친대두 삼백 냥(30원)돈이나 부족한데 그 무슨 말이야?"

"자 이 이건 걸 누 누구레 삼 삼월일 얻갔대기 그르우?"

"아—, 머시? 아 사월 보름으루 날까지 받아 놓지 않았나?"

"난 다 다른데 당개 가 갈래는데 머 멀 그루우?"

"아아니 건 안 될 말이야. 내가 자넬 장개 보낼라구 오륙 년을 힘써 왔는데 또 이건 동네서 다 아는 일이웨. 그르니 님재레 장갈 잘못 들었다면 그래 생각해 보라구. 남들이 누굴 욕하겠나? 날 욕할 터이야. 날, 그래서 내가 엽때껏 똑똑한 델 고르누라구 힘을 썼는데 삼월일 마대구 다른 델 가겠대문 난 그 돈 못 줘, 못 주구 말구. 돈 주구 욕 먹을나구 내가 그 돈 주갔슴마? 바루 내레 다른델 또 골라준대문 몰라두, 그렇지 않씀마, 생각을 해 보지?"

"글쎄 난 닌 닌넬 얻을래는데 머 멀 그루우? 일천칠백 단 낭 다 달라우요."

그러나 초시는 종래 듣지 않는다.

날마다 졸라도 그저 그말이 그말로 조금도 휘지 않는다. 이러는 가운데 갈 줄만 아는 세월은 사월 보름도 닷새밖에 앞으로 더 남겨 놓지 않고 달아났다.

　이 닷새 전으로 자기의 태도를 바로 결정하지 못하는 한, 삼월은 꼬리가 떨어질 것이요, 그럼으로써 자기는 행랑방으로 옮아 앉아야 될 것이다. 그러면 삼월은 명색이 아내, 그렇게 반반한 계집이…… 생각하면 뒤에 올 것은 이를 악물고 다한 머슴살이 육 년의 결정이 삼월의 요염 속에서 제멋대로 놀아먹는 밑천밖에 더 될 것이 없을 것 같다. 이 집을 말없이 떠났으면 그만이련만 잠겨있는 돈이 문제요, 삼월은 싫다니 초시의 귀는 먹고.

　여기에 웅팔의 그 못나고 어리석은 지혜는 보담 최선한 방법을 찾는다는 것이 받지 못하는 돈을 훔쳐내자는 것이다. 훔쳐낸다고는 하지만 내 돈이길래 내가 임의로 하는 것이니 죄라기보다는 당연한 일 같고, 또 훔쳐 내서는 곧 그 뜻을 알릴 것이니 죄랄 것이 없다는 것이다.

　일단 이런 계획을 세운 웅팔은 그 짬수를 엿보는 것이 가장 주의할 일이었고, 신중히 할 일이었다.

　그리하야 웅팔은 밤마다 웃간 웃목에서 그렇게도 억센 일에 날마다 지치는 피로한 몸이었건만 깊이 잠들어 풀지 못하고 이불 속에서 초시의 드는 잠만을 엿보기에 온 정신을 모아야 하는 것이 절대한 일이었다.

　원체 한번 잠이 들면 깰 줄을 모르고 내자는 버릇이 있는 초시인 것은 예전부터 알아 오는 일이지만 오늘밤은 거기에 콧소리까지 높이 들려 아주 잠이 깊이 들었다는 것을 알려주는데 벽장문 열쇠를 열어야 할 것이 근심이던 판에 낮에 벼 판 돈이 그대로 호주머니 속에 들어있다는 것이 그로 하여금 이 밤의 동기를 더욱 돋우었다.

　웅팔은 이불속을 벗어나 숨소리를 죽였다. 그리고 어둠속에 두 다리 두 팔로 짐승같이 그러나 조심조심 기어 초시의 머리맡으로 이르렀다. 더불어 잡은 것은 책상 위에 놓았던 회중전등, 스위치를 트니 방긋하고 화안한 불이 방안을 비친다. 웅팔의 손은 두말없이 초시의 조끼 주머니로 들어가 낮에 보던 그 불룩한 누런 봉투를 들어냈다.

그러나 응팔은 여기에 그 돈이 십 원짜리만인 데서 잠깐 주저하지 않을 수 없었다. 십 원짜리 열일곱 장을 내이자니 오십전이 부족이요, 열여덟 장을 내이자니 구원오십 전이 더 붙어온다. 그러면 그것은 자기가 임의로 손에 대일 권리가 없는 돈이라 하니 그것만이 죄를 범하는 것 같았음이다.

그러나 다시 생각할 때 그렇게도 힘들게 찾어내는(결코 훔치는 것이 아니라) 돈이어니 3단돈 50전이라도 떨러두고 싶지는 않었다. 그 십 원짜리 한 장은 잔돈으로 짝해다 드러놓으면 그만이 아니냐 열여덟장을 그는 그대로 움켜쥐고 말었다.

이튿날 아침 봉투가 긇아졌다는데서 일백팔십 원을 도적 맞았다는 것은 곧 탄로가 되고, 한방에서 잤다는 이유로 혐의의 화살은 갈 데 없이 제일선으로 응팔에게 쏘였다.

응팔은 십 원짜리를 쪼개지 못해서 탄로 전에 자기의 소행을 말하지 못한 것이 미안했다. 십 원짜리를 그대로 내놓고 소행을 말하자니 초시가 그 오십 전이란 돈을 거슬러줄 것 같지 않고 그대로 그 돈을 집어 넣을 것만 같아 주위의 화살이야 오건 말건 그 돈을 쪼개기 전까지 넣어두리라 사랑 부엌 아궁에 불을 지피고 있는 동안 뜻 밖에도 시꺼먼 그림자가 문 앞에 마주 선다. 순사다.

"난 죄 죄 없어요. 아흔닷 낭 바 바꿔서 디 디리놓문 회 회계레 돼요. 그 댐엔 다 내 내돈이에요."

목소리와 같이 부지깽이를 잡은 손도 떨렸다.

"정 정말이에요. 일천칠백 단 낭은 다 다 내 내 돈이에요."

그러나 순사는 그의 팔목을 묶는 데만 열심이었다. 그리고 꽁꽁 묶어서 뒤로 늘이운 올개미의 끈을 말고삐같이 붙들었다.

응팔은 분명히 자기가 주재소로 끌리어가고 있는 것은 현실인 줄 알면서, 왜 끌리어 가는지, 무엇이 죄 될 것인지를 똑똑히 분간할 수 없는 것이 꿈속 같았다.

캉가루의 조상이

가

실제를 이상화하기는 쉬워도 이상을 실제화 하기는 그렇게도 어려운 듯 하다.

문보가 약혼을 하였다는 것은 자신이 생각할 적에도 이상과는 너무 멀었던 사실이다.

내가 약혼을 하다니!

앞길의 판재에 현재를 더듬어 미래를 내다볼 땐 천생에 죄를 지은 듯이 마음이 두렵다.

멘델의 유전학적 법칙은 완전히 무시할 수 있다 하더라도 정문보가의 유전적 내력은 무시할 수 없는 것이다.

쬠손이, 절름발이, 곱사등이, 앉은뱅이, 애꾸눈이…… 대대로 이런 불구자를 계승하여 내려오는 가계에서 자기따라 이목구비가 분명하고 사지백체가 제대로 갖춘 인간으로 대를 가시어 놓기 바랄 수 있을 것일까?

오십여 생을 손이 묶인 듯이 쓸 수 없던(쬠손이) 아버지의 불행에 비하면 한 눈이 멀다는 자기는 행복된 인간이라고도 할 수 있으나, 차라리 한 눈이 마저 멀어 세상의 모든 것을 애초에 볼 수가 없었더면 얼마나 행복된 일이었을까, 불구의 고민을 잊을 때가 없거니 이제 자기의 불구한 고민에 비추어 볼 때 이러한 불행한 생명을 세상에 내어놓아 자기와 같은 고민 속에 일생을 보내려는 것은 몇 번이고 생각해도 그것은 인생에 대한 죄악이었다.

자기 한 몸을 희생하여 불구의 불행한 씨를 근절시켜 놓는 것이 차라리 그들의 행복이리라, 결단코 결혼을 하여서는 아니 된다. 인생의 반생을 한뜻같이 독신으로 살아온, 아니 영원히 살려던 문보였다―.

비록 한눈은 멀었을망정 그것이 흉하여 자수의 짙은 안경을 매양 끼고 있으니 좀 건방져는 보일망정 문보가 불구한 인간인 줄은 꿈에도 모르고, 그 나머지 부분의 붙음붙음이 분명하고 고르게 정리된 뚜렷한 용모와 체격의 남자다운 늠름한 품격이 남달리 이성에의 흠모의 적的이 되어 동경의 학창 시대엔 결혼 신입을 받기도 실로 수삼 차에만 그친 것이 아니었건만 이런 것들을 물리치기에는 조고마한 무란도 없이 그의 생각은 철저하였다.

눈에 들고자 갖은 아양을 피워 가며 계집으로서의 온갖 미를 아낌없이 자기의 앞에서 떨어낼 땐 인생의 본능에 자극을 아니 받을 수 없어 그것을 이겨내기란 참으로 괴롭지 않은 것이 아니었다.

한번은 동경에서도 이름난 미인으로 유학생들의 입술에서 끊임없이 오르내리고 있던 금봉으로부터 열렬한 사랑의 편지를 받았을 때, 그리고 자기를 위하야 아까운 것이 없이 바치기를 아끼지 않으려 할 때 금봉의 미모와 정열에 청춘의 마음이 본능적으로 휘어 들어감을 억제치 못하여 하마터면 실수를 할 뻔한 적도 있기는 있었다.

그러나 한번 문보의 불구한 부분을 찾게 됨으로 금봉은 그만 실색을 하고 돌아서서는 다시 찾아 주지를 않던 것이 지금도 다행한 일이었다고 생각하여 오거니와, 그후부터 문보는 이성에 대한 교제는 더한창 각별히 주의를 하여 왔다. 학창 시대에 동경서 같이 노닐던 벗들은 학업을 필하고 고향으로 돌아와 모두 결혼들을 하여 벌써 아들 딸을 둘씩이나 둔 사람도 있었건만 문보는 애써 결혼에까지는 맘을 두지 않아 왔다.

그러나 미자와의 교제가 두터워 갈 때, 그것은 지난 겨울이었다─.

하루는 새로 발표한 창작에 대하여 뜻 아니한 미지의 여성으로부터 한 장의 찬사를 받게 된 것이 그의 맘에 밈을 돌린 시초다.

문단에 나선 지 칠팔 년, 작품을 발표한 수도 적지 않건만 불구한 성격이 빚어낸 그의 독특한 인생관, 남달리 이상한 그 문체, 그 주의는 언제나 독자의 이해 밖(外)에 악평의 적的이 되어 유명 무명간에 들어오는 투서는 누구의 것이나 판에 박은 듯이 욕으로 일관된 그 속에서 미자의 편지를 찾은 것은 확실히 한가닥의 기쁨이었다.

비로소 예술의 이해자를 찾은 문보는 미자란 이름을 잊을 길이 없어 염두에 두고 지내오던 어느 날 돌연히 또한 그 여자의 방문을 받은 것으로 교제는 시작이 되었다.

그러나 가끔 만난대야 문단과 예술 방면의 이야기로 만족할 수 있던 미자는 차츰 그것만으로는 만족할 수 없는 의미를 은근히 비추기도 했다.

그러나 문보는 모르는 듯 냉정하였다.

하지만 미자의 정열은 식는 것이 아니었다. 마침내는 하려는 말을 기어이 하고야 말았다.

"선생님! 전 선생님을……"

듣기에 놀라운 소리였으나 엷은 강철같이 떨리는 음향은 그다지도 문보의 마음을 당기었다.

이럴때면 문보는 인생의 행복을 멀리 등진 불구의 고민과 싸우지 않을 수 없었다. 괴로움에 그의 마음은 탔다.

"선생님! 전 선생님……"

못 견딜 듯이 정열에 타는 눈, 매여나 달리는 듯한 아양에 떨리는 몸부림—.

그러나 문보의 마음은 휘지 않았다.

"나를 잊어 주시는 것이 차라리 행복이리이다. 나는 당신을 사랑할 자격을 잃고 있습니다."

"건, 저를 모욕이에요. 자격이 없으시단……."

"아니 정말 자격이 없습니다. 나는 불구자이니까요."

미자는 문득 놀라고 더 말이 없다.

"거짓말을 왜 하겠습니까. 나는 한 눈이 좀 부족하외다."

문보는 어디까지든지 미자의 마음을 돌리게 하기 위하여 숨김없이 사실 그대로를 말하였다.

그러나 이 소리를 들은 미자는 그것만으로는 불구자랄 것도 없다는 듯이 금시에 낯갗은 다시 화기에 물들며,

"네—, 건, 예전부터 알고 있었에요. 전 뭐……."

"……."

"전 뭐—, 선생님의 마음에 움직인 것 같에요. 사람을 용모로 따진다면 그것 결국…… 네? 전 선생님을……."

놀란 것은 도리어 이쪽이었다. 불구자인 줄은 알면서도 사랑한다! 맘을 사랑한다는 말이다. 사람을 외모로써 찾으려 하지 아니하고 마음으로 찾는 미자— 미자는 그런 사람을 찾는다! 이 세상이 미자같이 참되다면 자기는 결코 불구한 사람이 아니다. 자기의 마음을 아는 사람은 다만 미자를 본다. 왜 뻐젓이 눈을 내어 놓지 못하고 미자 앞에서 가리고 다니었던가. 이제 그것이 부끄럽기까지 하다. 그렇게도 열렬하게 사랑하던 금봉이가 한 번 자기의 불구한 부분을 찾자부터는 그만 실색을 하고 말던 것에 미루어 보면 미자는 범인을 초월한 초인적 존재도 같았다. 무엇인지는 꼬집어 말할 수 없으나 불구의 고민 속에서 오늘까지 찾아오던 진리는 비로소 미자의 마음속에서 찾은 것 같았다. 그리고 미자의 마음과

자기의 마음과는 떼랴 뗄 수 없는 한 개의 물체로 융합이 되는 듯 휘어들어 갔다.

마음의 힘이란 그렇게도 센 것일까. 장래의 문제엔 마음을 보낼 여유도 없이 실로 그 일순간에 사랑의 관계는 맺히고 약혼은 성립이 되었던 것이다.

그러나 마음의 융합이기로 유전적 법칙이 무시될 리는 없는 것이다. 이것이 그 후에 따르는 문보의 고민이었다.

나

날마다 근심은 더해왔다.

(불행의 씨가 생기지 않았나?)

생각과 같이 그것은 따라 오고 마음은 두려웠다.

(며칠 동안에야 무에 그리 쉽게 생겼을꼬?)

그러나 그것은 두려움에 자위自慰요, 보증할 수는 없다.

(단연히 파혼을 해야 돼—)

언제나 생각하다가는 이렇게밖에 더 맺혀짐을 찾지 못하던 그 결론이 지금도 다시 돌아와 맺힘을 당연한 일이라고 문보는 마음속에 따져 보다가도, 그러나 이미 씨가 들어 있는 몸이었다면 그 곤란할 것 같은 처리에 다시금 생각은 얼크러져 보면 알기나 할 것인 듯이 치맛감을 마르고 있는 미자를 힐끗 치어다보았다.

"이 치마빛은 봄빛보다는 좀 짙지?"

자기로 인하여 문보의 마음속에는 커다란 난이 일어난 줄도 모르고 미자는 혼자 즐거움에 엉뚱한 질문을 들이댄다.

문보는 하고 싶은 대답도 아니었으나, 실상은 대답할 수도 없는 질문이매 잠자코 말았다.

"봄빛은 물빛보다도 옅어야 산뜻한데 그런 게 원 있으야 말이지."

아무래도 그것은 마음에 개운치 않은 빛인 듯이 뒤적거리던 치맛감을 훌훌 털어 허리에 두르고, 잠깐 아래위를 훑어보며, 그리고 보아 달라는 듯이,

"아무래두 빛이 좀 짙지?"

하기 싫은 대답이라고 세 번째나 못 들은 척할 수는 없다.

"옥패(친구의 아내)두 뭐, 그런 빛을 입었든데?"

"아이 어쩌나!"

"뭣이?"

"옥패가 이런 빛을 입으문 난 못 입어."

"건 또?"

"옥패야 벌써 애를 낳지 않았수? 애를 낳면 맘도 늙는다우."

"그러문 그 치맛감은 두었다 애를 낳아야 입겠군."

"싱겁긴!"

"싱겁긴 뉘가 싱거운데? 그렇게 뻔히 알면서 그런 치맛감을 사올 때야 애가 그리워 기저귀를 마련하는 격이……."

"아이 망칙두 쉐…… 뉘가 뭐 애를 낳겠대나! 바스럭거린다니께 꼬집지 흐응!"

"배면 안 낳고 배길 장사가 있어 그래?"

"글쎄 난 죽어두 앤 안 날 텐데 뭘―."

이 말은 결코 아직 애는 안 밴 말이다.

우연한 문답에서 문보는 어렵지 않게 미자의 뱃속을 들여다 볼 수 있었다.

순간, 문보는 얼크러졌던 마음의 고삐가 스르르하고 풀리며 결론은 다시 굳어졌다.

(단정 파혼을 해야 돼.)

"애를 배면 청춘이 간답니다."

그러나 문보는 이론을 더 앞으로 계속하려고도 아니 하고 그저 파혼을 하여야 된다는 데만 쌓이 올라, 다시 더 여기에 마음이 돌지 말고저, 아주 굳혀 버리기로 벌떡 일어서 테이블을 마주하고 의자에 하반신을 묻었다.

어제 저녁에 배달된 신문이 그대로 테이블을 덮고 있다. 집어드니 마음은 먼저 학예면을 더듬고, 눈은 이 달의 창작평에 멎는다.

가장 회심의 작이라고 자처하고 싶던 이번의 작품도 자기의 것만은 또 퉁바리를 썼다. 도대체 무슨 소린지 이런 작품은 아마 인류사회 이후에는 몰라도, 인류의 역사가 있기까지는 이해할 수 없을 것이라 단안을 내렸다.

반드시 비평가만이 작품을 바로 본다고 믿을 것은 아니로되, 벗들 사이에서도 이미 이러한 의미의 말을 여러 번 들어왔고 또 며칠 전에는 미지의 독자들로부터서도 역시 같은 뜻의 서면을 받았던 것을 미루어, 이제 그 평점이 일치됨을 찾고 문보는 일반의 이해에 벗어나는 자기의 예술에 다시금 우울함을 느끼었다.

자기가 보는 인생관 사회관은 이 세상에서는 이렇게도 이해를 못 가지는 것이다. 그만큼 자기는 현실사회와는 인연 먼 존재 같다. 그러나 일반의 이해를 잃었다 하여 자기의 마음을 결코 슬퍼하고 싶지는 않다. 도리어 현실을 비웃고 싶은 마음이다.

그러나 마음에 공명하는 이 없으니 자기가 옳다는 데는 자만이 꺾이지 않아도 마음을 통하여 즐거움을 느낄 수 있는 집단 속에 사는 개인의 심정으로는 아니 고적할 수가 없었다.

문보는 그 작품이 실린 잡지를 집어들고 자기의 작품을 다시 한 번 읽어 본다. 구절구절이 도리 정연한 문장이다. 한 사람의 불구자의 입을 빌어 현실사회를 상징적으로 표현시킨 그 시미 창일한 문장 속에 스스로 취하고 자기도 모르게 무릎을 쳤다.

그리고 다음 순간, 문보는 문득 놀라고 눈앞에 나타나는 미자를 보았다. 써 놓는 원고를 한 장 한 장 옆에서 읽어주고 정리하여 주던 미자가 과연 하는 솜씨라고 그 조고마한 무릎을 연거푸 세 번이나 치던 그 귀절이, 역시 그 귀절이었던 것을 문득 생각하는 까닭이다.

그리고 보니 이 작품을 읽은 사람은 많았으되, 이 작품의 이 귀절에 저 자인 자기가 무릎을 쳤고, 그리고는 다만 미자가 쳤을 따름이다. 그렇게도 미자는 자기의 예술에 공명을 갖는다. 이해를 잃은 고독한 마음에 오직 미자로부터 공감을 받는 것이 새삼스럽게 느껴지는 듯 미자가 마음에 든다.

언제라도 미자의 마음은 싫지 않을 것 같고, 생애에 있어 미자는 영원한 마음의 반려일 것 같다. 이해를 잃은 곳에 생활의 윤택은 없다. 사는 것이, 잘 사는 것이 욕망일진댄 이해자를 차버리는 것은 스스로 파멸을 도모하는 것과도 같다. 가뜩이나 침울한 생활은 미자를 잃을 때 그 얼마나 더할 것일까?

못 견디게 아까운 마음에 문보는 파혼에까지 결론을 지었던 이론을 다시 이렇게도 전도시켜 보았다.

그러니 그적에는 그 뒤에 따르는 두려운 그 유전—

문보는 가리기 어려운 괴로운 마음에 아프게 몸을 비틀었다.

다

"오늘 아침 신문엔 사꾸라꽃이 벌써 핀댔구먼?"

약혼이 성립되던 날 결혼은 사꾸라꽃 필 무렵에 하자던 문보가 창경원엔 일주일 이래로 야앵이 개원되리라고 하는데도 이렇다 준비가 없는 데

미자는 은근히 문보의 마음을 짚어 보는 것이다.

"철두 참 빠르군. 벌써 사꾸란가!"

"아이, 그런데 참 날을 받어야 안해요?"

문득 생각킨 듯이 미자는 바싹 따진다.

"머 꽃 구경은 반다시 가야 하는 법인가?"

"아니 그 날 말에요."

"그 날이라니!"

"아이, 왜 당신이 그적에 사꾸라꽃 필 무렵에 하자고 안 그랬에요?"

"으응, 결혼식 말야 뭐?"

"쉐! 바루 모르는 척허지, 능축허기두ㅡ."

사실 문보는 능축하였다. 미자의 말갈퀴를 모를 리 없건만 대답할
말에 이미 준비가 없었으메 이야기의 빈곤을 아니 느낄 수가 없었던
것이다.

"그런 가식이 그리 바쁠 게 머야ㅡ."

"가식?"

"그럼 가식이 아니고, 난 결혼에 예식의 필요를 그리 절실하게 느끼지
않는데…… 본시 결혼이란 마음의 결합을 의미하는 것이니, 마음의 결합
보다 더 튼튼하고, 굳고, 아름다운 것이 어데 있어? 예식으로 그것을 의
미하는 것은 그 자체부터가 가식인 동시에 결합에의 모욕이거든"

아직 마음을 결정하지 못한 문보는 만일을 위하여 농담삼아 이렇게라
도 말해 둘 필요를 순간 느끼었다.

그러나 미자는 이 말을 조금도 농담으로 듣고 싶지 않았다. 농담이라
하여도 진정으로 듣고 싶을 만큼 가식을 벗어난 그 진실한 맘의 태도에
오히려 감복하는 것이 있었다. 가식에 얽매여 뜻없는 마음으로 애석히
청춘을 썩여 내던 지난날의 결혼 생활을 연상하는 때문이다.

여자는 이미 B라는 어느 전문 학교 교수와의 결혼 생활이 있어보았다.

그러나 인생관 사회관이 다른 그 결합에서 귀하다고 하는 개성을 살릴 수가 없어 견디다 못하여 가정을 박차고 뛰어나온 '노라'의 후예였다.

부모가 간섭한 강제의 결혼도 아니었고, 인물이든지 학식이든지, 그 사회적 지위든지 무엇에 있어서나 남편으로서의 갖춰야 할 조건은 다 갖추었다고, 그리고 그것을 사랑하는 마음에 장래의 행복을 그와 더불어 꿈꾸었던 것이다.

그러나 정작 결혼을 하고 지나 보니 동경하던 행복은 오지 않았다. 알 수 없이 마음은 여전히 공허하고, 까닭없이 그리운 것이 있었다. 그렇게도 있는 정성을 다하여 아내를 사랑하는 남편이건만 그것으로는 만족할 수 없는 마음의 우울이 있었다. 아내로서의 사랑을 받기 전에 마음의 사랑을 받고 싶었고 또 그 마음을 주고 싶었다. 그리하여 그 속에서 정의 용해鎔解를 얻음으로 자기라는 존재를 찾고 싶었다. 그러나 그것을 느낄 수 없는 곳에 마음의 우울은 깃을 들이고 그리고 그것은 처녀 시절에 알 수 없이 우울하던 그런 것과는 달리 마음의 파멸을 침노하였다.

여기서 미자는 처녀 시절에 알 수 없이 마음이 허虛하고 무엇인지가 만지고 싶게 그립던 것은 이성을 상대로 일어나는 한낱 사춘기의 여성의 마음이었음을 깨닫고, 그것만을 만족시킴으로 만족할 수 없는 마음속에서 아내로서의 알뜰한 정이 남편의 그것과 융합되지 못함을 안타까워하며 3년을 하루같이 결혼이란 법망에 얽매여 뜻없는 생을 지탱해 오다 충실한 문보의 독자이던 미자는 지난 겨울에 발표한 〈광인〉이라는 작품을 읽게 됨으로 비로소 그 속에서 자기를 찾은 듯이 마음의 위안을 느끼고, 불구한 문보인 줄은 알면서도 약혼까지 성립시키었던 것이다. 그리고 맘의 이해 속에서 영원한 행복을 꿈꾸려 사꾸라꽃이 필 무렵이 어서 오기를 기다리고 있었던 것이다.

"참, 그래요. 예식이라는 건, 한낱 눈을 속이는 거짓이구요. 결혼식이 있었다고 마음이 변한다면 그 사랑이 아니 깨여질 수 있겠어요? 깨여진

사랑이 예식에 얽매여 부부 생활이 계속된다는 건, 건, 허수아비 장난이
구······."

　참으로 그렇다는 뜻을 강조하는 의미로 태도를 정색하게 가진다.

부부

하필 들어와 앉는다는 것이 그 밑이었다. 무엇이 장하다고 한 다리를 찢어져라 공중으로 들고 선 묘령의 단발양— 서커스단의 광고 포스터 치고는 그리 추잡한 것은 아니로되, 앉아서 올려다보니 맹랑하다.

"여보. 이거 치워 줘요."

매담에게 시선을 보내며 한손으론 포스터를 가리켰다.

눈치 빠른 끽다껄은 매담의 지시도 있기 전에 달려와 정호의 머리 윗벽에 붙은 포스터를 뗀다.

"고히!"

그러나 고히보다 시보리가 먼저 온다.

"시보리 안 써."

"안 쓰세요?"

"안 써."

그리고 담배를 꺼내 왼손 엄지손가락의 손톱 위에 긁을 박으며

"성냥!"

그러나 그적엔, 고희가 왔다.

성이 가시는 듯이,

"어이, 성냥 가져와요."

다시 크게 소리를 질러놓고 보니 성냥갑은 이미 탁자 위에 놓여져 있는 것이었다. 멋쩍게 집어들어 담배를 붙이고 나니 계집은 성냥을 또 가져온다.

할 말이 없다. 말없이 정호는 찻잔을 들었다.

열한 시가 넘은 다방 안은 한산하기 짝이 없다. 건너쪽 야자수 그늘 아래 마주앉았던 한 쌍의 젊은 남녀가 가지런히 떠나 나가니 정호에게는 들리지도 않는 〈아베마리아〉 곡이 쓸데없이 떠들고 있다.

담배 한 개 필 동안만 기다리라던 한군은 곱잡아 붙인 담배가 반이 넘어 타서도 오지 않는다.

필시, 술이 또 과해진 모양이다. 그러나 그것은 그쪽의 사정이요, 정호로서는 이 위약이 여간 불쾌한 것이 아니다. 시가 바쁜 취직의 결과 여부가 알고 싶은 것은 말할 것도 없거니와 열 시에는 꼭 들어와야 된다는 아내의 다짐을 받은 그 약속한 시간이 이미 지난 지 오래였으메 들어가면 또, 귀치않게 빠악빡 바가지를 긁혀야 할 것이 적지 아니 근심인데 한군을 만나지도 못하고 들어간다면 그적엔 또 거짓말을 꾸며 대어야 할 것이 허스러운 일이 아닌 것이다. 거짓말이야 얼마든지 하면 못하련만 너무도 해 놓아서 인제는 실상 곧이들을 말을 좀체로 생각해 내기가 어렵다.

생각하면 참 우습기도 하고 기도 막혔다. 외출에서 늦게만 돌아오면 아무리 바른 말을 해야 곧이는 듣지 않고 그저 어느 계집을 보러 갔던 줄만 알고 하루같이 앙탈이다. 그러니 정말 계집은 보러 아니 갔던 때도 기생이라든가 하다못해 카페 여급이라도 데리고 술을 먹었대야 왜 그랬느냐고 앙탈은 부리면서도 그래도 남편의 정체를 바로 캐어낸 것이 개운한 듯이, 그리고 속지를 않은 것 같아 좀 마음을 풀지, 이건, 사실은 친구와 술잔을 나누다 어찌어찌 늦어져서 밤늦게 들어가도 그대로 고백을 하면 자꾸 바로 대라고 오금을 못 쓰게 무릎을 꼬집고 따지고 야단이니 그의 마음을 시원하게 풀어 주자면 거짓말을 아니하게 되는 수가 없다.

그러나 거짓말도 한정이 있지 밤낮 계집만을 만나러 다녔달 수도 없고, 또 밤낮 같은 계집만을 보았다면 곧이 들을 수도없는 것이다. 그래서 요즘은 실상 거짓말의 준비에도 궁핍한 참이다.

그래도 한군을 만나보고나 들어가면 취직 여부는 아직 모른다 하더라도 어쨌든 거짓말을 꾸며대는 데는 다소 참고가 될 것도 같은데 한군은 이렇게도 위약을 한다.

좀더 기다리면 오려나? 담배를 다시 한 개 들어내어 대이자니 종내 열두 시를 치고 만다. 다방은 시메기리이다.

정호는 이제부터 본격적으로 거짓말의 준비에 머리를 써야 할 경우에 다다른다. 오늘 저녁은 어떤 계집과 또 무엇을 어떻게 놀았다고 꾸며대야 되노? 옹색한 생각에 머리를 쥐어 짜며 다방을 나왔다.

기어코 아내는 뿌로통 얼굴을 찌푸렸다. 문을 열고 들어서는데도 눈한 번 거들떠보는 법 없이 옷가지 위에 떨어친 눈을 그대로 숨쳐가는 바늘끝에만 주고 앉았는 품은 묻지 않아도 알 일이었다.

지극히 섭섭한 일이다. 오늘 밤의 외출은 취직건으로서의 그것이었으니 여보 어떻게 되었소 하고, 혹은 반가이 맞아 줄지도 모르리라던 생각은 쓸데도 없는 자위에 틀림없었다. 이러한 아내에게 먼저 말을 걸기도 자존심이 허치 않는다. 언제나 이러한 경우이면 취하는 버릇 그대로 아무 말도 없이 넥타이를 끄르고 아랫목에 털썩 주저앉아 벽을 졌다.

"몇 시나 됐수?"

말짼 말이다.

손목에 얹히운 시계가 죽었을 이치 없건만 구태여 자기에게 묻는 말은 지금이 몇 시인데 인제야 들어오느냐는 투정이 아닐 수 없다.

"눈으로 못 보우?"

오는 말이 곱지 않으니 가는 말이 고울 리 없다.

"오늘은 술도 안 잡수셨구려."

"찻집에서두 술 먹나?"

"여덟 시에 들어간 손님을 열두 시가 넘도록 앉혀 두는 찻집은 있구요?"

비로소 바늘을 멈추고 고개를 돌리긴 하였으나, 으드등 찌푸린 낯은 여전히 화기를 주려잡고 펴지 않는다.

"글쎄 당신은 왜, 말을 늘 그리 비꼬아서 하군 하우?"

"제가 비꼬아서 하구 싶어 하우? 당신이 하게 만드니까 하는 게죠."

"허 참!"

"허 참이 아니라 그렇지 머에요?"

"허!"

"글쎄 암만 허, 하구 얼굴을 나려쓸어두 전 못 속여요."

"속이긴 또 머!"

"그럼 그래 여덟 시에 들어가 여지껏 찻집에만 앉았다 오셨수?"

길꿋 눈을 남편의 얼굴에다 쏜다.

"뉘가 여지껏 찻집에 있다 왔대나?"

"그럼 당신이 찻집에서 한선생이 만나잔다고 하면서 그리로 나가시지 않었수?"

"그래 찻집에서 만나자고 해서 나갔는데 무엇이 어쨌단 말요?"

"아니 그럼 여지껏 찻집에만 있다 왔단 말에요? 그래!"

"제발 좀 그러지 말어요. 왜 그리 사람을 믿지를 못하우? 내 속 시원히 다녀 들어온 경과를 곧이곧대루 보고하리다. 여덟 시에 〈전원〉으로 가서 한군을 만나기는 했으나 아직 사장을 못 만나보았다고 하기에 그러면 이제라두 알아보라구 ××회사로 보내고 〈샹크레르〉에서 열한 시에 또 만나자구 약속을 하구는 본정으루 가서 책전엘 좀 돌아가다가 다시 약속한

대루 〈샹크레르〉루 와서 기다렸으나 한군이 오지를 않아서 여지껏 기다리다 돌아오는 길인데 무엇이 그리 의심스럽소?"

"귀에 잘 들어가지 않는다는데요?"

기어이 또 오늘도 거짓말을 듣고야 말려는 심사인가 보다.

정호는 금시 걸어지는 침이 입안에 쓰디씀을 느끼고 입맛을 다시었다.

"왜, 대답을 못 하우? 인제는 거짓말을 못 꾸며대겠수? 아마 취직이라는 건 외출을 하기 위한 구실인가봐 — 언제부터 한군 한군 하고 된다는 취직이 이게 벌써 한 달이 넘었음 넘었지 한 달에 하루래두 모자라지는 않았을 걸요! 그래 바루 못 대요? 갔던 곳을……."

획 돌아앉으며 일감을 뒤로 던진다. 바로 대지 않으면 어디까지든지 해보겠다는 어투요, 태도다.

그러나 이미 말한 것이 거짓 없는 고백이다. 물끄러미 정호는 아내의 얼굴을 마주 바라보며 대답할 말에 지극히 빈곤함을 느낀다.

"왜, 거짓말을 또 못 꾸며대구 앉었수? 그래 대답하기두 거북한 걸 계집질은 왜 해요? 허길! 내 속 태워 주구, 가정을 불화케 만들구……."

"뭣이?"

정호의 감정은 순간 아무것도 모를 만큼 흥분에 젖어든다.

"그럼 계집질을 당신이 안하구 왔단 말요? 그러면 자정이 넘두룩 글쎄 찻집에만 그냥 있었다는 거야 말이 되야죠."

"아, 뭣이?"

정호는 저도 모르게 무릎을 한 걸음 아내의 곁으로 미끄러쳐 놓는다.

"제가 그렇게 싫수? 네? 이건 묻는 내가 잘못이지. 싫기에 계집을 볼 게 아닌가? 저는 그렇게두 당신곁을 떨어지고 싶지가 않은데, 당신은 참 제 속을 이렇게두 몰라준단 말이우. 정이란 하나만인 것두 당신은 아시죠? 둘은 아니구 — 그런데두 저를 몰라 주는 걸 보면 당신의 정이 가정에서 멀어져 가는 것은 뭐 빤한 일이죠, 빤한 일이에요."

기가 막히는 소리였다. 이렇게도 아내는 자기의 속을 몰라 준다. 어떻게도 자기는 아내를 사랑하는 것인고? 그 기막힌 사정의 마음을 순간 정호는 아내에게 말끔히 털어 보일 수 없는 것이 말할 수 없이 안타까웠다. 이러한 자기의 속을 아내는 왜 이리도 모르고 의심만 하는 것일고? 그 의심만 푼다면 원만한 사랑 속에 아주 행복한 가정이 이루어 질 것 같은데……? 하니 그 순간 정호는 아내의 그 의심을 어서 바삐 풀어 사랑하고 싶은 마음의 정이 마음껏 자기에게로 건너옴으로, 또한 그것을 마음껏 받아들여서 정과 정이 서로 얼크러져 보고 싶은 충동이 불일 듯하였다. 그래서 아내의 마음도 시바삐 풀어줌으로 살뜰히 오는 정을 사고 싶었다. 그러니 아내는 얼마나 자기를 사랑하고 싶은 마음에 그렇게까지 자기를 의심을 하는 것일고 하는 생각이 도리어 들며 무릎팍을 내어밀 때 쥐어졌던 주먹과 성은 슬프디 슬픈 정으로 돌려 풀리고 만다.

　"제가 당신을 사랑하는 것처럼 당신은 저를 사랑하지는 못하죠? 사내로 생겨서 전연 외입을 안하리라구는 저도 믿지는 않아요. 그러나 그것을 속이는 건 아내에게 사랑이 없는 증거거든요. 아내에게 남편으로서야 못할 말이 세상에 무에 있겠어요? 글쎄……."

　"참 할 수 없군. 당신은 한 번두 속일 수가 없으니 원 참!"

　아내의 그 자기를 살뜰히 사랑하는 것 같은 심정에 사로잡힌 정호는 한시바삐 거짓말이라도 해서 그 아파하는 마음을 어서 풀어 주고 싶은 충동에 못 이긴다.

　"글쎄 난 못 속여요. 남편한테 속구살게스리 그렇게 천치는 아니거든요."

　비로소 남편의 입에서 바른 말이(실상은 거짓말) 나오게 만들었다는 장함과 따라서 남편의 속을 알게 되었다는 시원한 마음이 이야기를 듣기도 전에 어느새 찡그리었던 낯갗의 주름살을 어느 정도까지 펴놓기에 족하였다.

"아까 그적에 말이야 〈샹크레르〉를 갔더니 기다리는 한군은 오지 않구 왜 지금 내가 말 있는 ××회사에 타이피스트가 있지? 그 여자가 엉뚱강산에 들어오거든. 그래, 심심두 하던 차에 둘이 앉아서 이야기를 하다가 실인즉, 그 여자와 같이 진고개로 갔던 게야. 자— 이제 실토를 했으니 심사가 편안하우?"

하기 싫은 거짓말이었으나 이 순간 빙그레 웃는 아내의 얼굴을 바라볼 수 있을 때 그것은 결코 슬픈 일만이 아님을 그 순간 인식했다.

"그것 보아요. 글쎄, 저는 못 속인다니께. 인제 그 여급은 어떻게 또 돌려 따구 타이피스트에게로 돌아 붙었수? 취직을 한다구 거기 다니드니 계집을 끌러 다녔구려. 참 그런 수는 용하시지. 내, 또, 고년이 심상치두 않다구 늘 생각은 해 왔어. 그래 취직은 거짓말이지요? 내 그 취직 인제 곧이는 안 들을걸. 여보 취직보다 계집에 더 마음이 있으니 어떡헐 테요? 글쎄, 집안은 오가리처럼 자꾸 쪼그라만 들구, 아이 참 지긋지긋한 취직이야. 그래 본정 가선 뭣을 했에요? 당신 성질에 그저 돌아다니기만은 안 했겠죠?"

"그저 찻집 마와라지 하긴 멀 해……."

"건 또 거짓말이에요. 왜, 찻집에만 들어가 있었을라구요? 계집을 다리구 간 차비에……."

그러나 아무리 거짓말을 꾸며댄다 하더라도, 또 아내의 마음을 풀기 위한 것이라 하더라도, 아내가 시원하게 듣고자 하기까지의 그 관계라는 것이 있었다고는 차마 하는 수가 없었다.

"인제 더 그런 말을 물으면 나는 불쾌해하겠소. 그만 잡시다. 자리 깔우?"

그러나 아내는 그것까지 들어야 개운하겠다는 그러한 표정이 아직 완전히 풀리는 것은 아니었으나 그래도 어느 정도까지 휘어드는 마음은 그런 이야기만으로써도 커다란 효과가 있었음을 알 수 있다.

"오늘 밤은 사랑하는 계집과 같이 산보를 했으니께 아주 단잠을 주무시겠지."

빈정은 거리면서도 깔라는 대로 자리는 깐다. 비로소 정호는 한숨을 쉬었다.

이튿날도 저녁때에야 한군은 소식을 전한다. 그러나 보람있는 소식이다. 늦었어도 아니 반가울 수 없다.

어제 저녁은 실례했네. 술이 그랬네그려. 전화로래도 못 간다는 말을 알리고 싶었으나, 원, 선술집에 전화가 있어야 말이지. 그러나 반가운 소식을 이제 전하니 어제 저녁의 노염은 풀리고도 남음이 있을 줄 아네. 되었네 되었어. 취직이 되었단 말일세. 내 어제 저녁 바루 그 길로 사장을 만나보고 따졌던 것일세. 이제 회사에 일이 정리되는 대로 정식 통첩이 군게로 날아들 걸세. 멀어도 아마 사흘 후이면 될 것이라 아네. 일 없이 바뻐 용달을 보내고 못 가네. 나 지금 또 술 먹으러 가는 길이야.

―즉일 韓弟

아니 반가울 수 없었다. 실직한 지가 일 년, 실로 군색함이 이를 데 없었다. 빚을 내라 빚쟁이한테 모욕을 당하고 반찬 값을 내라 아내한테 쪼들림을 받고―

"여보! 이것 좀 와 보우?"

메신저가 문밖에 나서기가 바쁘게 정호는 아내를 불렀다. 아내로 더불어 아니 같이 반가워할 수 없는 성질의 편지인 것이다.

그러나 아내는 그것이 벌써 무엇인지를 다 아는 듯이,

"뉘게서 온 거에요?"

할 뿐, 그 편지를 보기에 흥미조차 느끼지 않는다.

"한군, 한군이 했어."

같이 반가워할 것을 믿고 알리는 것이었으나,

"네에."

마지못해 편지를 당기어 보고는, 보고 나서도 반가워하는 빛은 없다. 흡사 무슨 일을 저지른 때의 그것과 같은 태도다.

"한군, 참 이번에 수고했어."

"그래두 취직이 될 때가 있긴 있군요."

하는 소리도 힘이 없다.

까닭 모를 일이었다. 아내도 어떻게나 기다리던 그런 취직이었다. 결코 반갑지 않을 이치 없는데 아내의 태도는 그렇지 않다. 낮에 옷감을 끊으려 화신엔가를 다녀온다고 할 때부터 필시 무슨 불쾌한 일이 그 사이에 있었던 것이 아닌가? 그래서 그것이 아직 풀리지 않은 탓인가.

"아까 사 온 저구리 감 거 얼마라죠?"

게서 무슨 단서를 잡아 볼까 물었다.

"삼 환 오십 전에요. 그래두 썩 좋지는 못한가봐요."

"요짐 화신엔 사람 많죠?"

"많다니! 웬 옷감들을 그리 끊어 내겠어요!"

"거리는 인제 덥죠?"

"아니 참 아까운 봄이 인젠 다 가세요."

그러니 원인을 알 수가 있나.

"인젠 아침밥 때문에 당신 새벽 잠 다 잤소."

말을 돌려 물었다.

"새벽밥 짓게 된 걸 잠에다 비하겠어요?"

어딘지 그 말 속에는 어감에 부자연한 맛이 깃들인 듯하다.

"그래두 그 고소한 아침잠 못 잘게 또 근심인데."

"늦잠 못 자기야 저나 당신이나 매일반 아니겠어요."

가까스로 물어 보나 경위를 알 수 없다.

그러나 그 부자연한 맛은 여전히 웬지 모르게 감출 수 없이 드러난 진심으로서 반가워하는 기색이 없는 것만은 의심할 여지가 없었다.

알 수 없는 채 그것은 며칠이 지난다.

사흘이 지나도 회사에선 기별이 없다. 오늘이나 있으려나 해도 내일을 바라보게 만들었다. 그러면 내일이나? 그래도 아닌 것을 한 주일을 기다려서도 소식은 있는 것이 아니다.

오늘도 아침 체부를 눈이 빠지도록 기다려 보았으나 문 앞을 그저 지나가고 만다. 필시 간상이 있는 일이다. 정호는 더 기다리고 있을 수 없었다. 한군을 찾아 집을 나섰다.

그러나 급기야 한군을 만났을 때의 정호는 뜻도 않았던 사실에 놀라고 도리어 한군을 만나지 않았던 것만 못한 무안에 머리를 들 수 없었다.

"아, 자네 사람을 망신을 시켜도 분수가 있지 그게 대체 뭐란 말야"

만나기가 바쁘게 눈이 둥글해서 마주 서는 한군의 태도에는 저윽이 심상치 않은 데가 있었다. 그러나 까닭을 모르는 정호라 멍하니 마주 바라보고 서 있을밖에.

"응? 아니 그게 대체 어찌된 일야? 글쎄 일이……."

다시 재쳐 묻는 것이었으나 정호로선 그것이 무엇을 두고 하는 말인지 해득할 수가 없었다.

"무엇이 어쨌다고 야단이야. 좌우간 건을 말하고 봐야지 무두무미로 원 알 수가 있나?"

"말 다 해야 알겠나? 자네 취직건 말이네 취직건."

"아니 참, 그게 어찌된 일인고? 곧 기별이 있으리라더니……."

"기별! 하하 이 사람 참, 일이 어떻게 되었다구 기별이 가겠나? 다 된 취직을 자네 아내가 휘틀어 놓았으니…….

"뭐!"

"아, 그 회사에 타이피스트를 보구 남의 서방을 빼앗느니 어쩌느니 하고 욕을 하고 일대 대판 전쟁이 벌어지는 판에 사장 나리까지 그 광경을 목도했다는데……."

"응?"

놀라운 소리였다. 듣고 보니 마치는 데가 있다. 아내가 한군의 편지를 보고도 반가워하는 표정이 없어 꼭 무슨 일을 저지른 사람 같더니 하는 생각이 선뜻 가슴에 짚이는 것이다. 그리고 생각하니 옷감을 끊으러 나갔던 것은 결국 핑계였고 목적은 타이피스트를 만나러 그 회사를 찾아갔던 것이었음을 이제 짐작할 수 있었다. 정호는 입맛이 썼다. 그날 저녁 창졸간 거짓말을 꾸며대일 것이 없어 생각나는 대로 그만 그 타이피스트를 끄집어다 거들었더니 이것을 아내는 곧이듣고 이렇게도 일을 저질러 놓았음에 틀림없는 것이다.

"사실인가 그게?"

창피한 풀음인 줄을 모름이 아니었으나, 너무도 의외라 한번 따지어 아니 물어 볼 수가 없었던 것이다.

"사실이라니! 이 사람! 말을 좀 듣게나 글쎄―. 그러니 사장이야 자네와 타이피스트와 그 어떤 관계가 있는 줄로 알지 않을 겐가? 그러니 지금 사장과 그 타이피스트와 어떠한 새라구 그 취직이 되겠나. 아 어제 그 회사 앞을 지나다가 자네도 이즘은 출근을 할 것 같고 해서 들렀더니 제길 사장한테 욕만 실컷 얻어먹었네. 그게 무슨 짓이겠나 글쎄―"

이까지 이야기하는데 정호는 뭐라고 입을 벌릴 말이 없었다.

"어쨌든 자네 연애 사냥은 참 용한데. 몇 번 만나지도 않은 그 계집을 또 언제 그렇게 후렸던 겐가? 관계가 아주 단단했기에 자네 아내가 그렇게 분을 참지 못했겠지."

오직 부끄러울 따름이다. 아무리 허물 없는 벗의 앞이라 하여도 그 수치스러운 마음은 정면으로 얼굴을 들고 마주 대할 수가 없었다.

"아내가 본시 몸이 허약한데다 그동안 앓고 나서 정신이 좀 이상한 듯하더니…… 그러나 마득해 그런 짓이야……."

그렇다고 그러니 아내에게 그런 책임을 돌리긴 창피한 일이요, 모른다니 말이 안 되어 이렇게 꾸며는 대었으나 이러한 말이 그의 귀에 곧이 들어가 맞길 바랄 수는 없다. 그러니 그러한 아내로서의 남편인 자기의 꼴이 그의 인상에서 좀체 사라지진 않을 게라고 보여 속으론 자기의 얼굴을 빤히 들여다보며 입을 삐쭉하고 비웃는 것도 같다.

하지만 이미 일은 저질러지어 그러한 치소를 아니 받게는 되지 못하였다. 말없는 한숨을 정호는 속으로 삼키고, 수치감의 흥분에 저도 모르게 옆에 찔렀던 손이 부르르 하고 호주머니 속에서 그대로 떨림을 깨달았다.

그러나 집으로 돌아왔을 때의 정호의 손은 아무 작용도 하기를 잊은 힘없는 손이었다.

"아이 지금 돌아오세요? 오늘은 짐작 더운데! 아니 저 이마에 땀 보셔!"

마주 달려나와 모자를 받고, 웃옷을 받을 때 일찍이 돌아오면 이렇게도 반가이 맞는 아내가 하는 생각이 몰리었던 그의 손에 힘을 하나도 남기지 않고 온통 빼앗았던 것이다.

"으응―."

다만 괴로운 마음으로 이렇게 한숨과 같이 잡았을 뿐, 등덜미의 땀을 씻어 주는 대로 아내에게 몸을 맡기고 있었다.

준광인전

1

선생님! 세상에는 이런 일도 있노이다. 제가 미쳤노이다. 제가 왜, 미치 겠노이까. 그러나, 선생님! 세상은 저더러 미쳤다 하노이다. 그러니, 저 는 과연 미쳤는가. 미치지 않은 것 같은 이러한 제 마음은 정말 미친 것 인가. 제 마음이건만 저도 분간을 못하고 있을밖에 없노이다.

선생님! 저는 이제, 저를 길러주신 선생님에게 이렇게 미치게 되기까 지의 그 경과를 아니 사뢸 수가 없노이다. 제가 미쳤다면 선생님은 제 자 신보다도 더 아파하실 것을 모름이 아니오나, 한편 생각하올 때면 저의 신변에 이러한 일이 있었음에도 숨기고 있다는 것은 선생님에게 대한 저 로서의 도리에 도리어 예의가 아닌가 하여 차마 들기 부끄러운 붓을 벼 르다 벼르다 이제 들었노이다.

선생님! 바로 그게 사 년 전 그 해의 여름이었노이다. 그날 오정 가까이 김군과 같이 읍내의 옥거리를 지나다가 하도 목이 클클하기에 맥주집에 찾아들어갔더니 게서 우연히도 한군과 손군을 만난 것이 아니었겠노이 까. 그리하여 우리 네 사람은 한자리에 합석이 되어 오래간만에 서로들 술잔을 나누며, 유쾌한 시간을 가질 수가 있었노이다.

그런데, 선생님! 그 때 제가 말한 이야기 가운데는 저도 하기 싫은 이야기였노이다만은 몹시도 그들을 놀라게 한 것이 있었노이다. 바로 영주가 세상을 떠났다는 보고가 그것이었노이다.

"머야! 영주가 죽어?"

"아 — 사람이 그렇게도 죽나!"

한군과 나는 서로들 이렇게 놀라며 인생의 무상함을 다시금 느끼는 듯이 한숨을 쉬고 고인의 모습을 그리어보는 듯이 눈들을 내려깔고 무엇인지의 생각에 잠깐의 침묵이 계속 되었노이다. 그러는 동안 또 조, 박, 허, 세 사람이 하던 부채질을 하며 들어오는 것이 아니었겠노이까.

그런데, 선생님도 아시다시피 조, 박, 허, 그들도 다같이 허물없는 저의 친한 벗이오, 또 영주의 벗이었기 때문에 이야기는 자연 그들로 하여금 또다시 영주의 죽음에 대한 이야기로 되풀이하지 않을 수 없었노이다. 그리고는 벗을 조상하는 뜻을 어떠한 형식으로 표하는 것이 가장 적당할 것인가 하는 의견이 또, 바꾸이게 되었노이다. 그리하여 우리 여덟 사람이(민군과도 교섭을 하여 참가케 하기로 하고) 한폭에다 연서를 하여 만사를 보내기로 결정을 하였었노이다. 그리고는 우리 여덟 사람이 일행으로 다 같이 장례에 참여하여야 할 것을 약속하고, 만사는 비단으로 하되, 글씨는 한군이 쓰기로, 글은 박군이 짓기로 각각 그 장기를 따라 맡기고 내일 모레는 다시 ××구락부로 모여서 서명은 각기 자서로 하기로 하였었노이다. 그렇게 하는 것이 우리 일동이 다같이 친의가 보다 두텁다는 표시도 될 것임으로써였노이다.

그리고는 이런 뜻을 민군에게도 속히 알리기로 박군에게 그 책임을 맡기고 우리 일행은 각각 집으로들 헤어졌던 것이었노이다.

2

그랬으니까 선생님! 그 이튿날 하루를 지나서 저도 약속한 대로 ××

구락부를 향하여 떠날 것이 아니겠노이까. 그러나, 그날 저는 피치 못할 가정의 약간 사정으로 작정한 시간보다 거의 두 시간이나 늦어서 열 두 시에 모이자던 것이 새로 두 시가 가깝게야 집을 떠나게 되었노이다. 그리하여 걸음에 불이 번쩍이도록 그야말로 속력을 다해서 읍을 향하여 걷고 있었노이다.

그런데, 선생님! 큰길을 추어올라서 거리로 들어가는 십자길 어구에 선 광고판에는 어제 없던 광고가 큼직 큼직한 글자로 가장 눈에 뜨이기 쉽게 붉은 잉크로 관주까지 그리어 붙인 것이 아니었겠노이까.

김철호金哲鎬는 미친 사람이니 누구든지 일거일동一擧一動에 있어 그와는 삼가기를 바란다. 허무虛無한 존재存在를 사실事實인 것처럼 꾸미어 일반인심一般人心을 미혹迷惑케 하는 것이 그의 이즘의 행동行動이다.

아, 선생님! 이게 웬 일이겠노이까. 거기에는 분명히 이렇게 쓰여져 있었노이다. 김철호, 그것이 제 이름인 이상 실로 아니 놀랄 수 없었노이다. 그러나, 미치지 않은 제 자신을 너무도 똑똑히 아는 저이오라, 한편으로는 우습기도 하였노이다.

하지만, 선생님! 다시 생각하올 때 미치지도 않은 사람을 이렇게 광고판에까지 대서 특서하여 붙인 것은 불쾌하다면 불쾌하지 않을 수도 없는 일이었노이다. 혹, 김철호라는 사람이 저밖에 또 있어 그가 미친 것은 아닌가도 문득 생각이 들었으나, 그것은 글씨로 보아서 한군의 글씨에 틀림 없었고 문투로 보아서 박군의 문투에 조금도 의심할 여지가 없었노이다. 그리하여, 그것은 벗들 가운데서 저를 가리켜 한 장난임이 즉석에서 깨달기었노이다.

선생님! 이것이 너무 과한 장난이 아니겠노이까. 아무리 허물없는 벗으로서의 악의없는 장난이라 하더라도 이러한 장난을 받는 저로서는 다소 불쾌하지 않을 수가 없었노이다. 이렇게 큰 길가에다 써도 크게 써붙인 광고였으니 이것은 저만이 보았을 것도 아니고, 이길로 지나는 사람이었으면 누구나 한번씩은 다 눈을 거치었을 것이오니 만일 저를 모르는 사람이라면 김철호라는 사람은 정말 미친 사람으로 알 것이 아니겠노이까. 그리고, 남의 단처라면 침을 흘려가며 외이고 싶어하는 것이 세상의 인심이오라, 이런 말이 어찌 어찌 세상에 퍼지게 된다면 저의 신변에 어떠한 불리한 영향이 미치게 되는지도 모를 일이 아니겠노이까. 그리고, 생각하니 선생님! 솔직하니 말씀이오이다만 불쾌함을 참을 수 없었던 것이 사실이었노이다.

선생님! 그리하여, 저는 제가 벗들 가운데서 이토록 미친 사람으로 농을 받도록 그러한 미친 짓을 한 때가 있었나 우리두커니 서서 생각하여 보았노이다만 아무리 생각하여보아도 기억에 남는 그러한 일은 찾아낼 수가 없었노이다.

그러니, 선생님! 그것이 대체 어찌된 영문인 것을 저인들 알 턱이 있었겠노이까. 궁금한 수수께끼를 안은 채 구락부로 그대로 달릴밖에 없는 저이었노이다.

3

그랬더니, 선생님! 구락부에 막 발을 들여놓자 저를 대하는 첫 인사가 하군의 입으로 또 이렇게 나오는 것이 아니었겠노이까.

"미친 자식!"하고.

이미 광고를 보고 오던 길이오라, 혹은 이러한 말을 듣게될는지도 모른다고 전연 예기를 아니하였었던 바는 아니었으나, 그 순간, 여간 마음이 좋지 못하였던 것이 아니었노이다. 그러나, 그뿐이오리까.

"이자식 오늘두 정신이 들지 않았군, 지금이 몇 시인데 이제야 보이는 게야."

"정신이 그렇게 쉽게 들면 사람구실 허려구!"

"에이익 미친놈!"

벌써 모여앉았던 벗들은 한군의 말이 미처 끝도 나기 전에 제각이 이런 말을 던지는 것이었노이다.

저는 그만 무안하였노이다. 여느 때 같으면 이런 말이 그리 나무럽게도 들리지 않고 그저 귀곁으로 흐르고 말았으련만 이때만의 제 감정은 실로 좋지 않았노이다. 그러나, 뭐라고 대답하여얄지를 모르는 저는 다만 발을 문안에 놓다 말고, 어리둥절하여 그대로 섰을밖에 없었노이다.

"저 눈! 저 눈 봐! 미친놈의 눈 같다더니 멀정히 먼산만 바라보네."

민군도 또 이렇게 나서는 것이 아니었겠노이까.

선생님! 이것이 물론 벗으로서의 농담에는 틀림없을 것이오나, 광고까지 보고 이런 말을 뒤이어 들을 때의 제 감정은 차츰 도수를 더해왔노이다. 그러나, 제가 그에 대한 감정을 꺼내어놓는다면 아무리 제 감정은 좋지 못하다 하되, 농담을 농담으로 받지 못하는 저를 도리어 글렀달 것이므로 그렇다고 제가 그 자리에서 감정을 그대로 토로할 수는 없었노이다.

"이자식들이 미치긴 웬 뚱딴지로……."

이렇게 말을 받으며 저는 그저 빙그레 웃어보일 뿐이었노이다.

"네가 그럼 미치지 않구?"

민군이 또 나섰노이다.

"어째서?"

"어째다니! 저게 무슨 장난이야? 그럼!"

민군은 뒷벽을 돌아보며 손짓을 하였노이다. 거기에는 다섯 자 길이나 되는 백숙소 전폭에 한군의 글씨로 영주의 만사가 쓰여져 걸려있었노이다.

선생님! 그래서 저는 영주의 만사로 해서 제가 그린 농담을 받을 만한 조건이 있었던 것을 비로소 짐작을 하게 되었노이다. 그러나, 그것이 어떻게 되어서 그런 탈을 쓰지 않으면 안 되었던 것인가는 물론 알 턱이 없었노이다. 저는 무엇보다도 그것이 궁금하였었노이다.

"그게 어쨌단 말이야 그래?"

이렇게 묻는 저의 말은 저도 모르게 시치미를 뗀 항의적 언사이었노이다.

"저것이 군의 설도라는데!"

"그래 내 설도라면?"

"군은 왜 영주의 만사를 이렇게 하지 안해서는 안 되었든구?"

"군은 그럼 벗으로서의 영주의 만사에 동의하지 않는단 말인가?"

저와 민군의 이야기가 이까지 진행되었을 때에 일동은 별안간 와— 하고 웃었노이다. 그러니까 민군도 다시 뒤를 이으려던 말을 못 잇고 따라 웃는 것이었노이다. 저는 이것이 물론, 어떤 영문인지는 모르면서도 그들의 기분에 띄어 저도 모르게 웃어버렸노이다. 그러니까 좌중은 아 하하— 하고 더욱 소스라쳐 웃게 되었노이다. 한군과 민군은 박수까지 치는 것이 아니었겠노이까.

선생님! 여기에 저는 그들이 저로 해서 웃었음을 알았고, 따라서 제가 웃음은 제가 저를 웃는 격이 되었음을 그 순간 또 깨달았노이다. 제 얼굴에는 후끈하고 불덩이가 지나갔노이다. 저는 될 수 있는 대로 그런 기색을 나타내지 않으려고 마음에 힘을 주었노이다만은 저의 붉어진 얼굴은 그들의 눈에 아니 띄우지는 못하였던 모양이었노이다. 그리하여, 제가 너무도 미안해 하는 것 같은 기색을 그들도 살피었음인지 웃음 소리를 일시에 뚝 그치고 한군이 나서며 하는 말이,

"아니 웃지들만 말구 김군의 의혹을 풀어주어!"

하는 것이었노이다. 그러니까, 민군도 한군의 의견에 동의를 하는 듯이 아까와는 다소 태도를 달리하여 나직한 음성으로 말을 건네는 것이었노

이다.

"김군! 글쎄 동의 부동의는 고사하고 웬 뚱딴지로 영주가 죽었다구 짓이 이짓이야 글쎄! 만사까지 써서 걸고……."

"아니 이건 누구더러 하는 말이야? 자네가 그런 말을 전하지 않았나?"

"이건 정말 미쳤군!"

"왜, 누가 미쳐?"

"누가 미치다니 내가 언제 군더러 영주가 죽었다구 했나? 영주의 동생 영수가 죽었다구 그랬지."

이렇게 저는 그때 들었던 대로 대들고 대답을 하였노이다만 본래 듣길 민군에게서 들었던 것이오라, 제가 그때 잘못 들었던 것으로 아니 깨달을 수 없어 민군의 말을 그대로 부인하고 우길 수 없었노이다. 동시에 저는 미쳤다는 원인을 알게 되었고, 또한 이것으로 저를 한 번 놀려주려는 계획이었던 것을 알았노이다.

"글쎄 그러기에 미쳤다지 영수가 죽었다는 걸 영주가 죽었다구 들었으니 웬—."

그리고, 민군은 하하 하고 웃는 것이었노이다. 그러니, 조군이 또 나서며,

"아니 그 두 놈이 다 미쳤군. 제각기 옳다구 떠드니 뉘가 옳은지 우리야 알 수가 있나."

하면서 박수를 치는 것이었노이다.

여기에 선생님! 제가 어떻게 대답을 하였겠노이까? 그저 무안함에 잠자코 있을 따름이었노이다. 제가 오전을 하였으므로 뻔히 살고 있는 친구 영주가 만사까지 받게 되는 미안함도 말할 수 없었거니와 만사를 하게 만들었던 벗들에게까지 미안함을 금할 길이 없었노이다.

"아 그래서 이 자식들이 나를 미쳤다고 떠들고 야단이로군. 광고까지 써붙이고—."

저는 도리어 그들을 위로하기 위하여 이렇게 농을 붙이며 웃을 밖에 없었노니다.

4

선생님! 이까지 이야기한 사실은 우리의 일상생활에도 흔히 있을 수 있는 웃음거리에 불과할 것이아니겠노이까. 그러나, 선생님! 그 결과는 사람의 일생에 이런 일도 있을까하리 만치 파멸의 구렁에 저를 끌어가지고 들어갈 줄이야 어떻게 알았겠노이까. 응당 그 일곱 사람의 벗들도 제가 이렇게까지 되리라고는 예기도 못하였을 것이었겠노이다.

그 이튿날 거리에 나선 저의 귀에는 이러한 소리가 들리는 것이 아니었겠노이까.

"김철호가 또 미쳤대나. 유전이란 할 수가 없어. 그의 할아버지가 미쳐서 죽드니 점잖은 가문에 원―."

이 말은 얼마나 저를 놀라게 한 것이었겠노이까.

그러나, 선생님! 저는 그 사람에게 내가 왜, 미쳐? 하고 대들 수는 없었노이다. 그것은 대드는 것이 도리어 제가 미쳤다는 것 같은 것을 보이는 것도 같아서 못 들은 척 그저 지나가고 말았을 따름이었노이다. 그러나, 이제 좋아 생각하오면 대들지 않았댔자 무슨 소용이 있었겠노이까. 그것은 아무러한 효과도 주는 것이 되지 못하였노이다. 날이 갈수록 여전히 저는 미친 사람으로만 화하여가는 것이 아니었겠노이까. 그 광고를 본 사람이면 누구나 김철호가 미쳤다는 것을 자기가 가장 먼저 아는 것 같은 자랑으로 만나는 사람마다 그런 말을 아끼지 않았을 것이라 추측되노이다. 그리고, 그런 말을 들은 사람의 입으로는 또 다른 사람의 귀에 이렇게 자꾸 자꾸 다리를 놓아 한 달 후에는 저는 완전한 미친 사람이 되어 버리었노이다.

선생님! 제 벗 조, 김, 허, 민, 손, 한, 박, 이 일곱 사람 외에는 누구나 저를 대하는 태도가 일변하여버리지 않았겠노이까. 혹 거리에서 아는 사람을 만난다 하여도 그는 제가 자기를 어떻게든지 해칠 것만 같아서 곁을 멀리하여 피하고, 피하여서는 아는 사람끼리 수군거리는 것은 그렇게 똑똑하던 사람이 미치다니 하는 것이었노이다.

선생님! 저는 기가 막히었노이다. 지금껏 제 지방 사람들이 저를 가리켜 위인이 똑똑하다고 그렇게 신용을 하여왔다는 것은 제가 결코 선생님에게 대해서 하는 저의 자랑이 아니노이다. 그러나, 선생님! 김철호가 미쳤다는 풍설이 돌아가자부터는 저의 신용은 납작하여지고 말았노이다. 범사에 있어 도무지 저와는 말하기를 싫어하고 자리를 같이하여주지 않노이다. 따라서 저는 저 호올로 이 세상에서 인생의 뒷골목길을 걷지 않으면 안 되었노이다. 그리고 선생님! 아이들의 놀림을 받지 않으면 또 안되었노이다. 미쳤다는 제 입에서 어떠한 허튼 말이 나오나 제 입에서 나오는 말이 가령, 우스운 말이라면 그것을 들으므로 서로 웃어, 웃음으로써 한때의 행복을 삼으려는, 다시 말씀하오면 즉 저라는 물건으로서 쾌락의 대상을 삼으려는 일종 향락을 위할 따름이었노이다.

선생님! 정신이 멀쩡하여 이렇게 미친 사람의 대우를 받지 않으면 안 되는 제 자신을 생각할 때 울고 싶도록 가슴이 아팠노이다. 아니, 선생님! 이런 것뿐이었겠노이까. 근거도 없는 허무한 풍설이 저를 이끌고 자꾸 자꾸 파멸의 구렁으로 들어가는 것이었노이다. 김철호는 벌써 인간의 궤도를 벗어난 사람이다. 도덕과 예의는 물론 그에게는 오륜이 없다. 계집을 함부로 농락하고 사람을 치기가 일쑤다. 선생님! 글쎄, 이러한 풍설까지 도는 것이었노이다.

선생님! 저는 저에게 대하여 세상 사람들이 이러한 태도를 취할 때 자신이 파멸의 밑바닥에 떨어져들어가는 것보다 허무한 풍설을 그대로 듣고, 믿는 그들이 오히려 더 불쌍하게 생각키었노이다. 이렇게도 세상은 어두운 것인가. 기분에서 기분으로 마치 의식이 없는 그것과도 같이 허공을 떠돌지 않으면 안 되는 것이 그들의 존재임을 알았을 때, 선생님! 참으로 가슴이 아팠노이다.

선생님! 저는 이제 여기에 제 인격이 더할 수 없이 파멸에 떨어져 완전히 미친 사람의 대우를 받게 되기까지의 에피소드를 말씀 드리겠노이다.

5

선생님! 세상의 월편에서밖에 존재의 인정을 받지 못하는 저는 언제나 술을 찾아서 우울한 제 마음을 위로하지 않으면 안 되었노이다.

어떤 날이었노이다. 그날도 저는 어느 카페의 한구석 의자에 앉았는 몸이었노이다. 그리하여, 웨이트레스로 위안을 받으며 술을 들이키고 있었노이다.

선생님! 이때였노이다. 카페 문이 스르르 밀리더니 저를 힐끗 한번 마주바라보고는 무슨 못 볼 원수나 본 것처럼 부리나케 다시 문을 밀어닫고 되돌아나가는 사람이 있었노이다. 저는 그것이 민군인 것을 알았노이다.

선생님! 이때 저의 마음이 불쾌하였던 것이 잘못이었노이까. 여느 때 같으면 멀리서라도 더욱이 술이라면 저를 보고 싶대도 굳이 청할 민군이었노이다. 만은 아무리 제가 세상에서 버림을 받은 존재라 하여도 옛날의 정의를 살필진댄 그렇지는 못할 것인데 아무러한 인사도 없이 원수나 본 것처럼 피치 않으면 안 되는 그의 행동에 저의 가슴은 기가 막히도록 아팠노이다. 저는 물론 민군이 저에게 대한 이러한 태도가 어디 있는지를 잘 아노이다. 민군도 일곱 사람 가운데 한 사람이니까 제가 정말 정신에 이상이 생긴 사람으로 아는 사람은 아니었노이다. 민군은 저를 위하여 어디까지든지 세상의 의혹을 풀어주기로 힘을 쓰는 줄도 저는 잘 알고 있었노이다.

그러나, 선생님! 그는 저를 피하지 않아서는 안 되었노이다. 물론 민군 자신은 제가 완전한 정신의 소유자인 줄은 아나, 세상은 저를 믿지 않으니까 세상이 믿지 않는 저를 대하여 자리를 같이한다면 세상은 저와 친의를 같이한다는 이유로 해서 자기에게까지 어떠한 영향이 미치리라는 이유에서일 것이 빤한 것이었노이다. 그리하여, 그들까지도 세상 사람과 같이 저를 미친 사람으로 대하지 않으면 안 되었고 차버리지 않아서는 안 되었던 것이었노이다.

선생님! 저로서 이러한 민군의 태도를 생각할 때 제 마음이 과연 어떠하였겠노이까. 그러나, 선생님! 어쩐 일인지 저는 그에게 항의하고 싶은 마음은 조금도 없었노이다. 저는 저도 모르게 그를 찾았노이다. 이것은 물론, 저의 참을 수 없는 알뜰한 정의 발로에서였으리라는 것을 저는 지금도 믿고 있노이다.

"어이 민군!"

그러나, 민군은 대답이 없었노이다.

"어이 민군!"

그래도, 대답이 없음에 저는 좀더 힘차게 부르며 그를 따라 나갔노이다.

"민군! 어 어이 민군!"

"누구야! 그게."

민군은 그 적에야 피치 못할 줄을 알고 비로소 뒤를 힐끗 돌아다보는 것이었노이다.

"무엇 잊은 것이 있나? 왜, 채 들어오지도 않고 돌아서나?"

"난 누군가 했지 또."

민군은 그제서야 누구인지를 알았던 것처럼 이렇게 책임을 피하려고 하였노이다.

그런데, 선생님! 제가 민군을 대하는 태도가 더할 수 없이 반가움에 사무친 그러한 마음인 것이야 민군 자신인들 모를 것이었노이까? 그러나, 민군은 저와 같은 정으로 저를 대하려는 것이 아니었노이다. 그의 태도와 인사는 어디까지든지 냉정하였노이다. 그것은 분명히 〈너는 세상 사람들에게 믿음을 잃은 폐물이니 옛날과 같은 나의 친구는 못 된다〉하는 뜻이 아닐 수 없었노이다.

선생님! 제가 사회에서 믿음을 잃은 옛날과 같은 그러한 벗은 못된다 손치더라도, 그리고, 저와 친교를 옛날과 같은 그대로 맺는 것이 자신에게 다소 영향이 미친다 하자 하드라도, 이유 없이 사회에서 믿음을 잃게 된 불쌍한 옛날의 친의를 위하여 다정하게 손목이야 한 번 쥐어주지 못할 것이 무엇이었겠노이까. 그리고, 또 다정한 말로 저의 이 터질 듯한 심정을 조금이라도 어루만져주지 못할 것이야 무엇이었겠노이까.

선생님 여기에 저의 감정이 될대로 흥분되었던 것이 잘못이었겠노이까.

"술 한 잔 먹자!"

"나 술 인제 안 먹네."

"그럼 카펜 왜 들어왔어?"

"아 저 잠깐 좀 만나볼 사람이 있어서 왔던 게야."

"누군데 그게?"

"으— 저—."

저는 벌써 그의 심리를 다 알았으므로 다시 더 따지어물을 필요도 느끼지 않았노이다.

"자 들게, 오래간만에 우리 한 잔 먹세."

"글쎄 나 술 안 먹어 이젠."

"그래 한 잔두 못 먹어?"

저의 음성은 아니 높아질 수 없었노이다.

제 기색을 살핀 민군은 아무 말도 없이 한 잔을 들이켰노이다. 저는 다시 그 잔에 술을 따랐노이다. 그러나, 민군은 다시는 그 잔을 들지 않고 밑을 떼었노이다.

"정말 못 먹겠나?"

저는 저도 모르게 부어놓았던 술잔을 그의 가슴으로 건네 안기었노이다.

"이자식 정말 미쳤어!"

"머시? 한 번 더해라 그런 말을?……"

저의 손은 민군의 멱살을 바싹 치켜들었노이다. 그도 가만히 있지 않았노이다. 제각기지지 않으려고 붙안고 돌아갔노이다.

그런데, 선생님! 제가 민군보다 본래 힘이 세인 것은 아니었노이다만은 어찌된 셈이온지 제 빗장거리에 민군은 그만 잔뜩 탁자 위에 허리를 걸고 넘어졌노이다. 그리하여, 민군은 눈을 뒤집고 정신을 차리지 못하였노이다. 그러니까, 카페 안이 떠들썩할 것이 아니었겠노이까. 구경군이 쭉 모여드는데 실로 창피였노이다.

그런데, 선생님! 이렇게 방안에서 떠들썩하니까, 밖에서 숭숭거리는 패가 문을 열고 들어오는데 보니 그것이 또 우리들의 패거리 그 일곱 사람이 아니겠노이까. 짐작컨대 그들은 민군과 같이 왔다가 제가 여기 있음을 알고 몸을 피하였으나 민군이 그만 나에게 붙들려들어왔음에 가지도 못하고 그의 나오기를 기다리고 있었던 모양이었노이다. 선생님! 이들의 태도까지 어떻게도 그리 민군의 태도와 똑같은 것이었겠노이까.

선생님! 그들은 민군을 일으키기에만 열심이었노이다. 민군은 허리를 잘 쓰지 못하고 비뚝 걸음으로 그들의 부축을 받으며 카페를 나갔노이다.

선생님! 이 사건에 있어서 민군 자신은 물론, 그들의 일행인 그 여섯 사람까지도 제가 그것이 정신의 이상으로 지은 행동이 아니었던 것이야 모를 것이겠노이까. 만은 저의 파멸의 씨를 뿌려준 것이 민군이라 해서 그에 대한 감정으로 그러한 행동을 취하였다고는 촉각 오해하기 쉬울 것이라 알았노이다. 그러나, 선생님! 저의 그 민군과의 싸움이 감정에 있었던 것은 너무도 아니었노이다. 솔직히 말하노이다만 그저 참을 수 없는 정의 발로가 그렇게까지 되었던 것이었노이다. 그러나, 이것이야 제 자신밖에 백이 백 말 하면 곧이 들어줄 사람이 있겠노이까.

그러니까, 선생님! 이것을 또 세상은 김철호라는 광인의 장난이라고 한동안의 이야기거리가 되어서 그들의 소일감이 되는 동시에 저에게 대하는 태도는 더욱 심해가는 것이었노이다.

아니, 선생님! 이런 일이 세상에 정말 있다고 어떻게 말씀을 드리겠노이까. 글쎄 선생님! 이 일로 말미암아 저는 제 가정에서까지 믿지 못하는 몸이 되어버렸노이다. 제 어머니가 저를 못 믿고, 제 아내가 저를 못 믿어주노이다. 그러니까, 제 가정이 저와 같이 파멸의 도상에 걷고 있게 되는 것이 아니겠노이까. 제 힘이 아니면 제 가족은 목숨을 이을 수가 없노이다. 그러나, 선생님! 저를 믿지 못하노이다. 믿어주지 못하는 것이 가정의 파멸인 줄을 몰르노이다. 저의 정신의 이상은 신의 장난이라, 무당을 데려다 푸닥거리를 한다 굿을 한다 야단까지 부리니, 글쎄, 선생님! 이게 세상 사람에게 저라는 인간은 믿지 못할 사람이라 오히려 광고를 하는 것이 아니고 무엇이겠노이까.

그러니, 선생님! 저는 장차 무엇이 되려노이까. 무엇이 될 것이겠노이까.

그리고, 선생님! 이런 말씀을 제가 선생님에게 드리옴으로 선생님의 안온한 마음을 슬프게 하옵는 것이 잘못은 아니겠노이까. 선생님!

희화

낮비 소리보다는 밤비 소리가 더욱 가슴에 맺힌다.

—정력적으로 쭈룩쭈룩 그렇게 세차게나 퍼부었으면 오히려 나을 것이 오기도 싫은 것을 보슬보슬 끊임도 없이 속삭이는 가랑비 소리—그것은 마치 사람의 눈을 피하여 조심조심 걸어오는 사신死神 발자국 소리나처럼 정암의 귀에는 들린다.

날마다 살이 깎여만 내릴 줄 아는 팔뚝을 들여다보면서도 그래도 마뜩해 죽기야 하리— 하는 그 굳센 신념만은 조금도 꺾이지 않던 것이 이 며칠째의 의사의 진찰 태도에 그만 정암은 그렇게도 굳세던 마음이 일조에 꺾이우고 죽음의 공포 속에 자꾸만 오력이 재려든다. 더욱이 오늘 아침의 진찰에 와서는 청진기를 가슴에 대이기가 바쁘게 머리를 흔들며 실색을 하던 그 의사의 태도는 그것이 벌써 무엇을 의미하는 것인지를 모르지 않는 것이다. 별안간 가슴이 덜컥하고 내려앉으며 정신이 아찔하여진다. 그때부터 정암은 세상의 모든 것이 자기와는 인젠 손톱만한 인연도 없는 듯이 자기의 죽음을 시바삐 재촉하는 듯하고 또 찬미하여 마지 않는 것만 같다. 그러면서 무엇이나 그윽히 그리고 그윽하게 들려오는 음향이면 그것은 자기의 죽음을 재촉하는 그 무슨 신의 호령이나처럼 그의 귀에는 들린다.

사람이 한 번 죽는다는 것은 피치 못할 철칙이로되, 이제 그 불가저항의 죽음이라는 것이 참으로 찾아와 시간을 앞에 놓고 자기의 운명을 노리고 있거니 하니 이리도 짧은 사람의 일생이 안타깝기 그지없다. 독자獨自의 예술을 개척하여(그는 그렇게 앎) 주위의 벗들을 뭇 누르고 호올로 문단에 뚜렷한 지위를 얻기까지의 그 정력의 소비, 분투와 노력을 생각할 때 지금까지 쌓아온 그 노력의 헛됨이 지극히 아깝다. 지금 죽는다 해도 이미 얻은 그 문단적 지위는 움직일 수 없이 뚜렷은 할 것이나, 정암은 그것만으로 시원히 마음에 만족하지 못한다. 백만 대중을 위하여 자기의 경지를 개척할 예술적 소재가 복안에 많은 것을 이렇다 세상에 발휘하지 못하고 가슴속에 지닌 채 자취도 없이 자기와 같이 영원히 썩어지고 말 것임에 길이 미련이 남는다. 다만 몇 해 동안이라도 그 소재의 예술화를 보기까지 죽음에서 생의 여유를 얻는다면 하고 때로 앞날을 내다보는 것이나, 다음 순간, 그 의사의 실색하는 태도가 뒤미처 떠오를 땐 그러한 생각조차 그것은 너무나 한 억지임을 그 즉석에서 깨닫지 않을 수 없다. 아무리 해도 자기는 한 주일이 멀다, 그 안으로 기어코 죽고 말 것만 같다.

그러니 죽음과 같이 영원히 잊고 말 잊기 어려운 그 예술 ─ 그 예술도 자기에겐 없을 것을 미뤄 볼 때 정암은 좀더 예술 속에 깊이 사라지고 싶은 알뜰한 충동에 못 이긴다. 여생이 이제 앞으로 얼마 동안이나 더 계속될지는 모르나, 다만 몇 시간동안이라도 깨끗하게 더러운 생활을 예술화시킴으로써 사람으로서의 보람 있는 최후를 마치고 싶다. 그러니 오늘까지 살아오는 동안 양심에 걸리던 자기 자신의 비행이 이렇게도 가슴이 맺힌다. 그 가운데서도 더욱이 참을 수 없는 그 한 가지─그것은 자기의 문단적 지위를 높여 준 예술적 창작의 동기가 되었던 비인위적 행위 그것이다.

사람으로서의 차마 하지 못할 행위를 범하고도 오늘까지 비밀히 감추어 두었던 것은 지위를 보존함으로써 거기에 따라 예술가치도 앞으로 더욱 높이자는 데 있었던 것이나, 자기와 같이 예술의 소재도 영원히 사라지고 말진대 완전한 사람으로서의 인격을 바로 가짐으로써 나머지의 여생이나 깨끗이 예술화하여 보다 더한 한갓 완전한 인간으로 예술 그 물건이 되어 죽고 싶다. 그 비인위적인 무서운 범죄로 〈우정〉을 써서 문단적 지위를 얻게 되던 사실, 그것을 정암은 시바삐 밝힘으로써 완전한 죄없는 사람이 되어 죽고 싶은 알뜰한 충동에 자못 이길 수 없다.

"여보!"

정암은 아내를 부른다. 그리고 급히 천양을 좀 청해 달라 이른다.

그리고는 얼마동안을 무슨 사념엔지 다시 그윽이 잠겼던 정암은 천양의 기침 소리가 들리기 바쁘게 힘없는 눈을 번쩍 뜨고 지극히 반가움에 못 이기는 태도로 천양의 팔목을 덥썩 더듬어 쥔다.

"요즘은 좀 어떤가?"

다른 한 손으로 정암의 빼빼 마른 팔목을 천양도 마주 쥔다.

"나는 인젠 죽는 사람이야, 군과 이렇게 손목을 잡고 이야기를 하게 되는 것도 이것이 필시 마지막인가 보아."

"그런 소리를 왜 하나."

"아냐 나는 죽는 사람이지. 군의 그런 인사말도 지금 내 탈에는 너무 늦었어."

"글쎄 그런 소린 말래두ㅡ."

"아니 죽지 죽어, 죽고 말고. 내가 죽으면 군! 세상은 나더러 무어라고 할 것인가? 군은 비평가이니만치 응당 나에게 대한 문단의 여론을 좀더 정확히 짐작할 테지?"

"군의 지위야 소설가의 한 사람으로 영원히 살고 있을텐데…… 군의 〈우정〉이야 우리 문단에서뿐 아니라, 외국의 어느 문단에 가져다 놓더라도 손색이 없을 불후의 걸작으로 이미 세평이 높잖은가. 그것만으로도 군의 지위는 영원히 살고 있을 것이라 믿네."

별안간 정암의 눈에는 눈물이 핑 돈다. 천양의 입으로 〈우정〉의 찬사를 받을 때 정암은 양심상 참을 수 없는 그 무엇이 아프게 가슴을 찌르는 것이다.

"천양! 군은 이 나라는 존재를 무엇으로 알고 있었나? 바로 말해 주게, 군!"

"내 동무로서의 둘도 없는 벗으로 알지. 군과의 교의는 세상이 〈우정〉을 믿듯이 나는 군을 믿으니까. 안 그래? 정암! 군도 나를 믿어 주지?"

정암의 눈물이 다시는 소생할 여망이 없는데서 자기와의 우정에 참을 수 없이 흘리는 그러한 눈물인 줄만 아는 천양은 이를 데 없이 안타까운 마음에 다정히 손목을 흔들어 묻는다. 그러나 정암은 여전히 눈물로써 대답을 받을 뿐, 말이 없다.

"정암! 마음을 굳세게 먹어야 돼. 군은 그맛 탈을 중히 알고 마음을 약하게 먹으니까 그게 탈이거든. 나는 군의 탈이 전에보다 분명히 떨리고 있는 줄을 아는데 무슨 근심이야 글쎄."

"용서하게 천양!"

아무 말도 없이 눈물만 흘리던 정암은 마침내 무엇을 결심한 듯이 눈을 크게 뜨고 이빨에 힘을 준다.

"용서라니! 무엇을 말야?"

"나는 군에게 죄를 지고 있어."

"죄! 무슨 말이야 대체 그게."

"나는 오늘까지 그것을 속여 왔으니까 군도 모르지, 용서하게."

"아, 이 사람! 그게 무슨 말인지는 자세히 모르겠으나, 설혹 잘못이 있대사 군과 나 사이에 죄라고까지 이름을 붙일 무엇이 있겠나, 걱정 마러."

"정말 용서하여 줄 텐가? 천양! 나는 군과의 정의가 그만큼 두터움으로 해서 죽으면서까지는 군을 속이지는 못하고 밝히고 가려는 거야, 나의 〈우정〉은 그게 모델을 두고 썼던 소설이거든⋯⋯."

"응?"

의외의 사실에 천양은 냉큼 놀란다.

"그러기 내가 용서를 청한 것이 아닌가? 군!"

천양은 마치 의식을 잃은 사람 모양으로 멍하니 정암의 얼굴만 뚫어져라 바라본다.

"용서한다더니 응? 군!"

"⋯⋯."

"천양! 응? 천양! 죽으면서까지 나는 그런 사실을 속일 수가 없었네. 차마 속일 수가, 군을 속일 수가⋯⋯."

천양은 힘없이 한숨을 쉬며 고개를 벽으로 돌린다. 정암의 〈우정〉은 오늘까지 혀끝에 침을 튀어가며 칭찬을 하여 불후의 명작으로 만들어 놓은 그 소설의 모델이 이제 자기의 아내와의 간통에 있었던 것을 생각할 때 천양은 너무도 자신이 부끄러움을 금할 수 없는 것이다.

"생각하면 10년 전 군이 북선 방면으로 순회 강연을 떠났을 때 나는 군에게 죄를 지었네. 그것이 잘못인 줄은 물론 잘 알면서도 그때 내 마음을 나도 억제할 수가 없었으니⋯⋯."

"정암! 그게 사실인가? 사실이라면 그런 사실을 내 귀에 고하지 말고 그대로 안고 가지를 왜 못하나? 내 아내를 더럽혀 준 것이 동기가 되어 그것을 모델로 짜여진 작품이 내 입으로 칭찬을 하여 예술적 가치를 높여 준 것을 생각할 때 내 마음이 아플 것을 군은 짐작하지 못하였던가?"

"아니 나는 나를 나라는 일개 완전한 인간으로 내 몸을 세움으로써 예술 속에 깨끗이 죽기 위하여 고백을 한 것이야. 내가 그것을 지금껏 숨겨 온 것은 내 인격을 보존하기 위하자는 데 있었으나 내가 죽으면 나라는 인간은 이 세상에서 영원히 없어질 것이 아닌가. 그러면 그때에는 인격을 보존할 필요도 아무것도 없을 것이란 말야. 그래서 나는 나라는 인간을 다시 말하면 죄없는 깨끗한 인간으로 인격을 세우고 죽기 위하여 죄를 고백하지 않고는 참을 수가 없었거든."

어떻게 생각하면 정암의 이 고백은 자기에게 모욕을 주기 위한 농락도 같은 것이 천양은 분하다.

"너는 도무지 나를 농락하는 데 불과하구나. 자기의 인격만을 위하여 남의 인격을 이렇게도 비웃어 놓는 법이 어디 있단 말이냐? 나도 너를 농락하려면 농락할 만한 사실이 없는 것이 아니다. 내가 내 붓끝으로 칭찬을 하여 걸작을 만들어 놓은 소위 그 〈우정〉은 전혀 내 붓끝이 만들어 놓은 역작이었고 내 마음이 허하는 그러한 역작은 너무도 아니었다. 우리는 그때 우리의 정치사상을 건설하기 위하여 우리의 그룹을 옹호하지 않을 수 없었고, 또 내세우고 추켜올리지 않을 수 없었던 것이다. 그래야 사회적으로 권위도 얻게 될 것이요, 그러므로 가난한 우리가 밥도 먹게 될 것이므로 그렇게 칭찬을 했던 게지. 이러한 예가 그때의 문단에 있어 한 통폐이었던 것은 군도 잘 알고 있는 사실이겠지? 이제 말하거니와 군의 〈우정〉도 그 한 좋은 예이었던 것임을 알아야 하네."

아직 여생이 구만리 같은 천양으로서는 차마 못할 소리를 한다는 듯이 정암은 끔쩍 놀라고 겨우 뜨이는 눈이 둥글해지며,

"아니, 천양! 그게 무슨 소린가? 군은 아직도 여생을 살아갈 앞날이 많이 남았는데 군 자신의 입으로 그런 소리를 한다면 누가 군의 붓끝을 신용할 것인가. 안 그래? 군!"

그리고 앞날에 있어서의 벗의 지위를 지극히 염려해 마지못하는 듯한 일종 애연에 가까운 낯갗으로까지 변한다.

그러나 천양은 이 소리를 듣는지 마는지 흥분에 걸어지는 침을 힘주어 몰아 삼키며,

"반듯한 말이 그때부터 군의 지위는 문단적으로 섰고, 그리하여 밥 문

제도 어느 정도까지 해결이 되었던 것을 군도 빤히 알고 있는 사실일 테다. 그리고 군은 그 〈우정〉을 내세우고 어깨를 우쭐거리고 다녔지. 나는 그것을 보고 얼마나 늘 웃으며 지내오는지 모른다. 그러면서 세상이란 일개 비평가의 붓끝에 이렇게도 속나 하고 세상을 좇아서 다시 한 번 웃으며……."

"아니 군! 군은 여생이 여생이……."

되풀이하면서 정암은 괴로운 표정 속에 뒷말을 더 계속하지 못하고 눈을 감는다. 침묵이 흐른다. 영원한 침묵을 지키려는 정암은 가쁜 숨소리와 같이…….

그리하여 침묵이 계속되는 고요한 방안에는 전등불만이 혼자 밝아서 현실現實의 역사歷史를 지키고 창밖의 어둠 속엔 가랑비 소리가 여전히 보슬보슬 정암의 최후를 재촉하고…….

신기루[*]

1

돈을 잡은 것은 확실히 유쾌한 사실이었으나, 돈에 노예가 되는 것은 어디까지나 슬픈 사실이었다.

그러나 슬픈 사실인 줄은 알면서도 노예의 사슬에 얽힌 몸을 구태여 벗어나자기에는 그렇게도 미련이 발목을 붙든다.

그것도 애초에 돈 그 물건을 위하여 돈을 잡자던 계획이었다면 모르되 생명과 같이할 한낱 사업의 자금으로 많이도 말고 꼭, 만 원만 잡자고 체면에도 양심에도 다 눈을 감고 의지까지 희생하여 불면불휴 삼십 대의 청춘을 썩힘으로 기어코 손안에 넣은 그러한 돈이다.

그런데 그것도 인젠 만 원을 훨씬 넘어 이만 원에까지 가까웠건만 돈이 손안에 들어옴으로 돈에 대한 욕망은 그만치 커가고, 커가느니만치 마음속을 먹는 벌레는 차츰 깊이 파고들어가, 돈에 대한 욕망을 깨끗이 씻어 버리자고 하면 뒤미처 돈에 대한 욕망의 검은 손이 양심을 덮어누른다.

오늘은 기어이 한군에게 회답을 써야 할 텐데 정암은 아직도 그 회답

---

[*] 이 소설의 배경인 만주는 만주국 건국 이전시대임을 말해둔다.

할 문구에 이렇다 마음을 꽉 정할 수가 없다.

한군의 뜻을 일러 주자면 '그렇다 돈 만 원이 나를 잡은 것은 사실이다. 군의 말대로 그것을 다 투자하면 잡지 하나는 넉넉히 해나갈 수가 있을 것이다. 내 처리되는 대로 걷어 가지고 나갈 테니 우선 군은 모든 것을 준비하게' 하여야 할 것이나, 또 그렇게 하자고 했던 것이 자기의 근래의 숙원이기도 하다.

그러나 어떻게 잡은 그 돈이라고 손해를 보면서까지 해야 될 것이 빤한 그 사업에 투자는 차마 마음이 허하지 않는다. 겨우 문안만을 서두에 써놓고 대답할 재료에 적절한 문구를 찾지 못해 자꾸만 잉크를 찍어 올려서는 붓방아를 찧다 말리다 못해 종시 초안대로 '군은 너무 일찍이 보채는구려. 군이 보채지 않은들 내가 그 잡지야 꿈엔들 잊을 건가. 이만 원 설은 엉터리도 없는 허설이오, 돈은 아직 잡았달 것도 없는 게 소문은 그리 굉장하구려. 잡았다는 게 여우 이삼천 원에 불과한데 그러니 그까짓 것으로야 밥도 못 먹을 걸 잡지가 다 무엇인가. 삼 년만 더 참게. 그러면 내 풍설 부럽지 않게 정말 만 원 하나는 묶어 가지고 나갈 자신이 있으니……' 이렇게 내용을 삼고 마침내 편지의 끝은 맺었으나, 터무니없는 거짓말이 양심에 걸려 당초에 돈을 잡자는 심리가 틀린 거라고 자책을 하며 생명과 돈과 씨름을 붙여 보다가 돈에 대한 욕망을 종시 잊을 길이 없어, 그것은 벌써 쓸데없는 뉘우침을 즉석에서 깨닫는다.

그래 애당초에 돈을 잡자는 궁리를 아니 하였더라도 돈은 여전히 없을 것이니 종시 그 잡지 사업은 못 하게 될 것으로 청춘이 그대로 썩기야 마찬가지가 아니었을 것이냐 하면 아직까지 그 간난이 자신의 개인뿐만이 아니라 집안의 화기를 송두리째 빼앗고, 주림에 떨고 있을 것에 비하여 생활의 안정만이라도 얻어 놓은 점은 틀림없는 돈에 대한 공덕으로 감사하지 않을 수 없는 것이다.

그래 그러한 논조로 생각을 계속하면 오히려 그 돈 속에 모든 평화와 행복이 깃들어 있는 듯싶게 지난날의 생애엔 추억의 줄기줄기 잇몸이시다.

본시 선조의 조업을 물려받는 혜택을 입지 못하고 아직 부모의 노력 밑에서 밥을 받아 먹어야 할 열둘이라는 나이에 제 손으로 제 몸을 치지 않아서는 안 되는 운명을 짊어진 채 향학에 솟구쳐 넘는 정열에 고향을 떠나 이역의 손이 되기는 하였으나, 뜻을 개완히 이르기까지에는 힘을 다하는 노력도 밎지 않았다. M이라는 전문의 야간부를 그래도 그럭저럭 마치게 된 것을, 실사회에 나와 보니 자기에겐 그것도 한낱 기적인 듯싶었다. 그만큼 실사회에서는 동정의 여유에 더한층 매몰한 것이었다. 그래도 문화의 역할에 한몫의 고임돌이라도 되어 보고 싶은 양심의 충동은 밥만을 위해서 허덕이지는 못하고 학생 적부터의 소망인 출판 문화에 현념은 잊지 못했다. 그래서 돈 있는 친구들의 교섭에 몇 해의 세월을 허비하였으나, 될 듯 될 듯한 것이 알고 보면 모두 각지가 어려운 데서의 방패막임들이었다. 여기 정암은 청춘의 끓는 피가 보람 없이 썩어나는 것을 통절히 가슴을 치고 아무 짓을 해서라도 돈 만 원은 붙들어 와야 한다! 시골서 근근이 농사를 지어서 지내는 늙은 아버지의 주머니 귀를 털어 가지고 이 북만으로 들어온 지가 칠 년째— 돈에다 생명을 걸은 이 시절의 생활—그것은 생활의 마디마디 모골이 송연타.

—처음 오 전 십 전짜리의 봉지를 상대로 아편 밀매를 시작한 것이 육칠 개월에 돈 백 원이난 수월히 잡을 수 있어 앞길의 진전을 어느 정도까지 꾀할 수 있는 서슬에 그맛것도 돈이라고 도적은 들었다.

앞가슴에 총부리를 겨누고 마주 서는 데도 돈을 내어놓지 않았음은 어리석은 짓이었을까. 생명을 판 돈이라 생명을 걸고 싸우지 않을 수 없었다. 겨눈 총부리 앞을 날쌔게도 달려들어 주먹으로 면판을 받쪼아 거꾸러치고 교묘히 몸을 피해 낸 것은 지금 생각하여도 장하거니와 앞목에 한 놈이 또, 파수를 보고 있는 줄을 뉘 알았으랴! 호각 일성에 붙들린 몸이 되어 돈은 돈대로 빼앗기고도 두 개씩이나 받은 상처가 뒷가슴에 깊다. 쌍줄로 솟아 흐르는 피를 막아 볼 여념도 없이 흐르는 대로 길바닥 위에 점점이 붉은 물을 들이며 방향도 없는 길을 허겁지겁 내달아 피한 곳이 마안한 들판의 청초 속— 풋수수 시절임이 다행이라 할까. 그것으로 끼니를 이며 공포 속에 치를 떨고 배겨 있기 무릇 닷새에 다행히 창흔은 곪는 법 없이 자연히 순조로 치료도 되어 다시 풀밭을 기어나오기는 하였으나 집에는 불까지 질러 놓고 갔다. 몸 담을 곳이 없었다.

두루 헤매던 끝에 친교를 맺어 오던 왕가라는 중국인의 호의로 임시처소의 염려는 떨렸으나, 앞길의 타개책은 여전히 아득하다. 무슨 짓이야 안 해보았으랴. 거리의 짐꾼도 되어 보고, 곡괭이를 잡아도 보며 수삼 개월의 육체노동에 약질의 건강은 더 시달릴 길이 없이 곯아떨어져 자못 그 몸 가질 바 태도에 아득한 판, 이 적지않이 큰 마을에는 죽음의 계절을 만난 듯이 열병이 사람의 생명을 휩쓸고 있었다. 하루에도 몇십 명의 송장이 마을 밖으로 끌려 나간다. 생사의 공포 속에 잠긴 이 마을— 그러나 이것이 정암의 생활 타개에 천재일우의 기회가 될 줄이야…… 문전의 출입도 완전히 엄금된 이 마을이라, 시체의 처치가 곤란하다. 시체를 놓은 집들에서는 그 처치의 감당을 동네 사람들에게 원한다. 뒷산 높은 봉 위에서는 으리으리한 호령 소리가 하루에도 몇 때씩 마을을 타고 흐른다. 몇 통 몇 호에 시체가 놓여 있으니 누구든지 내다 묻어 주면 백 원의 사례를 드린다고.

그러나 돈이면 돈이지 누가 그 우글거리는 병균의 시체를 짊어져다 묻어 주리요, 응하는 사람이 없는 양 같은 주소의 시체를 외우는 고함 소리가 짬짬이 들리는데 그 보수의 가격만은 들릴 때마다 오른다. 저녁 무렵에는 이백 원이라는 숫자에까지 끌어 올려 부르는 소리가 똑똑히 정암의 귓속으로 흘러들었다.

이 소리를 듣는 순간, 정암은 저도 모르게 가슴이 후득거림을 느꼈다.

단 백 원에 생명을 걸고 총부리와 싸우던 일을 생각하고 이 이백원이란 돈을 생각하니 은근히 군침이 흘렀던 것이다. 처지를 생각하면 죽을 진 악을 다 써도 지금 같아서는 청내가야 그맛 돈을 손안에 쥐어 볼 것 같지 못하다. 요행 죽지만 않는다면 게서 더한 땡은 없다. 방금 눈앞에 겨눈 총부리와 싸웠으랴, 그것보다는 오히려 헐한 품이다. 마침내 거사에 용 단을 내어 가지런히 누운 세 개의 시체를 세 차례씩이나 등짐으로 날라 다 묻고 일금 육백 원을 손안에 들었다.

그러나 일을 일단 치르고 나니 그것이 생시 같지는 않았다. 생존욕이 있는 사람으로 정신에 이상이 없는 한, 도저히 못 할 일같이 제 자신의 정신이 발랐었던가를 몇 번이나 의심하게 되는 나머지 께름칙한 생각이 온몸을 공포 속에 떨게 하였다. 창자 속에는 호열자균이 시를 다투어 백 마리 천 마리 자꾸 번식을 하고 있는 것 같아 금시 그것들의 작용은 복통 을 일으킬 것 같은 생각에 무릇 며칠 동안은 단잠이 이루어지지 않았다.

그러나 다행히 뱃증 한번 하는 일 없이 그 달음에 거리로 뛰어나와 언 제나 한번 하여 보리라던 소망대로 명색 요리업을 차려 놓았던 것이 소경 이 문고리를 잡은 격으로 이역에 헤매는 가난한 홀아비들의 주머니귀를 털어서는 좋은 기계가 되어 마침내 소용의 돈을 묶어 놓게 된 것이다.

그러니 누구의 경우가 이래도 그 돈이 허스럽지는 않을 게다. 돈을 쏟 히면 다시 그 고생을…… 할 때에 정암은 더 생각을 계속하려고도 아니 하고 편지를 봉투 속에 집어넣었다.

2

"고반(오반)상!"
"고반상!"
"고반노 하루코상!"

몇 번이고 불러도 응답이 없다.

"고반상테바(오번이라니까)!"

짜증에 가까운 높은 음성이 다시 한번 관내를 찌르릉 울려내는 데도 아무런 반응이 없으매 서기는 이층으로 달려 올라가는 양 쿵쿵쿵 층대를 짚어 넘는 발자욱 소리가 재다.

이년이 기어이 또 무슨 수를 피는 것이 아닌가 정암은 괘씸한 감정이 불쑥 치받쳐 오른다.

번번이 주릿대를 내리나 듣지 않고 떼를 쓰는 하루코다. 어디 한번만 더, 하고 별러 오던 차다. 어떻게 대답을 하나 보자. 서기의 발소리 끝에 그것들(색시들)의 방문이 열리고 거기서 흘러나올 하루코의 대답에 정암은 귀담아 정신을 모았다.

그러나 문소리는 열리자 곧 닫히고 되돌아 나오는 기척은 서기의 보고를 기다리지 않고도 벌써 하루코가 이층에 없는 것을 알 수 있다.

"없지?"

"없습니다."

어디로 달아났다면 큰 탈이다. 하루코는 이 요리점의 존재를 말하고 있다. 그것에의 단골이 얼마인지 모른다. 그것이 흥이 없는 때 영업에는 타격이 온다. 다시는 구할래 드문 계집인데…… 근심과 같이 찾아온 손님 처리에 생각이 옹색한 판, 하루코는 변소에 있다는 보고를 받는다. 제 말은 뒤를 보았다고 하나, 시간으로 보아 이십 분씩이나 뒤를 보았다는 건 곧이들리지 않는 말이다. 역시 피난처가 그곳이었을 것임에 틀림없을 게다. 괘씸한 생각은 당장 주릿대를 내리겠으나, 손님이 기다린다. 독을 보아 쥐를 못 치는 격, 손님을 보낸 뒤에 어디 보자, 흥분을 누르고 한마디의 훈계도 없이 모르는 체 서기의 지휘대로 내버렸다.

시간 손님이었다. 손님은 곧 돌아가고 고반은 나온다.

지독히 여윈 얼굴이다. 한참 나이를 자랑할 연지뺨에 청춘의 물이 시들시들 날았다. 그래도 그 고롭게 정리된 윤곽이 아직도 사람의 눈을 끌기는 하는 것이나, 그것도 화장의 힘이 아니라면 속이지를 못할 것 같다. 단발에 아이롱질을 한 더벅머리는 오히려 여윈 얼굴을 초라하게 만드는 것이었으나, 그래야 손님의 비위에는 맞는다.

불러다 놓고는 아무 말도 없이 정암은 담배만 태운다. 먼저 하루코의 사죄를 기다리는 눈치다.

"저를 불르셨어요?"

"왜 불렀는지 몰라?"

첫마디가 장히 대답하기 힘든 말이다.

"절 불르셨어요?"

무슨 말인지 알아듣지를 못한 것처럼 되물어 보는 수밖에 없었으나, 그것이 억지임은 하루코 저도 안다.

"아―, 왜 불렀는지를 모르느냐 말야!"

"모르겠에요."

"생각해 봐도 몰라?"

"잘못했습니다."

죽어 대령이 봉변을 피하는 수단임을 아는 까닭이다.

"잘못 알기는 아는 모양인데 글쎄 왜 알면서두 그리 생떼를 쓰자는 게냐?"

"제가 언제 생떼를 썼어요?"

"아―, 이년이 그럼 내가 너를 꾸짖기 위해서 생말을 지어내는 게냐?"

"요전엔 정말 배가 아파서 그랬에요."

애원에 가까운 음성이요, 그것은 태도에 더하다.

"배쯤 좀 아픈 게 네겐 그렇게 큰일이더냐?"

"정말이에요. 그 적엔 지독히 아팠어요."

"그래서 그 적엔 배가 아팠다 하구, 아까는 무엇이 또 아파서 세 번 네

번 불러도 대답두 없이 어디를 갔던 게야?"

묻는 말이 빤히 아는 눈치니 핑계가 쑥스러움을 순간 깨닫기는 하였으나, 언제나 이러한 경우면 모면이 난처함에 뉘우침이 많음은 하필 이번뿐이 아니다. 난처의 숙질이 그러지 않아도 괴로운데, 당탁한 직이 헐한 품, 안 속을 줄 알면서도 뜨문히 핑계를 대었던 것이 사실이다. 대답할 말이 없다.

"왜, 대답이 없어?"

"잘못했에요."

할 밖에 더 말이 있을 수 없는 괴로운 마음은 안타까운 흥분 끝에 또 기침줄기를 터뜨린다. 입을 손으로 싸고 쿨룩거리더니 마침내 뒤미처 시뻘건 선지피를 받아 낸다.

정암은 아연하고 실색하는 나머지 하려던 말을 더 계속하지 못하고 하루코의 괴로워하는 표정에 자기를 잊은 양 멍하니 앉았을 뿐.

"고반상!"

또 서기의 부르는 소리.

"잘못했에요. 다시는 안 그러겠어요. 저를 또 부르나 봅니다."

"고반상테바!"

"하이 하이(네, 네)."

3

"탕!"

총소리.

"탕!"

연달아 또 한 방.

바라보니 사무실 앞에 한군이 편지를 읽으며 섰고, 그 뒤에 하루코가 총부리를 겨누었다.

"탕!"

뒤달려오는 총알은 딱 하고 철제의 열쇠 구멍에 명중되어 두 쪽으로 쫙 갈라진다. 지전뭉치가 우르르 쏟아져 나온다. 그들의 눈에 뜨일까 두려워 손빨리 장찬을 하려 하나, 발이 땅에 붙어 떨어지지 않는다. 안타까움에 헤매는 동안 '탕! 탕!' 총소리는 난사에 가깝다. 하나만의 짓은 아닌 것을 깨닫고 살피니 총을 든 것은 하루코뿐이 아니다. 에미코, 가나리아, 쿠로피아, 시라유리, 다리아, 히바리, 스즈랑— 계집이란 계집애는 있는 대로 여덟이 모두 떨쳐나 하루코를 선두에 일렬로 서서 총부리를 겨누었다. 떨어지지 않는 발을 겨우 떼어 헤어진 돈뭉치를 움켜잡으려는 순간, 다시 건너오는 총알은 '탕!' 소리와 같이 손목에 명중된다. 제결에 '으앗' 소리를 치고 보니 움켜잡은 것은 돈이 아니라 이불귀요, 아무것도 없는 방 안에 댕그라니 혼자 누워 있는 자기인 것을 정암은 알았다.

괴악한 꿈이다. 전신이 땀에 떴다.

이게 무슨 징조인고? 꿈은 마음의 상징이라니 이런 노릇은 하면서도 한편 마음의 가책은 늘 받게 되는 양심의 반영이 이러한 꿈을 빚어 보이는 것인가, 만일 꿈이 현실의 상징이라면 하루코를 선두로 계집 여덟이 모두 자기에게 총을 겨눈 원수에 틀림없다. 그리고 한군도 하루코에 지지 않는 원수로 자기를 대하는 것이 아닌가. 그게 한군에게 차마 하여야 할 짓이었을까. 마음을 같이하고 살아온 벗이 한군이다. 섫을 때나 즐거울 때나 같이 울고 즐기며 팔과 다리같이 서로 의지하여 믿고 붙들어 왔다. 결코 허영에서가 아니라, 기어이 우리들의 소망인 잡지는 내 손으로 만들어 놀 테다. 한군은 지금 그것을 믿고, 뜻아닌 월급 푼에 목을 매고 눈알이 뒤솟도록 자기를 기다리고 있을 것이다. 한군에게 한 편지는 과연 할 짓이었을까. 하루코도 그렇다. 밥을 위하여 북만에서 헤매는 존재이었다고는 하나, 그 길을 바르게 지도는 못 해줄망정 감언이설로 그것을 꾀여 들였다. 그리고는 사정에 눈감은 것이 분명 자기였다. 계집애가 여덟이나 있건만 돈을 잡아 준 것은 오직 하루코의 은혜라고 해도 지나친 말은 아닐 게다. 요릿집 ××관하면 벌써 손님은 하루코를 연상하고, 하루코 하면 그것은 ××관인 줄을 안다. 그만큼 그의 존재는 높아 손님을 끌며 ××관의 이름을 굳혔다. 비로소 깨달은 것이 아니라, 병이 들자부터는 실로 허스럽지 않은 동정이 가는 것이 사실이기도 하였으나, 그리하여 참을 수 없이 몸이 괴로워하는 기색이 보일 때면 피로를 풀 여유를 주어 보려고도 아니 한 것이 아니었으나, 그러나 이런 여유를 받게 되고 보니 도리어 그것을 약점으로 자기를 이용하여 보다 더한 여유를 얻고자 떼를 쓴다. 그리하여 그것은 뭇 계집들에게까지 영향을 미치게 되는 것이어서 이런 영업에는 도시 눈이 어두워야 될 것이 진리임을 깨닫고 눈을 딱 감아 버렸던 것이다.

며칠 전의 그 밤으로 말해도 그렇게 고단해서 피신까지 한 것을 찾아내다 시달림을 주고 각혈하는 것을 볼 때 아랫목에 눕혀 놓고 피로한 몸과 마음을 얼마 동안이라도 안정시켜 주었으면 하는 생각이 없지도 않았으나 버릇을 길러 주어서는 안 된다는 생각이 뒤이어 부르는 고반의 호명에도 눈을 감아 버렸던 것이다. 이것이 하루코에게 과연 하여야 할 짓이었을까 생각하니 그러한 꿈은 자기의 꿈속에 반드시 나타나 마땅할 것 같다.

그러면 앞으론 한군과 하루코에게 어떠한 태도로 대하여야 할 것인고? 이 노릇을 그만두는 외엔 역시 묘한 방책은 없다. 그러나, 수만금이 눈앞에 왔다갔다 보이는 이 노릇을 그만두다니 하면 지금까지 쌓아 올린 지위와 권세를 스스로 짓밟아 버리는 것이 되는 것밖에 없다. 돈에 따라다니는 그 지위와 권세를 어디서 다시 붙잡을꼬. 자기와는 상대도 안 하는 놈이 지금은 황공히 머리를 숙이는 것이 아닌가. 어차피 살아가자면 머리를 숙이고 살기보다는 들고 사는 편이 아무리 해도 상쾌한 일 같다. 한편이 좋으려면 언제나 상대되는 그 한편은 희생이 되어야 하는 것은 하필 이런 노릇에서뿐이 아니라 세상의 온갖 이치가 그러하다. 돈 앞에 머리를 숙이고 예기가 죽어 살던 지난날을 돌아보면 모욕의 분풀이로라도 머리를 숙이던 놈에게 그 숙어드는 머리를 고개를 돋우 들고 발길로 한번 지긋 눌러 보고 싶기까지 하다. 잡지 사업 그것은 인제 취미의 대상이 아니다. 사람은 취미로 산다. 삶에 취미를 잃는 때는 제 목숨을 스스로 끊기도 한다. 하물며 잡지 사업에랴! 삶의 승리는 돈에 있다. 이러한 꿈에 굴복을 할 것이 아니라, 힘차게 정복을 해야 한다. 생각을 굳히는 동안 '소곰 소곰' 하고 가나리아의 외치는 소리가 세면대로부터 들려 온다. 또 하루코의 각혈인 모양이다.

정암은 하루코의 각혈이 요즘 와선 차츰 그 번수가 잦아 오는 것을 보고 여생이 앞에 닥친 것을 미루어 이태만 더 참아라 속으로 외이며 다시 자리를 바로하고 이불 속으로 들어갔다.

4

그러나 하루코는 그 이듬해 봄을 잡으면서부터는 급각도로 살이 깎였다. 뜰 뒤 장독대 언저리엔 한참 봄뜻을 머금은 몇 그루의 냉이꽃이 하얗게 피어나건만 하루코의 얼굴은 하얗게 시들어만 갔다.

이렇게 하루코의 얼굴에는 완연히 병색이 드러나게 되니 손님이 차츰 줄어든다. 단골손님까지도 발을 딱 끊고 마는 것이다. 그러니 아직 목숨은 붙어 있되, 이 영업에 있어선 이미 목숨이 없다. 봄이 제 시절인 이 영업에 ××관의 존재를 말하는 하루코가 이렇게 목숨이 없으니 영업에는 타격이 크다.

정암은 이에 대한 대책을 세워야 하는 것이 이 봄을 접어들면서의 커다란 한 가지 일이었다.

그러나 아무리 탐색을 해야 하루코만한 매력을 가진 계집이 좀처럼 나서지 않는다.

오늘은 또 산촌으로 계집의 물색을 떠난다. 조선 계집애를 수양딸로 두었던 진가라는 중국인이 인물은 이쁘나 행실이 부족하여 그것을 팔겠단다는 왕가의 종용으로 떠나는 길이다.

저녁이 끝났다.

왕가는 색시를 교섭한다고 진가와 같이 나가고 정암은 혼자만이 남아서 피곤한 다리를 쭉 버드러치고 앉아 담배를 피워 물었다.

"텅!"

뒷문이 닫힌다.

그리고 쇠를 잠그는 소리.

또 곁문이 탕하고 닫힌다. 쇠 잠그는 소리.

사람을 방 안에 두고 밖으로 쇠를 문마다 잠그는 것이 이상하지 않을 수 없다. 별안간 정암은 으스스한 생각에 오싹하고 머리카락이 있는 대로 올려 뻗친다. 벌떡 일어서 문을 밀어 본다. 당당하게 마친다.

까닭을 몰라 멍하니 천장을 바라보고 있는 동안, 벽장 문이 스르르 열리고 진가가 섬쩍 내려선다.

"너 글 알지?"

진가는 손에 들었던 지, 필, 묵을 내려놓는다. 색시의 계약을 하자는 말인가. 순간 정암은 생각이 옹색하여 바라만 보니,

"글 알어?"

힘있게 곱채는 진가의 눈에는 불빛이 번쩍 하고 빛난다. 조금 전에 대하던 그렇게 사람 좋아 보이던 그러한 진가의 인상이 아니다.

정암은 그 순간 도둑의 굴에 빠진 것은 아닌가 하는 의심이 바짝 일어

났다.

"글 쓸 줄 아는가 하는데……."

꽥 지르는 소리에 흠칠 놀라고 바라보니 어느새 어디서 빼내었는지 날이 새파랗게 번쩍이는 한 자루의 단도가 그의 손에 들려 있다.

순간 정암은 쓸 줄 안다는 대답을 하고 나서도 황겁중 자기 입에서 나온 말이 무엇이었던지도 몰랐다.

"그러면 여기 내가 부르는 대로 편지를 써라."

명령과 같이 붓에 먹을 찍어 정암의 앞으로 내어민다.

"자, 이렇게 써라. 왕가와 같이 색시를 사러 와보니 그 집에 도적이 무서워 옛적부터 땅 속에 묻어 두었던 은전이 몇만 원 어치가 있는데, 이것을 샀으면 수가 날 것인즉, 대지급으로 이만 원만 보내라. 지금 경쟁자가 있으니 돈이 속히 오고 속히 못 오는 데 큰부자 하나이 왔다갔다할 것인즉 시각을 지체 말고 보내라. 이렇게 써라!"

그리고 한 걸음 무릎을 바싹 다가 나앉으며 방바닥에 턱 하고 칼을 꽂는다.

정암은 정신이 아찔했다. —히 듣고 있던 사실을 지금 자기가 봉착하고 있는 것이다. 편지를 쓰라는 대로 쓰지 않으면 그 진가의 칼날에 자기의 목숨은 날아간다. 처음 귀를 베고, 다음에 코를 베고, 그래도 말을 아니 들으면 목을 자른다는 것이 그들의 행동임은 이미 잘 들어 알고 있는 사실이다. 그러나 편지를 쓰는 날이면 새빨간 몸뚱이로 권리도 지위도 다 잃고 한지에 나서는 날이다. 어떻게 이 자리에서 감쪽같이 몸을 피해 볼 길이 없을까 엉뚱한 생각에 잠겨 보는 동안,

"이놈아! 목숨이 귀하거든 빨리 써!"

진가는 한걸음 더 바싹 다가앉으며 칼자루로 손이 간다.

그래도 정암은 어떻게 잡은 그 돈이라고 차마 붓이 손에 가지 않아 머뭇거리니,

"그래 못 쓸 테냐. 후회 마라."

단 한마디로 잡았던 칼자루를 드는가 하더니 어느새 진가의 한쪽 손은 정암의 바른쪽 귓바퀴를 더듬어 잡는다.

"쓰, 쓰겠습니다."

그러나 이미 귓바퀴에서는 새빨간 피가 비치었다.

그 쓰겠다는 소리가 한 초 동안만 더 입 안에서 지체되어 나왔던들 자기의 한쪽 귀는 완전히 떨어지고 말았을 것임을 생각하니 그것만도 다행한 일 같다.

생명이란 이렇게도 귀한 것일까. 진실로 정암은 생명이 돈보다 귀함을 이 순간에서 절실히 느꼈다. 다시 그 칼이 올까 두렵게 벌벌 떨리는 손에 붓대를 더듬어 들었다.

5

이튿날 아침에야 정암은 자기의 정신으로 돌아왔다.

편지는 썼으니 아내는 의심 없이 돈을 보낼 것이요, 돈이 오게 되면 자기는 이 굴 속을 벗어나는 날 것이니 생명은 건지게 될 것이나, 그 옛날 적 운명으로 다시 돌아가야 하는 것이 한없이 슬프다. 왕가 그놈을 친구라고 믿다니! 그놈의 꼬임에 빠지다니! 벗으로서의 왕가의 의리에 정암은 진저리가 나도록 몸서리를 쳤다.

그러나 그 순간, 정암은 한군과 자기와를 또 문득 생각하고 다시 한번 몸서리를 치지 않을 수 없었다.

왕가와 자기, 자기와 한군, 그것은 조금도 다름이 없었던 것이다.

묘예

들에도 한 점의 바람이 없다.

거름 섞은 논 귀의 진장물 위에 두 다리를 힘없이 쭉 버드러뜨리고 뚜웅 풍 떠서 헐떡이는 개구리, 나른히 시든 풀잎 위에 깃을 축 늘어뜨리고 불어 오는 잠자리—, 보기만 하여도 기분조차 덥다.

양산으로 볕을 가리었다고는 해도 등에 업힌 손자나 손자를 업은 할아버지나 다같이 땀에 떴다. 턱밑에 흘러내리는 땀을 할아버지는 건성 머리를 흔들어 떨며 가래밥 위의 고르지 못한 논두렁 길을 허덕허덕 지팡이로 더듬는다.

"엄마, 젖?"

조는 듯 갸웃이 한 짝 뺨을 할아버지의 등에 기대었던 손자는 또 머리를 든다.

"엄마 젖 이제 주디."

언제나 얼르던 말 그대로 얼르는 보나, 아직도 엄마의 김터까지에는 한참이나 걸어 내야 하겠다.

아무리 늙었다고는 해도 작년만 하더라도 이런 논트리 길쯤은 볏짐을 잔뜩 지고도 날다시피 걸어 냈다. 칠십여 생을 진날 마른 날이 없이 짓이

겨 내며 잔뼈를 굵히고 늙혀온 길이다. 다리만 성하고 보면 그까짓 가래
밤 길쯤 한 10리는 어느 겨를에 걸어 냈는지 모른다. 그러나 늙음에 풍기
까지 맞은 때문 그렇게 마음대로 척척 몸을 실어 옮겨 놓을 수가 없다.
지팡이를 다리삼아 운용을 하자니 힘은 들고 걸어지지는 않고.

날마다 젖이 늘 늦어져 울어 대는 손자가 측은해서 오늘은 좀 일찍 나
온다고 한 것이 다리에 힘은 날마다 줄어드는 듯 며칠 전보다도 한결 더
걸어지지 않음이 현격하다. 해는 벌써 한낮이 기울었거니 아침에 한번
젖꼭지를 물려 본 아이가 아니 보챌 수 없다.

"엄마 젖?"

"엄마 젖 준대두? 이제 조꼼만 더 참으믄."

할아버지는 무거운 몸을 지긋둥 지긋둥 좀더 지팡이에 힘을 실어본다.

그러나 제 한몸만 해도 한 다리로 걸어 내긴 된 짐이었다. 아무리 젖먹
이의 어린것이라고는 해도 그것은 숨주머니다. 결코 헐한 짐이 아닌 것
이다. 맥을 조금만 놓다가도 그것의 요동을 받을 땐 자꾸만 한편으로 쓰
러지려는 위태로움을 느끼게까지 된다.

하건만 할아버지는 그것이 조금도 괴롭지 않다. 그 괴로움 속에 도리
어 낙이 있음을 맛보는 것이다. 자기의 잔등이에 만일 이 손자의 숨소리
가 없다면 자기의 여생은 얼마나 쓸쓸한 것일까. 앞날의 영원한 행복은
이 잔등이엣것의 숨소리를 두고는 다시 없을 것만 같게 여겨지는 것이다.

손이 모자라서 남 다 떼는 김을 떼지 못하고 이렇게 김이 늦어져 혼자
가 떨쳐나서도 쩔쩔매는 것을 보면 단박이라도 머리에 수건을 자르고 논
배미로 뛰어들든지, 그렇지 않으면 수차에라도 기어올라 다만 한 이랑의
김이라도 다만 한 바퀴의 물이라도 매고 돌리고 하여 보고 싶은 마음은
참아낼 길이 없으나, 다리가 말을 안 들어 바로 요 며칠 전에도 한번은
남모르게 슬근히 수차 위로 올라섰다가 물은 한 바퀴도 못 돌리고 뒤로
나자빠져 물만 먹고 기어나오던 일을 뒤미처 생각할 땐 자기의 천생인

직능을 잃는 듯이, 그리하여 인생으로서의 온갖 힘을 다 잃은 듯이 눈앞이 아득한 적막을 느끼다가도 자기에겐 이미 성장한 아들이 있고 그 밑에 또 어린 손자가 있음을 헤아릴 땐, 그리하여 그것은 이제 무력해진 자기의 직능에 대를 이어주는 생명의 연장인 것임을 미루어 보고는 도리어 알 수 없는 생의 의욕에 이렇게 손자를 자기 품속에서 키울 수 있게 되는 것이 얼마나 즐거운 일인지 몰랐다.

"엄마."

손자는 엄마를 보았다. 반가움에 손을 내저으며 요동을 한다. 그러나 온 정신을 감탕 속에 모으고 수굿이 머리를 모속에 묻은 엄마의 귀에는 이 소리가 들리지 않는다. 그저 수굿하고 풀을 뽑고 감탕을 주물러야 하는 것이 그의 하여야 하는 일이었다.

"엄마. 엄마."

손자는 자꾸 뒤로 자빠져 나오며 머리를 흔들어 낸다.

"젖 멕이구 봐. 아무래도 오늘은 못 다 맬걸 뭘."

건너쪽 개울에서 논 귀로 물을 퍼올리던 아버지가 먼저 보고 아내에게 말을 건넨다.

절절 끓는 이 폭양 밑에서 위통을 쭉 벗고 잠방이 바람으로 수차 위에 올라서 쉬임없이 연해 바퀴를 짚어 넘기는 아들—볕에 그을고 들바람에 씻긴 그 적동색 살갗, 다리를 드놓을 때마다 떡 벌어진 어깻죽지와 울근거리는 종아리, 그 건강, 그 힘— 을 볼 때마다 할아버지는 만족하다. 이미 자기는 그것을 감당할 능력을 잃었다 하더라도 아들의 그 억센 힘은 손자를 위하여 앞날을 바라보기에 아무러한 미련도 없을 것 같은 것이다.

"너두 좀 쉐서 푸람? 아무래도 못 다 풀 걸."

손자를 어미에게 내어주고 두렁 위에 펄썩 주저앉으며 할아버지는 자식을 올려다본다.

"쉬다니요! 물이 자라질 않아서 김이 더 늦어지는데요."

"날이 무던히 덥구나."

"아버님 제 걱정은 마르시우. 그까짓 물 한 열흘쯤 못 퍼 넘으겠어요."

마음까지 든든한 아들이다.

"그래두 정 힘들문 좀씩 쉐서 푸군 해라. 제 몸은 제가 돌봐야디."

"저야 지금 한참 혈기에 무슨 걱정이 있겠어요. 이 더위에 아부님이 그 저 그 자식을 날마다 업으시구······."

"아니로다. 난 그게 낙이로다. 내 잔등에 그 자식이 없으만 봐라, 내 가 오죽 적적하겠네. 늘그막에 자식 기르는 낙 없이 무슨 맛에 산단 말 이냐."

이야기를 하는 동안에 시퍼렇게 불은 엄마의 젖을 마음대로 주무르며 한참이나 빨고 난 손자는 그제야 마음이 가득한 듯이 젖꼭지를 놓고 엄 마의 얼굴을 치어다보며 빙긋 웃는다.

"쨋 쨋."

할아버지는 무릎을 돋우 세우며 혀를 채어 손자를 어른다.

손자는 소리를 내어 깨륵거리며 할아버지를 향하여 그 조그마한 두 팔 을 날개같이 벌리고 안기려 내어본다.

할아버지도 같이 팔을 벌려 건너오는 손자를 가슴에다 바싹 받아 안 는다.

엄마의 젖을 빨아먹고는 으레 자기의 품속으로 건너와 안길 줄 아는 손자, 그것을 받아 안을 때의 귀여움, 할아버지는 어떻게 할 줄을 몰라 손자의 뺨을 옴옴 빨아내며 말랑거리는 엉덩이를 찰싹찰싹 두드린다.

손자는 나날이 다르게 살이 포동포동 오르고, 할아버지는 나날이 다르 게 살이 뻐듯뻐듯 깎이어 내린다. 김이 채 끝나기도 전에 할아버지의 다 리는 지팡이를 짚고나니 손자를 등에 업을 기력을 잃었다.

마치 한 떨기의 풀이 서리를 맞고 추위를 몰아오는 거센 바람에 떡잎이 점점 시들어 말리듯이 그러나 시들수록 그 떡잎 속에서 힘찬 생명이 새파랗게 봄 준비를 하고 기다리듯이 기력이 점점 쇠퇴하여 가는 할아버지의 품안에선 그 어린 손자가 모락모락 자라나고 있었다. 할아버지가 완전히 다리를 못쓰고 앉아서 뭉그게 되었을 때엔 손자는 가끔 일어설 공부까지 하였다.

"서어마 서마 — 서마 —."

할아버지는 방안이 좁다 기어다니며 짬짬이 일어서 보기에 힘을 넣는 손자를 바라보다가는 그 일어섬을 자기의 힘으로 도와나주려는 듯이 물팍걸음으로 쫓아다니며 대고 손을 공중으로 추어올려 격려를 하였다.

그러면 손자는 더욱 신이 나서 일어서 보려고 애를 쓰기는 하나 그것은 아직 조계였다.

겨우 한 팔이 방바닥에서 떨어졌는가 하면 그만 한 다리가 모으로 쏠리듯 픽픽 주저앉고 만다.

그리고는 마치 떡잎을 헤치고 나올 힘이 부족한 듯이, 그리하여 그 묵은 떨기 속에서 좀더 단련을 하려는 것처럼 벌레벌레 쭈르르 기어와서는 할아버지의 품속으로 기어든다.

할아버지는 손자의 섬의 더딤이 여간 마음에 섭섭하지 않다. 대개는 아이들이 열달이나 그만한 세월이 흐르면 다 설 줄을 아는데 왜 이리 손자의 섬은 더딜꼬? 풀마나 하듯 짬짬이 손을 잡아 일어세워선 끌어서 걸려도 보며 단련을 시키나 할아버지의 손의 의지가 없이는 아무리 애를 써도 제 힘으로는 서지를 못했다. 그해 가을이 지나고 겨울이 접어들어서도 손자는 완전히 일어서지를 못했다.

봄이 왔다.

마을 안은 살구꽃에 붉고, 산속은 새소리에 푸르다. 농가에서는 또 농사 준비에 한창 바빠야 할 시절이다. 헛간 구석에 아무렇게나 처박아 두었던 연장을 들어내 먼지를 털고 물러난 사개를 맞추는 마치 소리가 날마다 마을 안에 요란하다.

봄이 왔다고만 해도 할아버지의 마음은 길러 온 버릇을 잊지 못해 방 안에 누워서도 씨를 뿌리고 재를 덮고 자구를 밟고— 생각에 못 잊히는데 마치에 맞아 물러났던 연장의 사개가 치익칙 소리를 내며 들어가 맞는 부딪침 소리를 들을 땐 자기도 금방 밭갈이에 한몫 메고 나서야 할 것만 같아 봄 뜻에 서두는 마음을 이겨 낼 길이 없었다.

"우리 밭은 웬제 가네?"

마당에서 연장 수선에 바쁜 아들에게 말을 걸었다.

"우린 낼 보리밭 냄을 내게 했어요."

"자구 밟을 군이 없갔구나?"

"제 에미와 밟으래디요."

자구나마 하지 않는 다리, 할아버지는 답답함을 참지 못했다. 지팡이를 구석에서 당기어 문을 밀었다.

앞집의 지붕 너머로 바라보이는 누동의 오리나무, 그 가지마다에 하이얗게 앉은 왁새들 —한참 둥지를 틀기에 바쁘다. 수놈은 줄불이 나게 나뭇가지를 물어오고 암놈은 둥지를 지키며 앉았다가 그것을 받아 쌓고— 금년에도 여전히 왁새가 누동으로 들어와 둥지 트는 것이 할아버지는 여간 반갑지 않다.

할아버지는 왁새처럼 사랑하는 새가 없었다. 왁새는 그해의 그 마을의 농사를 말하는 영조다. 왁새가 촌중에 봄마다 들어와서 새끼를 쳐내가야 그 촌중에 운이 든다는 것은 예로부터 들어오는 말이다. 그렇기 때문에 장난받이 아이들이 알을 내리러 오르내리는 것을 할아버지는 한사코 말려 오며 보호를 하여 오는 것이 그 왁새인 것이다. 그 왁새가 잊지 않고 이 봄에도 또 들어왔다.

들어와서 봄 역사를 한다.

왁새와 같이 농사를 위하여 봄을 맞고 싶은 마음―.

그러나 자기에겐 손자를 보는 일밖엔 인제 더 던지어진 일이 없다. 오직 거기에 정성을 다함으로 힘을 쓸 것이 자기에게 남은 책임이다.

손자, 그것은 인생의 봄 싹이다. 그것을 가꾸어 내는 것은 좀더 뜻있는 일인지 모른다. 한참 서려고 애를 쓰는 손자, 그 아양이 더할 수 없이 귀여워진다. 눈을 돌려 방안을 살피었다. 그러나 손자는 방안에 없다. 그제야 할아버지는 조금 전에 밖으로 나가자고 어미를 졸라 등으로 기어들며 쪼특시던 것을 생각했다.

제나 내나 꼭같이 걸음을 걸을 수 없는 몸이건만 손자는 호령 일령으로 마음대로 어미의 등에서 바깥 출입을 하는 자유를 행사한다. 그러나 자기는 인제 모든 것을 다만 손자에게 바치고 난 몸인 것 같다.

"애놈 바깥에 있네?"

아무의 대답도 없다.

"애놈 바깥에 없어?"

"들어가요."

대문 밖으로 들려오는 어미의 대답. 필시 어디를 갔다가 돌아오는 모양이다. 이윽고 방안으로 들어와 업었던 손자를 내려놓는다. 손자의 손에는 한 포기의 꽃이 들렸다. 화편 안이 새빨간 할미꽃이다.

뒷산에 올라갔다가 산소갓 잔디판에 핀 할미꽃을 자꾸만 꺾어 내래서 꺾어 주었노라는 어미의 말을 들으며 할아버지는 품속으로 기어드는 손자를 안고 코 끝에 닿는 꽃 향기에 봄의 조화를 잊었던 것처럼 그 신비스러움에 다시금 놀랐다.

저렇게 새빨갛게 이쁜 꽃이 어떻게 새까만 땅속에서 생기어 날꼬? 죽으면 하잘것없는 한줌의 흙밖에 더 되어지는 것이 없을 것 같던 적막하던 마음은 저런 꽃을 피워내는 거름이 되는 것이 아닐까 하니 장차 자기의 죽음도 사람의 마음속에 아름다운 정서를 자아내게 하는 그런 보람이 되는 것이라면 생각과 같은 그런 적막한 죽음은 아닐 것 같다.

이렇게 되는 것이 죽음의 원칙일까? 원칙이라면 자기는 농사꾼이니까 아마 곡식을 키우는 거름이 될 것만 같다. 되기만 한다면 얼마나 원하고 싶은 일이랴. 당장 죽어도 한이 없을 것 같다. 자기는 땅속에서 벼를 빚어내고 손자는 땅 위에서 그것을 가꾸어 키우고—.

할아버지는 다시금 손자가 귀여움을 느낀다. 품안에다 두 팔로 손자를 얼싸안았다. 그러나 안은 것은 아무것도 없다. 손자는 품안에 있지 않았다. 언제 품을 빠져나갔던지 발치 구석에 세웠던 호미를 더듬어 들고 그것을 의지해서나마 서 보려는 것처럼 일어설 공부에 일심이다. 한 팔은 완전히 땅에서 떨어졌다.

"서어마! 서어마! 서어마!"

할아버지는 손자나 마찬가지로 안타깝게 마저 떼어 보려는 호미를 든 다른 손에 눈을 주고 부르짖었다.

손자는 할아버지의 격려 소리에 더욱 흥이 실려 조심스럽게 몸에 힘을 주며 손을 떼었다 짚었다 한다.

"서마 공둥! 서마 공둥!"

할아버지는 그 호미 든 한편 손도 점점 떨어져 올라가는 것을 보고는 어쩔 줄을 모르고 두 팔을 들어 허공을 치받치며 얼러댄다.

"서마 공둥! 서마 공둥!"

부르짖다 저도 모르게 어깨를 으쓱 추며 무릎을 탁 쳤다. 손자는 필경 일어서고야 만 것이다. 그저 일어선 것도 아니요 호미를 들고 일어선 손자, 할아버지는 어떻게도 만족한지 몰랐다. 아이가 처음으로 일어설 때에 가지고 일어서는 그 물건으로 장래 그 아이의 운명이 결정된다는 것을 할아버지는 그대로 믿어 온다. 호미를 들고 일어섰다는 것은 필시 농사를 상징한 것이 아닐 수 없다. 그가 성장함을 보지 못하고 죽는다 하더라도 이제 그것은 틀림없이 자기의 뒤를 이음으로 집안의 대를 농사로

이어갈 것임이 마음에 놓였다.

　일어선 것이 너무도 기꺼워 벙글거리고 섰는 손자의 손목을 할아버지는 잡았다. 손자는 지긋지긋 걸어와 할아버지의 무릎 위에 몸을 내어나 던지는 듯이 털썩 주저앉는다. 그리고는 만족한 듯이 할아버지를 치어다 보며 끼르륵 웃는다.

　"그저 내 손주 싸디 요놈이!"

　할아버지는 품안에 들어오는 손자를 바싹 끌어안으며 어쩔 줄을 몰라 엉덩이만 그냥 뚜드려 댔다.

이반

1

오늘 아침도 어멈은 벌써 세 번째나 내가 일어났는가 하는 여부를 살피고 들어가는 눈치였건만 나는 그저 자는 척 이불 속에서 그대로 뒹굴었다. 열 한 시도 넘었으니 아침을 안 먹은 몸이 어지간히 시장함을 느끼게 되면서도 일어나서는 또 먹어야 할 그 백미밥을 생각할 땐 뱀의 혀끝을 보는 것과 같이 몸서리가 떨려, 시장한 배를 쥐어틀면서도 이렇게 아니 넘어졌게 되지 못한다.

백미밥을 먹으면 각기는 낫지 않는다는 것을, 그리고 심하면 생명에까지 관계된다는 의사의 주의를 받게 되자부터는 차마 그 백미밥이 목구멍 너머로 넘어가질 않았던 것이다.

그러나 나는 내 생명이 귀하길래 시재의 고픈 배가 야속해서 이렇게 한껏 누워 넘어졌다가도 필야엔 일어나 억지로 눈을 감고라도 이 백미밥을 또한 아니 먹게 되지 못한다. 여기에 나의 고통은 크다.

백미밥은 병에 관계되는 것이므로 팥밥을 지어달라 주인 마누라더러 몇 번이나 부탁을 하여 오건만 마누라는 기어코 팥밥은 지어주지 않는다. 쌀값과 팥값과를 비해보면 결코 팥값이 앞서는 것은 아니나, 주인은 주인대로 그렇지 않은 이유가 또한 있었던 것이다.

내가 이 집에 기숙을 한 지 반 년이 되건만 처음 두 달 것밖에 밥값을 치르지 못한 것이 그 벌이다. 밥값을 제때에 내지 못하는 나를 내어쫓자는 것이 그 계획으로 병자니까 병에 관계되는 요구를 들어주지 않으면 어디 가서라도 돈을 마련해다 놓고 나가리라는 것이 중요한 이유인데다 팥밥이란 여름 한철에 있어선 쉬기를 잘하는 것이어서 먹다 남으면 버리고 말게 되는 데 대한 이해의 타산이 또한 있었고 그리고 설혹 쉬지를 않는다손치더라도 먹던 밥의 표가 나는 팥밥이니 다른 손님의 밥에 섞어도 못 주게 되고, 병자 자신에게만 주자니 전연 찬밥이 되고, 병자의 것이니 자기네도 먹기가 싫고 하여 결국은 버리는 것밖에 없이 되고 마는 것이어서 도무지 팥밥은 하지 않아야 이롭다는 것이 그 전체적 이유 다.

이러한 사실을 비로소 알았을 때 나는 이렇게도 인정에 매몰한 사람이 있을까 자못 놀라지 않을 수 없었다. 밥값을 내라고 앙칼스레 조를 때는 밥을 팔아먹는 사람으로 아니 그럴 수 없는 일이거니 하여 너무 심하다고는 생각하면서도 밥값을 내지 못하는 내가 도리어 미안함을 느끼어 왔으나, 병중에 있는 손님에 대해서 동정은 못하나마 되려 이 기회를 이용하여 내어쫓음으로써 돈을 받는 것만이 당연히 하여야 할 일인 줄 아는 보통의 범주를 넘어선 주인 마누라임을 알았을 때 나는 내 병을 위하여 이 집을 떠나지 않아서는 안 되었다.

그러나 당장으로 치르고 나올 돈이 없다. 그래도 취직만 되면 살아갈 도리가 있으리라, 있는 세간을 거의 다 들추어 가지고 올라왔던 이백 원이란 돈은 되지도 못하는 그 취직 운동에 두 달이 머다 한 푼 없이 물어가고 빈손 안에 손금만 쥐고 앉았게 되니 동무들로부터도 버림을 받게 된다. 동무라야 노, 홍, 조, 백, 허 다섯 사람밖에 없었지만 그들은 내가 언제부터 돈 한 푼 없이 각기로 고통을 받고 있는 줄은 잘 알면서도 그저 모르는 체다. 아니 언제인가 한번 참다참다 돈의 융통을 좀 원해보았더니 그들은 손실을 피하기 위하여선지 그적부터는 하나같이 나의 하숙에까지 걸음발을 딱 끊고 말았다.

　그러니 도리가 없는 나는 병을 더치는 백미밥인 줄을 알면서도 이 집을 떠날 수가 없어 그저 운명에 목숨을 맡기고 눈치의 그 밥이나마 주어 고맙게 받아먹고 지나는 수밖에 없었다.

2

　어멈은 다시 나오는 기색이다. 신 끄는 소리가 중문턱을 넘어선다.

　순간, 밥이라는 것이 다시금 전광처럼 눈앞에 번쩍하고 나타날 때 나의 눈은 어느새 책상 위에 놓인 한권의 서적에 곁눈질을 하였다. 그것은 철학에 관한 서적으로 내 생에 있어 사람된 나의 전부를 키워준 자모와 같은 것이어서 어떠한 난처한 경우일지라도 품 밖에 내어보내서는 안된다는 내 신념도 그렇거니와, 그것은 또한 난처한 경우일수록 그것에의 해결을 지어주는 그야말로 내 생애에의 나침반과 같은 것이어서 이천여의 장서를 모두 팔아먹으면서도 그것만은 오직 품안에 품고 다니던 것이언만 너무도 절박한 사정이 어제 저녁 불면의 고민 속에서 차마 목구멍으로 넘길 수 없는 백반이 다시 내일 아침을 엿볼 때에 절대한 생명은 사랑하는 책이길래 생명을 위하여 희생하자고 간곡히도 서두르는 것이어서 지금까지 끌어오며 마침 나는 이것의 이론으로 정당화를 시켜 놓았던 것이다.

　“아이 오정이 나세요 서방님!”

　어서 일어나라는 말이다.

　“나 밥 안 먹겠어.”

　서운한 듯이 어멈은 “왜 그러세요” 한마디의 물음도 없이 발꿈치를 돌린다.

　“안 먹겠으면 진작 안 먹겠다구 할게지 한껏 자빠져서 남의 골을 올리고야…… 빌어먹을 녀석!"

어멈의 보고를 받은 마누라는 중문 밖까지 들려라 하는 듯이 조금도 조심성 없게 뱉아 놓는다.

그러나 이러한 소리는 너무도 평범하리만치 나의 귀에는 익다. 그것은 조금도 내 감정을 움직이는 것이 못된다. 나는 다만 흥하고 머리를 들어 어제 저녁의 고민 속에서 한 권의 서적과 같이 절대한 생명에의 후보로 나섰던 춘추의 합복을 벽에서 떼어 입고, 그리고 예의 그 책을 집어든 다음 왜 봉변을 당하였는지 아궁에 손잡이를 박고 넘어진 단장을 주워 들고 전신에 피가 멎은 것 같은 무서운 몸을 의지하여 대문을 나섰다.

며칠만에 걸음을 걸어보는 다리는 전에 비하여 별로이 더한 줄은 모르겠으되, 결코 가벼워진 맛은 없다. 그러나 손끝에까지 무엇을 매어나 단 것같이 심하게도 팔락 쫓아 떨어져오는 것을 보면 병은 그동안에도 분명히 깊이 들어갔음을 알게 한다.

오래간만이라 본정이라도 가볼까 하는 나는 이런 몸으로 운동이 과하면 안될 것을 짐작하고 관훈정 어느 서점으로 들어가 그 책을 마침내 일금 일 원 오십 전에 바꾸어 들었다. 팥죽을 한 번 배껏 먹어보자는 것이다.

그러나 팥은 긴도끼에도 있다. 타오르는 목은 우선 발부리 앞 다방으로 먼저 유혹한다. 나는 선풍기 가까운 야자수 그늘 아래 자리를 잡고 긴도끼를 청했다. 섬먹섬먹 꺼서 몇 숟갈 입에 넣으니 등골에 땀방울이 가다든다. 시원한 맛에 의자에 몸을 기대어 싣고 청량음료를 나르기에 분주한 끽다걸을 하릴없이 바라보다가 나는 시야에 벌어지는 뜻아닌 그림자를 찾는다. 저쪽 매화분 뒤로 조, 홍, 노 세사람이 헤엄쳐 들어왔던 것이다.

순간 나는 나도 모르게 반가움에 그들을 맞기 위하여 빙그레 웃으며 몸을 일으켰다. 그러나 그때의 나의 시야에는 벌써 그들의 그림자는 어느새인지 사라지고 만다. ―조군의 시선이 정면으로 나의 시선과 마주칠 때 조군은 무슨 보아서는 안될 원수나 본 것처럼 얼른 시선을 피하여 누구를 찾으러 온 사람같이 휘 한바퀴 장내를 둘러 살피는 시늉을 하더니 뒤에 달린 홍, 노 양군에게 일변 눈짓을 하며 단장으로 앞을 가리키면서 나가자는 뜻을 말하였던 것이다.

나는 맴을 돈 것같이 갑자기 정신이 휑하여졌다. 눈 앞에서는 알 수 없는 무수한 원형의 그림자가 빙빙 떠돌을 뿐 아무것도 보이지 않았다.

대개 그들이 요즘 나와 사이를 멀리하는 것이 나의 난처한 사정에 물질로서의 자기네들의 손실을 피하기 위한 의미에서일 것이겠거니 하는 정도에서밖에 그들을 보다 더 악의로 해석하고 싶지 않은 나였건만 이렇게 만나서까지 인사 한마디 없이 전혀 원수와 같은 태도로 대하는 것을 볼 때 내 가슴은 미어지게 아팠다.

내가 그들에게 이렇게까지 악감을 갖게 한 그러한 행동이 있었을까. 아무리 생각해도 알 수 없다. 다만 턱을 여런 번 얻어 먹고 한번도 갚지 못한 것― 이런 것까지 생각하게 되면 이런 일은 있었다.

언젠가 조군은 이 삼복고열에 나의 아직 벗지 못한 춘추의 합복을 가리켜 "나는 실상 너와 같이 다니기가 창피하더라. 나의 동무가 너와 같은 미나리라면 나를 어떻게 보겠니"하던 것이요, 그런지 며칠 후 그의 여관을 찾아갔을 때 그는 또 나의 양복에 눈질을 하며 "이 여관집 딸이 나에게 호의를 가지는 모양이니 연애가 성립되기까지 네 양복 자태는 제발 좀 엔뇨구다사이"하던 것이다.

그때 나는 그런 말을 듣고 아무리 그것이 농담이라 치더라도 다소 무안함을 금할 길이 없었다. 그러나 그와 나와는 서로가 못하는 말이 없이 지나오던 터이므로 이역 농담이었을 것이거니 하고 웃음으로 받고 말았으나 이제 그들의 행동을 이렇게 살피고 그것을 되풀어 보니 그 언사는 분명 내가 역하여 참마음에 농담의 껍데기를 씌우고 하였던 말임이 틀림

없었던 것을 깨달을 수 있었다.

그러니 그 원인은 물론 나와 자리를 같이 하면 나를 위해서 자기네의 인격이 떨어지게 된다는 그것이니 나를 대하여서는 재미없다는 것일 것이다.

사람의 마음이란 이렇게도 변하는 것일까. 십여 년 동안 학해에서 맺어온 그와 나와의 교분은 그것이 결코 허스러운 것이 아니었다. 그때에는 사람들이 좀해선 허하지도 못하는 돈이라는 관계에 있어서까지라도 네것 내것이 없이 서로 주머니를 뒤져쓰던 그러한 처지였다. 참으로 그는 나를 못 잊어함이 다른 그 어느 동무에게나 비할 정도가 아니었다.

내 집안이 어떠한 사정에서 일시의 몰락을 피치 못하여 일 년을 앞으로 남겨 놓은 학교를 마치지 못하고 집으로 돌아오지 않아서는 안될 운명에서 귀향의 도에 오를 때 동경역에서 품천까지 전송을 나오던 조군의 눈에서 연인을 떨어지는 계집애같이 석별에 못 이기는 눈물이 끊임없이 두 뺨으로 흘러내려 나로 하여금 눈물이 아니 흘리게 하지 못하던 그러한 교분으로서의 그였다. 그렇던 그가 이제 돈이 없는 나라 해서 이렇게 원수같이 대하지 않아서는 안되는 것이다.

"어이 조끼?"

나는 술을 아니 청하지 못했다. 이때의 내 마음을 참고 이기게까지 내 마음은 세지를 못했다.

나는 가져오는 조끼를 사정없이 들이켰다. 본시 잘 먹지 못하는 술이었지만, 아니 술을 먹으면 각기에 해롭다는 의사의 주의까지 받은 것이었건만 나는 내 바른 정신을 아니 흐리우고는 배겨날 수가 없었다.

그러나 술이 들어갈수록 정신은 더 똑똑해만진다. 나의 그 가난하디 가난한 주머니를 뒤집는 그 돈의 액수로는 족히 흥분된 내 정신을 흐리울 길이 없었다. 그리하여 그것은 내 마음을 보다 더 괴롭히는 것밖에 더 되어지는 것이다.

3

며칠이 지났다. 그날밤 새로 두 시나 되었을까 잠이 드는 둥 마는 둥 어렴풋이 정신이 흐리었을 때 별안간 대문이 왈각시는 바람에 나의 눈은 놀람에 번쩍 띄었다.

"누구요?"

"손님 왔습니다." 자칭 손님이란다. 이상한 대답이다. 그러면 이 사람은 손님을 데리고 온 사람인가. 손님— 나를 찾아올 손님은 서울 장안에 없는데— 더구나 이 아닌 밤중에—.

"누구를 찾으십니까?"

"이방 손님 계세요? 오신 손님이 몸이 위태하시니 빨리 문을 좀 열어주세요."

밖에서는 나의 방 뒷미닫이를 똑똑 두드려 보인다. 비록 나의 이름은 따져 부르지 않는다 하더라도 이방 손님 그것은 내가 틀림없다. 나를 찾아온 손님이다. 나를 찾아온 손님이 몸이 위태하다! 나를 찾아올 손님이 그러한 손님이 있을까, 나는 의아한 눈을 둥그렇게 뜨지 않을 수 없었다.

"당신은 대관절 누군데 누구를 찾으십니까?"

"어 어 어이 아 안군!"

이번에는 겨우 입술 끝에 떨어지는 힘없는 다른 목소리가 분명히 나의 성자를 불러 놓는다.

나는 정신이 펄쩍 들었다. "안군"하는 그 음성은 심히도 귓맛에 익은 음성인 것이다. 그래서 나는 그것이 누구일까는 헤아려 볼 여지도 없이 내 벗의 한 사람이 몸이 위태하여 나를 찾아온 것이라는 생각에 어느새인지 나는 나도 모르게 창을 냅다 밀고 뛰어나가 대문 빗장을 더듬어 열었다.

대문을 정면으로 향하고 마주 놓은 한 채의 인력거—, 그 위에는 한켠

짝 손과 머리를 붕대로 동이고 전신에 피투성이가 된 사나이가 힘없이 고개를 어깨 위에 떨어치고 있다. 누굴까 살피어 보고자 머리를 쑥 내미니

"아 안군!"

하며 손을 마주 내미는데 자세히 바라보니 아! 뜻이나 하였으랴! 그것이 조군이라고야!

그 순간, 나는 그가 왜 이렇게 되었을까하는 생각보다 나를 왜 찾아왔을까 하는 생각이 산듯하게 나의 마음을 앞서지른다. 나와는 전연히 인연을 끊은 것처럼 따돌리고 대하기조차 피하던 조군, 이제 그 조군이 나를 찾아왔다. 피에 젖어서 나를 찾아왔다. 이것이 정말 생시인가 나는 멍하니 서 있지 않을 수 없었다.

그러나 그 다음 순간, 피에 젖어 고민을 느끼는 그의 얼굴을 똑바로 바라볼 수 있을 때 나는 어느새인지 그의 손을 덤썩 더듬어 쥐었다.

그는 말없이 눈물을 흘리며 힘 없이 몸을 비튼다.

"조군! 이게 웬일인가?"

"……." 역시 말없는 한숨과 같이 그의 입에선 확하고 술냄새가 풍기어나온다. 그는 그 상처에 술까지 더할 수 없이 마비되어 있는 성싶다.

인력거꾼과 나는 좌우에서 그를 부축하여 방안으로 들여다 눕혔다.

"무 물 나 물 좀……."

한참 동안 그린 듯이 아니 죽은 듯이 눕힌 그대로 넘어져서 몸 한번 움직이지 않던 조군은 눈살과 같이 얼굴을 찡그리며 머리를 반쯤 든다.

그리고 주발에 남실거리게 떠다 주는 물을 꿀걱꿀걱 단숨에 삼키고 나더니 정신이 드는 양 휘 방안을 한 번 살펴보고는 다시 누으려다가 참기 어려운 무엇이 있는 듯이 강잉히 얼굴을 찌푸리며 이빨을 부득부득 간다.

"조군! 조군! 웬일이야? 이게—"

"에익!" 대답도 없이 그는 방바닥이 깨어져라 두드리며 고함을 친다.

"이놈! 이놈들! 이놈!"

"조군! 조군!"

원인을 모르는 나는 그저 멍하여 부를 밖에 없었다.

"죽는다. 나는 죽는다. 죽어."

미친 듯이 몸부림을 하여 그는 눈물과 같이 설움까지 터뜨린다.

"조군! 조군! 조군! 조군!"

그가 정신에 이상이 생긴 것은 아닌가 나는 슬근히 겁이 나서 어쩔줄 모르고 자꾸 불렀다.

"나는 죽어 이 꼴을 하고 내가 에이."

"조군! 무슨 일이야 어떻게 된 일인데 그래?"

"나는 동무도 없는 놈이야. 나는 죽어 내가 그놈들을……." 그는 더욱 세차게 방바닥을 두드린다.

상처받은 그 손을 그렇게 함부로 쓰는 것이 마땅치 못한 것 같아 나는 그의 손을 우선 붙들었다.

"안군 글쎄 안군 내가 군을 찾아와서 이렇게 시끄럽게 구는 건 참말 미안한 일이야. 그러나 사람이 이거야 원 안타까워 살 수가 있나. 에이 씨—."

분함을 못 참는 듯 멀었던 눈물이 다시금 쭈르르 미끄러져 나온다. 나는 너무도 격분한 그의 태도에 뭐라고 위로할 말을 몰랐다.

"글세 이놈들에게 내가 그놈들을 동무라고 믿다니! 노가놈, 홍가놈, 허가놈 하나 같은 놈들, 이놈들 작당을 하고 나 나를…… 글쎄 내가 오늘 저녁 그놈들을 데리고 명월관엘 가지 않았겠나 군! 그런데 말이야. 산홍이라는 기생년을 내가 뜻을 둔 지가 오랜 것은 군두 아는 사실이지만 그래 오늘 저녁에두 그녀를 불렀드니 아 그년이 글쎄 나만 좋아서 내 곁을 떠나지 않고 서비스를 불공평하게 하니께니 이놈들이 샘이 나서 강주정을 부리며 트집을 잡지 않겠나, 그러드니 필야엔 홍가놈이 아 산홍이년의 따귀를 갈긴단 말이지. 그게 글쎄 꼴이 무어겠나 막잡이들도 아니고 적어도 최고학부들을 나온 인테리들이 기생년에게 손을 대다니, 그래 내가 그년을 붙들고 위로를 하는 척했더니 아 그적엔 날더러 꼭 같은 자식이라고 막 달려들겠지, 홍가놈, 노가놈, 백가놈, 허가놈 할 것 없이 이놈들이 왼통 달려붙어서 나를 미친 개나 치듯 난타질을 한단 말이야. 내 이 양복꼴, 이 피를 좀 보게나. 내가 이제 원수를 못 갚나 군 두고 보게. 그놈 홍가놈의 대강이를 당장에 오스라치랬더니 내가 그놈을 안다리를 걸어 깔고 앉지야 못하겠나, 그만 식탁위에 곱뿌를 손으로 쥐고 넘어가는 바람에 이 손까지 아마 동맥이 끊긴 것 같은데 에이 내 이놈들을……."

걸어진 침을 힘 주어 심키며 그는 뿌드득 다시 이를 간다.

나는 도무지 알 수가 없었다. 조군을 대장격으로 앞세우고 다니며 나를 그룹에서 따든 그들, 그들은 이제 대장 조군을 구타하였다. 일개 계집애의 시기로 구타하였다. 동무(나)를 버리고 동무한테 버림을 받은 조군, 버림을 받고 버렸던 벗(나)을 다시 찾아온 조군, 조군은 나를 무슨 뜻으로 찾아왔을고?

"안군, 그러니 이꼴을 하고 여관으로야 차마 들어갈 수가 있어야지. 여관에서는 나를 부랑자로 틀림없이 볼거야. 우선 그 윤희(여관집 딸)가 내가 매를 맞았다면 내 위신을 어떻게 볼 것인가. 지금 윤희는 한참 내게 반했는데 그래서 나는 윤희한테 내 이꼴을 차마 보일 수가 없어서 군을 찾아왔지 너무 시끄러워 말게."

나는 여기에 무어라고 대답할 말을 몰랐다. 자기의 인격을 보지하기 위하여 버려도 아깝지 않던 벗을 딱한 사정에 직면해선 당당히 찾아올 권리를 가지는 것이다! 나는 입안이 씀을 느끼고 아무 말도 없이 걸어진 침을 삼킬 뿐이다.

4

밤을 새여 아침을 먹고 병원에 갔던 조군은 세주일 동안의 치료를 받아야 되겠다는 진찰을 받고 돌아와서 그때까지 나에게 시끄러움을 부득불 좀 끼쳐야 되겠다고 하면서 여관에다가는 한 삼 주일 동안 북선 지방에 여행을 다녀온다고 전화를 걸어 놓았다. 그리고는 그 이튿날부터 나의 방에서 그냥 자고 일며 병원에를 다녔다.

돈 내음새를 맡은 주인 마누라는 조군에게 할 수 있는 친절을 다하는 눈치였다. 돈이 말하는 그 풍채에 홀대할 수가 없었던지 혹은 그를 영원히 자기 집에 붙들어 두고 밥을 팔아먹을 심계에서였던지 어쨌든 친절은 나에게 대하는 그러한 정도가 아니었다. 식찬 같은 것도 전에 나의 것에 비하여 배 이상이 늘었을 뿐 아니라 특별히 정성을 다하여 요리법에 애를 쓴 흔적까지 보였다.

이렇게 주인 마누라의 특별한 대우를 받으며 날마다 병원에를 다니는 조군은 보름을 넘어 다니고 나서 어느 날은 병원에를 가는 듯이 나가선 진종일을 들어오지 않았다. 아니 그 이튿날도, 또 그 이튿날까지도 들어오는 것이 아니었다.

사흘째 되던 날 저녁이었다. 나에게는 뜻밖에 〈피솔〉이라는 각기약 250그람의 한 병이 진고개 S약박으로부터 조권수趙權秀라는 이름의 딱지를 달고 배달이 되어 왔다.

나는 이것을 보고 문득 놀라는 나머지 조군인 이 집을 아주 떠난 사람인 것을 깨달았다. 그리고 생각하니 조군이 이 집을 떠날 이유도 있을 것 같았다.

그날 아침 조군은 병원에를 떠나기 전에 자기의 집으로부터 오는 돈 3백 원을 받은 것이 있다. 그리하여 그 돈을 찾고 보니 돈을 가지고서 병중에 돈이 없이 쩔쩔 매는 나와 같이 있기가 차마 미안하여 슬그니 이 집을 떠난 것인지도 모를 일이었다. 그러면서 그동안 나에게 시끄러움을 끼친 보상으로 그 약을 사보내고.

"그게 머예요?"

주인 마누라가 묻는다.

"약인가보군요."

"그거 사오는 게유?"

그는 돈이 없다는 내게 약이 오는 것이므로 이상하여 묻는다.

"조군이 나 약 먹고 살아나라구 사 보냈나 보군요."

"아이 참 사정 있는 양반두— 그런데 그이는 사흘씩이나 멋하구 안 들어온대요?"

"내가 걸 알수 있습니까. 약을 사서 보냈을 때에야 아마 이젠 아니 들어올 사람인가보죠."

"머요! 안 들어와요?"

"돈 있는 사람과 돈 없는 사람과 같이 있으면 손해나지 않나요."

"아, 그럼 우리집은 머 아주 떠난 사람이게! 아니 무슨 사람이 그럴까? 아니 난 그날 아침에 돈 십 원을 좀 맡았다 달라고 주기에 받아 넣었더니 이제 그걸 그럼 식비로 쳤군. 멀쩡한 사람이 그게 무슨 인사야!"

마누라는 저윽이 섭섭한 표정이나, 그러나 식비는 잘리우지 않은 것만이 다행이라는 듯이 중얼거리며 허리에 찬 주머니를 치마 위로 한 번 짚어본다.

이 기회에 마누라는 식비 이야기가 났으니 말이지 하고 말머리를 내게로 돌려 붙여 식비 채근을 또 할 것만 같아 아니아니한 마음에 나는 슬근이 방안으로 들어가고 말았다.

시골 노파

1

그러다가 모습을 몰라보고 혹 지나쳐버리지는 않을까, 거의 이십 년 동안이나 못 뵈온 덕순 어머니라, 정거장으로 마중을 나가면서도 나는 그게 자못 근심스러웠다.

그러나 급기야 차가 와 닿고 노도처럼 복도가 메여 쏟아져 나오는 그 인파 속에서도 조고마한 체구에 유난히 크다란 보퉁이를 이고 재빠르고도 아장아장 걸어나오는 한 사람의 노파를 보았을 때, 나는 그것이 덕순 어머니일 것을 대뜸 짐작해냈다. 어디를 가서 단 하룻밤을 자더라도 마치 십 년이나 살 것처럼 이것저것 살림살이 일습을 마련해서 보퉁이를 크다랗게 만들어가지고야 다닌다는 이야기를 전에 시골 있을 때 얻어들었던 기억이 그 노파의 머리 위의 보퉁이를 보는 순간, 문득 새로웠던 것이다. 출찰구를 다 나와 바로 내 옆으로 새려는 것을 나는 어깨를 꾹 눌러 붙들었다.

"덕순 어머니시죠?"

"아아니! 네 네네 세컨댁 준호가?"

받는 대답이 틀림없는 덕순 어머니다.

그리고는 눈이 둥글해서 쳐다보는 게 준호라면 그렇게도 몰라 볼 수가 있느냐는 태도다.

"절 잘 모르시겠죠?"

"모르다니! 아, 그렇게두 어릴적 모습을 몰라 볼 법이 세상에두 있네? 네레 날 알아보구 찾았게 그르디, 난 널 한나두 모르갔구나. 그래, 네 처두 잘 있구, 아덜두 공부 잘허디?"

반가움에 못 참는 듯이 덕순 어머니는 내 손목을 꽉 붙든다.

"그럼요. 자라나는 애들을 그럼 알아보시겠어요?"

이렇게 대답은 했으나 실상인즉 늙어가는 모습도 자라나는 모습에 지지 않게 변하는 것 같다. 그 보통이 생각으로 짐작해서 붙들었게 그렇지 어렸을 때 대하던 그 모습의 상상만으로서는 도저히 찾아낼 수 없을 뻔했다. 그 작은 키와 아장거리는 걸음만을 그저 의구하제 그대로 지니고 늙었을 뿐, 그렇게도 풍만하던 피육은 다 빠져서 눈을 속인다.

"거저 내레 길을 알문 펜지 없이 차에서 척 내려 걸어들어 가련만, 괘니 새벽통에 남 잠두 못자게 널 나오래서 미안허다."

"천만에 말씀을 다 하십니다. 저야 머 밤새껏 다리 뻗고 잤는데요. 참, 아주머닌 차에서 퍽 곤하셨겠습니다."

인사와 같이 나는 우선 그의 머리를 내려누르고 있는 보통이를 받으려고 머리 위로 손을 내밀었더니,

"건 내리났다 엣다 함은 멀 하겠네. 집이 어디멘디 그대로 들어가자군."

"그 짐을 이군 못 들어가십니다. 지게꾼을 시켜야죠. 어서 인 내리놓슈." 하고, 다시 손을 보통이로 가져갔더니 덕순 어머니는 눈이 둥글해진다.

"지겟군을 시키문 또 돈을 주야디 않나! 요걸 멀 못 개지구 들어가서 돈을 또 새기갔네. 집에서 덩거덩으루 나올 적에두 이십 닐 내레 이구 나왔는데."

"그러나, 그 짐을 가지구야 사람 많은데 어떻게 전차를 탑니까?"

"전차를 타! 아, 집이 얼마나 멀기?"

멀어야 장안일 겐데 서울이 얼마나 넓어서 그러노 하는 듯이 사방을 한번 쭉 둘러 살핀다.

"머지야 않습죠. 바루 저 산밑이니까요."

나는 손가락으로 금화산 기슭을 가리켜 보였다. 했더니 덕순 어머니는,

"아아니, 거길, 머, 요걸, 못 이구 걸어들어가서 지게꾼을 시키구, 전차를 타구 해! 성성한 다리들을 됐다간 멀 하겠네. 어서 앞세라. 내 걱정은 말구."

하면서 버쩍 내 앞으로 나선다.

그러니, 나는 늙은이에게 더욱이 나를 찾아온 손님에게 짐을 그대로 이우고 뒤에 달려 들어가기가 미안도 하려니와 인사로도 그럴 수가 없어서 몇 번이고 짐은 짐군을 주고 전차를 타고 가자고 하였건만 종시 짐은 내려놓으려고 하지 않고 곧장 그대로 이고 서서 자꾸 걸어들어가자고만 재촉이다.

처음 어려서 시집을 올 때에는 겨우 채농 한 바리를 해가지고 온 것이 세간의 전부였던 가난한 살림으로 근첫집 논을 몇 마지기 얻어서 농사를 지으며 추수를 하여가지고는 왕복 칠십 리가 되는 가깝지도 않은 산골 길을, 남 타는 기차 한번 타는 일 없이 장이면 장마다 목이 줄어들도록 벼를 찧어 이고 들어가선 국수 한 그릇도 안 사먹고 선자리로 또 좁쌀을 팔아서 옇내다가 그것도 아깝다 죽을 끓여먹으며 푼전을 아끼고 뜯어모으기 무릇 몇 해에 논마지기까지 십여 두락을 잡아 놓았으니, 오죽한 여자가 아니라는 소문을 동네에 남기었던 덕순 어머니인 줄을 나는 잘 안다. 더 말을 해야 듣지도 않을 것 같고, 내 시간도 바쁘고 해서 미안한대로 나는 그의 옆에 서서 걸어들어가기로 했다.

그러나 들어오면서 뒤에 좇아오는 덕순 어머니의 동작을 가만히 살펴보니 말로는 그 보통이가 헐한 것처럼 이야기는 해도 환갑이 넘은 노인

에겐 그것이 결코 헐한 짐이 아니었다. 짐작 몸에 바치는 모양으로 갈수록 숨소리는 거세가고, 거리는 점점 멀리 떨어짐 쫓아오질 못한다.

그 모퉁이를 받아서 내가 좀 가져다드리고 싶은 생각이 없지도 않았으나 그렇게 하자면 역시 그것을 이는 수밖에는, 아름이 넘는 그 큰 짐을 옆에다 낀다든가, 손에다 든다든가 하게는 도저히 생겨먹지를 않았다. 그러니 양복을 입고 외투를 걸치고 모자를 쓴 차비의 내 머리에다는 그걸 이는 수가 없어서 그대로 눈을 감고 모르는 체 그저 수굿이 길잡이 노릇마을 하면서 집까지 모시고 들어왔다.

2

밤새도록 차 안에서 뜬 눈으로 새우고 그 무거운 보퉁이를 또 이고 시달리고 노인이 피곤하지 않을 수 없었다. 대문을 들어서는 손,

"나 물 좀 주지."

해서 거의 한 주발이나 냉수를 꿀꺽꿀꺽 들이키고 나더니,

"이전 늙어서!"

하고 방으로 들어오자 누울 자리부터 보기에 베개를 내려다 드렸더니 베기가 바쁘게 잠이 맥시근이 들어 버린다.

대체 이 노파가 무엇을 보퉁이 속에다 이렇게 많이 넣어가지고 서울로 올라왔을까? 전에부터 보퉁이로 유명한 덕순 어머니라, 나는 무던히도 그 속이 들여다보고 싶었다.

손으로 꾹 찔러보았다. 솜밖엔 아무것도 없는 것처럼 물큰한다. 그러나, 서울 행장에 솜이 무슨 필요가 있을까? 들어보니 솜도 아닌 것 같다. 맛즐하게 무겁다.

"그게 다 머래요?"

하도 큰 보퉁이라, 아내도 궁금해서 묻는 것이었으나, 찔러는 보았다

고 해도 거기엔 나 역시 대답할 자격이 없다.

"글쎄……."

"무얼까?"

아내까지 괜히 호기심이 그 보퉁이 속으로 끌려들어갔으나 남의 짐에 임의로 손을 댈 수가 없고 해서 한참이나 돌아가며 아내도 나도 찔러보고 만져보고 하다가 시간이 좀 바빠서 그만 나는 궁금한대로 집을 나왔다가 오후 두 시쯤 해서 돌아와봤더니 덕순 어머니는 그때까지도 잠이 든 채 깨지 아니하고 있었다.

아내는 점심을 지어놓고 덕순 어머니를 깨울까, 그러나, 곤히 잠든 노인을 깨우기도 뭣하고 해서 어찌해야 좋을지를 몰라 망설이고 있는 중이었다.

"떨, 깨워야지 다 식지 않나?"

"글쎄요."

아내는 그래도 꺼리는 것을 나도 시장해서 같이 상을 받으려고 덕순 어머니를 흔들기로 했다.

"아주머님!"

말없이 눈을 겨우 떴다 다시 감는 걸 보니 잠이 덜 깨는 모양이다.

"퍽 곤하시죠? 점심이 다 되었는데요 일어나슈."

한번 더 몸을 흔들었더니,

"아이구 점심은 와! 내레 구만 참 잘래기 있었구나."

하고, 부스스 일어나며 발 길카리에 놓았던 보퉁이를 당긴다.

밥이 너무 뜬다고 서둘던 아내도 그의 손이 보퉁이로 가는 것을 보자 돌아서던 발길을 다시 돌려세우고 눈을 그리로 쏟는다.

보를 여미어 둘러싼 그 가장자리마다 굵은 실 두 겹으로 꼼꼼히 훔친 실밥을 덕순 어머니는 끊어질쎄라 채근채근 골라 뽑는다.

"점심을 잡수시구 보시죠?"

"아니 여기 내레……."

하면서, 덕순 어머니는 그냥 실밥을 뽑아내더니 보퉁이를 푼다. 푸르스름한 무명 이불 한자리가 비죽이 드러났다. 덕순 어머니는 보귀를 활짝 풀어젖히고 말았던 이불을 드러내어 드르르 편다. 베개만큼씩한 보퉁이가 또, 그 안에서 둘이 나온다. 그는 그 가운데서 좀 길쭉한 놈을 골라 드러내더니,

"아마, 굳었을 걸. 섭섭해서 떡을 둬 뒤치 해개지구 왔구만."

하고, 그 보를 또 푼다. 당즉이 나온다. 샛노란 콩가루 속에 무친 찰떡이다.

"아, 아주머니두! 떡은 그렇게……."

"아니, 얼마 되나 머, 섭섭해서 거저 그르디. 자 하나씩 들자우? 김치나 있을 좀, 딜오람?"

하고 허리춤에서 장도칼을 뽑아내더니 그 떡을 썩썩 벤다. 나는 그 떡에 구미보다 남은 보퉁이에 구미가 더 동했다. 그것은 또 무엇일까 궁금한 것이다.

그러나, 덕순 어머니는 거긴 무슨 비밀이나 담긴 것처럼 떡을 드러내 놓고는 남은 보퉁이는 다시 먼저 모양으로 이불속에다 꽁꽁 말아놓는다.

3

눈을 좀 붙이고 나서 점심을 먹고 나자 그적에야 정신이 드는 듯이 덕순 어머니는,

"서울 와서 구경은 안하구 잠만 자다니!"

하면서, 마당으로 내려선다.

"집이 무던히 초라하죠?"

상을 들고 뒤로 좇아나가던 아내의 이야기였다.

"그런데 마당은 어드메 있노?"

하고, 덕순 어머니는 엉뚱한 소리를 하면서 사방을 휘이 둘러살핀다.

하도 마당이 좁으니까 마당이 마당으로 보이지 않는 모양이다. 마당 한복판에 서서 마당을 찾는다.

"서울집 마당이야 그저 대개 다 이렇죠."

"아아니 그럼 저건 채원이구!"

하고 물독 옆에 파가 두어 포기 서 있는 걸 턱으로 가리킨다.

아닌게 아니라 그게 우리집 채원이었다. 어디다 무어 풋나물 같은 것 한포기 심어 먹을 데 없고, 가게에서 사다가 먹자니 며칠씩이나 묵었는지 생기라고는 하나도 없는 시들은 것이 늘, 손에 들어오기 쉬워서 아내는 항상 파라든가, 배추라든가, 이런 것을 사다가는 기껏 꽂아야 열 포기를 더 넘기지 못하는 그 물독 옆에다 흙을 약간 호미로 헤집고는 뿌리를 묻고, 물을 주어 며칠씩 살리어서 먹군 한다. 지금 남아있는 그 파도 사실은 그런 것이라고 설명을 해드렸더니,

"세상에 푸성귀가 그렇게 귀해서 어떻게 살갔네. 서울선 일습을 그저, 돈 주구 사다먹는대기 편한 줄만 알았는데…… 우리겐 지금 한참 흔한 게 시금치라, 산나물이라, 이거야 돈인 덜 주나! 가서 뜯어오믄 되는 거디" 하면서 마치 우리집 구경이나 온 것처럼 부엌으로부터 광이라, 변소라, 넘석넘석 구석마다 돌아가며 살펴보구 나더니,

"엄물은 어드메 있네?"

하고 아내를 바라본다.

"우물이야 여기 어디 있나요? 수돗물을 지게로 대먹죠."

"그럼 서답질(빨래)은?"

"건 삯 주구요."

"머, 서답질을 다 삯을 줘!"

"빨아단 대림질까지 삯을 준답니다."

"아아니, 대림질두? 고롬 넘잰 서답질두 안하구, 대림질두 안하구, 거저 밥허는 거밖엔 허는 일이 없갔구만."

"그럼은요. 살긴 그저 편하죠. 밥두 식모가 나가서 지금은 제가 짓게 그러지 밥이나 짓나요?"

하는 대답이 아내는 서울 살림에 그것 한 가지가 그저 자랑이라는 듯이 빼는 눈치다. 그러나 덕순 어머니는,

"편안이라니! 아니 그게, 어드메, 편안이와?"

하고 아내의 의사를 거스린다.

이 소리에 아내의 비위가 좀 틀리는 듯이 약간 표정이 달라지는 것 같더니,

"그럼, 머, 시굴서처럼 돼지 노름만하구 살겠어요? 서울 왔음 호강두 좀 해봐야지요."

하고 어성이 좀 거칠어진다.

"난 그른 호강은 호강인 줄 모르갔습데 여부시! 제 입에 넣구 제 몸에 걸치는 건 제 손으루 허구 앉았으야 호강이디, 그게 멀, 호강이갔슴마? 마당 귀에 어물두 하나 없시!"

"아주머니처럼 그럼 한평생을 일만 하다가 없어져야 그게 호강이겠어요? 시골 사람은 참, 생각험 불쌍해."

하고 비웃는 눈치를 보이니,

"애개개 불쌍두 쌔해라."

하고 무엇을 잊은 것처럼 새삼스럽게 하늘을 쳐다보며,

"해레 이전 볼세 반저녁이 됐다. 물레 없음마?"

하면서 마루로 올라선다.

"물렌 해선요?"

"맹디실 올렬걸 좀 개지구 올라왔더니…… 글쎄 내레 물렌 없을 줄 알아서. 고롬, 꾸리나 게르야갔군."

하고 혼자 말을 주고 받으며 방안으로 들어와 보퉁이를 풀어 이불을 젖히고 남은 보퉁이 하나를 또 드러낸다. 푸는데 보니, 그 보 안에는 전부 명주실을 올린 가랍사리 뭉치요, 꾸리를 겻는데 쓰는 도구들이다.

"그것 보세요. 아주머니 잠깐 서울 구경 와서두 좀 편히 앉아계시지 못하구? 그건, 일이 아니라, 일에 노예에요 노예."

"아니 머, 달나 그름마. 글쎄 메느리레 멩딜 짜기 시작했는데 걸 내레, 꾸릴 게레주야디 누구레 게레주갔슴마? 그래서 가랍싸릴 좀, 개지구 올라왔더니 참 짐만 되웨."

하고, 빈 자리가 없이 헝겊으로 몇 겹이나 발라낸 밑빠진 채바퀴를 드러내서 막대기로 가랍싸리를 깨어 걸어놓더니, 남이야 무어라건 자기 할 일은 그저 그것이라는 듯이 덜덜 꾸리를 겻기 시작한다.

4

이튿날은 덕순 어머니가 목적하고 올라온 창경원 벚꽃 구경을 마침 일요일이라, 내가 모시고 떠났다가 돌아오는 길에 그는 화신만 들어가 보자는 걸 나는 진고개로 빠져서 미나까이, 히라다, 미쓰꼬시, 죠지야까지 구경을 시켜드렸다.

"꽃이 인세 활작 피었겠죠?"

그렇지 않아도 그제부터 창경원엘 가보겠다고 벼르던 아내는 꽃 소식이 급한 듯이 마주나오며 묻는다.

"구경이 거저 사람 구경입데게레. 오월 수리 시름판보다두 더해. 에에게, 웬 사람이 그렇게 많갔슴마 사람두—."

덕순 어머니는 엉뚱한 대답을 하며, 마루에 털썩 주저앉는다.

"이제 밤에 한번 더, 가보서야죠. 아주 만개죠?"

"싫쉐 여부시. 밤에두 거저 거 같디 무슨 벨 꽃이 있갔슴마? 난, 꽃구경

꽃 구경허게 제법 훌능한 줄 알았더니 거저 그르투만 머."

대수롭지 않은 대답이다.

"글쎄, 어쩌문 야앵이라는데 밤에 한번 더 가보서야죠. 저녁 먹구 또, 가실까요?"

"건 무슨 구경이라구 이자와서 또 가갔슴마. 난 밤엔 꾸릴 좀 게르아갔쉐. 볼레 내레 이번에 어디 서울을 올라올 길이와? 메느리레 바틀을 버레 놓칠 않았나, 셋째레 젖 끝에 매달레 제 에미 베 못 짜게 송활 안시키갔나 하는 걸 거저, 그래서 난, 싫대두 야레(아들) 다자꾸 방금 죽기나하갔는디 구끼기 전에 금년엔 어서 서울 구경이나 한번 하시구 내로라구 너무두 그래서 말을 안 들음 그것두 또, 어떻게 정성을 깨티는 것 같애서 올라왔디 서울이 머이와 다 내레."

하고 수건을 벗어 보이얗게 묻은 먼지를 턴다.

"그러믄요. 막 떠나야 구경을 올라오시지 어찌문 시골서 서울 구경이라는데."

하고 나도 마루로 올라선다.

"아니 여부시! 난 그까진 꽃 구경 보다두 백아덤(百貨店) 구경이 더 스럽습데게레. 아이구 거, 천덜두 고훈 게 많기두 헙데. 사발이랑, 또 댕가장 단대긴 얼마나 묘헌게 있구! 난, 거저 고게 탐납데."

"그래서 죠지야에서 아주머니 그저 그걸 들구 그리 만지적 어리셨군요?"

하고 낮에 덕순 어머니가 그래서 그걸 놓지 못하고 만지고 섰더랬거니 하는 생각이 나서 해죽이 웃었더니,

"나, 고걸 한 개 사개지구 올 걸 그랬나봐. 손주놈 밥상에 놔주게."

하고 무던히도 아련해 한다.

"그렇게 아련허심 요 앞에서 사시지요. 그런 건 사기전마다 드럽다 쌓인 게 그거랍니다."

했더니,

"응! 있어? 요앞에두 그게? 그럼 여부시! 나하구 좀 또, 나갔다 드릅세."

하고 일어선다.

종일 돌아다녔더니 맥이 폭삭이 나는 게 조금도 움직이기가 싫은데 또 나가보잔다.

"그맛거야 그리 급하실 게 머 있어요?"

"급할 건 없디만 앉았음 멀 하갔슴마. 살 건 사 놓야 마음이 쎄완해난."

하는 말이 곧 나가주었으면 하는 눈치다.

그래서, 앞 거리엘 또 모시고 사기전으로 나갔더니 죠지야에서 보던 것처럼 그렇게 묘한 게 없다. 세 집이나 돌아다니며 보았으나 그런 게 눈에 뜨이지 않았다. 그러니 그적엔 나온 길에 또 죠지아로 다시 가보자는 것이다. 그러나 벌써 다섯 시 반, 백화점들은 문을 닫힐 때다. 내일 내가 회사에 갔다오는 길에 사다드린다고 해서 안심하고 돌아오던 덕순 어머니는 금물전 가게 앞에 이르러 발을 멈추더니,

"여부시!"

하고 나를 찾는다. 돌아다보니 집게에 집어서 문앞에 매달아놓은 무슨 나무판자 같은 것을 가리키며,

"우리 데거 한 개 살까?"

한다.

"그게 먼데요?"

"그게 쥐창애 아니와? 우리게선 지금 그걸 살래야 살 수가 없읍데게레. 그래서 광이두 없구 지난 겨울엔 고노무 쥐새끼덜이 벨 얼마나 축낸는디 가마니란 가마닌 모주리 돌아가맨서 쓸구……"

하면서 올려다보다가

"뎌거 얼마요?"

하고 묻는다.

　그래 십 오 전이라니까 그럼 둘을 달래가지고 들어오다가 아내를 보더니,

"참 서울은 서울이구만 우리게선 살 수 없는데. 내레 작은 메느리네두 한 개 개지다 줄라구 그래서 둘을 사서."

하고 자랑처럼 이야길 한다.

"그래 서울 오셨다 작은 며느리 비단 치마 저구리감이나 한 불씩 끊어다주시지 아주머니두 원, 쥐창애가 뭐시에요."

하고 웃으니

"혼 나갔쉐 여부시! 비단 초메 조고리 입구 김을 어떻게 매갔슴마! 니 불감 뵈가멘서 발을 페야디."

하고 방으로 들어가 보자기 속에다 그걸 꽁꽁 싸넣는다.

　그리고는 내일 저녁 차로는 집으로 내려가야겠다고 부지런히 꾸리를 겻는다. 밤에도 몇 시에야 잤는지 열 한시쯤 해서 우리 내외가 이불 속으로 들어갈 때까지 그는 드르릉 드르릉 그저 꾸리만 겻고 앉아 있었다.

5

　이튿날 아침 아마 여덟시는 되었을까 어쨌든 그러한 시각이었다. 전에 같으면 이맘 때이면 벌써 일어나서 세수를 하고 밥상 들어오기를 기다리고 있을 시각이언만 어제 종일 돌아다닌 것이 몸에 마치었던 모양인지 그때까지 나는 잠을 깨지 못하고 있다가 아내의 부르는 소리에야 겨우 눈이 틔었다.

"여보! 어서 일어나서 밖에 좀 나가보세요."

　아내는 무슨 민망한 일이 있는 듯이 미닫이를 방싯이 열고 이른다.

전에 같으면 어서 일어나서 상을 받으라고 할 것인데 밖에를 나가보라는 것이 이상해서,

"왜 그래 밖엔?"

하고 나는 이불을 젖히고 일어났다.

"아니 아까 난 일어나기두 전에 덕순 어머니가 부스럭거리구 일어나 나왔는데 어딜 갔는지 뵈지를 않아요!"

아내는 이상도 한 일이라는 듯이 눈을 약간 크게 뜬다.

그렇다면 사실 이상한 일이 아닐 수 없었다. 거리엘 나갔다가 혹 집을 잃은 것이 아닌가. 그러지 않으면 못 잊어 하던 그 고추장 단지를 사러 죠지야엘 혼자 간 것인가, 어쨌든 나가보기로 옷을 추려입고 막 마당으로 내려서는데 대문이 삐걱 하고 밀리기에 내다보니 덕순 어머니는 물이 남실남실 담기운 바케쓰를 들고 숨이 차서 들어오다가 문턱 안에 겨우 들어넘겨놓고는 후우 하고 한숨과 같이 허리를 뒤로 젖힌다.

"아니, 아주머니 이게 무슨 일이에요."

아내가 마주 달리어가니,

"후우 님잔 어서 밥이나 지으시. 내 걱정은 말구."

하면서 바케쓰를 들어다 물독에 붓는다.

그리고는 아무 말도 없이 또 바케쓰를 들고 대문을 향하여 나가려고 돌아선다.

"여보 아주머니! 물은 왜 깃누라구 그르세요? 근처에서 흉들을 보게!……"

아내가 바케쓰를 붙드니,

"흉은 내 손 발 개지구 내레 물 깃는데 어느 누가 봄마! 벨 소리 다 마르시."

비웃는 태도로 뿌드친다.

"누가 물이 바르대기 아주머니 그르시우? 칠십 노인이 칭칭대 길을 물

바케쓰를 들구……."

나도 마주나가 말리었다.

가만히 보니 어제 아침 물장수하고 아내가 말다툼하는 걸 덕순 어머니가 들은 모양이다.

지게로 물을 대니 사실 물을 마음대로 풍족히 쓸 수가 없다. 그런데다 꼭 마흔 여섯 층계를 올라와야 하는 금화산 턱의 돌층대 길이라 맨 몸으로 마음을 턱 놓고 올라오재도 어지간히 숨이 찬 지대이니, 이 지대를 새벽 다섯 시부터 물지게를 지고 오르내리는 물장수가 힘이 아니 들 수 없다. 눈치를 보아가다는 가끔 잡수를 한다. 어제도 아내가 뒷간에 들어가 있는 것을 알고는 세 지게를 가져와야 할 것을 두 지게만 가져오고는 다 가져온 듯이 시치미를 딱 떼고는 찌꺽하고 대문을 닫히고 나간다. 그래 물이 한 지게 오지 않았다고 채근을 해도 물장수는 곧장 다왔다고 버티니 싸움을 못할 바엔 하는 수가 없다. 이래서 한번 물이 모자라면 일정하게 날마다 쓰는 물이라 날마다 그만큼씩은 물에 군색을 보게 되는 것이어서 밤에도 물 때문에 혼자 중얼거리는 것을 덕순 어머니도 듣고 앉았다가,

"늘 그래서야 거 어떡하겠슴마!"

하고 제 걱정같이 근심스러워하더니 그 모자라 돌아갈 물을 채워줄 궁리였던 모양이다. 그 정성에는 지극히 감복되는 데가 있었지만 그렇다고 해서 그 노인의 손에 물바케쓰를 그대로 둘 수가 없었다.

"어서 바케쓰를 놓고 들어오세요."

나도 바케쓰를 붙들었더니,

"글쎄 내 걱정은 말래두 그래."

하고 여전히 뿌리치면서,

"바루, 제대루 길었음 볼쎄 데 독은 다 채웠을 걸 거 참 흉측한 노릇이웨. 아 글쎄 님재네 물이 오늘 또 바르갓기에 물을 기러다붓는 걸 이 앞

집 물독에다 세 바케쓰나 기러다부었쉐게레. 아니 세상에 그렇게두 집 모양두 마당 모양두 물독 모양꺼지 같을 법이 어드메 있갔슴마! 네 바케 쓰 채 들고 들어가서 부을내는데, 거 누구요 하고 방안에서 나오는 냄(女 人)을 보니께니 아 그게 님재레 아니구 낯선 냄이 아니갔슴마! 그래서야 그게 님재레 집이 아니구 노무 집인줄을 아랐슴메게레."

하고 스스로 생각해도 어이없는 듯이 웃는다. 우리도 이 소리를 듣고는 아니 웃을 수 없어 같이 웃고 나서,

"그러기 길도 서툴고 한데 그만 들어갑시다."

했더니,

"난 생겨먹길 어떻게 생겨먹어 그른디 가만이 앉아있으문 속이 쐈서 못 앉았갔슴데게레. 사지를 놀리멘서 거저 돌아가야디……. 그래서 그르 디 머 님재레 일 도와주누라구 그름마 머 내레."

하고 부득부득 또 대문 밖으로 나간다.

"손님은 손님 체면을 차려야지 거 멀 그러세요?"

하면서 좀 세게 말을 하여 보았으나,

"애개개! 체면이 사람 죽이는 줄 모름마?"

하고 종시 듣지 아니하고 그 돌충대 길을 노인이 또, 허덕허덕 내려간다. 그래 하는 수가 없어 하는 대로만 보고 있었더니 쉬임없이 연거푸 몇 바 케쓰를 거듭해서 기어이 그 고른 물독을 물이 남실남실하게 채워놓고야 만다.

그리고는 아침을 먹고 나서 아내더러 죠지야에 가서 고추장 단지를 사 다달래가지고는 며칠 더 누해서 내려가시래두 듣지 않고 그날 밤차로 기 어이 내려갈 차비를 하였다.

그래서 나는 그렇게 서울을 싱겁게 다녀가려고 뭐하러 그 지루한 차로 밤을 밝히면서 고생을 하고 올라왔느냐고 하였더니,

"고생인 줄이야 뉘가 모르나, 님잰 내 속을 몰라 그러디. 글쎄 어제 저녁

에두 말했디만 얘가 그르케 죽기 전에 어서 하래는 서울 구경을 아니하구 죽음은 것두 정성을 깨티는 것 같애서 올라온 거야. 정성은 정성으루 받으야 아니하갔슴마? 그르케 하래는 서울 구경을 내가 안하구 죽어보시. 그르면 개가 얼마나 섭섭해 할 거와?" 하고 보따리를 꾸리기 시작했다.

수달

아무리 형의 집이라고는 해도 이태씩이나 끊었던 발을 들여놓자기는 여간 쑥스러운 게 아니다. 꾹 마음을 정하고 오긴 온 길이로되, 막상 대문을 맞닥드리고 보니 발길이 문턱에 제대로 올라가질 않는다.

그것도 멀리 떠나있어서 서로 그립던 처지 같았으면야 이태 아니야 이십 년이 막혔다 치더라도, 아니 그랬으면 오히려 반가운 뭄이 좀더 간절할 것이련만, 이건, 아래 윗동네에서 고양이 개보듯 서로 등이 겯려 지나오던 처지다. 이제 그 형이 이 동생을 맞아줄 리 없을 것 같다.

그동안 서로 막혔던 인사쯤으로 방문의 소임이 다 되는 것이라면 아무리 틀렸던 것이기로 형제의 분의에 찾아가는 동생을 그렇게는 역겹게까지 대하지는 않을 것이련만 끄집어 내고야말 돈 이야기, 그 이야기가 난다면 미상불 아니 역겨울 수 없을 게고, 그나 새나 거절을 당하게 된다면 꼭대기를 털고 되돌아와야할 멋쩍음— 발길은 대문 턱에 멎고 떨어지질 않는다.

틀린 것도 본시 이래서였다.

갈라가지고 나온 세간은 십 년이 머다 말짱하게 탕진이 되니, 동생은 가족의 목숨을 형님에게 다시 의뢰하려 했다. 전연 의뢰하잘 면목이야 있었으련만 할 수 없는 경우이면 으레히 형을 넘겨다보았다.

넘겨다보는 걸 처음엔 형도 형 된 죄라 알고 열 번에 한번만큼씩은 들어도 왔다. 그러나 들으면 뒤가 없는 일을 끝내 이럴 수는 없다고 몇 번 만에는 아여 딱 자르고 죽여 응치 않았다.

그러니, 동생이 굶어죽는대도 모르는 형을 형이랄 수가 없다 해서 동생 초시는 형의 집 문전에 발을 끊고 지나오기 무릇 이태였던 것이다.

그러나 가세는 조금도 복구되는 것이 아니고 웬지 날이 갈수록 점점 더 쪼들려만 와, 그야말로 군색의 절정에 초시 내외는 있었다. 친지의 신세도 돌아가며 졌다. 그러나 늘, 그러잘 수도 없는 것이다. 면목상 어쩐지 형에게 조르기보다 거북함이 몇배나 더했다. 두루 생각하던 끝에 해도 저무니 앞으로의 빚냥도 적지 않은 근심이어서 그래도 혈육을 가르고 나온 형이나마 그중 헐할 성싶어 또 찾아보자던 것이기는 하였으나 그것도 역시 거북하긴 마찬가지다.

한참이나 서서 머뭇거리고 있으려니까 인기척을 경위챈 개가 짖으며 나온다. 자기의 태도를 누가 보는 것은 아닌가 초시는 성큼 발을 들여놓고 태연히 사랑쪽을 향하여 걸어들어갔다.

"아, 저근아—."

개 짖는 소리에 밀창 밖으로 넘석이 머리를 내밀었던 형이 먼저 동생을 보았다.

"아, 형님!"

"넘재! 이게 얼마만이와?"

"해가 바뀌도록…… 형님 이거 죄송하웨다."

"분주하믄 그저 그렇게 되는 법이워니. 어서 이리 드로시."

형도 동생이 오래간만에 반가운 모양이었다. 아무런 티도 없는 인사가 바뀌었다. 그러나, 다음 순간엔 숨기지 못하는 어색한 표정들이었다. 오직 경위만을 서로 살피는 침묵이 담배연기와 같이 하잘 것 없는 방안을 배회하였다.

다 탄 담배가 공기를 완화시키는 동기가 되었다. 형님은 재를 재떨이에 턱턱 털고 나서 입을 열었다.

"말 허디 않아두 다 들어 알갔디만 저근이 참, 우리 집안두 이전 운이 다 진헌 모양이웨."

"아! 형님 그동안 무슨 일이……?"

초시는 어떻게 하는 말인지를 몰라 형님을 바라보았다.

"늙은이(아내를 가리킴)가 일 년쨀 병으로 누어서 일어날 날이 없으니 약값은 태산이웨게레."

여간한 걱정이 아니라는 듯이 형은 한숨을 허연 수염으로 몰아내보 낸다.

"참, 아즈마님 탈두 거 원……."

초시도 같이 근심스러운 태도를 지었다.

"탈이라니! 사람의 집엔 연고가 없구 볼 말이디 그러디 않아두 밑 빚이 무거워 일어날 수가 없는데 이건 엎친데 덮치기루…… 허기야 뭐 없음은 못 갚았디 별수 있음마."

뚝 불거나오는 이런 소리가 동생의 내의를 짐짓 넘겨다보고 하는 방패막임 같기도 했다.

"형님!"

"응?"

"형님이 빚 걱정을 그리 하시면 저 겉은 놈은 어떻게 살아 갑니까? 늘 그막에 괜히 걱정 마시구 마음이나 편안히 가지시다 돌아가시는 게 그게 복이원다. 아무래슴 형님 당대에 이 큰집 세간 가지구 밥을 굶으시겠어요? 아야 그런 걱정은 마시우."

초시도 형의 말 가퀴를 모를 리 없었다. 달려붙을 차비를 하였다.

맞받아내는 동생의 말이 어지간히 마치는 모양이었다. 형은 한참 서슬이 푸르던 자탄이 주그러진다.

"글쎄 내니 걱정을 할래 하고 있음마? 그럼 님재 정황두 딱하구 말구 여부가 있음마."

"정황이 딱하다니요! 오죽하면 제가 다시 이렇게 형님 전에 또 사정을 품하려 왔겠습니까?"

마침내 초시는 물고 늘어졌다.

형은 힘없이 머리를 숙이고 담뱃대를 든다.

"형님!"

"응?"

"아무리 간신하시드래두 오늘 돈 백 원만 꼭 좀 변통해주서야 남을 우이지 않을가 봅니다."

"돈! 아, 아까 말 못 들었음마? 금년엔 글쎄 진 빚이 무거워 니러날 수가 없는데 백 원이라니! 이게 무슨 말이와? 이즘엔 머 땅돈 한 푼 어쩔 수 없음매."

형님은 머리를 굳게 흔들어 보인다.

"그래두 형님이야……."

"그래둔 넷날이야."

"돈 백 원에야 설마 형님이……."

"그건 형님을 모르는 말이구."

"그럼 이 동생은 굶어죽는대두 모른단 말씀이신가요?"

"그렇게 극언極言은 못하는 법이워니."

"형님!"

"글쎄 못해."

인사로 대할 땐 그렇게 부드럽던 형이 돈으로 대할 땐 이렇게도 차다. 더 말이 긴치 않다는 듯이 형은 딱 잡아떼고 안으로 들어간다.

이쯤 되면 백번 말해야 꺾을 수 없는 것이 형의 고집임은 너무도 잘 아는 동생이다. 더 앉았을 필요가 없음을 깨닫고 일어서려는데 오늘 장에도 수달은 나지 않았더라고 심부름꾼이 사랑으로 들어와 이른다.

들으니 형수의 탈에는 수달이 약이라 해서 벌써 달포 동안이나 사처로 구해온다는 것이다.

초시의 비위는 문득 여기에 동했다. 수달 그놈을 구하지 못할까? 그놈만 구한다면 단 돈 백 원에 그렇게 강경하던 형님의 마음도 미상불 풀려질 것 같다. 그놈을 못 구하다니! 그놈을 구해 보리라, 형님의 마음을 푸는 데도 그렇거니와 그것이 약이 된다는 것을…… 하고 한 맘을 먹어보는데 안으로 들어갔던 형님이 돌아온다.

"저근이! 우리 오래간만에 저녁이나 같이 먹습세. 찬은 머 없쉐."

형은 저녁이나 대접해 보내려는 눈치였다.

"저녁이야 머 집에 간들 못 먹소워리."

"아니 찬은 없어, 오래간만에게 그러디. 님잰 이즘 무슨 찬이와?"

"찬이랄 게 있나요. 요즘엔 얼음을 까구 고기 새냥을 했더니 그게 찬입니다."

"겨울에 생선 반찬 그게 좀 귀한거와?"

"아, 그런데 형님! 고기잽이 말이 났으니 말이디 그적껜 얼음 구녕에서 이상한 짐생을 한 마리 잡디 않았갔오? 아, 물속에두 네 발 가진 짐생이 있읍디다."

주사의 눈은 금시 둥글해지더니 빨던 담뱃대를 놓고 허리를 펴며 돋우 앉는다.

"물속에서 나왔는데 네 발을 가저서? 그래 그걸 어드캤음마?"

"아, 하두 이상한 짐생이기에 갯다 뒀읍디요."

"그게 수달 아니와?"

"아 참, 글쎄 다들 그걸 수달이라구 그라나봐요."

"거 수달이웨게레 수달이야. 그런데 저근이! 내 이자 안에 들어가서 꼼꼼이 생각을 해봤더니 이놈의 핏줄이란 무엇이기에 그리 정을 붙잡는 것이와? 님재 부탁을 거역하구나니 눈물이 가슴속에서 막 솟아오름메게 레. 같은 아부님의 자손으루 나는 밥 먹구 님잰 밥 굶는다니 이거야 가슴이 아파 살갔슴마? 이 정상을 알으시믄 지하에 계신 아부님두 편히 주무시질 못하실거야. 내 아무리 간신하더래두 백 원 다는 못하갔쉐만 베나한 댓 섬 낼 아침 내 내려보내워리. 정 급헌데나 약간 머 좀 부슬거리구 그럭저럭 그저 또 지나가멘서 봅세게레.”

별안간 노그라지는 형의 태도였다. 수달의 탐은 기어이 형의 마음을 움직여놓았더 것이다.

이튿날 아침 벼는 어김없이 닷 섬이 초시댁으로 꼽박 소 잔등이 두 짐을 날라냈다.

마지막 바리 뒤에는 형님이 넌지시 덧달리었다. 형 역시 이태 반에 발길을 들여놓아보는 동생의 집이었다.

“아즈바님 손수 오시기까지 아이…….”

초시의 아내가 마주 달려나왔다.

“오랫동안 데수님두 못 보였구…….”

인사가 끝났다.

제수는 아즈반이의 다음 말을 받아야 할 것이 은근히 근심이었다. 아즈반은 틀림없이 그 수달 때문에 내려오셨을 것이고, 왔으니 수달을 보잘 것은 빤한 일일 것이다. 그러나 이에 대한 아무런 대책이 없다. 일을 이렇게 만들어놓고는 대답이 어려우니까 남편은 쓱 몸을 피했다. 잡지도 않은 수달을 뭐라고 대답해야 되나? 각각으로 생각이 바쁜 동안,

“데수님!”

아즈반은 부른다.

“에?”

“저근인 어디 나갔오?”

"해변 내려간다구 아침 일즉이 나갔는데요."

"그럼 늦게야 들올가 보우다레?"

"어드케 됨 메츨 될디두 모르갔다구 그래요."

남편이 이르던 대로 아내는 대답할 밖에 없었다.

"하하! 그래요?"

계획이 틀리는 듯이 머리를 흔들더니 별안간 눈을 치뜨며,

"그런데 머 저근이가 수달을 잡아왔어요?"

하고 제수를 건너다본다.

아니나 다르랴 수달 이야기는 기어이 나오고야 만다.

대답할 말이 없다. 초시가 이르긴 역시 모른다고 하랬으나 차마 그렇게 말이 나오지 않는다. 그렇다고 또한 달리 꾸며 댈 말도 없다.

"수달이라니요?"

우선 반문을 해 보는 것으로 생각에 여유를 주어 보았다.

"고기를 잡으러 갔다가 수달을 잡아왔다구 하던데요?"

아즈반은 의아한 눈이 둥그래서 제수를 바라본다.

"고기 잡으러 갔던 일두 없는데요. 저 모를 소리우다."

"고기 잡으러 갔던 일두 없어요?"

"그럼은와 없디 않구요."

"그름 그 사람이 거 무슨 소리야?"

아즈반은 놀라지 않을 수 없었다. 펏듯 머리에 떠오르는 것이 있었던 것이다.

'수달을 구헌대니까…… 고이헌 놈!'

"머 아즈반이 보시구 수달을 잡아왔다구 말씀을 디립더니까?"

'……허, 고이헌 놈!'

시

어이없이 웃었다. 수염이 센 것이다.

내 천川자로 그어진 이마에 주름살이 이젠 뚜렷이 나타나게 되었거니 하는 정도에서밖에 더 자기의 늙음이 내다 보여지지 않던 근호는 오늘 아침의 면도에서 뜻도 않았던 수염이 턱밑에 셈을 찾았다. 그리고는 벌써! 하는 놀라운 마음에 아내의 경대 속에다 유심히 턱을 비추어 보다가 턱밑의 그 한곳에만 수염은 센 것이 아니고 여기저기 심심찮게 희뜩희뜩 찾아짐을 보고는 다시 한 번 놀라지 않을 수 없었다. 아침마다의 면도날에 자라 보지를 못하는 수염이게 그렇지 그대로 버려 두는 수염이었더라면 서릿발 같은 수염이 이젠 제법 치렁치렁 옷깃에까지 허옇게 늘어졌을 게다.

'허— 수염이 센다. 마흔다섯, 수염이 세!'

어이없이 다시 한 번 웃었다.

이마에 그어진 주름살이 그렇지 않아도 일에 능률을 못 낸다 애송이들 판에 말썽이 많은데 턱밑에 수염까지 센 것을 본다면 더욱 그러한 인식이 그들에게 무젖어들 것 같다. 그리고 생각하면 이 잡지사에서의 자기의 운명도 이젠 정말 앞으로 얼마 남지 않은 것 같아 금시 우울하여짐이 전에 비할 정도가 아니다. 펄펄 뛰는 청춘과 불 같은 정열을 가지고도 제

갈 길을 걷지 못해 근 십 년을 하루같이 잡지 편집에 목을 매고 늘어져 허리를 굽혀오는 몸이 수염에 흰 물을 들인 이제 무엇으로 어떻게 앞길을 타개해 나갈 것인고? 생각하면 아득하기 짝이 없는 앞날이다.

면도를 놓고 부엌을 향하여 소리를 질렀다.

"족집개 거 이디 있든죠?"

"네?"

"족집개 말야, 족집개—."

'족집개?

생각이 아득한 채 아내는 물 묻은 손을 건성 쥐어 뿌리며 들어온다.

"어디 가시가 들어섰어요?"

"아니야 좀⋯⋯."

"먼데요? 그럼⋯⋯."

"아니야 좀 저⋯⋯."

골라 놓은 센 수염오리를 잃지 않으려는 듯이 거기에 댄 손을 떼지 못하고 턱만 흔들어 보인다. 그러니 그것이 무엇을 말하는 것인지를 모르는 아내는 경대 속에 비친 남편의 턱만 먼저 바라보아야 할 일인 줄만 알았다. 그러나 알 길이 없다. 멍하니 바라만 보고 섰으려니

"빌어먹을, 어느새 수염이 센담!"

못마땅한 듯이 남편은 머리를 흔든다.

그적에야 아내는 영문을 알았다.

"난 또 아이구 무어라구, 당신 수염 센 지가 언젠데⋯⋯."

"머?"

"인제야 아르세요? 수염 센 걸."

"아니, 그럼 당신은 알구두 잠자코 있었구려?"

"아니, 그럼 수염 셀 나이에 수염 세는 걸⋯⋯."

속살을 몰라 주는 아내의 말이 안타깝다. 넌지시 그것을 일러라도 주

었더면 그에 대한 방비책이라도 벌써 써 보았을 걸. 인제사 안에서도 모르는 사람이 없이 다 알 것 같아 마음이 심히 마땅치 못하다.

"족집개 어디 있느냐구 하는데?"

저도 모르게 역정이 별안간 튀어져 나왔다.

뜻밖의 역정이다. 원인 모를 역정에 아내는 순간, 감정이 좋지 않았으나 역정과 동시에 변하는 남편의 이상한 낯은 다시 더 대꾸가 긴치 않음을 깨닫게 하였다.

그러나 알 수 없는 족집개다. 젊었을 땐 경대 서랍에 넣어 두고 아침마다 잊을 길이 없이 써 오던 것이었으나 애들이 주렁주렁 달리게 되자부터는 한 번도 손에 대어 본 일이 없다. 어디 들었는지 창졸간 생각이 까마득하다.

"족집갤 내라는데?"

다시 건네 오는 재촉의 역정.

아내는 우선 장롱 서랍을 열었다. 없다. 핸드백 속을 뒤졌다. 없다. 어디 들었을꼬? 옹색한 생각을 다시 더듬어보는 동안, 땡 하고 뒷벽에서 시계가 치기 시작한다. 아까 일곱 개를 쳤으니 보지 않아도 이번엔 여덟 시임에 틀림없을 게다. 여덟 시면 면도가 끝나고 밥을 한 절반은 넘어 먹었어야 출근 시간에 알맞다.

"상, 상 들여와요."

명령과 같이 근호는 놓았던 면도를 다시 들어 경대 속에 턱밑을 비추고 깎던 짬에다 새파란 날을 되대었다. 습포를 했던 수염이 어느새 말라서 칼을 놀릴 때마다 따끔따끔 아프다. 그러나 고쳐 습포를 할 시간의 여유는 없다. 그대로 우기자니 거센 수염이 칼날과 뻣뻣이 마주서며 따끔거릴 때마다 눈물까지 쏙쏙 나온다.

'츠으― 아니 족집개가 핸드빽에두 없구?'

중얼거리다 아내는 불현듯 생각이 나는 듯이 치마를 들치고 새빨간 주머니 속에 손가락을 넣더니 조그마한 게발 족집개를 들어낸다.

'정신두 참 주머니에다 넣군.'

미안한 듯이 그러나 미소로 남편의 앞에 내어민다.

인젠 그러나 수염을 한가로이 골라 뽑을 시간의 여유도 없거니와, 수염은 벌써 이미 다 깎이어져 있었다. 다만 먹어야 할 밥이 그저 시급할 따름이다.

되는대로 두 공기를 퍼 넣었다. 출근 시간까지에는 꼭 십 오 분이 남는다. 정차 정류장까지 오분, 전차를 타고 십 오 분, 또 내려서 걷고……아무리 해도 시간이 빳빳할 것 같다.

전차를 내려서 보니 화신의 이마빼기의 시계침은 벌써 기역자로 꺾이었다. 아홉 시 반이다.

뛰다시피 걸음을 놓다 보니 자기의 꼴이 못 견디게 우습다. 수염에 흰 물을 들이고 출근부에 제재를 받아 먹은 밥이 부꾸여 오르도록 뛰어야 한다는 것은 확실히 자신에의 모욕인 것이다. 그러나 출근부에 빨간 도장이 나란히 찍히지 못하는 때 말썽은 일어난다. 아니 뛸 수 없다. 이러한 속살을 아는 벗이 뒤에서 자기의 꼴을 보고 손가락질을 하며 코웃음을 치는 것 같아 아니 아니한 마음을 주려 잡고 뛰어가지 않는 것처럼 보여질 만한 정도의 걸음으로 써걱써걱 내달았다.

기어코 시간은 늦었다. 벌써 출근부는 정리가 되어 있다. 정리를 표시한 자주빛 스탬프의 '整' 자 인이 또렷이 찍힌 위에다 근호는 멋쩍게 도장을 꾹 누르고 제자리로 와 앉았다.

제각기 저 할 일에 바쁜 사무원들은 여전히 머리를 수굿하고 펜을 놀릴 뿐 한 번 거들떠 보지도 않는다.

근호의 책상 위에도 교정은 수두룩이 와 쌓여있다. 오정까지 될 교정임을 깨닫고 펜을 들었다.

그러나 어쩐지 일이 손에 붙지 아니하고 자기에게 대한 사원들의 태도가 전에보다 더한층 심해지는 것만 같게 마음이 놓이지 않는다. 그의 손은 저도 모르게 턱으로 가서 쓸었다. 습포를 아니하고 깎은 수염은 거칠게도 깔궁깔궁 손끝에 맞힌다. 그러나 센 오리가 척 보이게 그렇게 늦깎인 것인 아니겠지 마음을 놓자 해도 개운치 않다. 다시 손을 대었다. 목 가까운 턱 아래서 그대로 깎이지 않은, 이 푼은 자랐을 것 같은 한대의 수염오리를 붙들고 놀랐다. 이놈이 공교히 센 것은 아닐까 안심찮아 벌떡 일어서 세면대로 갔다. 한숨이 나갔다. 요행 그것이 센 오리는 아니었던 것이다.

그러나 그 체경 속에 비친 얼굴은 아침 집에서 볼 때보다 주름살이 더 간 것 같게 청춘의 윤택이 아주 부족해 보인다. 광대뼈 위에 돈은 검버섯은 그것이 확실히 청춘의 피부를 좀먹으며 있는 증거가 아닐까, 두 손으로 얼굴을 한 번 쭉 쓸어 보았다. 뻐정뻐정한 것이 정 떨린다. 손이 가면 착 달라붙던 청춘, 그 청춘이 한없이 그립다. 청춘과 같이 그럼 이젠 자기의 모든 능력도 줄어만 들 것인가. 마치 그 역정이나 풀려는 듯이 근호는 깎이지 않은 그 수염오리를 다시 더듬어 잡고 힘차게 나꾸어채었다. 쪽 하고 소리가 나는 것처럼 뽑히어 나온 수염 끝에는 하이얀 살이 쌀눈같이 몽톨하게 묻어 나왔다. 근호는 어쩐지 그것이 아깝게만 여겨져 버리지를 못하고 물끄러미 눈앞에 대고 섰다가

"한근호 씨!"

부르는 소리에 놀랐다. 돌아다보니 체소하기 짝이 없는 주간의 체구가 바로 어깨 뒤에 와 서 있다.

"오정까진 교정이 다 되겠죠?"

"되겠죠."

못한다고 할 수가 없어 제결에 대답은 하였으나 벌써 시계는 열 시 반에 가깝다. 시간 반 동안에 사십여 매의 교정을 깨끗이 보아내는 재주는

없다. 여느때 같으면 하루쯤 좀 늦더라도 괜찮을 것이 연말 관계로 오늘 검열을 넣지 못하면 잡지가 제 기일에 나오지 못할 것이므로 그 책임이 큼을 깨닫게 되니 별안간 정신이 무거워진다. 그렇지 않아도 제 흠을 못 잡아 하는 사원들이다. 잡지가 늦어지고 보면 어떠한 영향이 자기의 신변에 미칠는지 모른다. 그러니 아무래도 다 보아내지 못할 교정을 불벼락으로 보고 앉았느니보다는 차라리 책이 늦어지는 데서 돌아올 책임 문제의 불을 재워 놓음으로 신변의 보호책을 강구하여야 할 것이 무엇보다 먼저 하여야 할 일 같았다.

그는 들었던 펜을 다시 놓고 사장실로 내달았다.

사장은 편지를 쓰는 모양, 수굿이 머리를 마끼가미(두루말이) 위에 떠르고 붓방아를 찧기에 문이 열리는 줄도 모른다.

굽실하고 허리를 굽혔으나 받는 인사가 아니매 근호는 낯을 붉히며 문 안에 그대로 우뚝 읍을 하고 섰다.

기다리면 용건을 물으려니 한 것이었으나 사장은 그저 저 할 일만이 할 일인 듯이 눈을 감았다 떴다 마끼가미(두루말이) 위에서 드는 머리가 아니다.

사람이 문 안에 들어와 서 있는 줄을 알면 아무리 바빠도 우선 인사는 받고 볼 성싶은데 생각에 열중하여 필시 주위에는 아무것도 보이지를 않는 것일까, 자기가 여기 서 있다는 것을 알리고자 나오지 않은 기침을 한 번 "허엄"하고 끼쳐 보았다. 그러나 그저 여전히 감았다 떴다하는 눈이요, 그 붓방아에 조금도 변하는 동작이 아니다.

창피한 대로 일단 나갔다 편지가 끝나기를 기다려 다시 들어올까 돌아서려는 즈음, 사장은 방아질하던 붓대를 제꺽 소리가 나게 내어다 던지다시피 놓고 머리를 든다.

근호는 이 기회를 놓치지 않으리라 버썩 한 발걸음 내어디디며 허리를 굽혀 다시 머리를 숙였다.

그러나 머리를 들자, 일어선 사장은 생각이 옹색하였던 모양, 유리창을 통하여 멀리 바라보이는 북악산 허리에 이미 눈이 가 있는 때였다. 사장의 뒤통수에 인사는 갔다. 더한층 먹적음에 화끈하고 다시 얼굴이 달아오른다.

"사장님!"

찾는 것이 실례가 아닐까? 그러나 언제까지고 섰음도 뭣해서 망설이다 망설이다 찾아 보았다.

하지만 북악 허리에 눈을 쏜 그대로 여전히 귀는 먹은 사장이다.

말을 내었다가 대답을 받지 못하는 때처럼 무안한 노릇은 없다. 사장이야 대꾸를 하건 아니 하건 일단 내어놓은 말이라 할 이야기는 하고 보리라는 마음을 먹었다.

"사장님께 드릴 말씀이 잠깐⋯⋯."

"먼데 아까부터 와 섰어 말은 못 하구 그래 또 월급 마에가리야?"

사장은 픽 돌아서며 근호에게로 눈을 쏜다. 알기는 언제부터 알고 있었던 모양이다.

"아니올시다. 저— 이번 신년호에 사장님의 신년사를 싣고 싶습니다."

"내 글을?"

"네—."

"권두에다?"

"네—."

"건 그래서 뭘 허게?"

"아무리 생각해두 신년호니만치 사장님의 정중한 권두사가 있어야 잡지의 권위가 한층 더 설 것 같습니다."

"내가 뭐 그리 잘나서?"

"미다시 우에단 잇숭마루로 사진을 넣구 두 페이지로 짜겠습니다."

324 계용묵

"사진두 넣?"

"네 넣엽죠 사진두."

"내 그 잘난 상판을 왜 그리들 광골 시키려구 야단인구. 접땐 신문에서 사진을 자꾸 졸라 대더니."

"원곤 여덟 장 가량 써 주시면 두 페이지가 됩니다."

"여덟 장이구 아홉 장이구 난 이즘 그런 걸 쓸 겨를이 없네. 정, 내 권두사를 넣어야 잡지 꼴이 창피치 않겠다면 자네 하나 써 넣게나."

결코 명예를 싫어하지 않는 사장이었다. 말만 내면 못 견디는 체 오히려 반갑게 승낙을 할 것이 아닐까, 미리부터 짐작은 하였던 것이나 이제는 그 계획의 결정적 성공을 보게 되니 이젠 책이 늦어져도 충분히 대답할 말이 있는 것이다. 근호는 졸아 들었던 사지가 늘어나 나는 것처럼 마음이 시원스러웠다.

"네, 그럼 제가 글은 최선껏 쓰겠습니다마는 그렇지 않아도 책이 늦어졌는데 사진은 미리 동판을 만들게 한 장 주셨으면 좋겠습니다."

"사진두 머 넣어야 돼?"

마음이 달갑게 내키지 않는 것 같은 반문이면서도 사장의 손은 이야기와 동시에 뺄함 속으로 들어가 한 장의 사진을 더듬어 내었다.

그것은 절대한 효력이 있었다.

늦어도 그 전달 이십일까지에는 못 나와 본 적이 없는 잡지가 새해가 넘어 나왔어도 말썽은 일어나지 않았다.

직접 편집은 근호가 맡아 한다 하더라도 이것을 통솔해 나가는 주간에게도 늦어진 책에 대한 책임이 없을 수 없었다. 그리하여 주간도 사장의 책망을 각오하고 은근히 염려를 마지 않아 왔으나 다음부터는 꼭 기일을 지키기에 힘쓰라는 훈시만 있을 뿐, 웬일인지 전에같이 혹심한 벼락이 내리지 않았다.

사장이 주간의 골을 올려야 순서대로 주간의 골이 편집자를 골림으로 풀리게 되고, 그리하여 편집자는 아래로는 더 돌릴 데 없는 책임을 뒤집어씀으로 전 사원의 미움을 한몸에 받게 될 것인데 이번엔 도무지 사장이 주간의 골을 올리지 못했다. 그런데다 언제나 근호의 신변을 옹호해 오는 주간이었다. 가끔 가다가 근호에게 쓴소리를 하게 되는 것도 사실은 주간으로서의 주간된 그 책임상 피할 수 없는 그러한 잔소리에 지나지 않았다.

근호는 문단적으로 십여 년의 선배요, 이러한 선배가 나이 오십대에 수염에다 흰 물을 들이고 한낱 잡지사의 평사원으로 자기의 밑에서 머리를 숙여가며 겨우 가난한 가정을 붙들어 가는 그 가엾은 처지, 그 처지에 동정하여 사로서의 그에 대한 태도에 은근한 근심까지 가지고 신변을 지켜 오던 것이다. 사장이 말이 없는 한 더는 밀려 내려갈 데 없는 책임을 그에게 뒤집어씌움으로 그에 대한 사내의 공기를 악화시킬 필요는 조금도 없었던 것이다.

그리하여 책이 늦어진 책임을 당당히 짐으로 한낱 말썽거리가 근호를 위협하여야 사원들의 마음은 시원할 것인데 침 먹은 지네처럼 사장의 태도가 부드러운 데 권리가 없는 사원들은 저희들끼리만 그저 수군거리며 끙끙 배들을 앓았다.

행여나 말썽이 일어날까 판매계에서는 오늘에야 나오는 잡지를 광고는 열흘이나 전에 내어놓아서 그 동안은 독자의 주문이 산적하였는데 수용치 못하여 신용상 이러한 타격이 어디 있느냐고 짬짬이 불을 붙이는 것이었으나 주간은 도시 그것이 인쇄소의 책임이라고 말끝마다 근호에게로 몰리는 책임을 덮어 막곤 했다.

근호도 이 사내의 공기에 주간의 동정을 모르지 않는다. 아는 데에 가슴이 아팠다.

자기를 이렇게 옹호하는 주간이기는 하나 길러 낸 후배로부터 받아야 하는 옹호에 차마 자존심이 허하지 않았다. 그리하여 이 허하지 않는 자존심은 도리어 그 옹호가 미움으로 변하여 논의를 하면 얼마든지 자기의 뜻을 받아 줄 줄은 알면서도 차마 그러기가 싫었다.

이번도 그 예를 벗어나지 못하여 주간의 눈을 속이고 사장을 이용하여 자기의 능률 부족에의 책임을 회피하는 수단을 써 보았던 것이다.

이 비루한 행동, 이 부끄러운 행동—. 자기를 올려다나 보는 듯이 펼쳐 놓은 신년호의 권두사 위에 놓인 동그란 사장의 얼굴, 제가 쓴 듯이 신년사의 제목 아래 또렷이 박인 사장의 씨명, 자기의 이름과 사진을 사장은 지금 자기와 같이 들여다보며 결코 싫어하지는 않을 것을 아니 만족한 미소를 짓고 있을 것은 아닐까? 미루어 보니 그것은 어떻게도 무서운 농락 같게 사장과 주간에게 다 같이 미안함을 참을 길이 없다. 왜 버젓이 마음을 버티고 양심이 허하는 밥을 먹을 직업을 자기는 이미 가지지 못하였을까. 시를 써 온 지 이십 년. 그것을 생명으로 지켜 온 것이 밥을 위한 사회적 지위는 한 개 잡지사의 사원으로 문단적 경험으로는 길러나 내다시피 한 실로 십 년은, 연치가 어린 주간에게 머리를 숙여 가면서도 밥에 구차를 받아야 한다! 이것이 시詩에 생명을 건 벌罰이다.

애초에 시에다 생명을 건 것이 밥을 위한 수단은 너무도 아니었다. 자기 일신은 시를 위하여 목숨을 바쳐도 오히려 그것이 본의인 것이다.

그러나 자식을 키울 의무를 가진 한 사람의 아들의 아버지로서의 시인임을 생각할 때 그것은 얼마나 슬픈 시인지 모른다. 자기도 아버지로서의 의무에 자식을 볼 낯이 과연 앞날에 있을까? 이러한 시인, 이런 시인이 되는 시를 지금 중학 삼년의 자식은 마치 아버지의 업이나 이으려는 듯이 밤낮을 파고들고 있다. 학교에서 돌아만 오면 읽는 것이 시요 쓰는 것이 시다. 바로 꽂혀 있어야 할 책장에 책이 저긋둥 모로 빗설 만치 성글어져 있기에 조사를 해 보았더니 투르게네프를 자기의 책상 위에다 옮겨 놓았다. 하이네를, 발레리를 솔금솔금 뽑아낸다. 이것으로써 자기의 신세를 뛰어넘어 장래 사람의 아버지로서의 의무 이행에 군색만 없을 것이라면 재기나 바라고 격려라도 해 주어 볼 일일까, 가장 높은 정신을 가져야 할 시인으로서 무서운 농락을 능히 꾸미어 내어야 하는 이 시의 길, 이 길을 또 밟으려는 자식, 자식의 그 길을 그대로 걷게 버려 두었던 것이 마치 제 발등을 찍으려 갈고 있는 도끼를 보고도 빼앗지 못하였던 것처럼 이제조차 절실히 가슴 속에 뉘우쳐진다.

필시 지금도 자식은 교과서 대신에 발레리를 들고 앉았는 것은 아닐까, 자식에 대한 염려가 진종일 마음을 붙잡고 놓지 않는다.

"정선아!"
집으로 돌아오기가 바쁘게 근호는 아들을 불렀다.
그러나 마주 받는 대답은 정선이가 아니라 아내였다.
"아이, 오늘은 퍽두 이르시네. 갠 도서관에 갔에요."
아궁이에 넣으려던 장작을 한 손에 든 채 아내는 부엌문을 드르릉 밀고 머리를 넌지시 내민다.
"도서관?"
"이에, 제 동생이 공부를 못하게 아침내 지부렁시니께 그만 도서관에나 간다구 점심 먹군 달아났에요. 갠 이즘 밤낮 무언지 그저 쓰구, 읽구 아주 공부가 열심인데요."
이러한 정선이의 근면을 아버지도 알고 있을까, 저만 아는 사실인 것 같아서 덧붙이는 말인 것 같다.
"읽구 쓰구, 건 공부가 아니야."
무뚝뚝하게 건네 오는 까닭 모를 남편의 대답.
"이에?"
캐어물었으나,
"어서 저녁이나 지어요."
더 한층 엉뚱한 대답이다.

오늘은 전에 없이 들어오자마자 정선이를 찾고 말투가 역겹게 나오고—이애가 무슨 일은 저지른 것이 아닌가 마음이 놓이지 않아 다시 한번 더 재차 물었다.

"이에?"

그러나 근호는 아내의 물음에도 귀가 먹은 듯 할 말만 그대로 계속한다.

"나는 밤낮 집에 붙어 있지를 못하니 정선이가 어떤 경향으로 기울어지는지 알 수 없구려. 금후론 당신이 집에서 그애 공부하는 걸 좀 주의해 지도하도록 하우."

그애가 학교 성적이 나빠 학교 선생한테 혹 무슨 주의를 받은 것이나 아닌가? 그러나 정선의 공부에 있어서만은 더 주의가 필요가 없다는 듯이 너그러운 대답이다.

"보나 안 보나 정선인 글쎄 책으로 밤을 밝혀서 걱정인데 그러세요?"

"글쎄, 건 공부가 아니라니깐."

툭 튀어나오는 남편의 역정.

"아이, 난 어떻게 하시는 말씀인지 도무지 모르겠네. 밤을 밝히며 책을 보는 건 공부가 아니구……."

영문모를 역정에 아내도 역겨웠다. 말끝을 할퀴며 머리를 들이민다.

"걔가 시집을 늘 보죠?"

아내야 어쨌건 남편은 물을 대로 묻는다.

"시집도 보나 봅디다."

"글쎄, 그러기 말야. 그게 탈이거든. 당초에 그런 책은 인젠 못 보게 하란 말야. 그리구 과학 방면으루 치를 돌리게, 늘 일러요. 참 걔 일생에 아주 중대한 문제일거요."

"갑자기 건 무슨 말씀이세요? 제 장기대로 어떠한 방면으로든지간 보아서 시켜야 할 게 아냐요?"

"장끼구 수퀑이구 글쎄 장래를 생각하여 하는 게야."

"갠 지금 아버지의 시를 천편일률 격으루 밤낮 같은 소리만 되읊는다구 아주 총열한 비판까지 내리우며 대시인의 꿈을 꾸고 있는데 이제 그 키가 졸연히 돌려질까요."

근호는 몸이 흔들릴 만큼 놀랐다. 시의 뿌리는 벌써 정선에게 이렇게 깊이 박혀진 것일까? 한참 시에 미쳤던 자기의 그 옛날적 정열이 어제런 듯 생각키우며 뿌리가 깊어갈수록 그것은 제 장래의 불행일 것만 같게 자식이 가엾어 보였다.

졸연히 돌리기 어려운 시의 키, 이것을 돌릴 방법은 생각이 아득한 채 근호는 방으로 들어가 넥타이를 끌렀다.

저온低溫 생활엔 졸업을 했다고 아는 근호이건만 밥만을 익히어 내는 것밖에 군 장작맛을 보지 못한 구들은 불과 영하 12도의 추위인데도 어지간히 몸에 마친다. 옷을 갈아입고 나니 으스스한 맛이 대뜸 등골을 엄습한다.

'이게 다 시의 벌인데.'

생각을 하며 근호는 외투를 다시 떼어 쓰고 책상 앞으로 마주 앉았다.

아침 면도 전에 쓰던 시가 던져 둔 그대로 책상 위에서 어서 끝을 마쳐 주기를 기다리는 듯이 마주 올려다본다. 생각해 넣었던 상이 쏟아 놓을 자리를 본 듯이 밀려나온다. 버릇대로 근호는 펜을 들어 원고지 위에 대어 놓았다. 원수의 시, 자기는 그 원수의 붓을 다시 들었던 것이다. 자식에게서 시의 뿌리를 뽑아주려 한 맘을 먹고 돌아왔던 자기가 다시 그 시에 붓을 대다니…… 생각이 밎는 순간 근호는 반이나 넘어 씌어진 시고詩稿를 한주먹에 쓸어 움키었다. 그리고 사정없이 국적국적 꾸기어 쥐었다. 그러나 어쩐지 그것이 차마 쓰레기통 속으로는 던지어지지 않는다. 내일까지는 써 주겠노라고 한 약속의 시고다. 한참 앉아 끝을 맺었으면 장작 30관의 마련은 넉넉히 된다. 손안에서 갈피갈피 꾸기어진 시고를 그는 다시 펴서 책상 위에 놓고 손다림으로 주름을 펴기 시작했다. '쿵' 하고 마루에 책보 던지는 소리가 난다. 정선이가 도서관에서 돌아오는 것인가 보다. 자식에게 무슨 못할 일을 하다 들킨 것처럼 새삼스럽게 그를 대하기가 무서워진다. 금방 문을 열고 들어서는 것만 같아 얼른 시고를 밀어 놓고 책상 앞을 물러나 비스듬히 벽을 지고 기대었다.

"아버지, 오늘은 일찍 오셨네. 날이 굉장히 추워요."

새빨갛게 언 볼을 한 손으로 쓸며 정선이가 문을 연다.

정선이가 돌아만 오면 당장에 시에서 손을 떼라 이르고 시집을 빼앗으려던 아버지의 입은 인사조차 받기에 입이 무거웠다.

"차 참 칩드라, 날이."

그리곤 더 말을 못했다. 제가 하고 싶어하는 일이 오히려 앞날에의 행복이 아닐까, 정선을 대하고 보니 엉뚱한 생각이 자꾸만 입 앞을 가로막는 것이다.

이게 다 아직 시에 대한 미련이다. 그것은 자기 도취에의 아름다운 꿈이요, 현실을 조금도 여기서 용납지 않는다. 빤한 결론이 다시 돌아와 맺히기는 하였으나 그래도 야븟야븟 말은 나오다 들어가고 입이 떨어지지 않는다.

저녁이 끝나자 정선이는 책상으로 돌아앉는다. 가만히 뽑아드는 것이 또 시집이다. 그것이 눈앞에 바라보여지는 순간 근호는 저도 모르게 불렀다.

"정선아!"

"네?"

"마루 책상에서 하이네 시집을 네가 빼냈니?"

"네—."

"그 책을 머 네가 보니?"

"보죠."

보는 것이 장한 듯한 대답이다.

"보아?"

"그럼요."

"못쓴다."

까닭을 몰라 정선이는 순간 눈이 둥글해진다.

"그런 책을 보아선 안돼."

"왜요?"

"넌 그런 문학류의 책에서 일절 손을 떼어야 한다. 그리구 학교에서 배는 것만 열심히 공부할 차비를 해야 한다. 혹 과외로 무슨 책이 보구 싶건 과학 잡지나 그런 걸 사보도록 해라."

"시는 왜 못쓰세요?"

"글쎄, 시를 배워선 안된다."

"아버진 시인이 시는 왜 그리 벽색이세요?"

기가 막히는 질문이다. 대답할 말이 없어 담배를 한대 꺼내 묾으로 부자연한 표정을 감추려 했다.

"아버진 그럼 인제 시 안 쓰세요?"

"아니, 그건 내가 시인이니까 하는 말이다. 그 이유는 말해야 너는 아직 그것까지는 모른다. 덮어놓고 과학방면으로 전공을 하도록 미리부터 마음을 꽉 정하는 것이 너의 장래를 위해서 차라리 행복일 것만은 지금이라도 장담이 될 줄 안다. 그러니깐 시에선 뿌리가 박히기 전에 아예 결심하고 손을 떼야 한다. 알아들었지?"

오늘 별안간 아버지의 이 태도는 무슨 까닭인지 정선이는 알 수가 없었다. 이미 내심으로는 은근히 단테나, 괴테 같은 대시인이 되리라 잔뜩 마음을 먹어 왔다. 버릴 수 없는 것을 버리겠다고도, 그렇다고 버리라는 걸 버리지 못하겠다고도 할 수가 없어 대답할 바를 몰라 머리만 숙였다.

"내 말을 명심해야 한다. 시에선 아무리 해도 손을 떼어야 할 것을 지금 나는 네 귀를 불고 이르는 줄 알아라."

"그럼 전 장래 무엇을 전공해야 할까요?"

"글쎄, 과학 방면이래두! 공과나 이과나 해야지."

"……."

"왜 대답이 없어?"

"응?"

"……."

"정선아!"

답답한 듯이 주먹으로 책상을 울렸다.

"그럼 문학은 그만두겠어요."

장히 꺼리다 힘들게 나오는 대답이다. 헐히 나오는 것보다 오히려 미덥게 들렸다.

그만 했으면 저 스스로 생각함이 있었으리라 근호는 마음을 돌렸다.

그러나 정선이의 손은 한결같이 교과서보다는 시집을 뽑는 편이 많음을 또 보았다. 이래서는 정말 안 되겠다. 근호는 혹심한 책망과 같이 그의 책상 위에서 하이네를, 발레리를 모조리 골라 빼내었다.

그 후부터 정선이는 완전히 시에서 손을 뗀 듯이 아무런 눈치에도 채이는 것이 없기에 아주 마음을 놓고 지나던 근호는 얼마 뒤 자식의 책상 서랍 속에서 뜻도 않았던 뽀―드레르의 일역본 한 권을 또 발견할 수가 있었다. 그것은 자기의 장서에는 없었던 것으로 손수 제가 사다 넣어 두었음에 틀림없었다.

제타하고 근호는 아무런 말도 없이 들어내었다. 어디다 또 갖다 감추거니 바라보고 있던 정선이는 뜻도 않았던 실로 뜻도 않았던 아버지의 그 대담한 행동에 놀람을 마지 못했다. 마당으로 내려서자 한복판을 되는 대로 척 갈라 쥐더니 사정도 없게 쭉쭉 찢어선 고깔처럼 이마를 맞대어 땅위에다 세워 놓곤 성냥을 그어 대는 것이다.

"아버지!"

그러나 아버지는 듣는지 못 듣는지 불을 사르기에만 일심이다.

뽀—드레르는 차마 불 벌을 받을 신세는 아니라는 듯이 마치 몸부림이나 하는 것처럼 넘어지며 넘어지며 대항을 하는 것이었으나, 성냥개비의 힘이란 그렇게도 위대한 것일까, 세 개비 만에는 오금을 못 쓰고 사로잡히고 만다. 불길은 새빨간 혀끝을 조각마다의 틈틈으로 날름거리며 우석우석 기어오른다.

"아버지!"

무슨 말을 하렴인지 정선의 표정은 극히 긴장되어 있었으나 아버지는 여전히 귀먹은 대로 그저 흰 줄기 검은 줄기 구불구불 엇갈리어 꼬이며 끝없이 허공으로 구름처럼 피어오르는 연기만 정신없이 멀거니 바라보고 있었다.

불로초

봄밤이 곤하단 말은 늙은이에게는 적용되지 않는 말이다. 춘곤을 느낄 기력조차 인젠 다 빠졌는지 그렇게도 고소하던 새벽잠이 날마다 줄어드는 것 같다.

어제 저녁에도 며느리가 못지리에 오리를 보고 들어와 누운 다음에도 담배를 아마, 다섯 대는 남아 태우고 누웠으나, 눈을 붙이기까지에는 자정도 훨씬 넘었을 것인데, 한잠도 달게 들어보지 못하고 첫닭의 울음소리에 그만 눈이 띄어가지고선 아무리 자려고 해야 다시는 잠이 들지 않는다.

닭도 인젠 두 회나 울었으니 머지 않아 동은 트겠으나 잠시라도 눈을 좀 붙여볼까, 눈에 힘을 주고 누웠다 못해 할아버지는 이불을 제치고 일어나 담배를 또 한 대 재여 물었다.

"어!"

벙긋하고 성냥불이 방안을 비치자 자는 줄만 알았던 손자가 언제 깨여있었든지 물고 늘어졌던 젖꼭지를 놓고 녀석이 머리를 들며 히쭉 웃는다.

그러나 할아버지는 모르는 체 담배만을 붙이고 나서는 불을 죽였다. 그것이 또 일어나 설레이게 되면 진종일을 밭갈이에 시달리다가 곤히 든

에미 에비 잠이 깨일까 염려스러웠던 것이다. 담배도 조심히 빨고 있었으나,

"이!"

심심하면 언제나 하던 버릇대로 손자는 또 놀자고 수작이다. 그래도 할아버지는 못 들은 체 담배만 빨았다.

"이!"

"⋯⋯."

"이!"

"⋯⋯."

"이아ㅡ."

건네도 건네도 수작을 받지 않으니 손자는 되여지게 소래기를 지른다.

하는 양을 보니 그대로 잠자코 있으면 그런 고래 소리가 필시 나오고야 말 것 같다. 대꾸를 아니 하는 수가 없었다.

"에비 깼갔다! 어서 자라. 조꼼 있으믄 밝갔는데, 우리 이제 밝은 댐에 니러나서 놀자. 용티 내 새끼가."

속삭이다시피 얼러보았다.

그러나 손자는 제 청을 들어 주지 않고 거역하는 것이 참을 수 없이 분한 듯이 말 끝도 체 떨어지기 전에 "으아!"하고 울음을 터뜨린다.

오히려 더한 우환을 만들어 놓았다.

"야! 야! 데 머시기 잉야! 데⋯⋯."

울음을 그칠까 할아버지는 얼러뚱당 달래며 하는 수 없이 성냥을 그어 등잔에 불을 밝혔다. 그러나 그것도 손자는 제 소원이 아니었던 듯이 에미의 팔꼬비에 파묻은 머리를 들 염도 않고 그냥 엉엉 엉석을 부린다.

"아쌔기두 참! 고롬 일러루 오갔네?"

불러보아도 머리를 들지 않는다.

"넌 좀 씩씩 자기나 하람! 무슨 일이 바빠서 신새박부타 니러나 놈두

못자게 또 설레바릴 틸래네!"

하는 수 없이 할아버지는 손을 내밀어 손자의 손목을 잡아 끌었다. 그래도 손자는 지푸둥한 채, 그러나 끄는대로 어미 애비의 배를 되는대로 차부도 없이 타고 넘으며 끌리어 와선 할아버지의 무릎 위에 엉덩이를 둘러대고 털석 안긴다.

"다 죽어가는 늙은이 물팍이 머이 그리 도와서 밤낮 안기갔다구만 서두네? 서둘길!"

그러면서도 할아버지는 새벽녘의 한기가 춥지는 않을까 안기는 손자를 이불귀로 감쌌다. 그적에야 만족한 듯이 손자는 엉석 울음을 뚝 그치고 할아버지를 돌아다보며 히쭉 웃는다.

밉고도 고운 것은 그것이었다.

자기의 품안이 그렇게도 좋아서 만족히 히쭉거리는 웃음을 받아들이는 순간, 할아버지는 모든 감정을 왼통 손자에게 빼앗기우는 듯이 이기에 역겹던 귀찮음도 봄 눈처럼 금시 스러지며 못 견디게 귀여움을 참아낼 길이 없었다.

"아이 아쎄기두!"

할아버지는 오스라지게 바싹 껴안으며 손자의 뺨에다 뺨을 대이고 비볐다.

"거저 너 까타나 내레 못 죽누나!"

오늘도 날씨는 좋을 것 같다. 새벽 안개가 마을 안에 자욱하다. 아직 해도 뜨기 전인데 소 잔등에다 연장을 싣고 떠나는 밭갈이꾼이 벌써 신작로로 연줄 닿는다.

"놈덜은 발써 밭갈일 다 나가누나?"

바깥을 내다보든 할아버지는 마당을 쓰는 아들에게 우리는 떠나기가 늦어지지 않니 재촉이다.

"소래 죽을 먹디 않아서 그래요. 이제 떠나디요."

그동안에나 죽을 다 먹었나 아들은 비짜루를 든 채 소궁이로 가서 넘석이 들여다본다. 아직 소는 죽을 반도 못 먹었다. 콩이 떨어져 맨 여물만 익혀 주었더니 맛이 덜 나는 모양이다.

"식디 않안? 식어슴 더운 걸 좀 타주람!"

"머 괜티 않아요."

"한참 밭갈이에 콩을 못 네 줘서 그르누나! 그게 절반은 더 농사를 제 주는걸……."

할아버지는 한숨과 같이 끙 하고 쌀바가지를 당기어 들고 닭을 부른다.

"쥐쥬우우 쥐쥬 쥐쥬 쥐쥬……."

"나아아 나아아."

우꿋 가마니틀에 붙어서 혼자 자질을 하며 놀기에 세상을 모르고 노는 손자가 닭 부르는 소리를 듣더니 그만 또 제가 주겠다고 소래기를 지르며 달리어 온다.

닭의 모이를 제 손으로 주는 걸 손자는 왜 그리 좋아하는 지 몰랐다. 아침 저녁으로 모이 주는 기색만 보이면 한사코 쫓아와서 모이 그릇을 빼앗는다.

처음에는 모이를 함부로 쥐어 뿌릴까 염려스러워 말리기가 자못 안심치 않았으나 지나보니 인젠 그것도 셈속이 빠한 것 같았다. 이러이러하게 모이는 주어야 된다고 한 번 일러 주었더니 영락없이 이른대로 꼭꼭 주는 것이 신통도 했다. 이미 준 모이가 없어져 닭들이 머리를 들고 다시 바랄 때가 아니면 더는 허투로 던져 주는 것이 아니다. 할아버지는 그게 재롱스러워서 몇 번 모이 바가지를 맡겨 보았더니 인젠 바로 닭의 모이는 제가 맡아서 주어야 할 책임이나 가진 것처럼 꼭 제 손으로 주려고 차비다.

닭들은 모두 토방 우으로 올라서서 목들을 길게 빼고 꾸득거리며 모이를 기다린다.

"쥐 쥐 쥐……."

열 마리가 넘으니 닭들은 모일대로 다 모였는가본데 손자는 쥐소리를 부르면서야 닭의 모이는 주는 것인 것처럼 연방 쥐 쥐 불러대며 쉬쌀을 집어 뿌린다.

모이가 떨어지는 대로 쫓아다니며 남보다 한 알이라도 더 얻어 먹으려고 눈이 뻘개서 덤비는 닭들, 그 경쟁판에서 한 다리로 깨끔질하여 다니며 수고로이 모이를 줍는 한 마리의 땅뚱이 ― 손자에게는 그것이 모이를 줄 때마다 동정의 대상이 되는 듯싶었다. 모이를 거듭 던질 때마다 땅뚱에게 주력을 하고 쥐여 뿌린다. 그러나 떨어지는 모이 좇아 우욱 하고 몰려다니는 성한 놈들의 분주통에 무데기로 떨어지는 모이는 한 번도 참예를 못하고 매번마다 밖으로 밀리어 나와선 알 주이 밖에 더는 못한다.

손자는 혼자 얻어 먹지 못하는 그 땅뚱이가 가엾어 보였던지 모이를 주어 보다 주어 보다 못해 그만 바가지를 놓고 토방으로 나서더니 그중에서도 제일 미꿀스럽게 덤비며 어린 것들을 무시하는 묵은 수탉을 통통거리며 쫓아낸다.

그러나 수탉은 쫓을 때마다 성큼성큼 피할 뿐, 돌아만 서면 여전히 덤비기에 조심도 않는다. 몇 번이고 쫓아 보아도 쫓을 수 없는 수탉임을 안 손자는 할아버지에게 응원을 청하는 듯이 수탉을 가리키며 손목을 잡아끈다.

할아버지는 손자의 그 착한 맘씨에 놀랐다. 아직 엄마 아빠 소리 밖에 말도 할 줄 모르는 인제 겨우 두돌잡이에게 벌써 그런 착한 마음씨가 깃들었다니! 악한 줄 모르고 선을 위하여 정성을 베푸는 마음! 그것이 예로부터 농가의 마음이었다. 그 마음이 자기의 집에서도 대를 이어 내려왔음을 안다. 자기 아들도 그런 마음을 받았다. 이제 거기, 억센 힘, 굳은 의지가 배양만 된다면, 그리하여 천여 두레의 물을 단숨에 쾅쾅 퍼낼 수 있는 장정이 되어 주기만 한다면 자기는 게서는 더 손자에게 바랄 것이 없었다. 손자의 그 싹트는 귀여운 마음을 북돋아 주는 의미에서라도 그가 원하는 대로 당장 그놈의 수탉을 몰아내어 주고는 싶었으나, 변소 출입도 자유롭지 못한 풍 맞은 다리는 문턱 넘어 토방도 천릿길이었다. 지팽이를 들어 쉬쉬 내둘러 보았으나 그것은 손자의 쫓는 힘에도 미치지 못했다. 닭들은 지팽이가 나올 때마다 머리를 한 번씩 들어볼 뿐, 그저 그것이었다.

정말 인젠 죽은 목숨인가보다 할아버지는 느껴진다. 두돌잡이의 어린 것 만치도 마음의 자유를 행사할 수 없다니! 작년 여름까지만 해도 그걸 등에다 업고, 십리나 넘는 들길에 젖을 먹이려 진날 마른날이 없이 다녔는데, 날로 치면 한 해도 못 흐른 그 짧은 세월에 앉아서 뭉개든 손자는 마음대로 척척 일어서 걸을 수가 있고 걸을 수 있던 자기의 다리는 걸음이 여물수록 무거워만지고 — 젊어선 노새 다리라고 소문을 놓았던 그 다리의 힘도 인젠 자기의 것이 아니다. 아주 손자에게 물려나 주고 만 것 같다.

그러나 아직 마음만은 조곰도 시들지 않은 것은 그 스스로 생각해도 장한 일 같았다. 비록 몸은 건강이 허락지 않는다 하더라도 마음만은 조곰도 다름없이 물이나 한 천 두레, 밭이나 한 겻가리쯤은 쉬지 않고 단숨에 푸고, 매 내일 것 같은 싱싱한 젊음이다.

몸뚱이는 섞어서 형체가 없어진다 하더라도 이미 다리의 힘이 손자에게 물리어졌을진댄 늙어도 늙지 않는 그 마음조차도 영원히 물리어져 두 마음의 힘이 서로 합하여 한 사람이 두 몫의 일을 능히 해낼 수 있는 그런 억센 힘이 길러지는 도리는 없을까? 일어설 때에 호미를 들고 일어섰거니 저도 농사 귀신이 될 것만은 염려없이 마음 놓고 죽겠으나, 앉아서나마 그 솜씨를 못 보고 죽게 될 것임이 길이 미련에 남는다.

솟구쳐 넘치는 늙지 않는 마음, 그 마음으로 정성껏 다루고 싶은 논,

밭─그 논, 밭의 푸근한 흙, 그 흑의 향기를 다시는 맡아 보지 못하고 죽다니! 하니 이미 살은 희수希壽의 칠십여생도 못내 짧아 보였다. 죽기 전에 마음에 남은 젊은 힘을 마음껏 흙 속에다 왼통 부어 넣어 보지 못할까 생각을 하면 남들이 새벽부터 메고 나서는 연장이 여간 부러워지는 것이 아니다. 한시가 새로운 이 파종기에 다리를 못쓰고 앉아서 뭉개다니! 먹고 사는 인간이 봄이 두려운 것도 같아 아들의 밭갈이가 늦어지는 것도 안타까웠다.

"야! 너 이전 거 죽 다 먹디 않았네? 소레!"

한낮에 가까운 볕은 녹여나 낼 듯이 장글장글 또 방안으로 기어들기 시작한다.

아들을 재촉해서 밭으로 내여는 보냈다고해도 제 몸이 밭으로 못 나가게 되는 것이 아침 한껏의 한이었는데, 뉘가 밭을 가는지 "외나 마 마라 꼬 꼬─"하는 소리가 연방 뒷곁으로 들려와, 그러지 않아도 봄뜻에 서둘던 할아버지의 마음은 더 한층 보깨인다.

김선달네 밭일까? 김선달네는 보리를 심는댔으니까 밭은 벌써 갈았을 것인데 송서방네 밭임즉하다. 알면 뭐하련만 밭갈이로만 향하는 마음은 그저 앉아 있지를 못하게 했다. 지팡이를 당기어 뒷문을 밀었다.

그러나 산밑 아래 경사진 송서방네 밭에는 밭갈이꾼들이 아니라, 메를 캐는 마을 처녀들이 한밭 둘러 앉아 오구장단일 뿐이다. 어디서 가는 밭이었을꼬? 가만히 귀를 모았다. 아무 소리도 들리는 것이 없다. 분명히 소 모는 소리는 들렸는데…… 한참이나 주위의 소리에 귀담아 힘을 주고 더듬어 넣었으나 메 캐는 아이들의 재갈거리는 소리 밖에는 역시 더 들여오는 소리가 없다.

"어!"

손자의 부르는 소리가 귓가에 어렴풋하다. 할아버지의 눈은 게슴츠레 떴다 감긴다.

"어어!"

좀더 큰 소리에 할아버지의 눈은 좀더 크게 뜨인다. 그적에야 할아버지는 볕이 간지러워 휘즈뭇이 눈이 감겨 있는 것임을 깨달았다.

든 듯이 들리지도 않는 잠에조차 따라다니는 연연한 밭갈이 — 결코 꿈은 아니었는데, 없는 소리가 밭갈이로 다 들리고 — 이게 모둔 몸이 허약해진 탓이 아닐까? 인제 정말 몇을 못가 죽을 것만 같은 생각이 문득 든다.

잠을 실어오는 볕이 싫다. 눈이 시려 자리를 고쳐 앉으려는데,

"어!"

또 손자는 소리를 건넨다.

무슨 장난을 하면서 자꾸만 그리 보라고 소리를 연방 지를까, 할아버지는 눈을 비비며 머리를 들었다.

자기에게 향하여 할아버지의 고개가 들리는 것을 본 손자는 웃음으로 히쭉 한번 받더니, 어느 틈에 가져갔는지 들고 섰던 할아버지의 담뱃대를 방바닥에 대구 쪼며 걱석걱석 걸어나갔다.

담뱃대가 상하나 보아 눈이 둥글해지던 할아버지는 그것이 논을 쫍는 시늉인 것을 알자 그만 치뜨이던 눈이 커지다 말고 벗석 한물팍 걸음을 내놓는다. 손자의 마음에도 어느새 봄은 온 것이다. 늙도록 쫍고 심고 할 영원한 봄의 마음, 그 마음은 이제 봄과 함께 손자에게도 깃들어 왔다. 자기는 아니 잊을 수 없는 봄을 손자는 이렇게 맞아드린다. 몸은 이미 반이나 죽은 목숨이래도 젊은 대로 시들지 않고 자꾸만 흙 속에 부어넣고 싶은 마음, 그 마음조차 인젠 손자에게로 물러가는 것 같은 것이 마음껏 흡족하다.

"논을 쫍누나! 네레!"

대통이 지츠러질 생각도 잊고 할아버지는 소리를 질렀다.

손자는 더욱 신이 나서 그저 머리를 수긋한 채, 거불거불 쪼며 나간다.

건너 쪽 바람벽에 턱 하고 대통이 부딪힌다. 마치 논두렁에 가래광이가 닿았을 때와도 같이 손자는 웃똑 걸음을 세우고 잠깐 허리를 펴 쉬는 시늉을 하더니 다시 돌아서 장한 듯이 힐긋힐긋 할아버지를 곁눈질하며 또 돌아 나온다. 사실 할아버지는 장하다고 알았다. 그게 다 장래 제구실을 말하는 징조가 아닐 수 없다고 아는 것이다.

"소리를 허멘서 쫍자! 내 메기니께니?"

정말 논을 쫍고나 있는 듯이 할아버지는 목청을 놓는다.

"에헤라 헤에— 야 에에라 헤요—."

"헤라 헤라 헤요."

손자도 받았다.

받는데 할아버지의 흥은 더욱 돋우었다.

"에헤라 헤에— 야 에에라 헤요—."

"헤라 헤라 헤요."

"에헤라 헤에— 야 에에라 헤요—."

"헤라 헤라 헤요."

"잘 허누나 참!"

흥에 실린 할아버지는 저도 모르게 손을 들어 그 부성스런 물팍을 탁 쳤다.

"농사 허는 집 티구 밥 굶는 집 없느니라. 농사 허는 나라티구 흥허디 않는 나라 없구—."

알아나 듣는 듯이 손자는 히쭉 웃는다. 할아버지는 이 재미에 살았다.

"어응?"

손자는 또 소리를 멕이라는 재촉이다. 그것은 진종일을 하재도 싫지 않은 청이다.

"에헤라 헤에— 요 에에라 헤요—."

"헤라 헤라 헤요."

"뿌리는 씨 마다 쌌이 트고—."

"⋯⋯."

"트는 싹 싹마다 이삭이 매쳐—."

"⋯⋯."

손자의 혀는 돌아가지 않으나마나 할아버지는 혼자 흥에 겨웠는데, 마당서 신 끄는 소리가 들린다. 자구를 밟으러 갔던 에미가 낮 밥을 지으러 돌아오는 참이다.

"엄마! 젖!"

에미의 빛이 보이기가 바쁘게 손자는 담뱃대를 집어 던지고 달려 나와 치마귀를 붙들고 가슴으로 대구 추어 오른다.

"젖! 으응? 젖!"

"야레 와 이리 뎀베네! 큰아버지 시당하시갔는데 진지 제 디리구 보자꾸나?"

"아니로다 메느라! 걸 어서 젖 메게라. 난 밥 안 먹구 이제 죽어두 맘이 든든하갔다. 오늘은 그 재석이 하는 지냥이 거저 농사 수엽이로구나!"

마치 자기의 마음을 괜히 물릴 데가 없어서 세상을 못 떠났던 것처럼 손자가 논을 쫍던 흉내를 보고는 인젠 죽어도 마음이 든든하겠다고 그렇게도 만족해 하더니 그날 밤 할아버지는 아랫도리로만 몰려 다니던 풍이 윗도리에까지 치밀어 오금을 쓰지 못했다. 자다가 깨니 두 손에 맥이 다 돌지 않았다. 머리맡에 요강도 임의로 당길 수가 없었다.

"야아!"

할아버지는 금방 죽는 것만 같아 아들을 불렀다. 그러나 곤하게 든 잠이요, 게다가 첫잠이 든 아들의 잠귀는 십 리나처럼 멀었다.

"야아!"

할 이야기를 미처 하지 못하고 죽게 되지는 않을까 할아버지는 연방 아들을 불렀다.

"야아! 큰 아야!"

좀더 큰소리가 나왔을 때에야 아들의 눈은 띄었다.

"야 큰아야! 난 이전 죽갔는가보다!"

히멀숙이 풀어진 눈이 예기 없이 일어나는 아들을 바라본다. 뜻밖에 소리에 아들도 놀라 눈이 둥글했다.

"난 이전 죽갔는가보다."

"즘으시다가 갑재기 그게 무슨 말슴이시우? 아버지."

"풍은 자다가 죽는 병이래더라. 손두 쓸 수 없구나 이전. 다리 못 쓰구 손 못 쓰니 죽었디 별 수 있네—."

"아부님!"

"난 죽기 전에 너덜게 딱 한 가지 부탁할 게 있어 그른다."

"에."

정말 임종이나처럼 아들은 머리를 숙였다.

"나 죽은 댐에 내 몸뚱이는 산에 갰다 묻디 말구 밭에 갰다 묻어 다우?"

"어머님과 합장으로 모시야디요."

"건 너덜 인사구. 난 산에 가서 쓸데없이 썩어지기보다 밭으로 가 썩어 제서 곡석을 키우는 걸금이 되구 싶구나."

"……"

"내 맘은 거저 죽어서두 농사를 하구만 싶어. 내가 밭으로 감은 몬저 죽은 네 에민 산에서 좀 섭섭해 할리라만……."

"아부님!"

"와? 너덜은 그게 싫으니?"

"풍이래두 건 더 했다 났다 하는건데, 아직 그른 말슴은 마시우?"

"닐흔 다슷이믄 오래 사랐디. 시드른 잎은 어서 떨어져야 새 순이 오력을 페느니라."

죽음이란 결코 저만 죽어서 가는 것이 아닌 것 같게 어떻게 하고 죽어야 죽는 보람이 있게 죽는 것일까 하는 것이 이밤따라 더욱이 간절한 할아버지였다.

또 눈을 내리 깐다.

닭이 운다. 베개 위에 받치운 할아버지의 귀에는 무슨 소린지 자세치 않게 어렴풋한가보다. 눈을 떠 소리를 더듬는다.

"닭이 우나 봐요."

"닭이 울어? 첫닭이로구나!"

닭의 울음소리라는 게 할아버지는 자기의 죽음에 무슨 새날의 계시인 거나처럼 알 수 없이 반갑다.

"분명 닭이 우렀디?"

"에!"

"그럼 머디 않아 동이 트갔구나."

자기의 귀에도 괜히 듣고 싶은 닭의 울음소리다. 다시 들려올까 귀에 힘을 모았을 때 할아버지는 분명하게 닭의 울음소리를 들었다.

"우리 닭두 우누나! 야아! 큰아야!"

"에?"

" 네 에밀 산에 혼자 버려두기가 미안함은 에미꺼지 파다 밭에 묻어주람?"

아들은 어떻게 대답할 바를 몰라 망설이는데 손자가 씩씩하고 잠자리에서 눈을 비빈다.

"어!"

또 저도 깨었다는 알림이다.

할아버지의 눈은 번쩍 띄었다. 무슨 빛이 부르는 소리인 것처럼 마음이 울리는 것이다.

"예놈아! 네가 깼구나 오나라!"

쓸 수 없는 손임도 잊고 손을 내밀었다. 그러니 나가는 손은 마음의 손밖에 나가지는 것이 없었다.

"어어!"

소리를 크게 내지르는 모양이 손을 안 내민다는 것이 역정인가보다.

"난 이전 손두 못 쓴다. 이리로 네가 걸어오느라."

"어어!"

그래도 듣지 않고 좀더 크게 소리를 지르더니 무슨 잊었던 것이 있는 것처럼 후덕덕 이불을 제치고 빨간 댕이가 쭈루루 윗굿으로 올라간다.

"어!"

가마니 자를 거꾸로 들고 다리를 쩍 벌려 디디며 할아버지를 쳐다본다. 시선이 마주치자 손자는 히쭉 웃고 자를 앞으로 떠받았다 당기었다 한다. 물을 푸는 시늉인 것이다.

"데게 보배 아니가? 글세! 물을 또 푸나!"

순간 할아버지는 잊을 수 없는 욕망이 끓어올라 돋우는 흥을 참아낼 길이 없었다. 물 헤는 소리가 저절로 입밖에 나왔다.

"열이로오다! 열인지 스믈에헤 스으믈. 스으믈이 스으물……."

닭이 또 운다. 전에 없이 반갑게 들리는 닭의 울음소리.

별을 헨다

1

산도 상상봉 맨꼭대기에까지 추어올라 발뒤축을 돋워들고 있는 목을 다 내빼어도 가로 놓인 앞산의 그 높은 봉은 눈 아래 정복하는 수가 없다.

하늘과 맞닿은 듯이 일망무제로 끝도 없이 빠안히 터진 바다, 산 너머 그 바다, 푸른 바다, 아아 그 바다, 그리운 바다.

다시 한번 발가락에 힘을 주어 직긋 뒤축을 들어본다. 금시 키가 자랐을 리 없다. 역시 눈앞에 우뚝 마주서는 그놈의 산봉우리.

"으아—."

소리나 넘겨 보내도 가슴이 시원할 것 같다. 목이 찢어져라 불러본다.

"으아—."

그러나 소리 또한 그 봉우리를 헤어넘지 못하고 중턱에 맞고는 저르릉 골 안을 쓸데도 없이 울리며 되돌아와 맞는 산울림이 켠 아래서 낙엽 긁기에 배 바쁜 어머니의 가슴만을 놀래놓는다.

별안간의 지랄 소리에 어머니는 흠츨 놀라서 갈퀴를 꽁무니 뒤로 감추며 주위를 둘러 살핀다. 소리의 주인공을 찾는 모양이다.

어머니의 귀에는 사람의 입에서 나오는 큰 소리가 총소리보다도 더 무섭게 들린다. 집이라고 가마니 한 겹으로 겨우 둘러싼 산경의 단칸 초막, 날은 치워온다. 겨울준비가 없을 수 없다. 그러나 산등성이에 자연히 자라난 풀도 금단의 영역에 속한다. 풀이 없으면 눈비의 사태질이 산 밑의 집들을 위협하는 줄을 모르느냐는 핏줄 서린 눈알이 엄한 호령과 같이 군다. 가슴이 뜨끔거리는 낙엽 긁기다. 위로와 도움은 못 드릴망정 부질없는 고함소리로 어머니를 놀래이었다. 자기인 줄을 알려야 할 텐데― 어서 알리고 싶어 몸짓을 하며 목을 내빼어보나 어머니가 그 형용을 알아줄 리가 없다. 눈을 둘러주다가 자기의 그림자를 산상에서 찾고는 긁어모은 낙엽도 모르는 채 그대로 버리고 슬며시 돌아선다. 필시 자기를 아침마다 호령하는 그 눈 붉은 사나이로 아는 모양이다.

"소나무 위에서 까치가 푸득하고 날아만 나두 가슴이 막 내려앉는 것 같구나! 글쎄―."

어제 아침도 낙엽을 한 아름 긁어 안고 들어오며 한숨과 같이 허리를 펴는 어머니의 말을 무어라고 받아얄지 몰랐다.

귀국한 지가 일년, 지난 겨울 곱돌아오도록 집 한 칸을 마련 못하고 초막에다 어머니를 그대로 모신 채 이처럼 마음의 주름을 못 펴드리는 자기는 구관을 제대로 가진 옹군 사람 같지가 못하다. 가세는 옛날부터 가난했던 모양으로 아버지도 나로 하나를 만주에서 시달리다 돌아가셨다지만, 제 나라에 돌아와서도 이런 가난을 대로 물려 누려야 하는 것이 자기에게 짊어지워진 용납 못할 운명일까. 만주에서의 생활이 차라리 행복했었다. 노력만 하면 먹고 살기는 걱정이 없었고 산도 물도 정을 붙이니 이국 같지 않았다. 노력도 믿지 않는 고국― 무슨 일이나 이젠 하는 일이 내 일이다. 힘껏 하자, 정성껏 하자, 마음을 아끼지 않아 오건만 한 칸의 집, 한 자리의 일터에조차도 이렇게 정에 등졌다. 일본이 물러가고 독립이 되었다. 자기도 반가왔거니와 제 땅에 **뼈**를 묻게 된다고 기꺼하시던 어머니— 아버지도 고토에 뼈 못 묻힘을 못내 한하였다. 자기만 고토에 묻힐 욕심이 있으랴, 아버지의 유골도 같이 모시고 나가야 한다. 밤잠을 못 자고 무덤을 파서 뼈마디를 추려 가지고 나온 것이 산사람의 잠자리도 정치 못하였다. 나을 때에 보자기에 싸 가지고 나온 그대로 어머니의 곁에서 초막살이다. 묻기야 어딘들 못 묻으랴만 고국도 고향이 그렇게 그립다.

고향은 찻길이 직로라 차로 오자던 고향을 배편이 안전하다고 뱃길로 돌아서 왔다. 어디는 제 땅이 아니냐 아무 데나 내려서 가자. 인천에 와 닿고 보니 뜻도 않았던 삼팔선이 그어져 제나라 아닌 것처럼 남과 북이 제멋대로 굳었다. 그래도 내 땅이라 못 갈 리 없다고 삼팔의 경계선을 넘다가 빵하고 산상에서 터져 나오는 총소리에 기겁들을 하고 서성이다보니 동행자 중 한 사람이 거꾸러졌다. 삼팔의 국경 아닌 국경을 넘기란 이렇게도 모험인 것을 체험하고 고향이라야 일가친척도 한 사람 없는 그리 푸진 고향도 아니다. 어디를 가도 제 손으로 터를 닦아야 살 차비다. 서울도 내 땅이라 보퉁이를 풀어놓고 터를 닦자니 날로 어려워만 지는 생활, 겨울까지 눈앞에 떨어졌다. 초막의 추위는 지금도 고작이다. 밤새도록 담요 한 겹에 싸여 신음하는 어머니, 가슴이 답답하다. 시원한 바람이 그립다. 눈이 짝해지자 산을 탔다. 산을 타니 산바람이나 시원할까 고향이 그립다. 배꼽줄이 떨어지면서부터 놀던 바다, 고향의 앞 바다, 푸른 바다, 시원한 바다, 그 바다나 마음껏 바라보았으면 바다 끝같이 가슴이 뚫릴 것 같다. 부질없이 봉우리를 추어올라 지랄을 부려보니 마음이 후련할까. 아침이 늦었다고 시장기만이 구미를 돋운다.

2

마음이 배 바빠 아침도 덤비어 치이기는 하였으나 쓸데도 없는 호의에 걸음만이 더디다. 백 번 생각해도 그것은 실행할 일이 아닌 것을……

진고개 너머 어떤 일본 집에 수속 없이 제집처럼 들어 있는 사람이 있는데, 정식 수속을 밟아 내쫓고 들어가게 해준다고 부디 오늘 오정 안으로 만나자는 친구가 있다. 집이 없어 한지에서 겨울을 날 생각을 하면 마음이 으쓱하다가도, 그러니 있는 사람을 내쫓고 들자는 생각을 하면 내쫓긴 사람이 역시 자기와 같은 운명에 놓여질 것이 아니 근심일 수 없다. 자기도 처음에 서울에 짐을 푼 것은 한지가 아니었다. 푸진 것은 아니었으나 그래도 일본 집 다다미방 한 칸에 베풀어지는 호의를 힘입어 겨울을 나게 되었음은 다행이었다 할까. 해춘도 채 못미처 수속이 없다 나가라고 하여 쫓겨난 이후로 이래 아홉 달을 한지에서 산다. 남을 한지로 몰아내고 그 집으로 들어가겠다고 눈을 감을 염치가 없다. 이런 기회는 몇 번이고 있었다. 비로소 듣는 이야기가 아니요 받아보는 호의가 아니다. 일언에 거절을 하였더니,

"이 사람아, 고양이 쥐 생각두 푼수가 있지, 그런 맘 쓰다가는 이 세상에선 못 사네."

친구도 어리석은 생각임을 비웃는다.

"그런 얌전만 피다가는 자넨 금년 겨울에 동사하네, 동사."

아닌게아니라 듣고 보니 그것이 말만이 될 것 같지도 않다.

"글쎄, 그 사람이 쫓겨 나왔어두 집을 잡을 수가 있어야 말이지……"

"흥, 아, 그럼 자네처럼 제 집 없으면 한디에서 겨울 날 줄 아나. 그저 별생각 말구 눈 딱 감구 내 말만 듣게. 집이 생길 게니."

친구는 승낙도 없는 상대방의 의견을 임의로 무시하며 혼자 약속을 하고 갔다.

해를 두고 마음을 바꾸며 사귄 친구도 아니다. 만주에서 나올 때 우연히 같은 배를 타게 되어 뱃간에서 사귄 것밖에 없는 교분이다. 복덕방을 뒤타 돌아가다가 어제 저녁 뜻밖에도 거리에서 만나 된 이야기다. 염려

하여주는 호의는 열 번 감사하다.

그러나, 호의에만 맡겨지는 호의가 반드시 바른길이라고 생각할 수는 없다. 욕심껏 마음을 제대로 누르고 살아오지는 못했을망정 제 뜻을 버리지 않고도 삼십을 넘어 살았다. 호의가 무시되는 나무람에 자재하여서는 안 된다. 복덕방을 찾아나가야 할 것이 오늘도 의연히 자기에게 던져진 떳떳한 길이다. 그러나 친구는 혼자 약속이라도 기다리기는 기다릴 눈치였다. 그를 거쳐가는 것이 걸음의 순서는 된다. 결론을 짓고 나선다.

남대문시장의 남미창정 어귀라고만 하여놓은 것이 하도 사람이 많고 뒤섞여 좀해서는 찾을 수가 없다. 어른, 아이, 늙은이, 색시까지 뒤섞여 물건들을 안고 지고 밀치며 제치며 비비튼다. 같이 비비고 끼어들어 보니 안쪽 구석으로 낯익은 그림자가 시야에 들어온다. 잠바 흥정이 붙었다. 친구는 양복 위에다 잠바를 입었다. 물건 주인은 값이 맞지 않는 모양으로 어서 벗으라고 잠바 앞섶을 한 손으로 붙들고 당긴다. 조금도 닳아진 맛이 없는 것 같은 스물다섯이 채 되었을까 한 청년이다.

"안 팔다니! 8백 원이면 제 시센데 시세를 다 줘두 안 팔아? 이건 누굴 히야까시루 가지구 나와서?"

친구는 눈을 매섭게 부릅뜨고 팔을 뿌리친다.

"글쎄, 그르켄 못 팔아요. 2천 원 다 줘야 돼요."

청년의 손은 다시 잠바로 건너간다. 친구의 눈은 좀더 매섭게 모로 빗기더니,

"받아요."

지전 묶음을 청년의 호주머니 속에 억지로 넣어주고 돌아선다.

넣어준 돈을 청년은 다시 꺼내 부르쥐고 뒤를 쫓는다.

"여보!"

친구의 옷자락을 붙든다.

"누구야! 왜, 붙들어? 바쁜 사람을……."

"인줘요."

"주다니, 뭘 줘?"

"잠바 말이에요."

"당신 정신 있소? 물건을 팔구 돈까지 지갑에 넣구 다니다가 딴 생각을 허구선…… 이건 누굴 바지 저고리만 다니는 줄 알아? 맘대루 물건을 팔 았다 물렀다……."

몸부림을 쳐 청년의 붙든 손을 떨구고 떨어진 손을 와락 붙들어 이마빼기가 맞닿으리만치 정면으로 딱 당겨 세우고 눈을 흘기며 가슴을 밀어젖힌다.

"이러단 좋지 못해, 괘나—."

밀어젖힌 대로 물러난 청년은 더 맞잡이를 할 용기를 잃는다. 멍하니 친구를 바라보고만 섰더니 어처구니없는 듯이 뭐라고 혼자 중얼거리며 그대로 쥐고 있던 돈을 세어보고 집어넣는다.

무서운 판이었다. 총소리 없는 전쟁마당이다. 친구는 이 마당의 이러한 용사이었던가, 만나기조차 무서워진다. 여기 모여 웅성이는 이 많은 사람들은 다 그러한 소리 없는 총들을 마음속에 깊이들 지니고 있는 것일까. 빗맞을까보아 곁이 바르다.

"아, 여 여보!"

어서 이 자리를 떠나고 싶어 자기를 찾는 듯이 살피는 친구를 꾹 찔러 부른다.

"지금 왔소?"

"나 좀 바삐 먼저 가얄까봐. 기다리겠기에 들렀지,"

"바쁘긴. 내 다 아는걸…… 글쎄 그래가지군 백만 날 돌아다녀야 집 못 얻는달밖에. 난 아직 아침도 못 먹구…… 우리 점심 같이 허구 잠깐 집에 들러 옷 좀 갈아 입구 나가세."

"아니, 정말 난……."

"글쎄, 이리 와요."

손목을 잡아끌어 앞세운다. 강박히 부딪칠 수가 없다.

점심이라기보다 술이었다. 실로 얼마 만에 쇠고기찜을 실컷 하고 확확다는 얼굴을 느끼며 남산 밑을 돌아 후암동으로 따라간다. 어느 커다란 회사의 중역이 살던 숙사인 듯 반양식의 빨간 기와집이다.

"이 집도 그렇게 얻었거든."

친구는 전령의 단추를 누른다.

꼭 같은 알몸으로 보퉁이 한 개씩을 등에 걸머진 채 인천에 내려서 헤어진 지 일 년, 친구의 살림은 벌써 틀이 잡혔다. 가구의 준비까지도 완비가 된 듯 장롱이니 의걸이니 놓아야 할 건 제대로 다 들여놓았는데 놀랐다.

"팔백 원, 참 싸구나! 이건."

들고 온 잠바를 친구는 다다미 위에 내던진다,

"거긴 하루 한때만 들러도 밥벌인 되거든. 일자린 없었다, 쌀값은 비싸겠다, 그대로 댕그라니들 앉아서 배겨날 장사가 있나. 전재민이 가지구 나오는 물건이 여간 많은 게 아니야. 늪지에서 자라난 풀대 모양으루 허멀숙한 얼굴이 물건을 제대루 내놓지두 못하구 옆에다 끼구선 비실비실 주변으로만 도는 걸 붙들기만 허면 그건 그저 얻는 폭이지. 잠바도 만주 건 가봐. 가죽이니 좀 좋아? 작자가 어리숭해 가지구 그래두 첫마디엔 안 놓아 주구 제법 쫓아오던데? 글쎄 외투루부터 저구리, 바지 차례루 다들 팔아자시군 쪽 발가벗고들 눈이 멀뚱멀뚱하여 누워서 천정에 파리똥만 세구 있는 사람두 있대나? 하하— 자네도 이런 데 눈 뜨지 않으면 파리똥 세게 되네, 괘나—."

"파리똥두 집이 있어야 헤지, 난 별만 헤네."

농으로 받기는 하였으나 친구의 상식과는 대잡이가 되지 않는다. 기만 막히는 소리뿐이다.

"난 가겠네, "

"아, 이 사람아! 같이 나가? 내 정말 한 놈 내쫓구 집 들게 해준달밖에."

"우리 단 두 식구 살 집 그리 커선 뭘 허나. 난 방이나 한 칸 얻을까봐."

"방은 그래 얻을 듯싶어? 보증금이 만 원두 넘는데."

"방두 못 얻으면 이북以北으로 가지."

"저런! 이북선 누가 거저 집 주나? 다 저 헐 나름이라누. 여기서 못 살면 거기 가두 못 살아. 괘니 고집부리지 말구 앉게."

"그래두 가는 사람이 많든데?"

"아, 가는 사람만 봤나? 오는 사람이 더 많은 건 못 보구. 이 좋은 시세에 서울서 못 살면 어디서 산다는 게여."

"아니, 정말 이러단 오늘두 참 내가⋯⋯."

일어서는 옷자락을 친구는 붙든다.

"글쎄 앉아."

"놓아."

"앉으라니깐."

그래도 뿌리치고 기어코 돌아선다.

"저런 반편이⋯⋯ 태만 길러서!"

쫓아나와 중얼거리는 소리를 충충대를 내려서며 듣는다.

3

낮의 거리는 여전히 사람들의 발부리에 닦인다. 거리가 비좁게 발부리를 닦는 무리들, 하고한 날을 이렇게도 많을까. 겨레도 모르고 양심에 눈 감은 무리들은 골목마다에 차고 땀으로 시간을 삭이는 무리들은 일터마다에 찼다. 차고 남아 거리로 범람하는 무리들이 이들의 존재라면, 〈반편이야 태만 길러서〉의 축에 틀림없다.

이 반편의 축들은 다들 밤이면 별을 세다가 오라는 데도 없는 걸음이 이렇게도 싱겁게 배바쁜 것일까. 언제까지나 싸늘한 별을 가슴에다 부둥켜안고 세어야 태 속에서 벗어나 거리에의 정리에 도움이 될까. 피난민 구제회의 알선으로 어떤 문화사에 이력서를 내고 총무부장과의 인사 끝에 집이 있느냐고 묻기에 솔직히 대답한 한마디가 다된 죽에 떨어진 코격이었다. 기별이 있겠으니 그리 알라고 돌리워 온 채 이래 반년을 감감 소식임이 문득 생각키우며 집이란 것이 사람으로서 존재의 인정을 받는 데에 그렇게도 큰 역할을 하고 있는 것임을 새삼스럽게 느끼다가, 펄럭이는 복덕방의 휘장을 본다. 골목을 접어들다가 깜짝 놀란다. 별안간 총소리가 귓전을 때리는 것이다.

"타앙."

건설이냐. 파괴냐.

"타앙."

연거푸 또 한 방.

아로새겨지는 역사의 페이지에 단 한점 코머점이라도 찍혀지는 역할일까.

분주히 눈을 둘러 살핀다. 시야에 들어오는 짐작이 없다. 어디서 날아났는지 기급을 하고 공중에 뜬 까치 두 마리가 걸음아 날 살려라 몸이 무거움을 느끼는 듯이 깃부침만이 바쁘게 북악으로 날아 달릴 뿐. 언제나 같이 평온한 골목이다.

거리에도 이상이 없다. 전차도 오고간다. 자동차도 달린다. 사람들도 여전하다.

어디서 난 총소릴까.

듣고만 있을 총소릴까.

이윽고 밤도 아닌데 이마빼기에 쌍불을 달고 아앙 소리를 냅다 지르며 서대문쪽을 향하여 종로 한복판을 질풍같이 달리는 한대의 하얀 미군 구급차의 풍진이 일었다.

무슨 일인지 단단히 난 모양이다.

총소리와 관련된 차일까 생각을 더듬다가 또 골목으로 들어선다. 복덕방의 깃발이 헤기는 것이다.

"방 있습니까?"

"방 얻을 생각은 말아요."

안경 너머로 눈알이 비죽하다 말고 맞붙은 장기판 위에 도로 떨어진다.

"그렇게도 없습니까?"

쓸데도 없는 소리를 되묻는다는 듯이 거들떠보려고도 않고, 장군이 소리만을 기세 있게 허연 수염 속으로 내뿜으며 무릎을 조인다.

다시 더 두말이 긴치 않을 눈치다. 골목을 되돌아 나온다. 어디나 매일반인 대답, 가을내나 다름이 없다. 싹도 찾을 수 없는 방, 날마다 종일을 품만 놓는 방이다. 마음도 지쳤거니와 다리도 지쳤다. 다시 뒤탈 생념에 정열이 빠진다. 지푸등 흐린 날씨는 눈까지 빗는 것인가. 젊은 놈이야 한지에선들 마뜩해 얼어야 죽으련만 어머니는 환갑이 넘었다. 정말 이북으로 가보나 생각을 하니 생각마다 간절한 이북이다.

4

아들이 돌아오는 발자국소리가 그렇게도 기둘키었을까. 말라 까부라진 낙엽이 발밑에 부숴지는 싸각 소리가 벌써 어머니의 귀에 스쳤나보다. 산곡을 접어들기가 바쁘게 반짝 초막에 불이 켜진다.

"진지 잡수셨어요?"

"오늘두 저물었구나. 집은 얻었네?"

앉기도 전에 어머니는 냄비를 밀어 내놓는다. 저녁이었다. 밀가루 떡이 네 개 소복이 담기었다.

"어머니 더 잡수시지요. 오늘두 집 못 얻었습니다."

"아이구 집이 그렇게 힘들어 어떻거간. 큰일 났구나. 오늘은 너 들어오길 어떻게 기다렸는데―."

전에 없던 한숨이 힘없이 길다.

"왜 늘 벅작 고는 눈 붉은 사람 있디 않네? 그 사람이 곽쟁이(갈퀴)를 빼뜨러갔구나!"

"네?"

"아까 저녁때, 새를 또 좀 해 볼라구 나섰다가 그 사람헌테 붙들려서 욕을 보았구나. 방공호두 하두 많은데 하필 이 산 속에 들어백여 남꺼지 못 살게 할라구 그러느냐구 눈을 부르대이누나."

"그러세요?"

"우리가 여기서 겨울을 난다면 산이 새빨개지구 말 터이니 봄에나 가면 산 아래 집들은 하나없이 사태에 묻히겠다구 어디서 거지 같은 것들이 성화냐구 막 욕을 퍼붓디 않갔네?"

"욕을 퍼버요! 그래서요?"

"그래서 집을 얻는 중이라구 그랬더니 거지 쌈지 보구 누구레 집을 빌리리라구 하면서 피난민 소굴루 가래누나. 당춘단이 소굴이라나……."

"네에, 그래요."

"이것 좀 보람 글쎄. 가두 당장 가라구 눈을 훌큰댕이며 곽쟁이루 이 가마니 짝들을 걸어댕겨서 다 떨러놓지 않안? 그래서 내레 저녁 한곁을 돌아가멘서 데르케 잡아매놨구나."

"네, 알겠습니다. 아무래도 이북이 인심이 날까 봐요. 이북으로 떠나가십시다, 어머니!"

"야 봐라! 그 끔찍헌 삼팔선을 어드케 또 넘갔네."

"남들이라구 다 오구가구 허겠어요?"

"그래 가는 사람두 있던? 머—."

"아, 있구말구요."

"고롬 가자꾼 우리두. 위선 네 아버지 빼다굴 처티해야디. 그걸 어드케 늘 안구 있갔네. 그래 거긴 인심이 살기 도태던?"

"여기 같이야 허겠습니까."

"야 고롬 가자."

두 개 남았던 초를 밤이 깊도록 다 태우고 이튿날 아침 담요를 팔아 여비를 마련한 다음 밤차에 대어 어머니와 아들은 청단靑丹까지의 차표를 한 장씩 들고 서울역에 나타났다.

간단한 짐이었다. 아들은 남은 담요에다 아버지의 유골을 말아 등에 지고 냄비 두 개에 바가지 하나는 어머니가 꿰어 들었다.

사람은 확실히 거리로 범람한다. 가는 곳마다 이렇게도 많을까. 정거장 안도 촌보의 여지가 없이 들어찼다. 비비고 들어가 겨우 벤치의 한 자리를 뚫어 어머니를 앉혔다.

"아아니! 이게 공경골짓 아즈마니 아니요?"

옆에 앉았던 여인의 눈이 둥그래서 어머니의 손목을 붙든다.

"너 박촌짓 딸 아니가?"

어머니도 알아본다. 아래윗 동네에서 살다가 만주로 들어가게 되어 서로 떨어졌던 고향 사람끼리 우연히도 여기서 만난다. 아들과 여인의 남편도 서로 알아본다.

"아, 이게 십 년 만이구나!"

감격한 악수가 손 안에 다정하다.

"아니 그런데 아즈마니 어드케 여기서 만내요? 되따에선 원제 나오셨기……."

"참, 넌 어드케 여기서 만내네?"

"우린 지금 이북서 넘어와요. 살기가 너머 어려워서 듣는 말이 이남이

도타구 그래 강원도루 가는 길이에요."

"머이! 살기가 어려워? 우린 이북으루 가는 길인데ー"

"이북으루요? 아이구, 갈 념 마르우. 잘 사는 사람은 잘 살아두 못 사는 사람은 거기 가두 못 살아요. 돈 있는 사람 덴답과 집들을 다 떼슴 멀 허 갔소. 없던 사람들이 당사들을 해서 그만침은 또 다 잡아났는데ー 우리 두 그런 당살 했음 돈 잡았디요. 우리 옥순이 아바진 그른 당사엔 눈두 안 뜨구 피익픽 웃기만 허디요. 그러니 살긴 어려워만 가구 좀 허면 그르 케 힘든 국경(國境)을 넘어 오갔소?"

"아이구 우리 아와 신통히두 같구나. 만주서 같이 나온 바람들은 야미 당사들을 해서 돈 모은 사람들이 많은데 우리 아가 그런 건 피익픽 웃디, 밥을 굶으맨서두. 거기두 고롬 그러쿠나 거저. 살기가 같을 바에야 멀 허 레 그 끔즉헌 국껑을 넘어가간."

"그러믄요. 아이, 여기두 고롬 살기가 그르케 말째우다레 잉이? 머 광 다부(廣木) 한자에 30원 헌다 40원 헌다 허더니."

"우리 가제 와선 그르케두 했단다. 어즈께레 옛날인데 멀 그르네. 거기 집은 어드르니. 그른데 얻긴 쉬우니?"

"쉽다니요! 발라요. 거저 집이라구 우명헌 건 내만 놓으문 훌떡훌떡 허 디요. 그르기 어디 빈간이 있게 그르우? 만주서 나와 집 찾는 사람두 있 디요? 제 집 쬐께나서 어디 빈간이나 있을까 허구 돌아가는 사람두 있디 요? 머 촌이나 골이나 딱 같습두다. 난이에요, 난."

"여기두 그르탄다. 우린 집을 못 얻구 한디에서 내내 살았단다. 밥이라 군 밀가루 떡만 먹구."

"여기두 고롬 그르케 집이 없어요! 것두 같수다레. 고롬?"

"글쎄 네 말을 들으니께니 집 없는 것꺼지 신통두 허게 같구나 참."

"아이, 괘니 넘어왔나봐."

"우린 괘니 넘어갈라구 허구."

두 여인만이 서로 한심해 하는 게 아니다. 사내들도 같은 말을 바꾸고
는 난처해 마주섰다.

앉았던 사람들이 별안간 일어서며 웅성인다. 개찰이 시작되는 모양
이다.

"어머니!"

"와 그르네?"

"고향 가두 시언헌 건 없을까봐요?"

"글쎄 박촌짓 딸 네기(이야기) 들으니께니 그르태누나. "

한심해서 서성기는 동안 승객들은 다 빠져나가고 개찰구는 닫긴다.

물 샌 바다같이 갑자기 휑해진 대합실 안엔 한기만이 쨍하게 휘이 떠
돈다.

인간적

1

바람은 아닌 것 같다. 유리만 흔들리는 것이 아니라 판장까지 울린다. 분명히 무에 문을 두드리는 소리다.

'환잔가?'

"여보세요!"

부르기까지 한다. 틀림없는 사람이다.

눈에 뜨인 정신이 좀더 새로워진다. 스위치 줄을 당긴다. 짤깍 불빛이 방안에 찬다.

아내의 눈도 뜨인다.

"뭐예요?"

"뭐 환자겠지."

"아이, 내버려 두세요. 그냥."

아내는 역한 게 밤 환자다. 언제나 잘 때에 오는 환자면 내버려 두란다. 남편의 행동은 자기에게까지 영향이 미친다. 간호부도 약제사도 없다. 환자를 들이면 남편과 같이 일어나 행동을 함께 하여야 하는 것이 던져진 직책이다. 그것도 돈이나 왕왕 들어오는 시끄러움이라면 역할 것도 없겠다. 남편의 의사술론 밤마다 밤잠을 못 재워도 언제라고 이런 궁박은 면할 수 없을 게 빤히 내다보인다. 본시 남과 같이 자본을 많이 들여 이렇다 눈에 번쩍 뜨이도록 그렇게 병원을 차려 놓지는 못했어도 이만한 정도로는 남들은 다들 번지르하게 산다. 아무리 살 값이 비싸다 하더라도 양식도 마음놓고 못 대는 병원, 무엇이 탐탁해 밤잠까지 못 자고…… 생각수록 사람만 밑지는 짓 같다. 으스스하게 느껴지는 한기가 더욱이 오력을 주려잡는다.

"어서 불 끄구, 누우세요. 내버려 두면 저 찾다 가지 않으리."

귀찮은 듯이 아내는 이불을 푹 뒤집어 쓴다.

진도 정말 일어나기가 을씨년스럽다. 싫은 마련으론 모른 체하고 그대로 누웠겠으나, 환자라면 뗼 수가 없다는 생각이 늘 한걸음 먼저 앞선다. 밤 아니라 비바람이 들고 쳐도 개업 이래 칠팔 년을 환자 한번 모르는 체 돌려보내 본 일이 없다. 이게 아내의 비위에는 날마다 역해진다.

"아이, 세시가 들어 가는데……."

아내는 여전히 내버려 둠하는 눈치나, 진은 저대로의 생각에 옷도 그러나 분주히 주워입고 문간으로 나간다.

2

왕진이었다. 인력거가 등대했다.

진은 다시 들어와 벽에서 외투를 뗀다.

"그래, 가세요?"

"가야지, 그럼, 박군이 탈이 급한 모양이로군. 이 밤에 사람을 보냈을 젠."

"박선생요? 그럼 머, 안 가셔도 괜찮지 않아요? 그 변덕 많으신 이가 배나 좀 아프신 게지 아, 어제두 멀쩡하신 양반이 한참이나 웃구 떠들다가 가시지 않았어요?"

"병이란 눈썹에서 떨어진단 말 못 들었소?"

"아이, 추운데. 왕진비도 없을걸……."

"그래서 친굴 좋대는 거지."

"당신만 친굴 좋댐 뭘 허우. 친구도 당신을 좋대야지. 그이가 장작 장사를 크게 하니 우리가 장작 걱정이 없수? 포목상을 크게 하는 친구가 있으니 우리 집이 허울을 안벗구 지나우? 감기만 좀 들어두 쩍하면 밤이구 낮이구, 오느라 가느라 고생만이지. 그 비싼 약 공으로 제공하고…… 약값을 안 받으면 장작값도 안 받아야 경우가 옳잖아요?"

"전번에 남보다 백 원을 싸게 받더라면서?"

"그럼 우리두 인제부터 약값을 꼭같이 매구 한 백 원 덜 받읍시다."

"……."

"아이, 정 참, 인젠 약값 사람 봐 가면서 붙여요. 다른 병원에서들은 환자의 옷 보구 약값을 매기두만…… 남보다 헐히 받으면서두 그것두 못 허구……."

"괜히 그런 말 마우. 우리보다 더 싸게 받는 병원두 있을지 누가 아우?"

"당신은 그저 늘 자신이 헐허시면서두 영악허거니 허시겠다! 영악해두 헐허거니 해야겠는데…… 우리보다 약 값 싸게 받는 병원이 서울 장안에 그래 어디유? 그러구선 뭘 먹구 살려구, 우리도 못 사는걸……."

"우리 이건 그래 사는 게 아닌가? 죽은 게구……."

"어련히 죽으나 다름없는 목숨이지요. 우리 사는 걸 그럼 산다구 허겠어요? 당신은 나 하나를 남처럼 한번 잘 살아보겠다는 욕심이 당초에 없으시겠다!"

"사람은 다 제 멋에 사는 게야. 남은 그렇게 산대두 난 이렇게 살아야 마음이 거뜬하거든. 마음 가뜬히 사는 게 제일 잘 사는 게지 뭐야."

"당신만 마음 가뜬하면 뭘 허세요, 내 맘두 가뜬해야지. 정, 참, 이젠 방침을 좀 고쳐야 할 거예요. 친지의 환자두 약값을 받아야 할 게구. 그렇지 않으면 전 병원 일 다 몰라요. 친구의 약값엔 관심 않으면 영에 가까운 수입을 무엇으로 지탱해요, 글쎄? 당신 간호부랑 약제사랑 다 두구 허세요, 난 가정 헐구 그 단련은 인제 이에 신물이 돌아."

진은 대답이 어려웠다. 결혼 이후 이래 십여 년에 처음으로 듣는 되알진 불평인 것이다. 자기의 뜻이라면 싫든 좋든 거역 한번 해본 일이 없이 웃으며 실행해온 아내다. "병원 일 다 몰라…… 이에 신물이 돌아" 아니 놀랄수 없다. 자기의 생활이 아내에겐 그렇게도 역겨웠던 것인가? 그런 걸 아내는 참아왔다! 참다 못해서 이야기한다! 과연 그토록 자기의 생활은 아내가 참을 수 없이 역겨울 정도로 그렇게 보통의 범주를 넘어선 자기만을 위한 생활이었던가? 진은 자기 자신의 생활 신념에 대한 커다란 의구를 느끼지 않을 수 없었다.

'내 생활이 가정을 헌다?……'

"왜 나무라세요? 대답이 없으신 걸 보니 나무라신 것 같군요. 그래두 내 성의나 노력만은 어디꺼지든지 당신을 따라갈 수는 있어요. 그러나, 지금 우리 앞에 자라나는 자식이 넷 아니에요? 당신의 생활 신념 속엔 이게 뵈지 않으니까요. 이것들의 육성 책임은 누가 져야 옳죠? 이런 책임을 느끼게 된다면 우리의 영업에 반드시 새로운 방침이 세워져야 할 거에요. 그래서 그러는 거예요. 그것들의 치다꺼리를 직접 책임 맡은 나만큼 당신은 모를 겁니다."

분명한 되잡이가 더욱이 진의 정신을 때린다.

진은 사실 그런 건 모른다. 가정이 어떻게 되는지 정말 모르고 지냈다. 아이들의 옷감이 없다 해도 그렇거니 하고 그저 들었을 뿐이고, 장작이 없다 무엇이 없다 해도 그저 그렇거니 들었을 따름, 그에 대한 대책을 세우려고 한 일도 없다. 환자가 찾아오면 병을 보아 줄 뿐이고, 처방을 써 주었으면 그만이었다. 생활비가 어떻게 쓰이는지, 약값이 어떻게 들어오는지 전연 관심이 없었다. 이 비과학적인 생활이 가정의 장래를 우려케 된다는 말이다. 정신이 든다.

"난 당신이 그렇게 가정을 몰라볼 줄은 몰랐어요. 환자의 노예로만 그렇게 충실허시구. 아마 명년 이때가 돌아오면 가족이 하나 더 불게 될 것두 당신은 모르고 계시죠?"

아내는 또 하나의 회임까지 은근히 알린다. 이것도 몰랐던 사실이다. 그러니 가장의 책임은 자꾸만 무거워간다는 말이다. 자기의 어깨도 금시 거북한 것 같았다. 병을 고치라면 무서울 것 없어도 돈을 벌라면 무서울 것 같은 감을 진은 느낀다.

'생활 방침을 고쳐야 한다……'

어떠한 태도를 취해야 생활 방침이 새로이 서게 될 것일까 어리벙벙한 생각을 안은 채 진은 인력거의 재촉을 받는다.

3

도사리고 앉아 웃으며 맞는 환자를 진은 어이없이 바라본다.

"나 잠 좀 자게 해 줘."

"자넨가? 환자란……"

아닌게아니라, 여기엔 진도 불쾌하다. 멀쩡한 사람이 날도 좀 추운가 밤도 깊었는데 자는 사람을 깨워 가지고 명령이었다.

"웬일인지 어젯 저녁부터 못 자네. 오늘 밤까지 못 자면 이틀 밤을 꼬박 새게 되는 푼수니 이렇게 잠을 못 자구야 수면 부족으루 꼭 병이 들구야 말았지 별수없을 것 같애."

"잠 쫌 못 자는 걸 가지구 사람을 명령이야? 밤마다 뜬눈으로 새는 사람은 벌써 병들어 죽은 지 오래겠네. 오늘 밤은 또 자네 때문에 새게 되지 않나."

"미안하네. 이러단 꼭 죽을 것만 같으니 어떡하나. 통 잠이 안 오네, 좀 봐 주게."

저고리 고름을 풀며 나앉는다.

진은 기계적으로 가방에서 청진기를 꺼내 꼭지를 귀에 꽂고, 나발주둥이로 가슴을 짚는다. 젊은 여인의 가슴같이 풍만한 피육이다. 청진기 주둥이가 살 속에 푹 잠긴다.

주의해서 들어 봐야 피로한 피도 아니다. 심장도 무던하다. 짚어 보고 두드려 보고 거듭해 보아도 조금도 이상이 없는 건강체다.

"왜 못 자나?"

의사의 손이 몸에서 떨어지기가 바쁘게 묻는다. 진은 말없이 미소를 짓는다. 병을 자청하는 병이었다. 유한 계급에 항용 있는 환자로 "그런 환자에게서 뜨끔히 못 떼고 어디서 떼요"하고 아내가 늘 그저 돌려보냄을 아쉬워하는 그런 상대인 것이다.

진은 순간 대답이 어려웠다. 그렇지 않아도 오늘 밤은 아내의 불평이 생활의 설계 위에서 조리가 분명하였다. 박군이 이런 환자인 줄을 안다면, 그러고도 치료 방법이 전과 다름이 없었다면 불평이 좀 더 어지러울지 모른다. 자기도 이제 박군을 위시해서 이런 유의 환자이면 한 보름이고 달포고 날마다 축일해서 병원에를 다니게 하고 포도당이나 그런 엉뚱한 주사라도 주며 정신 치료를 시켜 볼까, 아내의 의견조차 마음이 끌렸다. 그러나 그 순간뿐, 더 달리 대답이 좀체 변통되지 않는다.

"응? 왜 못 자?"

다시금 환자의 재촉을 받을 때,

"군은, 군은 그게 유한병이야."

해야 할 대답에 거침이 없었다.

"유한병?"

"멀쩡한 사람이 병을 자청하는 병이란 말일세."

"병을 자청해?"

"안 오는 잠을 자꾸 병이 있어 안 오는 것처럼 부둥부둥 애를 쓰니까 더 잠이 안 오지. 그래서 이렇게 애를 쓰면 정말 병이 생기는 병이야."

"정말이야? 아무리 자려구 눈을 힘껏 감구 있어두 잠이 안 오는데?"

"아니야 병이 있거니 생각을 하면서 눈을 감았는데 잠이 왜 오겠나? 병이 없거니 하고 눈을 감아야 잠이 오지."

"병이 없거니 하구두 눈을 감아 봤어, 그래두 잠이 안 와."

"병이 있거니 하면서 없거니 해야지 하구, 눈을 감으려니깐 글쎄 잠이 안오는 게야. 그러니까 말이야, 내가 이게 다 무슨 일인구, 없는 병을 있거니 의심을 하구, 이렇게 한 번 생각을 하면서 제 자신을 비웃고 마음을 턱 놓고 누워서 눈을 감아 보게. 스르르 잠이 안 들리랴."

"아니야. 그래두 못 잘 것 같애. 무슨 생각이야 안 하구 누워 봤겠나? 나 수면제 좀 줘.? 무슨 주사나 그런 건 없겠나?"

"수면제구 주사구 다 필요없네. 글쎄 무슨 병이 있다구 수면젠 쓰며, 주산 놓겠나? 수면제라는 게 그게 나쁜 걸세. 그걸 쓰면, 그게 습관이 되어서, 수면젠 안쓰군 잠을 못 자네. 그러니까, 약의 효력을 빌려구하지 말구 마음으로 다스려야 되는 게야. 병이 없다는 굳은 신념을 가지구 말이지. 어디 한번 그런 마음으로 누워서……"

이러한 종류의 환자이면 언제나 하던 이야기 그대로 되뇌여 약이 필요가 없다는 말을 신이 나서 역설하다가 진은 문득 아내가 눈앞에 나타나 끝을 채 다 못 맺고 저도 모르게 멍하니 환자만 바라보았다. 그리고 아무리 바른 말을 해도 곧이듣지 않으려는 이런 환자의 기묘한 심리엔 얼마든지 아내의 의견을 적용시켜도 깜쪽같이 속을 것임이 뒤미처 생각키었다. 그러나 이미 숨김없이 쏟아놓은 이야기였음이 미루어질 때, 역시 가뜬한 마음임은 어찌 하는 수가 없었다. 무슨 어려운 한 장면을 치르고나 난 것 같은 후련한 기분이다.

"자네 병은 약이 필요없네. 꼭 맘으루 다스려얄 병이야, 맘으루."

아주 그런 신념을 굳게 주기 위하여 진은 거듭 주의에 힘을 준다.

그러나, 환자의 마음엔 약 이외에 병이 다스려질 것 같지 않다.

"아니, 마음만으룬 암만해두 정말 못 잘 것 같애. 나 수면제 좀 줘."

애원을 하다시피 환자는 진의 손목을 붙든다.

"정 그렇게 수면제 아니군 못 잘 것 같은가? 그러면 내 수면젤랑은 좀 주지, 줄테니 쓰지는 말구, 수면제와 한 번 싸워보게. 수면젤 머리맡에 놓구, 여기 약이 있다, 그래두 잠이 안 올 테냐, 안 오면 먹는다 하는 마음으로 약과 마음과 싸워 보란 말이야. 그럼 내 좀 보내지."

4

이야기를 다 해 놓고 일어서며 생각하니 밤 세 시에 자다가 일어나 내버려 두라는 왕진을 갔다와서, 간단한 수면제 한 장의 처방만을 천연스럽게 조제실 창구에다 내밀어 놓기는 전에 없이 아내에게 미안스럽다. '병원 일 다 몰라, 이에 신물이 돌아,' 소리가 그대로 귀에 젖었다가 자욱 따라 앞선다. 박군의 병명은 알릴 필요도 없이 슬그머니 손수 약을 지어 보내는 것이 양책일 것이다. 진은 병원으로 돌아오는 즉시 조제실로 들어선다.

그러나, 아내가 깨우기 전에 깨어 있었을 줄은 몰랐다. 전에 같으면 처방을 내놓을 따름, 모든 것을 조제실에 맡기고 아랑곳도 안하였을 남편이 외투도 모자도 벗지 못하고 조제실의 약간장으로 손이 손수 가는 것이 범상치 않은 왕진이었던 것 같게 아내의 눈에는 뜨였다.

"아니, 그이가 무슨 급헌 탈이세요?"

눈이 둥그레 나와 마주서는 아내다.

진은 대답이 곤란하다. 머뭇거려 보나 묘책이 없다.

"아니야."

우선 나가는 대로 꾸어 댈밖에 없다.

"그럼 뭐예요?"

"난 당신이 자나 해서……."

약을 손수 짓는 데에 대한 변명으로 또 받아 본다.

"자기는요! 돌아오시면 약을 지으려구 등대하구 있었는데요. 무슨 탈인데요!"

"대단치 않아."

"대단치 않은데 밤에 사람을 오래요?"

하다가 짓는 약이 단순한 수면제임을 아내는 본다.

"잠을 못 주무세요? 그이가."

"응."

"대단찮은대 잠을 못 주무세요?"

"응"

"감기에요?"

"……."

대답은 여전히 곤란하다. 짓는 약이 수면제임을 아내의 눈이나 자기의 눈이나 꼭같이 내려다보고 있다. 속이는 수가 없다.

"아무것두 아니야. 잠 못 자는 병……."

결국은 제대로 알릴 수 밖에 없게 된다.

어이없는 일이다. 속임수엔 요행도 없는 것임을 다시금 체험하고 제멋대로 마음을 행사하는 것이 언제나 편안한 마음임을 진은 좀 더 깊이 깨닫는다.

"왜, 그 돈 있는 사람들 그런 병 흔치 있지 않어?"

"멀쩡해서 자지 못하구 애쓰는 병 말예요?"

"그렇지."

"그래서요?"

"그래서 수면젤 짓지 않우."

"그래 것뿐이에요?"

"그럼, 잠 못 자는 데에 뭘 더 줘!"

언제나 한 양인 남편이었다. 어이없는 듯이 아내는 남편의 손끝에서 접히기 시작하는 약봉지에만 눈을 주고 대답이 없다.

"수면제두 쓰면 습관이 되어서 쓰나. 내 지어 보내긴 보내두 쓰진 말구 잠과 싸움을 시켜 보라구 그랬지. 머리맡에 놓구서……."

바람은 그냥 불고

ㄱ

산허리로 무심히 넘는 해를 등에다 지고 동쪽으로 길이 뻗은 신작로 위로 흘러내리는 오렌지 빛 놀 속에 물들며 물들며 순이는 걷는다.

오늘 하루를 두고는 다시 오지 않을 이 해(年)의 마지막 넘어가는 해(日)가 인젠 아주 자기의 운명을 결단하여 주는 것만 같다. 저 해가 넘어가도 그이가 돌아오지 않으면 그이는 영원히 돌아오지 못하는 그이다. 그럴진댄 차라리 저 해와 같이 함께 운명을 하고도 싶다. 저 해에 희망을 붙이고 살아오기, 무릇 일 년이었다. 앞으로 기다릴 저 해가 아니었던들 자기는 이미, 이 세상 사람이 아니었을는지도 모른다. 생각을 하다가, 순이는 또 문득 걸음을 세운다. 대체, 가면 어디까지 가자고 해도 넘어가는데 젊은 계집년이 무작정으로 이렇게 걸어만 가는 것인가.

'오긴 무에 온다구, 죽었을걸……'

아주 단념을 하자고 하다가도 차마 단념이 가지 않는 안타까운 한 가닥의 미련—

'……염려 말아 살았다. 이해 안으로는 단정 들어서리라.'

지금도 그 소리가 또렷하게 귓전에 남아 있다.

싸움은 끝났다고 해도 일제히 들어서는(출정했다가) 사람들이 아니었다. 가까운 곳에서부터 츠음츰 들어서는 사람들이었다. 시일이 차면 어련하랴 하였으나, 〈라바울〉 갔던 사람까지 들어서는데 일본 갔던 남편의 소식이 이렇게도 없는 덴 애가 키이지 않을 수 없었다. 불안한 속에서 기다리며 기다리며 날을 세다가 그 해도 설을 넘길 적엔 그대로 앉아만 있을 수가 없었다. 생사의 여부를 무당에게 물었던 것이, 무당의 대답은 이렇게도 분명하였던 것이다. 무당의 말이라 믿을 것이 있으랴 하다가도 자꾸만 그대로 믿고 싶은 마음이었다. 이해가 다 저물었다 하더라도 이 하루까지는 어련한 이해다. 마지막 이날이라고 들어오지 말란 법 있으랴, 혹시? …하는 한 가닥 희망이 다시금 가슴속에 정성껏 무젖어 든다. 오면 차에서 내려올 테지, 정거장까지 마중을 가 보자, 치맛자락에 바람을 순이는 다시 몬다.

길바닥 위에 깔렸던 놀이 차츰 그 빛을 잃는 걸 보면, 보지 않아도 산 너머로 무썩무썩 깊이 해는, 이제 아주 떨어지는 고비에 접어들고 있음을 알겠다.

그러나, 놀이 걷히면 어둠이 바뀌어 깔릴 밤길에의 공포도 지금 순이는 모른다. 준비를 하고 나선 길이 아니다, 두루마기도 목도리도 없건만 저녁 바람의 차가움도 지금 순이는 모른다. 모든 무서움이 지금 순이에게는 없다. 다만 간다는 것, 오늘 하루 안으로 생각이 닿는 끝까지 간다는 단순한 일념이 있을 뿐이다. 그것이 지금 순이의 생명이다.

ㄴ

산 모롱고지에 별안간 검은 연기가 피어오르는가 하니 시꺼먼 물체가 씩씩거리며 산허리를 꺾어 돈다. 기차다.

어느새 다섯 시 차일까, 이 차가 그 차면 인제 객차는 없다. 보얗게 얼은 유리창 속에 담뿍 담기운 사람들의 그림자가 희미하게 얼른얼른 칸마다 연달린다. 분명일시 객차다. 발락발락 좀더 서둘러 걸었던들, 정거장에서 저 차를 마음 놓고 맞았을걸…… 저 차와 같이 걸음을 달릴 수가 없을까? 그이는 죽었느냐 살았느냐 최후의 판단을 싣고 자기의 운명을 결단하여 줄 이 해의 마지막 객차가 지금 들어오는 것이다.

가로 놓인 신작로 한복판의 레일을 타고 기차는 정거장을 바라보았다. 뀌익 소리를 냅다 지르며 숨이 찼다.

지리한 몸을 쿠션에서 일으켜 모자를 떼어 쓰고, 트렁크를 시렁에서 내리는 손님들이 순이의 눈에는 보인다. 그 손님들 가운데서 그이의 모습을 순이는 찾는다. 그러나, 내릴 준비를 하는 그이이기보다 떠나 보내던 그이의 모습만이 눈앞에 생생하다. '祝金鎭秀君入塋'이라는 면장의 글씨로 정성껏 씌어진 붉은 '다스끼'를 가슴에다 걸고, 눈썹 위까지 푹 눌러쓴 사각모를 차창으로 내밀어 플랫폼에 선 어머니와 자기를 말없이 번갈아 바라보던 충혈된 두 눈, 이윽고 차가 바퀴를 움직이기 시작할 때와— 하고 아들을, 손자를, 동생을, 남편을 보내는 가족들의 마지막으로 모습이나 한 번 더 다시 보리라는 쥐어드는 분비 속에, 붉은 '다스끼'들이 창턱 마다에 가슴을 걸고, 내미는 손 가운데는 그이의 하이얀 손도 자기의 눈앞에 있었다. 저도 모르게 쭈룩 흘러내리는 눈물이 뺨가에 뜨거움을 느끼며, 저도 말없이 손을 내밀어 그이의 손안에 가만히 넣을 때, 따스한 온기가 꽉 부르쥐는 힘과 함께 뼛짬까지 스며드는 듯하던 생각, 차 안의 손과 차 밖의 손이 서로 붙들고 늘어진 무수한 손들, 놓으면 다시는 잡아 볼 수 없는, 손안에 사무친 정이 서로 끄는 손들은 굴러 나가는 차바퀴에 따라 저절로 당기어진다. 그이의 손안에 감기운 자기의 손도 으스러지게 팽팽히 당기웠다. 떨어지지 않으려고 손끝에 힘을 주어, 그이의 손가락을 자기도 감싸쥐고 쫓아가며 쫓아가며 여유를 주는 것이었으나, 속력을 내기 시작한 차체의 힘과는 저항이 되지 않는다. 마침내 뻐드러져 나가던 손, 뻐드러져 나간 손들은 차 안에서나 차 밖에서나 서로들 두르며 두르며 떠나는 정과 보내는 정을 잇(續)는다. 그이의 손도 자기를 향하여 허공을 추켜올리며 그냥 두르는 것이었으나, 자꾸만 흘러내리는 눈물이 앞을 가리어 얼굴로만 손을 가져가게 만들던 생각— 언제나 그이가 생각키면 이렇게 먼저 보이는 것이 붉은 '다스끼' 요, 떠나보내는 형상이다.

기차와의 거리는 점점 멀어진다. 정거장에 차가 멎고 사람들을 내려놓을 때에야 겨우 역전의 광장에까지 달릴 수 있는 순이었다.

거리로 쏟아져 흩어지는 사람들을 순이는 낱낱이 살핀다. 보통이를 머리에다 잔뜩 인 여인네가 아니면 룩삭을 등에다 무겁게 걸머진 중년의 사나이가 대부분이다. 한참 나오던 사람들이 츰해지는데도 그이 같은 모습은 찾을 수가 없다. 정거장 안까지 들어섰을 때 육중한 트렁크를 한 손에다 들고 몸을 일며 아직도 플랫폼에서 헤매는 한 사람의 그림자가 순이의 눈에 쏘인다. 어딘지 눈에 서투르지 않은, 익은 인상임이 대뜸 들어왔던 것이다. 그일까 하는 생각에 별안간 가슴을 뛰노이며, 짙어가는 어둠 속에 똑똑히 알아볼 수 없는 형상임을 초조로이, 눈에 힘을 주며 주며 바라보다가 질겁을 하고 순이는 놀란다.

영세, 그것은 틀림없는 영세였던 것이다. 생각만 하여도 치가 떨리는 영세, 하필 왜, 이 자리에서 이렇게 영세를 만난단 말인가. 그이를 마지막으로 기다리는 오늘, 마지막 차의 마지막 손님이 그이가 아니고 그이를 전지로 몰아 낸 영세라니! 영세를 맞으러 자기는 어둠도 추움도 무릅쓰고 오 리나 되는 정거장 길을 집안도 모르게 이렇게 달리어왔더란 말인가. 영세가 나오기를 이렇게 눈이 빠지도록 기다리었단 말인가. 속이 떨려 두 번 다시 거들떠보기도 으즈즈하다. 얼굴을 돌린 채 제결에 몸을 피하여 터전으로 순이는 뛰어 나왔다.

ㄷ

영세는 순이네와 논트리 하나를 사이에 둔 건너 마을에 산다.

옛날부터 내려오는 문벌과 재산이 그를 우러러보게 만드는 데다가 경도제대 경제학부를 졸업하고 돌아오게 되자부터는 학력까지 그를 따를 사람이 없어 금력으로나 학력으로나, 물심 양면에 있어서까지 선망의 적的이 되어 동네의 추존을 한몸에 받아오다가 서울로 올라가자부터는 그 이름이 언론 기관에 끊일 새 없이 오르내리게 되어 신문장이나 보는 사람치고는 박영세라는 이름을 모르는 사람이 없이 되었다.

누구나 동네의 빛으로 동네를 말할 때에는 그를 내세우고, 자기도 그 동네에 사노라 말했고, 친하다 말했다. 그리고 개인의 사정이나 동네의 사정으로 혼자 처리하기에 썩 마음이 내키지 않는 일이 있을 때면 일부러 서울까지 올라가 그와 더불어 문의를 하고 그의 말을 좇았다. 면사무소에서, 주재소에서 창씨創氏를 하라고 그렇게 강권을 하는데도 사람이 어떻게 성을 고치느냐고 하나 없이 뻗대이었으나 영세가 솔선해서 다카야마(高山)로 고치는 것을 보고는 영세가 고치는 것이라 아니 고치고는 견딜 수 없는 창씨인가 보다고 다들 면사무소로 달리어가 제멋대로 성들을 갈았다.

그리고, 뒤이어 몰아치는 학도 지원병 영이 발포되매 막다른 골목에 든 이 위급을 피해 보려고 학교도 집어치우고 집안도 모르게 어디론지 숨어 버린 진수를 끌어 내는 데도 이 영세의 영향이 절대하였던 것이다.

주재소에서는 아들을 내놓으라 날마다 졸랐으나 그 아버지 선달은 모르노라 응치 않았다. 응치 않음이 그대로 강경함에 경찰서 고등계에서는 형사까지 둘씩이나 나와, 선달을 데려다가 유치장에 집어넣고 승낙서에 도장을 찍으라, 그렇지 않으면 싸움이 끝날 때까지 가두어 두리라 위협 위협이었다. 그래도 듣지 않음에 반이나 넘어 센 선달의 그 허연 수염을 형사들은 둘러앉아 승벽으로 뽑으며 만행으로 단련을 시켰으나, 수염 아니라 목을 뽑히는 한이 있더라도 승낙은 못한다 하여 턱이 맨숭맨숭하게 수염이 한솟 다 뽑힐 때까지 굳이 승낙을 하지 않고 죽일 테면 죽여라 뻗치고 있는데, 하루는 서울서 강연대가 내려와 공회당에서 명사들의 시국 강연이 열리니 다 가서 듣자 하여 학병 지원에 승낙을 않는다고 가두고 단련을 시키던 학부형 십여 명을 다 나오래서 데리고 갔다. 선달은 군중 속에서 늙은이(아내)도, 적은이(동생)도 다 들어와 앉아 있음을 보고 주재소에서 반드시 이 강연만은 들어야 한다고 같이 들어가자 해서 들어들 왔노라는 말을 들었다.

강연은 들으나마나 누구나 전문학생이면 다 지원을 해야 된다는 소리였다. 거기서 선달이 놀란 것은 이 연사 세 사람 가운데 영세가 섞여 있음을 본 것이었고, 황은皇恩에 보답할 길은 오직 자식을 나라에 바치는 길밖에 없다고 테이블을 주먹으로 치는 것을 보는 데서였다. 그리고는 영세 같은 사람이 돌아다니면서 이렇게 열과 성을 다하여 저런 강연을 할 때에는 이것도 창씨와 같이 피할 수 없는 성질의 것일까, 죽어라 하고 수염이 뽑히우면서도 움직여지지 않던 선달의 마음속엔 그 어느 한구석이 흔들리우는 것 같음을 그 순간 느꼈다.

그러나, 영세도 하는 수가 없어 이렇게 붙들려 다니며 저런 강연을 하지 않고는 못 견디는 것은 아닐까 몇 번이고 생각해도 믿어지지 않아 저녁에 사석에서 조용히 좀 만나 의견을 들어 보리란 생각까지 은근히 두었던 것이, 그렇지 않아도 이 연사들과 지원에 대해서 문의할 일이 있으면 얼마든지 하라고 이에는 구속도 않으므로 선달은 가족들을 다 데리고 그의 여관으로 찾아가 하룻밤을 같이 묵으면서 의견을 들었다.

사석에서의 의견도 다른 데가 없었다. 지원을 아니하면 그보다 더 무서운 징용이 내린다는 것이요, 이것까지 거부하게 되면 가족의 일체 배급 정지로 가정은 파멸되고 말 것이니, 이왕이면 선뜻이 지원을 하고 나서는 것이 상책이라는 것이었다. 그리고 싸움을 나간다고 다 죽는 것은 아니요, 승리를 하고 싸움이 끝나 돌아오게 되면 명예와 권세가 그 한 몸에 넘칠 것이니 하루바삐 지원을 하는 것이 유리하리라는 것이었다.

하나에서부터 열까지 믿기에 의심이 없는 영세이었던 것이다. 그대로 고집을 한다는 것은, 그것은 결국 자승자박을 하는 셈이 되는 우둔한 것임을 깨닫고 산속 깊이 절간에 가서 숨어 있는 아들을 수소문하여 찾아다 놓고 온 가족이 모여앉아 지원서에다 승낙서에다 도장들을 부자가 각기 찍고는 눈물을 흘리며 진수를 떠나 보냈던 것이다.

자기가 자기 손으로 도장을 찍어서 아들을 내보내 놓고 누구를 원망하랴만 지원서에 도장 찍기를 굳이 피하고 숨어 돌아가던 학생들 중에는 간혹 적발도 되어 징용장을 받기도 하였으나, 피하면 얼마든지 피해 돌아갈 수 있고, 또 피치는 못했댔자 그것이 총알이 왔다갔다하는 전장판보다는 비교도 안 되게 헐한 것임을 알았을 때, 순이네 가족은 가슴을 치고 통탄해 하지 않을 수 없었다. 그리고 영세를 원망하지 않을 수 없었다. 그나마 남과 같이 살아 돌아오기나 했으면 모든 것을 꿈처럼 잊어나 버리고 말았으련만, 아아.

ㄹ

'무당도 다 소용이 없어, 인제 아주 그이는 잊고 말자.'

영세가 뒤에 달리는 것 같아, 늦어진 허리를 다시 단정히 고칠 여유에도 초조로이, 집으로 내닫기 시작한 순이는 치맛뒤를 땅에다 지일질 끌면서 몇 번이고 마음에 힘을 주어 가며 뇌인다.

'잊어야지, 안 잊음 별수가 있나.'

그러나 누구를 믿고 살 것인가가 뒤미처 생각킬 땐 받느니 옷자락에 눈물이었다.

부모네들의 옛날부터 내려오던 우의에서 그이는 대학에 들어가던 해, 자기는 고녀를 나오던 해, 그해 봄에 약혼이 되어, 결혼은 그이의 졸업을 기다려 하자던 언약이 꿈에도 생각지 못하였던 학도 지원병 영이 내리게 되매 부랴부랴 결혼을 하여 한 달을 채 못다 살아 본 남편이었다. 이러구러 정신 없는 얼떨떨한 삼 년 동안의 시집살이였다. 이것으로 자기라는 인생은 다 산 것이란 말인가, 학생 시대에 꾸던 무한히 즐겁던 청춘의 꿈은 이렇게도 삭막하게 뒤집히고 만단 말인가. 인젠 나라도 찾았다. 제 나라에서 거리낌 없이 마음껏 살 수 있는 아름다운 꿈이 그이로 더불어 한껏 즐거울 것이련만, 이렇게도 청춘은 애달프단 말인가. 그이가 나가기 전에 부모네들이 하루바삐 결혼을 서두른 의미도 모르지 않는다. 그러나 그것도 한낱 꿈이었다. 부모네들의 소망대로 한 점 혈육이나마 남기었더라면 대ff나 이음이 되지 않을 것인가. 자기의 존재는 이 집에 무엇으로 있단 말인가. 불쌍한 며느리, 죽기까지 들어야 할 측은한 대명사, 그것이 인젠 다만 자기에게 남은 존재일 뿐이다.

'더 살음 무얼 해. 그이가 간 곳을 나도 인젠 따라가야지.'

그러나, 자기마저 그이 따라 이 집을 떠나간다면 늙은 시부모 양주는 누구를 믿고 의지하고 산단 말인가. 생각이 이에 미치면 제 마음이건만 제 마음을 저로서도 결단할 용기가 차마 나지 않는다.

그이는 이 집의 기둥이었다. 그이의 어깨에 늙은 부모가 매달려 있었고, 거기 자기가 또한 덧붙은 것이었다. 시아버지는 늙마에 만득으로 그이 하나를 두시고 그이를 위하여 넉넉지도 못한 가산을 기울여 학자를 대었다. 몇 마지기 안 되는 땅이 들어간 것은 그이가 중학에 들어가던 해요, 학병으로 끌려 나가던 해엔 집문서까지 금융조합에 들어가게 되었으나, 이제 한 해만 더 참으면 졸업을 하게 된다. 오히려 반갑게 매어들 달리려던 기둥이었다. 그 기둥이 이제 부러졌다. 의지할 데가 없는 것이다. 여전餘錢은 다 쪼아 먹고 집문서는 찾을 기약조차 까마아득한데 배급은 없고 쌀값은 나날이 오른다. 조반석죽도 구차하다.

이게 인제는 모두 자기의 손에서 해결이 되어야 할 무거운 짐으로 바뀌어진 것이다. 그이는 아주 잊는다 해도, 이미 자기가 그이의 아내이었다면 이 집은 아주 잊을 수가 없는 것이 도리다.

그러나, 이 집을 붙들고 나갈 그만한 힘이 계집으로서의 자기에게 과연 있을 것일까 생각하니 그저 아득한 앞날이다. 다시금 눈시울이 뜨거움을 느끼며 짙어가는 어둠 속을 분주히 집으로 집으로 순이는 걷는다.

ㅁ

시부모도 오늘 하루를 은근히 기다리다 지치고 만 모양임이 드러난다. 이미 밤은 깊을녘에 들었건만 사당에도 제석에도 아직 불이 없다. 해마다 섣달 그믐밤이면 초저녁부터 간마다 불을 밝히고 복을 맞아들이던 수세守歲의 풍습도 이 해 따라 이 집에선 지금 무시되고 있다.

작년에도 재작년에도 이 수세의 점등點燈만은 잊지 않고 손수 정성을 들이던 시어머니였던 것이, 이게 다 그이 때문이로구나 하니 모든 것을 잊자던 순이의 가슴은 다시금 뭉크레하여진다. 들어서는손 장보시기를 말끔히 닦아 솜으로 심지를 비벼 넣고 피마자 기름을 부어 사당과 제석에 먼저 불을 밝히고 큰 간으로 건너갔다.

시어머니는 샛문 발치에 이불을 쓰고 누웠고, 시아버지는 아랫목에서 팔패를 뗀다. 시아버지의 팔패는 화 팔패다. 속이 상할 때에는 언제나 늘 팔패로 화를 푸는 것이 버릇이다. 한동안 그쳤던 팔패를 오늘 저녁 시아버지는 또 꺼내 들었다. 그 원인이 어디 있음을 순이는 모르지 않는다. 마음대로 맞아떨어지기나 하는 것일까 그렇다면 한결 위안이라도 되련만…… 생각을 하며 아랫목으로 내려가,

"추운데 손시럽지 않아요? 밧 날이 끔찍이 찬가봐요."

하고, 방바닥을 순이는 손으로 짚어 본다.

"응 난 괜찮다. 네가 얼었구나, 어디를 갔다오니?"

"어디 간 데두 없어요. 괜히 밖에 있었죠."

곧이 들을는지 모르나, 그렇지 않아도 가뜩이나 침울해 팔패까지 또 손에 대신 시아버지였다. 아들의 이야기를 하여 아픈 상처를 건드리기보다는 정거장까지 갔더란 말은 숨기는 것이 예의였다.

이것은 순이만이 취하는 태도가 아니다. 이 한 해 동안의 이 집 가족은 며느리나 시부모나 서로들 눈치와 위로로 산다. 털끝만큼도 진수에 대한 이야기는 서로 입 밖에 내지 않고, 누가 얼굴을 푹 숙이고 앉았던가 먼 산만 좀 바라보아도 진수를 생각하나 보아 필요도 없는 이야기로 어루만지는 것이 누구나의 태도였다.

"아, 참, 너 이박기 먹어라. 며느리 이박기 내려 주구려."

시아버지는 팔패 떼던 손으로 마누라를 흔든다.

마누라는 눈이 좀 붙었던 모양이다. 기지개와 같이 일어나 삽문을 열고 고리당죽을 들어 낸다.

"주막집 엿장사가 이박기라구 엿을 갖다 맡기누나. 어서 먹어라. 너 들어온 담에 같이 먹으려구 기대렸단다. 영감님두 드세요. 영감님이 먼저 드세야 애가 먹지."

시어머니도 극진하다.

"아이, 먼저 잡수실 걸요. 아부님 드세요. 어머님은 치아가 없으셔서 넣고 녹이서얄걸요."

근심 없는 마음의 표현들 같다.

이렇게라도 가정이 지속만 될 수 있다면 죽는 날까지 이러구러 살다는 볼 것이, 맞닥뜨린 절박한 사정은 이러한 눈물겨운 단란도 허치 않았다. 금융조합에서는 인제 더 연기는 하는 수가 없으니 그리 알라는 최후의 통첩이 떨어진 것이다. 지금 선달이 떼는 팔패에는 이러한 것들의 처리에 판단을 댄 앞날에의 운명이 점쳐지고 있었다. —오늘도 진수는 들어서는 애가 아니니, 이애는 인젠 정말 아주 잊어야 옳으냐, 옳다면 붙고 그르다면 마저 떨어져라, 떨어지는 데 마음을 대고 떼었던 것이, 붙고 떨어지지 않는다. 그러면 정말 진수는 죽었느냐, 차마 믿고 싶지가 않아, 삼태 양승兩勝으로 행여 다시 떼어 보았던 것이, 영락없이 연달아 붙고 떨어지지를 않는 데 눈앞이 아득했으나, 하는 수가 없는 일이다. 정말 잊어야 옳은 앤가 보다, 쓰린 가슴을 억누르며 금융조합의 빚 처리로 넘어가, 빚은 집을 팔아서라도 갚아 주고 여전을 벗겨 생활의 밑천을 삼는 것이 옳으냐 옳다면 떨어지고 그르다면 붙어라, 또 떨어지는 데 마음을 대고 떼어 본 것이, 마음과 같이 맞아 떨어졌다. 그렇다면 집은 파는 것이 바른 길이긴 길인가 보나, 쓰고 있을 집이 그적엔 또 있어야 아니하나, 서방은 죽어 돌아오지 않고, 집은 팔아 먹고 그래도 며느리는 청상과부로 있을 데도 없는 이 집을 족히 지키며 개가할 의사가 없이 수절을 하고 지낼 것인가, 아들을 생각할 때마다 연달아 떠오르는 며느리의 귀추가 자못 궁금하다. 개가할 의사가 있느냐 없느냐 없다면 떨어지고 있다면 붙어라, 떨어지는 데 마음을 또 대고 떼었던 것이, 신통하게도 이번에는 장마다 맞아 돌더니 끝내 떨어진다. 그렇지 않아도 인젠 며느리밖에 의지할 데가 없다고 은근히 생각을 해오던 것이다. 이것이 시아버지는 기막히는 사정 가운데서도 한결 마음의 위안이었다. 더욱이 이 패를 떼는데 어딘지 나갔던 며느리가 섬적 들어서고, 또 그 앞에서 땐 패가 이렇게 대었던 마음대로 떨어지고 마는 것은 이것이 무슨 한낱 자위책으로서의 그러한 노름이 아니요, 정말 며느리 앞에서 그러마 하는 굳은 맹세를 받는 것도 같아, 엿을 들면서도 시아버지는 참 기특도 하다고 생각을 하며 몇 번이고 며느리를 바라보다가 한 가락 엿을 채 못 다 들고 수염을 담고 나더니,

"며느리 너—."

하고, 부르며 얼굴을 든다.

팔패는 마음대로 떨어졌다. 떨어진 팔패와 같이 며느리의 마음은 과연 그렇게 굳어 있는가, 집을 팔자면 살아갈 방도에 있어 무엇보다 알고 싶은 것이 며느리의 마음이었다.

"네 앞에서 내가 어떻게 이런 말을 하랴만 목구멍이 야속해서 산 사람은 그래두 먹구 살아야겠으니 어찌하겠니?"

"아무럼요. 지나간 일은 다 잊구 산 사람은 살 도리를 해야죠. 아부님 근심 마세요."

철 난 대답이다. 아무런 티도 없이 천연하게 받는 며느리다. 시아버지는 놀랍고도 반가웠다.

"옳으니라 참, 너 선선하구나! 네 입으루 그런 말을 들으니 내 마음이 얼마나 풀리는지 모르겠다. 공부헌 여자란 참 다르다. 그럼 그러지 않음 도리가 있니?"

"그이는 아주 돌아오지 못할 사람으루 알아야 해요."

"아무럼, 인젠 어련히 그렇게 믿구 지내야지. 그런데 말이로구나, 살랴니깐 그놈의 빚 때문에 집을 안 팔구는 못 배길까 보다. 창피하게 집행을 겪기보다는 팔아 물어 주는 것이 떳떳한 일 같구나. 네 의견은 어떠니?"

"제가 멀 알아요. 아버님 생각이 어련하시겠어요."

"어련험 멀 허겠니. 팔구 나서 살 길 때문에 그러지. 남저지를 벼끼문 외막살이나 한 채 살까, 그것두 십만 원을 받아야 할 말이구. 그러문 또 집만 쓰구 있음 사니, 먹구 살 밑천이 그적엔 또 있어야지. 다른 게 아니구 이게 걱정이 돼서 그러누나."

여기엔 순이도 할 말이 없다. 그렇지 않아도 못 잊는 근심이었다. 정거장에서 돌아오면서도 눈앞이 아득해 발길조차 더졌던 것이다. 다시금 암담한 생각에 순이는 얼굴을 무릎 위로 떨어친다.

"글쎄, 그 섬나무자리 너말지기 그것만 가지구 있어두 우리 세 식구 자롱감은 걱정이 없으련만, 논이나 좀 좋은가 천상수天上水 판에……"

하다가 시아버지는 별안간 흑흑 느끼는 소리에 주위를 둘러 살피다가 며느리의 어깨가 분주히 들먹이고 있음을 보고는 더 말을 계속하지 못하고 그만 한숨과 같이 고개를 숙인다.

'그럼 그만큼 참는 것두 나이 봐선 용허지. 저두 기가 왜 안 막히려구. 서방은 죽어 돌아오지 않구, 집까지 팔아 먹게 되니……'

ㅂ

"칠(칠만 원)이면 놓게 놓아."

집을 내어놓기는 내어놓으면서도 이 동네에서 작자가 그리 쉽게 나서리라고는 믿지 않았는데 의외에도 며칠이 안 되어 박 구장은 어디서 작자를 구해 놨는지 자꾸 와서 값을 뛰긴다.

"글쎄, 채여 놓래두 그래. 하나(십만 원)루."

"하나 다는 안 된대두 그러눈. 이게 꼭 작자니 놓아. 이 작자 놓치면 집 팔기 힘드네. 그래, 이 동네 집 살사람이 어디 있어, 빤한 형편 아닌가."

"작잔 누군데 그러나?"

"건, 미리 알아 쓰나, 문서 쓸 때 알아야지. 어서 칠이면 놓게."

"사실 작자라면 우리 집은 하나라두 싸네. 위치가 이 촌중에서 젤 아닌가. 손자 손향 판이지, 건자 건향 판이구. 다자꾸 내 운이 진해서 집을 팔아 먹지, 집이야 좀 좋은 데 놓였다. 건넌말 박영세네 집자리를 좋다구들 말하지만 그건 집이 푹 백히구. 어디 우리 이 집에 대겠나. 전에 우리 조부님이 뒷산에 올라서서 촌중을 쓱 내려다보시군 참 집 자린 일등이라구 번마다 말씀을 하시던 집 아닌가."

"자네 말 숱두 늘었네게레, 고집 말구 놓게. 저녁엔 문서나 하구 우리 오래간만에 한잔 하기나 하세."

"글쎄, 여러 말 말구 하나만 채여 놔."

"놓라니까 글쎄, 칠이면 고집 말구."

"이 사람 어렴두 없는 소릴 자꾸…… 칠에 어떻게 놓으래나 이 집을."

"자, 그러면 그럼 팔만 허지. 팔에 또 말을 듣겠는지 모르겠군 저짝에서. 자네만 팔에 놓는대문 내 건 떼여올게."

제 욕심만 부리다 이 작자를 놓치면 사실 팔기도 그리 수월치 않음을 안다. 십만 원을 다 받는다 하더라도 예산은 닿지 않는다. 팔이면 무던도 해 보이는 것 같다.

"구꺼지만 올려 대 보게."

우선 높여 보다가 할 말이다.

"그저 팔, 팔, 팔이면 꼭 정가야. 어서 팔에 말을 뚝 자르세."

"글쎄 구에만 대여."

"어서 팔에 말 떼래두."

"허, 이건 면에 못 이겨 박입을 쓰는 격인가?"

이만했으면 승낙하는 의미의 말임을 박구장이 모를 리 없다.

"그럼 잘됐네. 저녁 세시쯤 문서 허지. 내 저짝에 가서두 그렇게 잘라 가지구 또 오겠네."

이렇게 언약은 되고, 저녁 세시를 기하여 다시 박 구장은 찾아와 계약을 하러 같이 가잔다.

그러나, 즐거워 파는 집이 아니다. 구장을 따라가, 제 손으로 집 문서에 도장을 찍기가 차마 싫다. 선달은 계약 일체를 도장까지 내어 구장에게 맡기고, 대체 나를 몰아내고 우리집으로 들어올 사람은 누구일까, 촌중에는 아무리 훑어 보아야 없는 것 같고 읍에서 누가 퇴촌을 하는 것인가, 구장이 돌아오기를 기다리고 앉았다가 선달은 계약서를 받아들고 놀란다. 매수자가 뜻도 않았던 영세이었던 것이다.

'내 집이 영세의 손으로 들어가다니!'

순간, 떠오르는 생각과 같이 자기의 이름과 가지런히 쓰이고 분명하게 '朴永世'란 도장이 찍힌 부분을 얼빠진 사람처럼 선달은 내려다본다.

"자, 인젠 우리 흥정이 됐으니 술이나 한 잔씩 노누세. 주막에 마침 곳주가 들어왔기에 한 병 넣어 달래 가지구 왔지. 아주머니 그 머 김치 쪼각이나 좀 들여오시우."

구장은 품안에서 술병을 뽑아 낸다.

"아니, 영세 그 사람이 우리집을 뭣허러 사나?"

"가만 보니 동생들 분가分家를 시킬 눈치드군."

"동생들의 분가?"

"넷을 일시에 다 시킬 모양인가 봐. 웃말 홍첨지네 집두 유사과네 집두 지금 흐르고(흥정) 있는데 것두 아마 오늘 저녁쯤은 떨어지게 될 걸."

"아아니! 그게 무슨 일인가 갑자기? 그 사람이 동생들의 분가는 왜 그리 급자기 일시에 서둘까?"

선달은 의아한 눈이 둥그레진다.

"까닭이 있드군 그래. 앞으로 법이 서면 토지가 국유루 될 것 같으니까 동생들을 분가시켜 가지구 논어서 제 몫금씩 갈라 세울 모양이야. 그리구 대명동 토지, 웃당모루 토지는 전부 내놓았다는데."

무슨 비밀이나 말하는 것처럼 구장은 나직이 수군거린다.

"그래서 그럼 그이가 일전에 내려왔군요. 법이 세면 토지는 자농감 몇 정보씩을 내놓구는 유상 몰수가 될진 몰라두 다 몰수하게 되리라구 그리는 소리를 들었드니……."

순이도 의아한 태도로 참예를 한다.

"그 사람이 지금두 서울서 그런 웃두머리루 다니는 사람이니까 그런 거야 아마 잘 알 테지. 미리 손 쓰는 셈이로군 그럼."

이제야 깨달은 듯이 선달은 머리를 주억시며 들었던 잔을 쭉 들이킨다.

"암, 영세 그 사람이야 알구 말구. 확실히 알게 누대루 내려오던 토지를 팔아 없애려구 내놓구, 또, 부리나케 동생들을 위해서 집을 사는 게 아니겠나?"

"아아니, 나라를 위해서 정치를 하자는 사람이 큰 게는 잡아서 제 구럭에 먼저 넣구, 정친 참 바르게 되겠네. 한때는 일본 사람들한테 남이야 어찌되었든 저만 곱게 보이구 살려구 남의 귀한 자손들을 전장판으루 나가야 한다구 목구멍에 핏대를 돋히구 연설을 다니드니 이젠 또 나라를 위하여 나섰다는 사람이 제 실속부터 차린다! 그럼, 아, 그 대명동 토지 사는 놈은 쫄딱 망하겠구먼. 돈 주구 샀다가 왼통 몰수를 당할 테니까. 에이 내 앉아서 그대루 죽음 죽었지 영세헌테 내 집은 못 파네. 그 여보게 집 해약해다 주게."

문갑 뺄함에 넣었던 계약서를 선달은 되꺼내어 구장의 무릎위에 던진다.

"이 사람이 벌써 취했나 술두 몇 잔 안 들어가서."

"아니, 취허긴 이 사람, 아 그럼 전 눈 좀 밝다구 모르는 사람을 속여 먹어야 옳은가. 몰수당할 토지를 팔아 먹으문 사는 놈은 녹을 줄을 몰라? 그놈 아니문 내 자식두 쌈 나가서 죽질 않아서, 내 자식두 내 집두 그놈의 손에 다 녹아나야 옳아? 뻔뻔한 놈 체면이 있지, 자식을 먹구 미안하지두 않아서 집을 또 먹게서? 이 집이 이게 누구 때문에 파는 것인 줄 몰라? 난 못 파네, 내 집을 그놈의 손에단. 어서 물러다 주게, 허 세상이……"

아닌게 아니라 선달은 벌써 주기가 얼근히 도는 모양이다. 손세까지 이상히 쓴다.

"그 무슨 소리야, 이 사람 정말 취했네게레. 자, 자, 그런 소린 말구 어서 또 잔이나 내게."

"글쎄 아니야, 내 집은 백 번 죽어두 그놈의 손엔 안 넣네. 어서 일어서게 이 사람?"

선달은 잔을 바로도 못 들고 술을 옷자락에다 줄줄 흘리며 들이키더니 상 위에다 잔을 엎어 놓으며 일어선다.

"이 사람이 이게 앉아."

"아니야, 일어서래두"

"앉아요 글쎄. 이게 무슨 일야 이 사람—."

구장은 선달의 손목을 끌어당긴다.

"아니, 안 일어날 텐가? 그럼 내가 가겠네."

팔을 뿌리쳐 구장의 손을 떨구고 감투를 눌러쓰며 계약서를 집어들더니 문을 차고 나간다.

설도 지났으니 양지짝엔 이미 봄 뜻도 푸르련만 날씨는 그대로 차다. 종일을 그칠 줄 모르는 바람이 그냥대로 누동의 구새 먹은 오리나무 가지를 왕왕 울린다.

"이 사람 여 여보게 선달!"

구장은 쫓아가며 부르나, 선달은 들은 체도 않고 옷자락을 날리며 건넛마을로 가는 그 좁은 논틀이 길을 취한 사람도 같지 않게 총총걸음으로 내닫고 있다.

ㅅ

시아버지가 혹 취중에 무슨 실수나 하지 않을까 순이도 덧쫓아 나와 넌지시 논트리를 뒤따른다. 그러나 차마 영세네 집까지엔 발길이 내키지 않는다. 누동 마루 오리나무 아래 그만 걸음이 멎는다.

구장은 그냥 바틈이 선달의 뒤를 따라가며 연방 뭐라고 말리는 모양이나 대꾸도 없이 선달은 활깃세를 쓰며 앞만 보고 그저 내닫더니 영세네 마당에 발을 들여놓기가 바쁘게 소리를 지른다.

"영세!"

개가 세 마리씩이나 짖으며 으르르 밀려 나온다.

"영세 있나?"

"영세."

세 번 만에야 밀창이 밀리며 머리만이 기웃하더니,

"아 선달님 오래간만이십니다."

하고, 대 아래로 쫓아 내려와 인사를 한다.

"나 자네 좀 볼 일이 있어 왔네."

"네 그러세요? 들어오시죠."

영세는 사랑 곁으로 손을 내밀어 인도를 한다.

"아니, 들어갈 것두 없어. 집이나 물러 주게."

"이 사람 취언두 웬. 술두 몇 잔 안허구 그리 취해? 어서 들어가 담배나
한 대 붙여 가지구 가세."

구장은 선달의 옷소매를 붙들고 사랑 쪽으로 이끈다.

"이 사람 왜 붙들구 이래 자꾸, 취허긴 뉘가 취했다구, 어서 집 물러
주게."

"참 취허셨군요 선달님."

하긴 하면서도 영세는 자못 불쾌한 태도다.

"취허다니! 집을 물러 내라는데?"

선달은 정색을 하고 영세의 옆자락을 낚챈다.

어인 까닭인지를 몰라 말없이 영세는 선달을 노려본다.

"집을 물러 달라는데 자네가 나헌테 도리어 눈을 부릅떠? 허 이거 세
상이!"

"아니, 대체 어떻게 하시는 말씀입니까?"

영세도 눈이 길쭉해지더니 정면으로 마주 선다.

"하, 눈을 부릅뜨고 마주 선다! 이놈이 너 그래 마주 섬 어떡할 테냐?"

버썩 나서며 선달은 영세의 멱살을 붙든다.

"아니, 이게 무슨 행패란 말이오? 해방이 됐다니까 괘니 모두들······."

"머야? 행패? 해방이 됐다니까? 그래 해방이 돼서 넌 잘허는 일이 머냐? 나라는 어떻게 되든 제 배만 불렸음 되구 촌중은 어떻게 되든 저만 잘 살았음 그만이로구나. 고이헌 놈, 하늘이 나려다본다 이놈."

선달은 멱살을 붙든 손에 힘을 주어 버쩍 당긴다.

"아니, 남의 멱살을 무슨 까닭으루 붙들구 이래요. 내가 영감네 집을 억지루 빼앗는단 말요? 하 참, 별일 다 보겠네, 집을 판다구 내놨기 샀는데······."

"집을 판다구 내놨기 샀는데? 이놈 너 무슨 까닭으루 동네 집들은 돌아가며 다 사들이니? 너만 집 쓰구 살 테냐? 이놈 매양 하는 버릇이······ 응? 이놈 이놈아! 내가 집을 왜, 파는지 몰라? 이놈 이놈아! 학병으루 지원 안한 놈은 하나두 안 죽었구나 글쎄? 이놈아 이놈아 가슴이 터진다 이놈아!"

선달의 팔은 와들와들 떨린다.

영세도 여기엔 할 말이 없는 듯이 충혈된 눈만을 꺼벅실 뿐 아무런 대꾸가 없다.

"이놈아 내 아들이 죽었구나, 이놈아. 이놈아 이놈아, 내 아들이 죽어서? 진수란 놈이 죽어서? 이놈아 이놈아 진수란 놈이? 진수야아 진수야아!"

목이 찢어지는 듯이 기를 쓰며 발악을 부리더니 별안간 선달은 눈을 뒤집어쓰며 뒤로 나가쓰러진다. 기를 앗긴 모양이다.

"아, 아니 이게 무슨! 여 여보게 선 선달 선달!"

싸움을 말리노라 서서 어르다니던 구장은 어쩔 줄을 모르고 선달의 팔을 잡아당긴다.

"아부님 아부님! 정신을 차리세요, 네? 아부님!"

순이도 달려와 떨리는 손으로 시아버지의 어깨를 거칠게 흔들며 달래나 흰자위만으로 뒤어쓴 눈이 그저 무섭게 마주 올려다볼 뿐, 아무러한 웅냄도 없다.

동네 사람들이 몰려와 사랑으로 안아다 눕히고 냉수를 떠다가 얼굴에 뿌린다 사지를 주무른다 갖은 방법을 다 써 보았으나 선달은 종시 피어나질 못하고 그대로 세상을 떠나고 말았다.

"잘 죽었지. 외아들 죽이구 더 삼 무슨 낙을 보려구."

"암 잘 죽구 말구."

"아들을 따라갔구먼."

"불쌍헌 건 며느리야."

숙덕이는 동네 사람들의 이야기에 순이의 가슴은 더한층 미어지는 듯하였다.

'나는 왜, 그이를 따라가지 못할까, 아니, 그이는 정말 죽었을까. 사람이 죽으면 아무것도 없이 아주 없어지구 마는 것일까.' 하염없이 내리는 눈물을 순이는 걷잡지 못한다.

바람는 그냥 불고 날은 저문다.

장편 掌篇

수업료

수업료

1

어제 직원 회의에서 결정을 하기까지는 그까짓 아무렇지도 않게 생각되던 것이, 막상 어린 여학생들을 정면으로 딱 대하고 보니 수업료를 못 가져왔다고 책보를 차 가지고 당장 돌아가라는 말이 그렇게 수월히 저 나오지 않았다.

자기의 입에서 지금 무슨 말이 나올 것인지는 꿈에도 생각지 못하고 그저 전과 같은 국어시간이거니만 여겨, 새끼 제비가 먹을 것을 지니고 돌아오는 에미를 반겨 맞듯이 교단에 올라서자 일제히 경례를 하고 머리를 들어 책을 펼쳐 놓으며 배우고자 반가히 맞아주는 학생들을 대할 때, 선생은 그만 혀가 굳어졌다.

더욱이 사무실에서 지적하여 준 미납자 명부를 보면 전 반의 반수半數 삼십여명이 거의가 모다 성적이 좋은 모범생들 뿐이었다. 언제나 이 애들 때문에 시간이 재미 있었고, 또 가르침의 의의도 있었다. 백번 가르쳐도 알아 듣지 못하고 장난만 치는 말괄량이 말썽꾸러기들은 애초부터 상대도 안되는 존재, 이 학생들 삼십여 명을 몰아내고 누구를 가르친단 말인가, 수업료 이야기는 차마 나오지 않고, 선생은 어리둥절 학생들의 얼굴만 머엉하니 바라보고 있었다.

"선생님! 이 시간은 말이죠, 어제 배운 것 다시 한 번 해석해 주세요. 한문 문자가 획두 많아서 아니 무척 어려와요."

한 학생이 제의를 하였다.

그러나 이 시간은 학생의 이런 제의를 받음으로 시간을 시작하는 것이 시간의 순서가 아니었다. 아무리 생각해도 이미 직원 회의에서 결정이 된 일, 어차피 이야기는 이 시간에 하여야 될 판, 한다면 어떻게 하느냐 하는 그 방법만이 다만 자유의사에 허여되어 있을 뿐이다. 그리하여 학생들이 감정을 보다 상치 않게 말을 고이 해서 돌려 보내야 할 것만이 생각할 문제이었고, 먼저 하여야 할 순서였던 것이다.

그렇다고 이 학생의 제의를 또한 들은 척 만 척 그대로 무시할 수는 없는 일이어서 우선 그것은 뒤로 미룬다는 뜻으로

"그런데……."

하고 하여야 할 말의 본 궤도로 말을 몰아 넣기는 하였으나, 다음 말에 여전히 용기가 없어

"그런데……."

하고 선생은 다시 한 번 말을 더듬었다.

대답은 아니하고 "그런데……."로 말을 돌리고 또 더듬는 그 "그런데……." 소리가 어째 학생들은 이상한 것 같아, 남의 옆구리를 꾹꾹 쥐어 지르며 끼득거리던 말괄량이들까지도 이 "그런데……." 소리에 귀를 종긋이 모으고, 새까만 눈동자를 까막까막 선생의 얼굴로 얼굴로만 너도 나도 건너 쏘았다.

"에에 수업료를 못 가져온 학생들은 에에 오늘부터 집으로 돌아가 자습을 하기로 했소."

선생의 말은 여전히 더듬이었다.

있을 법한 일이었다. 언제부터 가져오라는 수업료다. 최후의 단안이

아니 내리리라고는 믿지 않았다.

그러나 마침내 일을 당하고 보니 아연하지 않을 수 없다. 찢어질 듯한 긴장 속에 힘 없는 고개들이 이 구석 저 구석에서 책상 위로 힘 없이들 숙숙 수그러진다. 묻지 않아도 미납자들임을 알겠다.

"그러니까 책보들을 싸 가지고 집으로 돌아가시오."

일단 말을 한 번 내인 선생의 태도는 단호하였다.

그러나 누구 하나 책보를 차는 학생이 없었다.

"선생님! 전 내일 가져오겠어요"

머리를 숙였던 학생 하나이 부끄러운 듯이 자세를 바로 가지지도 못하고 일어서 용서를 빌었다.

"그러나 오늘은 돌아가야지. 오늘은 오늘까지 완납한 학생에게만 수업을 시키게 됐으니까."

"킹!"하고 설움이 터지는 것 같은 눈물 어린 소리가 들리더니 그 아이는 머리를 숙인 채 책가방을 들고 일어서 나간다.

누가 먼저 나가 나를 기다리기나 하였던 덧이 그적에야 머리를 숙였던 학생들은 슬금슬금 다들 책보를 정리하여 가지고 그 애의 뒤를 따라 나갔다.

2

시간을 끝내고 복도로 나오던 선생은 운동장 기슭 산턱 아래 쭈그리고 앉아 있는 일군의 여학생을 보았다. 집으로 돌아가지 아니하고 책보를 든 채 학교 주위를 배회한다는 것은 누가 보나 해도 그것은 학교의 명예를 위하여 재미없는 일이었다. 선생은 백묵을 든 채 학생들이 몰려 있는 산기슭으로 달려갔다. 반에서 나온 아이들은 하나도 가지 아니하고 여기 모두 몰려들 있었다. 책을 펴들고 보고 앉았는 아이, 뜨개질을 하는 아이, 혹은 한심스러운 얼굴로 턱을 고이고 앉아 무엇인지에 깊은 생각이 잠겨 있는 아이—.

"왜, 집으로 돌아가지 않고 여기 모여 앉았니?"

못마땅한 듯이 선생의 어조는 좀 흥분하였다.

고개를 한번 거들떠 볼 뿐, 누구도 대답하는 아이는 없었다.

"어서 집으로들 가서 내일은 다들 수업료를 마련해 가지고 와?"

"우리들은 여기서 책이랑 보면서 놀다가 하학 후에 딴 애들과 같이 돌아가겠어요."

책을 보고 앉았던 한 아이가 새침해서 이야기를 하였다.

"하루 종일 여기서 놀아?"

"그럼 놀지 않구요."

"딴 애들 하고 같이 갈 이유는 무엇인데?"

"저번 이십 일 날까지 가져 오라는 월사금을 못 마련해서 그적에도 어머님은 우셨는데요, 오늘 쫓겨나가서 돌아왔다면 더 우실거예요. 그래서 여느 때와 같이 아이들과 함께 돌아갈래요."

"그럼 월사금을 못내 쫓겨 왔다는 말은 안하고 어머님을 속이게."

"그럼 속여야죠."

"아니, 그러면 월사금을 속히 마련해 주나? 쫓겨 왔다고 집에 가서 울어야지?"

"선생님 머 마련할 데가 있는 돈을 우리 집에서 등한히 하는 줄 아세요. 쫓겨 났다면 어머니의 마음만 더 아프실거예요."

하고 눈시울이 붉어지더니 하얀 눈물이 별안간 눈알에 씨운다.

거짓 없는 마음의 표현인 것 같다. 선생의 가슴도 찌릿하였다.

"너의 아버지는 신문사에 다니신다지?"

"네."

"월급은 얼마나 받으시냐?"

"일만팔천 원이라나 봐요."

"가족은 몇인데?"

"여섯이에요."

"학교 다니는 학생은 너밖에 없니?"

"소학교 다니는 남동생이 하나 있에요."

이만 원도 못되는 수입으로 여섯가족이 생활을 하여야 된다! 게다가 두 아이의 학비를 대어야 하고—. 과연 어려운 처지다. 이만사천 원 봉급으로 네 가족에 학비 하나를 대이는 자기도 살림이 되지 않아 딸년의 수업료 독촉을 날마다 받는 형편이다. 그까짓 모른 척 하는 게 상책인 것을 공연히 이런 것을 다 물었다고 선생은 짐짓 후회스러웠다.

"다들 가거라. 임시 시험이 월요일부턴데 공부들 해야지?"

"여기서 책 봄 어때요? 오늘은 날도 춥지 않아 바깥두 괜찮아요."

"안 된다. 어서 가?"

"선생님 월사금은 못 내두, 날마다 학교에 왔다 감, 공 안 맞죠? 전 지금껏 공 하나두 안 졌는데요?"

결석이 아쉬운 학생도 있었다.

예기도 못했던 질문이다. 선생은 순간, 그 가름이 어려웠다. 원칙적으론 수업료 납입까지는 결석으로 간주해야 할 성질의 것이다. 질문을 받고 보니 딱하다. 대답이 어려웠다. 다시 캐어 물을 것 같은 추궁이 귀찮아

"글쎄 수업료 없이는 학교에 오지 말라니까?"

하고 학생의 입을 막기 위하여 어세를 높였다.

그리고 이것은 체조 선생의 명령을 빌지 않고는 돌려 보낼 수 없다고 생각을 하며 교실로 돌아오다 보니, 학교 뒷 산턱 아래 기슭에도 딴 반에서 쫓겨나온 학생들이 곳곳이 몰려서 정좌를 하고 있었다.

셋째 시간이 끝날 무렵이었다. 어떤 젊은 여자가 급한 일이 있으니 잠

깐만 뵈이겠다는 서무실의 전갈이다.

　특별한 경위가 아니면 시간이 끝나기까지 면회를 기다려야 하는것을 무시한 이 젊은 여자, 급한 볼 일, 대체 여자란 누구며, 볼 일이란 무엇일까, 아무리 생각해도 예측이 가지 않는 아득한 생각을 더듬으며 선생은 교실을 나섰다. 교장실을 지나, 서무실 쪽으로 꺾어 돌으려고 하는데

　"나예요, 나."

하는 소리가 별관 쪽으로 갈려서 들어가는 복도 어구에서 났다.

　보지 않아도 귓맛에 익은 아내의 음성을 알 수 있었다.

　무슨 일일까. 좀 있으면 집으로 돌아겠는데 그 동안을 못 참아 학교까지 찾아온 건 필시 심상치 않은 일일 것이다. 순간 무엇인지도 모르게 가슴이 철렁함을 느끼었다.

　"아이, 순자가 수업료 때문에 쫓겨 왔어요!"

하고 이를 어쩌느냐는 듯이 아내는 남편을 대하기가 바쁘게 심히 마음이 언짢은 듯한 표정을 짓는다.

　"월요일부터 임시 시험인데 수업료를 못냈다고 시험 때에 축출을 하긴 모양이 안 됐으니까 아마 미리 하나 봐요."

　"……."

　"그러니 오늘은 어떻게 변통해야 되겠기에 왔어요. 그래야 내일 결석을 지지 않죠? 아이, 결석두 결석이려니와 수업을 못내서 풀이 죽어 늘 돌아가는 아이가 불쌍해서 우선 안 됐어요. 글쎄 첫 시간에 쫓겨 났다고 이어 돌아와선 여지껏 찌일찔 짜고만 쭈그리고 앉았지 않겠어요?"

　"……."

　"시탄비 5천 원은 추후에 내두, 수업료 1만 9백 원하구, 증축비 2천 원하군 같이 바쳐야 된다구요?"

　"이건 아니, 걸 뉘가 몰라?"

　담임 선생도 잘 아는 처지다. 더욱이 저도 교원, 나도 교원. 사정도 서

로 모르는 형편이 아니다. 수업료를 못 냈다고 자기의 딸에게도 이렇게 일률적으로 사정이 무시되리라고는 생각지 못했던 것이다. 다리가 후들 후들 떨렸다.

"시탄비를 추후로 미니까 예산 보다 5천 원이 휠해졌는데……?"

"아니 이건 남의집 식구 같애! 그래두 1만3천 원 돈이야 돈이! 그게 적어?"

화가 나는 듯이 톡 쏘고 선생은 교실로 발길을 돌렸다.

운동장 산 기슭에는 아직도 돌아가지 아니하고 서성기는 처녀들이 구름떼처럼 밀려들고 있었다.

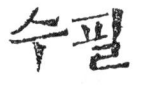

수필

어수선한 문단
문학적 자서전
암흑기의 우리 문단

어수선한 문단

　내가 소설을 쓰기 시작한 것은 열아홉 살적부터였으나 그때에는 무슨 소설로 일생의 직업을 삼겠다든가 문단적으로 인기를 얻어 세상에 양명揚名을 해보겠다든가 그러한 욕심은 조금도 없었고 그저 막연하게 소설을 짓기가 재미이어 지었고 지은 것의 활자화를 보는 것이 또 까닭 없이 좋아서 학교 공부도 여차餘次로 집어치고 그저 소설을 짓기에 타념他念이 없었다.

　이 때로 말하면 아직 문단 초창기이여서 우리 시골 문학청년으로 하여금 눈을 떠 우러러 보게 만드는 이가 겨우 몇 분밖에 없다. 소설로 이광수, 김동인, 나도향, 염상섭, 전영택, 현빙허, 그리고 시인에 김억, 노자영, 김석송 등 제씨로 문단은 자리도 잡히기 전이므로 웬만치만 쓰면 발표가 문제가 없는 시절이었다.

　내가 소설에 손을 대기 전 이태 동안 그러니까 열일곱, 여덟 살적에 《조선일보》에 글(논문, 감상문, 시)을 투고발표하기 거의 연일이어서 아마 내 이름이 문단 일우一隅에서는 알리어지기도 했던 것이 소설발표에 도움이 되었는지는 모르나 아무리 발표가 위순 시절이라 하여도 일개 무명 청년의 투고가 대잡지의 창작난에 당당히 발표됨을 볼 적에 나는 내 역량을 스스로 과대평가하고 만족해했다. 이것이 문단진출에 커다란 지장이 되었던 것임은 그 후에야 알 수 있었다.

투고를 하면 영락없이 발표가 되니 내 역량도 인제 그만하면 전기 선배들에게 질배 없음을 알고 좀 더 공부를 하여 이 선배들을 누르고 올라서겠다는 철없는 욕심이 붓대를 멈추게 하고 책만을 보게 만들었다. 아는 놈이 제일이다. 눈 딱 감고 오 년만 숨어서 공부를 해내여라 연후에 다시 붓을 잡고 나오자 그러자면 학교도 필요가 없다. 다니던 중학을 집어 치우고 시골로 다시 내려가 두문불출, 머리를 싸매고 방안에 들어백혀 일과표를 작성하여 벽에 붙여놓은 다음 그야말로 문자 글대로 침식을 잃고 씨름을 하였다.

쇠뿔은 단김에 빼야 된다고 단김에 내받아 문단에 이름을 못 굳힌 것이 나의 문단진출에 영향이 컸다. 그대로 작품을 계속하여 발표해서 이름을 문단적으로 굴림으로 확호한 자리를 잡아 놓아야 득책得策일 것을 이렇게 침묵을 지키는 동안 한참 자라기 시작하는 문단은 우후죽순처럼 신인이 머리를 불숙불숙 들고 나와 문단의 인원을 불리고 수준을 높였다.

이광수씨의 주필로 창간된 《조선문단》에서는 최서해, 한설야, 채만식, 임영빈, 박화성 등 제씨가 당선을 거쳐서 나왔다. 평판들이 다들 좋다. 그대로 투고를 해서 발표하는 것보담 당선을 거치어 발표를 하는 것이 문단적으로 대우도 나은 것 같다. 대체 당선이라는 것은 얼마만한 실력이기에 대우가 좋을까 나도 그것을 한번 시험하여 자신의 역량을 문단적으로 저울질 하여보고 싶은 충동을 받았다. 책을 놓고 다시 붓을 들어 〈상환相換〉이라는 소설을 써서 《조선문단》에 보냈다. 이 또한 염려없이 당선이 됨을 보고 나는 또 안심하고 독서를 시작했다.

그러나 해지該誌 다음 호의 창작합평회에서 당선작의 평론이 좋지 못함으로 보고는 내 실력이 그럴 수가 있을까 다시 딴 작품으로 호평을 받을 당선에의 욕심을 품고 〈인두지주〉〈최서방〉 이 두 편을 써 가지고 〈최서방〉을 골라 또 해지에 응모를 하였다. 역시 당선이 되고 선자의 평도 나쁘지 않았다. 드러나 이때 이 당선이 나로 하여금 도리어 위신상 부끄러움을 금치 못하게 하였다.

이광수씨라던가 김동인씨라던가 이런 문단적으로 뚜렷한 선배의 고선考選이 아니고 해該《조선문단》이 이광수씨의 손을 떠나서 경영자가 바뀌는 바람에 그 편집을 맞게 된 최서해씨의 고선이었던 것이니 해씨該氏는 나와 같은 투고객으로 《조선문단》 창간호에서 당선이 되었던 불과 몇 호 전의 선배라기보다 동배기同輩機인 인물에게 고선을 받았다는 것이 무슨 모욕을 당한 것 같아 못내 불유쾌하였던 것이다.

그래서 다시는 이런 위신에 관계되는 장난질은 하지 않으리라는 작심을 하고 이왕 썼던 것이니 〈인두지주〉나 처리하자고 《조선지광》에 투고 발표를 하고는 종시일관 마음 먹었던 대로 오년 동안을 줄곧 방속에서 책을 안고 나오지 않았다.

이 오 년 동안에 나는 읽을만한 책도 읽고, 알아야 될만한 책 이름도 알게 되었다. 그러면 이제부터 소설을 써야 할 계제였으나 좀더 공부를 계속하고 싶은 욕망에서 한 오 년 동안의 계획을 다시 세우고 일본 동경으로 건너가 대학에다 학적을 두고 문단과는 전연 인연을 끊고 책으로만 씨름을 하다가 돌아오니 문단에서는 내 명함같은 것을 받으려고도 아니했다. 그렇게 문단은 건방져 있었다. 이태준, 이효석, 유진오 등 제씨가 새로이 나와서 패권을 잡고 있다시피 되어 있었다.

그러니 문단에 아는 이라고는 별로 없고 작품을 투고 발표하기는 싫고 하여 작품 발표의 방법을 강구하는 일편 서울에 그대로 머물러 있기 위하여 취직처를 찾는 동안, 나는 술집의 출입을 배웠다. 이때가 바로 서울에 한참 카페가 번성하던 시절로 이 카페는 청춘의 마음을 여지없이 유혹하고 있었다. 이 유혹에 나는 점점 빠져 들어갔다. 밤이고 낮이고 네온 싸인의 청등 밑에서 푸른 술잔으로 청춘을 즐기지 않고는 넋을 풀 수가 없었다. 밤낮이 없이 꼭 석달을 이렇게 청춘을 위하여 술로 살고 나니 가

습이 거북하고 다리가 무거워진다. 웬일인가 의사의 진찰을 받아 보았더
니 각기脚氣라 하면서 서울에 있지말고 공기 좋은 시골로 내려가서 정양
을 하라는 것이다. 의사의 가르치는대로 고향으로 내려가 복약치료服藥治
療를 하였으나 좀체 낫지 아니하고 심장에까지 병세는 범하여 숨이 하루
에도 수삼차나 멎는 때가 있었다. 글을 생각할 계제가 아니었다. 술, 독
서, 집필을 일체 끊고 생을 붙안고 싸우지 않으면 안 되었다.

　이러는 동안 문단은 점점 활기를 띠우고 자라남을 따라, 그 진출에 야
심을 품고 더비는 신인이 머리를 들기 시작하였다. 이때는 어느 정도 문
단도 자리가 잡혀 기성문인이 개척하지 못한 새로운 제재를 들고 나오던
가 그렇지 않으면 어떤 권위있는 기관의 당선을 거치던가 하지 않고는
문단은 쾌히 신인에게 등용의 자리를 허하지 않았다.

　문단등용이 어려워지니 출세에 급급한 문청들은 기성문단에서 화제가
되는 인기작가나 새로이 나오는 신진을 우로 아래로 돌아가며 필봉을 휘
둘러 갈기는 한편 자가선전의 깃발을 높이 들고 북을 울리어 자기의 존
재를 굳히려는 공작, 잡지편집자나, 신문의 문화면 담당기자와 친분을
맺어 웬만한 글이라도 자꾸 발표하여 이름을 굳힘으로 존재의 인정을 받
으려는 공작, 또는 잡지를 자영하여 자작自作을 발표 선전하는 일방, 그
기관으로 기성문인층을 매수하여 자작에의 악평을 방지함으로 성가를
높이려는 공작 등등, 이런 공장으로 등용문을 두드려 열려는 공작대가
자꾸 늘었다. 이 공작에 매수를 당한 문단에의 등용문은 뒤로도 열리게
되어, 앞으로도 뒤로도 신인을 끌어들였다.

　본래 나는 이러한 공작을 할 생각도 뱃심도 없었거니와 건강이 허치
않는 몸이어서 이 향기롭지 못한 문단의 공기를 웃음으로 넘겨다보며 속
수방관을 하고 정양으로 세월을 보내고 있는 어느 해 겨울. 동인잡지 발
간 종용慫慂의 편지가 왔다. 그때 좋다는 의향을 표했더니 그 이듬해 봄,
해석형該石兄은 정비석 형으로 더불어 같이 나를 찾아와, 동인잡지의 발

간을 실현시켜 보자는 논의였다. 이리하여 당시 그 주위에 있던 문학청년으로 우기석, 정양씨 외에 채정근蔡廷根, 김재철金在哲, 장일익張日益, 허윤석許允碩 등 제씨를 동인으로 잡지 《해조海潮》를 서울서 발간키로 하였다. 동인잡지의 성질이 그렇듯이 우리도 이 《해조》를 통하여 있는대로 제 작기 실력을 문단에 정정당당하게 묻자는 것이었다.

그러나 약속했던 자본주의 불신으로 잡지는 사전에 유산이 되고 동인들은 제멋대로 제각기 흩어졌다.

그런데 이 《해조》 발간 준비의 소식이 어떻게 서울까지 전하여졌는지 당시 《조선문단》을 인수 발간하던 이학인李學仁 씨에게서 《해조》에 발표하려고 했던 원고를 보내달라는 청이 있어 〈백치 아다다〉를 보냈다. 그리하여 〈백치 아다다〉가 발표는 《조선문단》에 되었으나, 그실은 《해조》가 만들어준 나의 재출발의 첫 작품이었다.

그후 나는 〈마을은 자동차타고〉라는 작품을 썼다. 지금까지 써논 가운데서 제일 힘을 들인 작품으로 꽤 자신있게 사랑을 하였다. 이것을 씀으로 나는 십여 년 머리를 싸매고 공부한 보람의 결정이라고 스스로 자위도 해보고 자만심도 가져 보았다.

그러나 무명인의 이 작품은 경영잡지에선 그리 신통한 작품이 될리 없었다. 안서 선생의 힘으로 모 경영잡지에 소개는 되었으나 경영정책상 무명인의 창작보다 지명인의 창작이 우선권이 있는 것이었다. 차호에 차호에 하고 해 경영지는 발표를 미루다가 원고를 잃었다는 기별이었다. 하두 기가 막히어 다시는 글을 쓰고 싶지가 않았다. 얼마동안 책도 붓도 들지 아니하고 번둥번둥하다가 《조선문단》에서 소설을 다시 청하므로 광 속에서 해 원고의 초거를 뒤져내어 절반이나 잃어진 것을 다시 생각을 더듬어 성고成稿를 시키어 보냈더니 가운데 부분으로 이백자 두 장이 검열에서 삭제처분을 받고 이 부분을 어떻게 좀 고쳐 달라는 기별이 있어 그것을 또 검열에 맞도록 고쳐 보냈더니 이번에는 전편이 통으로 삭제의 인주가 찍히여 반환이 되어 왔다. 그리하여 내 자신 역작이라고 자랑하고 싶은 이 〈마을은 자동차 타고〉는 마침내 발표를 보지 못하고 말았다.

여기서 나는 조선 사람으로 글은 도저히 쓸 수 없는 것임을 알고 문학을 집어치울 생각이 불현듯 났다. 그리고 날이 갈수록 이런 생각은 굳어만져서 붓대와는 차차 인연이 멀어졌다.

이때 빚을 지고 살던 내 가정은 빈구濱口 수상의 긴축정책에 몰락을 당하여 내 손으로 밥을 벌어먹지 않으면 안 될 운명에 놓여졌다. 그해 중학에 입학을 하여야 할 자식의 학비 때문에 서울로 쫓아 올라와, 이왕 배운글이니 잡지기자나 하여 먹으리라 《조선일보》 출판부에 취직을 하고 게서 나오는 박봉으로 학비를 대며 먹고 살기에 여념이 없었다.

그러나 직업이 잡지쟁이가 되고보니 제 버릇 개 못준다고, 잊었던 창작욕이 되살아올라 〈백치 아다다〉 이후 틈틈이 써서 시골집 장속에 처넣어 두었던 원고뭉치를 우편으로 부쳐다가 《조광》 《여성》에 발표를 하는한편, 제삼차 출발을 하고 다시 창작의 붓을 들었다.

이 시절에 있어 뺄 수 없는 이야기 한 가지가 있다. 《조광》에 처음으로 발표한 〈청춘도〉는 내가 이 출판부에 입사하기 바로 몇 달 전 모씨의 손을 거쳐 《조광》에 주었다 몰서沒書를 당한 그 작품이었다. 그랬던 이 〈청춘도〉가 이제 같은 편집자의 손을 거쳐 잘 썼다는 칭찬을 받으며 인쇄의광영을 입게 되었던 것이다. 이 편집자의 태도로 보면 모씨의 손을 거쳤을 땐 무명인의 것이라 읽어보지도 않고 몰서를 하였던 것이 빤히 드러나 무명작가의 설움을 나는 여기서 더한층 느꼈다.

또 한 가지는 내가 글을 발표할 때마다 내려 깎고 욕을 하고 문제시하지 않던 어떤 비평가는 나를 알게 되자(내가 《조광》과 《여성》에 관계하는 때문이었는지 모른다) 내 작품을 가리켜 우리문학의 재산이 될 수 있는 작품이라고 별안간 비평의 태도가 달라진 것을 보고 나는 그 후 그 평가의 비평은 콩으로 메주를 쑤어 놓았대도 곧이 듣고 싶은 생각이 도무지 없어졌다. 잡지에서 뿐이 아니라 지평가의 붓끝에서도 유명, 무명의 구별이 이렇게 있고, 지면 무면無面의 구별이 이렇게 있고 그 작가의 취직여하에 따라서도 작품의 평가에 이러한 차이가 생긴다는 것을 나는 알았다.

매수제한 때문에 세밀히 이야기를 못하고 껑충껑충 뛰어 넘어와서 이제 붓을 놓으려고 하니 뛰어넘고 온 그 자욱이 너무도 성기어져서 이 글 본래의 주문 성질에 충실하지 못한 것 같아, 저윽이 미안함을 느낀다.

문학적 자서전

무슨 진리를 밴(孕) 알이나 품듯이 그 무엇을 동경하면거 《파우스트》를 품고 깡그리 거기에 정열을 기울이며 침식을 잊은 십팔세의 소년, 그것이 문학의 문으로 들어가게 되던 시초의 나였다.

왜 그런 소년이 되었는지 나는 지금도 그것은 모른다. 다만 소학교를 졸업하게 되자, 소학생 적에도 보아오던 잡지인 학원學園은 책상 위에 놓기가 실어서 《창조》니, 《서광曙光》이니, 《서울》이니 하는 잡지로 바꾸어 놓게 된 것이그 동기가 되지 않았나 생각해 볼 따름이다. 《창조》의 이동원(李東園 : 김동인의 착오인 듯―편집자)의 소설에서(〈마음이 약한 자여〉라고 기억됨) '시선과 시선은 마주쳤다' 라든가, '그들 남녀가 방안으로 들어간 뒤에는 다만 구두 두 켤레가 문 앞에 가지런히 놓여 있을 뿐이었다' 라든가, 하는 식의 표현이 어떻게나 재미있던지, 나도 이렇게 한 번 글을 써 본다고 글쓰기를 시작하게 되었던 것이니까 말이다.

이렇게 남의 글을 모바와여 이러한 식의 표현에만 치중하면서 두루마리(卷紙)에다 소설이라고 두 발 세 발 내려쓰곤 하였다.

하루는 나는 이것을 자랑삼아 같은 연배인 동리 친구 한 사람에게 보였다. 그랬더니 이 친구는 "네가 이렇게 글을 쓰다니!"하고 깜짝 놀랐다. 그래서 나는 내가 어떻게 이렇게 소설을 짓겠느냐, 이것은 이광수의 《무정)에서 한 대문 베낀 것이라고 능청을 피워 보였더니 "글세 그럴거야. 이 글엔 씨가 들었는데"하고 이 친구는 다시 이 글에 감탄하기를 마지 않았다.

아무런 뜻도 없이 해 본 장난에서 나는, 나도 소설을 쓰면 쓸 수 있으리라는 자부심을 갖게 되었다.

이 무렵에 나는 《새소리》라는 소년 잡지가 창간되면서 작품을 모집한다는 광고를 《동아일보》에서 보았다. 그리고 시 한 편을 응모하였던 것이, 이중으로 당선되는 것을 보고 이 소년은 또 시도 쓰면 쓸 수 있으리라는 자부심까지 생겼다. 당시 글방에서 《대학》을 읽고 있던 나는, 이 글방 공부는 소홀히 하고 훈장의 눈을 피해가며 잡지를 읽고 시와 소설을 쓰기에 전심하였다.

이러는 동안에 이 소년에게는 고독이 찰지게 스며 들었다. 그 무엇인지를 동경하는 알 수 없는 충동이 이렇게 고독감을 느끼게 만드는 것이었다.

서울로 뛰어 올라왔다. 이런 충동을 그대로 시골의 글방에서 참고 견질 수가 없었던 것이다. 안서岸曙의 문을 두드렸다. 시집 《해파리의 노래》한 권을 받았다. 그리고 어느 겨를엔지 이 소년의 품에는 《파우스트》가 안기어 있었다.

서울에는 외가편으로 아저씨벌이 되는 분이 한 분 간동諫洞에 살고 있었다. 이 분이 보성고보와 관계를 갖고 있으므로 입학 부탁차 찾아갔다가, 그 집 건넌방에 김정식金廷湜이란 배재고보 학생이 하숙을 하고 있음을 알았다. 그가 이미 안서의 추천으로 《학생계》에 〈먼 후일〉이라는 시를 발표한 소월素月임을 알고 있던 이 소년은, 그와 무척 상종이 하고 싶었다. 그러나 그는 곧 학교를 떠나고 나는 다시 그 집을 방문할 시일이 없게 되었다. 집에서는 신학문의 필요를 느끼지 않기 때문에 이 소년을 추벙이 달려 올라와 붙들어 내려갔기 때문이다. 이 소년이 다시 서울로 도주를 하여 올라왔을 때는 소월은 이미 일본 동경 상과대학의 학생이었다. 그리하여 나는 그렇게도 만나고 싶던 소월과 상종할 기회를 잃어 버렸다. 다시 서울로 올라가면 소월을 만날 수 있으리라던 나는 무슨 큰 의지나 잃은 듯이 마음이 죽어서 가끔 안서의 문만을 찾아 들곤 하였다.

집에서는 추병이 또 따라 올라왔다. 이미 중동中東학교의 학생모를 썼던 나는 또 붙들려 내려갔다. 나는 조건을 제시하였다. 집에서 혼자 독학을 할 테니 그 비용이 얼마나 들던지 그것은 무조건 당해 주어야 한다는 다짐이 그것이었다.

그리하여 나는 서재를 한 칸 마련해 놓고 동서고금의 명작이라는 것은 문학 부류의 것 뿐만 아니라, 철학, 사회과학의 부문에 이르기까지 구입을 해다 놓고 책속에 파묻히었다. 실로 나의 문학의 기초는, 아니 오늘까지 우려 먹는 나의 지식이란 것이 여기서 닦이었던 것이다. 낮에는 독서, 밤에는 집필. 이렇게 규칙적인 서재 생활의 일 년 후의 나의 노오트에는 무려 백여 편의 시와 칠십팔 편의 소설이 활자화를 기다리고 있었다.

이때 김석송金石松 주재의 《생장》과 이광수 주재의 《조선문단》이 전후하여 창간됨을 보고 시는 《생장》에 소설은 《조선문단》에 각기 투고를 하여 발표를 보았다. 이 작품의 게재지에 '진정進로'이라는 스탬프인이 찍히어 배달되어 왔을 때, 그 '진정'이라는 것이 나의 실력을 말해 주는 대우 같아서 어떻게나 그것이 기쁘던지, 지금도 그때의 일이 환하게 기억에 남아 있다.

삼 년이 지나는 동안, 각국 문학사를 통하여 알게된 세계명작이라는 유는 거의 한 번 눈을 거치게 되었다. 그리고 나니 알고 싶어지는 욕심이 자꾸만 앞을 서서, 붓대를 집어 던지고 일본 동경으로 고비원주를 하였다. 그러나 대학에서 소위 강의라는 것을 듣게 되었을 때 어떻게도 그것이 맹랑하던지, 학교에는 나가고 싶지가 않아, 학적만을 걸어두고는, 하숙에서 독서로 이삼 년의 세월을 보냈다. 그리고 다시 서울로 나왔다.

그러나 무명작가로서는 문단에 발을 붙일 수가 없었다. 그 동안에 문단의 정세는 전연 바뀌어져 있었던 것이다. 그렇지 않아도 발표기관이 부족한 데다 신인이 상당수로 배출되어 소위 기성층도 원고뭉치를 들고 돌아다녀야 하는 형편이었던 것이다.

나는 하잘것없이 '카페'를 드나들었다. 술이 늘어갔다. 늘어가는 만큼 몸의 쇠약을 느끼게 되었다. 드디어 내 몸은 동요가 되었다. 술이 심장을 상하였다는 의사의 진단이었다. 의사의 지시대로 나는 또 시골로 떨어지지 않을 수 없었다. 술은 물론, 책도 붓도 다 놓고 오직 살기에 전심을 다 해야 했다.

이렇게 지나는 동안이 또 삼 년인가 흘렀다. 인근에 사는 석인해石仁海라는 미지의 문학청년에게서 동인잡이 발간을 종용하는 편지가 왔다. 좋다고 했더니 그해 봄에 정서죽鄭瑞竹이라는 미모의 청년(아직 소년이라고 함이 적당할 정도의)과 동반하여 석인해가 찾아왔다. 우리 세 사람은 즉석에서 동인지 발간 계획을 세우고, 그 이튿날로 선천읍으로 들어가 인근에 산재해 있는 문학청년 삼사 인을 전보로 불러다 회합을 하였다. 편집 책임은 내가 맡기로 하고, 원고 의뢰까지 다 하였으나 출자 책임자의 배신으로 이 잡지는 창간 준비 도중에서 유산은 되고 말았지마는, 이것이 나에게는 몇해 동안 손을 떼었던 녹 슬은 붓끝에 기름과 같은 역할이 되었다. 되살아 오른 창작의욕은 〈백치 아다다〉를 위시하여 〈마부馬夫〉〈청춘도〉〈마을은 자동차 타고〉〈심원心猿〉 등 작품을 연달아 쓰게 만들었다. 〈백치 아다다〉가 《조선문단》에 발표됨으로 김환태의 호평이 있게 되자 해지該誌에서는 또 한 편의 창작을 청해 왔다. 〈마을은 자동차 타고〉를 보냈다. 그러나 월여 후에 이 작품은 검열 불통과로 사백 자 정도의 문면에 '삭제'라는 주인朱印이 찍히어 반환이 되었다. 편집자는 아깝다고 그 부분만의 개작을 의뢰해 왔다. 개작을 하여 다시 보냈다. 왠 까닭인지 이번에는 전문 삭제의 주인이 장마다 찍히어 반환이 되었다. 아까운 일이었다. 지금껏 써 온 나의 작품 중에서는 제일 애착이 가던 작품이었다. 그대로 버릴 수가 없어서 약간 고치면서 정서를 하여 안서에게 주선해 주기를 원하였다. 안서는 《동광》에 주었노라 하면서 다음 달에 발표가 약속되었다고 하였다. 그러나 그런 약속은 기성인의 원고 폭주로 이행이 되지 않았다. 다음 달 다음 달 하고 기회를 본다는 것이 몇 달을 끌고 가다가 그 원고는 분실이 되고 말았다. 이러한 기별을 받았을 때, 무명작가로서의 설움을 아니 느낄 수 없었다. 이와 거의 전후해서 〈청춘도〉를 《조광》에 투고한 일이 있었으나 삼사삭이 경과하도록 이 역시 발표가 없었던 것이다.

영업잡지로서 무명작가를 홀대하는 것은 무리가 아니었다. 유명 무명의 그 이름 석자가 잡지의 부수를 올리는 데 많은 차질이 생기므로서다. 특수한 관계가 없이는 도리가 없는 일이었다. 이런 이면을 단적으로 증명하는 사건이 이 무렵에 나와 관련되어 일어났다.

노자영盧子泳이 경영하던 《신인문학》에 나의 작품도 아닌 것이 그 투고자의 이름이 내 이름과 비슷하다 해서, 그리고 내 이름이 그 투고자보다는 다소 좀 알려졌다고 해서 내 이름으로 고쳐져 나왔던 것이다. 〈출견出犬〉이란 작품이 그것이었는데, 나는 여기에 항의를 하였다. 그러나 해지 경영자는 곧장 내 이름으로 투고가 되었다고 뻗대었다. 그리하여 필경엔 쌍방 간에 반분 욕설인 논쟁까지 벌어진 일이 있었지만, 잡지의 부수를 올리기 위하여서는 이러한 일도 있었던 것이다.

그 후 나는 《조선일보》의 출판분에 적을 두게 되면서, 예의 그 〈출견〉 건도 알았고(노자영씨가 이미 출판부원으로 있었던 것이므로 거기서 그와 상종이 됨으로써) 〈청춘도〉가 발표 안 되는 이유도 알게 되었다. 〈청춘도〉는 아직 누구의 눈도 한 번 거쳐짐이 없이 무명의 것이라고 그대로 몰서가 되고 말았던 것이다. 그랬던 것이, 내가 그 건의 문의를 하게 되자, 그 원고를 뒤적여 내 역량을 저울질하기 위하여 비밀리에서 이운곡李雲谷이라는 외부 작가에게 감정을 시켰다. 그 결과, 상당한 수준이라는 독후감이 보고가 있게 되므로, 그제서야 그 작품은 《조광》에 발표를 보게 되는 기회를 가졌다. 그리고 발표 결과가 또 나쁘지 않았으므로 이러구러 나에게도 작품 발표의 기회가 자유롭게 되었다.

일로一路 나는 창작에 전심을 하였다. 그러나 나의 붓끝에는 몇 해가 지나지도 않아서 또 열이 빠지기 시작했다. 만주사변으로 숨이 차 오는 경무국 도서과는 검열을 강화시켰던 것이다. 나 일개인 뿐이 아니라, 한참 흥성하던 전 문단은 이리하여 서리를 맞게 되었다.

연달아 일어나는 태평양 전쟁은 검열제도를 일변시키고 말았다. 모두 붓을 놓았다. 나도 놓았다. 그러나 붓을 놓고는 백이는 수가 없었다. 위협의 채찍이 전쟁에 붓으로 협력을 하라고 등어리를 후려쳤던 것이다. 모두 재주껏 붓을 들었다. 나도 들었다. 나는 근로정신의 고취를 빙자했다. 〈시골 노파〉〈불로초〉〈묘예苗裔〉 이 세 편이 이때의 소산이다. 그러나 이런 취재로서는 협력으로 인정해 주지 않았다. 그 이상 나는 붓을 놀리는 수는 없었다. 붓대를 집어 던지고 농촌으로 피신을 하였다.

8·15를 농촌에서 맞고, 재출발을 한다고 옷깃을 단단히 여미고서 다시 서울로 올라왔다. 그 첫 작품이 〈별을 헨다〉였다.

6·25를 당하고 1·4후퇴로 피난살이를 하게 되는 동안, 나는 인생이라는 데 흥미를 잃게 되었다. 흥미 없는 인간을 상대로는 붓끝이 움직여지지 않았다. 우금껏 창작에는 붓을 못대고 있는 소이가 여기 있다.

암흑기의 우리 문단

이 글의 명제자命題者는 좀더 구체적인 성질의 것을 요하였을 것이나, 그것은 아직 시기가 아니라고 보므로, 그러지 않아도 이런 의미에서 쓰다가 중지한 〈한국문단측면사〉의 그 어느 시기의 계속으로 미루기로 하고, 여기서는 다만 내 자신이 그 시대를 살아 온 사실을 중심으로 그 소위 문단의 암흑시대를 대체적으로 말해 보는 데 그치려 한다.

일본의 식민지를 살고 있었다고 하드라도 그래도 일본이 진주만 기습의 오산이 있기 전까지는 그토록 문단은 악조건의 환경에만은 놓여 있지 않았다. 탄압을 받으면서도 그래도 문단은 그저 성장일로를 걷고 있었다. 더욱이 그 직전의 4,5년간에 있어서는 자못 그 활기가 전례에 없이 은성殷盛거렸던 것이다

그것은 그들이 문화에 대한 이해를 하는 민족임에는 틀림이 없었으므로 다른 그 어느 부문보다 이 부문에 대한 탄압이 그리 혹심하지는 않았던 데 있었다고 봄이 정당한 평가가 아닐까 한다.

원래 그들의 출판에 대한 정책이 그랬거니와 잡지나 단행본 같은 것은 허가제가 아니요, 검열제이기 때문에 누구나 잡지를 발행할 의사가 있으면 그 잡지의 제호와 아울러 원고를 검열당국에 제출해서 검열만 받으면

그만인 것이었다. 혹 그 원고 가운데 어떤 부분이 온당치 못하다는 이유로 삭제를 당하게 되는 경우가 없는 것은 아니었으나 정면으로 그들의 식민지정책에 항거하는 그러한 종류의 글이 아닌, 말하자면 정치적인 그런 논문이 아닌 순수한 문학 예술의 이론이거나 작품류에 있어서는 어느 정도 그 검열이 관대한 편이었다.

그리하여 차츰 발전이 되어 내려오던 문단은 이때에 이르러 《조선일보》《동아일보》《중앙일보》 등 이 세 신문의 학예면의 꾸준한 활약과, 《조선문단》(이학인李學仁 속간), 《신인문학》(노자영 주재), 《삼천리문학》(김동환 주재), 《조선문학》(지봉문池奉文 편집), 《비판》(송봉우宋奉瑀 편집), 《사해공론》(평화당 발행), 《중앙》(중앙일보사 발행), 《조광》(조선일보사 발행), 《신동아》(동아일보사 발행), 《동광》(주요한 주재), 《제일선第一線》《개벽》정간 허분 후의 그 후신! 개벽사 발행), 《신가정》(조선일보사 발행), 《신여성》(개벽사 발행), 《여성》(조선일보사 발행)《삼천리》(김동환 편집), 《문장》(이태준 주재), 《인문평론》(최재서 주재), 《신세기》(곽행서郭行瑞 주재) 등 잡지가 그 생명은 비록 길지 못하였다고 하더라도(혹은 탄압, 혹은 자멸로) 그 것이 명멸하며 계속하며 내려오는 동안 그 동안의 문단의 성장이란 실로 괄목할 만한 것이었다. 우수한 작품을 들고 나오는 신인이 끊임없이 해마다 뒤를 이었다. 오늘 현역 중견급의 대부분이 모두 이 어간에 배출되었던 작가로, 지금 우리 문학의 재산의 일부로 지목되는 작품이 또한 거의 이들 중견급의 그 어간의 작품들인 것이다. 그리하여 오늘날 문단의 작품 수준이 일반적으로 해방 전만 못하다는 것은 이 어간의 작품을 표준하고 하는 말이다.

이렇게 작품의 수준을 높이며 성장일로로만 걷고 있던 문단은 1939년도 저물어가는 12월 8일에 이르러 일본이 진주만을 쳐들어가는 총소리와 같이 일조에 풍상을 맞게 되었던 것이다.

조선 사람의 심정을 모르지 않는 그들은 총소리를 내어놓고 보니 조선

민족의 독립을 위한 반항정신이 무서웠다. 그리하여 식민지정책은 조선 서람의 민족주의사상을 깔들어 그 두뇌에서 불식시켜 버리고 일본정신을 주입시킴으로 전쟁에 협력을 하도록 만들어야 한다는 것이 조선민족에게 대한 그 정책의 전부이었다. 게다가 민족적인 사상이 고질처럼 두뇌에 사모친 족속은 특히 문화족속이라 하여 이 문화족속을 위선 황민화시키라는 것이 그들이 전력을 다하는 운동이었다. 그것은 승산 없는 전쟁에 숨이 가빠 오게 되자, 그 열도는 더했다. 정신뿐이 아니라, 형식조차도 일본 사람이 돼야 한다는 정책 밑에 언어 말살을 물론, 성명까지도 일본식으로 갈아야 한다고 소위 창씨를 강요하기에까지 이르렀던 것이니, 이런 탄압 속에 문학이니 예술이니가 있을 것이 아니었다. 전쟁에 협력을 아니 한다는 이유로 조선, 동아의 양대 신문엔 드디어 창씨 마감인 1943년 8월 15일부로 폐간명령을 내리고, 뒤이어 잡지의 정리로 들어갔다. 자진하여 폐간하라는 명령을 내리었다. 그러나 이런 명령이 있었음에도 불구하고 발행을 계속하고 있는 《문장》《인문평론》《신세기》, 이 세 잡지의 책임자를 호출하여 이 셋 가운데서 어느 것이든 하나만을 존속시키게 하고 두 잡지는 서로 상의하여 자진 폐간하도록 하라고 재차 명령이 있음에 《문장》은 자진 폐간에 응하였으나, 《인문평론》과 《신세기》는 그 어느 편에서나 양보를 하지 아니하고 계속 간행을 고집하다가 《신세기》는 드디어 강제 폐간이 되고 그대로 존속을 하게 된 《인문평론》은 《국민문학》으로 개제改題를 함과 동시에 그 시책에 응하여 일문 반日文 半의 편집으로 협력하는 기관이 아니 됨을 면치 못하게 되었다. 다만 잡지를 살리는 데만 있었던 욕심이 이러한 결과를 가져오게 되었던 것이다.

그리하여 녹기연맹(황민운동기관) 기관지 《녹기綠旗》(본시 일문으로 일인 津田剛 주재)와 같이 창작란도 일어를 주로, 그것도 어느 면에 있어서나 전쟁에 협력을 하는 그 소위 국민문학이 아니어서는 안 되는 작품만이 실리게 되었다.

여기서 문단은 은연중 두 파로 갈리게 되었다. 일문에 호응을 하는 작가군과 붓대를 꺾어 버리는 작가군이 그것이다. 이들은 서로 이방인시하고 경계하였다. 이제까지 못하는 이야기가 없이 마음 문을 터놓고 불평불만을 서로 토로함으로 우울한 심정을 풀어오던 끼리끼리의 사이는 이렇게 일조에 간격이 생기게 된 것이다.

이런 간격이 생기자 부터 문단은 완전한 암흑세계로 화하여 버렸다. 아직은 중간적 위치에서 붓대는 꺾지 않고 있는 작가라 하더라도 이런 정세에 있어 그 붓끝이 쏟아 놓는 글이 문학이 될 수는 없는 것이었다.

붓대를 꺾은 작가는 주목 때문에 서울에는 배겨날 도리가 없었다. 어떠한 구실을 마련해 가지고 시골로 내려갔다. 그러나 지식분자가 서울서 시골로 내려오면 그 주목이 한층 더 하였다. 시달리다 못해서 다시 짐을 꾸려 가지고 서울로 올라왔다. 본시 서울서는 배겨 날 도리가 없이 시골로 내려갔던 사람이 다시 서울로 올라오면 이제라고 어떻게 배겨날 수가 있을 것인가. 갈 데가 없으니 운명에나 몸을 맡겨 보자는 것이 그것이었다.

이 시기에 있어서 근로정신을 고취한 농민물 같은 것이, 전연 이 방면에는 붓을 대지 않던 몇몇 작가에게서 창작이 되었다. 내 자신 것으로 말하더라도 〈시골노파〉〈묘예〉〈불로초〉 같은 것이 그것으로, 글을 아니 쓰게는 못되고, 그렇다고 뜻에 없는 붓대는 놀리를 수가 없고 해서 근로정신으로 협력을 가장하자는 데서 이런 작품들을 썼다.

그리고 이 때에 역사소설과 야담류가 나오게 된 것도 역시 마찬가지 의미에서 양심상 전쟁에 협력하는 글은 차마 쓸 수가 없고 해서 전쟁물이라 빙자하고 집필하게 되었던 것이니, 그 한 예로 김동인씨의 〈백마강〉 같은 것이 그것이다.

그러나 그렇다고 해서 당국이 이들을 참으로 전쟁에 협력하는 사람들이고 인정해 주지 않는 것은 물론이었다. 일문으로 쓰는 작가라고 하더라도 그 신 불신信不信에 있어서는 마찬가지였다. 혹 오십 보 백 보의 차이는 가지고 있었을는지 모르나 도대체 그들은 조선사람으로서 문화인이라면 진심으로 이 협력을 하는 부류로 믿으려고 하지 않았다. 하루는 이들 문인으로 하여금 전쟁에 대한 인식을 깊이기 위하여 또 하루라도 지원병 훈련소에 입영을 하여 군대생활이 어떤 것인가를 알아야 할 필요가 있다고 문인보국회에서는 문단인 전원에 일일 입영장을 떨렸다. 여기에 거역하면 신변이 위험하다. 이에 거의 전원이 참가하다 싶은 대열을 지어 가지고 일일의 입영생활을 마치고 돌아오게 되었는데, 그 휴식 도중에서 인솔자는 이미 이런 계획을 세워 두었던 모양으로 일장의 훈시를 베풀었다. ―조선사람의 나갈 길은 오직 한 길밖에 없다. 그 길이란 일본사람이 되는 길이니, 만일 이 길로 가지 아니하고 딴 길로 가게 된다면 일본사람이 아니니까, 우리 마음대로 할 수가 있다. 종로 네거리에 기관총 한 대만 비쳐 놓으면 알아보게 될 것이다. 이것은 국가의 방침인 것으로 여러분을 위하여 미리 알려 드리는 것이니 그리 알고 마음대로 하라고 하였다. 그리고 사상이 나쁜 사람들은 다 알고 있으니 아마 불일내로 검거가 있을는지 모른다고 하였다.

그러지 않아도 그런 검거 선풍이 일어나지는 않을까 늘 그런 불안한 생각을 가지고 있던 터이라 이제 그런 소리를 직접 듣고 나니 검거 선풍은 예측만이 아니요, 반드시 앞으로 있을 것이란 것을 알게 되고 문인들 사이에서는 그 해당자 가운데 자기도 들 것인가, 자기가 종래에 가져오던 태도를 분석해 보는 등 불안한 공포 속에서 며칠을 지나오던 중 드디어 검거 선풍은 일어났다.

그러나 이때의 검거 선풍은 딴 사건으로서의 선풍이었으나, 이 사건은 다만 검거의 구설의 구체화라고 문단은 도가니 속처럼 절절 끓었다. 이 선풍에 제일 선두로 휩쓸려 든 것이 바로 지금 이 글을 쓰고 있는 나였다. 모 황국운동에 가담한 작가를 믿게 본 어떤 문인이 이 모 작가에게 투서를 하였는데 그 투서 속에 나도 그 모 작가를 욕한 사람으로 기록이 되어 있고, 또 천황폐하에게 불경을 하는 것이 되는 문구가 들어 있어, 이 투서인은 나를 아는 사람으로 되어 있음으로 경기도 경찰부에서는 나를 붙들어 가게 되었던 것이다.

그러나 나는 누구에게다 그러한 말로 모 작가를 욕한 기억이 없었다. 뉘가 그런 투서를 하였는지 알 수가 없다고 했더니 그럼 너와 가장 가까운 문인이 누구누구이냐고 따지어 묻기에 친한 몇 사람만을 지적하였다가는 또 그 사람들이 붙들려 들어와 욕을 볼 것 같아서 대개 문단인이라면 같은 정도로 다 친한 사이라고 한 40여 명 열기列記를 해 놓았던 담당 취조자인 제하齊賀 주임은 자기의 임의로 그 40여 명 가운데서 취사선택을 하여 한 10여 명 정도를 위선 붙들어 오리로 하였다. 그래서 이 선풍을 이들이 붙들리는 선풍이었던 것이다.

이때 정비석이 가장 지독한 고생을 하였다. 일이란 참으로 묘하게 되는 수도 있었다. 그 당시 정비석은 서울에 있었으므로 나는 그 40여 명의 열기에서 그의 이름은 써 넣을 생각도 하지 않았다. 그러나 그의 이름을 내가 거기서 빼어 놓게 된 것이 도리어 그들의 의심을 사게 되었다. 내 집을 수색하고 친지로부터 받은 편지를 전부 걷어간 그 속에서 정비석의 편지도 있음을 발견하고 그도 나와 친한 사이임을 알게 되었는데, 이 편지가 또 말썽을 일으키게 되려니까, 고향인 용천 양시楊市로 내려가서 무사히 내려왔다는 인사장이 어떻게 된 일인지 그 발신국인 양시우체국의 일부인日附印이 찍혀 있던 것이다. 그리하여 이 투서는 정비석의 장난으로, 그가 투서를 하고는 그것이 발각되면 자기는 서울에 그 당시 없었다는 변명 자료로 삼기 위하여 서울에 있으면서 양시로 내려간 것처럼 그런 편지를 양시 주소로 나에게 보낸 것이라고 경찰부에서는 단정을 내렸다. 그리고 내가 그의 이름을 40여 명 열기 속에서 뺀 것도 그에게 투서의 의심을 주지 않기 위하여 일부러 빼어 놓은 것이라고 하였다. 이런 것을 보면 나도 공모의 한 사람으로, 만일을 위한 변명 자료를 삼기 위하여 일부러 내 이름을 그 투서 속에 집어넣은 것은 아닌가 하는 의심도 버쩍 생겼다. 이러한 의심을 사게 된 데다가 그 투서의 일부인 또한 서대문 우편국 것이 찍히어 있어서 투서인은 서대문 구내에 사는 사람이라는 것으로, 정비석과 나 또한 서대문 구내에 살았던 것이다. 의심은 받을 대로 받게 되었다. 그래서 나도 이때에 욕을 착실히 보았거니와 정비석은 그 소위 비행기고문까지 받다가 한쪽 팔이 어깨죽지에서 물러나게 되는 등 지독한 고생을 하였던 것이다.

이 사건의 검거 선풍은 내가 그 주인공으로 모델이 되어 어떤 작가의 붓끝에 뒤이어 곧 창작이 되었다. 〈靜かな嵐(조용한 폭풍)〉라는 것이 그것이었다. 이 작품의 주인공 고영목은 나의 이름 계용묵이라는 한자음을 비슷하게 따다가 이 사건에 실감을 더한 것이었다.

이러구러 문단은 뒤 끓었다. 안회남에게는 구주 탄광으로 징용장이 떨어졌다.

장행회壯行會가 열린다. 내일은 또 누구에게 징용장이 떨어져 장행회가 열리는지 모른다. 한편 김동인씨가 헌병대에 검거되었다. 문학이고 무엇이고 없었다. 그 하루를 무사히 지나기에 교묘한 처신법은 없을까 하는 것이 누구나가 품게 되는 불안이요 공포였다. 어떻게 하루를 무사히 지나고 나면 기어코 밤은 또 밝아서 그 하루의 불안과 공포 속으로 몰아 넣었다. 김동인씨의 검거가 더욱이 그런 생각을 자아내게 하였다. 그 검거의 이유가 우스웠던 것이다.

바로 그때 내가 그 현장을 목격하였거니와 석인해와 둘이서 삼천리사로 박계주씨를 찾아 갔었는데 우리가 들어서자 곧 우리 뒤를 따라 김동인씨가 들어오며 무두무미無頭無尾로 좌중을 향하여 한다는 소리가 "임전보국단이라는 것은 대체 무엇하는 거야"하는 한마디를 불쑥 남기고 전화통을 들더니 "중국영사관까지 알아 보아서도 걸 못 구해서"하고 자기의 집에다 전화를 걸었다. 이것이 말썽이었다. 후자는 물론 말썽이 될 것도 없는 것이고 전자가 말썽인 모양이었다. 그러나 내가 그 말을 듣기에도 임전보국단이 왜 그리 무력하느냐는 말로 들었거니와, 김동인 자신도 그런 의미로 한 말인데 그 자리에 와 앉았던 헌병대 형사는 임전보국단이라는 존재는 대체 무슨 필요로 있는 것이냐 하는 말로 해석을 하고 반전론자로 취급을 하게 된 것이다. 그는 그 즉석에서 헌병대로 연행이 되었다.

이런 하잘 것 없는 이야기 한 마디가 검거의 이유가 되는 것을 볼 때, 그맛 정도의 이야기라면 우리도 어느 좌석에서나 일상 하고 지나는 이야기다. 입이 없다면 모르지만 이만한 이야기는 아니하고 지나는 수가 없다. 그렇다면 이야기마다가 검거 대상 아닌 것이 없을 것이다. 우리의 검거도 시간문제인 것 같았다. 거리에서 혹 누구를 만나더라도 피차에 인사말까지도 어떻게 해야 될 지를 몰랐다.

이런 정세에 처해 있으면서도 이때에 있어 한 가지 특기할 것은 한글 출판물이라면 날개가 돋친 듯이 팔리던 사실이다. 아니, 이것은 이러한 정세에 처하게 되므로 민족의 영원한 앞날을 위하여 언어말살 정책에 대한 무언의 항쟁이었던 것이다. 입으로 우리말을 자손에게 전할 수가 없이 되었으니 글로라도 보관을 하였다가 후일 전하자는 것이었다. 보려고 사는 책이 아니라 쌓아 두려고 사는 책이었다. 그 출판물의 종류가 여하한 것임을 불문하고 우리의 글이었으면 샀다. 역사물 같은 것은 말할 것도 없었다. 더욱이 만주나 이런 외지에 나가 있는 동포로부터의 주문이 더 극성스러웠다. 서점창고에 먼지 속에 뒹굴던 유행가 나부랭이 같은 것도 남기지를 않았다.

이때에 나는 징용이 무서워 기류계를 정회町會에서 빼놓고 모 출판사에다 거처를 숨기고 불안 속에서 출판 일을 보면서 《조선전설집朝鮮傳說集》이라는 것을 편집하여 경무국 도서과원을 끼고 검열을 통과시켜 내다가 출판 월여에 수만 부를 팔아 본 잊을 수 없는 사실도 있다.

　이 시절의 출판물 검열 상황을 잠깐 말해 본다면 그것은 어렵기도 하고 쉽기도 하였다. 나라이 망하느냐 홍하느냐의 차제의 검열이라, 그 까다로움이 물론 전에 비할 정도가 아니었다. 그러나 그 출판물 대상이 전쟁을 훼방하는 것이 아닌 한 통과시켜서 검열이 별반 책임 문제가 되지 않을 그런 성질의 것이라면, 물론 이런 것도 용지난으로 불허가 방침으로 되어 있기는 하였으나, 그것은 교제 여하에 달렸던 것이다. 이런 교제를 받는 것은 검열원의 정신의 부패를 말하는 것이었다. 원고를 검열에 넣으면 그들은 교제를 받을 생각부터 먼저 하였다. 그 교제를 받는 방법은 경우에 따라 방식이 달랐지만, 대개의 경우에 있어서는 전화로 그 원고의 취하통고를 하였다. 그 통고는 교제를 하라는 암시인 것이었다. 그러면 출판사측에서는 벌써 그 취하의 의미를 알아 채리고 그 원고가 누구의 손에 걸려 있는가를 탐지해 가지고 그날 저녁으로 이 전쟁하에서 생활필수품으로 가장 구하기 힘든 그런 종류의 것을 구해 가지고 가정방문을 하는 것이었다. 그러면 그만인 것이었다. 전시라 피차 생활이 곤궁할 것이니 그럼 취하는 아니하기로 합니다, 고 하는 의미의 대답이 누구의 입으로서나 꼭 같이 나오는 것이었다. 그 전이라고 이런 일이 없었던 것은 아니었으나 그것은 전시에 와서 더욱이 더해졌던 것이다.

　그리하여 교제만 하면 십중팔구는 검열을 얻어내올 수가 있는 것이므로 출판사에서 들은 한참 한글 출판물이 날개가 돋친 판이라, 어떻게 해서든지 출판을 하여 보려고 그들의 이런 부패한 정신을 이용하여 한동안 출판이 기세를 올리게 되는 기현상을 자아 낸 적도 있었다. 새로이 창작 같은 것을 하지는 못해도 이미 발표했던 것을 모아서 단행본으로 출판하기는 그리 어려운 것이 아니었다. 그래서 이 시기에 쏟아져 나온 창작집과 시집이 꽤 많았다. 2,3삭 내외에 내 손을 직접 편집이 되어 나온 창작집으로도 위선 내 것으로 《병풍에 그린 닭이》를 위시하여 채만식씨의

《집》, 이무영씨의 《흙의 노예》 같은 것이 있었던 것이다.

이러는 한편 전쟁에 협력을 하는 일문 창작에는 그 우수작에 조선총독상이 걸리게 됨과 동시에 작가들에 일문을 강요하였다. 일문으로는 창작을 쓸 능력이 없다는 변명은 통하지 않았다. 조선사람의 일문은 중학 졸업 정도로 족할 것이라고 하였다. 그래 가지고야 어디 작가 행세를 할 수 있겠느냐, 한글로 쓰면 일류급에 속하는 작가가 삼사류급으로 떨어지게 될 것이니 처신상 당장으로는 쓸 수가 없고 다시 일어 공부를 하기 전에는 불가능한 일이라고 답변을 하였던 모작가는 그런 이론은 비국민의 사상이라는 공박을 받고 전에 다른 주목만 받게 되었을 뿐, 아무런 효과도 있는 것이 아니었다. 그들의 방침은 방침대로 그대로 나아갔다. 조선 사람의 일어는 중학 졸업 정도로 충분하다는 방침이 그것이었던 것이다.

나도 이런 강요를 소설가 다나카 히데미츠(田中英光)라는 일인으로부터 수차 받은 적이 있거니와, 문학이 이렇게 되고 보니 한글로서의 창작은 빛도 볼 수 없이 그 자취를 감추게 되었을 것은 더 말할 필요도 없을 것이다. 그리고 오직 황민화의 단련을 받아야 하는 거이 문인에 짊어진 일이었다. 황도학회라는 것이 발기되었다. 이 기관에서 문화인은 일본정신을 배워야 하는 것이었다. 강사로는 경성제대의 교수진으로 되어 있었다. 이제부터는 조선사람의 두뇌에다는 젖을 먹여서 키울 때 그 젖과 같이 일본정신을 먹여야 하겠다, 특히 부인들에게 요청하고 싶다고 부인들의 좌석편을 향하여 고함을 지르며 테이블을 주먹으로 치던 그 수염이 텁수룩한 밉상스러운 일본학의 권위라던 뚱뚱보 영감쟁이가 지금도 눈앞에 서언히 보인다. 그리고 손바닥과 손바닥을 합하여 읍을 하고 천황폐하 만만세를 황은에 감읍하는 눈물이 흘러 내리기까지 흔들 때 불러야 한다는 그 소위 '미소기'라는 것을 강요받으며 눈물이 흘렀나의 검사까지 받게된 것도 문학을 하였기 때문에 겪어 볼 수 있었던 우리들의 신세였다.

인생파적 태도와 아이러니의 정신
-- 계용묵의 생애와 문학

1

계용묵(1904~1961)은 약 25년 동안 50여 편의 소설을 발표한, 과작의 작가이다. 그의 이름을 기억하지 못하는 사람도 단편소설 〈백치 아다다〉는 기억할 만큼, 〈백치 아다다〉는 계용묵의 대표작으로 일반에 널리 알려져 있다.

하지만 그의 문학적 성과와 특질에 대한 본격적인 조명은 매우 소략하고, 그 평가 또한 대체로 소극적이거나 부정적인 것이 대종을 이룬다. 그것은 무엇보다 그의 작품이 우리 문학사가 요구하는 일정한 관심과 수준에서 다소 거리를 두고 있다는 사실에 기인하는 것처럼 보인다.

계용묵 소설을 집중적으로 분석한 연구가들의 일관된 견해는, 그의 소설이 당대 사회의 구체적이고 전형적인 실상을 형상화하지 못하고 있는 바 그것은 전적으로 작가의 사회·역사의식의 결여 혹은 산문정신의 빈곤에서 비롯되는 것이라 결론짓고 있다.

실제로 그의 소설을 그의 동년배 작가, 이를테면 최서해나 채만식의 작품과 비교해 보면 그 성향이 이질적임을 금세 발견하게 된다. 여기서 비교 대상을 최서해와 채만식으로 설정한 것은 그들이 계용묵과 거의 비슷한 시기에 동일 매체를 통해 문단에 등단한 사정과 관련된다.

최서해와 채만식은 1924년 《조선문단》에 각각 〈고국〉과 〈세 길로〉를 발표함으로써 등단했고 계용묵은 1925년 〈상환〉이란 단편소설을 《조선문단》에 투고해 게재되었는데, 최서해는 계용묵보다 세 살이 많은 1901년생이고 채만식은 1902년생으로 거의 동년배인데다 등단 시기도 1년 남짓 차이 나기 때문에 계용묵은 은근히 이들을 자신의 라이벌로 의식하고 있었던 듯하다. 하지만 이들 두 작가의 문학적 성향과 그에 대한 문학사적 평가는 계용묵의 그것과 현격한 대비를 이룬다. 계용묵은 서해나 백릉과는 다른 세계관과 문학관을 가지고 당대 사회와 인간을 파악하고 문학적으로 형상화하려 노력한 작가이다. 그러므로 그들의 작품 세계에 동일한 판단 기준을 대입하려는 태도는 바람직하지 않을 것으로 생각된다.

계용묵 자신의 회고에 따르면 그가 당시의 신문이나 잡지에 글을 투고하여 발표하기 시작한 것은 1020년대 초반의 일로 보인다. 그는 '소설에 손을 대기 전 이태 동안 그러니까 열일곱, 여덟살 적에 《조선일보》에 글(논문, 감상문, 시)을 투고 발표하기 거의 연일'(〈어수선한 문단〉)이라고 밝히고 있으나 그 내용을 정확히 알기는 어렵다. 지금까지 확인한 바로는 1925년 3월에 발표한 글(〈봄이 왔네〉, 〈생장〉)이 그의 처녀작이라 할 수 있으나, 그것도 계용묵 문학의 본령인 소설이 아니라 시여서 작품 연보에 등재시키기에도 사뭇 눈치가 보인다. 소설 작품으로는 동년(1925년) 5월 《조선문단》에 투고하여 게재된 〈상환〉이 있긴 해도 그 작품 역시 선자들로부터 그리 호의적인 평을 받지 못해 작가 스스로 충격을 받았다고 하는 수준이다. 이들 두 작품은 이제까지 일반 독자는 물론 전문연구가들에게도 거의 알려지지 않았던 것이어서 그 내용을 소개하는 것만으로도 의미가 있다. 이 글에서는 이들 두 작품을 가급적 상세히 해설하고, 계용묵의 작품 세계를 크게 세 시기로 구별하여 시기별 특질과 문학적 의의를 개략적으로 살피게 될 것이다.

우리가 확인할 수 있는 것으로는 최초의 작품이라 할 수 있는 계용묵의 시 〈봄이 왔네〉를 우선 보기로 하자. 시에 대한 이해를 돕게 하기 위하여 발표 당시의 표기 그대로 따른다.

봄이왔네 봄빗이왔네
눈트는 버들가지에
쐬쏘리가 운다네

봄이왔네 봄빗이왔네
어름이갓녹은 봄물우에
고기가 雙雙히 춤을춘다네

그러면 봄은정말왓는가
쐬쏘리의 우름에
고기의 춤에

애매한목숨이 칼날에 슨킨
PD의 P先生의 무덤가엣
숲잔듸에도
봄빗이왓다네
푸르럿다네

아! 봄은정말왓구려
즐거운봄은 봄은
자최업시 가든봄은

소리업시 또 다시왓구려

오는철 가는철에
무엇을 그리기다리는지
둘곳업는 애쓰는마음이
봄이왓다구 새봄이왓다구
또 다시 무엇이 그리워진다

아! 무슨소리가 들녑즉하고나
묵은썰기들치고 새싹트는
바시작소리와 함쯰
동무야! 귀를기우려—
다가티듯자! 들니느냐?

　　　　　　— 봄이 왓네《생장生長》, 대정14년(1925). 3.

　〈봄이 왓네〉는 전7연으로 구성된 민요풍의 서정시다. 이 시를 읽다보
면 다소 변형된 3.4조의 운율, 각운 '—네(에)'의 활용, 반복·점층법, 문
답법 등의 형식적 특질이 우선적으로 눈에 띈다. 제1연과 제2연에서는
동일한 통사구조 내에서 봄을 알리는 시적 상관물이 다양하게 제시되고
있다.

　'눈트는 버들가지'에 앉은 '쯰꼬리'와 '얼음이 녹은 봄물' 속에서 자
유롭게 유형하는 '물고기'는 봄이 우리 눈앞에 다가왔음을 알리는 가장
친근한 자연물이다. 겨우내 얼어붙었던 냇가의 얼음이 녹고 버드나무에
연초록의 새눈이 움틀 무렵이면 우리는 지루했던 겨우봄은 한참 진행된
것으로 보아도 무방하다.

　그런데 이 시의 화자는 그러한 자연의 변화만으로 봄이 왔다고 확신할

수 있느냐는 의문을 제기한다. 화자가 기다리는 봄이 단순한 자연의 계절 변화가 아닐지도 모른다는 막연한 느낌은 제4연에 이르러 좀더 구체적이고 현실적인 의구심으로 바뀐다. 이 시에서 가장 해석하기 어려운 부분이 바로 '애매한목숨이 칼날에슨 킨/PD의 P先生의 무덤' 이란 구절이다. 제4연은 제3연의 '그러면 정말봄은왔는가' 라는 질문과 제5연의 '아! 봄은정말왓구려' 라는 응답 사이에 놓여 있으므로 그 내용은 당연히 질문에 대한 응답의 근거나 이유가 될 수 있는 것이어야 할 터이다. 하지만 '애매한목숨이 칼날에슨 킨/PD의 P先生' 에서 'PD의 P선생' 이 누구를 지칭하며 왜 'PD' 라는 이니셜을 썼다가 다시 'P'로 줄였는지, 그가 무슨 죄목으로 참수형斬首刑이라는 끔찍한 형벌을 받았는지에 대한 정보는 앞뒤 문맥을 살펴보아도 땅띔조차 하기 어렵다. 만약 이 구절이 당시에 많은 사람의 관심을 끌었던 특정한 사건과 연루된 것이라면 1925년을 전후로 한 시기의 정치 사회면 기사에서 어떤 단서를 찾을 수 있을지 모른다.

그러나 이런 추론이 커다란 의미를 갖지 못하는 것은, 사회를 떠들썩하게 만들었던 정치 사회적 사건을 직접 언급한 내용의 시가 어떻게 일제의 검열을 통과할 수 있었으며 계용묵의 문학적 성향으로 미루어 볼 때 과연 그가 이런 정치성이 강한 작품을 썼을 것인가에 대한 의문에 뚜렷한 해답을 제시할 수 없다는 점과 관련된다. 또 하나의 추론은 계용묵이 김소월의 〈금잔디〉(1922)를 읽고 그 일부 구절이나 모티프를 차용했을 가능성이다.

계용묵의 회고에 따르면 그는 1921년 상경하여 안서를 통해 소월의 존재를 알고 무척 만나고 싶어했으나 만나지 못해 아쉬워했다고 한다. 한창 문학에 관심을 둔 그가 김소월의 〈금잔디〉를 보았을 확률을 상당히 높은 축에 속하며, 표절이나 모방에 대한 뚜렷한 인식이 부족한 청년문학도가 좋아하는 선배 시인의 시구절을 비슷하게 모방했을 가능성 또한 적지 않았을 것으로 보인다.

　사실 'PD의 P선생의 무덤가엣/금잔듸에도/봄빗이왓다네' 란 계용묵 시의 제4연 구절은 〈금잔디〉의 '가신 님 무덤가의 금잔디/봄이 왔네 봄빛이 왔네' 라는 구절과 너무도 흡사하다. 하지만 이 구절이 〈금잔디〉에서 영향을 받은 것이라는 추론에 공감하더라도 그 앞의 '애매한목숨이 칼날에슨킨/PD의 P先生'이란 부분은 여전히 의미 파악이 곤란한 부분으로 남겨 놓을 수밖에 없다.

　제5연과 제6연은 불필요한 반복과 설명적 진술로 앞 부분에 비해 다소 시적 긴장감이 늦추어진 감이 든다. 특히 제5연의 '자최업시 가든봄' 이 '소리업시 또다시왓구려' 란 구절은 지나치게 멋을 부리려던 나머지 의미의 혼란을 자초한 것으로 보인다. 제7연에서 화자는 겨우내 움추렸던 자연의 생명력이 기운차게 움직이는 소리를 감지하고 봄이 왔음을 확신한다. 그리고 아직까지 봄의 도래를 눈치채지 못하는 동무들에게 약동하는 봄기운을 함께 즐기자고 권유하는 것으로 시를 종결짓는다.

　이 시는 청각적 이미지와 시각적 이미지를 적절하게 활용하여 봄의 서정을 효과적으로 전달하고 있다. 시상을 전개하는 기법에 있어서도 초보자의 그것이라고 하기 어려운 세련미를 보여준다.

　제1연과 제2연에서 봄기운을 느낄 수 있는 객관적 상관물을 제시한 뒤 제3연에서 과연 봄이 왔는가라는 의문을 제기함으로써 시상의 전환을 시도한다. 그리고 제4연에서 다소 애매하고 난해한 시구절로 앞 부분과 전혀 다른 분위기를 연출해 놓고 제5연과 제6연에서 봄이 왔음을 거듭 강조한 뒤 마지막 연에서 모든 사람의 동참을 권유하는 형식으로 매듭짓고 있다.

　이 시는 동일한 시어의 지루한 반복이 시상의 자연스러운 흐름을 가로막기도 하지만, 전체적 구성은 매우 짜임새 있게 직조되어 있고 감각적 이미지 활용도 세련된 편이라 할 수 있다.

이 시는 《생장》 제1회 현상문예 수상작으로 하태용河泰鏞의 〈신불가神佛歌〉와 〈검님〉, 그리고 계용묵의 〈봄이 왔네〉가 당선작이고, 차인룡車仁龍·하농何農·이종명李鍾鳴 등의 작품이 선외 가작으로 뽑혔다.

잡지 《생장》은 1925년 1월에 창간되어 1925년 5월 통권 5호로 종간되었으며, 김형원(편집 겸 발행인)·김낭운·김석송 등이 편집에 참여하여 '파스큘라'를 중심으로 한 신경향파 문인들의 작품을 주로 게재하였다. 이 잡지에 수록된 주요 작품으로 김석송의 〈잠고대〉〈눈오는 저녁 때〉, 김여수의 〈저자에 가는 날〉, 이장희의 〈겨울밤〉〈고양이의 꿈〉 등이 있고, 김기진의 〈내가 본 염상섭씨―염상섭론〉, 안재홍의 〈생명의 정맥을 환기하라〉 등의 논문도 실렸다. 계용묵의 〈봄이 왔네〉는 당대의 뛰어난 시인들, 즉 만해나 소월의 그것에는 현격히 미달하는 수준이지만 신인의 작품으로는 크게 손색이 없는 작품성이나 기교를 갖추고 있다. 하지만 이 시는 계용묵의 유일한 시이고 이후로는 전혀 시작詩作에 관심을 두지 않았으므로 그 이상의 의미를 부여하기는 곤란하다.

〈상환相換〉은 1925년 5월 《조선문단》 제8호에 투고하여 게재된 작품이다. 그러니까 계용묵은 1925년을 맞아 자신의 문학적 역량을 검증받기 위해 당시의 유력한 잡지에 시와 소설을 함께 투고했고 그것이 모두 게재되었던 것이다. 당시 계용묵은 본명을 쓰지 않고 '계자아(桂自我, 〈봄이 왔네〉)' 혹은 '자아청년(自我靑年, 〈상환〉)'이란 필명으로 응모했는데, 이는 한창 '자아'에 대해 관심이 많았을 20대 초반 문학청년의 기질을 암시하는 것으로 보인다.

〈상환〉의 서사는 매우 단순하다. 창수라는 인물이 홍득이란 사내의 아내와 눈이 맞아 봉천으로 도주를 했다는 소문이 난 뒤 석달 만에 홍득이와 창수의 아내가 함께 사라졌다는 말이 마을에 퍼졌다는 내용이다. 소설의 제목을 '상환'이라 한 것도 창수와 홍득이 아내를 서로 맞바꾸었다는 뜻을 드러내기 위한 것으로 짐작된다.

이 작품은 당시 문단의 주요한 세력으로 급부상하고 있었던 신경향파 혹은 카프의 계급문학과 전혀 성향을 달리한다. 한 남자가 인근 동리의 유부녀와 정분이 나 야반도주를 하는 사건은 그리 충격적일 것이 없다. 그러나 그들 두 남녀 때문에 졸지에 홀아비와 과부가 된 남녀가 함께 도 망을 한 사건이 연이어 한 마을에서 발생했다는 것은 사람들의 호기심을 끌기에 충분한 요소가 있다. 그럼에도 불구하고 이 소설에는 이들 남녀 가 정분이 나게 된 연유라든지 야반도주하기까지의 심리적 갈등 같은 것 에 대한 서술과 묘사는 거의 찾아보기 힘들다. 창수를 찾아온 홍득의 태 도는 자기 아내와 정분이 났을지도 모르는 간부姦夫를 대하는 남편의 일 반적 언행과 너무 판이해 현실감이 부족하며, 홍득 아내와 정분이 나 봉 천으로 도주할 생각을 하면서 아내까지 데리고 가려는 창수의 고민 또한 독자의 공감을 얻기에 설득력이 부족하다.

이런 점에서 〈상환〉을 잡지에 게재하면서도 작품의 문제점을 지적한 《조선문단》 합평자들의 태도는 지극히 타당한 것이었다. 〈상환〉이 비록 습작 수준에 지나지 않는 작품인 것은 분명하지만, 이 작품에는 이후 계 용묵 소설의 주요한 특질을 형성하는 단서가 이미 내장되어 있다는 점에 서 주목을 요한다. 그것은 인생을 바라보고 이해하는 계용묵의 태도에 반어적 사유 체계가 깊숙이 뿌리내리고 있다는 점이다. 다소 앞질러 말 하는 것이 허용된다면, 반어적 사고는 계용묵 소설의 밑바탕을 이루는 핵심적인 기법이라 할 수 있다. 그의 대표작으로 일컬어지는 작품의 작 중인물을 대체로 아이러니의 희생자이며, 작품의 미학적 효과 또한 아이 러니를 지향한다.

3

계용묵이 소설을 쓴 시기는 대략 1927년부터 1950년까지로 볼 수 있다. 그러나 1920대에 그가 발표한 작품은 〈상환〉까지 포함하더라도 세 편에 지나지 않으며, 1935년에 〈백치 아다다〉를 발표하여 문단의 주목을 끌었고 1938년 조선일보사 출판국에 입사한 뒤 해방 전까지 집중적으로 작품을 생산하기 시작한다. 하지만 해방 후 〈별을 헨다〉와 〈바람은 그냥 불고〉 등 당대 현실의 혼탁상을 문제삼은 작품을 쓴 뒤 거의 침묵을 지키다가 6·25 이후에는 아예 소설 창작을 중단하기에 이른다. 그러므로 계용묵 소설을 통시적으로 조감하면 크게 세 시기로 나누어 볼 수 있다. 첫째 시기는 1927~28년까지이고 둘째 시기는 1935년~45년까지, 마지막 셋째 시기는 해방 후~1950년까지이다. 이 가운데 가장 많은 작품을 발표한 둘째 시기를 주제적 관점에서 다시 두 유형으로 구분할 수 있을 것이다.

많은 사람들에 의해 등단작으로 평가되는 〈최서방〉(1927)은 소작인과 지주의 갈등을 다루었다는 점 때문에 흔히 경향파적 작품으로 분류된다. 하지만 단순히 지주와 소작인의 대립과 갈등을 제재로 삼았다는 사실만으로 작품의 성향을 재단하는 것은 많은 문제점을 야기한다. 이 소설이 발표되었던 시기가 신경향파 혹은 카프문학이 득세를 할 무렵이었고, 많은 신인들이 그러한 성향의 작품을 투고했던 사실은 부정하기 어렵다. 그럼에도 불구하고 〈최서방〉을 바라보는 선자나 평자의 시선이 '경향파적'으로 경도되어 있어서 이 작품은 실제 이상으로 과소평가 받았는지도 모를 일이다. 무엇보다 이 작품을 《조선문단》에 재차 투고했을 때 선후평을 쓴 이가 최서해라는 사실도 이 작품을 있는 그대로 이해하는 데 장애요인으로 작용한다. 대부분의 계용묵 연구가가 이 작품을 신경향파 계열로 이해하고 서해의 작품과 대비하는 것도 이러한 선입관에서 비롯된 오해일 수도 있다.

신경향파적 관점에서 보면 이 작품에 나타난 '지주와 소작인의 갈등은 사회구조에 대한 작가의 심층적 통찰에 의해 뒷받침되어 있지 못하며 단순한 선과 악의 도식적 대립으로 파악'(이동하, 〈계용묵론〉)되고 있어 수준작이란 평판을 내리기에 주저하게 된다. 사실 이 소설은 계용묵의 문학적 기질과 특장이 잘 어울어진 가작佳作이라 할 수 없으며, 어떤 점에서 '그가 자신의 소설의 가능성을 타진하기 위해 비교적 그 시의성과 사실성이 검증된 당대 소설의 주된 흐름내에서 시험삼아 발표한 작품일 공산이 크다.'(김경수, 〈식민지 시대 소설의 아마츄어리즘〉). 김경수의 이러한 추론이 설득력을 얻는 것은 〈상환〉에 대한 선후평이 부정적인 것을 본 계용묵이 '내 실력이 그럴 수가 있을까 다시 딴 작품으로 호평을 받을 당선에의 욕심을 품고'(계용묵, 〈어수선한 문단〉) 투고한 작품이 바로 〈최서방〉이었다는 작가의 고백에 근거를 둔다.

어쨌든 계용묵으로선 당대의 유명 작가와 비교되는 행운과 함께 그 때문에 상대적으로 폄하되는 불행을 한께 겪어야 했던 것이다. 이 작품의 결말부분에서 '송지주'와 대결구도를 형성하던 '최서방'이 '송지주'와의 정면충돌을 피하고 독과 솥을 깨뜨려 부수는 행동으로 대신하는 것은 경향문학의 그것에 비해 지나칠 만큼 온건한 태도임에 분명하다. 그 한계는 계용묵이 지주의 신분이라는 사실과 무관하지 않아 보인다. 그리고 그러한 한계는 지식인의 관점에서 하층민의 삶을 바라보았던 선배작가들의 작품에서도 다소나마 발견되는 공통적인 현상이라 할 수 있다.

〈인간지주〉는 충격적인 제재를 선택한 것에 비해 서사 전개가 평범하고 결말 또한 안이한 방식으로 처리되어 실망을 주는 작품이다. 이 소설은 일본 탄광 노동자로 일하다 두 다리를 잘린 채 쫓겨나 서커스단에서 '인간거미' 행세를 하며 근근히 연명하던 '창오'가 고향 친구 '경수'를 만나 새로운 삶의 의욕을 되찾는다는 내용으로 이루어져 있다. 일본 노동자로 팔려간 조선인의 실상은 염상섭의 〈만세전〉(1922)을 통해 얼마간 알려진 바 있으나, 이 소설의 작중인물처럼 두 다리를 절단 당하고도 돈 한 푼 받지 못한 채 쫓겨나 괴물행세를 하는 참상을 문학적 제재로 다룬

것은 처음이 아닌가 한다. 그럼에도 불구하고 이 소설은 사회운동에 동참하자는 '경수'의 말에 쉽게 '창오'가 너무 쉽게 감복하는 것으로 끝맺은 결말 때문에 제재의 특수성을 적극적으로 형상화하지 못했다는 아쉬움을 남긴다.

하지만 이 소설에서 두 친구가 재회한 곳이 '박람회'가 벌어지고 있는 서커스장이라는 것, 그리고 두 다리를 잘린 '창오'가 '거미' 행세를 하며 관객들을 속인다는 것에서 우리는 대략 다음과 같은 의도를 간취할 수 있을 것이다. 일제시대 조선에서 개최된 박람회는 식민지 조선의 개발을 위한 일본 민간자본의 유치 기회로 활용된 것이므로 일제의 조선수탈정책과 직접적인 연관을 맺는다. 일본은 그러한 의도를 숨기고 조선인을 회유하기 위해 대중적 흥행물로 교묘히 위장하였던 바, '창오'가 소속된 서커스단도 그러한 맥락에서 이해할 수 있다. '창오'는 마술사의 도움으로 인간거미 행세를 할 수 있었는데, 마술이란 사람의 눈을 속임으로써 경이와 즐거움을 주는 재주이다. 그러므로 이 소설의 모티프로 사용되고 있는 '박람회', '서커스', '인간거미' 등은 하나같이 그 본질을 위장한 채 사람을 속이는 공통점을 가지고 있다. 이것의 의미를 좀더 적극적으로 해석하면 〈인간지주〉는 일제 식민정책의 허구성을 풍자적으로 고발한 작품으로 이해할 수도 있을 것으로 보인다.

계용묵은 근대적 교육제도의 혜택을 별로 받지 못한 작가이다. 그는 조부의 엄명으로 한학을 배우다 공립학교를 졸업했을 뿐이고, 조부 몰래 상경하여 중등학교에 입학했다가 조부에게 이끌려 낙향했으며 일본에 가서도 대학 강의를 처음 듣고 '어떻게도 그것이 맹랑하던지, 학교에는 나가고 싶지가 않아, 학적만을 걸어두고는, 하숙에서 독서로 이삼 년의 세월'을 보낸 뒤 귀국한다. 일본에서 귀국할 때 그의 집안은 이미 파산상태에 있었으나 그는 '평생을 공부할 만큼 많은 책'을 가지고 돌아와 창작과 독서로 소일한다.

요컨대 그의 문학은 전적으로 혼자만의 독서와 습작만으로 이루어진 것이라 할 수 있다. 이처럼 소위 '문단'이란 곳과 별 교섭이 없어 작품을 발표할 기회가 적었던 그에게 《조선문단》은 또 한 번의 기회와 좌절을 안겨 주었다. 뒤에 그의 대표작으로 꼽히게 된 〈백치 아다다〉가 《조선문단》에 게재되어 호평을 받은 게 기회였다면, 해지該誌의 청탁으로 쓴 작품 〈마을은 자동차 타고〉 원고가 여러 우여곡절 끝에 분실된 사건은 커다란 좌절이었다. 잃어버린 물건일수록 더 좋고 귀하게 생각되는 것이 인지상정이긴 하지만, 계용묵은 이 소설을 '이제껏 써 온 나의 작품 중에서는 제일 애착이 가던'(계용묵, 〈문학적 자서전〉) 작품이라 자부하면서 그것이 분실된 사건을 두고두고 안타까와 하였다.

〈백치 아다다〉 이후 해방 전까지 발표된 제2기의 계용묵 소설은 제재나 주제면에서 크게 두 유형으로 나누어 볼 수 있다. 하나는 〈백치 아다다〉〈마부〉〈장벽〉〈수달피〉 등 농어촌에서 살아가는 무지할 정도로 순진한 사람들의 비극적인 삶을 그린 작품군이고, 다른 하나는 다소 감상적인 예술지상주의적 태도로 세상을 바라보는 지식인을 주인공으로 한 작품군이다. 이 가운데 〈백치 아다다〉는 두 차례나 영화화(1956년 이강천 감독 작품에서는 나애심이 '아다다' 역을 맡았고, 1987년 임권택 감독 작품에서는 신혜수가 여주인공으로 나왔다)될 정도로 계용묵 소설의 출세작이자 대표작으로 공인 받고 있다.

이 소설의 주인공 '아다다'는 벙어리라는 신체적 불구 때문에 부모에게 천대를 받고 자라고, 결혼하여 잠시 남편과 시부모의 사랑을 받지만 시댁이 제법 부유해지자 이내 소박을 맞는다. 그녀는 자기 처지를 잘 이해하는 수롱과 가난하지만 행복한 가정을 꾸리려 마음먹는데, 수롱이가 적지 않은 돈을 가지고 있는 것을 알고 그 돈을 모두 바다에 버린다.

이와 같은 '아다다'의 행동은 결국 자신의 파멸을 자초하는 어리석은 행위로 판명되거니와, 무지에 가까울 정도로 순진한 인물이 행한 행위가 자신의 의도와는 전혀 상반되는 결과를 초래해 치명적인 피해를 입는 전형적인 '아이러니의 희생자'랄 할 만하다.

여러 논자가 계용묵 소설이 서사성이 부족하고 인생의 단면만을 다루었을 뿐이라고 비판하고 있으나, 시각을 달리하면 그의 소설은 삶의 아이러니를 지속적으로 추구하고 있는 것으로 볼 수 있다. 〈백치 아다다〉와 〈마부〉의 아이러니적 특질을 간파한 비평가는 김영화이다. 그는 〈백치 아다다〉의 문학적 의미를 해명하는 자리에서 '돈의 힘으로 남편을 얻었다가 이제 돈 때문에 남편을 잃어버리는 아이러니'(김영화, 〈소설의 수필화〉)라고 의미부여하고 있지만, 이것을 계용묵 소설의 미학적 특질로까지 이해하고 있는 것 같지는 않다.

선천적 벙어리인 데다 사고능력마저 천치에 가까운 '아다다'는 말할 것도 없거니와, 정부情夫와 눈이 맞아 도망간 아내가 얼굴이 예쁘기 때문이라고 믿고 못생긴 여자를 아내로 맞으려 하거나, 주인에게 맡긴 돈을 되돌려 받겠다는 생각으로 그의 주머니에서 몰래 돈을 꺼내다 절도죄로 끌려가는 〈마부〉의 '웅팔'은 숙맥형 바보 유형에 속하는 인물이다. '숙맥菽麥'이란 콩과 보리도 구별하지 못하는 천생의 바보를 일컫는 말로, 우리 근대소설에서 김유정에 의해 독특한 인간상으로 재현된 바 있다.

한때 김유정 소설의 특징을 해학과 토속성으로 이해하여 다소 낮추어 보다가 최근에 아이러니의 미적 효과를 다룬 것으로 재평가하는 것처럼, 계용묵 소설 또한 아이러니의 관점에서 보면 이제와는 다른 해석과 평가도 가능할 것으로 생각된다. 겉으로 드러난 사실appearance과 실제의 내용reality가 다른 아이러니는 주로 순진에 가까운 무지와 웃음 등을 통해 유발되는데, 김유정은 웃음의 장치를 효과적으로 활용하였으나 계용묵은 기법적 측면에서 다소 미흡했다는 차이가 있을 뿐이다.

여러 논자가 말하는 것처럼 계용묵이 인간과 삶을 단편적으로 바라보는 작가라면 그의 작품에서 아이러니적 요소를 발견하기란 그리 용이한 일이 아닐 터이다. 말을 바꾸면, 계용묵 소설의 아이러니 지향적 특성은 그의 세계관이나 문학관이 이제까지의 통설대로 일면적인 것만은 아니라는 사실을 반증하는 사례로 보아도 크게 잘못이 아니다.

계용묵 소설의 아이러니적 특질은 〈백치 아다다〉나 〈마부〉와 같이 숙맥에 가까운 인물이 등장하는 소설은 물론 지식인을 주인공으로 하는 작품에서도 산견된다. 〈고절孤節〉〈청춘도〉〈유앵기〉〈붕우朋友〉〈이반離叛〉〈심원心遠〉〈준광인전〉 등에 등장하는 지식인은 현실에 밀착된 삶을 살아가지 못한 채 예술에 지나치게 의존하는 태도를 보이거나, 친구 사이의 우정이나 부부 사이의 사랑 등에 배신감을 느끼고 인생 자체에 회의를 느낀다.

이들 작품의 주인공이 현실적 삶보다 예술에 더 많은 가치를 두고, 배신당한 우정과 사랑 때문에 고민하는 것은 역설적으로 일상의 삶과 근본적인 인간관계에 애착을 느끼고 있다는 사실을 뜻한다. 〈유앵기〉나 〈이반〉 등과 같은 작품의 지식인 주인공이 갖는 고민과 갈등은 지극히 범속한 개인의 일상사에 지나지 않아서 1930년대 유행했던 '심경소설' 과의 관련성을 생각하게 한다. 계용묵의 지식인 소설은 1930년대말~1940년대초까지의 3~4년이란 짧은 기간에 집중적으로 발표된 것들이다. 잘 아는 것처럼, 이 시기는 일제의 탄압이 최고조에 달했을 때여서 작가의 창작활동은 물론 일반인의 일상적 삶도 매우 위축되었던 때였다. 그러므로 이 시기는 1920~30년대 초 우리 문학의 주요한 흐름을 형성했던 강한 사회의식의 작품이 씌어지기가 무척 어려웠다.

이 시기를 우리 문학사에서 '암흑기' 라 부르는 것도 이 때문이거니와, 계용묵이 일련의 지식인 소설에서 인간됨의 근본을 자주 문제삼았던 것은 그만큼 당시 식민지 조선 사회의 분위기가 상호 불신과 증오로 팽배해 있었다는 사실을 말해주는 것처럼 생각된다. 가령, 여러 사람이 작당하여 한 친구를 미치광이로 만들어 세상의 웃음거리게 되게 하는 〈준광인전〉이나 죽음을 앞둔 소설가가 자신의 죄를 친구 비평가에게 고백하는 내용을 다룬 〈희화〉 등의 작품은 인간 관계의 근간을 형성하는 서로에 대한 믿음이 밑바탕에서부터 흔들리는 현실의 단면을 희화적으로 고발한 작품이라 할 수 있다.

〈준광인전〉과 〈희화〉가 다루고 있는 주제는 우리의 일상적 삶에서 다소 비껴난 것이고 기법적인 측면에서도 다소 허술한 작품이어서 소설이라기보다는 일종의 우화 같은 느낌을 강하게 준다. 여러 사람이 모의하여 한 사람을 바보로 만들거나 사회에서 매장시키는 일, 그리고 친구의 아내와 부정을 저지르고도 태연히 그 내용을 소설화하여 세인을 속이는 사건 등은 그리 흔하지 않아도 우리 사회에서 간혹 들리는 추문이다. 하지만 그런 추문에서 유의해야 할 사안은, 누구에게 어떤 낙인이 찍혔느냐가 아니라 그러한 낙인을 누가 찍었는가 하는 점이다.

다시 말해서 〈준광인전〉의 김철호는 친구들에게서 '미친놈'이란 낙인이 찍혔지만 실제로는 건강한 정신의 소유자이다. 정작 사악한 인간은 정상적인 친구를 '미친놈'으로 만들어 놓고 희희낙락하며 그를 친구 사회에서 배제시키려는 무리인 것이다. 소설가로 출세하려는 욕망 때문에 친구의 아내를 범하고, 그것을 모델로 하여 친구와 세상을 속인 〈희화〉의 '정암'은 속물의 한 전형이라 할 수 있다. 그러나 '정암'의 고백을 들은 '천양'은 문단 일우一隅의 치부를 그래로 드러내었다는 점에서 그 못지 않게 충격적이다.

…… 내가 내 붓끝으로 칭찬을 하여 걸작을 만들어 놓은 소위 그 〈우정〉은 전혀 내 붓끝이 만들어 놓은 역작이었고 내 마음이 허하는 그러한 역작은 너무도 아니었다. 우리는 그때 우리의 정치사상을 건설하기 위하여 우리의 그룹을 옹호하지 않을 수 없었고, 또 내세우고 추켜올리지 않을 수 없었던 것이다. 그래야 사회적으로 권위도 얻게 될 것이요, 그러므로

가난한 우리가 밥도 먹게 될 것이므로 그렇게 칭찬을 했던 게지. 이러한 예가 그때의 문단에 있어 한 통폐이었던 것은 군도 잘 알고 있는 사실이 겠지〉 이제 말하거니와 군의 〈우정〉도 그 한 좋은 예이었던 것임을 알아야 하네."— 〈희화〉에서

'천양'의 고백은 이른바 '패거리 비평'의 허구성을 통렬히 풍자한 것으로 볼 수 있다. 자신의 문학적 양심이 허락하지 않지만 그룹과 개인의 이익을 위해 허황한 수사로 세상을 농락하는 비평의 폐해가 '천양'의 고백 속에 그대로 들어있기 때문이다. 문단의 칭송을 받는 소설가의 걸작이 사실은 친구 아내를 겁간한 사실을 호도한 내용이고 고백한 '정암'이나 먹고 살기 위해 마음에도 없는 평문을 썼노라고 맞대응을 하는 '천양' 등은 문학을 세속적 출세의 도구로 삼는 사이비 예술가에 지나지 않는다. 그들이 문단에서 확고한 위치와 높은 명성을 얻고 있다는 것은 그 문단이 그만큼 낙후하거나 타락해 있다는 사실을 뜻한다.

계용묵의 지식인 소설에는 농촌생활을 동경하고 농촌처녀와 결혼하고 싶어하지만, 농촌생활에 적응하지 못하여 자신의 꿈을 포기하는 주인공이 여러 차례 등장한다. 그것은 부부 또는 친구 사이에서도 서로에 대한 신뢰와 애정이 증발하고 물질과 향락만 추구하는 도시인의 타락한 삶에 염증을 느낀 작가의 귀거래사일지도 모른다. 그는 어쩔 수 없이 도시인으로 살아가면서도 도시의 물질주의와 인간불신풍조를 반어적으로 고발하려 했던 것으로 생각된다.

〈묘예〉〈불로초〉〈시골 노파〉 등의 작품에 등장하는 농부는 매우 건강하고 미래지향적인 의식을 가진 인물로 묘사된다. 하지만 이들 작품은 일제말기 식민지 당국의 강요와 억압에 의해 피동적으로 씌어진 것이라는 점에서 객관적인 평가를 유보하게 만든다.

4

계용묵은 해방 후의 사회적 혼란에 대단히 예민한 반응을 보이고 있다. 이 시기에 산출된 그의 작품은 예외적이라 할 정도로 당대 현실의 일각을 날카롭게 재현하고 있으며 문제의식에 있어서도 예각을 잃지 않고 있어 주목된다.

일제치하에서 고향을 떠났던 유민이 해방이 되자 고국으로 돌아오지만 사정은 예나 이제나 열악하긴 마찬가지인 해방후의 혼란과 빈궁을 문제삼은 〈별을 헨다〉는 그와 같은 시기에 발표된 염상섭·김동리의 작품과 견주어도 별 손색이 없는 작품이다. 북한이 고향인 작중인물은 서울에서 견디다 못해 이북으로 가려 하지만 그곳의 사정도 남쪽보다 나을 게 없다는 동향사람의 말을 듣고 망연해 하는 대목은 38선 때문에 고향에 갈 수 없는 처지가 된 작가의 충격과 좌절을 응축시킨 것이라 할 수 있다.

이와 함께 〈바람은 그냥 불고〉는 해방이 된 이후에 일제의 잔재는 그대로 남아 있을 뿐만 아니라 일제말기에 조선인 징용에 앞장섰던 친일파가 여전히 득세하는 왜곡된 현실을 직접적으로 고발한 작품이다.

이제까지의 계용묵 소설의 기질과 특성을 고려할 때 이처럼 사회의 모순을 직접적이고도 완강한 어조로 문제삼은 작품은 이례적 사건으로 간주될 만하다. 하지만 아이러니하게도 계용묵은 이들 작품을 끝으로 소설 창작에 큰 의욕을 보이지 않는다. 이들 작품 이후에 발표된 것들은 본격적인 소설이라 하기에는 여러모로 미흡한 소품에 불과하고, 6·25가 발발하여 제주도로 피난갔던 그는 휴전 일 년이 다 되어 상경한 뒤 간간히 잡문이나 쓸 뿐 소설창작에서 완전히 손을 뗀다. 그 시절의 심경을 그는 '인생이라는 데 흥미를 잃게 되었다. 흥미 없는 인간을 상대로는 붓끝이 움직여지지 않았다. 우금껏 창작에는 붓을 못대고 있는 소이가 여기 있다.' (계용묵, 〈문학적 자서전〉)고 밝힌 바 있다.

이 말에서 우리는 계용묵의 소설적 관심사가 '인생' 혹은 '인간' 그 자체 있음을 확인하게 된다. 대부분의 계용묵 연구가가 한결같이 지적하고 있듯이 계용묵은 인생파적 태도로 세상을 바라보고 자신이 관찰한 세상을 소설화한 작가이다. 계용묵 소설의 작중인물이 우정과 사랑, 그리고 인간에 대한 근본적인 신뢰를 추구했다는 점에서 그는 인생파적 작가라 할 수 있다. 그러한 그가 '인생'과 '인간'에 더 이상 흥미를 못 갖게 되었다는 진술은 앞으로 소설을 쓸 수 없다는 고백으로 이해해도 무방할 터이다.

계용묵 소설에 대한 또 하나의 고정된 평가는 '동시대 작가들 가운데 문장이 잘 다듬어졌다'는 점이다. 잡지에 발표된 계용묵의 작품과 단행본이나 선집 형식으로 출간된 작품은 상당한 차이를 보여준다. 첫 발표작과 단행본(선집 포함) 소재 작품이 다른 것은 작가 자신의 퇴고에 의한 것으로 짐작되지만, 출판사마다 약간의 차이를 보이고 있어 어느 것을 정본으로 인정해야 할지 난감한 실정이다.

그러나 잡지에 처음 발표된 원본과 그 동안 여러 종류로 출판된 단행본을 비교 검토한 결과, 계용묵 소설 문장이 동시대 작가 가운데 비교적 잘 다듬어졌다거나 '한국어의 미감을 다소 세련시켰다'는 기존의 평가는 다소 신뢰하기 힘든 것으로 생각된다.

왜냐하면 그들의 글에는 계용묵 소설의 문장을 치밀하게 분석한 부분이 단 한 군데도 없기 때문이다. 물론 계용묵 스스로 '한 센텐스에 같은 부사가 곱잡아 하나만 연달리게 되어도 필흥이 죽는 내 성벽'(계용묵, 〈침묵의 변〉)이라고 말할 정도로 문장에 신경을 쓴 듯한 흔적은 보이지만, 그의 문장이 동시대 다른 작가의 그것에 비해 월등히 뛰어나다는 호평을 사실 그대로 받아들여서는 안 되리라 생각한다.

한 작가의 문장이 모국어의 수준은 일정 수준 높였다는 평가가 객관적 타당성을 인정받으려면 그의 소설 문장과 문체에 대한 본격적인 분석이 수반되어야 함은 너무도 당연한 일이다. 그러나, 문체 부분에 관한 한 우리의 문학사는 근거가 희박한 소문에 지나치게 의존하고 있는 듯하다. 계용묵 소설을 한국문학사에서 새롭게 자리매김하려면 그의 문장에 주목할 것이 아니라 인간과 삶 자체를 아이러니한 것으로 파악한 그의 독특한 인생파적 태도를 새롭게 이해하려는 노력이 우선되어야 하리라 믿는다.

1904년 9월 8일, 본관 수안遂安, 평안북도 선천군 남면 삼성동 군현리 706번지에서 부 계항교桂恒敎의 장남으로 태어났다. 그의 집안은 2천석의 대지주였는데, 조부 계창전(桂昌典, 어떤 자료에는 '琠'으로 표기되어 있음)참봉을 지낸 전형적 유학자로 시문에도 뛰어난 재주를 보였다. 계용묵은 아버지보다 할아버지의 엄격한 훈육을 받으며 성장했다.

1909년 누이동생이 태어나자 할아버지는 손자에게 독선생을 들여 《천자문》 《동몽선습》《소학》《대학》 등을 가르쳤다.

1914년 4년 동안 한학을 배운 뒤 비로소 삼봉공립보통학교三峰公立普通學校에 입학

1918년 12월, 열다섯의 나이로 평남 안주의 안순홍댁 규수 안정옥安靜玉과 결혼.

1919년 삼봉공립보통학교 졸업, 2년 동안 더 한학을 배우며, 문학에 관심을 갖기 시작.

1920년 소년잡지 《새소리》에 〈글방이 깨어져〉를 투고하여 2등으로 당선되었다고 하는데, 지금으로선 확인하기가 어렵다.

1921년 4월, 할아버지 몰래 상경하여 중동학교에 입학. 먼 친척뻘인 김안서의 소개로 염상섭, 김동인, 남궁벽, 김환 등과 교유하며 문학에 뜻을 둠. 김소월과 가까운 곳에 하숙을 했으나 만나지는 못해 무척 아쉬워했다. 상경한지 한달만에 할아버지의 엄명으로 낙향.

1922년 4월 재차 상경하여 휘문고보에 입학하였으나, 6월에 다시 강제 낙향한 뒤 집에서 독학으로 문학 공부를 시작했다.

1923년 7월, 장남 명원明源 태어나다.

1925년 시 〈봄이 왔네〉가 잡지 《생장生長》의 제1회 현상문예수상작으로 뽑혀 3월호에 실렸고, 8월에는 단편소설 〈상환〉을 《조선문단》에 응모하여 당선. 이때 계자아桂自我 또는 자아청년自我靑年이란 필명을 썼다. 염상섭, 나도향 등이 〈상환〉의 심사평에서 "아모 감흥을 늦기지는 못하얏"다고 말한 것에 충격을 받고 독서에 열중하며 외국 명작을 열심히 읽는다.

1927년 5월, 《조선문단》에 〈최서방〉을 재차 응모하여 당선하였으나, 1925년 당시 자신과 같은 처지였던 최서해가 선후언을 쓴 것에 모욕을 느낀다. 8월 〈인두지주〉가 《조선지광》에 발표되었지만, 편집자가 작품 내용을 마음대로 고친 것을 확인하고 다시는 투고를 하지 않기로 결심.

1928년 3월, 동경으로 건너가 동양대학 동양문과에 입학한 뒤 야간에 정칙학교
　　　　正則學校에서 영어 공부를 했다.

1929년 1월, 장녀 정원正源 태어나다.

1931년 2천석을 하던 집안이 경제적으로 파산하여 귀국. 이때 장편《지새는 달
　　　　그림자》와 중편〈마을은 자동차를 타고〉를 탈고했지만 분실되고, 중편
　　　　은《조선문단》의 청탁에 따라 지구성하여 보냈으나 검열로 삭제처분을
　　　　받아 발표되지 못했다. 〈마을은 자동차를 타고〉는 작가의 집안이 파산
　　　　하게 된 경위를 그린 작품으로 작가가 '그동안 머리를 싸매고 공부한
　　　　보람의 결정으로 자만심'을 가졌다고 한다.

1932년 〈제비를 그리는 마음〉 발표《신가정》) 차녀 도원道源 태어나다.

1935년 3월, 정비석, 석인해, 허윤석, 장환張桓 등과 문학동인지《해조海潮》발간
　　　　을 논의하였으나 무위로 돌아감. 〈연애삽화〉(《신가정》4월호), 〈백치 아
　　　　다다〉(《조선문단》5월호), 〈고절〉(《백광》) 등을 발표. 이때 노자영이 경영
　　　　하던 신인문학》에 〈출견〉이 계용묵 작으로 발표되는 해프닝이 발생.

1936년 〈장벽〉(《조선문단》), 〈신사 허재비〉(《신인문학》), 〈금순이와 닭〉(《학등》),
　　　　〈오리알〉(《조선농민》), 〈송아지는 멍에를 메고〉(《농업조선》).

1937년 〈심원〉(《비판》).

1938년 5월, 조선일보사 출판부 입사. 〈청춘도〉(《조광》).

1939년 〈유앵기〉(《조광》), 〈회화〉(《문장》), 〈캉가루의 조상이〉(《조광》), 〈병풍에
　　　　그린 닭이〉(《여성》), 〈부부〉(《문장13인집》), 〈기성불가공〉(《조선일보》).

1940년 〈마부〉(《농업조선》), 〈나의 소설수업〉(《문장》).

1941년 〈시〉(《조광》), 〈묘예〉(《사진순보》), 〈시골노파〉〈수달〉(《야담》), 〈불로초〉
　　　　(《춘추》) 등 발표. 이들 작품에 대해 작가는 일제의 시책에 따라 '글을
　　　　아니쓰게는 못되고 그렇다고 뜻에 없는 붓대는 놀릴 수가 없고 해서 근
　　　　로정신으로 협력을 가장하자'는 의도에서 쓴 것들이라고 밝히고 있다.

1942년 〈자식〉(《야담》), 〈준광인전〉(《신세기》), 〈선심후심〉(《조광》), 〈신기루〉(《조광》).

1943년 8월, 일본천황 불경 혐의로 투옥. 이 사건을 모델로 한 작품〈靜かな嵐〉
　　　　란 작품이 발표되기도 하였다. 10월에 무혐의로 석방되어 12월에 방송
　　　　국에 취직하였으나 일본인과의 차별 대우에 반발하여 사흘만에 퇴사
　　　　함. 〈이반〉(《조광》).

1944년 단편집《병풍에 그린 닭이》(조선출판사)를 한글로 출판, 12월 낙향.

1945년 해방과 더불어 상경. 12월, 정비석과 함께 언론종합잡지《대조大潮》창간.
　　　　단편집《백치 아다다》(조선출판사) 발행.

1946년 〈금단〉(《민주일보》), 〈별을 헨다〉(《동아일보》).

1947년 〈인간적〉(《백민》), 〈바람은 그냥 불고〉(《백민》), 〈치마〉(《조선일보》), 〈일만오천 원〉(《백민》), 〈집〉(《백민》), 〈이불〉(《민성》).

1948년 4월, 김억과 함께 출판사 〈수선사〉 창립, 〈작품과 기교〉(《백민》).

1949년 〈침묵의 변〉(《문예》).

1950년 〈물매미〉(《문예》), 단편집 《별을 헨다》(수선사 간행), 〈수업료〉(《신경향》), 〈치마감〉(《한성일보》), 〈거울〉(《여학생》), 〈환롱〉(《문예》) 12월, 제주도로 피난.

1952년 제주도에서 월간 《신문화》창간하여 3호까지 발간.

1953년 제주도에 피난간 문인들이 환도 하기 전에 기념문집 《흑산호》 출간.

1954년 6월, 서울에 돌아옴.

1955년 3월, 수필집 《상아탑》(우생출판사) 출간. 〈한국문단측면사〉.

1957년 〈암흑기의 우리 문단〉(《현대문학》).

1959년 〈불만과 염증 속에서〉(《서울신문》).

1961년 1950년 〈환롱〉 이후 작품을 발표하지 않다가 3월부터 《현대문학》에 〈설수집屑穗集〉을 연재하다가 8월 9일 오전 9시 장암으로 영면.

시

〈봄이 왔네〉,《생장》, 1925. 3.

단편

〈상환相換〉,《조선문단》, 1925. 5.

〈최서방〉,《조선문단》, 1927. 5.

〈인두지주人頭蜘蛛〉,《조선지광》, 1928. 2.

〈제비를 그리는 마음〉,《신가정》, 1934. 1.

〈백치 아다다〉,《조선문단》,〈고절苦節〉,《백광》, 1935. 5.

〈연애삽화〉, 1935. 6.

〈금순이와 닭〉,《학등》, 1935. 9.

〈신사 허재비〉,《신인문학》,〈장벽障壁〉,《조선문단》, 1935. 12.

〈오리알〉,《조선농민》, 1936. 4.

〈송아지는 멍에를 메고〉,《조선농민》, 1936. 5.

〈심원心猿〉,《조선지광》, 1938. 5.

〈청춘도青春圖〉,《조광》, 1938. 12.

〈병풍에 그린 닭이〉,《여성》, 1939. 1.

〈유앵기流鶯記〉,《조광》,〈붕우朋友〉,《비판》1939. 2.

〈마부馬夫〉,《농업조선》,〈캉가르의 조상이〉,《조광》, 1939. 5.

〈부부夫婦〉,《문장31인집》, 1939. 7.

〈준광인전準狂人傳〉,《신세기》, 1939. 9.

〈희화戲畵〉,《문장》, 1940. 10.

〈신기루〉,《조광》, 1940. 12.

〈묘예〉,《매일사진순보》, 1941. 1.

〈이반離叛〉,《문장》, 1941. 2.

〈시골노파〉,《야담》, 1941. 11.

〈수달피〉,《야담》, 1941. 12.

〈선심후심〉,《조광》, 1942. 3.

〈시詩〉, 《조광》, 1942. 4.

〈덕천 어머니〉, 《야담》, 〈불로초〉, 《춘추》, 1942. 6.

〈자식〉, 《야담》, 1943. 2.

〈총銃〉, 《半島の光》, 1943. 10.

〈황금독黃金犢〉, 《야담》, 1943. 5.

〈금단禁斷〉, 《민주일보》, 1946. 10.

〈별을 헨다〉, 《동아일보》, 1946. 12.

〈인간적〉, 《백민》, 1947. 2.

〈바람은 그냥 불고〉, 《백민》, 1947. 7.

장편掌篇

〈짐〉, 《백민》, 1947. 8.

〈일만오천원〉, 《백민》, 1947. 11.

〈이불〉, 《민성》, 1947. 10.

〈치마〉, 《조선일보》, 1947.

〈인심人心〉, 《민족문화》, 1949. 11.

〈수업료〉, 《신경향》, 1950. 1.

〈물매미〉, 《문예》, 1950. 4.

〈환롱幻弄〉, 《문학》, 1950. 6.

〈치마감〉, 《한성일보》, 1950.

〈거울〉, 《여학생》, 1950.

곽종원, 〈소설의 작중인물고〉, 《예술원논문집》 2, 1963.

구인환, 〈계용묵론, 노인과 닭〉, 《범우에세이》 48, 범우사, 1976.

김경수, 〈식민지 시대 소설의 아마추어리즘〉, 《내일을 여는 작가》 여름, 2004.

김동리, 〈운무변증법〉, 《백민》 3권 3호, 1947. 5.

김영화, 《계용묵론, 현대작가론》, 형설출판사, 1980.

_____, 〈소설의 수필화〉, 《현대문학》 249호, 1975. 9.

김용성, 《한국현대문학사탐방》, 국민서관, 1973.

김우종, 《한국현대소설사》, 선명문화사, 1973.

김윤식, 《한국글재소설론고》, 일지사, 1978.

_____, 《한국현대문학사》, 일지사, 1976.

박창순, 〈계용묵작품연구〉, 숙명여대석사논문, 1979.

백　철, 〈과묵의 인 계용묵형〉, 《조선일보》, 1961. 8. 11.

_____, 〈과작과 침묵의 계용묵〉, 《현대문학》 96호, 1962. 12.

_____, 《신문예사조사》, 민중서관, 1962.

백승철, 《백치 아다다 해설》, 동서문고, 1977.

성순이, 〈계용묵연구〉, 숙명여대석사논문, 1986. 6.

송백헌, 《소박한 삶의 미학》, 《계용묵작품집》, 형설출판사, 1982.

신동한, 〈현실성이 강한 인생파적 작품세계－백치 아다다 해설〉, 《삼중당문고》
　　　　52, 삼중당, 1975.

신중혁, 〈계용묵론〉, 계명대석사논문, 1984.

이동하, 〈계용묵론〉, 《관악어문연구》 제7집, 서울대학교, 1982.

이선영, 〈사실과 서정〉, 《한국문학대전집》 8, 태극출판사, 1976.

이재선, 《한국현대소설사》, 홍성사, 1979.

이형기, 〈계용묵의 교훈〉, 《현대문학》, 1982. 9.

장백일, 〈계용묵론－병풍에 그린 닭이 해설〉, 《범우소설문고》 14, 범우사, 1976.

정비석, 〈청빈거사 계용묵〉, 《대한일보》, 1967. 5. 25.

정창범, 〈계용묵론〉, 《건대인문과학논총》 8집, 1975. 12.

정한숙, 《현대한국문학사》, 고대출판부, 1982.

조동길, 〈계용묵 연구〉, 고려대 석사논문, 1982.

조연현 편,《작가수업》, 수도문화사, 1951.
_____,《한국현대소설의 이해》, 일지사, 1966.
채 훈, 〈계용묵연구시론〉,《동양학》제5집, 단국대동양학연구소, 1975. 6.
천이두, 〈문학과 시대〉,《문학과 지성사》, 1982.

책임편집 장영우

1956년 출생.
동국대 국어국문학과 동 대학원 졸업.
현재 동국대학교 국어국문학과 교수로 재직.
1993년《문학예술》에, 1994년《문화일보》신춘문예에 문학평론으로 등단.
저서로《이태준 소설 연구》《중용의 글쓰기》《이태준 문학연구》등이 있음.

입력·교정 김현진

1978년 출생.
2002년 〈방인근의 대중소설 연구〉로 동국대학교에서 석사학위 취득.
현재 동국대 국어국문학과 대학원 박사과정 재학중.

범우비평판 한국문학·26-❶

백치 아다다(외)

초판 1쇄 발행 2005년 6월 10일

지은이   계용묵
책임편집   장영우
펴낸이   윤형두
펴낸데   **종합출판 범우(주)**
기 획   임헌영 오창은
편 집   장현규
디자인   왕지현
등 록   2004. 1. 6. 제105-86-62585
주 소   413-832 경기도 파주시 교하읍 문발리 525-2 출판문화정보산업단지
전 화   (031) 955-6900~4
팩 스   (031) 955-6905
홈페이지   http://www.bumwoosa.co.kr
이메일   bumwoosa@chol.com
ISBN   89-91167-16-0 04810
          89-954861-0-4 (세트)

범우고전선

시대를 초월해 인간성 구현의 모범으로 삼을 만한 책을 엄선

▶ 계속 펴냅니다

범우사 서울시 마포구 구수동 21-1호 TEL 717-2121, FAX 717-0429
http://www.bumwoosa.co.kr (E-mail) bumwoosa@chollian.net

당신의 서가에 세계 고전문학을…

범우비평판 세계문학선

세르반떼스의 〈돈 끼호떼〉
발간 400주년 기념!!

작품론을 함께 묶어 38년 동안 일궈낸 세계문학전집!

대학입시생에게 논리적 사고를 길러주고 대학생에게는 사회진출의 길을 열어주며,
일반 독자에게는 생활의 지혜를 듬뿍 심어주는 문학시리즈로서
범우비평판은 이제 독자여러분의 서가에서 오랜 친구로 늘 함께 할 것입니다.

(全冊 새로운 편집·장정 / 크라운변형판)

범우사　www.bumwoosa.co.kr TEL 02)717-2121

주머니 속 내 친구!

범우문고

【각권 값 2,800원】

www.bumwoosa.co.kr TEL 02)717-2121 범우사